WILLOW SMITH
JESS HENDEL

DIE SCHWARZE SCHILDMAID

WILLOW SMITH
JESS HENDEL

DIE SCHWARZE SCHILDMAID

ROMAN

Aus dem Amerikanischen übersetzt
von Charlotte Lungstrass-Kapfer

HEYNE

Die amerikanische Originalausgabe erscheint
unter dem Titel *Black Shield Maiden* bei Del Rey
in der Verlagsgruppe Penguin Random House LLC, New York.

MIX
Papier | Fördert
gute Waldnutzung
FSC® C083411

Penguin Random House Verlagsgruppe FSC® N001967

Deutsche Erstausgabe: 11/2024
Redaktion: Jara Dressler

Printed in the EU
Umschlaggestaltung: Guter Punkt GmbH & Co. KG, München,
unter Verwendung des Motivs von Josh Woods
Satz: satz-bau Leingärtner, Nabburg
Druck und Bindung: CPI books GmbH, Leck

ISBN: 978-3-453-32236-3

www.heyne.de

Denen gewidmet, deren Geschichte
erst noch erzählt werden muss.

VORWORT DER AUTORIN

Liebe Leser*innen,

ich habe mich schon immer sehr für die Entwicklung der Menschheit und ihrer Gesellschaftsformen interessiert. Vor ungefähr fünf Jahren kam ich durch verschiedene Bücher, YouTube-Videos und die Fernsehserie *Vikings* mit der Kultur der Wikinger in Kontakt, die mich sofort faszinierte. Vor allem ihr tief verwurzelter Polytheismus hat mich gefesselt – und die Tatsache, dass auch Frauen der Zugang zum Kriegerhandwerk gestattet war und ihnen insgesamt eine wesentlich größere soziale Autonomie zugestanden wurde, als ich es bei anderen alten Kulturen bisher gesehen hatte.

Als ich mich intensiver mit dem Thema beschäftigte, fragte ich mich irgendwann, ob die Wikinger jemals Menschen anderer Hautfarbe begegnet waren? Könnte es vielleicht sogar so etwas wie einen Schwarzen Wikinger gegeben haben?

Ich fing an, noch gründlicher zu recherchieren. Schließlich stieß ich auf die Geschichte von Thorhall dem Jäger, einer Gestalt aus der alten nordischen Saga um Erik den Roten. Er soll bei Eriks Abenteuern in Vinland dessen rechte Hand gewesen sein. Thorhalls Haut wird als dunkel beschrieben, sodass heutzutage spekuliert wird, ob der »echte« Thorhall – also die historische Figur, auf der die Sagengestalt basiert – Schwarz war. Außerdem erfuhr ich, dass die norwegischen Wikinger auf ihren Entdeckungsfahrten und Raubzügen bis in das heutige Marokko vordrangen, was bedeutet, dass sie wahrscheinlich mit arabischen und afrikanischen Völkern in Kontakt kamen. Doch es ist schwierig, verlässliche

Informationen über die frühmittelalterliche Kultur Afrikas zu bekommen. Verblüfft stellte ich fest, dass ich mehr über die Geschichte westlicher Kulturen gelernt hatte, als über die meiner eigenen Vorfahren. Und dass der umfassende Beitrag, den Menschen dunkler Hautfarbe zur kulturellen Entwicklung der Menschheit geleistet haben, ebenso aus dem allgemeinen Geschichtsverständnis gelöscht wurde wie die Tatsache, dass es bereits im Mittelalter einen regen Austausch zwischen den Kulturen gab. (An dieser Stelle möchte ich vor allem meinen Eltern danken, die viel lesenswerte Literatur zu diesem Thema beisteuerten.)

So entstand in meinem Kopf die Figur der Yafeu. Als junge, Schwarze Frau mit eigener Plattform kämpfe ich dafür, Randgruppen Gehör zu verschaffen. Yafeu muss sich nicht nur als Frau in einer patriarchalischen Gesellschaft behaupten, sie ist außerdem eine Schwarze in einer weißen Gesellschaft. Beide Aspekte ihrer Identität bringen Schwierigkeiten hervor, mit denen weder Schwarze Männer noch weiße Frauen zu kämpfen haben. Ich bin froh, in einer Zeit zu leben, in der sich der Feminismus zu einem Thema entwickelt hat, das in der Mitte der Gesellschaft angekommen ist; in der sich Feministinnen nicht mehr ausschließlich mit den Problemen weißer Frauen befassen und die Menschen über alle Gräben hinweg die Eigenheiten »anderer« zu verinnerlichen versuchen. Heutzutage wird einer Geschichte mit einer Schwarzen Protagonistin nicht mehr automatisch der Stempel »nur für Schwarze« aufgedrückt.

Doch schon während ich die Figur der Yafeu entwickelte, wurde mir klar, dass ihre Reise nicht die gesamte Geschichte ausmacht. Es gab noch mehr zu sagen. Yafeu ist knallhart, ihre Stärke und ihre Kraft sind universell verständlich. Doch es gibt noch viele andere Arten von Stärke, viele andere Möglichkeiten, diese Fähigkeiten zum Ausdruck zu bringen. Was lässt sich über Frauen sagen, die ihre Kraft aus der Spiritualität ziehen, oder aus der »sanften Stärke« zwischenmenschlicher Fähigkeiten? Frauen gibt es in unterschiedlichsten Größen, Formen, Farben, Religionen und Charakterausprägungen. Und unsere Definitionen von Stärke sollten diese Vielfalt widerspiegeln.

So kam ich schließlich zu Freydis. Yafeu und Freydis sind in vielerlei Hinsicht gegensätzlich: Sie haben unterschiedliche Stärken und

Schwächen, unterschiedliche Wünsche und Bedürfnisse, unterschiedliche Arten, sich auszudrücken – doch in ihrer Kraft und Schönheit sind sie gleich. Und nur gemeinsam können sie eine Welt erschaffen, in der sie beide aufblühen.

Jedem von uns fällt der Umgang mit Menschen schwer, deren Überzeugungen im Widerspruch zu unseren eigenen stehen. Aber wenn wir jemanden als »anders« einstufen, grenzen wir ihn aus und nehmen ihm einen Teil seiner Menschlichkeit. Wir machen es unmöglich, so mit ihm zu kommunizieren, wie es der menschliche Anstand gebietet.

Auch neigen wir dazu, unseren Schmerz und unser Leid mit dem anderer zu vergleichen – oder es bei anderen vollkommen zu ignorieren. Dabei ist es nicht hilfreich, dass die von Männern dominierten Medien Frauen gerne als Konkurrentinnen darstellen, die ständig übereinander herfallen (vor allem bei Streitigkeiten, die sich um Männer oder männliche Machtvorstellungen drehen). Ich glaube, dass eine radikale Gleichstellung erst erfolgen kann, wenn wir aufhören, einander auf Distanz zu halten. Wir müssen Gemeinsamkeiten suchen und gleichzeitig unsere Einzigartigkeit feiern. Mit genügend Willenskraft und Mitgefühl können wir gemeinsam etwas Wundervolles erschaffen.

Mit Yafreby – der nordisch-afrikanischen Stadt, die Yafeu und Freydis gemeinsam gründen und in der eine eigene Pidginsprache gesprochen wird – habe ich eine Gesellschaftsform erdacht, die so einer Philosophie entspringen könnte. Yafreby ist das Resultat einer Verschmelzung, in der keine Kultur von einer anderen dominiert wird. Letzen Endes geht es in *Die Schwarze Schildmaid* genau darum, diese zwei Dinge bilden das Herz der Geschichte: Verbindung und Gemeinschaft. Und ich hoffe, dass diese neu erdachte historische Perspektive weitere Möglichkeiten zur Verbindung und Gemeinschaft in unser aller Zukunft schafft.

Beim Schreiben ist noch etwas passiert, vor allem bei der Entwicklung der Nebenfiguren. Mir ist klar geworden, dass ich in dem Bestreben, verschiedene Arten von Macht und Stärke darzustellen, am Ende so genannte »gender-fluide« Charaktere erschaffen habe – also Männer mit angeblich weiblichen Qualitäten und Frauen mit angeblich männlichen Qualitäten. Meine Generation ist dabei, veraltete Vorstellungen von Gender, Sexualität und Geschlechteridentität hinter sich zu lassen. Frauen meines Alters können männliche Kleidung tragen, ohne gleich als »jungenhaft« oder »lesbisch« abgestempelt zu werden. Männer meines Alters können sich die Fingernägel lackieren und Eyeliner tragen, ohne als »verweichlicht« oder »schwul« zu gelten. Selbstverwirklichung ist eine persönliche Angelegenheit. Meine Figuren spiegeln diese sozialen Verschiebungen wider, sodass junge Menschen sich mit ihnen identifizieren können. Denn letztlich sind die Akteure des Romans zwar in die Gegebenheiten ihrer Zeit eingebunden, bleiben im Kern aber durch und durch moderne Wesen. Und ihre Reise ist zeitlos.

Willow Smith

Eine gute Herrschaft gleicht dem Balance-Akt auf einer Klinge. Wahre Anführer müssen ihre eigenen Bedürfnisse hintanstellen: Sie werden von den Göttern erwählt, doch sind an die Menschen gebunden. Sie müssen Macht ausüben, dürfen jedoch nicht nach ihr gieren. Eine solche Macht ist in Tradition verwurzelt. Doch nur jene, die Traditionen infrage stellen – und neue Traditionen erschaffen –, werden in Sagen und Liedern weiterleben.

NYERU,
HOHEPRIESTER DER STADT YAFREBY,
IM JAHRE 861

1 YAFEU

Das Antilopenkalb entfernt sich zu weit von seiner Mutter.

Reglos hocke ich hinter einem Felsen und verfolge seine Bewegungen, während der kleine Bock das ausgedörrte Flussufer nach den letzten Büscheln Sumpfgras absucht. Meine Füße sind fest auf den Boden gepresst, meine Oberschenkelmuskeln gespannt wie Bogensehnen, ich bin zum Sprung bereit. Seit ich die kleine Herde auf ihrem Weg zum Weißen Fluss entdeckte, hat in meinem Körper kein Muskel mehr gezuckt. Durch jahrelanges Training schaffe ich es, die Anstrengung auszublenden; mein Atem geht gleichmäßig, meine Gelenke geben keinen Laut von sich. Ich verlangsame den Fluss meines *Nyama* – jener Energie, die allem innewohnt –, bis ich ebenso reglos verharre wie der Felsblock.

Du musst so lautlos sein wie der Tod selbst.

Papas tiefe, warme Stimme erklingt in meinen Gedanken ebenso klar, als würde er die Worte laut sagen. Als stünde er direkt neben mir.

Konzentriere dich, sagt er.

Kontrolliert lasse ich die Luft aus meinem Körper entweichen. Bald schon nehme ich das Nyama der Herde ebenso deutlich wahr wie mein eigenes. Ein starker Strom verbindet das Kalb mit dem Muttertier, beide spüren die Nähe des anderen. Das Kalb ist zwar groß genug, um nicht mehr bei der Mutter zu trinken, aber noch nicht erwachsen genug, um sich der Gefahren ringsum bewusst zu sein. Eine frisch geschmiedete Klinge, die noch geschärft werden muss.

Der Weiße Fluss ist flach und schlammig, seine Ufer kahl. Die Grasbüschel, die hier wie die Flecken auf dem Fell einer Giraffe die rötliche Erde zierten, sind verschwunden. Mich umgibt trockenes, sprödes Land, in dem sich kaum mehr Leben regt. Noch mindestens ein Mondlauf wird vergehen, bevor uns Sogbo wieder mit Regen segnet, sodass wir die Saat streuen können. Doch die verdorrte Erde ist mit einem zarten rosafarbenen Schimmer überzogen, da Lisa sich nun langsam über den Horizont erhebt. Die Wärme des Sonnengottes streicht angenehm über meine schwarze Haut, sein Licht lässt die Akazienbäume erstrahlen und weckt die dunkelroten Astrilden, die nun ihr Morgenlied anstimmen. Als ich meinen Tag begann, waren selbst die Vögel noch nicht wach. Rastlosigkeit weckt mich oft zu einer Zeit, in der noch Mawu über die Welt herrscht – immer dann, wenn die Stunde der Jagd gekommen ist.

Das Kalb kommt immer näher, das diffuse Licht des frühen Morgens zeichnet Schatten auf meinen Felsen. Ich sehe bereits vor mir, wie seine winzigen Hörner zwischen den verschiedenen Zähnen und Klauen mein Jagdhemd zieren. Andenken an jene Tiere, die ich in die ewige Nacht geschickt habe.

Vertraue deinem Instinkt. Auch eine Lektion von Papa. *Dieser Instinkt wirkt durch* dich, *um zu töten.*

Meine Geduld scheint sich an der Spitze meines Wurfmessers zu manifestieren, als ich es lautlos aus der Scheide ziehe. Ich hebe meinen Arm, so langsam, dass es beinahe schmerzt, bis die Klinge auf Höhe meiner Ohren verharrt.

Jetzt.

Doch gerade als ich zustechen will, schießt ein braun-schwarzer Schatten hinter einer Akazie hervor: Ein Wildhund stürzt sich auf meine Beute.

Die Herde flieht, das Kalb flüchtet sich zu seiner Mutter. Der Biss des Wildhundes geht ins Leere. Er hetzt dem Kalb noch kurz nach, muss dann aber mitansehen, wie die Antilope am Horizont verschwindet. Ist die Herde einmal in Bewegung, ist es beinahe unmöglich, sie einzuholen – das wissen wir beide.

Bei Legbas Gerissenheit! Mein Herz wird so schwer wie mein leerer Magen. All meine Geduld, vollkommen verschwendet!

Ich stehe auf, entspanne meine verkrampften Beinmuskeln und starre finster zu dem Wildhund hinüber, der mich offenbar gar nicht bemerkt hat, da er noch immer der Herde hinterherblickt. Jetzt sehe ich, dass es ein Weibchen ist.

Vielleicht sollte ich mir *ihre* Zähne für meine Sammlung holen. Um sie nach Hause zu schaffen, ist sie sicher zu schwer, aber ich könnte sie häuten und Mama ihr Fell mitbringen. Dann wäre dieser Morgen nicht vollkommen vergeudet.

Vorsichtig hebe ich wieder mein Messer, doch irgendetwas lässt mich zögern. Die Größe der Hündin verrät mir, dass sie noch nicht voll ausgewachsen ist, und ihre deutlich hervortretenden Hüftknochen zeigen, wie schlecht sie durch die Trockenzeit kommt. Vielleicht wurde sie während der letzten Regenfälle von ihrer Mutter getrennt. Nur ein unerfahrener Jäger stürzt sich so verfrüht auf seine Beute und verdirbt sich dadurch die Chance auf einen leichten Fang.

Der Hunger lässt uns alle zu wagemutig werden.

Als hätte das Tier meine Gedanken gelesen, dreht es den Kopf und sieht mich an.

Seine braunen Augen fixieren mich und plötzlich scheint der Sahel ringsum zu verschwimmen.

Die Zeit verlangsamt sich, eine nicht greifbare Vorahnung liegt in der Luft. Sie drückt auf mein Herz, wie die große Schlange Bida sich um ihre Beute schlingt.

Doch dann wendet sich die Hündin ab und trottet davon, und das merkwürdige Gefühl vergeht so schnell, wie es gekommen ist.

Achselzuckend bringe ich mich selbst wieder zur Besinnung. Meine Zunge ist geschwollen, und mein Mund fühlt sich an, als hätte ich Erde gegessen. Wie lange ist es her, dass ich etwas getrunken habe?

Mit einem frustrierten Grunzen stecke ich mein Messer weg. Die kleinen Knochen an meiner Brust schlagen klappernd aneinander, als ich zum Fluss hinuntergehe. Ich trinke ein paar Schlucke, dann spritze ich mir Wasser ins Gesicht und genieße die feuchte Kälte auf der Haut.

Aber die Gedanken an die Wildhündin lassen sich nicht abspülen.

Diese Begegnung erinnert mich an etwas, das vor einigen Jahren passiert ist, auch am Ufer des Weißen Flusses, allerdings viele Tagesritte von hier entfernt.

Damals gab es noch Wege zwischen den Städten unserer Wohnstatt und ein Heim fanden wir nur beieinander. Ich fand mich zu jener Zeit noch nicht im eigenen Körper zurecht, sodass ich oft blaue Flecken an Armen und Beinen hatte, da sie mir beim Laufen ständig in die Quere kamen.

Wir hatten unser Zelt vor den Toren der Stadt Jenne aufgeschlagen. Papa kannte dort ein paar hohe Herrschaften, die ihm für seine gerade fertiggestellten Waffen gutes Geld bezahlten, während Mama deren Ehefrauen dazu verführen wollte, ein paar ihrer Halsketten zu kaufen.

Papa und ich standen früh auf, um fischen zu gehen, bevor es zu heiß dafür wurde. Kamo und Goleh waren noch zu klein und unbändig, um mitzukommen, also ließen wir sie und Mama weiterschlafen. Ich weiß noch genau, wie aufgeregt ich war – für mich gab es nichts Wertvolleres, als Zeit mit Papa zu verbringen, nur wir zwei ganz allein.

Die erste Flut in der Regenzeit hatte kürzlich eingesetzt und so barst der Fluss geradezu vor Leben. Ich kämpfte mit einem prall gefüllten Netz voller Butterfische, und als ich es in unser kleines Kanu hieven wollte, kippte ich das Boot um, sodass wir gemeinsam mit unserem Fang im Wasser landeten. Mama wäre sicher wütend geworden, aber Papa lachte nur ausgelassen und tauchte mich unter. Dann zog er das Boot ans Ufer, während ich hinterherschwamm.

Papa sah das Krokodil zuerst. Ich bemerkte, wie er die Augen aufriss, dann brüllte er, ich solle schneller schwimmen. So angestrengt ich konnte, bahnte ich mich mit Armen und Beinen durch das Wasser, obwohl ich eigentlich wusste, dass es keine Rolle spielte: Das Krokodil konnte mich im Wasser mühelos erwischen, mein kurzes Leben würde gleich enden. Aber mein Instinkt trieb mich verbissen an weiterzuschwimmen. Mein Herzschlag schien in meinem gesamten Körper widerzuhallen, als ich endlich das Ufer erreichte.

Papa zog mich hoch und setzte mich hinter sich ab wie einen Sack Hirse. Als ich mich umdrehte, starrte er das Krokodil an, das reglos im flachen Wasser lauerte. Er zog sein Messer und ließ es von einer Hand in die andere wandern. Ich weiß noch, wie die Klinge im Sonnenschein funkelte, als hätte Gu Lisa aufgetragen, all seine Macht in dieses Messer zu leiten.

Eine halbe Ewigkeit schien zu vergehen, während Papa und das Krokodil einander fixierten. Dann drehte sich das Krokodil um und verschwand in den Weiten des Flusses.

»Die Götter haben uns gerettet!«, rief ich begeistert.

»Nein.« Papa steckte sein Messer weg. Er kniete sich vor mich und griff nach meinen Händen. »Die Menschen glauben gern, dass die Götter oder die Geister für alles verantwortlich sind, das ihnen widerfährt. In Wahrheit aber wird ihr Schicksal durch den Glauben selbst bestimmt.« Unverrückbare Überzeugung glänzte in seinen mahagonibraunen Augen. »Ich sage dir, Tochter, Glaube ist Macht. Aber es steckt auch eine Entscheidung dahinter. Wenn du dich dafür *entscheidest*, an etwas zu glauben, verleihst du ihm damit Macht. Ich habe mich dafür entschieden, daran zu glauben, dass ich stärker bin als dieses Krokodil. Also war ich stärker. Deshalb ist es verschwunden, nicht durch das Wirken der Götter. Aber vielleicht haben die Götter mich tatsächlich gerettet: Vielleicht haben sie mich gerettet, weil ich bereit war, mich selbst zu retten.«

Verwirrt runzelte ich die Stirn. »Mama sagt, wir müssen die Götter und die Ahnen ehren. Sie sagt, ich kann viel von ihnen lernen.«

Ein verstohlenes Lächeln huschte über sein Gesicht, sodass für einen Moment eines der Grübchen zum Vorschein kam. »Deine Mutter ist eine sehr weise Frau.«

Völlig perplex starrte ich ihn an. Eines war jedoch klar: Mein Papa war kein gewöhnlicher Schmied. Von diesem Augenblick an war er für mich wie ein Held aus unseren alten Sagen. Yafeu, der Mann, der Krokodile das Fürchten lehrt!

Sobald wir zu unserem Zelt zurückkehrten, erzählte ich Mama, was passiert war. Ich dachte, es würde sie ebenso begeistern wie mich, aber sie wurde ängstlich und befahl uns, alles zusammenzupacken. Das Krokodil sei eine Warnung, die uns von den Göttern gesandt wurde, sagte sie. Ein Zeichen, dass wir in dieser Stadt nicht sicher seien. Papa und ich lächelten uns wissend an, aber wir gehorchten, und so verließen wir Jenne noch vor Sonnenuntergang.

Am Tag darauf wurde Jenne von fremdartigen Kriegern aus dem Norden überfallen. Angeblich fielen sie über die gesamte Stadt her, brannten die heiligen Haine nieder, zerstörten die Statuen unserer Götter und schlugen jeden nieder, der sich ihnen in den Weg stellte.

Trotz der zunehmenden Hitze läuft es mir nun eiskalt den Rücken hinunter.

Wenn das Krokodil damals tatsächlich eine von den Göttern geschickte Warnung war, wovor sollte mich dann heute dieser Wildhund warnen?

2 YAFEU

Schwer seufzend mache ich mich auf den Weg und folge der Biegung des Flusses, bis ich ein Mangrovenwäldchen erreiche, in dem mehrere kleine Kanus am Ufer liegen. Sie markieren den Pfad, der zu unserem Dorf führt.

Die Strohdachhütte nahe am Fluss ist die größte des Dorfes, sie gehört meinem Onkel und seiner Familie – eine der vielen Annehmlichkeiten eines Dorfvorstehers.

Schon in jungen Jahren erwarb Papa einen so herausragenden Ruf für seine Schmiedekunst, dass er all seine Brüder bei Weitem überstrahlte und überall im Land bekannt wurde. Von Fes im Norden bis nach Igodomigodo im Süden wollten Händler und Adelsleute unbedingt seine Waffen kaufen und Papa kam ihren Wünschen gern nach. Papas älterer Bruder – der nicht über das gleiche Maß an Talent verfügte – entschied sich stattdessen für ein Leben als Hirsebauer und wurde schließlich zum Obersten des Dorfes, in dem sie geboren worden waren.

Als ich mich der Hütte nähere, sinkt meine Laune noch weiter: Meine Vettern sind bereits draußen. Eigentlich hatte ich gehofft, es zu meiner eigenen Hütte zu schaffen, bevor sie aufstehen. Sie halten nichts davon, wenn ein Mädchen allein auf die Jagd geht. Obwohl mir gar keine andere Wahl bleibt, da sie ihre Beute nicht mit uns teilen. Fast niemand im Dorf teilt mit meiner Familie. Deshalb *muss* ich jagen, um Mama, Kamo und Goleh mit Nahrung zu versorgen und uns die Knochen und Häute zu beschaffen, die wir für unsere Arbeit brauchen.

Trotzdem blicken mein Onkel und seine Familie deshalb auf mich herab. Früher haben sie sich über mich lustig gemacht, weil ich mit dem Wurfmesser jage anstatt mit Pfeil und Bogen. Aber Papa hat mir nie gezeigt, wie man mit einem Bogen umgeht; er ging fort, bevor ich groß genug dafür war. Stattdessen hat er mir gezeigt, wie man eine Klinge richtig wirft – und wie man sie schmiedet.

Noch etwas, was meine sogenannte Verwandtschaft missbilligt.

Die Familie meines Onkels würde eine Frau niemals als vollwertigen Schmied anerkennen. Doch selbst wenn ich als Junge geboren worden wäre, entspringt meine Mutter nicht einer langen Reihe von Schmieden, wie es bei Papa und seinem Bruder der Fall ist. In den Augen von Papas Familie ist mein Blut also nicht rein.

Mama ist nicht einmal eine Soninke, was es für uns noch schwieriger macht, bei Papas Stamm zu leben. Die beiden haben sich kennengelernt, als Papa auf Wunsch eines Prinzen des Dschungelkönigreiches Igodomigodo in den Süden reiste. Eigentlich war er nur auf der Durchreise, doch sobald er Mama in ihrem Dorf erblickte, wusste er, dass sie dazu bestimmt war, seine Frau zu werden. Als er dann weiterreiste, ging sie mit ihm – obwohl beide Familien es nicht guthießen.

Und diese Missbilligung habe ich geerbt.

Wie immer machen meine Vettern, als ich an ihnen vorbeigehe, das Zeichen gegen böse Geister. Sie glauben, dass ich vom Geist eines rachsüchtigen Ahnen heimgesucht werde – natürlich von Mamas Seite – und dass ich mich deshalb nicht wie ein anständiges Mädchen benehme. Deshalb hat Papa uns hier zurückgelassen, sagen sie. Weil er dem entfliehen wollte. Weil er vor *mir* fliehen wollte.

Ich verdrehe nur die Augen und lasse eine Hand auf der Messerscheide an meiner Hüfte ruhen. Nicht wirklich ein Akt der Rebellion, aber damit komme ich gerade noch durch.

Wie Papa mir einmal mit einem Augenzwinkern und einem verschmitzten Grinsen erklärte: *Der Trick besteht darin, Unruhe zu stiften, ohne sich dabei Ärger einzuhandeln.*

Einmal allerdings habe ich mir doch Ärger eingehandelt, mit meinem Vetter Masireh. Auch jetzt wirft er mir einen finsteren Blick zu, der meine Wut so weit anfacht, dass ein kleines bisschen davon über den Damm rinnt, den ich um mein Herz errichtet habe. Normalerweise würde ich meinen Zorn unterdrücken und Masireh einfach ignorieren. Aber der Verlust des Antilopenkalbs nagt noch an mir, deshalb gestatte ich dem Zorn, sich in meinen Gedanken auszubreiten, während ich mich an den Tag erinnere, als sein Blut an meinen Fingern klebte.

Es war kurz nachdem Papa uns hier zurückgelassen und der »Fürsorge« meines »geliebten« Onkels anvertraut hatte. Ich kam gerade vom Fluss und balancierte einen Korb Lehm für unsere Hütte auf meiner noch kaum nennenswerten Hüfte, als mir auffiel, wie Masireh und die anderen Jungen des Dorfes miteinander tuschelten und misstrauische Blicke in meine Richtung warfen. Sie fühlten sich an wie tausend Nadelstiche.

Ich reckte das Kinn und ignorierte sie. Zumindest bis Masireh vor mir auf den Boden spuckte und gerade laut genug, dass ich es hören konnte, zischte: »*Jugu.*«

Jugu. Böse.

Das Wort hatte seine Lippen noch nicht ganz verlassen, da hatte ich bereits meinen Korb fallen lassen, war herumgewirbelt und hatte ihm die Faust ins Gesicht gerammte. Mein ganzes Gewicht legte ich in diesen Schlag, so wie Papa es mir gezeigt hatte.

Ich hörte es knacken, dann lag Masireh zu meinen Füßen und presste sich beide Hände aufs Gesicht. Blut quoll zwischen seinen Fingern hervor und er brüllte. Einer der anderen Jungs ging auf mich los, doch ich setzte den Schwung seines Angriffs gegen ihn ein, packte ihn am Arm und schleuderte ihn mühelos zu Boden.

Dann fuhr ich herum und starrte die restlichen an.

»Kommt doch!«, schrie ich ihnen schwer keuchend entgegen. In Wahrheit wusste ich gar nicht, mit wie vielen ich es überhaupt aufnehmen konnte. Und ich sollte es auch nicht mehr herausfinden, denn sie wichen mit ängstlichen Blicken vor mir zurück.

Niemals wieder nannte mich jemand jugu. Außer vielleicht hinter meinem Rücken.

An jenem Tag schimpfte mich Mama mehr aus als jemals zuvor. »Was auch immer sie über uns denken, du hast es damit nur noch schlimmer gemacht«, erklärte sie mir.

Mir war klar, dass sie recht hatte, und die Scham darüber schmerzte mehr als meine geprellte Faust. Wie das Sprichwort schon sagt: Der Mensch ist der Macht der Worte ausgeliefert, nicht andersherum. Furcht verbreitete sich im Dorf wie ein Buschfeuer und ließ blanken Hass zurück. Schon bald wurde ich vom ganzen Stamm als ein schlimmes Übel betrachtet.

Jugu. Böse.

Lange Zeit verfolgte mich ihr Hass wie eine hungrige Hyäne, weshalb ich jeden Abend bittere Tränen vergoss. Mama hielt mich dann fest und versicherte mir: »Der Lauf deines Flusses *folgt* den Wünschen der Ahnen, er stemmt sich nicht dagegen.« Dabei strich sie mir sanft über die dunklen Locken.

Irgendwann weinte ich nicht mehr, sondern stellte mich gegenüber dem Getuschel und dem Spott taub. Doch egal wie hoch ich den Damm um mein Herz auch baue, ihre Verachtung dringt immer wieder durch die Ritzen.

Meine einzige Zuflucht ist die kleine Schmiede, die ich mir im hinteren Teil unserer Hütte eingerichtet habe. Ich liebe den rhythmischen Klang des Hammers auf dem weiß glühenden Eisen und den Geruch der Kohle, der so tief in mich eingedrungen ist, dass er nie ganz verschwindet. Ich liebe es, dass diese Arbeit meine Arme stark macht und meine Gedanken beruhigt. Dann blickt die Familie meines Onkels eben auf mich herab, na und? Niemand, der meine Arbeit kennt, kann leugnen, wie gründlich Papa mich in das geheime Wissen von Gu eingeweiht hat. Er hat mich gelehrt, wie sein Vater ihn gelehrt hat, der es wiederum von seinem Vater erlernte – und immer so weiter bis zu den ersten Menschen, die ebenfalls Schmiede waren genau wie wir.

Mein Onkel hat seine Söhne ebenfalls ausgebildet, aber ihre Klingen sind im Vergleich zu meinen nicht mehr als grobe Schnitzmesser. Trotz meines Geschlechtes, trotz des »unreinen« Blutes meiner

Mutter habe ich mehr Nyama in meinem kleinen Finger als sie in ihrem gesamten Körper. Meinetwegen können sie so viel Hass gegen und so viele Lügen über mich verbreiten, wie sie wollen: Ich habe mein Handwerk und das kann mir niemand nehmen.

Ich bin so tief in meine finsteren Gedanken versunken, dass ich fast nicht bemerkt hätte, wie Masireh ein mit dicken Lederriemen verschnürtes Bündel anschleppt. Erst jetzt nehme ich auch die schwer beladenen Esel wahr, die vor der Hütte angebunden sind.

Als es mir wieder einfällt, bleibe ich ruckartig stehen.

Heute ist Markttag!

Wie konnte ich das vergessen?

Der Markttag ist für mich die einzige Möglichkeit, der erstickenden Enge dieses Dorfes voller Vorurteile zu entfliehen. Auf den Märkten von Koumbi Saleh kommen die unterschiedlichsten Menschen aus verschiedenen Ländern zusammen, jeder mit seinen eigenen Waren und seinen eigenen Göttern. Schon der Anblick ist berauschend, ebenso wie das Gefühl, dort nur einer von vielen zu sein. Es erinnert mich immer an das alte Leben mit Papa, an die Begeisterung und Ehrfurcht, mit der wir neue Städte erkundet haben. Nun allerdings kommen die Fremden zu uns, nicht wir zu ihnen.

Eilig renne ich nach Hause, nehme sogar die Abkürzung zwischen den vielen identischen Lehmhütten hindurch. Noch bleibt mir ein kleiner Funke Hoffnung, dass Mama noch nicht aufgestanden ist. Doch als ich unsere Hütte am äußersten Rand des Dorfes erreiche, sind die Zwillinge und sie bereits draußen beschäftigt.

Mama kniet auf einer dicken Wolldecke und verpackt vorsichtig ihre neuen Ketten, während Kamo und Goleh gierig ihren Hirsebrei verschlingen. Zögernd bleibe ich stehen, da ich fest mit einem Tadel rechne.

Doch sie sagt nur: »Du bist spät dran.«

»Tut mir leid, Mama.«

In Gedanken schicke ich ein Dankesgebet an Agé, denn sicher hat er den Wildhund geschickt, damit er die Herde verscheucht. Vor der langen Wanderung nach Koumbi Saleh wäre nicht genug Zeit geblieben, um das Fleisch zu verarbeiten, das dann verdorben wäre. Und Verschwendung ist Agé sogar noch mehr zuwider als mir.

Mama erhebt sich und mustert mich eingehend; natürlich bemerkt sie meine schmutzigen Arme und Beine. Ich hätte mich baden sollen, bevor ich heimgegangen bin. Jetzt ist nicht mehr genug Zeit, um noch einmal zum Fluss zu laufen. Stumm stemmt sie die Hände in die Hüften und wirft mir einen finsteren Blick zu.

»Das gibt Ärger«, nuschelt Kamo mit vollem Mund. Goleh, der Zurückhaltendere von beiden, begnügt sich mit einem Blick, der Mamas nicht unähnlich ist.

Ich strecke ihnen die Zunge heraus und folge Mama dann in die Hütte.

Drinnen schnappe ich mir einen Lappen und versuche, so viel Dreck wie möglich abzureiben. Mama fährt mir mit einem Kamm durch die Haare und ordnet die Locken zu mehreren Zöpfen. Dann reicht sie mir ihren alten Kaftan. Er ist leuchtend gelb und hat eine Verzierung aus üppigem Seidenbrokat am Ausschnitt. Dieses Kleidungsstück gehört zu den wenigen Luxusgütern, die uns aus unserem alten Leben geblieben sind.

Widerwillig ziehe ich mein Jagdhemd aus und schlüpfe in den Kaftan. Ich beschwere mich nicht. Die weiche Baumwolle ist angenehm leicht und luftig. Manchmal vergesse ich fast, wie sich Kleidung anfühlt, die nicht mit Tierknochen behängt ist. Auch jetzt führt es mir vor Augen, wie viel bequemer ich es jeden Tag haben könnte, wenn da nicht mein Stolz wäre.

Und Mama lässt mich ja nicht grundlos den Kaftan tragen. Wir können in Koumbi Saleh deutlich mehr verkaufen, wenn ich die Tochter des reichen Schmieds spiele.

Wenn ich aussehe wie das Mädchen, das ich früher einmal war.

Sobald sie mit meinem Aussehen zufrieden ist, reicht mir Mama eine Schale mit kaltem Hirsebrei.

Seit einem halben Mondzyklus essen wir nichts anderes mehr. So ist das immer in der langen Zeit zwischen den Markttagen, wenn die Hühner erst einmal verspeist sind; vor allem während der Trockenzeit, wenn es kaum Wild gibt. Ich habe das Zeug – wie wir alle – längst satt, trotzdem schlucke ich hastig ein paar Klumpen davon. Von hier aus muss man mehrere Stunden zügig wandern, um Koumbi Saleh zu erreichen, und wir sind schon spät dran. Was meine Schuld ist.

Schließlich stelle ich die Schale weg und greife nach meinem Messer. Als ich die Scheide wie einen Gürtel über den gelben Kaftan binde, rechne ich mit der nächsten Rüge.

Mama zieht allerdings nur mahnend eine Augenbraue hoch, nimmt meine leere Schale und sagt: »Vergiss den Rest nicht, Kind.«

Dann geht sie hinaus, und ich höre, wie aus dem fröhlichen Gelächter draußen empörtes Geschrei wird. Sicher hat sie Kamo und Goleh gezwickt, weil sie herumgealbert haben, anstatt unseren Esel Fàré zu beladen. »Hört auf, euch zu prügeln, und helft mir beim Packen, ihr Faulpelze!«, ruft sie. Ich kann mir ein Grinsen nicht verkneifen.

Zügig nehme ich einen Sack vom Haken an der Wand und fülle ihn mit Wasserkrügen. Dann erledige ich alles, was mir nur einfallen will, bis mir nichts anderes übrig bleibt, als mich der Aufgabe zu widmen, die ich am meisten fürchte.

Mit einem schweren Seufzer schlage ich den violetten Vorhang zurück, der unsere Werkstatt vom Rest der Hütte abtrennt. Ich gehe am Webrahmen mit dem halb fertigen Stoff und an dem grob behauenen Holztisch vorbei, auf dem sich Mamas Perlen, Schnüre und Steine türmen. Dahinter befindet sich meine kleine Schmiede mit dem schlackeverschmierten Amboss und der Wand, an der die Messer hängen. Durch die kleinen Löcher im Strohdach fallen vereinzelte Sonnenstrahlen, die leuchtende Kreise auf die Klingen zeichnen. Einige davon sind Übungsstücke von Kamo und Goleh, zu grob oder unförmig, um von Wert zu sein. Daneben hängen ein paar halb fertige Stücke von mir. Drei Messer allerdings sind verkaufsfertig, jedes mit einer schlichten, aber präzise gearbeiteten Schnitzerei am Knochengriff.

Mein Lieblingsstück ist natürlich das Wurfmesser, bei dem aus einem Schaft mehrere, in verschiedenen Winkeln angeordnete Klingen hervorragen. Ich nehme mir einen Moment Zeit, um es ein letztes Mal in der Hand zu spüren und die Glätte des Metalls auf meiner Haut zu genießen, während ich mein Werk einer letzten Prüfung unterziehe. Viele Monde an Arbeit stecken in diesem Messer. Ich werde immer besser, doch meine Fähigkeiten reichen noch lange nicht an die von Papa heran.

Trotzdem wäre er stolz darauf.

Stolz und Kummer verschmelzen in mir. Schnell schlucke ich diese Gefühle hinunter, schiebe die Messer in die Scheiden aus Ziegenleder, die ich extra dafür angefertigt habe, und lege sie vorsichtig in meinen Sack. Auch eines der Übungsstücke nehme ich mit; vielleicht können wir es gegen ein oder zwei Hühner eintauschen.

Draußen vor der Hütte lade ich meinen Sack auf Fàré, was das alte Tier mit einem kläglichen Schrei kommentiert. Mitfühlend streichele ich seinen Hals. In dieser Familie hat jeder seine Last zu tragen.

Es war alles so anders, als Papa noch bei uns war. Oder vielmehr als *wir* noch bei *ihm* waren. Damals waren wir immer unterwegs, reisten von Dorf zu Dorf, von Markt zu Markt, blieben nie länger als ein paar Wochen an einem Ort. Doch diese Reisen waren luxuriös, wir hatten Kamele, die Proviant, Wasser und Kokosnüsse schleppten, und nachts schliefen wir in Zelten mit dicken, weichen Teppichen. Beschützt wurden wir und unsere Ware von einem kleinen Söldnertrupp. Als Familie eines berühmten Schmieds aus dem großartigen Reich Wagadu kannten wir es nicht anders.

Heute haben wir nur Fàré.

Mein Blick wandert an dem Tier vorbei zu dem staubigen rotbraunen Pfad, der sich durch die verdorrte Graslandschaft zieht. Sechs Jahre ist es nun her, dass ich Papa hinterhergeblickt habe, als er auf genau diesem Weg am Horizont verschwand. Vor sechs Jahren wurde der Grundstein zu dem Damm gelegt, der nun mein Herz umschließt.

Auch früher schon hat Papa uns oft für mehrere Monate bei der Familie unseres Onkels gelassen, wenn er wegen eines Auftrages an gefährliche Orte reisen musste und uns nicht mitnehmen konnte. Dann zählte ich immer die Tage bis zu seiner Rückkehr – und er kam zurück, jedes Mal mit kostbaren Steinen im Gepäck, aus denen Mama

Ketten fertigen konnte, und mit Elfenbein für die Griffe meiner Messer. Dann hob er mich hoch und drückte mich fest an sich. »Ihr habt mir so gefehlt«, sagte er immer. »Ich habe schon befürchtet, ihr könntet verschwunden sein, wenn ich zurückkomme.«

Mama schubste ihn dann lachend weg, ich aber klammerte mich mit Tränen in den Augen an ihn und grub die kleinen Finger in sein feines Hemd. Denn ich fürchtete mich ebenfalls davor, dass wir ohne ihn einfach verschwinden könnten.

Eines Morgens schließlich traf ein reisender Kaufmann der Wangara im Dorf ein und überbrachte Papa eine Nachricht: Ein Forscher aus einem fremden Land hatte von Papas großer Schmiedekunst gehört und wollte ihn fürstlich bezahlen, wenn er für ihn und seine Männer neue Schwerter schmiedete. Dieser Mann reiste mit einem großen Schiff über die Meere und entdeckte neue Länder. Der Kaufmann behauptete, niemals ein größeres Schiff gesehen zu haben als dieses.

Ich weiß noch, wie Papas Augen aufleuchteten, als er von diesem Schiff und dem Entdecker von jenseits des Meeres hörte. Als ich diesen Ausdruck in seinem Gesicht sah, fühlte ich mich, als müsste ich einen Klumpen Roherz schlucken.

Papa war der geborene Schmied und er liebte sein Handwerk. Aber vor allem sehnte er sich nach Abenteuern. Deshalb führten wir ein solches Nomadenleben, denn ihn hielt es nie lange an einem Ort. Zu jener Zeit hatte er die Wüste schon mehrmals durchquert, zweimal auch zusammen mit uns. Aber das Meer … das Meer wäre eine ganz neue Herausforderung.

Er versprach uns, dass wir bei seiner Rückkehr reicher sein würden als der Ghāna persönlich.

Doch er kehrte nicht zurück.

Wir aber verschwanden nicht. Wir harrten aus, während die Hoffnung auf seine Rückkehr mit jedem Mond ein wenig weiter schwand. Irgendwann begriffen wir, dass wir uns nun allein durchschlagen mussten.

Ich war damals zehn, Kamo und Goleh erst acht – gerade mal zwei

Jahre jünger als ich, aber doch zu jung, um die wie Sandkörner davonrieselnden Erinnerungen festhalten zu können.

Ich wende mich ab und beobachte, wie sich die beiden im Dreck prügeln. Abwartend verschränke ich die Arme vor der Brust.

»Ramm ihm das Knie in den Bauch, Goleh!«, rufe ich meinem Bruder zu, als Kamo ihn auf den Rücken wirft. Und tatsächlich gelingt Goleh ein anständiger Tritt, sodass Kamo sich zusammenkrümmt und Goleh sich unter ihm wegrollen kann.

»Das ist Betrug!«, keucht Kamo. »Wenn Schwester dir hilft, ist das geschummelt!«

Vielleicht ist es besser so. Wenigstens müssen sie nicht die belastenden Erinnerungen an ein besseres Leben mit sich herumschleppen.

Manchmal fällt es auch mir schwer, mich an Papas Gesicht zu erinnern. Ein breites Lächeln hatte er, das tiefe Falten in seine Wangen grub, und wenn er richtig lachte, zeigten sich seine Grübchen.

Doch an seinen Unterricht erinnere ich mich so klar, wie Lisas wärmende Strahlen leuchten. Papa war leichtfertig und sorglos in fast allem, doch niemals, wenn er mir etwas beibrachte. Dann wurde er sehr ernst, was mir zeigte, dass ich es ebenfalls ernst nehmen musste. Seine Lektionen beinhalteten das geheime Wissen der Götter und ich verinnerlichte sie mit ganzem Herzen.

Nun führt Mama den schwer beladenen Fàré zur Straße, dicht gefolgt von Kamo, Goleh und mir. Die meisten anderen Familien des Dorfes sind bereits aufgebrochen, weshalb sie uns wohl die besten Plätze auf dem Markt wegschnappen werden. Angespannt suche ich die Straße vor uns nach Ampah ab. Ist sie schon fort?

Plötzlich stößt mich jemand so fest in den Rücken, dass ich beinahe das Gleichgewicht verliere. Sofort fahre ich mit erhobenen Fäusten herum, um es Kamo oder Goleh ordentlich heimzuzahlen. Doch wo ich die frechen braunen Augen meiner Brüder erwartet habe, lachen mich Ampahs fast schwarze an.

»Hast du etwa gedacht, ich würde ohne dich gehen, Nachteule?« Fröhlich zwinkert sie mir zu.

»Ampah! Ich hätte dir beinahe eine verpasst!«, schimpfe ich, muss aber ebenfalls grinsen. »Ich dachte, du wärst einer meiner bescheuerten Brüder.«

»Ach, bitte! Wenn diese Trampeltiere sich anschleichen wollen, sind sie lauter als Sogbos Donnerschläge.«

Genau in diesem Moment stürmen Kamo und Goleh an uns vorbei, beide mit hochroten Wangen. Niemand außer Ampah schafft das. Ich grinse breit und sie greift lachend nach meiner Hand. Unsere Mütter tun sich ebenfalls zusammen, während wir Hand in Hand Richtung Koumbi Saleh marschieren.

Ampah ist meine beste – gut, meine einzige – Freundin auf dieser Welt. Bevor Papa uns verließ, waren wir nie lange genug an einem Ort, um Freundschaften zu schließen. Ampah ist das einzig Gute, was sich aus seiner Abwesenheit ergeben hat. Ihre Mutter und sie sind die einzigen Menschen im Dorf, die uns anständig behandeln, vermutlich weil auch sie in gewisser Weise geächtet werden.

Ampahs Mutter ist die jüngste und damit unbedeutendste Ehefrau unseres *Griots* Tummu. Doch trotz ihrer niederen Stellung sind sämtliche Jungs des Dorfes hinter Ampah her – auch meine Vettern, die Söhne des Dorfoberhauptes. Dummerweise bedeutet das aber auch, dass die Mädchen des Dorfes alle eifersüchtig auf sie sind. Ihr Gesicht war dank ihrer makellosen Haut und ihrer hohen Wangenknochen schon immer umwerfend, noch dazu sind ihre großen ernsten Augen so ausdrucksstark, dass man ihr quasi jeden Gedanken sofort ansieht. In letzter Zeit aber verwandelt sich ihr schlanker Mädchenkörper in den einer jungen Frau. Wo bei mir nur harte Muskeln zu finden sind, zeigen sich bei Ampah geschmeidige Rundungen. Wenn sie durch das Dorf geht, fangen die Jungs an, sich gegenseitig zu schubsen und ihre Muskeln spielen zu lassen, um sich ihre Aufmerksamkeit zu sichern. Dann stupst sie mich immer mit dem Ellbogen an und verdreht die Augen, als wären diese albernen Spielchen auch auf mich bezogen.

Dabei mustern die Jungs mich höchstens mit Furcht.

Kopfschüttelnd konzentriere ich mich wieder auf den Weg und den warmen Druck von Ampahs Hand. Heute will ich mir eine wohlverdiente Pause vom engstirnigen Dorfleben gönnen. Heute ist Markttag, und in Koumbi Saleh bin ich nur eine von vielen *Nyamakalaw*, die in die Stadt kommen, um die Waren ihrer Familie zu verkaufen. Dort bin ich niemand, den man fürchten muss, niemand, den man hassen muss.

Dort bin ich einfach niemand.

Lisa steigt weiter in den Himmel hinauf und verbreitet drückende Hitze. Ampah und ich vertreiben uns die Zeit mit Klatsch und Tratsch und gutmütigen Sticheleien. Irgendwann gehen wir an einigen alten Frauen aus unserem Dorf vorbei, die mir sofort finstere Blicke zuwerfen. Doch Ampah, die noch immer ein fröhliches Lächeln auf den Lippen hat, wechselt einfach auf meine andere Seite, sodass sie zwischen mir und ihnen geht. Das ist typisch für sie – so zu tun, als wäre gar nichts, während sie mich gleichzeitig vor ihren missbilligenden Blicken abschirmt.

Als wir uns der Stadt nähern und an den Ausbildungsstätten der Krieger vorbeikommen, beginnt meine Haut zu kribbeln. Ich renke mir beinahe die Wirbelsäule aus, um durch die Lücken der dornigen Akazienhecke einen Blick zu erhaschen. In langen Reihen treten sie gegeneinander an, während eine Handvoll Ausbilder ihnen Befehle zuruft und ihre Haltung korrigiert. Wie gern würde ich mich ihnen anschließen und mich mit ihnen messen. Aber zu diesem Gelände haben nur die Soldaten des Ghānas Zutritt.

Und natürlich werde ich niemals ein Soldat sein.

Weil ich ein Mädchen bin.

Der Gedanke ist so voller Bitterkeit, dass ich sie regelrecht schmecken kann.

Schließlich durchschreiten wir, begleitet vom Geschrei der Händler und dem Ächzen der Wagenräder, die Stadtmauer von Koumbi Saleh. Kamo und Goleh laufen voraus, so schnell, dass Staubwolken hinter ihnen aufwirbeln.

Koumbi Saleh bringt mich jedes Mal wieder zum Staunen. Ich habe schon viele Städte überall in Wagadu besucht, sogar ein paar außerhalb des Reiches, aber keine von ihnen ist so prachtvoll wie

Koumbi Saleh. Was aber auch kein Wunder ist, da schließlich der Ghāna hier lebt.

Papa hat mir einmal erzählt, dass unser Ghāna der reichste aller Könige dieser Welt ist. Sieht man sich hier um, fällt es nicht schwer, das zu glauben. Überall ist Gold: in den Schnitzereien der Holztore des riesigen Palastes, auf den Waffen der vielen Söhne des Ghānas, eingeflochten in die Haare seiner Töchter, in den Stickereien der Roben seiner Wahrsager. Ganz zu schweigen von dem Schutz, den man mit Gold kaufen kann – an jeder Ecke stehen königliche Soldaten mit glänzenden Schwertern und Speeren.

Auf dem Weg zum Marktplatz kommen wir an den riesigen Stallungen des Ghānas vorbei. Selbst die Pferde werden hier wie Adel behandelt, sie bekommen Zügel aus Seide und schlafen auf weichen Fellen.

Zu wissen, dass diese Pferde im Luxus schwelgen, während viele Menschen in Wagadu ums nackte Überleben kämpfen müssen, macht mich wütend. Ich selbst habe mich abends, öfter als ich zählen kann, mit leerem Magen schlafen gelegt – und wir gehören noch zu den Glücklicheren. Wenigstens lässt mein Onkel uns im Schutz des Dorfes leben. Wer keinen Stamm um sich hat, hält selten lange durch: Entweder verhungert er oder er wird von Sklavenhändlern geschnappt.

Der Markt ist bereits überfüllt mit Hausierern, Packern und anderen Nyamakalaw, deshalb konzentriere ich mich voll und ganz darauf, zwischen den vielen Ständen und Karren ein leeres Fleckchen zu finden, wo wir unsere Ware auslegen können. Ampah verabschiedet sich mit einem Winken und macht sich mit ihrer Mutter ebenfalls auf die Suche.

Nach einer Weile beschließt eine glücklose Töpferin, früher zu gehen, und wir übernehmen ihren Platz. Kamo und Goleh werden beauftragt, Wasser für Fàré zu besorgen, während ich unsere Waren auf einem großen Tuch ausbreite. Mama spannt inzwischen ein zweites Tuch über unseren Köpfen auf, um uns vor Lisas brutalen Strahlen zu schützen, die nun am stärksten sind. Sorgfältig arrangiere ich Mamas Kreationen: wunderschöne Halsketten aus Holzperlen, aus Stein geschnitzte Anhänger in unterschiedlichen Formen und Schattierungen, dazu fein gearbeitete Götterbildnisse. Daneben wirken meine Klingen schäbig und unansehnlich.

»Falls jemand fragt ...«, setzt Mama an.

»Ich weiß!« Gereizt verdrehe ich die Augen. »Papa hat diese Klingen geschmiedet, nicht ich.«

Nachdem wir alles aufgebaut haben, warten wir darauf, dass jemand unsere Kreationen bemerkt und für begehrenswert erachtet. Wenig später nähern sich drei Männer.

Ihre Kleidung wirkt fremdartig, und ich versuche, ihre Herkunft zu erraten. Der Mann auf der rechten Seite scheint ungefähr in meinem Alter zu sein. Er ist klein und schlank im Vergleich zu seinen älteren, kräftiger gebauten Begleitern. Wie bei vielen anderen, die ich heute hier gesehen habe, erinnert das helle Braun ihrer Haut an Sepia. Ihr Nyama ist kraftvoll, es scheint die Menschen ringsum regelrecht von ihnen wegzuschieben. Mir wird leicht flau im Magen. Für sie scheint es vollkommen selbstverständlich zu sein, dass man ihnen Platz macht.

Mein Blick huscht zu Mama. Äußerlich wirkt sie ruhig, doch als die Männer näher kommen, holt sie zitternd Luft.

»Willkommen, die Herren«, begrüßt sie die drei mit einem höflichen Lächeln.

Die Männer antworten nicht, sondern mustern nur stirnrunzelnd unser Angebot. Der Bullige in der Mitte lässt einen schwieligen Finger über mein Wurfmesser gleiten. Die Augen in seinem runden Gesicht stehen dicht zusammen, und seine klumpige Nase weist einen merkwürdigen Winkel auf, als wäre sie so oft gebrochen worden, dass sie sich irgendwann nicht mehr richten ließ.

»Das hier ist nicht ganz so mies wie die anderen. Welcher deiner Jungs hat es gemacht?« Er spricht unsere Sprache, allerdings mit einem mir unbekannten Akzent. Prüfend hält er das Messer ins Licht.

Frustriert beiße ich die Zähne zusammen, sage aber nichts. Er gibt sich nur so abfällig, um einen besseren Preis zu erzielen.

Mama wirft mir einen warnenden Blick zu. Kamo und Goleh

toben ein paar Schritte von uns entfernt durch den Staub, sie haben die Männer an unserem Stand noch gar nicht bemerkt.

»Sie sind noch zu jung für eine so feine Handwerksarbeit«, antwortet Mama gelassen. »Mein Ehemann hat sie gefertigt.«

Grinsend mustert der Mann erst Mama, dann mich. »Kein Wunder, dass er euch allein auf den Markt schickt. Wahrscheinlich hofft er, dass eure hübschen Gesichter über sein mangelndes Können hinwegtäuschen.«

Brennende Hitze steigt in meine Wangen.

Er feilscht nur. Er feilscht nur.

Aber in seinen verletzenden Worten meine ich meinen Onkel wiederzuerkennen. Sehe Masirehs verächtliches Grinsen vor mir. Und plötzlich bricht etwas aus mir hervor, das sich nicht länger verstecken will.

»Und wenn ich Ihnen nun sage, dass ich es gemacht habe?«, platze ich unvermittelt heraus. Dabei sehe ich dem gehässigen Mann direkt in seine kleinen Augen.

Der wendet sich dem Begleiter auf seiner Linken zu und beide fangen lauthals an zu lachen. Der Kleinere stupst ihn an und murmelt etwas in einer fremden Sprache; anscheinend will er ihn zur Ordnung rufen. Aber die beiden anderen lachen nur noch lauter. Ein glühender Klumpen Zorn ballt sich in meiner Brust zusammen.

»Sei nicht albern, Kleine«, erwidert der Gehässige schließlich spöttisch.

Ein schrilles Kreischen setzt in meinem Kopf ein, wie eine Feile, die über eine Klinge gleitet. Der brennende Klumpen in meiner Brust zerplatzt, und der Zorn strömt glühend durch meinen Körper, schießt wie pure Energie in meine Glieder.

Am Himmel hinter dem Mann entdecke ich einen Habicht. Blitzschnell reiße ich ihm das Wurfmesser aus der Hand und schleudere es hinauf. Die Klinge streift im Flug kurz seine Haare.

Mit weit aufgerissenen Augen fahren die drei Männer herum und sehen zu, wie der Habicht vom Himmel fällt.

Er ist tot.

Mir bleibt kaum genug Zeit, um ihre schockierten Mienen zu genießen, bevor sich die schwieligen Finger des Mannes um meinen Hals schließen.

Er hebt mich hoch, als wäre ich nicht mehr als eine Puppe.

»Wie kannst du es wagen?«, zischt er. Mama streckt schreiend die Arme nach mir aus, doch der Kerl links von uns tritt mit einem schnellen Schritt vor und stößt sie zu Boden. Mit voller Kraft. Nun will ich schreien, bringe aber nur ein ersticktes Gurgeln hervor.

Während ich darum kämpfe, genügend Luft zu bekommen, muss ich hilflos zusehen, wie der Kerl sich Mamas Ketten und meine Messer greift und sie in den Beutel an seinem Gürtel stopft. Inzwischen hat der Kleinere den Arm gepackt, mit dem sein Freund mich festhält, und stößt einige Worte in ihrer fremden Sprache hervor. Aber der Bullige lacht nur und greift noch fester zu.

Die Augen scheinen mir aus den Höhlen zu treten, während ich mich verzweifelt nach Hilfe umsehe. Doch jeder hier – von den Nyamakalaw über die Kaufleute bis hin zu den Bettlern – wendet den Blick von uns ab. Nicht einmal die Soldaten des Ghānas halten es für nötig, einzugreifen. Ich bin es nicht wert, dass man mich beschützt.

Ich bin ein Niemand.

Der kleinere Mann wendet sich nun laut schreiend abwechselnd an beide Männer, aber die ignorieren ihn. Fast scheint es, als würden sie ihn gar nicht hören.

Blaue Flecken tanzen am Rand meines Sichtfeldes.

Gerade als ich glaube, nie wieder einen Atemzug nehmen zu können, lässt der bullige Kerl mich los. Ohne Halt falle ich zu Boden, wo ich keuchend und röchelnd liegen bleibe.

»Das sollte dir eine Lehre sein«, sagt er nur.

Während ich gierig Luft in meine Lunge ziehe, klärt sich mein Blick langsam wieder. Kamo und Goleh klammern sich leise weinend an Mama fest. Die hat schützend die Arme um sie gelegt und blickt starr zu Boden, während sich die Männer weiter die Taschen vollstopfen. Als sie endlich gehen, sind alle drei Messer und ein Großteil der Ketten und Anhänger verschwunden.

Während ich ihnen finster hinterherblicke, kommt mir der Gedanke, dass ich sie verfolgen und ihnen zeigen sollte, was mein Vater mich noch gelehrt hat. Aber dann schiebt sich eine Gruppe Wahrsager zwischen uns, deren weite weiße Roben mir den Blick versperren.

Als sich die Menge das nächste Mal teilt, sind die Männer verschwunden.

3 YAFEU

Wir treten schweigend den Heimweg an, und während Mawu Lisa in seiner Herrschaft ablöst, verdunkelt sich unsere Stimmung ebenso schnell wie der Himmel. Jedes Mal, wenn ich den Dreck auf meinem gelben Kaftan sehe, fegen Wut und Schuldgefühle durch mein Innerstes wie ein Doppelsandsturm durch die Wüste. Der einzig Fröhliche in unserer Gruppe ist Fàré, da er nun wesentlich weniger zu schleppen hat als am Morgen.

Was allein meinem dämlichen Stolz zu verdanken ist.

Ich stoße die Tür zu unserer Hütte auf und sehe zu, wie Mama die leere Decke wegräumt und das Feuer anfacht. Im zuckenden Schein der Flammen mustere ich ihr Gesicht. Sie wirkt so gelassen wie immer.

Ist sie denn nicht so wütend auf mich, wie ich es bin?

Sobald meine Brüder schlafen, schleiche ich mich in den hinteren Teil der Hütte und schiebe den violetten Vorhang beiseite; dahinter sitzt Mama und arbeitet an einem neuen Anhänger. Hoch ragt ihr Schatten an der Wand auf, noch zusätzlich in die Länge gezogen von den Kerzen auf ihrem Arbeitstisch. Zögernd gehe ich zu ihr und sehe ihr über die Schulter. Sie schnitzt gerade die letzten Details in einen glänzend grünen Stein; er hat die Form eines Wildhundes.

Mir stockt der Atem. Wie kann Mama wissen, was mir am Morgen passiert ist? Ich will es ihr erzählen, überlege es mir dann aber anders. Zu sehr lastet auf mir, was seitdem passiert ist.

»Mama«, flüstere ich deshalb nur.

»Ja, mein Kind?«

»Es tut mir leid.« Tränen brennen in meinen Augen, und ich blinzele hektisch, um sie zu unterdrücken. Ich bin viel zu alt, um zu weinen.

Mama seufzt schwer. Der hölzerne Hocker knarzt, als sie sich zu mir umdreht und die Arme ausbreitet. Schnell flüchte ich mich auf ihren Schoß und sauge die warme würzige Mischung aus Ingwer und Berbere auf, nach der sie immer duftet. Der vertraute Geruch raubt mir auch noch die letzte Selbstbeherrschung, sodass die Tränen mit einem lauten Schluchzer aus mir herausbrechen.

»Du hast mir immer gesagt, dass ich meinen Mund halten soll«, presse ich schniefend hervor, »und das eine Mal, als ich mich nicht daranhalte, passiert gleich etwas Schreckliches!«

Sie wendet sich wieder dem Tisch zu, greift nach einem langen Stück gegerbter Sehne und fädelt es durch die beiden winzigen Löcher an Kopf und Schwanz des Wildhundes.

»Den habe ich für dich gemacht«, erklärt sie ruhig und legt mir den Anhänger in die offene Hand.

Fasziniert starre ich den Stein an, lasse meine Fingerspitzen über die eingeritzten Linien gleiten. Ich kenne den Stein nicht, den sie benutzt hat, aber er ist wunderschön. Auf dem Markt könnte sie dafür einen hohen Preis verlangen. Doch stattdessen schenkt sie ihn mir. Und das, obwohl wir heute so viel eingebüßt haben.

Sie nimmt mir die Kette wieder ab, drückt meinen Kopf nach vorn und bindet mir das Schmuckstück um. »Hier im Dorf der Familie deines Vaters pflegt man seltsame Ansichten«, fährt sie fort. »Hier glaubt man, dass die Urmutter Nana Buluku vielen Zwillingspaaren das Leben schenkte, je einem männlichen und einem weiblichen. Das hält man hier für die rechte Ordnung der Dinge.«

Ich nicke zustimmend. »So wie Mawu und Lisa, die Mondgöttin und der Sonnengott.«

»In meiner Heimat nannten wir sie Mawu-Lisa, und sie waren keine Zwillinge, sondern ein Wesen mit zwei Gesichtern, weder männlich noch weiblich, sondern beides zugleich.«

Ein Wesen, das männlich *und* weiblich ist? Es fällt mir schwer, einen solchen Glauben zu verstehen. Selbst als ich mir auszumalen versuche, wie ein solches Wesen aussehen könnte, will sich kein Bild einstellen.

»Warum erzählst du mir das jetzt?«, frage ich.

Mama greift nach meiner Hand. »Du bist ganz das Kind deines Vaters, Tochter. Du trägst seine Kühnheit, seine Beharrlichkeit und sein Talent in dir.«

Sie lächelt mich an, was ich automatisch erwidere, da ihre Worte mich nicht nur trösten, sondern auch stolz machen.

»Und auch seine Grübchen hast du geerbt.« Neckend drückt sie ihren Finger in die Vertiefung unter meinem Wangenknochen. »Aber auch ich bin ein Teil von dir.« Sanft legt sie eine Hand an meine Brust. »Anmut, Mitgefühl, Weisheit ... Vater *und* Mutter. Als du noch klein warst, war es meine Aufgabe, dir das richtige Gleichgewicht nahezubringen. Dich Zurückhaltung zu lehren. Aber nun bist du eine Frau, und du musst selbst entscheiden, wer du sein möchtest.«

Wieder steigen Tränen in meine Augen, doch ich nicke.

Mamas Blick ist plötzlich abwesend. »Dir steht ein großes Schicksal bevor, mein Kind. Groß und voller Grauen, denn die Welt wird deine Stärke fürchten. Aber der Geist des wilden Hundes wird stets an deiner Seite sein. So war es schon immer seit der Nacht, in der du geboren wurdest und ich kurz vor Ende meiner Niederkunft sein Heulen hörte. Vergiss nie, die Kraft des Wildhundes zu ehren, denn er wird dich auf deinem Weg leiten.«

Wieder muss ich an die kleine Hündin vom Morgen denken und eine dunkle Vorahnung ergreift mich. Wäre Papa jetzt hier, würde er über Mamas eigenartige Worte lachen. *Drück ihr doch nicht deinen Aberglauben auf*, würde er sagen und sie in seine Arme ziehen. *Unsere Tochter wird ihr eigenes Schicksal schreiben.*

Aber Papa ist nicht hier.

Plötzlich bin ich einfach nur erschöpft. Ich lasse mich zu Boden gleiten und lege den Kopf in Mamas Schoß.

»Erzähl mir noch einmal die Geschichte«, bitte ich sie leise.

»Dafür wirst du langsam aber wirklich zu alt«, mahnt sie, doch ich höre das Lächeln in ihrer Stimme. Dann räuspert sie sich und fängt an, mir den Kopf zu streicheln.

*

Yafeu, ein großer Jäger, der die Kräfte der Natur erwecken und sich selbst an entlegensten Orten zurechtfinden konnte, war schon viele Tage vor mir mit den Majūs *gesegelt, hatte neue Länder entdeckt und Reichtümer angehäuft. Die Majūs kannten das Meer durch und durch und glaubten in ihrem Hochmut, es bezwingen zu können. Inzwischen waren sie schon so lange auf See, dass ihnen die Vorräte ausgingen, und sie fingen auch keine Fische mehr. Also beschlossen sie, an einer Küste anzulegen, an der sich die Berge fast bis ans Wasser erstreckten, um dort nach Wild zu suchen. Kaum waren sie an Land, verschwand Yafeu für drei Tage und drei Nächte, und niemand wusste, wohin er gegangen war.*

Am vierten Tag fanden ihn die Majūs schließlich auf dem Gipfel eines hohen Berges, ganz dem Himmel zugewandt. Mit den Gesten seiner Ahnen rief er die Götter, wie sein Großvater es ihm gezeigt hatte, der es wiederum von seinem Großvater erlernt hatte. Entsetzt beobachteten ihn die Krieger, schockiert von seinem Tanz, denn über ein solches Wissen verfügten sie nicht. Sie flehten ihn an, aufzuhören und mit ihnen zusammen den Berg zu verlassen. Doch er gehorchte erst, nachdem er den Zauber vollendet hatte.

Als sie an den Strand zurückkehrten, entdeckten sie ein gigantisches Meerestier, das leblos im Sand lag. Sofort liefen die Krieger zu dem Kadaver hinüber und bejubelten diese glückliche Wendung des Schicksals. Nur Yafeu hielt sich fern. An diesem Abend schlugen sich die Seeleute den Bauch voll, bis sie von dem Fleisch krank wurden. Da sagte Yafeu zu den gepeinigten Majūs: »Sind Agbe und Naete, die Götter des Meeres, nicht bessere Beschützer als eure Riesen? Mein Tanz war ein Gebet zu Agbe und Naete, sie haben mich noch nie im Stich gelassen.« Da spuckten die Männer den Fisch aus und verbrannten den Rest des Meerestiers als Opfergabe an Agbe, Naete und ihre Götterriesen. Von da an hatten sie für den Rest ihrer Reise Nahrung im Überfluss …

Mir fallen die Augen zu, die Worte meiner Mutter werden zu einem beruhigenden Summen und verschmelzen miteinander wie die Bilder, die hinter meinen geschlossenen Lidern tanzen.

»Mama?« Die Müdigkeit lässt meine Zunge schwer werden.

»Ja?«

»Wird Papa jemals zurückkommen?«

Ich spüre, wie sie verkrampft. Eigentlich kenne ich ihre Antwort schon, denn diese Frage habe ich ihr oft gestellt. Aber an diesem Abend muss ich es noch einmal von ihr hören.

»Bevor er ging, um mit den Majūs seinem Schicksal zu folgen, hat dein Vater uns versprochen, dass er zu uns zurückkommen wird. Und es gibt zwei Dinge, die immer auf Yafeu zutreffen, daran können selbst die Götter nichts ändern: Er bekommt stets, was er will, und er hält sich immer an seine Versprechen.«

In dieser Nacht höre ich im Traum den dumpfen Knall von Papas Bogensehne, sehe seine konzentrierte Miene, als er durch das Dickicht späht, seine Hände, wie sie zärtlich über Mamas Wange streichen. Ich verliere mich in einer Welt aus echten und eingebildeten Erinnerungen, den steinernen Wildhund halte ich fest in der Hand.

4 FREYDIS

Eine letzte Linie, dann ist die Rune vollständig.

Das Messer rutscht mir aus den schmerzenden Fingern. Ich lasse es im Wirrwarr der Zweige verschwinden, dankbar, es endlich los zu sein. Mit einem erleichterten Seufzer beuge ich mich vor und tauche mein steifes Handgelenk in den Fluss, der zum Agdersfjord führt. An eine solche Anstrengung werden sich meine Finger wohl niemals gewöhnen. Schweißtropfen lösen sich von meiner Stirn und fallen in den Fluss. Ich – schwitzend draußen in den Feldern! Das ist so absurd, dass ich beinahe laut gelacht hätte. Aber das Stück Walknochen an meiner Seite verlangt mahnend nach Ernsthaftigkeit.

Schließlich schüttele ich das Wasser von meiner Hand und werfe noch einmal einen Blick über die Schulter. Die untergehende Sonne taucht die mit grünem Gras bewachsene Anhöhe in weiches Licht. Ich bin allein, vielleicht abgesehen vom verborgenen Volk, das seine Heimstatt ja gern in Hügeln wie diesen anlegt.

Eigentlich ist alles sehr friedlich. Wenn da nur nicht der Grund wäre, warum ich überhaupt gekommen bin.

Sobald ich meine Finger wieder bewegen kann, hebe ich den frisch beschriebenen Walknochen auf und drücke ihn fest an meine Brust. Er ist beinahe so lang wie mein Oberkörper und hat ungefähr ein Drittel seines Umfangs, ist dabei aber überraschend leicht. Ich habe dem Händler auf dem Markt einen ganzen Silberbarren dafür bezahlt; bestimmt hat der ihn einem der Sami-Jäger oben im Norden abgenommen. Als der Mann sich abwandte, huschte ein verschlagenes Grinsen über sein Gesicht, aus dem ich schloss, dass ich wahrscheinlich doppelt so viel bezahlt habe, wie der Knochen wert ist.

Beim nächsten Mal werde ich meine Granatperlen ablegen und einen alten, abgetragenen Mantel über mein Kleid ziehen. Der Mann wusste vielleicht nicht, wer ich bin, aber jeder Kaufmann erkennt Reichtum, wenn er ihn sieht.

Nein – es wird kein nächstes Mal geben. Nicht, wenn das hier funktioniert.

Und es muss funktionieren.

Verglichen mit dem mächtigen Fjord, den er speist, ist der Fluss hier recht kläglich, sodass ich mich einen Moment lang frage, ob Freya es mir möglicherweise übel nimmt, wenn ich sie an einem so gewöhnlichen Ort rufe. Vielleicht sollte ich es lieber am heiligen See Vítrir versuchen.

Aber das Risiko ist zu hoch. Dort könnte mich jemand aus der Stadt entdecken, der Odins weisen Rat ersucht, oder ein Bauer, der früher vom Feld gekommen ist, um Freya ein Opfer darzubringen, in der Hoffnung auf eine reiche Ernte. Dann würden sich die Gerüchte wie ein Lauffeuer verbreiten, bis jeder in Skíringssal wüsste, dass die Tochter des Königs Magie praktiziert wie irgendeine dahergelaufene Hexe. Schon beim Gedanken daran durchfährt mich ein furchtsamer Schauer.

Vater würde mich umbringen, wenn er wüsste, was ich hier tue.

Wieder schaue ich mich um, nun sogar noch angespannter als zuvor. Nein, einen sichereren Ort hätte ich nicht finden können. Außerdem darf ich mich nicht zu weit vom Badehaus entfernen, falls Mutter beschließt, dass sie mich doch noch braucht.

Ich wende mich mit demütig geneigtem Kopf dem Wasser zu und halte den Walknochen mit ausgestreckten Armen über den Fluss, wie Fritjof – Vaters Skalde und der mächtigste Seher von Agder – es mir gezeigt hat. Nachdem ich mich kurz geräuspert habe, beginne ich damit, in getragenem Ton den selbst kreierten Runenzauber zu singen, den ich in den Knochen eingeritzt habe:

HEIL DIR, FREYA, HERRIN VON FOLKWANG! ERHÖRE MEIN FLEHEN UND SCHENKE DER KÖNIGIN EINE LEICHTE NIEDERKUNFT. ERSPARE IHR LEID UND SCHMERZ BEI DER GEBURT DES THRONFOLGERS. SEGNE SIE MIT EINEM GESUNDEN SOHN UND PRINZEN.

Durch die Anspannung beginnt meine Stimme zu zittern wie die Hand einer unerfahrenen Näherin, die einen feinen Faden auftrennt. Anders als Fritjof kann ich keine sonderlich schöne Singstimme mein Eigen nennen. Während er meiner hartnäckigen Bettelei in Bezug auf die Kunst des Runenzaubers irgendwann nachgegeben hat, besteht er stur darauf, dass man meine Stimme nicht ausbilden kann. Wie auch das zweite Gesicht ist die Singstimme ein Geschenk der Götter. Entweder ist man damit gesegnet oder eben nicht.

Trotzdem hoffe ich aus ganzem Herzen, dass ich mit meinem unbeholfenen Zauber die Gunst meiner Namenspatronin gewinnen kann. Oder dass zumindest Mutters Hebamme ihr eine Hilfe ist, falls die Göttin mich nicht erhört. Sicherlich hat sie bereits einen viel mächtigeren Zauber gewirkt, als ich es jemals könnte.

Da diese Frau dafür bekannt ist, schon vielen starken und gesunden Babys auf die Welt geholfen zu haben, ließ mein knauseriger Vater es sich einiges kosten und hat sie extra aus dem weit im Westen gelegenen Hordaland kommen lassen. Natürlich gibt es auch Hebammen, für die man nicht so weit hätte reisen müssen und die ebenfalls in der Lage sind, einer Frau durch die Qualen der Geburt zu helfen. Es gab sogar einmal eine direkt hier in Skíringssal, aber die hat Vater hinrichten lassen, nachdem Mutters letztes Kind eine Totgeburt war. Und auch wenn es nicht lange dauerte, bis sich ihr Bauch erneut rundete, hat sich danach keine Hebamme in ganz Agder mehr getraut, ihre Dienste anzubieten.

Wie es üblich ist, hat die Hebamme mir den Zutritt zum Badehaus verweigert, nachdem die Geburt an diesem Morgen begann. Mutter wollte aber sowieso nicht, dass ich bleibe, sie wollte nur Helge an ihrer Seite haben. »Eines Tages werdet Ihr das verstehen, Prinzessin Freydis«, sagte diese nur, bevor sie mir die Tür vor der Nase zuschlug.

Damit mag Helge sogar recht haben, aber ich musste wenigstens *irgendetwas* tun, um Mutter zu helfen – etwas, das ich nie zuvor probiert habe.

Jeder Runenzauber birgt ein enormes Risiko, aber ich musste es versuchen. Es war das Einzige, was ich noch versuchen *konnte*. All die inbrünstigen Gebete, die ich während der letzten Jahre gesprochen habe, all das Gold und Silber, das ich an Freyas Altar niedergelegt habe, all die Schafe, Kälber und Schweine, die Vater geopfert hat … nichts davon hat ausgereicht, um das Schicksal zu wenden.

Fast scheint es, als hätten meine düsteren Gedanken ihn heraufbeschworen: Ein durchdringender Schrei dringt aus dem Badehaus herüber.

Mutter!

Mein Magen krampft sich schmerzhaft zusammen, als ich losrenne. Gerade als ich die Tür zum Badehaus erreiche, kommt eine Leibeigene heraus. Sie hält ein Schaffell in der Hand, von dem noch die rote Farbe tropft.

Nein, keine Farbe.

Blut.

Der metallische Geruch dringt mir in die Nase, als die Leibeigene an mir vorbeihastet. Mir wird schwindelig. Schnell stütze ich mich mit einer Hand an der Torfwand der Hütte ab.

»Mutter!«, rufe ich durch die offene Tür, aber meine Stimme ist zu schwach.

Wieder dringt ein Schrei nach draußen, der dann abrupt abbricht. Ich warte. Einen schier endlosen Moment lang herrscht Stille, dann … ein leises Weinen.

Ohne nachzudenken, werfe ich meinen Walknochen weg und stürze in die dunkle Kammer. Die Luft dort drin ist zum Zerschneiden dick. Das trübe Licht der Kerzen reicht gerade eben aus, um Mutter zu erkennen, die aufrecht auf dem Boden kniet.

Mein Herz macht einen Satz, als ich sie sehe. Ihr schönes Gesicht ist mit Schmutz, Schweiß und Tränen bedeckt und vollkommen verzerrt vor Schmerz. Krampfhaft hält sie Helges Hand umklammert; die Hebamme kniet hinter ihr. Der Saum ihrer Tunika ist mit Blut verschmiert, das auf dem Boden zu einer Lache zusammenläuft.

Der stechende Metallgeruch lässt mich nach Luft schnappen.

Dieser Geruch.

Wie erstarrt stehe ich da. Ich kann mich einfach nicht bewegen.

»Raus!«, kreischt die Hebamme.

Aber ich höre sie kaum, denn mich überkommt wieder dieses Schwindelgefühl. Die Welt verschwimmt vor meinen Augen, sicher werde ich gleich ohnmächtig.

Jemand schiebt mich zur Tür, ein paar graue Strähnen aus Helges halb aufgelöstem Zopf blitzen vor mir auf, dann stehe ich wieder vor der Hütte.

Verwirrt taumele ich zurück und blinzele in die Abenddämmerung. Irgendwie schaffe ich es bis an die Mauer und taste im Gras herum, um meinen Walknochen wiederzufinden. Als meine Finger sich darumlegen, klärt sich mein Blick endlich wieder und ich lasse mich erschöpft gegen die Mauer fallen.

Nur um sicherzugehen, drehe ich den Knochen in meinen Händen und untersuche noch einmal die eingekerbten Runen. Im ersten Moment glaube ich, dass der Knochen vibriert; dann aber erkenne ich, dass einfach nur meine Hände zittern.

Mutter.

So habe ich sie noch nie gesehen. So viel Schmerz, so viel Blut …

Ich versuche, dieses Bild aus meinem Kopf zu verbannen. Und da ich sowieso nirgendwo hinmuss, beschließe ich zu warten. Wenn ich mich schon nicht anders nützlich machen kann, werde ich eben hier sitzen und beten.

Ein derber Tritt gegen mein Schienbein reißt mich aus dem Schlaf. Mit einem leisen Schrei drücke ich mich an die Mauer und blinzele zu dem Angreifer hoch. Das graue Zwielicht zeigt mir kaum mehr als die hagere Gestalt und die dunklen Augen der Hebamme.

»Albernes Mädchen!«, zischt sie und entreißt mir meinen Walknochen. »Hat dein Lehrer dich nicht gewarnt, dass schon *ein* falsches Zeichen Freyas Zorn auf dich lenken wird?«

Die Runen.

»Es … Sie sind makellos«, setze ich mich zur Wehr, auch wenn sich dabei wieder dieses ängstliche Zittern in meine Stimme schleicht. »Ich bin mir sicher. Ich … ich habe jahrelang geübt …«

»Sei still!«

Sie dreht den Knochen hin und her. Mit angehaltenem Atem beobachte ich, wie sie die heiligen Zeichen nach Fehlern absucht. Als sie keine findet, schürzt sie gereizt die Lippen und wirft mir den Knochen auf den Schoß.

Doch bevor ich danach greifen kann, sinkt die Frau auf die Knie und neigt ehrerbietig den Kopf.

So plötzlich, als wäre ich aus einem Traum erwacht, werde ich mir wieder meiner Stellung bewusst. Vaters bevorzugter Tadel geht mir durch den Kopf; seit ich denken kann, habe ich das wieder und wieder von ihm zu hören bekommen: *Vergiss niemals, wer du bist. Und lass vor allem nicht zu, dass die anderen es vergessen.*

Also stehe ich auf und klopfe mir den Staub vom Kleid.

»Der König«, wispert plötzlich eine der Leibeigenen in der Nähe.

Sofort verkrampfe ich mich.

Natürlich. Deswegen macht die Hebamme diesen Kniefall. Nicht meinetwegen.

Mit einem lauten Knall schlägt die Tür des Badehauses gegen die Wand. Sekunden später noch einmal. Aus dem Augenwinkel sehe ich, wie Vater herauskommt. Weder die Hebamme noch ich wagen es, ihm ins Gesicht zu sehen.

»König Balli, die Nornen haben es nicht –«, setzt die Hebamme an, aber er stürmt an uns vorbei, ohne uns eines Blickes zu würdigen.

Zitternd stößt die Frau den Atem aus. Selbst nachdem in der Ferne das Tor der Großen Halle lautstark ins Schloss gefallen ist, erhebt sie sich nicht.

Sie hat panische Angst vor ihm. Das kann nur eines bedeuten.

Mein Runenzauber hat versagt.

Das Baby ist tot.

Schwer wie ein Stein liegt mir das Herz in der Brust. Sechzehn Winter sind seit meiner Geburt vergangen, und Mutter hat seitdem viele Kinder in sich getragen, Jungen wie Mädchen. Und doch habe ich keine Geschwister, die auch nur einen Atemzug getan hätten. Jedes dieser Kinder wurde entweder vor der Zeit ihrem Schoß entrissen oder aber tot geboren.

Plötzlich habe ich Mitleid mit der Hebamme. Schließlich muss sie gewusst haben, welches Schicksal ihrer Vorgängerin widerfahren ist, und trotzdem ist sie gekommen. Sie muss eine sehr mutige Frau sein – oder aber eine sehr dumme.

»Wenn du deinen Kopf weiter auf den Schultern tragen willst, solltest du verschwunden sein, wenn die Sonne aufgeht«, erkläre ich ihr möglichst gebieterisch. Dabei löse ich die Granatperlenkette von meinem Kleid und drücke sie ihr in die Hand. »Damit kannst du einen Fischer bestechen, damit er dich nach Eikundarsund bringt. Von dort aus schaffst du es schon irgendwie nach Hordaland.«

Verwirrt blinzelt mich die Hebamme an.

»Geh jetzt, bevor er zurückkommt!«, zische ich.

Hastig packt sie die Kette, springt auf und eilt davon.

Ich sehe ihr nach, bis sie den Fuß des Hügels erreicht hat, dann wende ich mich ab. Nachdem ich noch einen tiefen Atemzug genommen habe, betrete ich das Badehaus.

Inzwischen brennen mehr Kerzen, die allerdings kaum gegen die Finsternis ankommen. Und diese Dunkelheit scheint von Trauer durchtränkt zu sein. Mutter liegt zitternd in Helges Armen, ihre Schreie hallen von den niedrigen Wänden wider, die immer näher heranzurücken scheinen und uns zu ersticken drohen. Helge murmelt tröstende Worte und wiegt meine Mutter in ihren Armen, als wäre sie ein Kind.

Ich weiß noch, dass Helge mich ebenfalls so gewiegt hat, als ich klein war, auch wenn ich kaum Erinnerungen an diese Zeit habe. Heute kommt mir das eher wie ein Traum vor. Inzwischen hat sie nur noch Verachtung für mich übrig, und Mutter ebenso. Ich gebe mein

Bestes, um es ihnen recht zu machen, aber in ihren Augen mache ich anscheinend immer alles falsch.

Mir ist klar, dass sie statt meiner lieber einen Jungen hätten. Jeder in Skíringssal wünscht sich, ich wäre als Junge geboren worden, ich am allermeisten.

Verzweiflung brennt in meinem Bauch und steigt bis in die Kehle hinauf. Verstohlen sehe ich mich nach dem toten Kind um, kann es aber nirgendwo entdecken. Sicher wurde es bereits von einer Leibeigenen weggebracht.

»Mein Sohn«, stößt Mutter an Helges Schulter zwischen zwei Schluchzern hervor. »Mein Sohn!«

Also war es ein Junge.

Wieder wurde ihr ein Junge genommen. Wie können die Götter nur so grausam sein?

»Mutter.« Ich gehe neben ihr in die Knie und streiche sanft über ihren Rücken. »Es tut mir so leid.«

Sie weicht vor mir zurück, als hätte sie eine Biene gestochen. »Verschwinde, Freydis!«, schreit sie. Helge wirft mir einen bösen Blick zu. Irgendwie schafft sie es, dass ihre dunklen Augen mehr Kälte ausstrahlen als ein Wintertag.

Tief getroffen wende ich mich ab. Helge nimmt ihren leisen Singsang wieder auf; wenigstens kann sie Mutter trösten, wenn ich es schon nicht kann.

Die kühle Abendluft draußen lässt mich frösteln, aber immerhin haftet ihr nicht der Geruch von Tod an. Mein Blick wandert zum Himmel hinauf. Obwohl die Sonne inzwischen untergegangen ist, herrscht noch immer ein dämmriges Zwielicht; zu dieser Jahreszeit wird es nie ganz dunkel. Den Sternen fällt es schwer, am bläulichen Himmelszelt zu strahlen.

Ich weiß, wie sie sich fühlen.

Tränen treten mir in die Augen. Ich atme einmal tief durch und lasse mich dann von meiner Fantasie davontragen.

In meiner Vorstellung bin ich nicht länger in Skíringssal, bin gar nicht mehr im Königreich Agder. Stattdessen lebe ich in Vestfold bei meinem Ehemann König Harald. Unsere Kinder schlafen friedlich und wir machen einen Abendspaziergang durch unsere Gärten. Seine kupfernen Schlüssel hängen an einer Kette um meinen Hals. Eine warme, sanfte Brise trägt den Duft von Gardenien zu uns heran. Nun bleiben wir stehen, um uns die Sterne anzusehen. Mein Mann steht hinter mir, schlingt beide Arme um mich und flüstert mir ins Ohr, dass er mich mehr liebt als Thor seine Sif.

In dieser Zukunft – *meiner* Zukunft – bin ich erfüllt und glücklich. Nächte wie heute sind dann nur noch eine ferne Erinnerung.

Ein wenig ruhiger kehre ich ins Hier und Jetzt zurück und gehe auf das Langhaus meiner Familie zu, in dem ich ein separates Zimmer ganz für mich allein habe – jenen Raum, den Vater ursprünglich auch für die vielen Geschwister hat bauen lassen, die ich hätte haben sollen. Nichts zieht mich dorthin, eigentlich würde ich lieber hinunter zum Hafen gehen, mir ein Boot nehmen und Skíringssal verlassen – der Zukunft entgegensegeln, die mich erwartet. Aber das wird erst geschehen, wenn Harald kommt und seine Ansprüche an mir geltend macht.

Wie lange werde ich wohl noch warten müssen?

Schon nach wenigen Schritten entdecke ich im Gras meinen Walknochen, den ich achtlos weggeworfen habe. Ich hebe ihn auf. Je länger ich auf die eingeritzten Runen starre, desto stärker wird der Drang, das Ding einfach in den Fluss zu werfen.

Ich hatte recht: Die Runen sind makellos. Freya hat meine Bitte einfach ignoriert.

»Prinzessin Freydis?«

»Ja?« Schnell verstecke ich den Walknochen hinter meinem Rücken und drehe mich dabei um. Vor mir steht Orm, der jüngste von Vaters Wachmännern. Selbst im nächtlichen Zwielicht kann ich sehen, wie er errötet. Orm ist nur zwei Winter älter als ich und fühlt sich in meiner Gegenwart immer etwas unwohl. »Was gibt es?«

Verlegen tritt er von einem Fuß auf den anderen. »Der König möchte Euch sprechen. Er erwartet Euch in der Großen Halle.«

5 FREYDIS

Die Große Halle wurde am obersten Punkt des Hügels erbaut und ragt dort erhaben in den blauschwarzen Nachthimmel auf. Ich muss mich zu jedem Schritt zwingen, da die Furcht in meinem Herzen immer größer wird, je näher ich dem Eichenbau komme.

Gerade eben noch wollte ich nicht in mein Zimmer zurückkehren. Jetzt aber wünsche ich mir nichts sehnlicher, als einfach in mein Bett zu kriechen und mich unter meinen Pelzdecken verstecken zu können.

Als ich den Hügel erklommen habe, breitet sich unter mir die Stadt Skíringssal aus. Hunderte Herdfeuer funkeln durch die Abzugslöcher der dicht an dicht aufragenden Dächer. In meiner Vorstellung wacht die Große Halle über sie alle wie ein Adler, der von einer Klippe aus auf den verwinkelten Fjord hinabblickt.

Heute allerdings fühlt es sich an, als würde die Große Halle allein mich beobachten.

Nachdem er wieder einmal einen Thronfolger verloren hat, ist Vater sicher wütend. Falls er Bilsenkraut genommen hat, wird sein Wutausbruch nur umso heftiger ausfallen. Ich fühle mich wie ein Ruderboot, das auf einen Sturm zusegelt.

Zögernd bleibe ich auf Höhe des Runensteins stehen und lege meine Hand auf seine glatte Oberfläche. Nach dem Bau der Großen Halle hat Vater ihn hier aufstellen lassen, um damit seine Herrschaft über Agder zu verkünden. In der Hoffnung, dass die magischen Zeichen mich mit ihrer Kraft füllen, bleibe ich noch einen Moment stehen. Dann schiebe ich das schwere hölzerne Tor auf.

Drinnen empfängt mich zunächst ein ohrenbetäubender Knall. Ein Trinkhorn zerplatzt an der Wand, nicht einmal eine Armeslänge von meinem Kopf entfernt. Instinktiv zucke ich zusammen. An der Holzwand breitet sich ein nasser Fleck aus, der anschließend auf einen zusammengekauerten Haufen Wolle herabtropft, aus dem ein zotteliger weißer Haarschopf hervorragt.

Fritjof!

»Du hast mir geschworen, dass ich Söhne haben werde!«, brüllt Vater ihn an. Mit großen Schritten marschiert er vor dem riesigen Kamin auf und ab, sein blutroter Mantel schwingt hinter seinem schlanken Körper her.

»Bitte, hört auf!«, fleht Fritjof. »Ich sehe nur das, was mir enthüllt wird!«

Am liebsten würde ich mich schützend über den alten Skalden werfen, um ihn vor Vaters Zorn zu bewahren. Aber meine eigene Furcht lähmt mich. Ich habe zwar damit gerechnet, dass Vater seine Wut an einem der Leibeigenen auslassen würde, aber er muss vollkommen außer sich sein, wenn er den von den Göttern nach Agder entsandten Boten derartig misshandelt. Wenn es in unserem Königreich einen Menschen gibt, der gegen Vaters Zorn gefeit ist, dann sollte das Fritjof sein. Dachte ich bisher zumindest immer.

Fritjof ist nicht einfach nur ein Skalde, er ist außerdem ein Seher, der mit einem Auge auf Midgard blickt, während das andere Einblick in die anderen acht Welten hat. Manchmal kann er sogar in den Schicksalsbrunnen an Yggdrasils Wurzeln blicken, in der Halle der Nornen. Ich habe mit eigenen Augen gesehen, welch hohen Preis das dem armen Mann abverlangt; er hat mit der Klarheit seines Geistes dafür bezahlt. Aber dadurch ist er für Vater auch unersetzbar. Und alles, was er vorhergesehen hat, ist eingetreten.

Alles außer dieser einen Sache.

»Du bist ein Betrüger!«, wütet Vater weiter. »Du hast keine Ahnung vom Willen der Götter!«

Fritjof zuckt zusammen und starrt Vater mit großen Augen an. Sein faltiges Gesicht liegt halb im Schatten. Eine dünne Blutspur zieht sich über seine Stirn, anscheinend hat Vater ihn dort erwischt. Beim Anblick seiner verwirrten Miene blutet mein Herz. Fritjof hat mir alles beigebracht, was ich über Magie weiß – vom Runenzauber bis zur Kräuterkunde. Aber vor allem ist er der Einzige, den ich als meinen Freund bezeichnen würde.

»Bitte«, fleht er wieder. »Bitte.«

Ich kenne Fritjof: Er ist nicht dazu in der Lage, sich so klar auszudrücken, dass er sich verständlich verteidigen könnte. Und Vater ist sowieso für keinerlei Argumente zugänglich, wenn er in dieser Stimmung ist.

Meine Gedanken rasen, doch ich versuche, möglichst unbeteiligt zu wirken. Vater gegenüber darf man sich seine Furcht auf keinen Fall anmerken lassen. Oder irgendein anderes Gefühl.

»Du hast nach mir geschickt, Vater?«, frage ich deshalb betont unbekümmert.

Er bleibt stehen und wirft mir einen gereizten Blick zu, als hätte ich ihn bei einer Partie Tafl gestört.

»Verschwinde, Skalde.« Ungeduldig wedelt er mit der Hand. »Ich werde mich später mit dir beschäftigen.«

Zitternd steht Fritjof auf. Ich biete ihm meine Hand zur Stütze und schenke ihm dabei ein vorsichtiges Lächeln. Hoffentlich spürt er, wie gern ich ihm helfen würde.

Sobald er meinen Arm berührt, wendet er mir so ruckartig das Gesicht zu, als würde es durch einen unsichtbaren Faden herumgezogen.

Mir stockt der Atem. Vater hält ebenfalls inne, denn er weiß ebenso gut wie ich, wie es aussieht, wenn ein Mensch von der Sicht überwältigt wird.

In diesem Moment scheint die gesamte Welt auf der Spitze eines Messers zu tanzen.

Fritjof sieht mir direkt in die Augen. In schrillem, weinerlichem Tonfall stößt er die Worte hervor, doch nicht mit seiner eigenen Stimme; jemand oder etwas spricht durch ihn.

Als Paar werden sie kommen, einer hell und einer dunkel, die Söhne des Balli von Skíringssal.

Erleichterung breitet sich in mir aus. Es fühlt sich an wie der Anblick des ersten Schneeglöckchens nach einem langen, harten Winter.

Freya hat mich nicht im Stich gelassen. Sie hat nur den richtigen Moment abgewartet, um Mutter nicht nur einen, sondern zwei Söhne zu schenken.

Zwillingsjungen! In ihrem Alter ist das beinahe unvorstellbar. Aber die Nornen haben es verkündet, und so etwas wie Alter hat gegen ihren Willen nicht mehr Bestand als ein Flämmchen in einem Wirbelsturm.

Kraftlos sackt Fritjofs Kopf nach vorne, er schwankt. Es gelingt mir gerade noch, ihn aufzufangen, bevor er zusammenbricht. Der Skalde schenkt mir ein benommenes Lächeln. Das Blut sickert von seiner Stirn in die buschigen weißen Brauen. Diese Wunde muss versorgt werden; wenn ich hier fertig bin, werde ich im Langhaus eine Salbe für ihn anrühren.

Armer Fritjof. Vater versorgt ihn zwar mit Nahrung und einer Unterkunft, aber er hat niemanden, der ihm Gesellschaft leistet und sich um sein Wohlergehen sorgt – niemanden außer mir, und ich kann ihn weniger oft besuchen, als es mir lieb wäre. Das würde Verdacht erregen.

Während ich Fritjof wieder auf die Beine helfe, schicke ich ein stummes Dankesgebet an die Asen, weil sie ihm diese Vision geschickt haben. Diesen Hoffnungsschimmer.

Fragend sehe ich zu Vater hinüber. Es überrascht mich wenig, als ich kalte Befriedigung in seinem Blick entdecke. »Geh, Fritjof, du bist entlassen«, sagt er um einiges sanfter.

Noch immer benommen zwingt Fritjof seinen Körper in so etwas Ähnliches wie eine Verbeugung und huscht dann aus der Halle. Auch wenn er nicht ganz in unserer Welt verankert ist, reicht seine geistige Klarheit doch aus, um meinen Vater zu meiden, wenn dieser seine Dienste nicht benötigt.

Vater stößt einen tiefen Seufzer aus, dreht sich zum Kamin um und verschränkt die Arme vor der Brust.

Nun werde ich mich ihm stellen müssen.

In der weitläufigen Halle scheint das Geräusch meiner Schritte überlaut zu sein. Da wir nur zu zweit sind, wirkt der Raum noch größer als sonst. Ich gehe an langen Tischen vorbei, alle ordentlich aufgereiht und mit Sitzbänken versehen, auf denen Schaffelle liegen. Die baumstammdicken Balken, auf denen die hohe Decke ruht, sind mit detailreichen Schlachtszenen verziert. Im Schein des Feuers scheinen die Schnitzereien regelrecht zu tanzen.

An der östlichen Wand hängt mein Beitrag zur Verschönerung der Halle: ein Wandteppich, auf dem Vater in der Schlacht von Geirstad zu sehen ist. Stolz reckt er sein Schwert, auf seinen Schultern sitzen die Raben Hugin und Munin, die den Segen des Allvaters repräsentieren. Diese Geschichte bekommen die Kinder von Agder erzählt, noch bevor sie laufen können: Wie Vater mit der Kraft und Schläue von Odin, dem Schutzpatron aller rechtmäßigen Herrscher, unsere Männer gegen eine riesige Übermacht zum Sieg führte und das Königreich Agder aus dem unbarmherzigen Griff des Dänenkönigs Godfred befreite. Selbst jetzt finde ich diesen Anblick irgendwie tröstlich. Er erinnert mich daran, dass Vater ein Held ist, ein Mann, dem die Herrschaft vom Allvater persönlich anvertraut wurde.

Vater hat die Große Halle kurz vor meiner Geburt bauen lassen, nachdem die alte Trinkhalle in der Schlacht abgebrannt ist. Für unsere Freiheit mussten wir einen hohen Preis bezahlen. Beinahe die Hälfte von Geirstad fiel dem Brand zum Opfer, die verkohlten Überreste nennen wir heute nur noch die Tote Stadt. Was intakt blieb, wurde von Vater kurzerhand in Skíringssal umbenannt und durch umfangreiche Neubauten ergänzt. Er ließ die Wege zu den Feldern und Bauernhöfen ausbessern, erweiterte Marktplatz und Hafen und lockte die besten Handwerker des Landes und Kaufleute aus aller Welt an unsere Küste. Skíringssal wurde zu einem wichtigen Handelszentrum, wodurch Vaters Macht noch weiterwuchs. Irgendwann war sie dann so groß, dass sogar Godfred Agders Unabhängigkeit anerkennen musste.

Doch trotz all dieser Erfolge kann Vater noch immer keinen Erben vorweisen. Also, keinen richtigen Erben. Keinen männlichen Erben.

Während ich mich ihm nähere, mustere ich sein Profil, das auf mich zugleich vertraut und fremd wirkt. Strenge Züge hat er, mit einer Adlernase und schmalen Lippen, die oft auch dann leicht zucken, wenn er nicht spricht. Seine moosgrünen Augen mit den schweren Lidern – angeblich habe ich beinahe dieselbe Augenfarbe wie er – starren reglos in die Flammen.

Er wird alt.

Diese Erkenntnis trifft mich mit der Wucht von Thors Donnerschlägen. Die goldenen und silbernen Reifen scheinen beinahe zu schwer für seine knochigen Arme zu sein, die Haut darunter ist schlaff. Selbst sein Mantel scheint ihn mit seinem Gewicht niederzudrücken. In seinem Bart hat das Grau das Braun von damals beinahe verdrängt; kleine Biertropfen hängen in den buschigen Haaren.

Doch als er mich schließlich ansieht, sind seine Augen klar, nicht blutunterlaufen, und sein Blick wirkt konzentriert. Also war sein Bier zumindest heute nicht mit Bilsenkraut versetzt.

In respektvollem Abstand bleibe ich stehen und neige den Kopf.

»Du weißt ja sicher, warum du hier bist, auch wenn die Vorhersage des Sehers die Lage möglicherweise noch ändern wird.«

Stumm schüttele ich den Kopf, ohne den Blick vom Boden zu heben.

Die Unwissenden sollten besser schweigen. Diese Lektion hat Vater mir selbst beigebracht, auch wenn er vermutlich nichts davon weiß. Als ich noch klein war, habe ich gehört, wie er es zu Alvtir sagte – an einem der vielen Abende, an denen ich mich am nördlichen Eingang der Halle versteckte und lauschte, stets mit der Furcht im Nacken, von Helge entdeckt und bestraft zu werden.

Mit einem gereizten Schnauben fragt er: »Hast du schon geblutet?«

Verblüfft blicke ich hoch. Damit habe ich nicht gerechnet. »Vater?«

»Ob du schon wie eine Frau blutest, will ich wissen«, faucht er mich an.

»J-ja, Vater.«

»Wie lange schon?«

»Seit zwei Wintern.«

»Gut.« Er kratzt sich den Bart. Passenderweise steht er direkt unter seinem Wappen – Hugin und Munin, abgebildet auf seinem Schild, der hinter der Empore an der Wand hängt –, während er nun offenbar in schwerwiegende Grübeleien verfällt. *Allvater*, bete ich stumm und fixiere dabei die geliebten Raben des Gottes, *gib mir die Kraft, alles zu ertragen, was Vater für mich vorsieht. Leite mich, wie du ihn geleitet hast.*

»Harald beruft sich auf seine Ansprüche«, erklärt Vater schließlich. »In einem Jahr wirst du verheiratet sein, so oder so.«

Harald.

In meiner Brust regt sich ein zartes Flattern. Aufregung und Vorfreude steigen in mir auf wie Wolken, aus denen Frey ein Sommergewitter formt.

Harald hat sich endlich auf seine Ansprüche berufen.

Seit Jahren schon warte ich auf diesen Moment, seit Harald und ich uns zum ersten Mal begegnet sind, auch wenn wir damals noch Kinder waren. Das muss kurz vor dem Tod seines Vaters gewesen sein. Der damals schon kränkelnde König Hálfdan von Vestfold brachte seinen Sohn bei einem seiner seltenen Besuche mit – sicherlich, um die richtigen Ehebündnisse für ihn zu knüpfen, bevor er die Reise nach Niflheim antrat.

Man ließ mich rufen, um den beiden vorgestellt zu werden. Ich hatte vorher im Garten gespielt, und Mutter schimpfte, weil ich Schmutz im Gesicht hatte. Verlegen stand ich vor dem Thron, den Blick Richtung Tor. Mutters Hände ruhten schwer auf meinen Schultern, als Hálfdan seinen Sohn hereinrief.

Selbst im Alter von acht oder neun Jahren war Harald schon äußerst ansehnlich. Ich weiß noch, wie Mutter Helge zuraunte, dass sein honigfarbenes, schulterlanges Haar noch hübscher sei als meines. Er hatte helle, wache Augen und makellose Züge.

Zum ersten Mal in meinem Leben schämte ich mich für mein Aussehen. Verzweifelt versuchte ich, mir den Dreck aus dem Gesicht zu wischen, bevor er die Halle durchquert hatte. Falls es ihm auffiel, sagte er nichts; ein wahrer Prinz eben. Stattdessen lächelte er freundlich und verbeugte sich tief.

»*Heill*, Freydis. Mein Name ist Harald«, stellte er sich vor. Als er sich aufrichtete, strahlte er eine solche Selbstsicherheit aus, wie ich es bei einem Kind in meinem Alter noch nie erlebt hatte. »Du bist sehr schön«, stellte er fest. »Sollte es meinem Vater zusagen, wirst du hoffentlich eines Tages mein Weib.«

Mir blieb die Spucke weg, aber Mutter lachte nur und klatschte begeistert in die Hände. »Was für ein charmanter junger Mann«, sagte sie. »Ihr habt ihn gut erzogen, Hálfdan.«

»Das hat er von seiner Mutter«, erwiderte König Hálfdan und schmunzelte in seinen dicken, mit goldblonden Sprenkeln durchsetzten Bart. »Auch wenn sie bei seiner Geburt gestorben ist. Odin weiß, dass ich nicht über einen solchen Charme verfüge.«

Verstohlen sah ich zu Vater hinüber. Er hatte einen Arm auf die Lehne seines Throns gestützt und starrte ins Leere. Diese netten Floskeln langweilten ihn offenbar zu Tode.

»Sei höflich, Freydis.« Drängend drückte Mutter meine Schultern.

»*Heill.*« Beinahe quiekend brachte ich das eine Wort über die Lippen, aber Harald lächelte nur. Das Gespräch unserer Eltern verlor sich im Hintergrund, während er mir in die Augen sah.

Ich war überglücklich, als Vater noch am selben Abend verkündete, dass wir einander nun versprochen seien. Seit diesem Tag habe ich Harald nicht mehr gesehen, aber man erzählt sich, dass aus ihm ein bemerkenswerter Mann geworden sei, gut aussehend und tapfer. Harald Schönhaar nennen ihn die Händler aus Vestfold oft.

»Hast du mich verstanden, Freydis?« Vater schlägt mit der Faust gegen eine Säule und reißt mich so aus meinen Gedanken. »Oder bist du noch beschränkter, als du aussiehst?«

Obwohl ich mir alle Mühe gebe, zucke ich bei der Beleidigung zusammen. Mein Kinn beginnt zu zittern, aber ich verberge es durch hastiges Nicken. »J-ja, Vater. Danke.«

Kein Mann darf jemals deine Tränen sehen. Das sagt Mutter immer. Außerdem ist es besser, wenn er seinen Frust an mir auslässt als später an einem der Leibeigenen. Oder an Mutter.

Obwohl er das vermutlich sowieso tun wird.

Bei diesem Gedanken überläuft mich ein kalter Schauer, den auch die drückende Hitze des Kaminfeuers nicht vertreiben kann. »Ich blicke meiner Vermählung voller Freude entgegen«, füge ich noch hinzu, »ebenso wie der Geburt meiner Brüder, auch wenn dieser Abend schon viel Kummer gebracht hat.«

Mit einem zufriedenen Nicken greift Vater an seinen Gürtel und löst einen kleinen Beutel mit Münzen von der Schlinge. Auffordernd streckt er ihn mir entgegen. »Morgen früh gehst du zum Markt und kaufst feinste Seide aus Bulghar für ein neues Kleid.«

Zögernd trete ich ein paar Schritte vor und greife nach dem Beutel. »Danke«, sage ich noch einmal. Erschöpft deute ich eine Verbeugung an und gehe zur Tür. Ich muss mich jetzt unbedingt in meinem Zimmer verkriechen und Ordnung in das Chaos bringen, das dieser Tag in mir ausgelöst hat.

Mein Liebster wird mich holen kommen. Mutter wird Söhne bekommen. Alles wird gut werden. Aber noch nicht heute.

»Freydis!« Vaters unheilvoller Ton geht mir durch Mark und Bein, als er befiehlt: »Sag den Wachen, dass sie mir einen Sklaven bringen sollen. Die Götter werden heute Nacht noch ein ganz besonderes Geschenk erhalten.«

6 YAFEU

Ich falle immer weiter durch endlose Finsternis.

Dann erreiche ich den Boden, spüre, wie ich mit der Seite aufschlage, und ringe nach Luft. Ich huste und keuche, als hätte ich einen ganzen Mückenschwarm geschluckt. Meine Lider fühlen sich an, als wären sie zusammengenäht, ich muss sie mit Gewalt aufreißen. Durch die schmalen Schlitze sehe ich, wie der violette Vorhang aufgerissen wird und Mama an mir vorbeirennt.

Rauch und Schreie dringen von draußen herein, scheinen unsere Hütte komplett auszufüllen.

Furcht packt mich, so drückend und lähmend wie der graue Qualm. Ich reibe mir die Augen, komme mühsam hoch. Kamo hält den weinenden Goleh im Arm, während Mama unsere letzten Hirsevorräte in einen Sack stopft.

»Was ist los?«, bringe ich krächzend heraus.

Mama legt mahnend einen Finger an die Lippen, kniet sich hin und deutet auf den Spalt zwischen Tür und Wand. Als ich hindurchspähe, bekomme ich zittrige Knie.

Das Dorf steht in Flammen.

Das Dach einer Nachbarhütte, die nur einen Steinwurf entfernt steht, brennt lichterloh. Das Feuer zeichnet sich grell von dem nächtlichen Himmel ab. Entsetzt beobachte ich, wie die Flammen auf die angrenzenden Hütten übergreifen. Bald werden sie auch unsere erreichen.

Aber das ist nicht das Schlimmste.

Im Schein des Feuers erkenne ich fremde Krieger mit funkelnden

Schwertern – Schwerter, die drohend auf Ampahs Familie gerichtet sind.

Ampah!

Hilflos muss ich mitansehen, wie Ampah an den Haaren von ihrer Mutter weggerissen wird. Schreiend versucht sie, nach dem Angreifer zu schlagen, der sie allerdings mühelos überwältigt und mit einem Seil an einem Kamel festbindet.

Erst jetzt nehme ich die Tiere wahr, die geduldig aufgereiht auf ihre Herren warten. Zwischen ihnen sind zitternde, weinende Menschen festgebunden, mindestens die Hälfte der Dorfbewohner.

Eine Sklavenkarawane. Das sind keine Soldaten, das sind Sklavenhändler.

Wilder Zorn flammt in mir auf. Das leise Klirren von Metall lässt mich herumfahren: Mama hat zwei meiner halb fertigen Messer gezogen. Entschlossen nicken wir uns zu. Ich binde mir meine eigene Messerscheide um und schlüpfe in meine Schuhe. Die Ledersohlen sind nach jahrelangem Gebrauch beinahe durchgelaufen. Dann nehme ich Kamo und Goleh an die Hände und drücke beruhigend ihre Finger.

Mama gibt jedem von uns einen Kuss auf die Stirn, anschließend schiebt sie mit einem überraschend kraftvollen Tritt die Tür auf und rennt Richtung Fluss. Wir folgen ihr hastig.

Überall rennen panische Dorfbewohner herum und versuchen zu fliehen. Auch in meinen Adern macht sich eisige Furcht breit, die selbst die Hitze des Feuers nicht vertreiben kann. So fest es geht, halte ich die Hände meiner Brüder und zwinge mich, schneller zu rennen, als ich es selbst für möglich gehalten hätte. Den Göttern sei Dank bin ich in dem gelben Kaftan schlafen gegangen, der nun vollkommen lautlos um meinen Körper weht, während ich meine Beine an ihre absolute Schmerzgrenze treibe.

»Springt!«, befehle ich meinen Brüdern. Wir hechten über ein Mädchen namens Newma hinweg, das von einem der Sklavenhändler zu Boden gestoßen wurde. Mama ist direkt vor uns, und ich zerre meine Brüder verzweifelt weiter, um das verlorene Tempo wieder aufzuholen.

Aber vor den Flammen, die weiter von Hütte zu Hütte springen und alles fressen, was sich ihnen in den Weg stellt, können wir nicht davonlaufen. Die Haut in meinem Gesicht und an den Armen ist inzwischen glühend heiß, der Rauch steigt mir in Augen, Nase und Hals. Bei jedem Atemzug brennt mein gesamter Brustkorb.

Als wir an der Hütte meines Onkels am anderen Ende des Dorfes vorbeilaufen, stürzt mit einem ohrenbetäubenden Krachen das Dach ein und ein dichter Funkenregen steigt in den Himmel auf. Haben meine Verwandten es geschafft, da noch rauszukommen? Doch ich könnte jetzt sowieso nichts für sie tun. Ohne einen Blick zurück renne ich an der brennenden Hütte vorbei.

Sobald wir die dichten Rauchschwaden hinter uns gelassen haben, kann ich den Fluss erkennen, die mächtigen Mangroven am Ufer. Dort im Dickicht liegen die kleinen Kanus bereit, was wieder Hoffnung in mir aufsteigen lässt. In diesen schwerfälligen, ausgehöhlten Baumstämmen haben zwar kaum zwei Menschen Platz, weshalb sie eigentlich nur während der Regenzeit zum Fischen verwendet werden, aber nun sind sie unsere einzige Chance.

»Halt!«, brüllt jemand hinter mir. Ein Blick über die Schulter zeigt mir, dass einer der Sklavenhändler uns dicht auf den Fersen ist.

Sofort lasse ich meine Füße noch schneller in den Staub trommeln.

Wir werden es schaffen. Wir müssen es schaffen.

Plötzlich schlägt etwas gegen meinen Rücken, zerplatzt zwischen meinen Schulterblättern. Ein stechender Schmerz rast durch meinen Körper und erstickt sogar den Schrei, der in meiner Kehle aufsteigt. Ich lasse meine Brüder los, um mich abfangen zu können, als ich stürze.

»Mama!«, höre ich Goleh noch rufen.

Dann lande ich im Staub. Wieder überwältigt mich der Schmerz.

»Hoch mit dir!«, knurrt der Sklavenhändler und zerrt an meinem Arm.

Ohne groß nachzudenken, trete ich zwischen seine Beine. Mit einem schmerzerfüllten Ächzen klappt er zusammen. Bevor er eine Chance hat, sich zu erholen, knalle ich ihm meine Faust gegen die Schläfe und beobachte zufrieden, wie er bewusstlos umfällt.

Aber mein Sieg währt nicht lange. Schon gehen zwei weitere Sklavenhändler auf mich los. Ich schaffe es kaum noch, mich Richtung Fluss zu drehen, als sie schon meine Arme packen und sie mir brutal auf den Rücken drehen. Den Schmerz in meinen Schultern nehme ich in meiner Panik kaum wahr. Ich winde mich, trete wild um mich, doch vergeblich. Jetzt kann ich auch meine Familie nicht mehr sehen. Hoffentlich hat wenigstens sie es bis zu den Mangroven geschafft.

Nehmt die Kanus, flehe ich sie in Gedanken an. *Wartet nicht auf mich.*

Doch schon im nächsten Moment stürmt Mama heran. Immer mehr Sklavenhändler kommen angelaufen und bauen sich zwischen uns auf. Mama zieht mit einem wilden Schrei ihre beiden Klingen.

Ich hatte ja keine Ahnung, dass sie so gut mit einem Messer umgehen kann.

Staunend beobachte ich, wie sie in atemberaubendem Tempo herumwirbelt und einem der Männer den Bauch aufschlitzt. Die anderen weichen vor ihr zurück, weshalb sie ihr nächstes Ziel um Haaresbreite verfehlt, dann stürmen sie los.

»Mama – nein!«, brülle ich noch, werde aber bereits zu der Karawane zurückgeschleift. Immer wieder kämpfe ich gegen den stahlharten Griff an, versuche, meine Arme zu befreien. Ich sehe noch, wie einer der Sklavenhändler mit voller Wucht gegen Mamas Hand tritt, die daraufhin mit einem Schmerzensschrei das Messer fallen lässt.

Dann stürzt sich der Mann auf sie.

Nun überwältigt mich die Angst. Meine Stimme, schon fast taub von den vielen Schreien, wird immer schwächer.

Jemand nimmt mir die Messerscheide ab, wickelt ein dickes Seil um meine Hand- und Fußgelenke und macht mich zu einem Teil der langen Reihe aus Kamelen und zitternden Menschenkörpern.

Erst kommt der Schwindel, dann die Übelkeit.

Benommen sehe ich zu, wie die letzten Hütten sich nach und nach in qualmende Trümmerhaufen verwandeln. Der Wind hat zugelegt und lässt Asche und Staub aufwirbeln. Immer mehr Dorfbewohner werden der Karawane hinzugefügt, die Sklavenhändler nehmen ihnen

Waffen und Schmuck ab. Andere suchen im Schutt nach Wertsachen, wieder andere füllen am Dorfbrunnen ihre Wassersäcke und laden sie den Kamelen auf. Das alles läuft sehr geordnet ab, sehr nüchtern. Ich frage mich vage, wie oft sie das wohl schon gemacht haben.

Ein leises Stöhnen reißt mich aus diesen Gedanken. Dicht vor mir kauert ein wimmerndes Mädchen. Es dauert einen Moment, bis ich diese hohen Wangenknochen und die angsterfüllten riesigen Augen erkenne.

»Ampah!« Ich stemme mich gegen den Zug des Seils, um sie am Arm nehmen zu können. »Geht es dir gut?«

Zunächst starrt sie mich nur mit leerem Blick an, als würde sie mich nicht erkennen. Dann entzieht sie sich meinem Griff. Dabei klafft ein langer Riss in ihrem Kaftan auf und ich entdecke eine Wunde auf Höhe der Rippen.

»Ampah«, flüstere ich hilflos. Neue Furcht steigt in mir auf. Allerdings scheint die Wunde nicht mehr zu bluten, sie ist also wohl nicht sehr tief. Meine Freundin ist einfach nur außer sich vor Angst.

»Setz dich hin, wenn es irgendwie geht«, rate ich ihr sanft. »Und schieb den Kopf zwischen die Knie.« Ich rücke näher an sie heran, um etwas Zug vom Seil zu nehmen, aber sie hört nicht auf mich. Und es wäre wohl nicht hilfreich, wenn ich sie zwinge.

Ampah und ich stehen zwischen zwei schwer beladenen Kamelen, was es schwierig macht, unsere Mitgefangenen zu sehen. Ich beuge mich möglichst weit zur Seite und suche in der langen Reihe nach der Familie meines Onkels, kann im schwachen Licht der sterbenden Feuer aber nur Masireh erkennen; er steht ziemlich weit vorne. Vielleicht sehe ich sie einfach nur nicht.

Oder vielleicht waren sie doch noch in ihrer Hütte, als …

Bei diesem Gedanken dreht sich mir der Magen um, wieder muss ich gegen den Brechreiz ankämpfen.

Zum Glück sehe ich auch Mama nirgendwo. Ihr Nyama spüre ich ebenfalls nicht. Offenbar sind Kamo, Goleh und sie doch noch entkommen.

Ich hole zitternd Luft, erlaube mir einen Moment der Erleichterung und schließe dann die Augen, um ein stummes Gebet an Agbe und Naete auszusenden, die über Flüsse, Seen und Meer herrschen.

Bitte, wacht über sie, sodass der Weiße Fluss sie in Sicherheit bringt.

Als ich die Augen wieder öffne, geht einer der Sklavenhändler gerade die Karawane ab und kontrolliert die Reihe aus Kamelen und Dorfbewohnern. Ein gutes Stück vor mir bleibt er stehen, direkt neben Newma. Sie zittert am ganzen Körper, ihr Kaftan ist vollkommen zerfetzt. Der Mann gibt einem der anderen Sklavenhändler ein Zeichen, der daraufhin ihre Fesseln löst und sie aus der Reihe zieht. Der erste Mann dreht sie um, sodass sie mit dem Rücken zu ihm steht.

Dann zieht er einen Dolch und rammt ihn ihr von unten in den Schädel.

Ampah stößt einen kehligen Schrei aus, als Newma zusammenbricht. Dieses Geräusch lässt den Mann zu uns herumfahren.

Ich kenne dieses Gesicht.

Es ist der Mann aus Koumbi Saleh.

Sofort wandert mein Blick zu der Klinge in seiner Hand.

Das ist *mein* Dolch. Eines der drei Messer, die er mir gestohlen hat. Und nun benutzt er es, um damit Menschen zu töten.

Mein Blut kocht. Einen Moment lang stelle ich mir vor, wie ich mich auf ihn stürze und ihn mit dem Seil erdrossele, das meine Hände fesselt. Dann geht er weiter, und mir wird klar, was er hier tut.

Er sucht nach allen, die wie Newma zu schwer verletzt sind, um zu überleben.

Noch einmal sehe ich zu der armen toten Newma hinüber, die mit dem Gesicht nach unten im Staub liegt. Der Wind bauscht den blutbefleckten Kaftan an ihren nackten Beinen auf. Mit einem Ruck richte ich mich auf und suche mir einen festen Stand, obwohl ich schon wieder gegen den Schwindel ankämpfen muss.

»Steh gerade und sei still«, zische ich Ampah zu.

Zum Glück hört sie diesmal auf mich, sodass der Mann an uns vorbeigeht, ohne uns zu beachten. Ich höre, wie er noch einige mehr aus der Reihe holt, um sie dann wie Vieh abzuschlachten, aber ich drehe mich nicht um. Das schaffe ich einfach nicht.

Diese Männer habe ich gestern in Koumbi Saleh provoziert.

Sind sie mir hierher gefolgt?

Ist das alles meine Schuld?

Wieder schließe ich die Augen und wünsche mir, ich könnte auch meine Ohren verschließen, denn dann müsste ich nicht mit anhören, wie die Dorfbewohner ringsum vergeblich weinen und flehen. Ich zwinge mich, an Mama, Kamo und Goleh zu denken, mir vorzustellen, wie sie über den Fluss entkommen, alle zusammen in unserem winzigen Kanu.

Lasst es wahr sein, Agbe und Naete, Mawu und Lisa. Lasst sie in Sicherheit sein.

Irgendwo in der Ferne ertönt ein schriller Schrei. Nein ... eher ein Heulen. Trotz der drückenden Hitze, die von den qualmenden Hüttenruinen ausgeht, jagt es mir einen kalten Schauer über den Rücken. Eine innere Stimme sagt mir, dass es von der kleinen Wildhündin stammt.

Am Kopf der Karawane wird ein Befehl gebrüllt, dann setzen sich die Kamele in Bewegung und schleifen beinahe ein komplettes Dorf mit. Die Sklavenhändler haben eigene Reittiere, was meinen Hass auf sie nur verstärkt. Wir wenden uns nach Norden und überqueren die Straße, die nach Koumbi Saleh führt. Es dauert nicht lange, bis mir klar wird, wohin es gehen soll.

In die Wüste.

Die erneut aufsteigende Furcht erstickt das Feuer des Zorns in mir. Verzweifelt hole ich Luft und starre in den rauchverhangenen Himmel hinauf, während der Todesschrei der Wildhündin gellend laut in meinen Ohren widerhallt.

7 YAFEU

Der Sand unter meinen Füßen ist längst kalt geworden, als die Karawane endlich anhält. Wir haben die ersten Ausläufer der Sahara erreicht.

Auf einen gebrüllten Befehl hin knicken die Kamele rechts und links von Ampah und mir die Knie ein und legen sich mit einem leisen Grunzen auf den Boden. Meine Beine zittern vor Erschöpfung, nachdem ich von Lisas Aufstieg bis Untergang gewandert bin, weshalb ich mich bereitwillig in den Sand fallen lasse. Merkwürdigerweise hat die weiche Berührung der feinen Körner auf der Haut etwas Tröstliches an sich. Auch zwischen meinen Schulterblättern spüre ich etwas. Mein Verstand weiß, dass es Schmerz ist, doch er scheint weit weg zu sein. Vor mir lässt auch Ampah sich kraftlos fallen und rollt sich eng zusammen. Die Sklavenhändler steigen von ihren Kamelen und richten sich ein Lager ein, indem sie Zelte aufstellen und mehrere Lagerfeuer entzünden, die leuchtend gelbe Kreise in die Nacht zeichnen.

Das Kamel hinter mir strahlt spürbare Wärme aus. Vorsichtig lehne ich mich an den behaarten Körper und stoße einen tiefen Seufzer aus. Kamele können äußerst launisch sein, dieses hier ist aber offenbar zu erschöpft, um gegen meine Nähe zu protestieren.

Es wird nicht lange dauern, bis Lisa wieder die Herrschaft übernimmt. Ich erinnere mich noch gut daran, dass wir immer in Schichten geschlafen haben, wenn wir mit Papa durch die Wüste gezogen sind: ein paar Stunden in der Nacht und dann wieder während der heißesten Zeit des Tages. Gereist sind wir hauptsächlich in der Morgen- und Abenddämmerung, wenn das Licht ausreichte, um nahende

Gefahren zu erkennen, Lisa aber nicht so heiß auf uns herabbrannte, dass es uns eingeschränkt hätte. Vielleicht halten die Sklavenhändler es genauso. Falls ja, werden wir in dieser Nacht nicht viel Schlaf bekommen.

Ich schaue zu Ampah hinüber. Das Licht der Lagerfeuer reicht aus, um mir zu zeigen, wie sich ihr zitternder Körper immer wieder in stillen Schluchzern verkrampft.

Lähmende Kälte breitet sich in meinem Inneren aus, und bald laufen auch mir Tränen über die Wangen. Ich versuche, sie mit der Zunge aufzufangen; vielleicht helfen sie etwas gegen den brennenden Durst oder spülen wenigstens den Aschegeschmack von meiner Zunge.

In die ausgelassenen Geräusche aus dem Lager der Sklavenhändler – die offenbar ihren Erfolg feiern – mischt sich das leise Weinen ihrer Gefangenen. Mir schießt der Gedanke durch den Kopf, dass ich durch diese Seile nun zum ersten Mal wirklich mit den anderen Dorfbewohnern verbunden bin, und das in mehr als einer Hinsicht. In ihren Augen habe ich nie zu ihnen gehört, doch für die Sklavenhändler sind wir alle gleich.

Der Druck auf meiner Brust verstärkt sich, aber ich zwinge mich, nicht länger zu weinen. Aus dem leichten Kratzen in meinem Hals ist bereits ein trockener Husten geworden; ich muss so viel Flüssigkeit wie möglich im Körper behalten.

Zwar habe ich die Sahara bereits zweimal mit meiner Familie durchquert, aber wir hätten damals nicht einmal im Traum daran gedacht, das zu Fuß zu versuchen. Wir reisten mit jeglichem Komfort, den sich ein berühmter Schmied aus Wagadu leisten konnte. Aber selbst damals war das Wasser knapp gewesen, sodass wir so wenig wie möglich tranken. Ich weiß noch, dass ich oft an einem kleinen Stein gelutscht habe, damit mein Mund nicht austrocknete.

Angestrengt durchforste ich meine Erinnerungen nach Hinweisen darauf, wohin uns die Sklavenhändler möglicherweise bringen. Höchstwahrscheinlich nach Sijilmasa, in die Handelsstadt im Norden, die beinahe so groß ist wie Koumbi Saleh. Auch dort waren wir einmal mit Papa, ebenso in Anfa. Aber sie könnten uns genauso gut nach Fes oder nach Nekor bringen oder nach Tahert. In jeder dieser Städte gibt es einen Sklavenmarkt, auf dem sie hohe Gewinne erzielen können.

Mir gefriert fast das Blut in den Adern, als mir eine weitere Möglichkeit einfällt: Idjil. Sie könnten uns dort in die gefürchteten Salzminen stecken. Glaubt man den grauenvollen Geschichten, die ich gehört habe, würde Ampah nicht einen Tag in diesen Minen überleben. Und ich wahrscheinlich auch nicht.

Schnell verdränge ich diesen Gedanken wieder. Egal, wohin es geht, zunächst einmal müssen wir den Marsch durch die Wüste überstehen. Denn selbst der kürzeste Weg in die nächste Stadt wird zu Fuß über einen Monat dauern.

Ich werde versuchen müssen, unseren aktuellen Standort zu bestimmen, wenn Lisa sich in den Himmel erhebt, damit ich mich orientieren kann. Nach ein oder zwei Wochen sollte ich dann erkennen können, welche Route wir nehmen.

Und dann … was? Was werde ich dann tun? Mir einen Fluchtplan für Ampah und mich überlegen? Oder, noch besser: die Sklavenhändler töten und alle Gefangenen befreien? Beide Vorstellungen sind so absurd, dass ich laut darüber lachen würde, wenn mein Hals nicht so trocken wäre.

Stattdessen stemme ich mich hoch und krieche auf allen vieren zu Ampah hinüber. Zögernd lege ich ihr eine Hand auf die Schulter. Sie zuckt heftig zusammen.

»Ich bin es nur, Ampah.« Ich strecke ihr beide Hände entgegen, um zu zeigen, dass ich unbewaffnet bin. Ihr Blick ist wirr, und trotz der kalten Nachtluft ist ihr schönes Gesicht mit Schweiß überzogen.

Sie hat Fieber wegen der Verletzung, erkenne ich. Neue Furcht kriecht in mir hoch.

»Lass mich mal sehen«, fordere ich sanft und zeige auf den Schnitt an ihren Rippen. Als ich ihren Kaftan anheben will, um sie besser untersuchen zu können, setzt sie sich ruckartig auf und packt mein Handgelenk. Der Stoff ist mit der Wunde verklebt; da er rot ist, lässt er sich nicht vom getrockneten Blut unterscheiden. »Schon gut.«

Sofort ziehe ich meine Hände zurück. Es ist sowieso besser, wenn die Wunde mit Stoff bedeckt ist, denn er wird sie vor dem Sand schützen. Und ich habe schließlich keinen besseren Verband zur Hand.

»Wenn du dich hier hinlegst, hast du es schön warm«, erkläre ich Ampah und klopfe auffordernd gegen den Bauch des Kamels. Nach kurzem Zögern rutscht sie dichter heran und rollt sich an das Kamel geschmiegt zusammen, mit dem Rücken zu mir. Ich beschließe, darin ein gutes Zeichen zu sehen.

Erschöpft lege ich mich hin und blicke zum Himmel hinauf. Keine einzige Wolke ist zu sehen, die Sterne schimmern hell, bewacht von Mawus schmaler Sichel. Trotz all der Qualen hier unten sind sie wunderschön.

Nachteule. So nennt Ampah mich gerne, weil ich oft schon wach bin, lange bevor Mawus Herrschaft endet. Dabei kann ich gar nicht anders. Nachts habe ich mich schon immer viel freier gefühlt als am Tag, fast so als würde Mawus Kälte mich ins Gleichgewicht bringen, mich zentrieren. Mama würde das wahrscheinlich damit erklären, dass ein so wildes Feuer in mir brennt, genau wie in Papa.

Mama.

Der Gedanke an sie durchbricht meine innere Teilnahmslosigkeit. Ein dicker Kloß bildet sich in meiner Kehle, Tränen rauben mir die Sicht. Als Mawus Sichel vor meinen Augen verschwimmt, taste ich nach dem grünen Anhänger an meinem Hals.

Kann Mawu uns hier unten sehen? Erkennt sie – oder er oder sier –, wie sehr wir leiden?

Interessiert das die Götter überhaupt?

Die doppelte Körperwärme von Ampah und dem Kamel sorgt dafür, dass meine Erschöpfung schnell die Oberhand gewinnt. Den Anhänger fest in der Hand, versinke ich in Dunkelheit.

8 YAFEU

Rechter Fuß, linker Fuß. Rechter Fuß, linker Fuß. Ich zwinge mich, an nichts anderes zu denken als an diese Bewegungen, die sich immer und immer wiederholen. So dauert es nicht lange, bis ich in eine Art Trance falle: Ohne etwas wahrzunehmen, starre ich auf Ampahs Hinterkopf, während unsere Füße uns blind und gegen unseren Willen durch Raum und Zeit tragen.

Anfangs versuchte ich noch, die Tage zu zählen. So vergingen zwei Wochen, bis sich irgendwann dichter Nebel in meinem Verstand breitmachte und ich den Überblick verlor. Jetzt verschmelzen die Tage – oder besser gesagt die Nächte – wie Sandkörner im Wind. Wenn die Karawane irgendwann im Laufe des Vormittags anhält, sind wir bereits erschöpft genug, um in unruhigen Schlaf zu fallen. Abends werden wir geweckt und bekommen Wasser und Brot, gerade genug, um uns am Leben zu erhalten. Dann wird marschiert, immer nur marschiert.

Nie zuvor habe ich Lisas Zorn so sehr zu spüren bekommen wie jetzt, aber der grausamste Herrscher ist in Wahrheit die Zeit. Das Gefühl, jede einzelne Hautschuppe zu spüren; das Gefühl, wie der eigene Speichel immer zäher und dickflüssiger wird; das Gefühl, wie die Atemluft durch immer trockener werdende Lungen gleitet; das Gefühl, vom schweißverkrusteten Stoff des eigenen Kaftans wundgescheuert zu werden, mit jedem Schritt ein wenig mehr ... das alles entsteht durch den Einfluss der Zeit.

Doch irgendwie scheint die Zeit mir weniger zuzusetzen als vielen anderen Dorfbewohnern. Tag für Tag brechen mehr von ihnen zusammen, weil sie nicht mehr weiterlaufen können. Die Sterbenden werden losgeschnitten und im Sand zurückgelassen, wo sie einfach verrotten oder von den Bussarden gefressen werden, die geduldig am Himmel kreisen. Jedes Mal, wenn ich sehe, wie einer dieser Körper hinter uns zurückbleibt, wenn ich höre, wie Familie und Freunde um ihn trauern, zieht sich mein Herz schmerzhaft zusammen. Und für jeden von ihnen schicke ich ein stummes Gebet an Mawu-Lisa.

Ampah hat das Wundfieber noch immer nicht überwunden. Sie hat auch noch kein Wort gesprochen, mir kein Zeichen gegeben, ob sie mich erkennt. Schon vor unserer Gefangennahme war sie schlank, jetzt aber ist sie erschreckend abgemagert. Voller Beklemmung registriere ich, dass ihr jeder Schritt ein wenig schwerer zu fallen scheint als der vorherige. Ihre Beine zittern wie Sumpfgras im Wind. Nicht so wie meine, die in ihrer Sehnigkeit stabil sind wie der Stamm eines Affenbrotbaums. Ich habe den Entbehrungen der Wüste deutlich mehr entgegenzusetzen.

Sogar die Sklavenhändler sehen inzwischen recht mitgenommen aus und zwei von ihnen haben sich bereits den toten Dorfbewohnern in den Dünen angeschlossen. Auch sie wurden nicht betrauert.

Sklave oder Sklavenhändler, die Wüste macht da keinen Unterschied.

Dieser Gedanke ist weniger tröstlich, als mir lieb wäre.

Irgendwann erreichen wir endlich die erste Oase. Wir machen Rast, damit die Sklavenhändler ihre Wassersäcke auffüllen und ausreichend Datteln und Kokosnüsse für die nächste Etappe sammeln können. Die Anordnung der Palmen rund um den erdnussförmigen See weckt eine vage Erinnerung in mir.

Ich war schon einmal hier.

Plötzlich weiß ich, welchen Weg sie gewählt haben. Sie bringen uns nicht nach Sijilmasa, auch nicht nach Fes, Nekor oder Tahert. Und auch nicht nach Idjil, den Göttern sei Dank. Nein, wir bewegen uns Richtung Westen, hin zu der uralten Stadt Anfa. Diese Reise habe ich schon einmal mit Papa unternommen, auch wenn es mir jetzt so vorkommt, als wäre das in einem anderen Leben geschehen.

Der Gedanke an Papa weckt eine weitere Erinnerung. Wie ein Dolch durchstößt seine Lektion den durch Erschöpfung und Durst hervorgerufenen Nebel:

Du musst deine Atmung an deine Schritte anpassen, damit sich dein Nyama nicht in den Sand ergießt.

Also passe ich, als man uns von der Oase fortschleift, meinen Atem an den Rhythmus meiner Schritte an. Fünf rein, fünf raus. Und tatsächlich wird mein Verstand langsam etwas klarer. Getragen von diesem Hoffnungsschimmer, tippe ich Ampah auf die Schulter, um ihr die Technik beizubringen, aber sie weicht wieder vor mir zurück, noch immer in ihrem Fieber gefangen.

Wieder bete ich zu Mawu-Lisa: *Bitte, nehmt mir Ampah nicht.*

9 YAFEU

Heute ist Lisa besonders hart zu uns. Die flimmernde Hitze lässt die Luft in Wellen über den Sand gleiten wie Wasser.

Wasser. Ich will nichts anderes als Wasser.

In meinem Bauch hat sich ein Gefühl der Schwere breitgemacht, das langsam auf meinen gesamten Körper übergreift, außerdem habe ich ständig ein Pfeifen im Ohr, das einfach nicht verschwinden will. Anfangs reibe ich sie an meinen Schultern, dann klopfe ich darauf, aber das Pfeifen bleibt. Meine Beine fühlen sich plötzlich schwach an, meine Schritte werden taumelnd. Immer wieder huscht mein Blick von links nach rechts. Ich bin mir nicht sicher, wie lange ich das noch aushalte – die Hitze, den Durst, den endlosen Marsch.

Du musst daran glauben, dass du überleben wirst.

In der Ferne entdecke ich den Umriss eines Mannes; hochgewachsen ist er, seine Haut hat die Farbe von Mangrovenholz, und seine Arme sind stark genug, um einen Büffel zu zerquetschen. Er winkt mir zu. Sein Nyama ist unverwechselbar.

Mein Herz macht einen Freudensprung.

Passiert das wirklich? Ist er endlich zurückgekehrt?

»Papa?« Schon ein leises Flüstern verlangt meinen rissigen Lippen so viel ab, dass sie zu brennen beginnen. Der Mann läuft los. Da Lisas Sonnenscheibe direkt hinter ihm aufsteigt, kann ich noch immer nur seinen Umriss erkennen.

»Papa!« Mit einem lauten Schrei stürme ich los, stemme mich mit aller Kraft gegen das Seil, bevor ich zurückgerissen werde. Das Kamel hinter mir gerät aus dem Tritt und stößt gegen das nächste Tier, woraufhin dessen Reiter im Sand landet.

Auf allen vieren krieche ich vor, blinzele gegen das grelle Licht an. Die schattenhafte Gestalt bleibt stehen. Ein Windstoß wirbelt den Sand auf, und als sich die trübe Wolke wieder legt, ist die Gestalt verschwunden.

Mein Atem dröhnt in meinen Ohren. Aus dem Augenwinkel sehe ich, wie der abgeworfene Sklavenhändler sein Schwert zieht und auf mich zukommt.

Dann sehe ich nur noch rot.

Ein roter Kaftan, aus dem zwei dürre Beinchen hervorragen. Ampah hat sich mit einer Kraft vor mich geworfen, die ich ihr gar nicht mehr zugetraut hätte.

»Sie ist krank! Sie hat Wahnvorstellungen!«, ruft sie dem Sklavenhändler in unserer Sprache zu. Der Mann blafft sie an, dann höre ich ein ekelerregendes Knirschen, als er ihr den Schwertgriff gegen den Kopf rammt.

Verängstigt blicke ich hoch. Für einen Moment sehe ich das Blitzen der Klinge im Sonnenschein, dann wird alles schwarz.

Ein scharfes Brennen an meiner Wange lässt mich wieder zum Leben erwachen. Als mich der Schmerz zwingt, die Augen zu öffnen, sehe ich zwei Gestalten, die sich über mich beugen. Hinter ihnen erstrahlt der Himmel in grellem Rot und Orange. Vielleicht hat Mawu-Lisa die Welt in Brand gesteckt. Ich würde es ihnen nicht einmal übel nehmen.

Nachdem ich durch angestrengtes Blinzeln die grellen Flecken vor meinen Augen vertrieben habe, starre ich die beiden Männer finster an. Immer wieder werfen sie mir leidenschaftslose Blicke zu und sprechen leise miteinander. Ich muss ihre Sprache nicht können, um zu verstehen, dass sie offenbar darüber beraten, ob sie mich losschneiden sollen.

Ich verstehe auch, dass ich sterben werde, wenn sie mich hier zurücklassen, also kämpfe ich gegen meine rasenden Kopfschmerzen an und stemme mich mühsam hoch. Als ich aufrecht stehe, wechseln die Männer noch einen skeptischen Blick, kehren dann aber zu ihren Kamelen zurück.

»Geht es dir gut, Nachteule?« Ampahs Stimme ist so schwach, dass ich sie kaum hören kann. Ihre großen Augen sind gerötet, und nach den Schlägen, die sie meinetwegen einstecken musste, scheint ihr Kampfgeist endgültig gebrochen zu sein.

Und trotzdem lächelt sie. Vor lauter Erleichterung entfährt mir ein Stöhnen.

Ampah!

Sie erinnert sich wieder an mich. Das Delirium ist vorbei, sie ist auf dem Weg der Besserung!

Zum ersten Mal seit unserer Gefangennahme regt sich echte Hoffnung in mir.

»Hast du ihn gesehen, Ampah?« Meine Stimme ist so rau, dass ich sie kaum wiedererkenne. »Hast du meinen Vater auch gesehen?«

Ampahs Lächeln erlischt, sie schüttelt den Kopf.

Dann war es also nur ein Trugbild, eine durch die Wüste hervorgerufene Täuschung.

Am liebsten würde ich weinen, aber ich kann es nicht. Ich tue so, als wären die Sandkörner auf meinen Wangen Tränen.

Aber ich muss stark bleiben, für Ampah. Und für Papa, auch wenn er nicht wirklich hier war.

Einen Augenblick lang mustere ich das schöne Gesicht meiner Freundin. Nachdem sie so lange von Wind und Sand malträtiert wurde, ist die Haut an ihren Wangenknochen wund, was sie noch stärker hervortreten lässt. Sie hat kaum mehr Fleisch auf den Rippen als ein Skelett, aber wenigstens sind ihre großen dunklen Augen nun klar.

Als sich die Karawane wieder in Bewegung setzt, wendet sich Ampah ab, doch sie streckt einen Arm nach hinten und greift nach meiner Hand. Das vertraute Gefühl lässt mich aufatmen.

Wenn ich es lebend durch diese Wüste schaffe, dann nur aufgrund der Macht, die von zwei miteinander verbundenen Händen ausgeht.

Wie Lichtstrahlen in der Dunkelheit lassen sie ihre Nyamas miteinander verschmelzen.

Zwei ineinander verschlungene Hände können alles überstehen.

Am nächsten Morgen werde ich wieder einmal davon geweckt, dass man an mir herumzerrt. Sofort springe ich auf, um dann beschämt festzustellen, dass ich mich langsam an diesen Ablauf gewöhne.

Es dauert einen Moment, bis ich den leeren Platz vor mir bemerke. Dann sehe ich, dass Ampah mit dem Gesicht nach unten durch den Sand schleift.

Nein.

Es ging ihr gestern doch besser. Sie war dabei, sich zu erholen. Wir wollten das hier gemeinsam durchstehen.

Ich beuge mich runter und drehe sie um. Leblos blicken ihre eingesunkenen Augen mir entgegen. Trotzdem packe ich ihre Schultern und schüttele sie, getrieben von der widersinnigen Hoffnung, dass sie nur ohnmächtig ist. Dass sie noch immer bei mir ist.

»Ampah«, flüstere ich. »Ampah, steh auf!«

Aber sie rührt sich nicht.

Ein schriller Schrei hallt durch die Wüste. Ich weiß, dass ich ihn ausgestoßen haben muss, aber es fühlt sich nicht so an. Es fühlt sich an, als käme er von jemand anderem, als würde das hier nicht mir passieren, als würde ich es nur von der Ferne aus beobachten.

Mir wird erst bewusst, dass ich stehen geblieben bin, als weiter hinten in der Karawane jemand brüllt. Dann höre ich eine schleppende Stimme, die in meiner Sprache befiehlt: »Hör auf damit! Sei still!«

Als ich mich umdrehe, springt gerade einer der Sklavenhändler von seinem Kamel und kommt auf mich zu.

Es ist der Mann, der mich in Koumbi Saleh beinahe erwürgt hätte.

In diesem Moment zerbricht etwas in mir. Er bemerkt die tote Ampah und bückt sich, um sie loszuschneiden. Da stürze ich mich auf ihn und schlinge ihm meine Handfessel mit so viel Wucht um den Hals, dass dabei die arme Ampah durch den Sand geschleift wird.

Es gelingt mir, zwei weiteren Männern Tritte zu verpassen, bevor schweres Leder gegen meinen Rücken knallt.

Der Schmerz lähmt meinen gesamten Körper. Ich öffne meinen Mund, aber es kommt kein Ton heraus. Kraftlos falle ich auf alle viere und bleibe still hocken, während der Sklavenhändler seine Peitsche noch ein paarmal auf meinen Rücken niedergehen lässt.

Benommen von dem Schmerz und vollkommen hilflos, muss ich mitansehen, wie sie das Seil von Ampahs Handgelenken lösen und es um meine Arme schlingen, sodass ich nun doppelt gefesselt bin.

Ohne einen weiteren Moment zu vergeuden, lassen sie die Karawane weitergehen. Die mit Sand verklebten Fetzen meines Kaftans scheuern mir den Rücken wund, da sie immer wieder an dem noch feuchten Blut hängen bleiben. Doch der Schmerz in meinem Inneren ist so groß, dass ich das kaum wahrnehme. Immer wieder drehe ich mich um, während meine Füße mich immer weiter forttragen. Aber ich muss hinsehen, muss mir ansehen, wie Ampah zu einem rotbraunen Fleck vor dem endlosen Braun der Wüste verschwimmt. Als könnte ich sie durch meinen Blick wieder zum Leben erwecken.

Ampah. Nein, nein, nein, nein.

Als der Fleck schließlich nicht mehr zu sehen ist, trifft es mich wie ein Schlag: Meine einzige Freundin hat mich für immer verlassen.

Obwohl ich mit Dutzenden von Menschen an einem Seil hänge, bin ich nun vollkommen allein.

Krampfhaft schließen sich meine Finger um den steinernen Wildhund. Ich weine, spüre aber keine Tränen. Ich weine um Ampah. Ich weine um Mama, Papa, Kamo und Goleh.

Ich weine, weil ich so schrecklich allein bin.

10 YAFEU

Gelähmt von meiner Trauer, nehme ich nur halb wahr, wie der Sand unter meinen Füßen sich nach und nach in Stein verwandelt, und dass vor unserer Karawane nun karge Kalksteinfelsen aufragen statt Dünen. Wir erreichen einen Fluss und halten an einem großen Handelsposten, wo die Sklavenhändler uns erlauben zu trinken. Dadurch lichtet sich der Nebel in meinem Verstand, was den Schmerz des Verlustes aber nur verstärkt. Das Bild von Ámpahs leblosem Körper, der vor mir durch den Sand geschleift wurde, hat sich tief in meine Erinnerung eingebrannt.

Wir hatten die Wüste schon fast durchquert. Wenn sie doch nur ein kleines bisschen länger durchgehalten hätte.

Es dauert über eine Woche, bis wir die ausgedörrten Ebenen und Schluchten des Vorgebirges hinter uns lassen. Wir begegnen nur ein paar Schäfern, sehen vereinzelte, einsame Dörfer. Dann sind wir plötzlich von Gras, goldenem Getreide und der rotesten Erde umgeben, die ich je gesehen habe. Ihr schwerer Duft steigt mir in die Nase. Die Luft hier ist mild, ein feuchter Wind streicht lindernd über meine ausgetrocknete Haut. All das lässt mich fast dankbar dafür sein, dass ich noch lebe.

So geht es zwei Tage lang weiter, bis wir schließlich die Stadt Anfa erreichen.

Ich mustere die beeindruckenden, aus gestampfter Erde gebauten Stadtmauern, die zwar nicht sonderlich hoch sind, sich aber weiter erstrecken, als das Auge reicht. Ein ächzendes, rostiges Metalltor gleitet vor uns in die Höhe und gibt den Blick auf unzählige Menschen und bunt bemalte Häuser frei. Die vielen Eindrücke, Gerüche und Geräusche bilden einen so starken Kontrast zur Ödnis der Wüste, der Berge und dem stillen Ackerland ringsum, dass meine Sinne zunächst überfordert sind. Metall klirrt, laute Stimmen brüllen, Gelächter und Musik erklingen. Weihrauchdämpfe wehen durch die Straßen, aus eingezäunten Höfen dringt der Duft von bratendem Fleisch und verführerischen Gewürzen. Sofort meldet sich mein nagender Hunger und mir wird schwindelig.

Aber diese Gerüche wecken auch vage Erinnerungen an die Zeit, als ich vor vielen Jahren einmal mit Papa hier war: Rundbögen, wirbelnde Mosaike, Überreste einer längst vergessenen Zeit, um die einfach herumgebaut wurde.

Die Sklavenhändler führen uns durch das Labyrinth der Straßen. Woher wissen sie nur, welchen Weg sie nehmen müssen? Die Stadt der vielen Gassen – so hat Papa Anfa immer genannt.

Irgendwann erreichen wir das Handelsviertel, in dem jedes Handwerk eine eigene Ecke hat: Gerber stehen knietief in wabenförmigen Bottichen voller Bleiche; Weber verkaufen Wandteppiche mit atemberaubend filigranen Mustern; Kräuterkundige wedeln mit penetrant duftenden Kreationen vor den Nasen unserer Peiniger herum, die sie aus dem Weg scheuchen, als wären sie lästige Fliegen. Da wir mit großer Eile vorangetrieben werden, kann ich kaum alle Details erfassen, bevor wir einen großen, überdachten Platz erreichen, der aussieht wie eine Raststation für Kamele.

Fremde Männer kommen heran und begrüßen unsere Peiniger. Sie verteilen trockenes Brot und füllen die herumstehenden Tröge mit Wasser, das wir offenbar trinken sollen. *Als wären wir Tiere*, denke ich nicht zum ersten Mal, aber mein Widerwille schwindet mit jedem Schluck, der durch meine Kehle rinnt. Das Kamel, bei dem ich geschlafen habe, steht neben mir, biegt seinen langen Hals und schlürft das Wasser in sich hinein. Es ist schon Tage her, dass wir die Wüste hinter uns gelassen haben, aber diesen Durst werde ich wohl niemals wirklich stillen können.

Eine kühle Brise weht heran und es rauscht in meinen Ohren. Als ich den Kopf hebe, steigt mir ihr salziger Duft in die Nase. Ich kann das Meer zwar nicht sehen, aber es muss ganz nah sein.

Die Sklavenhändler trennen die Kamele voneinander und binden sie an verschiedene Pfähle. Zwei Männer bleiben zurück, um sie zu bewachen, während die Übrigen die Dorfbewohner und mich auf einen offenen Platz bringen, in dessen Mitte eine windige Holzplattform aufragt. Hier wird die Versteigerung stattfinden.

Als ich mir den menschlichen Teil unserer Karawane ansehe, bin ich bestürzt darüber, wie klein er ohne die Kamele ist. Es sind wesentlich mehr Dorfbewohner mit Ampah in der Wüste zurückgeblieben, als mir bewusst war. Und die Überlebenden wirken wie lebende Skelette. Mich eingeschlossen.

Die Sklavenhändler stellen uns in einer ordentlichen Reihe rund um die Plattform auf. Als sie uns entdecken, bleiben mehr und mehr Menschen stehen.

Menschen, die uns kaufen wollen.

Mir dreht sich der Magen um. Was für ein Leben erwartet mich nun? Höchstwahrscheinlich wird mich jemand kaufen, damit ich auf seinen Feldern oder im Haus arbeite. Aber ich könnte auch von einem Händler gekauft werden, der mich über das Meer schleppt und weiterverkauft – was dann? Al-Andalus, so heißt das Königreich jenseits des Meeres, hat Papa gesagt. Und ich habe keine Ahnung, wie man dort mit Sklaven umgeht. Weiter als Anfa bin ich nie gereist, außer dem Namen weiß ich nichts über al-Andalus. Dieser Gedanke macht mir schreckliche Angst. Meine gesamte Zukunft hängt davon ab, wer mich hier kaufen wird und was dieser Mensch dann von mir verlangt.

Ängstlich mustere ich die Gesichter der Menge, die nun immer dichter an die Plattform herandrängt, und suche nach … ich weiß es gar nicht. Güte? Mitgefühl?

Nein. Selbst wenn ich dieses Glück hätte, auch wenn ich selbst entscheiden könnte, mit wem ich heute von hier fortgehe, spielt es keine Rolle. Ampah ist tot, aber meine Familie ist noch irgendwo dort draußen. Also muss ich irgendwie fliehen, muss es zurück nach

Wagadu schaffen. Bei allen Göttern: Egal, wie lange es dauert, ich werde Mama, Kamo und Goleh wiederfinden, und dann fangen wir zusammen ein neues Leben an.

Einer der Sklavenhändler steigt auf die Plattform und zeigt dann auf einen schlaksigen Jungen, der ganz vorne in der Reihe steht. Zwei seiner Partner lösen ihn von dem Seil, das uns alle miteinander verbindet, und bringen ihn hinauf. Als ich den Jungen erkenne, wird mir kalt.

Masireh.

Der Sklavenhändler beginnt, ihn mit lauter Stimme anzupreisen. Er zeigt auf Masirehs Arme und Beine, dann zieht er brutal seine Lippen auseinander, um die Zähne zu präsentieren. Noch vor drei Monden hätte Masireh ihm bei einer solchen Beleidigung ins Gesicht gespuckt. Jetzt steht er einfach nur da, zusammengesunken wie ein welker Grashalm.

Die anderen Sklavenhändler grinsen so breit, dass man ihre gelben fauligen Zähne sieht. Mir wird übel.

Eine Hand reckt sich über die Menge und wedelt mit einem Beutel Münzen. Ihr Besitzer drängt sich nach vorne durch, wo sich herausstellt, dass es sich um einen alten Mann mit fahler Haut handelt. Der Sklavenhändler kniet sich an den Rand der Plattform und nimmt den Beutel entgegen. Nachdem er sechs Goldmünzen in seine schwielige Hand gezählt hat, gibt er dem Alten den leeren Beutel zurück und überlässt ihm Masireh.

Dieser Junge war immer nur grausam zu mir. Trotzdem habe ich Mitleid mit ihm, als er resigniert den Kopf einzieht und mit dem alten Mann um die nächste Ecke verschwindet.

Der Sklavenhändler zeigt auf den nächsten in der Reihe. Während die Umstehenden ihre Gebote abgeben, fällt mir ein großer schlanker Mann auf, der ganz vorne steht. Seine Haut ist sogar noch dunkler als meine, und er trägt eine fein gewebte rot-goldene Tunika und einen mit Stickereien verzierten, runden Hut. Er ist eindeutig ein wohlhabender Mann, vielleicht ein Adeliger, vermutlich aber eher ein Kaufmann.

Plötzlich ruft der Mann etwas. Sofort verstummt die Menge ringsum.

Dann zeigt er auf mich und zieht dabei einen dicken Beutel mit Münzen hervor.

Ich halte den Atem an. Zwei Sklavenhändler kommen zu mir und fangen an, mich loszubinden.

Was?

Mir bleibt nicht einmal genug Zeit, um mir die schmerzenden Handgelenke zu reiben, bevor ich wieder gefesselt werde, diesmal mit einem separaten Seil. Dann werde ich um die Plattform herumgezerrt und zu dem Kaufmann hinübergeschleift.

Er mustert mich von Kopf bis Fuß und fährt sich lüstern mit der Zunge über die gesprungenen Lippen. Wut steigt in mir auf, gleichzeitig kann ich kaum noch atmen vor Angst. Wie ein Geier umkreist er mich; obwohl ich kein Wort von dem verstehe, was er sagt, wird seine Absicht mehr als deutlich.

Eine Hand landet auf meinem Hintern. Mein Zorn flackert auf und lässt meine Glieder erstarren. Nun wandert die Hand des Kaufmanns über meinen Bauch hoch zu meiner Brust, wo er mich grob begrapscht. Die anderen Männer auf dem Markt lachen.

Ich fahre herum und schlage seine Hand weg. Mit aller Kraft.

Schreiend taumelt der Kaufmann zurück. Sobald er sein Gleichgewicht wiedergefunden hat, hebt er die Hand zum Schlag. Ich schließe die Augen und wappne mich.

»*Aieeeeeeeaaa!*«

Statt einer Hand im Gesicht schmerzt nun ein gellender Schrei in meinen Ohren.

Woher kommt er?

Ein Raunen geht durch die Reihen der Käufer und Sklavenhändler, alle sehen sich nervös um.

Der Kaufmann bohrt seine Finger zwischen meine Zöpfe und reißt meinen Kopf zurück. Aus dem Augenwinkel sehe ich, wie sein Blick ebenfalls angespannt über den Platz huscht, um die Ursache dieses Schreis zu finden.

Ein Speer fliegt über meinen Kopf hinweg. Schneller als ein Blitz gleitet er über die Menge hinweg und bohrt sich in die hölzerne Plattform.

Was in Legbas Namen …?

Noch bevor mein Gehirn die Frage vollenden kann, bekomme ich eine Antwort – doch dieser Anblick ist so unfassbar, dass ich zunächst sicher bin zu träumen.

Am Rande des Platzes springt eine Frau von einem Balkon. Ihre Haut ist knochenbleich, ihr Haar so schwarz wie die Nacht. Geduckt landet sie hinter der Zuschauermenge.

Eine solche Frau habe ich noch nie gesehen. Das lange schwarze Haar umrahmt vollkommen glatt ihre tödlich blassen Wangen, der Rest ihres Körpers scheint nur aus Muskeln zu bestehen. Trotz der Hitze trägt sie eine Pelzweste, die mit einer aufwendigen Stickerei verziert ist: der Kopf eines mir unbekannten Tieres, das seine schrecklichen, spitzen Zähne fletscht.

Für einen Moment richten sich ihre hellblauen Augen auf mich. Mir ist, als hätte man mir eisiges Wasser über den Kopf geschüttet.

Der Griff ihres Schwertes scheint mich magisch anzuziehen, denn nun starre ich auf die Lederscheide, an der ihre Hand ruht. Die Waffe selbst ist nicht zu sehen, doch von der silbernen Parierstange geht ein unglaublich kraftvolles Nyama aus.

Sie ist mit magischen Zeichen versehen.

Geschickt lässt die Frau die Scheide von einer Hand in die andere wandern, zieht es hinaus, dann gleitet das Schwert in einem weiten Bogen über ihren Kopf. Mit angehaltenem Atem beobachte ich, wie die Klinge in der Sonne funkelt.

»*Walhalla!*«

Ich kann kaum glauben, dass dieser tiefe, kehlige Schrei tatsächlich aus ihrem Mund kommt.

Mit der freien Hand fängt sie ihr Schwert auf, und schon im nächsten Moment wirbelt die Klinge herum und zerteilt den Mann, der neben ihr steht.

Mir fällt die Kinnlade herunter.

»Majūs!« Von allen Seiten hallt der Schrei über den Platz.

Majūs. Dieses Wort kenne ich.

Aber nun bricht ein solches Chaos aus, dass ich keinen klaren Gedanken mehr fassen kann. Die Sklavenhändler ziehen brüllend ihre Waffen und gehen auf die Frau los. Gleichzeitig fangen die Käufer an, einander herumzuschubsen; bei ihrer panischen Flucht trampeln sie einander sogar nieder. Die noch immer aneinandergefesselten Dorfbewohner versuchen, in verschiedene Richtungen zu fliehen, sodass sie einander von den Füßen reißen.

Doch der Kaufmann greift nur noch fester in meine Haare und will mich mit sich fortschleifen.

»Walhalla!«

Ich reiße den Kopf herum und sehe, wie zwei weitere hellhäutige Frauen von den Balkonen springen und sich auf beiden Seiten neben der ersten Frau postieren. Die eine ist recht klein und kräftig, hat pinke Haut und strohgelbes, kurz geschorenes Haar. Sie hält in jeder Hand eine Axt. Links von der ersten Angreiferin baut sich eine schlanke Frau auf, deren einzelner Zopf bis zum Bauch herabfällt. Sie trägt ein Schwert und einen gelb bemalten Holzschild, auf dem zwei schwarze Vögel abgebildet sind. Diesen reißt sie abrupt hoch, als der erste Sklavenhändler sich ihr nähert.

Und dann beginnt die Schlacht.

Die erste Frau trägt keinen Schild, doch es wird schnell klar, dass sie auch keinen braucht. Mühelos wirbelt sie herum und blockiert die Angriffe der Sklavenhändler, um sie anschließend erbarmungslos niederzumachen. Voller Bewunderung sehe ich zu, wie sie ihre Klinge in einem Gegner versenkt, seinen Körper dann mit einem Fußtritt von sich wegstößt, herumwirbelt und aus der Drehung heraus einem zweiten den Arm abhackt, bevor der überhaupt zur Waffe greifen kann. Auf ihrem fremdartigen Gesicht breitet sich ein wildes Grinsen aus, als sie sieht, wie die Menschen vor ihr flüchten. Ich erkenne Freude darin – ungezügelte, fast schon wahnsinnige Freude. Die Frau zu ihrer Rechten wirkt wesentlich konzentrierter, als sie einem der Sklavenhändler ihre Axt in den Hals rammt. Blut spritzt heraus und er bricht zusammen. Inzwischen ist die Frau auf der linken Seite vorgestürmt und schlägt einem weiteren Sklavenhändler mit ihrem Schild die Waffe aus der Hand.

Die Holzplattform versperrt mir die Sicht, als der Kaufmann mich fortzerrt.

Wieder flammt Zorn in mir auf und nun verleiht er mir neue Kräfte. Ich stemme die Fersen in den Boden, werfe mich nach hinten und pralle mit voller Wucht gegen seine Brust.

Mit einem wütenden Fauchen taumelt er zurück. Meine Hände sind zwar gefesselt, doch ich lande einen Treffer mit dem Ellbogen; Blut schießt aus seiner Nase. Als er die Hände hochreißt, lasse ich mich fallen, trete ihm gegen das Knie und reiße ihm dann die Beine unter dem Körper weg.

Sofort springe ich auf und will fliehen, stoße dabei aber mit einem Sklavenhändler zusammen, der offenbar dasselbe versucht.

Einen Atemzug lang bin ich verwirrt, aber mehr braucht der Kaufmann auch nicht.

Ich spüre seine Hand an meinem Knöchel, dann verliere ich das Gleichgewicht.

Der Sturz drückt mir die Luft aus der Lunge. Während ich noch hektisch zu atmen versuche, packt er bereits wieder meine Haare und schleift mich weiter, fort von dem Chaos.

Lisa blendet mich, sodass ich nichts sehe. Ich spüre, wie mein Rücken über Erde und Steine gleitet. Immer wieder reiße ich die Arme hoch und schlage mit meinen gefesselten Händen auf die des Kaufmanns ein. Ein stechender Schmerz flammt in meiner Schulter auf und ich schreie.

Von einem Moment auf den anderen erlischt das Feuer in mir, mein Körper erschlafft. Der Kaufmann beugt sich mit einer Waffe in der Hand über mich. Mordlust flackert in seinen Augen.

Plötzlich ist nichts mehr übrig von der Tapferkeit, die mein Vater mich gelehrt hat. Ich bin nur noch ein schwaches, hilfloses Mädchen.

Ich habe gekämpft. Mit aller Kraft habe ich gekämpft, aber es war sinnlos.

Ich werde sterben.

Du musst noch mehr kämpfen, Tochter, drängt Papa in meinen Gedanken. *Glaube daran, dass du stärker bist als dein Feind.*

Es tut mir leid, Papa. Ich schaffe es nicht.

Mutlos schließe ich die Augen.

Doch ein ekelhaft schmatzendes Geräusch sorgt dafür, dass ich sie wieder aufreiße.

Blut tropft auf mein Gesicht. Das Auge des Kaufmanns ist von einer Klinge durchbohrt. Sein Mund öffnet sich, gleichzeitig sackt sein Körper zusammen und er kippt seitlich weg. Hinter ihm wird die Gestalt sichtbar, die ihn durchbohrt hat.

Blinzelnd sehe ich zu der Frau mit der elfenbeinfarbenen Haut auf. Das glatte schwarze Haar hängt ihr wirr ins Gesicht, nur eines ihrer Augen ist sichtbar. Es funkelt wie ein Eissplitter, als sie mich starr mustert.

Es ist Mawu, Lisas andere Hälfte. Ihre Finsternis bildet das Gegenstück zu seinem Licht, sie gebietet über Leben und Tod.

Die Göttin selbst ist mir zu Hilfe gekommen.

Einen Moment lang sehen wir uns stumm an. Die Zeit scheint stillzustehen. Das Geschrei und der Tumult ringsum rücken in weite Ferne.

Dann sagt sie etwas. Der fließende Klang ihrer fremdartigen Sprache will nicht recht zu ihrer rauen Stimme passen. Ich starre sie noch immer vollkommen überwältigt an.

Sie wiederholt ihre Worte, diesmal drängender. Indem ich hektisch den Kopf schüttele, versuche ich, ihr klarzumachen, dass ich sie nicht verstehe.

Irgendwo in den Tiefen der Stadt wird ein Horn geblasen. Sie blickt in die entsprechende Richtung und stößt einen frustrierten Laut aus. Im nächsten Moment hat sie bereits ihr Schwert zwischen meine Arme geschoben und durchtrennt meine Fesseln.

Mühsam setze ich mich auf, ich muss gegen heftigen Schwindel ankämpfen. Mit schnellen Griffen durchsucht die Frau den Leichnam des Kaufmanns und schiebt sich einen Beutel mit Münzen in ihre Weste. Dann wendet sie sich ab, läuft ein paar Schritte und blickt noch einmal zu mir zurück.

Eine stumme Frage hängt zwischen uns in der Luft, so unmissverständlich, dass sie mühelos die Sprachbarriere überwindet.

Vor meinem inneren Auge sehe ich wieder ihr Schwert durch die Luft wirbeln, die enorme Befriedigung auf ihrem Gesicht, als sie diesen Mann in zwei Hälften zerteilte.

Sechs lange Jahre habe ich mich für die Zügellosigkeit in meinem Inneren geschämt. Ein Teil von mir hat geglaubt, ich sei tatsächlich jugu. Also habe ich einen Damm errichtet, um diese Zügellosigkeit einzusperren, sie nicht hervortreten zu lassen, da sie andere Menschen verletzen könnte – oder mich selbst.

Aber diese Frau kennt keine Zurückhaltung und sie schämt sich nicht dafür. Die anderen beiden auch nicht. Sie sind *Kriegerinnen*. Ich habe keine Ahnung, wie das möglich sein kann ... doch es ist so.

Als das Horn zum zweiten Mal ertönt, habe ich meine Entscheidung getroffen.

Ich springe auf und renne hinter ihr her. Meine Beine protestieren schmerzhaft, aber ich zwinge sie, sich den langen, donnernden Schritten der Kriegerin anzupassen, die nun wieder auf den Platz läuft. Der hat sich inzwischen fast vollständig geleert, Sklavenhändler und Käufer sind entweder tot oder geflohen. Die beiden anderen Frauen sind gerade dabei, die Taschen der Toten zu plündern. Ich sehe mich nach den Dorfbewohnern um, sehe unter den Leichen aber keine vertrauten Gesichter. Anscheinend sind sie alle entkommen.

Die Schwarzhaarige ruft den beiden anderen im Vorbeilaufen etwas zu, woraufhin diese sofort aufspringen und sich uns anschließen.

Erst als wir die Mauer erreichen, die Stadt und Meer trennt, bleiben wir stehen. Durchdringende Schreie und das Klirren von Waffen hallen über die Mauer, ungefähr einen Steinwurf von uns entfernt auf der linken Seite. Deshalb gab es auf dem Marktplatz keine Verstärkung: Die Wachen sind offenbar hier mit der eigentlichen Schlacht beschäftigt. Irgendwo dort hinten liegt wohl das dem Meer zugewandte Stadttor – doch um es zu erreichen, müssen wir den Platz verlassen und uns einen Weg durch die vielen Gassen suchen. Und dem Lärm nach zu urteilen, kämen wir dort sowieso nicht hinaus.

Was tun?

Die Schwarzhaarige zieht eine Axt aus dem Gürtel und rammt sie mit voller Kraft in die Stadtmauer. Beim ersten Schlag prallt sie ab, doch beim zweiten bleibt sie schließlich stecken.

Wieder entgleist mir das Gesicht. Noch nie habe ich eine Klinge gesehen, die stark genug war, um sie in verdichtete Erde zu schlagen.

Die Frau packt mit beiden Händen den Stiel der Axt, zieht sich hoch und schwingt mit verblüffender Geschicklichkeit die Füße über die Mauer. Noch einmal frage ich mich, ob sie nicht vielleicht doch eine Göttin in Menschengestalt ist.

Breitbeinig auf der Mauerkrone sitzend, zieht sie ihre beiden Begleiterinnen zu sich hoch. Dann streckt sie mir die Hand entgegen.

Ich blicke noch einmal zurück auf den Marktplatz.

Nein, dort wartet nur der Tod auf mich. Für mich gibt es jetzt nur eine Richtung.

Vorwärts.

Ich greife nach ihrer Hand.

Auf der anderen Seite der Mauer versinken meine schmerzenden Füße in weißem Sand. Verblüfft beobachte ich die Schlacht, die auf dem breiten Strand ausgetragen wird und sogar noch jenseits der Mauer zu hören war.

Zu unserer Linken liefert sich eine Horde knochenbleicher Männer einen gnadenlosen Kampf mit der Stadtwache von Anfa.

Nein, das ist kein Kampf. Das ist ein Gemetzel.

Der Großteil der Wachen ist bereits tot, ihr Blut ist zu dunkelroten Lachen im weißen Sand zusammengeflossen. Die Überlebenden sind umzingelt, sie stehen mit dem Rücken zum Stadttor; immer wieder schlagen sie verzweifelt mit ihren Waffen gegen das Holz. Das also haben wir hinter der Mauer gehört.

Aber das Tor öffnet sich nicht.

Die knochenbleichen Männer stürzen sich ohne jede Gnade auf die Überlebenden, sie zerhacken und zerfetzen sie wie Bussarde, die einen Büffelkadaver zerlegen. Mir wird übel, doch ich kann auch nicht wegsehen. Diese blassen Männer kämpfen, als wäre ihnen der Tod jederzeit willkommen, und doch in dem Wissen, dass er sie jetzt noch nicht holen wird.

Als hätte dieser Gedanke sie herbeigerufen, taucht hinter dem Tor die Verstärkung der Wachen auf.

Bogenschützen.

Nun bekomme ich Angst. Eine Handvoll bleicher Krieger fällt. Eine Axt löst sich aus ihren Reihen, wirbelt durch die Luft und trifft einen der Bogenschützen genau zwischen den Augen. Mit blutendem Schädel fällt er von der Mauer.

Dicht gefolgt von uns dreien läuft die schwarzhaarige Frau Richtung Wasser, dabei ruft sie den Männern etwas zu. Der Befehl wird durch die Reihen weitergegeben und bald zieht sich die Horde zurück.

Folgen diese Krieger etwa ihrem Befehl?

Eine Frau kommandiert eine ganze Armee?

Wie kann das sein? Ich schwanke zwischen Bewunderung und Verwirrung.

Ein Pfeil zischt an meinem Ohr vorbei und beendet meine Grübeleien. Die Schwarzhaarige ächzt kurz, als das Geschoss ihren Schenkel streift, aber sie läuft weiter. Die beiden anderen Frauen überholen uns, links von mir fällt einer der Männer. Ich laufe, so schnell ich kann – meine Oberschenkel brennen von der Anstrengung, meine Füße aus dem Sand zu ziehen. Fast scheint es, als wolle er mich festhalten, als wolle er sich nun das Leben holen, das mir die Wüste nicht nehmen konnte.

Es scheint eine Ewigkeit zu dauern, bis wir außer Reichweite der Bogenschützen sind, und noch immer laufen wir mit voller Kraft. Mein Herz droht, aus meinem Brustkorb zu springen.

Dann endlich sehe ich, worauf wir zuhalten.

Drachen.

Nein, keine Drachen … Drachenboote. Mindestens zwei Dutzend von ihnen ragen drohend hinter den festgemachten Handelsschiffen im Hafen auf. Ihre Segel sind grün-weiß gestreift, und sie liegen unglaublich hoch im Wasser, fast als würden sie über der Oberfläche schweben wie Wasserläufer auf einem stillen Teich. An jedem Bug wölbt sich ein finster dreinblickender Drachenkopf, und an Deck huschen noch mehr von diesen knochenbleichen Männern herum – sie holen die Anker ein und lassen Ruder zu Wasser.

Frauen sehe ich dort keine.

Die Krieger waten vom Strand aus ins Wasser und werden von ihren Kameraden an Deck gezogen; für ihre Größe sind die Schiffe erstaunlich flach. Ich hüpfe platschend hinter den drei Frauen her. Das Wasser reicht uns fast bis zur Schulter, als wir schließlich auf das letzte Schiff geholt werden. Es ist das einzige mit rot-weißen Segeln.

Die Schwarzhaarige brüllt ein paar Kommandos, und das Schiff setzt sich ruckartig in Bewegung. Ich verliere das Gleichgewicht und schlage hart auf dem Deck auf. Erschöpft rolle ich mich auf die Seite und versuche, Luft in meine malträtierte Lunge zu saugen. Dann will ich aufstehen, doch mir wird sofort schwindelig und meine Knie knicken ein. Also halte ich mich mit beiden Händen an einem Balken fest, sehe dabei zu, wie die Bucht von Anfa immer weiter hinter uns zurückfällt.

Schwarze Flecken engen meine Sicht ein. Plötzlich überwältigt mich abgrundtiefe Erschöpfung. Als ich ein leichtes Brennen an meiner Schulter spüre, sehe ich hin.

Auf den zerfetzten, sandverklebten Überresten meines gelben Kaftans hat sich ein leuchtend roter Fleck ausgebreitet.

Eine raue Stimme schwappt wie eine Woge über mich hinweg. Als ich mich ihr zuwende, sehe ich nur nachtschwarze Strähnen und stechende blaue Augen.

Es fühlt sich an, als würde ich fallen, dann wird alles schwarz.

11 YAFEU

Hin und wieder bin ich kurz bei Bewusstsein, sei es nun durch brennende Schmerzen in der Schulter oder weil mich jemand aufrichtet und mir salzige Brühe einflößt. Wenig später schicke ich die Flüssigkeit würgend über die Reling. Dunkelheit, ich wickele mich zitternd in einen rauen Pelz, der sich fremd anfühlt. Meine Haut ist feucht von Schweiß oder Regen. Leuchtend weiße Sterne wirbeln über einen blauschwarzen Himmel. Der Wind heult durch den peitschenden Regen wie der Wildhund, dessen Todesschrei ich gehört habe, als ich das letzte Mal die Arme meiner Mutter spürte.

Ja, ich habe den Todesruf der Hündin vom Weißen Fluss gehört, da bin ich mir sicher. Sie muss es gewesen sein. So hat sie mir ihre Botschaft überbracht: Sie starb, und nun werde ich sterben, denn mein Nyama ist mit ihrem verbunden. Einmal glaube ich, Land zu sehen. Dann wieder bin ich das Land, während ich gleichzeitig auf dem Schiff liege. Doch es zieht sich von mir zurück, und ich schaukele immer weiter, geborgen in den wogenden Armen von Agbe und Naete, den Göttern des Wassers. Getragen von ihr, ihm, ihnen …

Der Sturm klingt bereits ab, als ich endlich in diese Welt zurückgleite. Mit der wiederkehrenden Wahrnehmung meines Körpers kommt auch die Erkenntnis, dass ich mich so gut fühle wie seit Langem nicht mehr. Sofort greife ich nach dem Wildhundamulett an meinem Hals und stelle erleichtert fest, dass es noch da ist.

Der Regen hat aufgehört, Lisa steht hoch am Himmel. Es kann

nicht mehr lange dauern bis zur Mittagsstunde – auch wenn ich keine Ahnung habe, welcher Tag heute ist.

Während ich mich steif aufsetze, wird mir bewusst, dass ich völlig durchgefroren bin, und das trotz Lisas gleißender Strahlen. Schnell lege ich mir den seltsamen Pelz, mit dem ich zugedeckt war, um die Schultern. An der Außenseite ist das raue Fell zwar nass, doch die Innenseite ist irgendwie trocken geblieben.

Dann war das alles also doch kein Traum, es hat tatsächlich einen Sturm gegeben. Wenn Agbes Zorn so groß war wie in meiner Erinnerung, grenzt es an ein Wunder, dass unser Schiff noch intakt ist.

Die Wunde. Ich habe geblutet.

Hastig taste ich meine Schulter ab. Irgendjemand muss sie versorgt haben, denn alles ist verheilt. Ein wenig empfindlich ist die Haut noch, und es wird sicher eine Narbe zurückbleiben, aber wenigstens lebe ich.

Ich lebe noch.

Vorsichtig stehe ich auf und stelle dabei gereizt fest, wie schwach meine Beine sind. Automatisch passe ich mein Gleichgewicht an die sanfte Bewegung des Schiffes an. Der Wind weht mir die inzwischen ziemlich zerrupften Zöpfe ins Gesicht. Ungeduldig schiebe ich sie weg; vor mir erstreckt sich ein langes, schmales Deck, an dessen Ende die Rückseite des Drachenkopfes aufragt. Die Frau, die mich gerettet hat, beugt sich gerade darüber hinaus. Auch sie hält sich mit einem Arm die Haare aus dem Gesicht, die durch den Wind wie schwarze Flammen um ihren Kopf züngeln. Rechts und links von ihr stehen die beiden anderen Frauen, warm eingepackt in Pelze, die ganz ähnlich aussehen wie meiner. Die drei unterhalten sich offenbar, allerdings dringen ihre Stimmen nur sehr gedämpft zu mir herüber.

Das durch den kräftigen Wind geblähte Segel sorgt dafür, dass wir unseren Drachen mit erstaunlicher Geschwindigkeit über das Wasser reiten. Die Ruder wurden eingezogen, nur ein einziges Blatt ragt noch ins Wasser, das einem der Männer anscheinend dazu dient, das Schiff zu lenken. Die anderen Kerle hängen auf dem Deck herum oder kümmern sich um die Seile, die mit dem Segel verbunden sind.

Offenbar ist das anstrengend, denn die Muskeln an ihren Armen wölben sich deutlich.

Als ich mich umsehe, finde ich in sämtlichen Richtungen nichts außer friedlichen kleinen Wellen; hinter uns segeln die anderen Schiffe. Eine Wüste aus Wasser umgibt uns.

Ungeschickt gehe ich zu den drei Frauen hinüber, wobei ich mehrmals fast über die Bodenplanken stolpere, da Agbe und Naete unter uns ständig in Bewegung sind. Die Männer recken die Hälse, als ich an ihnen vorbeigehe; ihre Körper verströmen einen schrecklichen Gestank.

Während ich mich dem Bug nähere, fällt mir auf, dass die kräftige Frau mit dem strohblonden Haar, die so geschickt mit den Äxten gekämpft hat, angestrengt ins Wasser blickt. Fast scheint es, als warte sie darauf, dass etwas aus dem endlosen wogenden Blau aufsteigt. Jetzt erst wird mir klar, dass sie es war, die mir Nahrung eingeflößt hat. Sie raunt der Schwarzhaarigen etwas zu, die ebenso leise antwortet.

Plötzlich lässt die Schwarzhaarige ihren Halt am Bug fahren und dreht sich um, als hätte sie gespürt, dass ich komme. Das lange Haar reicht ihr bis zum Gürtel. Überrascht stelle ich fest, dass sie nun eine einfache Tunika trägt, nicht mehr diese Furcht einflößende Weste. Vielleicht habe ich mir diesen Tierkopf auf ihrer Brust nur eingebildet? Ihre eisblauen Augen richten sich auf mich, was mir einen Schlag versetzt wie Sogbos Blitze.

Sie sagt etwas. Ihre Stimme ist tief wie die eines Mannes, gleichzeitig schwingt in ihr eine raue Anmut mit. Indem ich den Kopf schüttele, signalisiere ich ihr, dass ich sie nicht verstehe. Ihre Sprache ist weich und fließend wie das Wasser ringsum.

Ich nehme mir einen Moment Zeit, um ihr Gesicht zu studieren: Der Lauf der Zeit hat Spuren an ihrer Stirn und rund um ihre Augen hinterlassen, die mir verraten, dass sie die Jugend hinter sich gelassen und sich Weisheit erworben hat. Als junge Frau war sie vielleicht einmal hübsch, aber selbst dann wird ihren Zügen diese Zügellosigkeit angehaftet gewesen sein, die sich heute noch in ihnen spiegelt. Für harte Männer braucht es eine noch härtere Frau.

Majūs. So haben die Sklavenhändler in Anfa sie genannt.

Plötzlich brechen die Erinnerungen über mich herein. Mamas Geschichte ... jetzt ergibt alles einen Sinn! Mein Herz macht einen Sprung.

Deswegen ist Papa verschwunden – er ist mit den Majūs in See gestochen!

»Yafeu«, stoße ich krächzend hervor. Schon das eine Wort lässt meine ausgetrockneten Lippen reißen.

Die Schwarzhaarige reicht mir einen Krug mit Wasser, das ich in einem Zug in mich hineinschütte. Dann schickt sie mit einer knappen Geste die beiden Frauen fort, die sich widerspruchslos zu den Männern an den Segeln begeben und uns so allein lassen. Die Schwarzhaarige lehnt sich mit dem Rücken gegen das Schott, wobei ihr Hinterteil gefährlich weit über das Wasser hinausragt. Blitzschnell zieht sie einen kleinen Dolch, der offenbar in einer Scheide an ihrer Wade steckte, und stößt ihn in einen Beutel an ihrem Gürtel. Mit Mühe gelingt es mir, nicht zusammenzuzucken.

Grinsend zieht sie den Dolch wieder heraus, auf dem nun eine violette Frucht aufgespießt ist. Schon bei ihrem Anblick läuft mir das Wasser im Mund zusammen. Geschickt löst sie die Frucht von der Klinge und fängt an, sie in Scheiben zu schneiden. Erst nachdem ich mich von diesem leckeren Anblick losgerissen habe, wird mir klar, dass sie wartet; anscheinend soll ich fortfahren.

»Yafeu«, sage ich noch einmal. »Mein Vater Yafeu. Kennt ihr ihn?« Die vertrauten Laute meiner Muttersprache verleihen meiner Stimme neue Kraft. Wann habe ich das letzte Mal gesprochen? Ein seltsames Gefühl macht sich auf meiner Zunge breit, als giere sie nach mehr Worten.

Wie weit müsste ich reisen, um jemanden zu finden, der Soninke spricht? Wie viele Tage bräuchte ich mit dem Schiff, einem Kamel, zu Fuß?

Die Frau schüttelt nur den Kopf und reicht mir ein Stück von der Frucht. Ihre schwieligen Finger streifen rau meine Handfläche.

Entweder bin ich vollkommen ausgehungert, oder aber das ist das

Beste, was ich jemals gegessen habe: süß, saftig und fest. Vielleicht trifft einfach beides zu.

Sie schiebt sich ebenfalls ein Stück in den Mund. »Pflaume«, sagt sie zwischen zwei saftigen Bissen und hebt dabei den Rest der Frucht hoch.

Nickend gebe ich ihr zu verstehen, dass ich begriffen habe. »Pflaume«, wiederhole ich und zeige dabei auf die Frucht.

Nachdem sie mir ein zweites Stück gegeben hat, klopft sie sich zweimal auf die Brust und sagt: »Alvtir.«

Das ist wohl ihr Name. Ich schlucke und versuche dann, die Laute nachzuahmen. »Ahhl-www-tir.« Meine Zunge tut sich schwer damit.

Mit einem knappen Nicken zeigt sie auf mich. »Jafu«, sagt sie.

Sie hält das für meinen Namen, also hat sie offenbar nie etwas von Papa gehört.

Eine drückende Schwere breitet sich in mir aus, die mir in den letzten Monaten nur allzu vertraut geworden ist. Sind das denn nicht die Majūs? Oder hat sich Papa vielleicht nicht den Majūs angeschlossen?

Wieder fragt mich die Frau etwas und hängt dabei das »Jafu« an. Und wieder kann ich nur den Kopf schütteln, was mir merkwürdigerweise etwas peinlich ist.

Ihre Lippen verziehen sich zu einem schiefen Grinsen. Sie klopft mir kurz auf die gesunde Schulter, dann wendet sie sich wieder dem Meer zu, wobei sie ein paar leise Worte murmelt.

Ich gehe davon aus, dass unser Gespräch damit beendet ist – vorerst. Bis ich zumindest ein paar Worte ihrer Sprache gelernt habe, können wir einander sowieso nicht mehr mitteilen.

Da Lisa am Abend links von uns unter- und am nächsten Morgen auf unserer rechten Seite wieder aufgeht, fahren wir offenbar Richtung Norden. Mich so wenigstens halbwegs orientieren zu können, ist tröstlich. Ein kleiner Trost zwar nur, aber immerhin.

Die Kälte scheint mir deutlich mehr auszumachen als den hellhäutigen Kriegern, die sich auf dem offenen Meer so heimisch fühlen wie ich in den sonnenverbrannten Steppen von Wagadu. Deshalb kommt es mir nur richtig vor, dass ihre Sprache dahingleitet wie der Wind in ihren Segeln und über die Zunge rollt wie die Wogen, die ihre flinken Schiffe tragen.

Wie hat Papa sich wohl gefühlt, als er diese Reise gemacht hat? Haben die Wellen mit den Schwingungen seines Nyama harmoniert, oder haben sich all seine Instinkte nach sicherem Land gesehnt, wie es bei mir der Fall ist? In Mamas Geschichte konnte er Agbe und Naete nach Belieben heraufbeschwören … aber das war eben nur eine Geschichte. Schließlich kann sie unmöglich gewusst haben, welche Abenteuer er mit den Majūs erlebt hat, nachdem er uns verlassen hatte.

Trotzdem ist der Gedanke, dass Papa nicht nur überlebt, sondern sich auf eben diesen Gewässern sogar wohlgefühlt haben könnte, tröstlich wie eine wärmende Decke und nimmt einen Teil des Schmerzes von mir, der mich während der letzten Monate gequält hat. Dort, wo wir hinfahren, gibt es bestimmt jemanden, der ihn kennt. Vielleicht ist er sogar selbst dort.

Doch im Laufe der folgenden Stunden macht sich Unruhe in mir breit. Ich sehe mir die verschwommenen Gestalten auf den Schiffen hinter uns an, kann aber nirgendwo ein Gesicht entdecken, das so dunkel ist wie meines. Irgendwann komme ich mir vor wie ein Rabe in einem Schwarm Dünenlerchen. Immer wieder wandert meine Hand an das Amulett an meinem Hals; Mamas letzte Gabe, das letzte Geschenk der Familie, die mir entrissen wurde. Aber ich darf den Tränen nicht nachgeben – nicht im Beisein von Alvtir.

Also lenke ich mich ab, indem ich die beiden anderen Kriegerinnen beobachte. Sie scheinen ungefähr gleich alt zu sein: eindeutig jünger als Alvtir, aber doch einige Jahre älter als ich. Sehr verschwommen erinnere ich mich daran, wie die Größere der beiden mich während des Sturms in die Pelzdecke gewickelt hat. Sie ist schlank und sehnig und ihr Haar ist hellbraun wie das Fell einer Wüstenmaus. Sie hat es zwar zu einem Zopf geflochten, doch ein Großteil der Strähnen weht doch ungezügelt um ihren Kopf. Die Männer scheint sie mit freundlicher Überredungskunst gut im Griff zu haben, sie bewegt sich über das Schiff, als wäre sie einer von ihnen. Sie lacht laut und gern, was sie mir schnell sympathisch macht. Wirklich hübsch ist sie nicht – zumindest nicht auf dieselbe Weise wie Ampah oder Mama –, aber ihre gelassene Art sorgt dafür, dass die Männer ihr hinterherschauen. Sie wenden sich ihr zu, wenn sie spricht, und auch wenn ich die Worte nicht verstehe, wird deutlich, dass sie bei diesen Gesprächen den Ton angibt.

Sie allerdings blickt nur einem Menschen auf diesem Schiff hinterher, und zwar der kräftigen Frau mit dem kurzen hellen Haar, die still und stoisch ist, wo sie selbst sich laut und fröhlich zeigt. Doch ich habe nicht vergessen, wie die kleine Frau in Anfa gekämpft hat, und weiß deshalb, dass sie zumindest mit ihren Äxten äußerst ausdrucksstark sein kann, wenn auch vielleicht nicht mit Worten. Sie verbringt den Großteil der Zeit damit, ihre Äxte zu schärfen, mit verschränkten Armen auf das Wasser hinauszublicken oder sich hin und wieder mit Alvtir zu beraten, die dann wenig später dem Mann am Ruder Befehle zuruft, damit der unseren Kurs korrigiert. Für mein ungeübtes Auge sieht das Meer immer gleich aus, weshalb mir vollkommen schleierhaft ist, was sie dort draußen sehen könnte. Aber vielleicht schicken Agbe und Naete ihr Zeichen, die allein sie deuten kann.

Der Blick der kräftigen Frau hängt an der hochgewachsenen Frau, der Blick der hochgewachsenen Frau hängt an der kräftigen, und der Strom ihres Nyamas verrät mir, dass es für diese beiden auf der Welt niemand anderen gibt. Ich frage mich, ob die Männer das nicht erkennen. Vielleicht sorgt aber auch der Respekt, den sie Alvtir entgegenbringen, dafür, dass sie die beiden anderen Frauen in Frieden lassen. Oder ihre Furcht. Denn obwohl der Platz auf dem Schiff extrem begrenzt ist, gelingt es allen irgendwie, Alvtir aus dem Weg zu gehen.

Irgendwann lässt der Wind nach und die Ruder werden wieder hervorgeholt. Einer der Männer drückt mir eines davon in die Hand und schiebt mich auf einen leeren Platz. Als ich verwirrt zu Alvtir hinübersehe, reagiert die nur mit einem strengen Blick. Also setze ich mich hin und fange klaglos an zu rudern, auch wenn meine Schulter schmerzhaft dagegen protestiert.

Später an diesem Tag taucht in der Ferne eine steile grüne Küstenlinie auf, was bei allen auf den Schiffen Freudenschreie auslöst. Wir wenden uns Richtung Osten und fahren mit Lisa im Rücken weiter, während sich das Meer langsam zu einer Art Fluss verengt. Die Strömung trägt uns schneller voran und dank der hohen Berge zu beiden Seiten wird die Luft spürbar wärmer.

Staunend mustere ich die hügelige Landschaft, die an uns vorbeizieht. Sie ist grüner als alles, was ich kenne, überall gibt es Bäume und Dickicht. Als das Ufer näher heranrückt, versuche ich, diese merkwürdigen Pflanzen genauer zu betrachten. Manche haben dünne, nadelartige Blätter, die mich ein wenig an den Pelz erinnern, den ich jetzt trage. Niemals zuvor habe ich einen Baum gesehen, der Nadeln anstelle von Blättern hat. Einen Augenblick lang zieht mich dieses Wunder voll und ganz in seinen Bann.

Der Fluss schlängelt sich zwischen Hügeln und Bergen hindurch, krümmt sich mal hierhin, mal dorthin. Lisa hat sich hinter einigen Wolken versteckt, als wir endlich unser Ziel erreichen. Diesen Ort nennt man Skíringssal, so viel kann ich den freudigen Rufen der Männer entnehmen. Unser Schiff und ein Großteil der anderen drehen ab und fahren auf den Hafen zu, doch einige gleiten weiter den Fluss hinunter, sodass die Flotte nun zweigeteilt ist.

Mein erster Eindruck ist alles andere als angenehm: graue hässliche Holzstege, dahinter mehrere Reihen von grauen hässlichen Holzhäusern. Wie kommt man nur darauf, seine Häuser ausgerechnet aus Holz zu bauen? Bei den starken Winden hier müssten sie doch eigentlich umgeweht werden.

Am Hafen wartet eine dicht gedrängte Menge auf unsere Ankunft, die Gesichtsfarben reichen von Elfenbeinweiß bis Hellrosa. Als wir näher kommen, bemerke ich, dass auch die Kleidung der Menschen hässlich ist, es gibt nur verwaschene Farben und kaum Verzierungen. Trotz der frischen Luft rümpfe ich die Nase. Die Frauen tragen lange Kleider mit kürzeren Überkleidern, dazu Broschen an der Schulter, an denen offenbar Werkzeuge und Krimskrams befestigt werden. Männerkleidung besteht hier aus gegürteten Tuniken und einer Beinbekleidung, dazu umwickeln sie ihre Waden bis zum Knie mit Stoff, wie auch die Krieger es tun.

Der einzige Hinweis darauf, dass sie sich überhaupt um ihr äußeres Erscheinungsbild kümmern, findet sich in ihrem Haar. Noch nie habe ich Haar wie das der Majūs gesehen: Lang, glatt und federleicht fällt es ihnen über den Rücken, in allen Schattierungen von Gelb über Rot bis Dunkelbraun. Männer wie Frauen sind sorgsam gekämmt, viele tragen Flechtfrisuren, manche haben sich Linien oder Kreise in die kürzeren Seitenpartien rasiert.

Sobald das Schiff angelegt hat, legen die Krieger eine Laufplanke aus und stürmen von Bord. Alvtir wartet, bis die anderen das Schiff verlassen haben, dann gibt sie mir ein Zeichen.

Unbeholfen trete ich auf den Anleger; wieder fällt es meinen Beinen schwer, das Gleichgewicht zu bewahren. Zögernd trete ich auf den groben Kies, der Wasser und Land trennt. Sofort bin ich von neugierigen Menschen umringt – vor allem von Frauen und Kindern, doch es sind auch ein paar Männer dabei, die besorgt nach ihren Lieben auf den anderen Schiffen Ausschau halten. Das dichte Gedränge droht mich zu verschlucken. Mein Körper sperrt sich dagegen, während in meinem Geist beängstigende Erinnerungen aufsteigen.

Der Sklavenmarkt in Anfa. Laut schreiend wird ein Preis für mich geboten, und verkauft werde ich an den Mann, der sich mit meinem Körper vergnügen will. Ich kann mich nicht bewegen, kann nicht atmen. Eine Hand schließt sich um meinen Arm.

Doch es ist Alvtirs Hand, nicht die des Kaufmanns. Sie führt mich ans Ufer. Die Umstehenden machen ihr eilig Platz.

Als plötzlich alle anfangen zu jubeln, drehe ich mich um: Von einem der Schiffe wird gerade eine schwere Truhe abgeladen. Alvtir ruft den Männern, die sie tragen, etwas zu, dann zieht sie mich Richtung Stadt.

Während ich versuche, all die fremdartigen Eindrücke in mich aufzunehmen, führt mich Alvtir über eine Art Marktplatz. Diese Stadt – falls ich sie nach der goldüberladenen Pracht von Koumbi Saleh und der finsteren Magie der Gassen von Anfa überhaupt so nennen kann – scheint nur aus Holz, Stroh und Schlamm zu bestehen. An den mit Holz ausgelegten Fußwegen ziehen sich lange, schmale Häuser entlang, außerdem gibt es Dutzende von schäbigen Zelten und halb offenen Unterständen. Im Vorbeigehen spähe ich in einen hinein. Die Majūs erwidern meinen Blick neugierig und recken die Hälse. Keines der Gesichter, die mir entgegenblicken, ist dunkelhäutig.

Die unterschiedlichsten Waren werden hier verkauft, meist präsentiert auf langen Holzbänken: diese seltsamen Pelze, Tongeschirr, Knochenkämme, Perlen aus Glas und Bernstein. Eigentlich ist es nicht groß anders als auf den Märkten von Koumbi Saleh und Anfa, allerdings ist hier alles viel kleiner. Und schmutziger. Und überall stinkt es nach Fisch.

Aber die Hügel rings um die Stadt machen ihren fehlenden Charme wieder wett. Jedes Fleckchen hier ist grün, mit üppigem Gras und Büschen bewachsen. Bäume unterschiedlichster Größe scheinen fast schon übereinander zu wachsen, so dicht drängen sie sich zusammen. Selbst direkt nach der Regenzeit habe ich zu Hause nie eine so dichte Vegetation gesehen. Bestimmt haben die Menschen hier das ganze Jahr über genug zu essen.

Am Rande des Marktes kommen wir an einer Schmiede vorbei. Mit einem lauten Zischen wird das Eisen ins Wasser getaucht und eine dichte Dampfwolke steigt auf. Der Geruch von Kohle und Schlacke macht mich traurig. Es riecht wie Papa. Wie zu Hause.

Das vertraute Nyama der Schmiede ruft nach mir, und ich wünsche mir so sehr, wir könnten hineingehen. Doch Alvtir zieht mich unerbittlich weiter, einem anderen Schicksal entgegen. Mir bleibt zumindest der Trost, dass Gus Magie auch hier wirkt.

Es gibt auch noch andere vertraute Eindrücke, Geräusche und Gerüche: ein über ein Gestell gespanntes Kuhfell; das Klappern der Perlen am Tisch eines Schmuckhandwerkers; das Schaben einer feinen Klinge, die gerade einen Talisman schnitzt. Plötzlich läuft mir ein merkwürdig aussehendes Huhn vor die Füße. Es stößt ein empörtes Gackern aus, bevor es zu seinen Gefährten und den ausgestreuten Getreidekörnern zurückkehrt. Ich versuche verzweifelt, mich an vertrauten Dingen festzuhalten, damit mir dieses »Skíringssal« nicht mehr ganz so beängstigend und fremd vorkommt.

Aber irgendetwas in mir sträubt sich dagegen. Ich sehne mich nach der weiten roten Ebene des Sahels, nach den Sumpfgras- und Hirsebüscheln an den Ufern des schlammigen Weißen Flusses, nach den Affenbrotbäumen in den heiligen Hainen am Rand von Koumbi Saleh.

Ich will zurück nach Wagadu. Zurück zu Mama, Kamo und Goleh.

Ich will nach Hause.

Sozusagen als Reaktion auf meine Gedanken trübt Sogbo den grauen Himmel noch weiter ein und schickt feinen Nieselregen. Wir haben inzwischen das Ende des hölzernen Gehwegs erreicht und stapfen nun auf einem breiten, unbefestigten Pfad durch den Matsch. Der Lärm des Marktes bleibt hinter uns zurück. Hier stehen weniger Häuser, sie sind weit verstreut und das Land ringsum wirkt ungebändigt. Wir kommen an einem Kreis aus hölzernen Totemfiguren vorbei. Eine davon hat einen langen dichten Bart und nur ein Auge. Bei einer anderen wölbt sich der Bauch kugelförmig hervor, auf dem drei miteinander verschlungene Dreiecke prangen. Ihre Gesichter sind oval, ihre Mienen wirken distanziert. Das müssen wohl ihre Götter sein. Die Statuen markieren offenbar den Stadtrand, so wie die heiligen Haine in Koumbi Saleh. Auch wenn diese Ansiedlung hier höchstens halb so groß ist wie die goldene Stadt.

Ich folge Alvtir über weitläufige Felder. In der Ferne kann ich mit Mühe einige Flechtzäune ausmachen, die vermutlich die Grundstücksgrenzen abstecken.

In meinem Kopf überschlagen sich die Gedanken. Alvtir hat am Hafen niemanden begrüßt, auf dem Markt ebenfalls nicht. Und sie wirkt so gar nicht wie eine Bäuerin auf mich. Wo bringt sie mich also hin?

Während unseres Marsches setzt der Regen immer wieder aus und kehrt dann zurück. Lisa versinkt hinter den Bergen und um uns herum setzt ein lautes Zirpen ein. Es erinnert mich ein wenig an den Gesang von Heuschrecken, allerdings pulsiert es mehr, stetig wie der Rhythmus einer Trommel. Um diese Zeit arbeiten nur noch sehr wenige Menschen auf den Feldern; vermutlich ernten sie gerade die letzten Früchte des Tages. Es scheint sich um irgendein Getreide zu handeln. Ihre Kleidung ist einfach nur braun und noch hässlicher als das, was ich bei den Majūs am Hafen gesehen habe. Wobei ich momentan die Letzte bin, die darüber urteilen sollte. Unter meinem Mantel trage ich nur Mamas total zerfetzten Kaftan, der noch dazu vollkommen verdreckt ist.

Am Ende der Straße biegen wir nach links ab und halten auf ein paar dicht zusammenstehende Gebäude zu. Es scheint ein Bauernhof zu sein, er ist allerdings größer als all die anderen, an denen wir vorbeigekommen sind. Vor dem größten Haus bleiben wir endlich stehen. Es ist niedrig, dafür aber sehr lang. Das spitze Dach wirkt wellig. Alvtir schiebt die Tür auf und signalisiert mir, dass ich hineingehen soll.

Drinnen muss ich erst einmal blinzeln, da es in dem fensterlosen Raum stockdunkel ist. Der vertraute Geruch von Heu, Vieh und brennendem Holz steigt mir in die Nase. Nachdem ich mich an die Dunkelheit gewöhnt habe, erkenne ich zwei Frauen, die ganz hinten an einer kleinen Feuergrube sitzen und versuchen, die schwachen Flammen anzufachen. Sie weichen erschrocken vor uns zurück. Offensichtlich haben sich nicht mit Besuch gerechnet.

Ein leises Rascheln lenkt meinen Blick weiter zu einer Reihe von Verschlägen, in denen das Vieh nun unruhig mit den Hufen scharrt; es spürt die Fremden im Raum. An den Wänden und Deckenbalken hängen Feldwerkzeuge und Kochutensilien. Dieses Gebäude scheint teils Scheune und teils Wohnraum zu sein.

Der schmale Lichtstreifen, der bisher in den dunklen Raum gefallen ist, verschwindet, als Alvtir die Tür hinter mir zufallen lässt.

Mir stockt der Atem, die Panik kehrt zurück. »Warte!«, rufe ich in meiner Sprache. »Alvtir!«

Ängstlich reiße ich die Tür auf und will ihr folgen, bleibe aber abrupt stehen, als ich den großen, missmutigen Mann entdecke, der auf die Scheune zukommt. Er hat einen dicken Bauch und dünnes helles Haar. Selbst für seine rosige Haut ist es zu hell. Krankhaft hell. Er wirft Alvtir einen unerbittlichen Blick zu, dann dreht er sich zu mir um. Schon in diesem Moment finde ich ihn einfach nur abstoßend.

Der Mann fängt an, mit Alvtir zu diskutieren, er wedelt aufgebracht mit seinen fleischigen Händen.

Plötzlich scheint Gefahr in der Luft zu liegen, mein Instinkt warnt mich davor, mich einzumischen. Möglichst leise schiebe ich mich wieder durch die Tür und schließe sie hinter mir.

Die Panik lässt nach und wird von Erschöpfung abgelöst. Müde lehne ich mich gegen die Wand.

Von der anderen Seite des Feuers aus beobachten mich die beiden Frauen. Ich kann ihre Gesichter gerade noch erkennen. Die eine hat lockiges rotes Haar und ihre Wangen sind mit kleinen Punkten übersät; das könnte aber auch eine Täuschung sein, hervorgerufen von dem flackernden Licht. Jedenfalls scheint sie in meinem Alter zu sein. Die andere ist klein, zart und hat ein altersloses spitzes Gesicht mit schmalen Brauen und tief liegenden Augen. Ihr dunkles Haar ist ungefähr kinnlang. Ein solches Gesicht ist mir noch nie begegnet. Vielleicht kommt sie von weither so wie ich?

Das Mädchen mit den roten Haaren lächelt freundlich. »Bronaugh«, sagt sie. Dann zeigt sie auf die andere Frau, die starr ins Feuer blickt und die Lippen fest zusammengepresst hat. »Airé.«

»Yafeu.« Ich nenne ihnen Papas Namen statt meinen. Ungewollt habe ich ihn mir angeeignet, Alvtir kennt mich unter diesem Namen, also werde ich ihn jetzt annehmen. Vorerst.

Bronaugh steht auf, geht zu einem Korb an der Wand und holt ein Bündel daraus hervor. Ohne den warnenden Blick von Airé zu beachten, kommt sie zu mir und gibt mir die Sachen: ein langes schmuckloses Gewand und ein kurzes Überkleid, das an den Schultern geschlossen wird. Um mir zu zeigen, wie man es anzieht, deutet sie auf ihre eigene Kleidung.

Ich bedanke mich mit einem Nicken. In diesem Moment frage ich mich noch, wozu ich zwei Kleider übereinander tragen soll, doch als die Nacht fortschreitet, bin ich dankbar für die vielen Stoffschichten. Nun streife ich erst einmal den Pelzmantel ab und breite ihn dicht am Feuer aus. Wirklich bequem ist das nicht, aber ein anderes Bett habe ich nun einmal nicht.

Schon komisch: Nach ein paar Monden in der Wüste – oder auf dem offenen Meer – ist man schon für die kleinsten Annehmlichkeiten dankbar.

Eine kleine, knochige Katze schleicht aus den dunklen Ecken der Scheune heran. Sie lässt sich neben Airé nieder und mustert mich. Ihr zuckender Schwanz verleiht ihrem Blick etwas Abwertendes.

Ich starre in die Flammen und suche nach dem Ort der Stille in mir, an dem Kraft und Weisheit wohnen. Doch ich spüre nichts als Leere.

Warum hat Alvtir mich hiergelassen? Wird sie mich wieder mitnehmen? In Anfa schien da eine Art ... Verbindung zwischen uns zu sein. So als wüsste sie, dass ich ebenfalls eine Kriegerin bin. Bisher dachte ich, dass sie mich genau deswegen gerettet hat.

Jetzt aber plagen mich Zweifel. Ich bin Alvtir hinterhergerannt, ohne irgendetwas über sie zu wissen. Dabei war ich verletzt, geschwächt, vielleicht nicht ganz bei Sinnen ... Möglicherweise habe ich mir dieses starke Nyama zwischen uns nur eingebildet.

Was mache ich hier?

Wieder wandert meine Hand zu dem Wildhundamulett, meine Finger schließen sich um das letzte Stück, das mir von Mama geblieben ist. *Oh, Mama, es tut mir so leid. Ich hätte in Anfa bleiben sollen. In dem ganzen Chaos hätte ich fliehen können. Und dann hätte ich es irgendwie durch die Wüste geschafft, zurück zu dir, Kamo und Goleh. Aber jetzt liegt eine ganze Welt zwischen uns.*

Vielleicht bin ich ja wirklich jugu. Schließlich wäre das alles nicht passiert, wenn ich an jenem Tag in Koumbi Saleh meinen Mund gehalten hätte.

Nun habe ich alles verloren, alle Menschen, die ich je geliebt habe. Und das ist ganz allein meine Schuld.

Anfangs ist die Scham zu groß für Tränen. Doch als die Schatten an der Wand in ihrer Fremdartigkeit immer bedrohlicher werden, fange ich schließlich doch an zu weinen. So graben sich Furcht und Scham noch tiefer in mich als zuvor.

Irgendwann versiegen meine Tränen und ich finde ein wenig Trost in dem vertrauten Knistern des Feuers. Das Feuer lebt und auch ich lebe noch. Ich habe die Wüste und das Meer überlebt. Ich habe Hunger und Durst ertragen, Schläge und Peitschenhiebe, sogar ein Messer in der Schulter. Wenn ich trotzdem noch lebe, müssen die Götter noch Pläne für mich haben. Zumindest hätte Mama das so gesehen.

Aber Papa … Papa würde sagen, dass mein eigener Wille mich am Leben gehalten hat. Und dass ich mich auch noch einmal retten kann, solange ich nur an meine eigene Kraft glaube.

Ich weiß nicht, was davon wahr ist. Aber eines weiß ich mit Sicherheit: Papa war bei den Majūs und nun bin ich bei den Majūs. Was bedeutet, dass ich ihm momentan näher bin als in den letzten sechs Jahren, die hinter mir liegen. Das kann kein Zufall sein.

Dieser Gedanke lässt einen kleinen Hoffnungsschimmer in der Dunkelheit aufflammen, an dem ich mich festhalten kann, während ich in einen tiefen, traumlosen Schlaf falle.

12 ALVTIR

Zwanzig Silberstücke für ein Sklavenmädchen? Du bist wirklich so verrückt, wie die Leute immer behaupten, Base!« Broskrap schlägt sich lachend auf die dicken Knie und verschüttet dabei einen Schluck von seinem Bier. Altbekannte Ungeduld zerrt an mir. Bei Loki! Wie kann es sein, dass dieser Kerl sich innerhalb weniger Augenblicke von einem ausgewachsenen Mann in ein einfältiges Kind verwandelt?

»Eine belanglose Summe für einen so reichen Mann wie dich«, antworte ich gelassen und lehne mich gegen den Stützpfeiler seines Brauschuppens.

»Du kriegst nicht mehr als fünf. Und als Zeichen des guten Willens lege ich noch ein Fass Bier drauf.« Er rührt mit dem kleinen Finger die braune Brühe in seinem Krug um, hebt ihn anschließend an den Mund und leckt ihn ab. Das klebrige Gebräu lässt ihn zusammenfahren.

Broskrap war schon immer gut darin, Bier zu *trinken*, aber er könnte nicht einmal ein anständiges Fass davon brauen, wenn sein Leben davon abhinge. Eigentlich kann er gar nichts wirklich gut – außer die anderen Männer des Things, des Rates, zu beeinflussen, von denen die meisten noch weniger im Kopf haben als er.

Auf sein großzügiges Gegenangebot gehe ich gar nicht erst ein. »Sie ist robust, Broskrap. Sie kann dir bei der Ernte helfen oder Getreide mahlen. Sie kann mehr als ihr eigenes Körpergewicht tragen.«

»Die Jungs, die meine Schweine hüten, sind robust. Mit einer robusten *Frau* kann ich nichts anfangen.«

»Oh, ich weiß genau, was du mit ihr anfangen willst.« Drohend trete ich einen Schritt vor. »Zufällig weiß ich, dass dein Bett seit Sivs Tod nie kalt geblieben ist.«

Er hebt warnend die Hand, die Flügel seiner Knubbelnase weiten sich zornig. »Vorsichtig, Base, sonst greifst du meine Ehre an.«

Wie kann ich etwas angreifen, das gar nicht existiert? Unter anderen Umständen hätte ich den Gedanken vielleicht laut ausgesprochen. Ich hatte noch nie viel für meinen lüsternen, übellaunigen Vetter übrig, was sicherlich auf Gegenseitigkeit beruht. Aber im Moment brauche ich ihn; nicht nur damit er mir das Mädchen abnimmt.

»Es hin und wieder mal mit einer Leibeigenen zu treiben, ist eine Sache – aber mit Knuts *Schwester*?« Der verblüffte Ausdruck auf seinem sowieso nicht gerade intelligenten Gesicht ist einfach zu schön. *Oh ja, Broskrap. Ich bin über alles informiert, was in Skíringssal vorgeht. Über alles.*

»Es wäre doch wirklich schade, wenn mein Bruder davon erführe«, fahre ich gedehnt fort und lasse meinen Blick über die mit goldener Gerste bewachsenen und äußerst großzügig bemessenen Felder wandern, die mein Bruder ihm zugesprochen hat; eine Belohnung dafür, dass Broskrap ihm die Unterstützung des Things gesichert hat, als es um Skíringssals Loslösung von den Dänen ging. Das liegt nun aber schon mehrere Jahre zurück und sein Nutzen für meinen Bruder ist in dieser Zeit ebenso rapide geschwunden wie seine Wampe gewachsen ist. Jetzt muss er beweisen, dass er *mir* von Nutzen sein kann. »Oder auch Knut. Für ein mit einem solchen Makel behaftetes Mädchen einen Ehemann zu finden, dürfte äußerst schwierig werden.«

Broskrap wuchtet sich hoch und baut sich drohend vor mir auf. Obwohl sein Blick durch das Bier nicht mehr ganz scharf ist, versucht er es mit einem anzüglichen Grinsen. Bei dieser Darbietung muss ich mir das Lachen verkneifen. Er ist gut einen Kopf größer als ich und mindestens dreimal so breit, trotzdem ist uns beiden klar, wer bei einem Kampf den Kürzeren ziehen würde. Diesen unbeholfenen Troll würde ich auch in der schlechtesten Verfassung fertigmachen, selbst wenn er dabei nicht betrunkener wäre als Loki in Aegirs Winterhalle.

»Du verlangst zu viel, Alvtir.« Angewidert spuckt er meinen Namen aus und bläst mir dabei seinen stinkenden Atem ins Gesicht. »Eines Tages wirst du es bereuen, deine eigene Sippschaft so ausgenommen zu haben.«

»Du kennst meine Regeln«, erwidere ich unbeeindruckt. »Du lässt die Finger von ihr. Abgesehen davon kannst du sie meinetwegen arbeiten lassen, bis sie umfällt.«

Broskrap knurrt unwillig, fährt sich dabei aber mit der Hand durch sein spärliches blondes Haar. Das verrät mir, dass ich ihn geknackt habe. Schließlich spreche ich niemals leere Drohungen aus, das weiß jeder in Skíringssal.

»Ich warte hier, während du das Silber holst.«

Mit einem letzten frustrierten Grunzen tritt er gegen das Bierfass und stürmt davon. Noch bis zur Tür des Langhauses höre ich sein wütendes Gebrummel.

Bei den Göttern, wie kann ich nur vom selben Blut sein wie dieses beschränkte, stinkbärtige Riesenbaby?

»Auf Odin!«, höre ich meinen Zwillingsbruder brüllen, als ich die Große Halle betrete. Sofort drückt mir einer der Leibeigenen ein Trinkhorn voller Met in die ausgestreckte Hand.

»Auf Odin!«, erwidern die Männer der *Hird* geschlossen und lassen ihre vollen Trinkhörner überschwappen, als sie sie zu Ehren des Allvaters erheben.

»Auf Njord und Frey: Mögen sie uns eine gute Ernte, gutes Wetter und friedvolle Zeiten bescheren!«

»Auf Njord und Frey!«

»Auf den König!«, rufe ich, erhebe mein Horn und fixiere eben jenen, der am anderen Ende der Halle sitzt. Von seinem Ehrentisch aus überwacht er die Feierlichkeiten wie ein Fuchs den Hühnerstall. »Auf Balli den Furchtlosen, den größten aller Könige!«

»Auf den König!«, grölen die Männer.

»Lang möge seine Herrschaft andauern!« Ich leere mein Horn in einem Zug und stoße einen kräftigen Rülpser aus, was die Männer mit begeisterten Rufen und Gelächter quittieren. Meine Männer. Grinsend schüttele ich mir den verschütteten Met aus den Haaren; schon jetzt spüre ich, wie der süße Trank mir die Knochen wärmt. Unter seinem Einfluss verliert der Tag seine scharfen Kanten und Broskraps Unverschämtheit brennt nicht mehr ganz so stark in meinem Blut.

Mein Bruder findet das offenbar nicht lustig, er sieht mich erwartungsvoll an.

Mit knirschenden Schritten mache ich mich auf den Weg zu ihm. Unter meinen Stiefeln zerbrechen abgenagte Knochen, deren Splitter in dem getrockneten Blut geopferter Schweine kleben bleiben. Deren Fleisch köchelt gerade in einem riesigen Kessel im Kamin; der verlockende Duft von Thymian und Liebstöckel liegt in der Luft. Schon jetzt biegen sich die Tische unter einem üppigen Festmahl: Blutwurst mit Pflaumen; honigglasierter Schinken; frisches Brot mit Butter; Räucherkäse mit Kümmel; Lammeintopf. Und natürlich Met. Immer Met.

Heute hat mein Bruder keine Kosten und Mühen gescheut. Doch Njord weiß, dass der Sarazenen-Schatz, den wir über das Meer gebracht haben, das allemal wettmacht.

Die Bänke knarren unter dem Gewicht von fast zweihundert Männern – beinahe die gesamte Hird ist in dieser Halle versammelt. Ich halte Ausschau nach den Schildmaiden, kann sie aber nirgendwo entdecken. Wahrscheinlich sind sie früh gegangen, wenn sie überhaupt hier waren. Hetha und Wisna konnten sich noch nie sonderlich für solche Feste erwärmen und die junge Ranveig muss sich ihren Platz an dieser Tafel erst noch verdienen. Die einfältige Tochter meines Bruders glänzt ebenfalls durch Abwesenheit. Wobei es sogar recht schlau ist, sie zu verstecken; sie ist in letzter Zeit sichtlich erblüht, und wenn man den Zustand der Männer bedenkt … Ich frage mich kurz, ob die vielen Sklavenmädchen, die hier drin ihre Schöße wärmen, nach einer so langen Seereise ausreichen werden, um ihren Appetit zu stillen.

Abgesehen von den Leibeigenen ist nur noch eine Frau in der Halle:

meine Schwägerin. Yngvild spielt die großherzige Gastgeberin, wie es ihr von Kindesbeinen an eingebläut wurde. Mit einem höflichen Lächeln füllt sie Trinkhörner auf und ignoriert die Männer, wenn sie am Schwanz des protzigen Schneefuchspelzes ziehen, den sie um die Schultern trägt, oder sich hinter ihrem Rücken über ihren hoheitsvollen Gang lustig machen. Schließlich ist ein solches Fest nach einem erfolgreichen Beutezug mehr als angemessen. Die Hird hat ihren Ehemann schließlich noch reicher gemacht und zumindest heute Abend muss er uns von diesem Reichtum etwas abgeben. Was sein ist, gehört nun auch diesen Männern, wozu auch Yngvilds Dienstfertigkeit zählt.

Es sei denn, sie hätte ihm endlich einen Erben geboren. Dann dürfte sie sich auf dem Fest gemütlich zurücklehnen und ihr Baby an die Brust drücken, anstatt für hundert betrunkene Männer die Dienstmagd zu spielen.

Sie hatte also wieder einmal eine Fehlgeburt.

Sehr gut. Odin ist mir noch immer gewogen.

Ich bleibe stehen und signalisiere Yngvild, dass sie mein Trinkhorn auffüllen soll. Die Perlen auf ihrer Brust schlagen klappernd aneinander, als sie vor mir stehen bleibt und mir ein angespanntes Lächeln schenkt. Unsicher lässt sie die Flüssigkeit aus dem grünen Glaskrug mit dem ungewöhnlich langen Hals und dem gewölbten Bauch fließen; auch eines der kostbaren Stücke, die wir den Sarazenen in Iberia abgenommen haben. Dass mein Bruder sie zwingt, sich mit diesem unhandlichen Ding herumzuplagen, hat einen symbolischen Hintergrund: So unterstreicht er, dass die Beute allein ihm gehört, bis er später am Abend jedem seinen Anteil zuspricht.

Auch wenn wir unseren Hals riskiert haben, um sie ihm zu beschaffen.

Ein Grinsen huscht über mein Gesicht, als Yngvild sich ganz auf den Krug konzentriert, um mir nicht in die Augen sehen zu müssen. In ihren arroganten Zügen spiegelt sich unverkennbare Wut darüber, mich bedienen und wie einen Helden feiern zu müssen.

Doch heute Abend bin ich eine Heldin. Morgen kann das dann schon wieder ganz anders aussehen.

Verlass mich nicht, mein Beschützer, flehe ich den Allvater stumm an. *Auch wenn diese »Halle des Lichts« uns nicht vor der aufziehenden Dunkelheit schützen wird.*

Sobald mein Horn voll ist, eilt Yngvild davon. Sie achtet genau darauf, eine Armlänge Abstand zu mir zu halten. Ich nehme einen Schluck und mache mich wieder auf den Weg zu meinem Bruder. Das raue Gelächter der Männer vermischt sich mit dem fröhlichen, satten Klang einer Laute und die geölte Stimme des Skalden setzt zu einem Lied an. Einen Moment lang wünsche ich mir, ich könnte mich noch einmal so im Augenblick verlieren wie früher.

Einen Moment lang wünsche ich mir, ich wäre wieder jung.

»Alvtir.« Balli erhebt sich und schenkt mir dabei ein Lächeln, das seine Augen nicht ganz erreicht. Seine wie mir auffällt blutunterlaufenen, verquollenen Augen, in deren geweiteten Pupillen der Wahnsinn schimmert. Wie viel Bilsenkraut hatte er heute schon?

»Bruder.«

Wir umarmen uns. »Ich hatte dich früher erwartet«, stellt er mit gesenkter Stimme fest, sodass nur ich ihn hören kann.

Mein Blick huscht kurz zu dem Schild, der hinter seinem Thron an der Wand hängt. Ihn ziert das gleiche Bild von Hugin und Munin, das auch auf den Schilden aller Krieger prangt, die für ihn kämpfen. Deren Schilde haben im Laufe der Jahre allerdings durch Schwerter, Speere, Äxte und Pfeile einige Kerben einstecken müssen.

Ballis Schild hingegen hängt dort und wird höchstens von Staubflocken attackiert.

»Ich musste noch nach meinen Hunden sehen.« Die Lüge geht mir glatt über die Lippen. Meine Jagdhunde können wunderbar auf sich selbst aufpassen. Bestimmt besitze ich inzwischen kein einziges lebendes Huhn mehr.

Balli schnauft gelangweilt. Ob er sich jemals gefragt hat, womit ich mich beschäftige, wenn ich nicht gerade für ihn raube und plündere? Beziehungsweise für »den Ruhm Agders«, wie er es ausdrückt.

»Wir haben Wichtiges zu besprechen«, erklärt er dann. »Nach dem Fest.«

»Natürlich.«

»Mit Snorri«, fügt er hinzu.

Ich verziehe kurz das Gesicht, nicke dann aber zustimmend, bevor mein Bruder mich entlässt. Finster blicke ich an seiner Schulter vorbei zu Snorri Broskrapsson hinüber, der zu seiner Linken sitzt. Mein Bruder hat Broskrap nicht nur mit Ackerland dafür belohnt, dass er das Thing auf Kurs gehalten hat. Nein, er hat auch dessen Sohn zu einem Kapitän der Hird gemacht, sogar mit eigenem Schiff und eigener Mannschaft. Dadurch ist er der einzige Kapitän, der sich dieses Privileg nicht durch Schweiß und Blut verdient hat.

Snorri reckt sich geziert und erwidert meinen Blick mit einem abschätzigen Grinsen. Dadurch wirkt sein ohnehin schon schmales Gesicht noch spitzer. Für das Fest hat er sich herausgeputzt wie ein balzendes Moorhuhn: Er trägt eine dunkelblaue, mit Pelz besetzte Tunika mit Goldstickerei und tiefem Ausschnitt, wohl um das Mjölnir-Amulett zur Geltung zu bringen, das in dem hellen Flaum hängt, den er Brusthaar nennt. Wie sein Vater hat auch er beinahe weißes Haar, was ihn selbst im schmeichelhaftesten Kerzenschein noch kränklich wirken lässt.

Doch anders als bei seinem Vater ist der Kopf unter diesem Haar nicht leer. Snorri würde sich durch seine Intrigen bis an die Spitze der Hird vorarbeiten, wenn ich ihn nicht davon abhielte. Die Verschlagenheit muss er wohl von mütterlicher Seite geerbt haben. Wenn er das doch nur in der Schlacht einsetzen würde, anstatt sich mit der Frage zu beschäftigen, wie er mir meine Armee abspenstig machen kann. Diesen stinkbärtigen kleinen Scheißer muss ich ständig im Auge behalten. Er wird eindeutig zu ehrgeizig.

»Wie ich hörte, haben die Sarazenen tapfer gekämpft«, intoniert mein Bruder laut, während ich mich auf den Platz zu seiner Rechten setze.

»Wie der Weizen gegen die Sense«, antworte ich.

Die Männer jubeln und grölen. Diese Show liefern wir ihnen jedes Mal, das Bruder-Schwester-Gespann. Und es funktioniert immer.

»Sie waren reif für die Ernte«, ergänzt Snorri. Sicher will er die

Männer glauben lassen, er wäre ein Teil unseres kleinen Schauspiels. Das würde seinen Ruf als Anführer stärken, es vielleicht sogar so aussehen lassen, als wäre er mir gleichgestellt.

»Sag mal, Snorri«, rufe ich laut, »konntest du vom Heck deines Schiffes aus überhaupt erkennen, wie braun ihre Haut war?«

Wieder johlen die Männer. Es war vermutlich nicht klug, das zu sagen, trotzdem kann ich mir ein Grinsen nicht verkneifen, als Snorris spitzes Gesicht sich verfärbt. Schnell hebe ich mein Horn an den Mund und trinke einen Schluck, um es zu verbergen.

»Genug gestichelt«, beschließt Balli. »Das Unterhaltungsprogramm beginnt.« Als ich mich umdrehe, sehe ich, wie die Wachen einen betagten Leibeigenen hereinschleppen. Halb bewusstlos hängt er zwischen ihnen, so schlaff, dass die Fesseln an Händen und Füßen eigentlich überflüssig sind. Wahrscheinlich haben sie ihn gerade eben noch halb totgeprügelt. Und das nach einem Leben des Hungerns; obwohl sie fast nur noch aus Fetzen besteht, scheint seine selbst geschneiderte Tunika die dürre Gestalt beinahe zu verschlucken.

Was hat er wohl verbrochen? Hat er Essen aus dem Kochhaus gestohlen, oder ist er vielleicht vor Erschöpfung zusammengebrochen, bevor er seine Arbeit erledigt hatte?

Vielleicht hat er aber auch gar nichts getan. Vielleicht braucht mein Bruder keine Entschuldigungen mehr.

Während ich die Platte mit der Blutwurst zu mir heranziehe, mustere ich Balli verstohlen. Er beobachtet den Leibeigenen mit gierigem Blick, ungefähr wie ein Fischer, der einen kräftigen Dorsch an der Angel hat. Seine Lippen zucken erregt.

»Bindet ihn an den Pfeiler«, befiehlt er den Wachen, die dem hastig Folge leisten. Der Mann sackt sofort in sich zusammen, einzig gestützt von dem Holzpfeiler in seinem Rücken. Mein Bruder spießt mit seinem Messer einen Happen Fleisch auf, bevor er sich gelassen erhebt. Genüsslich kauend schlendert er zu dem alten Mann hinüber und umkreist ihn.

»Um dem Allvater für diesen ertragreichen Beutezug zu danken – und dafür, dass er die großartige Stadt Skíringssal mit Frieden und Wohlstand gesegnet hat«, ruft er, »werden wir ihm noch ein weiteres Opfer darbringen.«

Krampfhaft beiße ich mir auf die Zunge. Das ist keine Gabe an Odin. Das hier dient allein *ihm*, allein dazu, seinen Hunger zu stillen. Seinen Wahnsinn.

Der alte Mann hebt den Kopf und sieht ihn an. In seinem Blick liegt mehr Resignation als Furcht.

»Ein Opfer, das auf dem alten Weg erbracht wird«, führt Balli fort. »Dem wahren Weg.« Er zieht dem Leibeigenen sein schmutziges Messer über die Brust, woraufhin der gequält aufschreit. Ich sehe das erregte Funkeln im Blick meines Bruders, als er den alten Mann foltert. Er genießt den Schmerz seines Opfers, genießt es, ihm so langsam und qualvoll wie möglich das Leben zu nehmen. Zu Füßen des Mannes bildet sich eine Lache, die sich träge mit dem Blut des geopferten Schweines vereint. Aus dem Augenwinkel sehe ich, wie Yngvild sich abwendet; sie erträgt den Anblick nicht. Schwach wie sie ist, schafft sie es nicht einmal, vorzutäuschen, dass sie diese Seite ihres Ehemannes gutheißt.

Mein Blick wandert weiter zu den Tischen. Viele der Männer haben ihr Trinkhorn erhoben und applaudieren, aber ebenso viele rutschen nervös auf ihren Plätzen herum.

Wie viel ist der Loyalität dieser Männer noch zuzumuten, bevor sie zerbricht?

Schnell schiebe ich mir mein Fleisch in den Mund und versuche, möglichst unbeteiligt auszusehen. Gelingt mir das nicht, erwecke ich Misstrauen. Ich muss weiterhin so tun, als wäre alles wie immer.

Als wäre ich tatsächlich wieder jung.

Ein Dolch fliegt direkt auf meine Stirn zu. Mit einem Schritt zur Seite weiche ich ihm aus, sodass er sich neben mir ins Holz gräbt; wieder eine Kerbe im bereits zerfurchten Rahmen der Tür, die ins königliche Schlafgemach führt. Das Lieblingsspiel des Königs mit seiner Schwester: Weiche dem Dolch aus. Er weiß, dass es mir jedes Mal gelingt.

Balli stößt ein quietschendes, fahriges Lachen aus, was mir zeigt, dass er heute schon ziemlich viel Bilsenkraut intus hat. Dafür war er noch erstaunlich treffsicher. Ich lache ebenfalls und rempele ihn spielerisch mit der Schulter an. Hinter ihm lehnt Snorri an dem mit Drachenköpfen verzierten Tisch meines Bruders. Dieses prunkvolle Stück hat er vor vielen Jahren anfertigen lassen, um unseren Sieg über die Dänen zu feiern. Die gleichen Drachen zieren den Bug meines Schiffes und die der gesamten Flotte. Auch das von Snorri, der nun verwirrt zwischen meinem Bruder und mir hin- und herblickt. Vermutlich fragt er sich, ob wir den Verstand verloren haben. Ich schenke ihm ein breites Grinsen und registriere genüsslich, wie blass er wird, als sein Blick kurz meine Zähne streift.

Zwar sind die Spitzen längst nicht mehr scharf, aber schon die Reste der zurechtgefeilten Raubtierzähne, die ich einmal hatte, reichen aus, um ihn daran zu erinnern, wen er vor sich hat.

»Unser Vetter hier hat mir bereits alles über eure lange Reise berichtet – in deiner *Abwesenheit*«, betont mein Bruder. Er ist also immer noch sauer, weil ich nach meiner Rückkehr nicht sofort bei ihm erschienen bin. »Aber ich wollte die Geschichte noch einmal direkt von meinem *Stallari* hören.«

Die Wortwahl meines Bruders entlockt Snorri einen gereizten Laut. Der Stallari ist der Anführer der Hird an des Königs statt. Und genau diesen Titel würde sich Snorri die Schlange gern erschleichen.

»Es ist eine triumphale Erfolgsgeschichte«, versichere ich ihm und gehe mit großen Schritten zum Tisch hinüber. Auf der Platte ist die Karte ausgebreitet, die ich letzten Sommer bei einem fränkischen Kaufmann erworben habe, bedeckt mit diversen Taflsteinen. Der König markiert Skíringssal und die kleineren Figuren symbolisieren die Hird; ein Stein für jedes Schiff der Flotte. Die dunklen Steine stellen unsere Feinde dar. Ich stelle mich neben Snorri, gerade so dicht, dass es ihm unangenehm ist. »Wir haben genau den richtigen Zeitpunkt gewählt«, beginne ich. »Mein Kontaktmann bei den Kaufleuten hat mir berichtet, dass aufwieglerische Christen die Aufmerksamkeit des Emirs in den Osten seines Reiches lenken. Da ein Großteil seiner Kräfte anderweitig gebunden war, haben wir sie an der

Westküste mit heruntergelassenen Hosen erwischt. Die größeren, befestigten Städte haben wir umgangen und uns stattdessen für kleine, weniger gut geschützte Siedlungen entschieden.« Ich schiebe einen hellen Stein von Norveg hinunter zur Iberischen Halbinsel. Es war meine Idee, nach Süden zu segeln, anstatt wieder einmal die gerade erst verstärkten Küstenorte der Christen zu überfallen. »Die Gerüchte über den Reichtum dort haben sich als wahr erwiesen.« Ich deute mit dem Kopf auf die schwere Truhe voller Sarazenen-Gold, die am Fußende von Ballis Bett steht. »Selbst in ihren frühen Tagen hatten die christlichen Mönche nie solche Schätze zu bieten.«

Mit regloser Miene sieht mein Bruder erst die Truhe an, dann wieder mich. »Ich habe nichts anderes erwartet, immerhin wart ihr ganze drei Monde unterwegs.« Er wandert nun um den Tisch herum und umkreist uns wie ein Bussard das Schlachtfeld.

Ich nehme mir einen zweiten Spielstein und schiebe ihn auf die vage umrissene Masse ganz unten auf der Karte; dort soll angeblich die Südspitze Afrikas liegen. »Afrika ist weiter entfernt, als es diese Karte vermuten lässt, selbst mit Njords stärksten Winden im Rücken«, erkläre ich ihm ruhig. »Und es ist gefährlicher, als wir vermuteten. Falls es dort wirklich ein Land voller Gold gibt, muss es weit im Landesinneren liegen. Die Städte, die wir dort angegriffen haben, waren gut geschützt, auch wenn wir keine Reichtümer finden konnten, die es zu verteidigen galt. Vermutlich ist uns unser Ruf vorausgeeilt. Am Ende konnten wir mit magerer Beute entkommen, dafür aber mit vielen Verletzten, was die Heimreise weiter verzögert hat.«

»Und genau diese Heimreise bereitet mir Kopfzerbrechen, Schwester. Snorri hat mir berichtet, dass meine Flotte vor Irland und den Norðreyjar vor Anker gegangen ist, anstatt die Route durch die Nordsee über Neustria und Danelag zu nehmen, wie wir es besprochen hatten.«

»Tatsächlich?« In gespielter Verblüffung drehe ich mich zu Snorri um.

Oh ja, ich werde ihn in seine Schranken weisen müssen, und zwar bald.

Snorri räuspert sich kurz und weicht meinem Blick aus. Anscheinend hat er nicht damit gerechnet, dass der König seine Version der Ereignisse überprüfen wird. Eine klare Fehleinschätzung der engen Bindung, die zwischen meinem Bruder und mir besteht.

Ach, Snorri, weißt du denn nicht, wie viele Seelen wir schon zusammen zu den Göttern geschickt haben? Wie viele Leben ich in seinem Namen ausgelöscht habe, um seinen Ruhm zu mehren?

»Der Unwissende tut gut daran, mehr zu lauschen denn zu sprechen, Snorri.« Ich starre ihn durchdringend an, bis er nervös von einem Fuß auf den anderen tritt.

»So gebietet es Odin, der Weiseste unter den Göttern«, fügt mein Bruder hinzu. Dann bleibt er auf der gegenüberliegenden Seite des Tisches stehen und wartet auf meine Erklärung.

»Der König von Mercien hat die Christen um sich geschart und führt sie nun gegen das Danelag«, beginne ich und wende mich wieder dem Tisch zu. »Und in Neustria werden die Verehrer des Gekreuzigten von Tag zu Tag einflussreicher. Als wir in der Bretagne unser erstes Lager aufgeschlagen haben, kamen uns Gerüchte darüber zu Ohren, dass Rollo der Bastard den alten Sitten abgeschworen habe, um sich vom König der Franken adeln zu lassen. Angeblich schlachten er und seine Krieger nun andere Nordmänner im Namen ihres neuen Gottes ab. Nicht einmal sein eigenes Volk, die Dänen, sind noch vor ihm sicher.«

Balli presst angespannt die Lippen zusammen, als der Name von König Godfreds illegitimem Sohn fällt. Ich hole mir ein paar dunkle Steine vom Rand der Karte und platziere sie in Neustria, direkt gegenüber von unserer Küste. »Deshalb habe ich der Hird befohlen, nach Dublin zu segeln, wo der Norden – momentan noch – herrscht, anstatt uns wieder in Rollos Territorium zu bringen. Von dort aus sind wir direkt durchgefahren. Alles in allem ist ein Mond Verzögerung ein kleines Opfer für die sichere Heimkehr deiner Männer. *Und* deines Goldes.«

Grimmig studiert mein Bruder die Karte. Agder und sein König sind dort zur Hälfte von dunklen Spielsteinen umgeben. Christen im

Westen, Christen im Süden. Und sie haben unsere eigenen Leute in ihren Reihen.

»Sind die Christen tatsächlich zu einem solchen Schrecken geworden, Schwester?« Fragend sieht er mich an.

Das ist meine Chance. Eigentlich hätte ich damit lieber gewartet, bis Snorri wieder in sein Loch gekrochen ist, aber die kleine Schlange lässt mir keine andere Wahl.

»Der Wind dreht sich, Bruder«, antworte ich gedehnt, beinahe flehend. »Wir dachten, der Gott dieser Christen sei schwach, aber wir haben ihn unterschätzt, und das war ein Fehler. Er herrscht mit großer Macht über die Herzen der Menschen.«

»Mir geht es eher um ihre Schwertarme als um ihre Herzen«, kontert mein Bruder.

Ernst fahre ich fort: »Wir haben bereits viele Schlachten gewonnen, das ist wahr. Aber gegen eine Idee können wir nicht kämpfen. Sie hat keine Waffe, die wir zerschlagen könnten, keinen Schild, den wir wegstoßen könnten, keinen Körper, den wir töten könnten. Und doch ist sie mächtiger als tausend Armeen. Sie macht einst ehrenhafte Männer zu Eidbrechern und Feiglinge zu furchtlosen Kriegern. Sie vereint Königreiche, die sich seit Generationen bekriegen, und bringt Nachbarn gegeneinander auf, die stets in Frieden gelebt haben. Das ist die wahre Macht dieses Christus.«

»Wen interessiert schon, zu welchem Gott sie beten?«, schaltet sich Snorri ein. »Die Hird von Balli dem Furchtlosen ist unübertroffen. Christ oder Däne, das spielt keine Rolle – wir werden sie alle nach Niflheim schicken!« Zur Bekräftigung seiner Worte schlägt er mit der Faust auf den Tisch und bringt so die Taflsteine durcheinander.

»Feind ist nicht gleich Feind, du dummer Junge«, faucht Balli ihn mit einem finsteren Blick an. »Und dieser Tisch ist kostbarer als dein Leben.«

Snorri erstarrt und wird kreidebleich. Er hat darauf gesetzt, dass er gut dasteht, wenn er meinem Bruder schmeichelt. Eigentlich eine sichere Sache, allerdings hat er genau den falschen Zeitpunkt gewählt. Balli ist vieles, aber dumm ist er nicht. Und nur ein Dummkopf unterschätzt seine Feinde. Der Hohn in Snorris Blick wird schlagartig von etwas anderem verdrängt: Furcht. Sehr gut, Snorri. Meinen Zorn fürchtest du nicht, aber du bist wenigstens klug genug, den meines Bruders zu fürchten.

Balli dreht sich zu mir um und drückt mir liebevoll die Schulter. »Es war klug von dir, Schwester, die sichere Route zu wählen. Wir müssen diese Kostbarkeiten um jeden Preis bewahren, zum Wohle des Königreiches.«

Ich neige zustimmend den Kopf und hoffe, dass er so nicht merkt, wie erleichtert ich bin.

»Lass uns allein.« Mit einer knappen Geste ist Snorri entlassen.

»Jawohl, mein König.« Snorri verbeugt sich tief und wuselt hinaus. *Wie ein geprügelter Hund, der den Schwanz einzieht*, denke ich zufrieden.

Aber so wie ich Snorri Broskrapsson kenne, habe ich lediglich eine Schlacht gewonnen, nicht den gesamten Krieg. Bestimmt legt sich der kleine Schisser bereits einen neuen Plan zurecht, um sich beim König einzuschmeicheln.

Sobald er weg ist, verschwindet die aufgesetzte Zärtlichkeit aus dem Blick meines Bruders und er lässt meine Schulter los.

»Die Schlange Snorri versucht ständig, dich zu manipulieren, Bruder«, sage ich schnell. »Das Wort Stallari scheint ihn zu reizen.«

Mit einem herablassenden Lächeln erwidert Balli: »Ach, Schwesterlein. Du und ich, wir sind vom Glück gesegnet. Mein Glück ist es, dass dir der Kampf auf eine Art zusagt, die mir nie gegeben war. Und *dein* Glück ist es, dass ich dir erlaube, deine Natur auszuleben. Als ich dir gestattet habe, die Hird in meinem Namen anzuführen, habe ich dich vor einem Leben ohne Ehre gerettet, und das, obwohl ich wusste, dass andere Könige mich deswegen verspotten würden.«

Da ist sie also wieder: Die Lüge, die er vor so vielen Jahren für uns erdacht hat. In Wahrheit war das eine rein strategische Entscheidung. Er war einfach zu paranoid, um einem anderen Mann die Befehlsgewalt über die riesige Hird zu übertragen, die er um sich geschart hatte. Selbst bei einem Vetter wie Broskrap befürchtete er, dass er seine Soldaten gegen ihn aufbringen könnte. Schließlich wusste er aus eigener Erfahrung, wie leicht die Treue eines Mannes umschwenken kann. Aber er war auch zu feige, um selbst das Schwert zu ergreifen. Und so kam es, dass er mir dieses »Geschenk« machte: Nur indem er seine Zwillingsschwester zu seiner Stallari machte, konnte er sichergehen, dass er die Kontrolle über seine Hird behielt. Schließlich bin ich nur eine Frau, ich werde niemals seine Herrschaft bedrohen. Mehr steckte nicht dahinter.

Aber ich lasse ihn an seine eigene Lüge glauben. Und ich lasse ihn glauben, dass ich ebenfalls daran glaube. So wurde diese Lüge zum fest verankerten Wurzelwerk unserer Beziehung, während ich meinen Rachedurst an unseren Feinden stillte. Sie wuchs und wuchs, wurde so kräftig und hoch wie die uralten Eichen in Freys Garten. Heute ist sie weiter verzweigt als der Weltenbaum Yggdrasil und genauso unzerstörbar.

Erst Ragnarök wird sie zum Einsturz bringen. Und das darf ich nicht zulassen.

»Eines Tages wirst selbst du dein Schwert an den Nagel hängen«, fährt er fort. »Es ist nur natürlich, dass die Jungen die Alten ersetzen. Doch das erinnert mich daran ... wir haben Wichtigeres zu besprechen als die ehrgeizigen Pläne unseres Vetters.« Wieder starrt er auf den Tisch, dann verschränkt er die Arme vor der Brust und verkündet: »Es müssen gewisse Vorkehrungen getroffen werden für die Zukunft des Reiches.«

In diesem Punkt kann ich ihm nur zustimmen, allerdings befürchte ich, dass die Zukunftsvisionen meines Bruders nicht ganz mit meinen übereinstimmen werden. »Was genau soll das heißen?«

»Yngvild hat es nicht geschafft, einen Erben zu gebären. Aber Fritjof hat vorhergesehen, dass ich noch Söhne bekommen werde. Freydis muss also vor ihrer Geburt verheiratet werden, solange die anderen Könige noch glauben, ein Sohn aus dieser Verbindung könnte mein Erbe antreten.«

Der Skalde behauptet, was immer nötig ist, damit mein Bruder ihn weiter füttert und ihm nicht den Kopf abschlägt. Aber das würde ich Balli natürlich niemals sagen.

»Freydis ist unserem lieben Nachbarn Harald von Vestfold versprochen«, fährt er fort. »Aber diese Vereinbarung wurde zwischen seinem Vater Hálfdan und mir getroffen und Hálfdan ist schon lange tot.« Er nimmt einen der dunklen Spielsteine und platziert ihn in Vestfold.

Dieses eine Mal bin ich dankbar dafür, dass mein Bruder so gar kein Ehrgefühl besitzt. Ein besserer Mensch würde wohl zu seinem Wort stehen. »Dann ... wirst du Freydis also nicht mit Harald verheiraten?«

»Ich weiß, dass Hálfdan meine Souveränität nie wirklich respektiert hat, und sein arrogantes Söhnchen weist alle Anzeichen eines Eroberers auf. Schon jetzt gehen Kaufleute aus Svealand und von den Rus in Vestfold ein und aus. Mit Skíringssal würde Harald sich auch noch den Handel mit Anglien einverleiben.« Er fährt mit dem Finger den Skagerrak entlang und folgt seinem Fluss bis über Agder hinaus, wo er sich in der Nordsee verliert. »Selbst wenn irgendwann mein Sohn auf dem Thron sitzt, würde er nicht zögern, Agder an sich zu reißen. Hätte er unser beider Häfen unter sich, wäre er reich genug, um eine Armee aufzustellen, mit der er ganz Norveg erobern könnte.«

Offenbar hat Loki meine Ohren mit einem Zauber belegt. »Ich bin überrascht – und erleichtert –, das aus deinem Mund zu hören ...«

»Dann stimmst du mir also zu: Freydis sollte stattdessen Hakon von Trøndelag heiraten. Hakons Hird ist nach meiner und Haralds die beste in ganz Norveg. Gemeinsam können Hakon und ich Harald die Stirn bieten, bevor dem so sehr der Kamm schwillt, dass ihm seine Krone nicht mehr passt.«

Mit einem schweren Seufzer nehme ich den weißen König vom Tisch, lege ihn meinem Bruder in die offene Hand und schließe sanft seine Finger darüber. »Nein. Weder noch.«

Verwirrt runzelt er die Stirn. »Gibt es denn noch eine Alternative?«

Odin, mach mich zum Gefäß deiner Weisheit. Schenke meinem Bruder Vernunft ein.

»Was ich dir von den Christen erzählt habe, ist wahr, Bruder. Ihr Glaube breitet sich aus wie eine Seuche. Rollo war der Erste, der gefallen ist, aber er wird nicht der Letzte sein. Früher oder später werden die Christen sich auch Norveg zuwenden. Der Weiße Christus wird seinen Zauber über Harald, Hakon und alle anderen kleingeistigen Könige des Nordens werfen. Und so verhext werden sie die Waffen gegen alle erheben, die weiter die Asen anbeten, sogar gegen ihre eigenen Leute. Krieg und Chaos werden unser Land in Stücke reißen. Das wird erst enden, wenn auch der letzte Mann, die letzte Frau, das letzte Kind tot oder auf das Kreuz eingeschworen sind. Ohne unseren Glauben aber werden die Götter Midgard verlassen. Lokis Kinder werden ihre Fesseln abstreifen, Riesen und Dämonen werden gen Asgard ziehen, angeführt von Christus.« Ich ergreife die knochige Faust meines Bruders und drücke sie so fest, dass er erstaunt die Augen aufreißt. »Siehst du es denn nicht, Bruder? Begreifst du nicht, warum die Winter von Jahr zu Jahr länger und kälter werden? Es ist genau so, wie die Skalden es seit den Tagen unserer Vorfahren besingen.«

Balli starrt mich mit unergründlicher Miene an. »Ragnarök.«

Endlich begreift er es! »Wir brauchen stärkere Verbündete als Harald oder Hakon. Verbündete voller Tapferkeit und Ehre. Wir sollten uns an die Sarazenen wenden. Verheirate Freydis mit einem ihrer Prinzen. Gemeinsam können Sarazenen und Nordmänner die Flut des Christentums noch eindämmen.«

Er löst sich aus meinem Griff, wendet sich ab. Die glatte weiße Königsfigur schimmert im Licht, als er sie zwischen seinen Fingern dreht. »Deine Worte haben einen merkwürdigen Klang, Schwester«, sagt er schließlich. »In ihnen schwingt nicht die Aufrichtigkeit der Prophezeiung mit, sondern Verrat.«

Empört weiche ich vor ihm zurück. »*Verrat?* Niemals! Ich möchte unser Volk einfach nur vor der Auslöschung bewahren!«

Ballis Gesicht ist rot vor Zorn, als er zu mir herumfährt. »Ist es etwa kein Hochverrat, anzudeuten, ich sei genauso ›kleingeistig‹ wie die anderen Könige von Norveg? Du behauptest, ich müsse ein Bündnis mit den Fremden aus dem Süden eingehen oder vor Christus das

Knie beugen. Dabei vergisst du offenbar, dass ich vom Allvater persönlich als Herrscher auserkoren wurde, weil ich mich als der Stärkste und Beste erwiesen habe. Es sei denn, natürlich, du bist der Meinung, Odin verschenke seine Gunst leichtfertig.«

»Nein, Bruder«, erwidere ich ruhig. »Ich weiß, dass wir die Stärksten und Besten unseres Volkes sind. Und genau das macht mir Angst.«

Seine Brauen schießen überrascht in die Höhe, dann stößt er ein raues Lachen aus. Instinktiv halte ich den Atem an, als er mir sanft mit der Hand über das Gesicht streicht.

»Mein *Berserker*«, raunt er leise. »Meine Schwester, mit der ich den Bauch unserer Mutter teilte und die ich seitdem stets aufrichtig geliebt habe ...« Sein Blick wandert zu meinen Zähnen und er hebt mit dem Daumen meine Oberlippe an. »Hast du nun doch noch deinen Biss verloren?«

Ich ziehe seine Finger von meinen Lippen fort und drücke sie wieder an meine Wange. »Ich werde immer dein Schwert sein, so wie du immer mein König bist.«

»Es ist schon komisch.« Ein grausames Lächeln umspielt seine Mundwinkel. »Alle Welt sieht in dir kaum mehr als einen wilden Bären. Nur ich allein weiß, was sich hinter diesen spitzen Zähnen verbirgt: ein hilfloses, kleines Mädchen.« Brennende Wut lodert in mir auf, doch ich lasse nichts davon nach außen dringen, meine Miene bleibt heiter wie ein sonniger Tag. Abrupt lässt Balli die Hand sinken. »Deine Vergangenheit hat deinen Geist vergiftet, Alvtir. Du siehst in den Schatten unserer Feinde die Geister jener Männer, die dir vor so vielen Jahren dein Leben geraubt haben. Aber diese Männer sind längst tot. Lass sie ruhen.«

Ohne eine Regung sehe ich meinen Zwillingsbruder an. Ich bin nicht die Einzige hier, die sich hinter einer Maske versteckt, denn unter seinem Spott erkenne ich Zorn. Und unter dem Zorn verbirgt sich seine alte Angst, ich kann sie in seinen Augen sehen. Genau wie ich hat er nicht vergessen, dass während unserer Kindheit immer ich der Liebling unseres Vaters war, der stärkere und klügere Zwilling.

Dass ich ihm bei allem immer überlegen war – bei jeder Übung, jedem Spiel. Ich weiß, dass er nachts oft hellwach in seinem luxuriösen Bett liegt, verfolgt von dieser leisen, altbekannten Stimme in seinem Kopf, die ihn mit der Frage quält, ob seine Schwester nicht eigentlich der bessere Herrscher gewesen wäre.

Und ebenso sicher, wie ich weiß, dass Balli sich insgeheim mit diesen Zweifeln herumplagt, weiß ich auch, dass er niemals daran glauben darf. Dass ich das um jeden Preis verhindern muss. Mir wird klar, dass ich mich diesmal zu weit von meiner Rolle entfernt habe, von der Rolle der wilden Bärenschwester, die zu nichts anderem zu gebrauchen ist als wildem Gemetzel.

Also stoße ich einen schweren Seufzer aus und verneige mich tief. »Verzeih mir, Bruder. Selbstverständlich hast du Recht. Wie immer siehst du den wahren Weg klar vor dir, während ich in der Dunkelheit umhertaumele.«

Das stimmt Balli sofort wieder milde. Er beugt sich vor und drückt mir einen Kuss auf die Stirn. »Und du hast mir gut gedient, liebe Schwester.«

Während ich mich aufrichte, stellt er sorgsam die Königsfigur zurück auf die Karte, genau an die Spitze von Agder. Und einfach so löst sich das Schicksal, das die Nornen für mein Volk hätten weben können, in Luft auf, es zerfällt Faden für Faden.

»Du bist eine Kriegerin – kein Herrscher«, fährt Balli fort. »Der Allvater persönlich hat dir seine Stärke verliehen und mir seine Weisheit. Und ich bin aus tiefstem Herzen davon überzeugt, dass er uns auch weiterhin beschützen wird, wie er es schon immer getan hat.«

Ich antworte nicht. Das Schicksal unserer Welt lastet schwerer auf mir als jede Rüstung.

»Du darfst jetzt gehen«, verkündet mein Bruder mit einer gewissen Schärfe in der Stimme.

Noch einmal verbeuge ich mich vor ihm, dann gehe ich Richtung Tür.

Heute ist es mir nicht gelungen, meinen Bruder zu überzeugen. Ich habe mein Volk im Stich gelassen, meine Stadt im Stich gelassen.

Doch nun lässt mein Bruder mir keine andere Wahl mehr, ich muss die Dinge selbst in die Hand nehmen. Denn in einem Punkt hat er recht: Er hat nicht das Leben gelebt, das ich gelebt habe. Er hat nicht gesehen, was ich gesehen habe.

Dann werde ich ihm eben mit Gewalt die Augen öffnen müssen.

Gerade als ich die Tür erreiche, ruft Balli: »Alvtir.«

Ohne mich umzudrehen, bleibe ich stehen, blicke starr nach vorne, der Zukunft zugewandt.

»Beim nächsten Mal erwarte ich, dass du meine Befehle befolgst, Christen hin oder her. Solltest du dich mir noch einmal widersetzen, ist das dein Ende.«

13 YAFEU

Es gibt nur einen Gott, aber er hat … drei Seiten«, erklärt mir Bronaugh in ihrem holprigen Nordisch. Dabei fegt sie die Gerste vom Mahlstein in das breite Tongefäß. Ihre Hände arbeiten ganz von allein, während ihr Verstand nach dem Wort sucht, das ihr nicht über die Zunge kommen will.

»Und dieser Sohn, dieser Christus, ist eine seiner Seiten … aber dabei *kein* Gott?« Der Stößel hält inne, Schmerz schießt meinen Arm hinauf. Ich verziehe kurz das Gesicht.

Na ja, ich kann sowieso eine Pause gebrauchen. Also höre ich auf zu mahlen und fische den Schuldigen heraus: eine Spelze, die den Dreschvorgang überlebt hat.

»So hat man es mir zu Hause beigebracht«, nickt Bronaugh.

»Und was ist die dritte Seite?«

»Ich weiß nicht, wie ich das sagen soll …« Sie denkt einen Moment nach und wischt sich dabei mit ihrem Schürzenärmel den Schweiß aus dem Nacken.

Mein Nacken ist kühl und trocken, obwohl ich bereits länger den Stößel bediene, als ich müsste. Für mich ist es zu kalt, um zu schwitzen. Bei meiner Ankunft vor zwei Monaten war es noch wärmer. Doch selbst damals habe ich kaum geschwitzt, obwohl Bronaugh und ich den ganzen Tag auf dem Feld waren und Reihe um Reihe des goldenen Korns geschnitten haben. Das hat Bronaugh ständig aufs Neue fasziniert, deren Kittel immer steif wie ein Brett wurde, wenn er trocknete.

Ich hingegen schwitze nur im Schlaf und dieser Schweiß wird

nicht durch Anstrengung hervorgerufen. Es ist kalter Schweiß. Angstschweiß.

Während der ersten Wochen konnte ich kaum schlafen. Mitten in der Nacht schreckte ich hoch, zitterte vor Angst, war fest davon überzeugt, dass unser Dorf angegriffen wurde und sich ein unbekannter Schrecken über unsere Hütte senkte. Dann tastete ich nach Messern, die ich nicht hatte, und wimmerte leise, wenn ich begriff, wie wehrlos ich war. In manchen Nächten träumte ich auch, ich wäre noch in der Wüste. Dann sah ich Ampahs lebloses Gesicht hinter meinen geschlossenen Lidern, wenn ich aufwachte. Oder auch Newmas Gesicht. Wenn es ganz schlimm kam, sah ich Mama, Kamo oder Goleh, deren Tod ich nie bezeugt hatte und der mich trotzdem verfolgte.

Und immer kehrte die Erinnerung, dass mein Dorf längst zu Asche verbrannt war, nur langsam in mein Bewusstsein zurück. Das Wissen, dass ich mich nicht in unserer Hütte befand, und auch nicht in der Wüste, sondern in einer kalten, schmutzigen Scheune auf der anderen Seite des Meeres, umgeben von bleichen, gleichgültigen Fremden. Dass ich vollkommen allein war. So schien es mir, als würde ich aus einem Albtraum erwachen, um direkt in den nächsten zu stürzen. Dieser Albtraum allerdings würde nicht enden, denn er war real.

Inzwischen lassen die nächtlichen Schrecken nach, aber das Gefühl, in einem Albtraum zu leben, nicht. Ein schweres Gewicht drückt auf meine Brust wie ein Stein und es will einfach nicht vergehen. Immer wieder bricht die Trauer in Wogen über mich herein. Und mit jeder Woge sinkt der Stein weiter, liegt schwerer in mir.

Hauptsächlich wird die Masse dieses Steins davon gespeist, wie fremdartig hier alles ist: die Tiere, das Wetter, die Männer, Frauen und Kinder mit ihrer schimmernden Haut und ihrer wässrigen Sprache. Sogar Lisa selbst ist hier merkwürdig, sein Licht hart und kalt.

»Geist!«, ruft Bronaugh unvermittelt, und ein zufriedener Glanz tritt in ihre warmen braunen Augen. Ihre gespitzten Lippen verziehen sich zu einem schelmischen Lächeln, das ich einfach erwidern muss. Ich spüre, wie der Stein sich ein winziges bisschen leichter wird. »Der Geist ist die dritte Seite«, erklärt sie.

»Ein Geist, Bronaugh?« Das Lachen ist aus mir herausgeplatzt, bevor ich es verhindern kann. Ich möchte sie auf keinen Fall kränken, aber zum Glück lacht sie einfach mit.

»Ich weiß, ich weiß. Deshalb sagt man bei mir zu Hause –«

»Hey, ihr zwei!«

Synchron zucken Bronaugh und ich zusammen und sehen hastig zum Langhaus hinüber. Dort sitzt Broskrap auf einem Hocker und mustert uns finster.

Bronaugh wurde vor einem Jahr von Alvtir hier abgeladen. Sie sagt, dass Alvtir hin und wieder, wenn Broskrap auf Reisen ist, vorbeikommt und frische Honigkuchen und andere Leckereien an alle verteilt, die ihr Informationen darüber liefern, was Broskrap so treibt. Vor allem will sie wissen, mit welchen Männern und Frauen Bronaugh und Airé ihn beobachten konnten. Doch abgesehen von diesen wenigen Malen, haben die beiden sie weder gesehen noch etwas von ihr gehört.

Ich versuche, nicht an Alvtir zu denken. Die Erinnerung an die Geschehnisse in Anfa lässt nur Verbitterung in mir aufsteigen. Es war dumm von mir, ihr so blind zu vertrauen. Sie hat mich nur »gerettet«, um mich anschließend als Sklavin zu verkaufen – beziehungsweise als »Leibeigene«, wie man uns hier nennt. So bin ich einem Herrn knapp entkommen, nur um wenig später bei einem anderen zu landen.

»Zurück an die Arbeit!«, schnauzt uns dieser Herr nun an.

Bronaugh und ich sehen uns an. Trotz meiner schmerzenden Arme drücke ich den Stößel wieder in die Gerste.

Aus dieser Gerste brauen die Majūs ihr Bier, ein widerlich schmeckendes Getränk, das den Bauch wärmt und den Verstand trübt. Airé hat uns mehr als einmal einen Eimer voll stibitzt, aber mir schmeckt es deutlich weniger als Bronaugh und ihr. Zwar hebt es den drückenden Stein für einen Abend an, dafür habe ich am nächsten Morgen aber stechende Kopfschmerzen und so brennenden Durst, als wäre ich wieder in der Wüste.

Broskrap trinkt morgens Bier, abends Bier und dazwischen eigentlich auch immer. Als die Ernte eingebracht werden musste, hat er tagsüber zusammen mit uns auf den Feldern gearbeitet. Jetzt aber, wo das Korn gemahlen und eingelagert werden muss, hockt er lieber in seinem kleinen Unterstand vor dem Langhaus, trinkt sein geliebtes Bier und sieht uns bei der Arbeit zu. Mir persönlich ist das lieber – so hält er zumindest einen Steinwurf Abstand zu uns –, auch wenn ich dadurch doppelt so viel arbeiten muss.

Jetzt bedenke ich ihn mit einem hasserfüllten Blick, was ihn wenig kümmert, denn er starrt einfach wieder in den großen Topf Getreidebrei, der über dem Feuer köchelt.

»Will Yafeu jetzt tauschen?«, fragt Bronaugh.

»Noch nicht. Zu mahlen macht Yafeus Arme wieder stark.« Zur Demonstration spanne ich meine Muskeln an, was Bronaugh ein leises Kichern entlockt. Ihr dankbares Lächeln verrät mir, wie erleichtert sie darüber ist, dem falschen Ende des Mühlsteins noch ein wenig länger entgehen zu können.

Doch trotz all der Anstrengung sind meine Muskeln in Wahrheit längst nicht mehr das, was sie einmal waren. Broskrap lässt seine Leibeigenen hungern, damit sie schwach und gefügig bleiben.

Bei allen Göttern, ich hätte nie gedacht, dass mir Hirsebrei einmal fehlen könnte. Heute verzehre ich mich regelrecht danach.

Bevor mich die Trauer ganz verschlingen kann, kommen Broskraps kleine Jungs splitterfasernackt aus dem Langhaus gerannt. Airé hetzt hinter ihnen her; das kurze schwarze Haar wird ihr in die gerunzelte Stirn geweht, während sie die beiden Kleinkinder über die abgeernteten Felder jagt.

»Ihr kommt jetzt sofort rein und badet, *stallos*!«, schreit sie. Die Jungen lachen nur und rennen weiter.

Bronaugh hat mir erzählt, dass Airé nach dem Tod von Broskraps Frau vor einigen Monaten die Aufgabe übertragen wurde, sich um die Kinder zu kümmern, da sie schon am längsten hier ist. Ich beneide sie nicht darum, auch wenn es sicher weniger anstrengend ist, als das Mahlwerk zu bedienen.

Es dauert nicht lange, bis sie sich die beiden geschnappt hat, die inzwischen laut kreischen vor Lachen. Bronaugh und ich müssen uns ein Lächeln verkneifen, als sie die Kleinen gnadenlos ausschimpft und zurück zum Langhaus scheucht.

Doch das Lächeln stirbt auf meinen Lippen, als ich sehe, wie Broskrap sich unsicher von seinem Hocker hochstemmt und ihr den Weg versperrt, als sie ins Haus gehen will. Er hält sie am Schürzensaum fest und beugt sich zu ihr hinunter, um ihr etwas ins Ohr zu flüstern. Airé schafft es zwar, sich an ihm vorbei durch die Tür zu schieben, doch der gierige Blick, mit dem er ihr hinterherstiert, reicht aus, um mein Blut zum Kochen zu bringen.

Unbewusst wandert meine Hand zu dem Messer, das ich mir unter meinem Kittel an den Oberschenkel gebunden habe. Der Messergriff fühlt sich gut an.

Beruhigend.

Das war das Erste, was ich Broskrap gestohlen habe, mein erster kleiner Akt der Rebellion. Jeden Tag kreist er wie ein Geier über seinen Vorräten und überzeugt sich davon, dass die Leibeigenen keinesfalls mehr nehmen, als er ihnen zuteilt. Dabei ist er die Hälfte der Zeit sowieso viel zu betrunken, um es zu merken. Doch während der anderen Hälfte ... Einmal habe ich gesehen, wie er einem der mageren Jungen, die sein Vieh hüten, den Griff einer Hacke über den Schädel gezogen hat, nur weil er ein krankes altes Schaf geschlachtet hat, ohne vorher zu fragen. Dass sich diese Krankheit auch auf die anderen Schafe hätte ausbreiten können und der Junge deshalb äußerst klug gehandelt hat, spielte keine Rolle.

Ich fühlte mich ohne meine Messer einfach zu angreifbar, und dann entdeckte ich es an einem der Balken im Brauschuppen: eine plumpe, minderwertige Klinge mit gedrehtem Knochengriff, wie Frauen sie zur Hausarbeit verwenden, dazu gedacht, an einem Schlüsselbund oder einfach an der Schürze getragen zu werden. Mir war klar, dass niemand dieses Ding vermissen würde. Vermutlich hatte es früher Broskraps Frau gehört. Ohne einen Besitzer schien sein Nyama regelrecht nach mir zu rufen. Bronaugh stand Schmiere, während ich es vom Haken holte. Seitdem trage ich es ständig bei mir wie ein verborgenes Schmuckstück, von dem nur ich weiß.

Ich spüre, wie Bronaugh mich beobachtet. »Yafeu spricht Nordisch schon besser als Bronaugh«, sagt sie schnell.

Ich lasse die Hand sinken und wende mich widerwillig von dem weißhaarigen Dämon ab. »Das stimmt doch gar nicht.«

Doch, es stimmt. Zunächst habe ich aufmerksam zugehört, wenn Broskrap mit seinen Söhnen oder mit gelegentlichen Besuchern sprach. Dann habe ich geübt, wie man die Worte dieser fließenden Sprache richtig ausspricht, habe immer wieder an den Lauten gefeilt.

»Oh doch. Und Yafeu kann auch besser mahlen«, stichelt Bronaugh und unterstreicht ihren Scherz durch ein entschiedenes Nicken. Zwinkernd lässt sie mich einen Blick in ihre geöffnete Hand werfen, bevor sie das Gerstenmehl unauffällig in dem Beutel an ihrem Gürtel verschwinden lässt. Solange Broskrap abgelenkt ist, wird er nicht bemerken, dass wir uns am Mahlstein etwas abzweigen, bevor das Mehl eingelagert wird. »*Viel* besser.«

Mühsam ringe ich mir ein Grinsen ab.

Sie versucht, mich von meinem Zorn abzulenken, genau wie Ampah es früher immer getan hat.

Der Gedanke an sie lässt Tränen in meinen Augen aufsteigen, also verdränge ich ihn schnell und konzentriere mich ganz auf meinen Hass auf Broskrap. Das wilde Feuer in meinem Inneren findet einen passenden Ausgang: Stumm sieht Bronaugh zu, als ich anfange, die Körner mit dem Mahlstein zu bearbeiten, so wie ich gerne Broskrap mit meinen Fäusten bearbeiten würde.

Bronaugh und ich haben überraschend schnell eine Verbindung zueinander gefunden. Ich würde sie sogar als Freundin bezeichnen, womit sie die zweite Freundin wäre, die ich je hatte. Sie wurde von einem Ort namens »Irland« entführt, aus einem kleinen Dorf direkt am Meer mit hohen Klippen, wo das Bier sogar noch stärker ist als Broskraps. Die Majūs – Bronaugh nennt sie »Nordmänner« – haben dort die beiden wichtigsten Häfen eingenommen und gesichert, bevor sie die Bauernhöfe und Dörfer der Umgebung überfielen. Sie wurde bei dem Angriff von ihrer Familie getrennt. Genau wie ich weiß sie nicht, was aus ihnen geworden ist, ob sie überhaupt noch leben.

Airé hingegen bleibt mir ein Rätsel. Sie ist den Großteil der Zeit bei Broskraps Kindern, und wenn wir mal zusammen sind, spricht sie kaum. Was ich über sie weiß, habe ich von Bronaugh erfahren. Viel ist es nicht: Sie stammt wohl aus einem Land, das noch weiter im Norden liegt, wo die Majūs sie von ihrer Familie geraubt haben, als sie noch recht klein war. Nicht einmal Bronaugh weiß, wie lange Airé schon in Skíringssal ist.

Als die Gerste gemahlen ist, bleibt uns noch ein wenig Tageslicht. Broskrap ist im Begriff, zu einem Fest des Königs aufzubrechen, das sich »Freysblót« nennt, zumindest konnte ich das aus seinen Gesprächen mit den Besuchern der letzten Tage heraushören. Die Schafe grasen fröhlich auf der Weide, das noch nicht gemahlene Korn steht ordentlich gebündelt zum Trocknen in der Scheune, und noch ist es zu früh, um das Gemüse zu ernten, das erst zu Beginn der kalten Jahreszeit reif sein wird. Deshalb entlässt uns Broskrap mit einer ungeduldigen Geste; bis Sonnenuntergang können wir nun tun, was uns gefällt.

Broskrap interessiert es nicht, wohin ich in meiner Freizeit gehe. Muss es auch nicht – hier kann man nicht weglaufen. Skíringssal ist im Osten und Westen von dicht bewaldeten Hügeln umschlossen, so weit das Auge reicht. Im Norden ragt eine hohe Gebirgskette auf. Bei meinen kurzen Ausflügen in die Wälder westlich von Broskraps Hof konnte ich bisher keinerlei Wege entdecken. Es gibt hier nur zwei Straßen: Eine verbindet die Bauernhöfe mit dem Hafen und führt direkt durch die Stadt. Die andere zweigt am Hafen ab und endet an einer Art Lager auf einem der Hügel. Falls es in den Wäldern auf der Ostseite der Stadt nicht wesentlich anders aussieht, gibt es nur eine Möglichkeit, um Skíringssal zu verlassen – über das Wasser.

Also verbringe ich das bisschen geschenkte Zeit heute genauso wie jeden anderen kostbaren freien Moment, seit ich entdeckt habe, dass der Wald im Westen eine Sackgasse ist.

Ich laufe zum Hafen und plane dort meine Flucht.

14 YAFEU

Ich laufe in gemäßigtem Tempo den schlammigen Pfad entlang, ohne auf den Protest meiner geschwollenen Füße zu achten. Sie wollen unbedingt aus den alten, viel zu großen Stiefeln befreit werden, die man mir gegeben hat und die ich am Feuer mit Talg einreiben musste, bevor ich sie tragen konnte. Doch bevor sie sich das verdient haben, müssen sie noch eine Weile laufen.

Der Weg ist gerade breit genug für einen Wagen, mit dem die Bauern ihre Waren zum Tausch mit Handwerkern und Händlern in die Stadt bringen können. Broskraps Hof ist der größte, seine Weidefläche erstreckt sich bis zu den Wäldern. Das bedeutet wohl, dass er zumindest nach den Maßstäben der Majūs ein wohlhabender Mann ist. Je näher ich der Stadt komme, desto kleiner werden die Parzellen und desto weniger Leibeigene schuften auf den Feldern. Doch es sind nicht nur Leibeigene, auch einige der Krieger von den Schiffen arbeiten hier draußen. Nachdem ich gesehen habe, wie sie gegen die Wache von Anfa gekämpft haben, ist es irgendwie merkwürdig, sie nun dabei zu beobachten, wie sie Getreide dreschen oder Mist schaufeln.

Lisa verschwindet und der Himmel nimmt seine hier typische aschgraue Farbe an. Möglicherweise wird es regnen, aber sicher sein kann ich mir nicht. Sogbo ist noch unentschlossen.

Das Wetter ist in diesem Land sehr launisch. Fast scheint es, als wären die Götter in einen ständigen Kampf um die Vorherrschaft verstrickt: Lisa kann nur ein oder zwei Stunden scheinen, dann wird Sogbo neidisch und überzieht den Himmel mit grauen Wolken, droht sogar mit Unwettern. Doch trotz all dem Gehabe ähnelt der einsetzende Regen meist einem Hasen, der eilig über einen Hügel huscht – ein sanfter Schauer, dann verschwindet er wieder. Einen Moment später klart der Himmel auf, und Lisa kehrt zurück, als wäre er nie fort gewesen. So geht das den ganzen Tag hin und her. Vielleicht verharrt Lisa hier ja deswegen so lange am Himmel, auch wenn Mawu schon längst die Herrschaft über die Nacht antreten sollte.

Letztlich geht Agé als Sieger aus dieser Schlacht hervor: Überall sprießt und wächst es, dichtes Grün hängt in den Bäumen, schießt aus den Büschen am Wegrand hervor. Während ich vorbeistapfe, mustere ich die Blätter und Zweige. So viele Pflanzen, deren Namen ich nicht kenne und deren Nutzen sich mir nicht erschließt.

Diese schmerzhafte Erkenntnis verleiht dem Stein in meinem Inneren nur noch mehr Gewicht. Alles, was Papa mich gelehrt hat, alles, was ich mir selbst angeeignet habe, ist hier wertlos. Für mich ist es, als hätte ich mein bisheriges Leben auf dem Rücken einer Schildkröte verbracht, die mitten auf dem Ozean treibt. Gerade als ich glaubte, mir alle Wölbungen und Furchen dieser Welt eingeprägt zu haben, hat die Schildkröte das Wasser verlassen, und ich muss erkennen, dass ihr Panzer weitaus größer ist als gedacht. Und dass sie außerdem noch Beine, einen Kopf und einen Schwanz hat.

Der graue Himmel, der sich über den ebenso grauen Marktständen erstreckt, passt hervorragend zu meiner Stimmung. Mit eingezogenem Kopf husche ich über den Platz.

Als ich das erste Mal alleine hierherkam, schaffte ich es kaum einmal über den Markt, bevor die Sonne unterging, da ich mich in meinem gebrochenen Nordisch bei jedem Handwerker und Händler erkundigte, ob er einen Yafeu kenne. Die meisten von ihnen glotzten mich nur mit einer Mischung aus Verwirrung und Neugier an. Manche erinnerten sich nach einem Moment wieder an ihre Manieren und antworteten mir, allerdings meistens mit Nein. Niemand hier hatte je von Papa gehört. An jenem Abend schaffte ich es nur mit Mühe rechtzeitig zurück zum Hof, noch dazu mit einem leeren Magen, in dem bittere Enttäuschung schwappte. Jetzt mache ich mir gar nicht mehr die Mühe, jemanden anzusprechen.

Als ich mich dem Wasser nähere, nimmt der Wind spürbar zu. Jetzt bin ich dankbar für mein strammes Tempo, denn es sorgt dafür, dass meine Glieder wenigstens einigermaßen warm bleiben. Ich ärgere mich darüber, dass ich meinen Pelzmantel nicht mitgenommen habe; so werde ich anfangen zu frieren, sobald ich stehen bleibe. Doch der Anblick der gewundenen Wasserstraße, die von den Menschen hier »Fjord« genannt wird, nimmt ein wenig den Druck von meiner Brust. Und so ist mir auch das Wetter letztlich egal, als ich schließlich den Kiesstrand erreiche.

Über das Wetter hier mögen sich die Götter ja streiten, aber in den Herzen der Menschen sind Agbe und Naete die Sieger. Selbst draußen auf den Feldern spürt man die Macht des Fjords, sein lockender Ruf scheint vom Hafen aus den ganzen Weg bis zu den Bauernhöfen hinauf zu schallen. Sämtliche Gebäude in Skíringssal sind ihm zugewandt.

Auch mein Herz haben die Götter der See gestohlen, allerdings aus einem anderen Grund. Irgendwo dort draußen segelt ein anderes Schiff der Majūs, mit meinem Papa an Bord. Und noch weiter entfernt, jenseits des Meeres, warten Mama, Kamo und Goleh auf uns beide. So sind wir alle durch das Wasser miteinander verbunden.

Mein Blick bleibt an den wenigen Booten hängen, die über das Wasser gleiten. Genau in diesem Moment späht Lisa hinter einer Wolke hervor und mir wird noch ein wenig leichter ums Herz. Die kleinen Wellenkämme schicken sein glitzerndes Licht zu ihm zurück. Der Wind drückt gegen meinen Zopf; ich wünschte, ich könnte mein Haar lösen und ihn direkt in meinen dichten Locken spüren. Aber ich will nicht noch mehr Aufmerksamkeit auf mich ziehen. Schon jetzt falle ich viel zu sehr auf.

Ein Handelsschiff mit cremefarbenen Segeln legt vom Kai ab. Ich habe es schon mindestens einmal zuvor hier gesehen. Im Grunde ist es ähnlich gebaut wie das Kriegsschiff, auf dem ich hergekommen bin, doch es ist kleiner und bauchiger, außerdem hat es keinen Drachenkopf am Bug.

Aufmerksam beobachte ich die beiden Männer an Deck. Einer entrollt das Segel und hält einen Finger in den Wind, um seine Richtung zu bestimmen. Der andere löst das Halteseil des Schiffes vom Pfahl und greift zum Ruder. Dann richtet der Mann am Mast das Segel aus, damit es den Wind einfängt; die auftretende Kraft droht, ihm das Tuch aus der Hand zu reißen. Inzwischen steuert der andere Mann das Schiff mithilfe des Ruders durch die schmale Wasserstraße: schiebt er es nach links, fährt das Boot nach rechts, schiebt er es nach rechts, wendet es sich nach links. Eigentlich ganz einfach.

Und doch sind da noch so viele Kleinigkeiten, die sich mir nicht erschließen – sie ziehen an verschiedenen Seilen, lassen andere fahren, binden wieder andere fest. Lose Teile wackeln hin und her, die Männer springen und ducken sich routiniert.

Wie mein persönliches Glück es will, gehört das Segeln nicht zu den Dingen, die ich von Papa gelernt habe. Ich bin mir nicht einmal sicher, ob er es kann. Im vollkommen von Land umschlossenen Wagadu brauchte man keine richtigen Boote, auf dem Weißen Fluss kamen nur hin und wieder Flöße oder Kanus zum Einsatz. Wahrscheinlich ist er deshalb gegangen, um mit den Majūs zu segeln – das war eine neue Herausforderung, ein neues Gebiet, das er erobern konnte.

Ich kann mir gut vorstellen, wie Papa sich gefühlt hat, als er das erste Mal so ein fremdartiges Schiff sah. Verglichen mit uns leben die Majūs unter erbärmlichen Umständen, schließlich wohnen sie nur in wackligen Holzhütten. Aber die Qualität ihrer Schiffe ist einzigartig. Bei ruhigem Seegang erreichen sie eine atemberaubende Geschwindigkeit, und sie können sich Wellen entgegenstemmen, die sie eigentlich zerschmettern müssten.

Und wenn man sich hier umsieht, versteht man schnell, warum das so ist. Das Wasser ist für die Majūs das Tor zur Welt.

Was für mich wiederum bedeutet, dass ich ein Boot brauche, wenn ich fliehen will.

Wieder einmal.

Ich kann die bittere Ironie regelrecht schmecken.

Das Handelsschiff gleitet den Fjord hinunter, bald kann ich die Männer an Deck nicht mehr erkennen. Als es hinter der nächsten Biegung verschwindet, wandere ich in westlicher Richtung am Strand entlang, um es noch ein wenig länger im Blick zu behalten. Ich schirme mit einer Hand meine Augen ab und starre auf das Segel, bis es endgültig nicht mehr zu sehen ist.

Wenn ich immer wieder zum Hafen gehe und den Majūs dabei zusehe, wie sie segeln, finde ich bestimmt irgendwann heraus, wie das geht. Dann weihe ich Bronaugh in meinen Plan ein, und gemeinsam können wir Airé dazu überreden, mit uns zu kommen. Dann schleichen wir drei uns in einer klaren, ruhigen Nacht aus der Scheune, während Broskrap seinen Bierrausch ausschläft, laufen hinunter zum Hafen und stehlen uns eines der kleineren Boote.

Wir segeln in westlicher Richtung den Fjord entlang, bis er sich ins Meer ergießt, dann wenden wir uns nach Norden oder nach Süden, immer an der Küste entlang bis zur nächsten Siedlung. Dort werde ich die Bewohner nach Yafeu fragen, einem reisenden Schmied, dessen Haut so dunkel ist wie meine. Wenn es sein muss, suchen wir die gesamte Küste ab. Irgendjemand muss von ihm gehört haben oder wissen, auf welchem Schiff er unterwegs ist. Irgendjemand wird uns sagen können, wo er ist. Gefährlich wird nur die Suche nach ihm, denn wenn wir ihn erst gefunden haben, wird er uns beschützen. Anschließend bringen wir Bronaugh und Airé zurück nach Irland oder wo auch immer sie hinwollen. Und dann segeln Papa und ich zusammen zurück nach Wagadu. Wir werden nicht ruhen, bis wir Mama, Kamo und Goleh gefunden haben. Wir werden wieder eine Familie sein, koste es, was es wolle.

Und wenn Papa unauffindbar ist?

Wie aus dem Nichts schießt mir diese Frage durch den Kopf. Immerhin hat er sich einem Entdecker angeschlossen, einem Mann, der neue Länder erforschen wollte. Sein Schiff könnte inzwischen überall sein. Sogar noch weiter weg als Wagadu.

Was sollen wir dann tun? Wo sollen wir hin? Die verschwommenen Erinnerungen an den Sturm auf Alvtirs Schiff steigen in mir auf. Obwohl ich nur die Hälfte davon bewusst wahrgenommen habe, läuft es mir beim Gedanken daran kalt über den Rücken. Auf dem offenen Meer hätten wir mit unserem gestohlenen Fischerboot keine Chance.

»Es ist nicht so kompliziert, wie es aussieht.«

Als ich herumfahre, blicke ich in blau-graue Augen. Nicht eisblau wie die von Alvtir, sondern eher wasserblau wie der Fjord. Der dazugehörige Mann ist vielleicht ein oder zwei Jahre älter als ich und lehnt mit vor der Brust verschränkten Armen an einem Pfosten. Sein hellbraunes Haar ist ringsherum sauber abrasiert, die langen Strähnen sind ordentlich im Nacken zusammengebunden. Nur eine hat sich gelöst und hängt ihm ins Gesicht. Auf seinen Wangenknochen entdecke ich ein paar von diesen kleinen Pünktchen, die auch Bronaughs Haut zieren. »Das Segeln, meine ich. Die wahre Kunst besteht darin, das Boot zu stehlen.«

Ich mustere ihn weiter: Sein Körperbau ist der eines Kriegers, doch er trägt nur eine zerschlissene graue Tunika, keine Rüstung und auch keine Waffe am Gürtel. Abwehrend verschränke auch ich die Arme; plötzlich bin ich mir des kruden Messers, das ich am Schenkel trage, überdeutlich bewusst. »Ach ja?«

Er deutet mit dem Kinn zu dem Gebäude auf dem Hügel hinauf; dabei fällt mir auf, dass sein ordentlich gestutzter Bart neben braunen auch einige rote Haare enthält. »Von hier aus kann man es nicht sehen, aber dort oben gibt es einen Wachturm, von dem aus der Agdersfjord Tag und Nacht kontrolliert wird. Natürlich achtet die Wache vor allem auf feindliche Schiffe, die sich nähern könnten. Aber wenn sich, sagen wir mal, ein einzelnes Boot mitten in der Nacht auf den Weg macht, würde das Verdacht erregen. Und selbst wenn es dir gelingen würde, unbemerkt zu entkommen, findet eine entlaufene Leibeigene mit einem gestohlenen Boot nirgendwo Unterschlupf. Nicht im Land von König Balli.«

Ganz freundlich sagt er das, auch seine Miene ist unbeschwert, und doch treffen mich seine Worte wie tödliche Pfeile. »Warum sollte ich das wissen müssen?«, fauche ich ihn an. »Ich mag ja eine Leibeigene sein, aber ich bin kein Dieb.«

Zweifelnd zieht er eine Augenbraue hoch. »Noch nicht.«

»Ich habe auch nicht vor, das zu ändern.«

»Warum sonst solltest du dir die Boote so genau ansehen, wann immer du hier auftauchst?«

Misstrauisch kneife ich die Augen zusammen. »Hast du mich etwa beobachtet?«

»Du bist schwer zu übersehen.«

Das entlockt mir ein gereiztes Schnauben. Es ist eine Sache, verhöhnt und verspottet zu werden, das bin ich gewöhnt. Aber ich habe keine Ahnung, welches Spiel dieser Fremde hier gerade mit mir spielt – und das gefällt mir nicht. »Vielleicht sehe ich mir einfach gern Boote an«, erwidere ich schnippisch. »Vielleicht finde ich das entspannend. Vielleicht erinnert mich das an Zuhause, an meine Familie. Auf jeden Fall geht es dich überhaupt nichts an.«

Nun zieht er die ebenfalls rot gesprenkelten Brauen zusammen und scheint kurz zu überlegen, fast so, als wäre er verunsichert. Dann richtet er sich zu meiner großen Überraschung auf und deutet eine Verbeugung an – als wäre ich eine edle Dame und er ein Diener. »Es tut mir leid. Früher habe ich auch nach Fluchtmöglichkeiten gesucht, vielleicht neige ich einfach dazu, mich in anderen wiederzufinden.« Als er sich aufrichtet, scheinen seine meerblauen Augen mich einen Moment lang regelrecht zu fesseln. »Ich wollte dich ganz sicher nicht beleidigen, es war nur ein gut gemeinter Rat.«

Diese Entschuldigung bringt mich noch mehr aus dem Konzept. Automatisch will ich zu einer Antwort ansetzen, weiß aber eigentlich gar nicht, was ich sagen soll. Also bleibe ich stumm und erwidere einfach nur seinen Blick.

Offenbar will er noch etwas sagen, doch dann ertönt plötzlich eine tiefe Stimme: »Schildbrecher!«

Aus einer kleinen Hütte ganz in der Nähe tritt ein hünenhafter Mann mit wirrem schwarzem Haar. Er hält einen Fisch in die Höhe, der so dick und lang ist wie sein Unterarm, und grinst dabei wie ein Hund, der einen fetten Knochen erbeutet hat. »Kleines Schnäppchen zum Abendessen. Wir sollten ihn essen, bevor er schlecht wird.«

Der Fremde dreht sich noch einmal zu mir um und neigt höflich den Kopf, dann verschwindet er ohne ein weiteres Wort zusammen mit dem Riesen in den Gassen der Stadt.

Sobald ich wieder allein bin, bricht die Verzweiflung über mich herein. Heiße Tränen brennen in meinen Augen und lassen die Grenzen zwischen Wasser, Land und Himmel verschwimmen. Hastig lasse ich den Strand hinter mir und dränge mich durch den Menschenstrom, der zum Hafen strebt: Sowohl Besucher, die den Tag hier verbracht haben, als auch die in der Abenddämmerung aktiven Fischer wollen ihre Boote erreichen, bevor Lisa sie ganz verlässt. Die Handwerker packen ihre Sachen zusammen und schließen ihre Stände, während ich geduckt an ihnen vorbeihusche und denselben Weg einschlage, den ich bei meiner Ankunft mit Alvtir gegangen bin.

Bei den Göttern, ist das wirklich erst zwei Monde her? Damals bin ich ihr blind gefolgt und damit in mein Unglück gerannt. Jetzt sind meine Augen offen, doch es ändert nichts mehr. Ich wandere denselben Pfad entlang, wohl wissend, was am Ende auf mich wartet, einfach weil mir keine andere Wahl bleibt.

Weil es kein Entkommen gibt.

Weil ich meine Familie niemals wiedersehen werde.

Wieder überwältigt mich die Verzweiflung, doch diesmal droht sie mich komplett zu verschlingen.

Die Abenddämmerung ist angebrochen, bald ist es so dunkel, dass ich kaum mehr einen Schritt weit sehen kann. Als ich Broskraps Scheune erreiche, wiegt der Stein in meinem Inneren schwerer denn je.

15 YAFEU

Anfangs wurde der Himmel selbst nachts nie wirklich dunkel, er blieb im kräftigen Blau des Zwielichts gefangen, als wollte Lisa verhindern, dass Mawu ihre Herrschaft antritt. Doch während sich die Luft immer stärker abkühlte, sind auch die Nächte dunkler geworden, weshalb ich nun wesentlich besser schlafen kann. Vielleicht liegt es aber auch nur daran, dass ich mich langsam an dieses neue Leben gewöhne.

Bronaugh und ich teilen immer alles, was wir im Laufe des Tages stibitzen können, um unser »Abendbrot« – wie sie es nennt – ein wenig aufzubessern: hier eine Handvoll Getreide, dort ein paar Beeren von den Büschen am Waldrand. Wann immer ich kann, versuche ich, unbemerkt einen frischen Fisch vom Markt zu stehlen. An solchen Abenden speisen wir wie freie Menschen. Heute allerdings war auf dem Markt weniger los als sonst, sodass es mich vermutlich eine Hand gekostet hätte, wenn ich uns etwas Frisches hätte besorgen wollen. Da ich meine Hände gernhabe, gab ich mich mit einem Stück gesalzenem Kabeljau aus einem der Räucherhäuser zufrieden, das in dem Moment unbesetzt war, weil die korpulente Köchin draußen mit irgendjemandem feilschte.

Üblicherweise essen Bronaugh und ich abends allein – besser gesagt Bronaugh, ich und die Heilige Brigid. Diesen Namen hat sie unserer kleinen Scheunenkatze gegeben. Heute aber hat Broskrap seine beiden Jungen mit in die Stadt genommen, um dort seinen ältesten Sohn zu besuchen, weshalb Airé von ihren Pflichten in der Stube befreit ist. Also hocken wir nun zu dritt um die Feuerstelle, während die

Knochen eines schon vor einiger Zeit geschlachteten Schafbocks im Topf vor sich hin köcheln. Bronaugh wirft eine Handvoll Gerstenmehl in die Brühe. Selbst eine fade, kreidige Suppe ist besser als eine dünne, fade, kreidige Suppe.

Jetzt bin ich dran. Mit einem verlegenen Achselzucken hole ich das kleine Stück Fisch hervor, das ich notdürftig in ein Stück Stoff gewickelt habe. Die heilige Brigid erhebt sich von ihrem Platz auf einem Strohballen und kommt herangetapst, wie immer, wenn ich Fisch mitbringe. Als ich das Päckchen über meinen Kopf halte, zuckt sie gereizt mit dem Schwanz. »Heute reicht es nicht für dich«, ermahne ich sie.

Ich will den Fisch in den Topf werfen, denn er muss eine Weile kochen, um weich zu werden, aber Airé hält mich davon ab. »Spar ihn dir besser auf, Yafeu«, sagt sie mit einem Lächeln, das im Schein der Flammen beinahe schelmisch wirkt. Dann greift sie in ihren Korb und holt die Keulen eines frisch geschlachteten Lamms hervor.

Mit einem überraschten Keuchen schlägt Bronaugh die Hand vor den Mund. Mein Magen macht einen Freudensprung. Selbst die heilige Brigid stößt ein flehendes Maunzen aus und streicht Airé um die Beine.

»Airé!«, ruft Bronaugh schließlich. »Wie …?«

»Eines der Lämmer hatte Huffäule, also hat Broskrap es geschlachtet«, erklärt Airé. »Ich habe bekommen, was übrig war.«

Das lässt mich zögern. Warum sollte Broskrap so etwas tun? Uns beiden gegenüber zeigt er sich nie so großzügig, und schon gar nicht bei den anderen Leibeigenen. Doch als Bronaugh aufsteht und einen Freudentanz macht, verfliegt meine Sorge. Ich muss einfach lachen, als sie ein schiefes Liedchen summt und sich auf ihren schwieligen Füßen um die eigene Achse dreht, bis ihr langes rotes Haar um ihre Schultern flattert. Selbst Airé kichert verstohlen.

Dieses eine Mal lächeln wir alle. »Soll ich es zubereiten?«, frage ich und greife bereits nach dem Messer.

Ich weiß gar nicht mehr, wann ich das letzte Mal den reichhaltigen Geschmack von Fleisch im Mund hatte. Vermutlich geht es uns allen so, denn es bleibt kein einziger Bissen übrig.

Nach diesem Festmahl versinken auch unsere Geister in einer angenehmen Trägheit. Ein voller Magen lässt die Sorgen ruhen – auch ohne Bier. Das leise Rascheln der Tiere in ihrem Verschlag vereint sich mit dem Zischen und Knacken des Feuers zu einem sanften Schlaflied. Aus einer spendablen Laune heraus verfüttere ich ein kleines Stück von dem gesalzenen Kabeljau an die Heilige Brigid, während Bronaugh uns mit einer ziemlich merkwürdigen Geschichte aus Irland unterhält. Sie handelt von einem Priester, der alle Schlangen der Insel vor sich hertreibt, bis sie irgendwann ins Meer flüchten, was von allen groß gefeiert wird. Ich starre ins Feuer und lasse die Flammen vor meinem geistigen Auge zu Schlangen werden. Plötzlich muss ich an einen Zauberer denken, den ich einmal in Anfa gesehen habe; er verhexte eine Klapperschlange und ließ sie tanzen.

»Aber warum haben sie sich denn so gefreut?«, frage ich verwirrt. »Haben die Schlangen die Menschen angegriffen?«

Bronaugh lacht fröhlich. »Schlangen sind schlecht, Yafeu. Sie sind … Boten des bösen Engels. Wir nennen ihn den Teufel.«

Fragend blicke ich zu Airé hinüber, um herauszufinden, ob sie das ebenfalls so sieht. Sie reagiert nicht. Im Schein des Feuers sehe ich, wie ihr schmaler Brustkorb sich gleichmäßig hebt und senkt. Airé schläft tief und fest.

»Bronaugh?«, flüstere ich leise.

»Mmm?«

»War es in Irland etwa so schlimm, dass sogar das Leben als Leibeigene hier besser ist?«

Achselzuckend erklärt sie: »Meine Familie ist arm und ich habe viele Schwestern. Mein Vater … er wollte, dass ich ins Kloster gehe.«

»Kloster?« Dieses Wort kenne ich nicht. Es fühlt sich irgendwie sperrig auf der Zunge an.

»Dort leben Frauen, um Gott zu ehren.«

Ein Tempel nur für Frauen? Was kann daran schlecht sein?

»Wer im Kloster lebt, darf niemals einen Mann lieben«, fährt sie fort und beantwortet damit meine unausgesprochene Frage. »Niemals heiraten, niemals eine Familie haben.«

»Aber wieso?« Das schockiert mich. »Welcher Gott will denn bitteschön, dass seine Anhänger ohne Liebe leben?«

»Weil man dort mit Gott verheiratet ist, sagen sie. Und wenn man Gott liebt, dann ... ist das wie bei einem herrlichen Essen.« Sie zeigt auf unseren leeren Topf. »Am Ende bleibt keine Liebe mehr übrig.«

»Meine Mutter hat immer gesagt, dass wir unsere Liebe zu den Göttern zeigen, indem wir ihre Schöpfung ehren«, erkläre ich ihr.

»Den *Göttern*?« Nun ist Bronaugh überrascht.

Mir wird klar, dass ich bisher kaum etwas über mein Volk erzählt habe. »In Wagadu, dem Land, aus dem ich komme, verehren wir viele Götter, nicht nur die Schöpfungsmutter Nana Buluku.«

»Das ist wunder...«

»Es gibt keine Götter.« Airés Stimme klingt so kalt, dass sie uns beide verstummen lässt. »Weder den irischen Gott noch die Asen und Vanen von Skíringssal oder deine Götter aus Wagadu. Das sind alles Lügen. Lügen, die unsere Eltern uns erzählen, genau wie ihre Eltern sie ihnen erzählt haben. Und so belügt jeder jeden, und die Menschen glauben, die Welt sei voller Magie und Gerechtigkeit und dass alles einen Sinn ergibt. Aber es gibt keine Magie in dieser Welt. Keine Gerechtigkeit. Zumindest nicht für Leibeigene. Und nicht für Frauen.«

Das letzte Wort stößt sie mit einer solchen Heftigkeit hervor, dass es sich wie ein vergifteter Pfeil in mein Herz bohrt. Schaudernd sitze ich da, sage aber nichts, da ich sie nicht noch mehr verärgern will. Auch Bronaugh bleibt stumm.

Ich drehe mich mit dem Gesicht zur Wand und sehe zu, wie unsere hügelartigen Schatten mit denen der Eimer, Körbe und Werkzeuge verschmelzen, die an den Deckenbalken hängen. Der Anblick dieser Schatten lässt mich nicht mehr weinen, vielmehr treibt mir nun der Gedanke an Airé die Tränen in die Augen.

Als ich am nächsten Morgen aufwache, ist Airé fort, dafür schlummert Bronaugh noch friedlich.

Das ist seltsam. Zwar steht Airé immer als Erste auf, aber ich bin noch nie vor Bronaugh wach geworden. Normalerweise genieße ich jeden zusätzlichen Moment in der herrlichen Bewusstlosigkeit, bevor sie mich dann sanft wachrüttelt, damit wir uns an unsere tägliche Arbeit machen können. Jetzt aber fühle ich mich ungewohnt rastlos, ein unruhiges, drängendes Nyama erfüllt mich, das sich durch Bewegung entladen will. Vielleicht liegt es an der üppigen Mahlzeit von gestern Abend.

Ich ziehe mir meine Schürze über, binde das Messer an mein Bein und ziehe die alten Stiefel an. Wenige Augenblicke später schiebe ich die Tür auf und verlasse die Scheune.

Kalte Luft schlägt mir entgegen. Mein Atem bildet weiße Dampfwolken. Lisa ist noch nicht hinter dem mit Büschen bewachsenen Hügel im Osten aufgegangen, allerdings schimmert bereits das Zwielicht der Morgendämmerung am Himmel und kündigt seine Ankunft an.

Wenn ich doch nur auf die Jagd gehen könnte. Dieser Gedanke ist mir während der letzten zwei Monde immer wieder gekommen. Dabei weiß ich noch nicht einmal, ob mein grobes Küchenmesser scharf genug wäre, um damit zu töten. Und wegen seiner seltsamen Form könnte ich es sowieso nicht präzise werfen.

Frustriert beschließe ich, in den Wald zu gehen und dort zu baden. Bronaugh hat mir eine Stelle gezeigt, an der sich der Fluss verbreitert und ein natürliches Becken formt, nur ein kurzes Stück jenseits der Wiese. Das eisige Wasser wird dabei helfen, das Feuer in meinem Inneren zu löschen.

Schon bald wechsele ich in ein schnelles Gehen; die leichte Anstrengung und der stetige Rhythmus meiner Füße auf dem Erdboden lindern meine Rastlosigkeit. Ich genieße sogar die Schönheit der weiß gekrönten Berge im Norden. Das uralte Gesteinsmassiv scheint sich unter einer Decke aus Licht und Schatten zusammenzukauern, um etwas Wärme zu finden.

Und es sind nicht nur die Berge. Endloses Grün, Blau und Grau verleihen diesem Ort eine ganz eigene Persönlichkeit. Anfangs fand ich das im Vergleich zu der Farbpalette, die ich gewohnt war, etwas dürftig. Wagadu erstrahlt in sattem Braun, verschiedenen Rot- und Beigetönen. Diese Farbenpracht fehlt mir noch immer. Doch je mehr

Zeit verging, desto mehr akzeptierte ich Skíringssal als eine ganz eigene Schöpfung – weder besser noch schlechter, einfach nur anders.

Als ich in den Wald eintauche, steigt mir der frische, harzige Duft der Bäume in die Nase. Ein dichter brauner Nadelteppich bedeckt den Boden und dämpft meine Schritte. Ein kurzes Stück bergauf, dann wieder hinunter, und schon höre ich das vertraute Plätschern von Wasser und erreiche das Becken.

Ich fühle mich so unbeschwert wie schon lange nicht mehr, als ich zum Ufer gehe – umso mehr, als ich Airé entdecke, die bereits bis zu den Schultern im kalten Wasser steht. Sie hat mir den Rücken zugewandt, aber die gelassenen Bewegungen, mit denen sie im Wasser planscht, strahlen eine Gelassenheit aus, die ich nur selten an ihr sehe. Es zaubert ein Lächeln auf meine Lippen. Jetzt wundert es mich nicht mehr, dass sie immer schon vor Sonnenaufgang wach ist.

Ich bin noch mit der Frage beschäftigt, ob ich mich ihr anschließen oder sie doch besser in Frieden lassen soll, als auf der anderen Seite der Senke eine gedrungene Gestalt auftaucht.

Starr vor Schreck bleibe ich stehen. Aus dem Augenwinkel sehe ich, wie Broskrap Airé beim Baden beobachtet, ohne dass diese etwas bemerkt.

Wenigstens hat er mich nicht gesehen. Dieses eine Mal ist das Glück auf meiner Seite.

Ich zügele mein Nyama und schiebe mich lautlos hinter einen Baum. Broskrap hat inzwischen das Becken erreicht; der Ausdruck auf seinem Gesicht bereitet mir Bauchschmerzen. Nun fährt Airé zu ihm herum und starrt ihn erschrocken an, die Hände hebt sie schützend an die nackte Brust.

»Komm her, Mädchen.« Er packt ihren dünnen Arm und zerrt sie aus dem Wasser. Airé stößt einen erstickten Schrei aus. Ich spüre den Schmerz und die Furcht in ihrem Nyama. Meine Atmung beschleunigt sich, der Zorn aktiviert sämtliche Muskeln meines Körpers.

Mit einem gezielten Tritt bringt Broskrap sie zu Fall und hält sie mit einem schlammbedeckten Stiefel auf dem Boden fest. Schlaff und reglos liegt sie da, das Gesicht ins Gras gedrückt.

Ich kann nicht länger warten. Langsam schiebe ich meine Hand unter meinen Kittel, meine Finger schließen sich um den gewundenen Messergriff. Während ich die Klinge ziehe, öffnet Broskrap seine Hose und lässt sich auf Airé fallen.

Mit der schäbigen Klinge in der Hand schleiche ich mich an. Von beiden sehe ich nur den Rücken, seinen über ihrem.

Das schrille Pfeifen in meinen Ohren wird lauter und lauter. Ich zittere vor Anspannung. Der Damm bricht und dieses Mal ist es mir egal. Ich sehne die Überschwemmung herbei, will jeden einzelnen Tropfen vergießen.

Doch wo ich mit einer Flut gerechnet habe, kommt Feuer. Es brennt alles nieder, was sich zwischen Broskrap und mir befindet.

Nun endlich erkenne ich die Wahrheit, jene Wahrheit, die ich so viele Jahre lang nicht sehen wollte, nicht fühlen wollte. Immer habe ich sie weggeschoben, aber sie hat immer dagegengehalten. In meinem Blut hat sie ausgeharrt, in meinen Knochen geschlummert. Das ist kein böser Geist, kein rachsüchtiger Ahne – das bin einfach nur ich. Jener andere Teil von mir, so wie auch Mawu und Lisa zwei Teile einer Wesenheit sind.

Zorn.

Zorn ist der innerste Kern, Zorn ist Macht. Zorn ist der Instinkt, der mich tun lässt, was getan werden muss.

Ich reiße meinen Arm hoch und springe. Ein manischer Schrei löst sich aus meiner Kehle, als ich ihn zu Boden reiße und Airé befreie.

Raue Atemzüge drohen, meine Lunge zu sprengen, als ich über Broskraps leblosem Körper aufrage. Aus der großen Ader an seinem Hals spritzt Blut, es sammelt sich um seinen Kopf wie ein glänzender roter Schal, der sich langsam auflöst. Sein Gesicht ist förmlich zu Brei geschlagen. Als ich meine eigenen Wangen abtaste, finde ich dort feine Blutspritzer. Sie sind noch warm.

Ich habe ihn umgebracht.

Eigentlich müsste ich bestürzt sein. Entsetzt. Aber in mir hat nur dieses süße, reine und erschreckend starke Hochgefühl Platz, berauschend wie die ersten Blüten nach der Regenzeit. Genau dieses Gefühl stand Alvtir ins Gesicht geschrieben, als sie in Anfa die Sklavenhändler niedermachte.

Broskrap ist tot. Ich habe ihn getötet.

Während sich meine Atmung langsam normalisiert, warte ich darauf, dass die Schuldgefühle – oder Trauer oder zumindest Furcht – dieses Hochgefühl ersticken. Aber es kommt nichts.

Nach einem gefühlt endlosen Moment drehe ich mich zu Airé um. Sie hat die Arme um die Knie geschlungen, noch immer nackt, und zittert am ganzen Körper.

Erst jetzt spüre ich etwas: Sorge.

Schnell hocke ich mich neben sie, aber sie nimmt mich gar nicht wahr. Ihre weit aufgerissenen Augen starren blind auf Broskraps Leichnam. Als ich sie vorsichtig an der Schulter berühre, weicht sie mit einem schrillen Schrei zurück. An meinen Fingern klebt noch Broskraps Blut, was mir vorher gar nicht bewusst war.

Vor meinem inneren Auge erscheint der Moment, als ich Ampah ganz ähnlich an der Schulter berührte, während unserer ersten Nacht in der Wüste. Auch sie hat so auf mich reagiert.

»Geht es dir gut?«, frage ich leise.

Airé wirft mir einen Blick zu, der tödlicher ist als ein Dolchstoß. Ihr Zorn trifft mich härter, als Broskrap es je gekonnt hätte. »Du hast ja keine Ahnung, was du getan hast.«

Verwirrt runzele ich die Stirn. »Ich ... ich habe dich gerettet.«

Ihr Kopf gleitet ruckartig hin und her, als müsste sie ihn nur heftig genug herumreißen, um diesem Augenblick zu entfliehen.

Jetzt bekomme ich Angst.

»Du hast uns umgebracht!«, kreischt sie plötzlich. »Du hast uns alle umgebracht, Yafeu!«

Wirr tanzen ihre Worte um mich herum, lassen sich nicht einfangen. Ich habe nicht nachgedacht, habe nur gesehen, wie sie litt, wie dieses Monster ... »Ich wollte doch nur, dass dir nichts passiert«, stammele ich wie ein Narr.

»Aber *die* wollen das nicht! Begreifst du es nicht? Wie konntest du nur so dumm sein?«

Ich weiß nicht, was ich noch sagen soll, also hocke ich nur völlig verdutzt da. Inzwischen springt Airé auf und zieht sich den Kittel über ihren schlammverschmierten Körper. Broskraps Handabdrücke leuchten wie Brandmale an ihren Armen; bald werden sie sich blau und violett verfärben.

Wortlos läuft Airé Richtung Hof. Meine Füße sorgen dafür, dass ich ihr folge, doch im Kopf hocke ich noch immer an diesem Becken, gelähmt von Fassungslosigkeit.

Ich habe sie doch gerettet. Ich habe uns alle gerettet.

Oder etwa nicht?

16 FREYDIS

Ich kann keine Ausnahmen machen, Tófi.«

Nachdem meine Augen sich an das Halbdunkel der Großen Halle gewöhnt haben, erkenne ich, dass zwei Fremde vor meinem Vater stehen. Er hingegen sitzt auf seinem Thron auf der Empore und stützt das Kinn in die Faust. Neben ihm steht Tante Alvtir, sie wirkt ebenso gelangweilt wie er. Ihre muskulösen Arme sind vor der Brust verschränkt. Neben einer schlichten schwarzen Tunika trägt sie lederne Schoner an den Unterarmen, als käme sie gerade von der Jagd.

Ohne meine Anwesenheit zur Kenntnis zu nehmen, fährt Vater fort: »Wie würde das denn auf die anderen wirken, wenn ich bei dir so viel Nachsicht übe? Dann kämen sie alle in meine Halle gerannt, würden sich mir zu Füßen werfen und mir erklären, warum es in ihrem Fall um eine *ganz besonders* noble Sache geht.«

Als ich mich dem älteren der beiden Bittsteller nähere, wird mir klar, dass ich den Mann kenne: Es ist einer von Vaters Jarls, genauer gesagt Jarl Tófi von Hvitbjorg. Er war schon öfter in Skíringssal, um unseren Anteil an seiner Ernte abzuliefern oder am Althing teilzunehmen, einer Versammlung, bei der die Jarls und andere führende Persönlichkeiten wichtige Reichsangelegenheiten besprechen. Als Vater König wurde, erließ er ein Gesetz, laut dem das gesamte Stammesgebiet von Agder künftig ihm gehören und alle Bauern, selbst die kleinsten, ihm Steuern zahlen sollten. In einem geschickten Zug machte er besonders loyale Gefolgsleute zu seinen Jarls, die diese Steuern für ihn eintrieben und mit einem Drittel davon belohnt wurden, wenn sie die Bauern auf Kurs hielten.

Jarl Tófi ist mir wegen seiner rotbraunen Haare im Gedächtnis geblieben, die nun von weißen Strähnen durchzogen sind, und wegen seiner freundlichen blauen Augen. Er strahlt eine Sanftheit aus, die den anderen Jarls fehlt und die ihn deutlich von ihnen abhebt. Neben ihm steht ein schlaksiger junger Mann, der dieselbe Haarfarbe und ähnlich freundliche Augen hat. Sein Sohn.

Irgendetwas an dieser Szene ist merkwürdig, deshalb bleibe ich leicht verunsichert stehen, bevor ich die beiden erreiche. Warum wurde ich herzitiert?

»Ich würde Euch nicht darum bitten, wenn die Lage nicht so prekär wäre, König Balli«, erklärt Jarl Tófi. »Der Frost hat dieses Jahr noch weit über den Saatmond hinaus angehalten. Der Boden war so hart, dass man ihn nicht pflügen konnte. Erst zur Lammzeit konnten wir in der Brache aussäen. Wir haben Frey mehrere Schweine geopfert, Skadi und Hod bekamen meine beiden besten Bullen. Trotzdem sind Gerste und Heu kaum gewachsen, die Ernte war die schlechteste, die ich je erlebt habe. Wenn ich den Bauern noch mehr nehme, bleibt ihnen nicht genug, um ihr Vieh durch den Winter zu bringen. Dann würden ihre Familien hungern, manche würden vielleicht nicht einmal überleben.«

Überrascht schürze ich die Lippen. Anscheinend konnte Jarl Tófi dieses Jahr die Steuern nicht bezahlen.

Es ist noch nie vorgekommen, dass ein Jarl nicht die volle Steuer bezahlt. Aber Tófi gilt als Ehrenmann und seine Schilderung klingt ernst. Er sagt die Wahrheit.

Trotzdem hat Vater diesen Ausdruck in den Augen, gleichzeitig kalt und fiebrig. Altvertraute Furcht erfasst mich, als ich das sehe.

Ich kenne diesen Blick.

»Eine schöne Geschichte.« Gelangweilt streckt Vater seine Finger und inspiziert seine Nägel. »Aber wenn sie wahr ist, wie erklärst du dir dann, dass alle anderen Jarls ihren Anteil vollständig bezahlen konnten? Ganz Agder hat unter dem harten Winter gelitten, aber der Sommer war gnädiger. Warum also kann Hvitbjorg als einzige Provinz nicht die vollen Abgaben zahlen?«

»Weil Hvitbjorg ganz im Norden von Agder liegt, mein König. Wir sind am weitesten vom Meer entfernt, weshalb es bei uns schon immer kälter war. Die Winter werden immer härter und länger – nicht nur bei uns, sondern im ganzen Land. Jedes Jahr ist schlimmer als das vorherige. In Hvitbjorg mag der Hunger als Erstes zuschlagen, aber ich garantiere Euch, dass die anderen Jarls früher oder später auch hier stehen und dieselbe Bitte vorbringen werden wie ich.«

»Du willst *mich* darüber belehren, was in meinem Land vorgeht?« Vaters Finger schließen sich um die Armlehnen seines Throns. »Für mich klingt das eher so, als hättest *du* zugelassen, dass deine Bauern das Frühjahr vertrödeln. Deshalb solltest du diesen Verlust ausgleichen und etwas aus deinem Anteil beisteuern.«

»Das haben wir bereits getan, König Balli«, schaltet sich Tófis Sohn ein und tritt einen Schritt vor.

Sofort huscht Vaters Blick zu dem Jungen, während Tófi ihn warnend am Arm packt. »Magnus …«

»Wir können einfach nicht mehr geben«, fährt der Junge fort und schüttelt entschlossen die Hand seines Vaters ab. »Versteht Ihr das denn nicht? Sonst wären wir jetzt nicht hier.«

Einen Moment lang ist alles still. Dann lässt Vater die Armlehnen los und ganz langsam breitet sich ein Lächeln auf seinem Gesicht aus. Der Thron quietscht leise, als er sich erhebt. Außer seinen Schritten ist nichts zu hören. Er verlässt die Empore und bleibt dicht vor Magnus stehen. Ich halte ängstlich den Atem an, wie wohl auch jeder andere im Raum – außer Alvtir, die wirkt so unnahbar wie immer.

»Das war nicht respektlos gemeint«, versichert Jarl Tófi leise. Er zittert leicht, sein Gesicht ist kreidebleich geworden. Magnus wirkt eher verwirrt, trotzdem erwidert er Vaters unerbittlichen Blick. Dünn ist er, seine Wangen sind mit Pickelnarben übersät: ein Junge, der noch nicht ganz zum Mann geworden ist. Ungefähr drei Jahre jünger als ich, würde ich schätzen.

»Sag mir …«, beginnt Vater und wandert langsam um den Jungen herum. In mir verkrampft sich alles. »… warum hast du deinen Sohn mitgebracht?«

»Ich …« Tófi verstummt abrupt, denn seine Stimme zittert inzwischen ebenso unkontrolliert wie sein Körper.

Was soll er auch sagen? Er hat seinen Sohn mitgebracht, weil er gehofft hat, Vater auf diese Weise gnädig stimmen zu können.

Aber Vater ist nicht dafür bekannt, besonders gnädig zu sein.

»Ein anständiger junger Mann.« Vater legt dem Jungen den Arm um die Schultern und drückt ihn liebevoll an sich. Nun ist Magnus völlig verblüfft, wie der kurze Seitenblick zu Tófi verrät, aber er hält sich aufrecht. Vielleicht fühlt er sich sogar geschmeichelt, weil der König ihn lobt. Vielleicht glaubt er, das sei die Anerkennung für seine mutigen Worte. Ich starre angestrengt zu Boden, höre aber trotzdem mit schmerzlicher Klarheit Vaters nächste Frage. »Alt genug, um eine wichtige Lektion zu lernen, findest du nicht?«

»Bitte …«, fleht Tófi mit schwacher Stimme. »Er ist mein einziger Sohn.«

»Welch ein Segen für dich, einen zu haben.« Der Hohn in Vaters Stimme ist nicht zu überhören. »Ich wünschte, ich wäre ebenso gesegnet wie du. Aber manchmal haben die Götter einfach andere Pläne.«

Wie so oft spüre ich das Brennen der Scham in mir. Bestimmt hat Vater zu mir herübergesehen, als er das sagte.

Ich muss mich zwingen, den Blick zu heben. Auf keinen Fall darf er meine Schwäche bemerken, das würde ihn nur noch wütender machen.

Das entpuppt sich als Fehler, denn nun sehe ich Tófi direkt ins Gesicht. Seine freundlichen Augen flehen mich an. Aber ich kann nichts für ihn tun.

In meinem Inneren drückt die Scham noch brutaler zu.

»Schwester.« Vater winkt Tante Alvtir herbei. Sie geht mit großen Schritten zu dem Jarl hinüber und wartet auf Vaters Befehl. »Was machen wir mit Dieben, die ihren König bestehlen?«

Es geschieht unfassbar schnell. In einem Moment steht Jarl Tófi noch zitternd neben Alvtir, im nächsten Augenblick rollt sein Kopf bereits über den Boden.

Mein gesamter Körper verkrampft sich. Der Junge schreit laut auf, doch Vater hält ihn noch immer fest, sodass er sich nicht rühren kann.

Alvtir ist nach dem Schlag geduckt stehen geblieben. Die langen schwarzen Haare hängen ihr ins Gesicht wie die Schleier der Hel, die ihr geisterhaftes Wesen verbergen. Vor einer Sekunde hat sie sich noch rasend schnell bewegt, nun aber verharrt sie so reglos wie der Runenstein vor der Halle. Dann richtet sie sich abrupt auf und reckt ihr Schwert über den Kopf. Mein Herz setzt einen Schlag aus, als sie es kraftvoll zur Seite schwingt und so das Blut von der Klinge auf den Boden spritzen lässt.

Vater grinst breit, als sie die Waffe wegsteckt. Dabei raunt er dem todesbleichen Jungen ins Ohr: »Nun bist du wohl der Jarl, Söhnchen. Wirst du deinen Pflichten besser nachkommen als dein Vater oder brauchst du noch eine Lektion?«

»Ich …« Der Junge reißt sich mühsam zusammen. »Ich werde noch vor dem Winter die komplette Steuer abliefern.«

»Braver Junge.« Vater klopft ihm auf die Schulter und lässt ihn los. »Sobald ich sie habe, schicke ich dir den Leichnam deines Vaters, damit du ihn bestatten kannst.«

Der Junge verschwendet keine Zeit: Er wendet sich ab und geht so schnell aus der Halle, dass er beinahe schon rennt. Ohne mich eines Blickes zu würdigen, schiebt er sich an mir vorbei.

Alvtir stößt ein kreischendes Lachen aus, das an eine Seeschwalbe erinnert, und für einen Moment glaube ich den Blutdurst in ihren Augen zu erkennen, der für das ihr innewohnende Wesen des Berserkers so typisch ist.

»Werian soll kommen und hier sauber machen«, befiehlt Vater der Wache am Eingang. Während der Mann verschwindet, um den Auftrag auszuführen, lässt sich Vater auf seinen Thron fallen. Alvtir nimmt wieder den Platz an seiner Seite ein, so unbeteiligt wie immer. Und warum auch nicht? Für sie war das nur ein Mord unter Hunderten. Vielleicht sogar Tausenden.

Mutter kann schrecklich sein, wenn sie wütend wird, aber Vater ist noch viel schlimmer. Doch verglichen mit Alvtirs ungezügeltem Zorn sind sie beide harmlos. Sie verdient all die furchtbaren Dinge, die man ihr nachsagt.

Ich versuche alles, um den Leichnam nicht ansehen zu müssen, und doch wird mir übel, als ich Tófis Kopf aus dem Augenwinkel wahrnehme. Hoffentlich hält Vater meinen gesenkten Blick für ein Zeichen von Ergebenheit, nicht von Schwäche.

»Und nun zu wichtigeren Angelegenheiten. Freydis.« Vater winkt mich zu sich.

»Ich habe mich mit Hakon von Trøndelag geeinigt«, verkündet er. »Ihr werdet im Frühjahr vermählt. Wir werden die Hochzeit hier ausrichten, sobald das Tauwetter einsetzt.«

Völlig entgeistert blinzele ich ihn an. Es dauert einen Moment, bis ich seine Worte verarbeitet habe.

Hakon von Trøndelag?

Aber ... ich war doch Harald versprochen!

»Vater, ich dachte ... Harald ...«, stammele ich hilflos. Brennende Hitze steigt in meine Wangen.

»Vergiss diesen Kindskönig. Hakon ist für uns von größerem Nutzen.«

Mein Herz zerspringt, und seine scharfkantigen Scherben regnen hinab in die Grube der Scham, die sich tief in meinem Inneren verbirgt. Hätte ich mir diesen Traum von einem Leben mit Harald doch niemals gestattet. Ich hätte nicht zulassen dürfen, dass solche Fantasien in meinem Herzen Wurzeln schlagen.

Aber ... Hakon von Trøndelag?

Soweit ich weiß, ist Hakon Grjotgardsson ein alter Witwer. Mindestens so alt wie mein Vater.

Aber vielleicht spielt das Alter bei der Liebe keine Rolle. Und Hakon ist auch ein König. Ich werde also immer noch Königin sein und meine eigene Halle führen; eine Halle, die weit weg ist von dieser hier.

»Was ist mit dir, Mädchen?«, schnauzt Vater mich an.

»Vie...vielen Dank, Vater«, sage ich hastig. »Ich werde Frigg ein großzügiges Opfer darbringen, damit sie diese Ehe segnet.« Mein Gehirn löst sich aus seiner Starre. Vielleicht ... »Dürfte ich eine Bitte vorbringen?« Vater brummt gereizt, signalisiert mir aber, dass ich fortfahren darf. »Da ich ja nun heiraten werde, wird es vielleicht auch Zeit, dass ich meine eigene Dienerin bekomme? So wie Mutter Helge hat? Ich werde jemanden brauchen, der mir bei den Vorbereitungen hilft …«

»Na schön. Alvtir wird dir beim nächsten Beutezug ein Mädchen suchen.« Tante Alvtir wirft Vater einen überraschten Seitenblick zu.

Spielt Loki meinen Sinnen einen Streich oder sind Vaters Pläne ihr ebenso unbekannt wie mir? Dabei dachte ich bisher, er würde Tante Alvtir immer in alles einweihen.

»Wegen einer einzigen Magd brauchst du die Hird nicht loszuschicken«, spottet sie nun. »Ich habe auch jetzt schon ein Mädchen für sie.«

»Ach ja?« Vater klingt skeptisch. »Ich dachte, du hältst dir keine Leibeigenen.« Jeder weiß, dass Tante Alvtir niemanden in ihrer Nähe duldet außer ihren brutalen Schildmaiden. Sie lebt lieber wie eine einfache Milchmagd, als in ihrem eigenen Haus die Hilfe von Leibeigenen in Anspruch zu nehmen.

»Tue ich auch nicht, ich meine eines von Broskraps Mädchen.« Sie unterbricht sich, zupft sich irgendwelche Essensreste aus den Zahnzwischenräumen und schnippt sie auf den Boden. Angewidert zucke ich zusammen; mir wird schlecht. »Für die Arbeiten auf dem Land taugt sie wohl nicht, deshalb will er sie loswerden. Aber für etwas … weiblichere Aufgaben könnte sie geeigneter sein. Das lässt doch hoffen, dass Freydis und sie gut miteinander zurechtkommen.« Ihre Lippen verziehen sich zu einem spöttischen Lächeln.

Unwillkürlich frage ich mich, wie oft sich meine Tante Alvtir wohl solch »weiblicheren« Aufgaben widmet. Es fällt mir schwer, sie mir an einem Webstuhl vorzustellen. Aber irgendjemand muss die Kleidung herstellen, die du trägst, liebe Tante. Auch wenn es in deinem Fall eher Männerkleidung ist.

»Dann ist das geklärt, das Mädchen gehört dir.« Vater fuchtelt mit der Hand, als wäre diese Angelegenheit eine lästige Fliege, die es zu verscheuchen gilt.

»Vielen Dank«, sage ich wieder. »Dir auch, Tante Alvtir.«

Sie spuckt wortlos auf den Boden. Damit bin ich dann wohl entlassen.

Während meine Füße mich zurück in mein Zimmer tragen, versucht mein Verstand, meine wirren Gedanken und Gefühle zu ordnen.

Mir war immer klar, dass ich niemals die Freiheit haben werde, aus Liebe zu heiraten. Als Tochter eines Königs ist es meine Pflicht, den Kandidaten zu ehelichen, der am meisten zur Stärkung unseres Reiches beiträgt. Und bis jetzt dachte ich, ich hätte das akzeptiert. Aber vielleicht konnte ich das nur so leicht hinnehmen, solange ich mit Harald verlobt war, denn bei einem Jungen – oder inzwischen Mann – wie ihm schien die Liebe unausweichlich zu sein. Natürlich wäre sie nicht der *Grund* für unsere Ehe gewesen, aber sie hätte sich mit Sicherheit zwischen uns entwickelt. Denn er ist attraktiv, mutig und freundlich. Und ich … nun ja, ich weiß, dass ich zumindest recht ansehnlich bin, und ich hätte mir alle Mühe gegeben, auch in anderer Hinsicht eine gute Ehefrau zu sein. Außerdem würden wir einander verstehen, immerhin weiß ich, wie es ist, als einziges Kind eines Königs aufzuwachsen. Ich weiß, wie einsam es einen machen kann.

Doch es muss einen Grund dafür geben, dass Vater nun Hakon den Vorzug gegeben hat. Mein Vater ist ein Opportunist und er ist gerissen, außerdem ist ihm bewusst, wie schwer ein solcher Wortbruch wiegen kann. Also muss eine Ehe mit Harald so gravierende Nachteile bringen, dass es ihm das Risiko wert ist, deshalb an Ehre einzubüßen. Vielleicht hängt es mit Vestfolds strategischer Lage an der Handelsroute der Wolga zusammen … Es könnte aber auch etwas vollkommen anderes sein. Wenn Vater mir seine Gründe doch nur nennen würde! Ich weiß ja, dass ich für fast nichts zu gebrauchen bin, aber es steckt doch mehr in meinem Kopf, als er meint.

Aber diese Gedanken bringen mich nicht weiter. Ich muss versuchen, mich auf das Positive zu konzentrieren. Noch vor Ende des Jahres wird sich mein von Geburt an feststehendes Schicksal erfüllen. Wie ein flügge gewordener Schwan werde ich Skíringssal mit all seiner Einsamkeit und Brutalität abstreifen und hinter mir lassen. Eine große Romanze kann ich vielleicht nicht mehr erwarten, aber ich werde mein Bestes geben, um mir als Königin die Liebe des Volkes von Trøndelag zu verdienen.

So oder so werde ich mein eigenes Heim haben. Eine eigene Familie haben. Vielleicht reicht das ja schon aus.

Doch sobald ich mein Zimmer betrete, gräbt die Verzweiflung ihre spitzen Fänge in mich. Jahrelang habe ich von Harald geträumt, von dem wunderbaren Leben, das wir haben werden … und innerhalb eines Herzschlages wurde mir dieser Traum entrissen. Gestohlen. Ich lasse mich auf mein Bett fallen und zwinge mich, nicht länger an diese Hochzeit zu denken. Zumindest auf eines kann ich mich jetzt freuen: Ich werde endlich meine eigene Magd bekommen! In ihr kann ich eine Freundin und Vertraute finden, so wie Mutter in Helge. Denn wenn ich ganz ehrlich bin, wüsste ich nicht, was Mutter ohne Helge tun würde. Und wenn sich meine Ehe mit Hakon nicht gut entwickelt, kann ich bei diesem Mädchen Trost und Unterstützung suchen.

Hoffentlich hat Alvtir Recht, wenn sie sagt, dass wir gut miteinander auskommen werden.

ALVTIR

Erst als ich sicher bin, dass meine schmollende Nichte die Große Halle verlassen hat, wende ich mich meinem Bruder zu. »Noch ein Beutezug?«

»Du wirst beim nächsten Vollmond wieder mit der Hird in See stechen.«

Irritiert runzele ich die Stirn. »Zu welchem Zweck?«

»Du musst eine angemessene Mitgift für Freydis besorgen.«

Der Zorn trifft mich härter als ein Schlag von Mjölnir. Gerade mal einen Mond ist es her, dass ich ihm eine ganze Kiste voller Gold und Silber gebracht habe, und auch davor war er schon so reich wie Njord. Und nun will er nicht eine Münze davon für die Mitgift seiner Tochter ausgeben? Lieber schickt er erschöpfte Krieger auf das von eisigen Winden gepeitschte winterliche Meer hinaus, bloß damit er ihre letzte Beute ganz für sich behalten kann?

»Der Sommer ist vorbei«, beginne ich vorsichtig, damit er mir meinen Zorn nicht anhört.

Mein Bruder zuckt nur mit den Schultern. »Dann fahrt eben wieder nach Iberien. Du hast doch selbst gesagt, dass es dort wärmer ist. So kannst du auch den von dir so gefürchteten Christen aus dem Weg gehen.«

Während ich in seine dumpfen grünen Augen blicke, wird mir klar, dass jeder Funken Liebe, den ich einmal für ihn empfunden habe, erloschen ist. Heute fühle ich nur noch Scham. Scham, weil in unseren Adern das gleiche Blut fließt. Scham, weil ich zugelassen habe, dass er mich über so viele Jahre hinweg kontrolliert.

Doch vorerst muss ich meine Empörung beiseiteschieben, um nachzudenken. Die Städte der Sarazenen sind etwas vollkommen anderes als die weit verstreuten northumbrischen Klöster, die wir bisher immer überfallen haben. Und die Sarazenenkrieger sind keine hilflosen Mönche. Falls ihre Soldaten inzwischen von ihrem Krieg gegen die Christen zurückgekehrt sind, lässt sich unmöglich vorhersagen, was uns bei einem weiteren Beutezug dort erwartet.

»Ich bin mir nicht sicher, ob eine solche Unternehmung besonders gewinnbringend wäre, wenn man die Kosten für die Hird bedenkt«, versuche ich es weiter. »Dieser Jarl hatte Recht, es wird wirklich immer kälter. Auf Njords rauer See wird es sein wie im Fimbulwinter. Außerdem hatten unsere Krieger kaum Zeit, mit ihren Frauen ihre Betten zu wärmen – falls sie denn Betten haben. Oder Frauen.«

»Sie sind Víkingar. Ihnen liegt das Kämpfen im Blut.«

»Und falls sie sterben …«

»… werden die Walküren sie nach Walhalla geleiten«, unterbricht mich Balli gelassen. »Was könnte ein Krieger sich Besseres wünschen?«

»… wirst du niemanden mehr haben, der Skíringssal schützt.«

»Es gibt jede Menge Söldner dort draußen.«

»Aber nur wenige gute, loyale Männer.«

»Meine liebe Schwester.« Balli lacht leise. »Du machst dir zu viele Sorgen. Odin wird seiner bevorzugten Kriegerin jeden Sieg schenken, nach dem sie strebt.«

Plötzlich kommt mir ein Gedanke, der bislang ungeahnte Möglichkeiten in sich birgt. Diese Idee hat so viel Potenzial, dass Hugin selbst sie auf seinen Schwingen zu mir getragen haben muss.

Mein Blick huscht zu dem Schild an der Wand. *Ich danke Dir, Vater der Weisheit. Nun weiß ich, was ich tun muss.*

Reglos sehe ich zu, wie mein Bruder sich sein mit Bilsenkraut versetztes Bier in die Kehle schüttet – aus einem sächsischen Kelch, einem der vielen Schätze unserer frühesten Raubzüge. Seine Gier ist das Eiswasser, das meiner festen Entschlossenheit ihre endgültige Härte verleiht.

Angeblich macht Gold selbst aus den besten Menschen Bestien. Und mein Bruder war niemals ein guter Mensch.

Mit Freuden werde ich für dich auf diese Reise gehen, Bruderherz – denn jetzt habe ich eine ganz eigene Mission.

»Wie du befiehlst, mein König.«

Als ich die Halle verlasse, muss ich blinzeln, denn zu meiner Überraschung steht Sols Streitwagen noch hoch am Himmel. Heute kommt es mir vor, als hätte ich eine Ewigkeit in dieser verfluchten Halle verbracht.

Schnell gehe ich in die Stadt hinunter, zügele meine Schritte aber, als ich den Markt erreiche. Zu dieser Jahreszeit herrscht immer ein besonders reger Handel, weshalb im Hafen auch jede Menge dickbäuchige *Knorre* vor Anker liegen. An den Ständen und in den Gassen herrscht Hochbetrieb.

Fast scheint es, als wolle Odin mir ein weiteres Zeichen seiner Gunst schicken, denn der fränkische Edelsteinhändler ist heute da. Als ich ihn finde, ist er gerade dabei, sich mit einem Wollschläger auf einen Preis für einen seiner Glitzersteine zu einigen. Sobald ich auftauche, verschwindet der Wollschläger hastig in seiner Bude. »Chlothar«, begrüße ich den Franken herzlich.

Chlothar stößt einen so tiefen Seufzer aus, dass seine Hängebacken schaukeln. »Du bist schlecht fürs Geschäft, Alvtir.«

»Aber dafür entschädige ich dich immer großzügig.«

Mit verschränkten Armen dreht sich der Händler zu mir um.

Die vielen mit Edelsteinen besetzten Ringe an seinen dicken Fingern beweisen, *wie* großzügig diese Entschädigung meistens ausfällt. »Und was möchtest du heute kaufen? Du solltest dein Herz besser an diesen herrlichen Fluorit gehängt haben, denn mit neuen Informationen kann ich nicht dienen.«

»Heute will ich weder Informationen noch Kristalle bei dir kaufen.«

Verwirrt runzelt er die Stirn. »Was könnte ich dir sonst noch anbieten?«

Verstohlen sehe ich mich um. Wie immer halten sämtliche Einheimischen, vom Weber bis zum Wollschläger, sich von mir fern. Dafür war ich noch nie so dankbar wie heute. »Einige deiner Steine stammen doch aus al-Andalus, oder?«

Das verwirrt Chlothar noch mehr. »Ja, wieso?«

Um es möglichst vertraulich zu halten, beuge ich mich zu ihm hinüber. »Du musst mir dabei helfen, ein Treffen zu arrangieren.«

17 YAFEU

Lisas schwindendes Licht zeichnet unsere Schatten übergroß auf die Scheunenwand. Automatisch schließe ich die Tür, bis es mir wieder einfällt: Es gibt ja jetzt keinen Herrn mehr, der uns belauschen könnte. Es gibt nur noch Broskraps Jungen, die irgendwo mit ihrem Ball spielen, sich über ihre knurrenden Mägen kaputtlachen und sich wundern, warum diese traurige Leibeigene sie noch nicht zum Abendessen ins Haus getrieben hat.

Jungen, die nun ohne Vater aufwachsen werden. Meinetwegen.

»Wir werden niemandem sagen, dass er tot ist«, beschließt Bronaugh sachlich, aber mit zitternder Stimme. Sie wirft ein Holzscheit ins Feuer und rührt dann wieder in der Suppe, die in dem Topf über den Flammen köchelt. Seit wir aus dem Wald zurückgekommen sind, war sie unaufhörlich in Bewegung. »Wir kümmern uns um den Hof und die Kinder. Wir machen einfach weiter. Es hat sich nichts geändert.«

»Und was werden sie deiner Meinung nach tun, wenn sie seine Leiche finden?«, zischt Airé. »Uns werden sie doch als Allererstes beschuldigen!«

Ich stehe einfach nur stumm da und starre auf Airés Schatten, der unruhig an der Wand hin und her gleitet.

»Sie werden ihn nicht finden. Yafeu und ich haben die Leiche in den Fluss ...«

»Es ist nur eine Frage der Zeit, bis er irgendwo angeschwemmt wird!« Verzweifelt zieht Airé an ihren kurzen schwarzen Haaren. »Sie werden seine Leiche finden und dann bringen sie uns um! Oder Schlimmeres!«

Ihre gedämpften Stimmen verschwimmen miteinander, als ich in Gedanken an das Ufer des Badebeckens zurückkehre.

Ich habe nichts anderes wahrgenommen als die leidende Airé, die hilflos diesem Mann ausgeliefert war. Diesem jugu Mann. Über mögliche Folgen habe ich nicht nachgedacht. Ich wollte einfach nur meiner Freundin helfen.

Und Broskrap mit meinen bloßen Händen die Kehle zudrücken. Das wollte ich auch.

»Airé«, sage ich leise. Sofort huscht ihr panischer Blick von Bronaugh zu mir. »Ich verstehe ja, dass du Angst hast. Die habe ich auch. Aber der Fluss wird seine Leiche weit forttragen. Du bist in Sicherheit …«

»Nein! Du verstehst gar nichts! Du kennst sie nicht, wie ich sie kenne. Wir werden niemals sicher sein!« Tränen laufen über ihre Wangen, sie schimmern im trüben Licht der letzten Glut. Dann bricht Airé zusammen wie eine Paradiesvogelblume nach der letzten Blüte. Aber sie hatte gar nicht die Möglichkeit, jemals aufzublühen.

Die Trauer in meiner Brust droht mich zu ersticken. »Es tut mir so leid«, flüstere ich bestimmt zum hundertsten Mal. »Ich wünschte, ich könnte es rückgängig machen.«

Aber noch während ich es ausspreche, wird mir klar, dass ich lüge. Ich will es nicht rückgängig machen. Was auch immer passiert, Broskrap hatte den Tod verdient. Ich wünschte nur, ich hätte ihn länger leiden lassen.

Bronaugh schöpft Suppe in unsere Holzschalen. Keinem von uns ist der Gedanke gekommen, uns für dieses Abendessen zusätzliche Zutaten zu besorgen, obwohl doch nun niemand mehr da ist, der uns dafür verprügelt hätte. Die erste Schale will Bronaugh an Airé weiterreichen, aber die ignoriert sie und legt sich wortlos ans Feuer.

Bronaugh seufzt schwer und wirft mir einen resignierten Blick zu, in dem auch eine gehörige Portion Angst liegt. Als sie mir die volle Schale entgegenstreckt, nehme ich sie und lege meine Finger darum; die Wärme der Suppe soll mir vor allem Trost spenden. Dann setzen wir uns auf unsere üblichen Plätze am Feuer.

»Wisst ihr, was mit den Leibeigenen eines Mannes passiert, wenn er stirbt?«, fragt Airé irgendwann. Sie starrt mit leerem Blick in die Flammen. »Manchmal werden sie mit ihm begraben. Lebendig. Damit er sie mitnehmen kann in sein nächstes Leben.«

Drückende Stille senkt sich über den Raum.

Vorsichtig schaue ich zu Bronaugh hinüber, die ihre Suppe ebenfalls nicht anrührt, sondern die Schale nur an die Brust drückt. »Komm schon, Airé«, sagt sie sanft. »Wir wissen doch gar nicht, ob …«

Plötzlich fliegt die Tür auf. Mit der kalten Luft dringt eine vertraute, raue Stimme zu uns herein.

»Yafeu.«

Erschrocken lasse ich meine Suppenschale fallen und springe auf. In der offenen Tür ragt eine bedrohliche Silhouette auf. Unwillkürlich muss ich an Sasabonsum denken, einen Walddämon, von dem uns Mama erzählt hat, als wir noch klein waren. Er hatte langes dunkles Haar und nadelspitze Zähne, mit denen er seinen menschlichen Opfern das Fleisch von den Knochen nagt.

»Alvtir.« Ich fange an zu zittern. Was will sie hier?

Mit großen Schritten betritt sie die Scheune, die Tür lässt sie offen. »Komm mit«, befiehlt sie knapp. Hinter dem Vorhang aus dunklen Haaren blitzt ein verschlagenes Grinsen auf.

Sie weiß es. Irgendwie hat sie herausgefunden, was ich mit Broskrap gemacht habe.

Wieder senkt sich Stille über den Raum. Ich suche in Alvtirs Nyama nach einem Fünkchen Mitgefühl, doch ich finde nichts.

Dann soll es wohl so sein.

Als ich mich zu Bronaugh umdrehe und sie umarme, zittere ich nicht mehr. »Möge Gott dich behüten«, flüstert sie mir ins Ohr. Dann drückt sie mich noch einmal fest, bevor sie mich loslässt.

Ich hebe meinen Pelzmantel vom Boden auf und wende mich der Frau zu, die ihn mir geschenkt hat. Die deutet mit dem Kopf Richtung Tür.

Mein letzter Blick gilt Airé: Sie hat die Zähne zusammengebissen, ihr Blick ist unergründlich.

Dann folge ich Alvtir hinaus, um meinem Tod entgegenzugehen.

Eine ganze Weile gehen wir schweigend nebeneinander her, über denselben unbefestigten Weg, den sie mich zwei Monde zuvor hinaufgeführt hat. Aber diesmal wandern wir bergab, weg von den Höfen. Der orange-blaue Himmel taucht die Gerstenfelder in ein unheimliches Licht; fast scheint es, als würden sie brennen. Erinnerungen an mein brennendes Heimatdorf steigen in mir auf, an die grell zuckenden Flammen vor dem schwarzen Nachthimmel.

Als sich der Weg am Ortseingang von Skíringssal verbreitert, beschleunigt Alvtir ihre Schritte. Ich kann im Halbdunkel gerade noch die strohgedeckten Dächer der Langhäuser erkennen; wie eine Herde Nilpferde drängen sie sich zusammen. Doch dann biegt Alvtir plötzlich nach Osten ab, sodass wir außen um die Stadt herumgehen. Wir steigen den Hügel am Hafen hinauf und erreichen auf halber Höhe einen schmalen, steilen Pfad, der bis zum Gipfel hinaufführt.

Bringt sie mich zu diesem Lagerhaus oben auf dem Hügel? Verwirrt will ich sie danach fragen.

Doch Alvtir scheint meine Gedanken gelesen zu haben, denn plötzlich sagt sie: »Der König will dich sehen.«

»König?« Dieses Wort ist mir fremd.

»Häuptling. Anführer. Herrscher.«

Wieder einmal bohrt sich die Furcht wie eine Klinge in mein Herz. Oben auf dem Hügel erwartet uns ein mächtiges Gebäude, weitaus größer als alle anderen Häuser, die ich bisher in Skíringssal gesehen habe. Es beansprucht fast die gesamte Hügelkuppe für sich. Vor der Tür stehen zwei Wachen, und vor ihnen wiederum ragt ein mächtiger Stein aus der Erde, in den seltsame Zeichen eingemeißelt sind. Ich frage mich, ob das eine Art Schrift sein soll. Was sie auch sein mögen, sie machen auf jeden Fall deutlich, dass dieser Ort von besonderer Bedeutung ist.

Die hölzernen Wände ragen hoch über mir auf, sie sind mindestens dreimal so groß wie ich. Mit einem abschätzenden Blick versuche ich die Gesamtgröße zu erfassen; in diesem Haus hätte ein ganzes Getreidefeld Platz. Vergleicht man es mit dem Heim des Ghānas ist es allerdings kaum mehr als ein Stall. Aber die Majūs sind ja auch ein grobschlächtiges Volk, ihr Herrscher wäre vermutlich überglücklich, wenn er in einem der goldenen Ställe des Ghānas wohnen dürfte.

Alvtir nickt den beiden Wachen zu und sie lassen uns durch. Als wir uns der mächtigen Tür nähern, sehe ich, dass auch hier diese merkwürdigen Zeichen eingelassen sind, verziert mit ineinander verflochtenen goldenen Linien. Es ist ein recht einfaches Muster, das eine tiefere Bedeutung haben muss, die sich mir jedoch nicht erschließt. Aber wie auch schon bei dem Stein spüre ich die Kraft dahinter.

Ich sehe zu Alvtir hinüber und versuche, ihre stoische Miene zu lesen. Wird man mich verurteilen? Wird mich dieser König ins Gefängnis werfen? Oder wird er gleich meine Hinrichtung anordnen?

»Du wirst von jetzt an Prinzessin Freydis dienen«, klärt mich Alvtir unvermittelt auf.

Einer Prinzessin dienen? Ich bekomme eine neue Herrin? Soll das meine Strafe sein?

Bedeutet das etwa, dass sie mich nicht töten werden?

Doch bevor ich meine Fragen loswerden kann, stemmt sich Alvtir gegen die schweren Türen und schiebt sie auf.

Unsicher stoße ich den Atem aus. Ich spüre, wie sich Furcht und Verwirrung zu einem drückenden Knoten verdichten, während ich ihr hinein folge.

Das Innere des riesigen Hauses überrascht mich. Anstelle der vielen einzelnen Kammern, die ich erwartet habe, gibt es hier nur einen einzigen, riesigen Raum, der von mehreren Pfeilern gestützt wird. Es erinnert mich ein wenig an die Festsäle, die ich einmal in Koumbi Saleh gesehen habe, allerdings wird dieser hier nur von Kerzen erleuchtet und hat deshalb viele dunkle Ecken. Vor uns reihen sich lange Tische und Bänke aneinander, an denen mindestens die Hälfte der Stadtbewohner Platz finden könnte. Am gegenüberliegenden Ende des Saals befindet sich eine Empore, auf der ein wuchtiger Holzstuhl steht. Ein Thron. Hier hält der König vermutlich die Feste für sein Volk ab.

Im Moment ist die Halle fast leer; ganz hinten an einem Tisch sind drei Plätze besetzt, ich entdecke zwei weitere Wachen, und eine Handvoll Diener steht bereit. Die bunte Kleidung der drei am Tisch verrät mir, dass es sich bei ihnen um die Adeligen handeln muss, deretwegen wir hier sind. Selbst auf diese Entfernung spüre ich ihre neugierigen Blicke.

Ein streng wirkender Mann führt das Trio an: der König.

Je näher wir kommen, desto deutlicher kann ich sein Gesicht erkennen. Entweder ist er schon recht betagt oder aber er ist schlecht gealtert. Seine goldenen Armreifen funkeln im Licht des riesigen Kaminfeuers. Der Schmuck wirkt zu schwer für seine knochigen Arme. Der Blick seiner glanzlosen Augen ist starr und löst eine nagende Unruhe in mir aus. Irgendetwas ist falsch an seinem Nyama, als wäre er von einer Krankheit befallen, die ich nicht benennen kann.

Rechts von ihm sitzt eine überreich geschmückte Frau mit strohfarbenem Haar, das in schweren Zöpfen um ihren Kopf gelegt ist. An dem Mädchen neben ihr zeigt sich, wie die Frau wohl ausgesehen hat, als sie in meinem Alter war. Allerdings fällt ihm das goldblonde Haar offen über die Schultern. Der abfällige Blick der Frau verrät mir – zusammen mit dem funkelnden Schmuck an ihrer Brust und dem weißen Pelz, der ihre Schultern ziert –, dass sie wohl die Königin ist. Dann muss das Mädchen neben ihr die Prinzessin sein. Prinzessin Freydis, hat Alvtir gesagt.

Auf mich wirkt sie allerdings gar nicht wie eine Prinzessin. Während ihre Mutter hoch aufgerichtet und ruhig am Tisch sitzt, erhaben das Kinn reckt und eine herablassende Miene zur Schau trägt, hockt die Prinzessin zusammengekauert auf der Bank und rutscht immer wieder nervös hin und her. Ihr Nyama wabert unruhig und wirkt irgendwie ausgefranst. Automatisch schiebe ich mich näher an Alvtir heran. Meine Andersartigkeit, meine Fremdheit ist mir plötzlich überdeutlich bewusst; wie damals, als ich auf ihrem Schiff aus der Bewusstlosigkeit erwachte.

Alvtir hat es nicht eilig, mich zu dem Tisch zu bringen, so kann ich mich ein wenig in der Halle umsehen. Die Wände sind mit hängenden Teppichen bedeckt, auf denen überwiegend kriegerische Szenen abgebildet sind. Selbst die Stützpfeiler sind mit Schnitzereien von Kriegern verziert. Ganz hinten an der Wand hängt ein Schild, der genauso aussieht wie jener, den die Krieger beim Kampf in Anfa getragen haben: gelb mit zwei schwarzen Vögeln.

Die gesamte Halle ist dem Krieg gewidmet.

Schließlich erreichen wir den Tisch und bleiben stehen. Der Duft von Essen weht über mich hinweg, so reichhaltig und vielfältig, dass mir beinahe schlecht wird vor Hunger. Alvtir breitet zum Gruß die muskulösen Arme aus, sodass ich zum ersten Mal die weichen schwarzen Lederschoner bemerke, die mit roter Sehne an ihren Handgelenken festgeschnürt sind. »Meine geliebte Familie«, verkündet sie mit einem hintergründigen Lächeln.

Familie.

Sie ist eine von ihnen.

Eine Adelige.

Glühend heißer Zorn flammt in mir auf.

Wie konnte ich mich bei unserer Begegnung in Anfa nur so in Alvtir täuschen?

»Die ist ja so schwarz wie ein Dunkelelf.« Der König mustert mich von Kopf bis Fuß, fast wie der Mann, der mich bei der Auktion ersteigern wollte. »Bist du sicher, dass du sie nicht aus Svartalfheim geholt hast?«

Krampfhaft balle ich die Fäuste und verdränge die Erinnerung, bevor ich noch etwas tue, das ich bereuen würde. *Du musst einen kühlen Kopf bewahren*, ermahne ich mich. *Du hast es bis hierhin geschafft, jetzt sorg dafür, dass du am Leben bleibst.*

Also atme ich tief durch und recke das Kinn. Ohne den König weiter zu beachten, konzentriere ich mich ganz auf die Prinzessin. Ihr rundes Gesicht, das an ein Vögelchen erinnert, beginnt zu zucken, als ich ihr in die Augen sehe. Sie spielt nervös an ihren Fingern herum und weicht meinem Blick aus, indem sie zu ihrem Vater hinübersieht. Der Gedanke, was sie von mir halten muss, macht mich wütend: Sie in ihrem feinen Leinenunterkleid mit schwerem rotem Brokat darüber, ich in meinem einfachen Sklavenkittel mit Schürze. Ihre Haut weißer als der Stoßzahn eines Elefanten, meine dunkel wie die Rinde des Marula-Baums.

»Das ist das Mädchen, das ich meinte«, beginnt Alvtir. »Ihr Name ist Yafeu.«

»Kann es sprechen?«, fragt die Königin.

»Ich kann durchaus sprechen.« Wie Gift spucke ich die Worte aus. Die Königin zieht missbilligend eine Augenbraue hoch, während Alvtir leise lacht.

»Sie hat unsere Sprache gelernt, mehr allerdings nicht. Broskrap meint, auf den Feldern sei sie zu nichts zu gebrauchen.«

Ich werfe Alvtir einen kurzen Seitenblick zu. Das hat Broskrap ganz bestimmt nicht gesagt. Ich weiß, dass ich nicht nutzlos war – schon gar nicht im Vergleich zu seinen anderen Leibeigenen.

Warum lügt sie? Was spielt sie hier für ein Spiel?

Mit undurchdringlicher Miene fährt sie fort: »Seiner Meinung nach ist sie besser für Frauenarbeiten geeignet. Bei ihm besteht da natürlich kein Bedarf, aber sie wäre bestimmt eine gute Magd für Freydis.«

Jetzt muss ich mir ein höhnisches Schnauben verkneifen. Frauenarbeit? Dafür bin ich nun wirklich am allerwenigsten geeignet. Gleichzeitig flammt aber auch ein winziger Funken Hoffnung in meiner Brust auf. Sicherlich hat sie ihre Gründe, wenn sie mich bei der königlichen Familie unterbringt – *ihrer* Familie.

Der König hat anscheinend bereits das Interesse an mir verloren, denn er zieht ein Trinkhorn aus einem Loch in der Tischplatte und streckt es fordernd aus. Sofort tritt einer der Leibeigenen, die hinter ihm bereitstehen, vor und gießt eine goldbraune Flüssigkeit hinein. Der Junge scheint ein paar Jahre jünger zu sein als ich.

»Ist das alles, Schwester?«, erkundigt er sich, bevor er einen kräftigen Schluck nimmt.

Schwester.

Alvtir bekommt keine Gelegenheit mehr, ihm zu antworten, denn im nächsten Moment springt der König auf und spuckt alles, was in seinem Mund ist, über den Jungen, der ihm eingeschenkt hat. Instinktiv weiche ich einen Schritt zurück. Selbst die Prinzessin und die Königin zucken erschrocken zusammen.

»Was soll das sein, Werian? Ist das etwa Broskraps Gerstenwein?« Sein Gesicht ist hochrot angelaufen und vollkommen verzerrt vor Wut. Nun schüttet er dem zitternden Jungen auch noch den Rest aus seinem Horn ins Gesicht.

Alvtir bleibt völlig unbeeindruckt, sie zwinkert mir sogar zu – ganz kurz nur, es ist schneller vorbei als einer von Sogbos Blitzen.

Habe ich mir das vielleicht nur eingebildet?

Was im Namen aller Götter geht hier vor?

»Bring mir gefälligst richtiges Bier, du hirnverbrannter Vollidiot!«

»J-ja, Herr.« Der arme Sklavenjunge hetzt an uns vorbei und verschwindet durch die Tür nach draußen.

Völlig verkrampft und ratlos stehe ich da.

Alvtir räuspert sich dezent. »Ich werde dann jetzt gehen, Bruder, zu Hause wartet mein Essen auf mich.«

Der König entlässt sie mit einer knappen Geste, dann wendet er sich wieder seiner Mahlzeit zu. Während er das Essen in sich reinstopft, ist seine Miene wieder so ausdruckslos wie zuvor, als wäre dieser Wutausbruch nie geschehen. Mit einem gewissen Widerwillen greift auch die Königin wieder zum Löffel.

Alvtir geht zur Tür, sie lässt mich kommentarlos zurück. Hilflos drehe ich mich um und blicke ihr nach.

»Vielen Dank, Tante Alvtir!«, ruft Freydis ihr noch hinterher. Beim Klang ihrer Stimme zucke ich unwillkürlich zusammen. Ihr Dank scheint so leichtfertig und oberflächlich, als wäre ich irgendein Tand, den Alvtir ihr geschenkt hat.

Nun erhebt sich Freydis und kommt zu mir herüber. Schon ihr schüchternes Lächeln löst puren Hass in mir aus. Ihr rundes, kindliches Gesicht zeigt mir, dass sie in ihrem ganzen Leben noch keine Mahlzeit auslassen musste. Die hellgelben Brauen rahmen moosgrüne Augen ein, in denen die reinste Unschuld leuchtet. Die Art von Unschuld, die ich sofort erkenne, da ich sie schon vor langer Zeit verloren habe.

»Komm, ich zeige dir, wo du schlafen wirst!« Sie hüpft beinahe vor Freude. Widerwillig folge ich ihr durch eine Hintertür nach draußen.

Dort werden wir vom Zirpen der Insekten begrüßt. Mawu steht als schmale Sichel am Himmel. Meine Augen gewöhnen sich nur langsam an die Dunkelheit, während Freydis mich zu einigen Gebäuden führt, die auf der anderen Seite der Hügelkuppe aufragen.

»Beim nächsten Mal solltest du eine Fackel aus der Halle mitnehmen … als Licht. Eine Fackel. Feuer.« Freydis spricht langsam und überdeutlich, als wäre ich geistig beschränkt. Als wäre ich nicht schon seit zwei Monden dazu gezwungen, ihre aalglatte Sprache zu sprechen.

»Gibt es denn überhaupt noch brennende Fackeln da drin oder hat dein Vater sie alle ausgespuckt?«

Zu meiner großen Überraschung beginnt Freydis zu lachen. Dann aber schlägt sie hastig die Hand vor den Mund, als wäre ihr das schrille Kichern unbeabsichtigt herausgerutscht. »Du darfst dem König gegenüber nicht respektlos sein.«

Stille breitet sich aus wie Sirup. Freydis lässt sich einen Schritt zurückfallen, sodass wir nun Seite an Seite gehen. »Wie war noch gleich dein Name?«, fragt sie schließlich. »Yafu? Sage ich das so richtig?« Nein, sie verhunzt es genau wie Alvtir beim ersten Mal.

»*Yafeu*«, presse ich zähneknirschend hervor.

»*Ya-fe-u*«, spricht sie jede Silbe einzeln nach. »Tut mir leid. Ich verspreche, künftig daran zu arbeiten.«

Es klingt so, als wäre ihre Reue echt; für einen Moment tut es mir beinahe leid, so grob gewesen zu sein.

Doch dann höre ich plötzlich wieder Mamas Schrei, als die Sklavenhändler sie zu Boden rissen. Höre das Weinen von Kamo und Goleh irgendwo in den Rauchwolken. Sehe, wie Ampahs schlaffer Körper durch den Sand geschleift wird. Spüre, wie mein eigener, ausgetrockneter Körper hilflos zusammenbrach, als sich das Messer des Kaufmanns in meine Schulter bohrte. Die warmen Blutstropfen auf meiner Haut, als Alvtirs Schwert seinen Schädel spaltete. *Tante* Alvtir. Ja, ich erinnere mich sehr genau daran, wie *Tante* Alvtir mich gerettet hat, nur um mich selbst zu einer Sklavin zu machen, sobald wir in diesem kalten grauen Land ankamen. Diese Prinzessin ist meine

Herrin, so wie Broskrap es vor ihr war. Bei diesem Gedanken löst sich jede Rücksichtnahme ihr gegenüber in Luft auf.

»Mein Name ist …«

»Freydis«, unterbreche ich sie. »Ich weiß.«

Wir haben einen windschiefen Schuppen erreicht, der direkt neben einem ansehnlichen Langhaus steht. So wie er aussieht, dient er wohl als Unterkunft für die Leibeigenen. Aber wenigstens riecht es nicht nach Tieren.

»Hast du heute noch eine Arbeit für mich oder kann ich jetzt schlafen gehen?«, frage ich ausdruckslos.

Als sie verwirrt den Kopf neigt, sieht sie wieder aus wie ein Vögelchen. »Das … so ist das bei Mutter und Helge aber nicht«, stammelt sie, dann greift sie vorsichtig nach meiner Hand. Es kostet mich all meine Kraft, sie ihr nicht zu entreißen und sie zu schlagen. Stattdessen lasse ich meinen Arm vollkommen schlaff hängen. Offenbar hält sie meine Zurückhaltung für Zustimmung, denn ihre Miene hellt sich schlagartig auf. »Du bist zwar meine persönliche Magd, aber ich möchte vor allem, dass wir Freundinnen werden.«

Ein merkwürdiges Gefühl steigt in mir auf. Ich kann nicht anders, ich muss lachen. Sofort lässt Freydis meine Hand los, und wenig später falle ich auf die Knie und stütze mich mit beiden Händen auf dem Boden ab, hilflos vor Lachen. Meine Bauchmuskeln schmerzen, Tränen steigen mir in die Augen.

»Freundinnen!«, stoße ich zwischen zwei Lachkrämpfen hervor. »Freundinnen!« Die Mischung aus Besorgnis und Verwirrung, die sich auf ihrem Gesicht abzeichnet, erfüllt mich mit morbider Freude, was mich nur noch heftiger lachen lässt.

Irgendwann ist es vorbei. Ich wische mir die Tränen ab und atme ein paarmal tief durch. Völlig erschöpft frage ich sie noch einmal: »Darf ich schlafen gehen?«

Wortlos öffnet Freydis die Tür und zeigt in den dunklen Raum hinein. Zögernd betrete ich den Schuppen. Das Feuer ist so gut wie erloschen, im Schein der letzten Glut kann ich mit Mühe einen kleinen, schlichten Raum erkennen. An den beiden längeren Wänden stehen Bänke. Auf der, die weiter vom Eingang entfernt ist, regt sich etwas.

Das verhärmte Gesicht einer alten Frau späht unter einer Pelzdecke hervor. Die Falten auf ihrer Stirn vertiefen sich noch, als sie Freydis einen finsteren Blick zuwirft. »Was ist?«, zischt sie.

»Entschuldige, Helge«, sagt Freydis schnell. »Ich zeige Yafeu nur, wo sie schlafen wird.«

Entschuldige? Sie entschuldigt sich bei einer Leibeigenen?

»Du teilst dir diese Unterkunft mit Helge«, wendet sie sich nun an mich. »Mutter hat dir von ihr ein Bett herrichten lassen.«

Ein Bett. Wie lange ist es her, dass ich in einem Bett geschlafen habe? Während ich benommen nicke, wandert mein Blick von der mit Pelzen bedeckten Bank zu dem Holzzuber in der Ecke. Ich zeige auf die Wanne. »Ist das zum Baden?« Die Aussicht auf einen solchen Luxus lässt mein Herz höherschlagen.

»Ja. Draußen gibt es einen Brunnen. Du kannst das Wasser über dem Feuer erhitzen und dann in den Zuber geben.«

Voller Vorfreude sage ich: »Ich würde das morgen früh gern benutzen.« Schon jetzt glaube ich, das herrlich warme Wasser auf meiner Haut zu spüren.

Freydis' Augen werden groß, und sie sieht mir für einen kurzen Moment ins Gesicht, bevor sie den Blick über meinen Körper gleiten lässt. »Das wäre wohl gut. Du gehörst jetzt dem Haushalt des Königs an, da musst du vorzeigbar aussehen.« Plötzlich schlägt sie einen ganz anderen Ton an, kühl und erhaben. Die aufgesetzte Freundlichkeit ist verschwunden.

Auch gut. Mir ist es sowieso lieber, wenn sie mir nichts vormacht.

»Ich hole dich dann morgen früh ab.« Damit geht sie.

»Wage es nicht, auch nur daran zu *denken*, meinen Badezuber zu benutzen«, zischt Helge, sobald die Tür hinter Freydis zugefallen ist. »Von deiner dreckigen Haut wird bestimmt das Holz ganz schwarz.«

Ihre boshaften Worte treffen mich wie ein Schlag in die Magengrube. Mühsam hole ich Luft. Ihr Hass ist beinahe greifbar, als sie sich nun wieder zur Wand rollt.

Helge und ich werden wohl auch keine Freunde werden.

Schnell krieche ich in das freie Bett und stelle überrascht fest, dass die Bank unter den Pelzen mit Leder gepolstert ist. Es gibt sogar ein mit Stroh gefülltes Kissen. Mit einem tiefen Seufzer versuche ich, diesen neuen Komfort zu genießen. Doch während ich auf dem Rücken liege und den einen Stern anstarre, den ich durch das Rauchabzugsloch in der Mitte des Daches sehen kann, beschleicht mich ein merkwürdiges Gefühl, das ich nicht benennen kann. Es ist nicht ganz Reue, nicht ganz Kummer, aber beiden nicht unähnlich.

Broskraps Gesicht will einfach nicht aus meinem Kopf verschwinden. Diese Mischung aus Entsetzen und Wut. Wie ihm die Zunge aus dem Mund hing. Und das viele Blut.

Ich habe auch früher schon getötet, ich habe unzähligen Tieren das Leben genommen. Aber niemals einem Menschen. Dabei wollte ich es. Diesen Kaufmann in Anfa hätte ich sofort getötet, wenn ich die Gelegenheit dazu gehabt hätte, und auch die Sklavenhändler. Hätte Alvtir mich in ihre Armee aufgenommen, hätte ich in der Schlacht unweigerlich töten müssen oder wäre bei dem Versuch gestorben.

Woher kommt also nun dieses Gefühl? Ich bin fest davon überzeugt, dass Broskrap es verdient hatte. Trotz allem, was Airé hinterher sagte, hätte ich niemals tatenlos mitansehen können, wie er sie vergewaltigt. Er hat sich verhalten wie ein Tier, also habe ich ihn abgeschlachtet wie ein Tier.

Aber keine diese Überlegungen verschafft mir Erleichterung. Das merkwürdige Gefühl bleibt. Es schafft eine kalte, drückende Leere in mir, als wäre es von innen mit meiner Haut verwachsen.

Zitternd taste ich nach dem Amulett an meinem Hals. Während ich die vertrauten Kerben nachfahre, höre ich Mamas ruhige, sanfte Stimme: *Als du noch klein warst, war es meine Aufgabe, dir das richtige Gleichgewicht nahezubringen. Dich Zurückhaltung zu lehren. Aber nun bist du eine Frau, und du musst selbst entscheiden, wer du sein möchtest.*

Ach, Mama, ich habe dich enttäuscht. Das hier kann nicht das großartige Schicksal sein, das du für mich vorhergesehen hast. Ich habe wieder einmal gehandelt, ohne nachzudenken, und nun kann ich es nicht mehr rückgängig machen. Airé und Bronaugh sind ohne mich besser dran. Und Broskraps Söhne … Broskraps Söhne sind nun Waisen. Nur meinetwegen.

Ich weiß nicht, wie lange ich dort liege, bis der Schlaf mich endlich zu sich holt und ich mich bereitwillig in seine Arme fallen lasse.

Mit schmalen Augen fixiere ich die Gestalt, die auf zwei Beinen durch den Wald jagt. Mawus sanftes Licht strömt zwischen den dichten Ästen hindurch und scheint hinter der Gestalt eine Schneise durch den Wald zu ziehen. Mir wird bewusst, dass ich die Verfolgung aufgenommen habe. Meine Pfoten treffen paarweise auf dem staubigen Boden auf, vorne und hinten, vorne und hinten. Der Wind streicht durch mein Fell. Ich komme näher, immer näher …

Auf diese Weise ist die Jagd viel einfacher. Bald werde ich ihn überholen, es kann nur noch wenige Momente dauern, ich habe ihn fast erreicht. Aber ich habe Schmerzen. Eigentlich spüre ich es nicht, aber irgendwie weiß ich, dass ich verletzt bin. Schwer verletzt. Ich blicke hinunter auf meine Schulter. Mein dunkelgrauer Pelz ist mit Blut verklebt, es läuft aus zwei Stichwunden meinen Körper hinunter.

Egal. Jetzt kriege ich ihn. Ich stoße mich genau in dem Moment mit den Hinterbeinen ab, als sich die Gestalt umdreht und ein Messer nach mir wirft. Ich kenne dieses dünne, viel zu helle Haar, die rosige Haut, die faltige Stirn – es ist Broskrap.

Das Messer bohrt sich in meinen Hals, ich breche kraftlos zusammen. Kann mich nicht mehr rühren. Aus dem Augenwinkel sehe ich, wie Broskrap auf mich zu wankt. Mawus feine Strahlen fallen auf sein Gesicht, doch gleichzeitig breitet sich Schwärze vor meinen Augen aus, hüllt ihn ein. Ich weiß, dass ich sterben werde.

Ich spüre, wie er neben mir auf die Knie fällt, und als sich der dunkle Schleier hebt, ist es nicht mehr Broskrap – es ist mein eigenes Gesicht, das auf mich herabblickt.

Merkwürdig, mich selbst so zu sehen. Wie eine Spiegelung in einem stillen Teich. Der breite Mund mit den vollen Lippen erinnert mich an

Mama. Er wirkt ernst. Den kräftigen Kiefer und die langen Wimpern habe ich von Papa geerbt. Meine dunkelbraune Hand hebt sich und berührt meine blutige Schnauze.

Plötzlich blicke ich wieder durch meine Augen und sehe den sterbenden Wolf vor mir. Aber es ist gar kein Wolf mehr, es ist Alvtir. Nein, es ist Alvtirs Kopf mit dem Körper eines Wolfs. Das leuchtend rote Blut an ihren Lippen zeichnet sich grell vor ihrer knochenbleichen Haut ab. Angewidert und zugleich fasziniert, weiche ich vor ihr zurück. Ich kann den Blick einfach nicht abwenden.

Keuchend holt sie Luft. »Lang lebe die Schwarze Königin«, stößt sie mühsam hervor. Dann lächelt sie, entblößt ihre blutverschmierten Fangzähne und nackte Panik steigt in mir auf …

Mit einem Ruck setze ich mich auf. Die Furcht drückt wie ein schwerer Klumpen in meinen Bauch. Der Raum um mich herum ist mir fremd; es dauert einen Moment, bis mir einfällt, wo ich bin. Während ich mir den kalten Schweiß von der Stirn wische, spähe ich vorsichtig zu Helges Bettstatt hinüber. Ihre Brust hebt sich langsam, sie schläft also tief und fest.

Es war nur ein Traum.

Ich amte erleichtert auf, bevor ich mich wieder hinlege.

18 FREYDIS

Im Laufe des kommenden Mondes versuche ich alles mir Mögliche, um Yafeu aus ihrem Schneckenhaus zu locken. Aber nichts von dem, was ich sage oder tue, scheint Wirkung zu zeigen. Wenn ich ihr persönliche Fragen stelle, bekomme ich nur vage, knappe Antworten. Wenn ich ihr anbiete, ihr bei der Arbeit zu helfen, erledigt sie ihre Aufgaben nur umso schneller, um sich meiner Gesellschaft entziehen zu können. Ich habe ihr sogar ein Kleid und ein Unterkleid von mir gegeben, damit sie nicht länger diese kratzige Schürze tragen muss, doch sie hielt die Sachen mit spitzen Fingern von sich und rümpfte die Nase, als würde meine Kleidung stinken wie alter Fisch. Sie ist genau wie Freyr vor seiner Vermählung mit Gerda, immer schlecht gelaunt und grübelnd. Mein einziger Trost ist die Tatsache, dass sie offenbar generell keine Gesellschaft mag, denn sie hält sich auch von den anderen Leibeigenen fern – und die von ihr.

Dabei sollte man meinen, dass sie dankbar dafür ist, nicht das harte Leben eines Feldarbeiters fristen zu müssen! Allerdings war Tante Alvtirs Einschätzung, Yafeu sei für Frauenarbeit besser geeignet, etwas … nun ja, mir kommt es nicht so vor, als hätte Yafeu sich schon jemals mit den Aufgaben einer Frau beschäftigt. Gartenpflege und Wolle spinnen, das kann sie einigermaßen, aber feinere Arbeiten wie Nähen und Weben erfordern ein Maß an Geduld, das ihr offenbar fehlt.

Vermutlich ist dort, wo sie herkommt, alles anders. Man erzählt sich ja, in Afrika gäbe es riesige Monster, Feuer speiende Drachen und Tiere, die größer sind als zwanzig Männer. Ich habe Yafeu einmal danach gefragt, aber sie hat mich wieder einmal nur ausgelacht.

Das scheinen sowieso die einzigen Reaktionen zu sein, die ich ihr entlocken kann: Belustigung und Abscheu. So viel zu meinem Wunsch nach einer Freundin und Vertrauten, wie Mutter sie in Helge hat.

Momentan kann ich mich nur auf meine Hochzeit im Frühling freuen, aber jedes Mal, wenn ich an König Hakon denke, bekomme ich Panik. Also bleibt mir nichts anderes übrig, als mich voll und ganz auf mein Tagwerk zu konzentrieren und so wenig wie möglich über das Schicksal nachzudenken, das die Nornen für mich gewebt haben. Doch wenn ich nachts wach liege und mich einfach nur schrecklich einsam fühle, zerbreche ich mir unweigerlich den Kopf darüber, wie es wohl aussehen mag.

Yafeu und ich haben an diesem Nachmittag unsere Arbeit mit nach draußen genommen. Wir sitzen barfuß auf einer Decke im Küchengarten und genießen das ungewöhnlich warme Wetter. Oder zumindest ich genieße es. Die Kräuter- und Gemüsebeete sind größtenteils abgeerntet, aber am Rand des Gartens stehen die Flammenblumen in voller Blüte und tränken die Luft mit ihrem sanften Aroma. Das Vogelgezwitscher ringsum füllt die Stille, die sich wie so oft zwischen uns ausgebreitet hat.

Wir arbeiten an einem kleinen, rechteckigen Wandteppich, den ich mit nach Trøndelag nehmen will, um ihn dort in meinem eigenen Langhaus aufzuhängen. Ich ergänze die dargestellte Szene mit einem Muster, während Yafeu auf meinem Ersatzwebrahmen missmutig die rauen Wollfäden anschlägt, die ich für die Verbrämung brauche. Sie hat die Beine vor sich ausgestreckt, sitzt aber trotzdem noch aufrecht wie eine Holzplanke. Sie macht *nie* den Rücken krumm. Eigentlich hat sie sowieso eine vollkommen andere Körperhaltung als alle anderen Leibeigenen, die ich kenne. Sie strahlt einfach keinerlei Unterwürfigkeit aus.

Wie immer hat sie ihr dickes dunkles Haar zu zwei straffen Zöpfen geflochten. Ich habe mich schon oft gefragt, wie es wohl aussieht, wenn es offen ist.

Gedankenverloren strecke ich die Hand aus und berühre einen

der Zöpfe. Sofort weicht Yafeu zurück und starrt mich böse an, als hätte ich sie geschlagen.

»Tut mir leid«, sage ich hastig. »Ich … ich wollte nur einmal wissen, wie sich dein Haar anfühlt.«

»Wieso?«

»Weil es so ganz anders ist als meins.«

»Ich bin anders als du.« Vollkommen selbstverständlich sagt sie das.

Bevor mir eine passende Antwort einfällt, öffnet sich mit einem lauten Knarzen das Gartentor. Als ich den Blick hebe, sehe ich Mutter, die direkt auf uns zusteuert. Die goldenen Spangen an ihrem waidblauen Kleid glänzen in der Sonne. Helge läuft wie immer zwei Schritte hinter ihr.

Hastig ziehe ich meine Stiefel an. Mutter wird schimpfen, wenn sie auch nur ein Klümpchen Erde an meinen Füßen entdeckt. *Als Königin kannst du nicht barfuß herumlaufen*, sagt sie immer.

»Mutter«, rufe ich ihr zu, »sieh dir den Wandteppich an, an dem Yafeu und ich gerade arbeiten.« Ich strecke ihr meinen Webrahmen entgegen. »Das ist Odin, wie er Mimir sein Auge opfert, um aus der Quelle der Weisheit trinken zu können.«

»Soll ich das etwa deinem Vater berichten?« Sie bleibt dicht vor uns stehen und stützt eine Hand in ihre schlanke Taille. »Dass du mit deiner Magd im Garten faulenzt, anstatt dir dein Brautkleid zu schneidern?«

Helge sieht zu Yafeu hinüber und schnaubt abfällig, um Mutters Missbilligung zu bekräftigen.

»Aber es dauert noch viele Monde bis zur Hochzeit«, erwidere ich verwirrt. »Ich dachte nicht …«

»Ganz genau: Du denkst nicht. So wie ich dich kenne, wartest du damit bis zum letzten Moment, sodass mir dann keine Zeit mehr bleibt, deine Fehler auszubessern.«

Glühende Hitze steigt in meine Wangen. Eine dumpfe Schwere scheint mein Innerstes zu Boden zu drücken und zieht Brust und Schultern mit sich. Mutter hat recht: Ich habe die Arbeit an dem

Kleid tatsächlich vor mir hergeschoben, auch noch nachdem Vater mir zwei Ellen feinste Seide aus Bolgar gekauft hat. Was albern ist.

Trotzdem wäre es mir lieber, heute keine Schläge zu bekommen, auch wenn ich sie verdient hätte.

»Ich … ich dachte, das wäre ein schönes Hochzeitsgeschenk für König Hakon«, stammele ich deshalb. »Ein Wandteppich als Schmuck für seine Halle.«

»Hakon interessiert sich nicht für *Wandteppiche*, Freydis. Er bekommt schließlich deine Mitgift. *Du* musst nichts anderes tun, als ihm einen Erben zu gebären. Mehr erwartet ein Mann nicht von …« Sie verstummt abrupt, sämtliche Farbe weicht aus ihren Wangen.

»Mutter«, improvisiere ich schnell, »vielleicht liegt es an diesem Kleid oder daran, wie die Sonne auf dich herabscheint, aber du siehst heute einfach wunderschön aus. Natürlich siehst du immer schön aus, es ist nur …«

»Du lässt jetzt diese Albernheiten liegen und machst dich sofort an die Arbeit an deinem Kleid«, faucht sie mich an.

Mutlos blicke ich in ihre braunen Augen. Ich wünschte, ich hätte meine Augenfarbe von ihr geerbt und nicht von Vater. Die braunen und grünen Flecken in ihren Augen verschmelzen miteinander wie das Licht auf dem Boden im Wald. Besucher stellen oft fest, wie ähnlich wir uns sehen, aber ich werde nie auch nur annähernd so schön sein wie sie. »Ja, Mutter. Es tut mir leid. Wir fangen gleich damit an.«

Ich drehe mich zu Yafeu um, die Mutter mit einem merkwürdigen Ausdruck in den Augen mustert. Ihr Blick hat etwas … Unerbittliches an sich. Er macht mich nervös.

Schnell wende ich mich wieder Mutter zu. In ihrem stolzen Gesicht zeichnet sich eine gewisse Verblüffung ab, als könne sie es nicht fassen, dass eine Leibeigene es wagt, sie so anzusehen. Der Augenblick dehnt sich ins Unendliche aus, und ich fürchte schon, sie könnte Yafeu schlagen. Dann aber wendet Mutter sich abrupt ab und geht davon, beide Hände in ihren Rock gekrallt, damit er nicht über den Boden schleift. Helge wirft Yafeu einen angesäuerten Blick zu, dann eilt sie Mutter hinterher.

Mit einem schweren Seufzer mustere ich das halb fertige Stück in meinem Webrahmen. Ich habe es nur bis zu Odins ausgestrecktem Arm geschafft, mit dem er sein Auge darbietet.

»Deine Mutter ist ganz anders als meine«, stellt Yafeu fest.

Überrascht sehe ich sie an. Trotz Mutters klarer Anweisung bearbeitet sie schon wieder ihre Fäden; dabei setzt sie das Schiffchen ein, als wäre es eine Keule. »Was du auch tust, es ist niemals gut genug für sie.«

Ich schlucke schwer und zupfe an der letzten Reihe meiner Webarbeit herum. »Mir kommt es sogar so vor, als gäbe es niemanden, der größeren Unmut in ihr wecken kann als ich«, gestehe ich ihr. »Na ja, außer Tante Alvtir natürlich.«

»Was ist das eigentlich mit Alvtir?« Gespannt wendet Yafeu sich mir zu. »Warum darf sie eine Kriegerin sein? Und wie viele Frauen sind noch wie sie?«

»*Darf* eine Kriegerin sein?« Ich glaube, mich verhört zu haben. »Niemand *will* so sein wie Alvtir.«

»Ich schon.«

Ich spüre regelrecht, wie ich blass werde. »Du weißt nicht, was du da sagst, Yafeu.«

Wortlos verzieht sie das Gesicht. Nun habe ich sie schon wieder enttäuscht und weiß nicht einmal womit.

Sie mustert meinen Webrahmen, lässt den Blick langsam über den halb fertigen Wandteppich gleiten. »Du bist eine Nyamakalaw.«

»Eine was?«

»Eine Erschafferin. Du beherrschst ein Handwerk.«

»Das hier? Ach, damit vertreibe ich mir doch bloß die Zeit.« Ich suche nach Anzeichen von Spott in ihrem Blick, kann aber keine entdecken. Sie scheint es ernst zu meinen.

»Wer ist dieser ›Odin‹?« Ihr langer Zeigefinger tippt auf das Auge in seiner Hand.

»Odin ist der Allvater. Der Oberste aller Götter. Und der Herr von Walhalla.«

»Walhalla?«

»Eine prachtvolle Halle in einer anderen Welt, wo die Geister aller Krieger hingehen, die in der Schlacht gefallen sind. Na ja, eigentlich nur die der besten und edelsten Krieger, sie werden von Odin und den Walküren auserwählt.«

»Walhalla.« Yafeu wiederholt das Wort mit Bedacht, als wolle sie es auf ihrer Zunge spüren. Dann sieht sie mich wieder so merkwürdig an. »Wird Alvtir auch nach Walhalla gehen?«

Verwirrt runzele ich die Stirn. Darüber habe ich nie nachgedacht. Eigentlich denke ich generell nicht viel an Alvtir, von dem einen oder anderen Schaudern einmal abgesehen. Mutter hat mir immer eingeschärft, mich von ihr fernzuhalten, damit der Fluch sich nicht auf mich überträgt. Doch aus irgendeinem Grund scheint sich Yafeu für Alvtir zu interessieren.

Ich werde sie auf jeden Fall vor dem Fluch warnen müssen, aber nicht jetzt. Nicht, wenn wir uns endlich einmal richtig unterhalten. »Ich weiß es nicht«, gebe ich zu. »Ich bin mir nicht sicher, ob Frauen der Zutritt zu Walhalla gewährt wird.«

Das scheint Yafeu wieder aufzuregen. Sie will aufstehen.

»A-aber die Walküren sind ja auch Frauen, also vielleicht doch«, fahre ich hastig fort, um sie bei der Stange zu halten. »Und Odin selbst ist auch ... teilweise weiblich.«

Yafeu hält inne. »Was meinst du damit?«

»Er ist ein *seidr*, ein Zauberer«, erkläre ich ihr. »Und die Zauberkunst wird sonst nur von Frauen betrieben.«

Angestrengt runzelt sie die Stirn. »Also ... herrscht ein weiblich angehauchter Mann über die besten Krieger?«

»Äh, so habe ich das noch nie gesehen.«

Ein Lächeln breitet sich auf ihrem Gesicht aus und lässt Grübchen auf ihren Wangen erscheinen. Dieser Anblick kommt so überraschend, dass ich ihr Lächeln automatisch erwidere. Yafeu beginnt zu lachen und auch in meiner Kehle steigt ein Kichern auf. Wieso ist mir nie bewusst gewesen, wie merkwürdig das ist?

Nachdem unser Lachen verklungen ist, will ich ihr schon von Frigg, Thor und den Zwillingen Freya und Freyr erzählen, aber im letzten

Moment packt mich die Neugier. »Und wie heißt dein mächtigster Gott?«, frage ich sie stattdessen.

»Was meinst du?«

»Der … oberste Gott eben, der über allen anderen steht.«

»Na ja, Nana Buluku ist die Schöpferin, die Urmutter. Aber in meiner Heimat verehren wir vor allem Mawu-Lisa.«

»Mawulisa.« Ich versuche, die fremdartigen Laute zu imitieren. »Und wie ist er so?«

»Mawu-Lisa ist kein Er«, korrigiert mich Yafeu.

Fassungslos starre ich sie an. »Euer mächtigster Gott ist *weiblich*?«

»Nana Buluku ist weiblich, aber Mawu-Lisa ist keins von beidem. Mawu-Lisa ist ein Er und eine Sie. Lisa«, sie deutet zur Sonne hinauf, »ist der männliche Teil. Und Mondgöttin Mawu ist der weibliche. Zusammen bilden sie eine Einheit.« Um das zu veranschaulichen, verschränkt sie ihre Hände miteinander. »Ein Ganzes. Ihre Einheit schuf Ordnung im Universum, und sie brachten die vielen Götter des Himmels, der Erde und des Wassers hervor.«

Niemals zuvor habe ich von einem Wesen gehört, das Mann und Frau zugleich ist. Eine wundersame, fremdartige Vorstellung. »Bei uns ist es ähnlich – na ja, nicht wirklich ähnlich aber … Wir nennen die Sonne Sól, sie ist weiblich. Und Máni ist der Mond, er ist männlich.«

Yafeu nickt nachdenklich. Einen Moment lang sitzen wir schweigend da, bis meine Gedanken widerwillig wieder zu Mutter wandern. Ich stehe auf und klopfe mir den nicht vorhandenen Schmutz vom Kleid. »Wir sollten gehen, bevor Mutter zurückkommt. Sie wird mich umbringen, wenn das Hochzeitskleid nicht bis Skammdegí fertig ist.«

»Skammdegí?« Yafeu steht ebenfalls auf.

»Der kälteste und dunkelste Tag des Jahres.«

Reinste Panik huscht über ihr Gesicht. »Es wird *noch* kälter?«

Ich muss lachen, aber diesmal stimmt sie nicht mit ein. »Gibt es dort, wo du herkommst, denn keinen Winter?«

»Winter?«

Während wir den Garten verlassen und am Kochhaus vorbeigehen, erkläre ich ihr den Wechsel der Jahreszeiten. Das Klappern von

Töpfen und Pfannen und die leisen Stimmen der Leibeigenen verraten mir, dass sie bereits das Abendessen vorbereiten. Anschließend erfahre ich von Yafeu, dass es in ihrer Heimat nur zwei Jahreszeiten gibt: die Zeit mit Regen und die ohne. Und *beide* seien deutlich wärmer als unser Sommer, fügt sie hinzu.

Wir schlendern an der Großen Halle vorbei. »Ich kann mir gar nicht vorstellen, wie das sein muss – ein halbes Jahr ohne einen einzigen Regentropfen. Und das ganze Jahr über Sommer!«

»Ich hätte nie gedacht, dass ich …« Sie verstummt abrupt und bleibt stehen. Es dauert einen Moment, bis ich begreife, dass sie das Gespräch der Wachen belauscht, die hinter der nächsten Ecke stehen. Da die Männer nicht ahnen, dass wir hier sind, sprechen sie laut genug, um sie zu verstehen.

Zunächst höre ich Orm sagen: »Broskrap besucht doch öfter den alten Ødger auf seinem Hof in Nideby. Deshalb gehen sie davon aus, dass er dort ist.«

»Ich weiß, was man sich erzählt, und ich glaube kein einziges Wort davon«, erwidert Gunnar, einer der älteren Wachleute. »Ich war schon in Nideby, Junge. Dort gibt es nichts, was Broskrap nicht auch auf seinem eigenen Hof finden könnte. Es ist viel wahrscheinlicher, dass er sich doch noch totgesoffen hat.«

Yafeu sieht aus, als hätte sie eine Fliege verschluckt. Das verwirrt mich kurz, bis mir wieder einfällt, dass Onkel Broskrap ja ihr ehemaliger Herr ist. Offenbar hat sie noch nicht gehört, dass er vermisst wird.

»Totgesoffen?« Orm schnaubt höhnisch. »Broskrap ist kein Krieger, aber er ist auch kein Weib. Zumindest nicht, wenn es um Bier geht.«

»Wenn ein Mann zu viel trinkt, kommt es leicht zu Unfällen. Und Broskrap trinkt sehr oft zu viel. Oder *hat* zu viel getrunken.«

Als wir um die Ecke biegen, verstummen die beiden sofort. Gunnar nickt höflich, während Orm rot anläuft und sich tief vor mir verbeugt. Ich winke den beiden kurz zu.

Sobald wir außer Hörweite sind, drehe ich mich zu Yafeu um. »Sicher machst du dir Sorgen, weil Broskrap verschwunden ist.«

Sie zuckt kurz zusammen. »Ja.«

Nun schäme ich mich für meine Ich-Bezogenheit. Ich war so versessen darauf, mich mit ihr anzufreunden, dass ich nicht einmal daran gedacht habe, ihr davon zu erzählen. »Bestimmt taucht er bald wieder auf«, versuche ich, sie zu trösten.

Dabei bin ich eigentlich ebenso skeptisch wie Gunnar. Seit der Rückkehr der Hird ist Onkel Broskrap von niemandem mehr gesehen worden. Falls er wirklich aufgebrochen wäre, um einen befreundeten Jarl zu besuchen, hätte bestimmt jemand bemerkt, wie er Skíringssal verließ. Ein Unfall im Suff ist da das wesentlich wahrscheinlichere wenn auch traurigere Szenario. Oder schlimmer noch … Onkel Broskrap war bekannt für seine ungezügelten Gelüste. Vielleicht ein entehrter Ehemann oder eine Frau, der er Unrecht getan hat … Aber nein, ich darf nicht zulassen, dass meine Fantasie mit mir durchgeht. Sicher wird er bald wieder auftauchen, und dann werde ich mich dafür schämen, mich solch wilden Spekulationen hingegeben zu haben.

Ich führe Yafeu zur Rückseite des Langhauses, wo sich die Tür befindet, die direkt zu meinem Zimmer führt. Da vorne keine Wachen stehen, ist Mutter vermutlich bei Vater in der Großen Halle. Trotzdem will ich keine weitere Konfrontation riskieren.

Gerade als ich hineingehen will, dringt ein schriller Schrei durch die Tür.

Furcht packt mich. Ich halte abrupt inne und schaue zu Yafeu hinüber. Als sie meinen Blick bemerkt, nickt sie knapp, um mir zu zeigen, dass sie die Lage erfasst hat.

Ein Eindringling. So stark wie die Bodendielen quietschen, könnten es auch mehrere sein.

Aber wer hat es an Orm, Gunnar und der Wache auf dem Turm vorbeigeschafft? Waren sie alle abgelenkt, oder ist es vielleicht jemand, den sie kennen?

Irgendwoher nehme ich mehr Mut, als ich mir selbst zugetraut habe, denn ich schaffe es, die Tür einen Spalt weit zu öffnen. Angespannt spähen Yafeu und ich durch den schmalen Schlitz.

Das Feuer im Kamin ist erloschen, aber durch den Rauchabzug dringt ausreichend Sonnenlicht, um die beiden Gestalten zu erkennen, die in meinem Zimmer herumtollen: Astrid, die Tochter des Glasbläsers, und ihre Freundin Solvi, eine Weberin.

Als Kinder haben wir oft zusammen gespielt, doch sobald wir alt genug waren, um die Standesunterschiede zwischen uns zu begreifen, wurde alles anders. Seitdem sind sie mir gegenüber förmlich und distanziert. Wenn wir uns auf dem Markt begegnen, tauschen wir zwar noch immer ein paar Klatschgeschichten aus, aber sie haben mich schon seit Jahren nicht mehr besucht.

»Das heißt *Prinzessin* Freydis, Solvi«, flötet Astrid mit unnatürlich hoher Stimme. »Und nun hol mir einen Eimer Wasser, aber frisches aus den Quellen von Himinbjörg, kein Brunnenwasser, das ist nur für ordinäre Milchmädchen!«

Hitze steigt mir in den Kopf, meine Hände fangen an zu zittern.

»Oh, *Prinzessin*, ist Euer Haar deshalb so golden wie das von Sif?«, antwortet Solvi ähnlich schrill.

»Die Göttin *hätte* wohl gern so goldenes Haar wie ich!«

Ich spüre, wie mein gesamter Körper sich anspannt, dann sackt er gedemütigt in sich zusammen. Ohne Yafeu anzusehen versuche ich, mich unbemerkt zurückzuziehen. Sie aber räuspert sich laut und stößt die Tür auf.

Die beiden Mädchen erstarren. Einen qualvollen Moment lang ist alles still.

»Da seid Ihr ja, Prinzessin Freydis«, sagt Astrid schließlich und stupst Solvi mit dem Ellbogen an. Beide verbeugen sich vor mir. »Wir, äh …«

»Wir haben von Eurer Verlobung gehört und wollten Euch gratulieren«, beendet Solvi den Satz.

Ich zwinge mich zu einem Lächeln. »Wie nett von euch.« Doch schon im nächsten Moment ist mein Lächeln wie weggewischt, als ich die viel zu engen Kleider an ihnen bemerke: Eines ist hauchdünn und krapprot, das andere aus dicker gelber Wolle. Da beide Mädchen einen wesentlich volleren Busen haben als ich, sieht es aus, als würden sie gleich den Ausschnitt sprengen. »Sind das etwa meine Kleider?«, platzt es aus mir heraus. Schon im nächsten Moment komme ich mir dumm vor, weil ich gefragt habe.

»Oh, wir ... haben uns nur ein wenig die Zeit vertrieben, während wir gewartet haben.« Nun weiß auch Solvi nicht mehr weiter und wirft Astrid einen verzweifelten Blick zu.

Yafeu blickt immer wieder zwischen den beiden und mir hin und her. Vermutlich versucht sie, aus der Situation schlau zu werden. Inzwischen ist mein Gesicht sicher noch röter als das von Orm.

Wenn sich doch nur ein Loch im Boden auftun und mich verschlingen würde. Dann könnte ich beim verborgenen Volk unter der Erde leben. Dann müsste ich weder Astrid noch Solvi oder Yafeu jemals wiedersehen.

Ich versuche mich an einem unbeschwerten Lachen, es klingt aber eher wie ein Quieken. »Sie stehen euch um einiges besser als mir! Bitte behaltet sie.«

Wenn Mutter herausfindet, dass die Kleider fehlen, werde ich bitter dafür bezahlen. Und wenn Vater es erfährt ... Ich werde so tun müssen, als hätte ich sie zerrissen und die Strafe allein auf mich nehmen. Für so etwas würde er Astrid und Solvi hinrichten lassen. Und vielleicht auch ihre Familien.

Voller Erleichterung lassen die beiden die Schultern hängen. »Danke«, murmelt Astrid und verbeugt sich noch einmal.

»Ihr seid zu freundlich, Prinzessin«, ergänzt Solvi.

»Kommt doch bald mal wieder vorbei, meine Freunde! Dann veranstalten wir eine kleine Feier mit einem Fass Met!«

Ohne ein weiteres Wort zu verlieren, stürzen die beiden hinaus.

Ich gehe in den nun leeren Raum hinein. Tränen brennen in meinen Augen, aber ich blinzele verzweifelt dagegen an.

»Ah, da sind die Sachen ja.« Mit gezwungener Fröhlichkeit suche ich in meinem Nähkorb nach der Seide und den Nadeln. Dann schleudere ich Yafeu die Sachen regelrecht entgegen. »Du kannst schon mal anfangen. Ich komme gleich.« Um ihr unter einem Vorwand den Rücken zukehren zu können, hocke ich mich vor den

Kamin, schiebe die Restglut zu einem Haufen zusammen und stochere sinnlos darin herum.

Bitte, Odin, bitte, Frigg, bitte, ihr Götter, erhört mich. Lasst mich nicht vor Yafeu in Tränen ausbrechen.

YAFEU

Auf dem Boden von Freydis' Zimmer liegt ein silbernes Armband, das eines der Mädchen wohl in der Eile fallen gelassen hat. Ich bücke mich und hebe es auf. Anschließend breite ich die Seide auf dem Nähtisch aus und versuche hinter den Sinn der verschlungenen Zeichen zu kommen, die am Rand aufgestickt sind. Sie erinnern mich an die Symbole, die ich an der Tür zur Großen Halle bemerkt habe, und auch auf dem Stein davor.

Warum war Freydis so nett zu diesen »Freundinnen«? Sie haben sie verspottet, das konnten wir beide sehen, bevor wir hineingingen. Und selbst als sie ihr gegenüberstanden, waren sie nicht wirklich freundlich.

Meine Gedanken wandern zurück zu Masireh und den Jungen in meinem Dorf. Als ich sie dabei ertappt habe, wie sie hinter meinem Rücken über mich lachten, mussten sie dafür bezahlen – mit blauen Flecken und einer gebrochenen Nase.

Doch diese Erinnerung wird durch eine andere verdrängt, die sich vollkommen ungebeten in meinen Kopf schleicht: Masireh hatte einmal einen Hund – ein großes, schmales Tier, das nur aus Haut und Knochen zu bestehen schien. Er und die anderen Jungs nahmen ihn immer mit auf die Jagd. Masireh war extrem grausam zu dem Tier und ließ bei ausbleibendem Jagdglück seinen Frust oft an der armen Kreatur aus. Mehr als einmal sah ich, wie er dem Hund in den Bauch trat, was die anderen Jungs lustig fanden, während es mich mit Entsetzen erfüllte. Im besten Fall schien Masireh das Tier vollkommen egal zu sein. Kein einziges Mal konnte ich ihn dabei beobachten, wie er es streichelte oder hinter den Ohren kraulte.

Und trotzdem folgte der Hund Masireh überall hin, wie ein zweiter Schatten. Egal wie brutal Masireh war, egal wie hart er zuschlug, egal wie lange er das Tier ignorierte, es hielt sich trotzdem immer an seiner Seite und wartete auf Streicheleinheiten, die niemals kamen.

An diesen Hund erinnert mich Freydis.

Als mir das klar wird, schwindet mein Hass auf sie wie die Flut im Morgengrauen. Verstohlen lasse ich das gefundene Armband in meine Tasche gleiten.

Sobald das Feuer wieder brennt, kommt Freydis mit einem Hocker und einem Arm voller Kleidungsstücke zu mir herüber. Sie gibt mir eines der Kleider – »für die Maße« – und nimmt dann mir gegenüber Platz.

Eine Weile stecke ich schweigend die Seide ab. Soll ich nun etwas sagen oder nicht? Eigentlich ist diese Stille eine sehr angenehme Abwechslung zu Freydis' üblichem Geplapper. Doch am Ende siegt mein Mitgefühl. »Wer *waren* diese Mädchen?«, frage ich sie.

Verlegen kratzt sich Freydis an der Wange. »Was meinst du damit? Sie sind meine Freundinnen.«

Für einen kurzen Moment sehen wir uns offen in die Augen. Dann seufzt Freydis schwer und legt die Hände in den Schoß. »Besser falsche Freunde als gar keine Freunde«, flüstert sie.

»Da bin ich mir nicht sicher.« Als sie nichts erwidert, lege ich die Nadeln weg und hole das silberne Armband aus meiner Tasche. »Das sieht ein wenig so aus wie der Schmuck, den meine Mutter früher gemacht hat.« Prüfend halte ich es ins Licht des Feuers. Die Zeichen sind fremdartig, aber in seiner Gesamtheit wirkt es wirklich wie etwas, das von Mama stammen könnte.

Ein schüchternes Lächeln huscht über Freydis' Gesicht. »Das war eines der ersten Stücke, die ich mir selbst gekauft habe. Normalerweise wählt Mutter meinen Schmuck aus, sie traut meinem Geschmack nicht. Aber dieses habe ich selbst ausgesucht, deshalb wird es immer etwas Besonderes für mich sein.« Sie deutet auf die seltsamen Zeichen. »Die nennt man Runen. Diese hier steht für Schutz. Und diese hier«, ihr schlanker Zeigefinger gleitet zu einem anderen

Symbol, »steht für die Verbundenheit mit der Familie, Freunden oder einem anderen geliebten Menschen.«

»Dann bilden sie also eine Art Sprache.«

Freydis lässt die Hand sinken. »Deine Mutter muss wirklich begabt sein, wenn dich dieses Stück an sie erinnert.«

Ich nicke stolz. »Sie hat das hier gemacht.« Vorsichtig ziehe ich meine Kette unter dem Kittel hervor.

Freydis beugt sich vor, um das Amulett genauer betrachten zu können. Anerkennend streicht sie mit dem Daumen über das Gesicht des Wildhundes. »Es ist wunderschön.«

Gedankenverloren mustern wir Mamas Kette, bewundern die filigran eingefangene Wildheit, und ich kehre in meiner Erinnerung zu dem Moment zurück, als ich dem jungen Wildhundweibchen gegenüberstand.

Der Gedanke an die Jagd macht mich wie immer unruhig. Allerdings löst diese Rastlosigkeit diesmal einen Impuls in mir aus – den Wunsch, diesen unerwarteten Moment der Nähe zu Freydis festzuhalten. Ein breites Grinsen erscheint auf meinem Gesicht.

Freydis bemerkt, dass etwas in mir vorgeht. »Was ist los?«

Spontan greife ich nach ihrer Hand. »Ich werde morgen den ganzen Tag an deinem Kleid arbeiten. Aber lass uns heute Abend ein bisschen Spaß haben.«

Noch etwas skeptisch zieht sie die Brauen hoch. »Woran genau denkst du?«

19 ALVTIR

Die Krieger sehen erbärmlich aus. Ich lasse meinen Blick über ihre Gesichter gleiten, während sie darauf warten, dass ich ihnen eine Erklärung dafür liefere, warum ich sie so kurz nach unserem letzten Beutezug schon wieder auf unseren Übungsplatz bestellt habe. Sie drängen sich zusammen wie Vieh auf einer weiten Ebene. Dunkle Ringe unter den Augen verraten ihre Erschöpfung, die hölzernen Übungsschwerter hängen kraftlos herab. Der starke Wind macht den kalten grauen Morgen noch unangenehmer. Fast scheint es, als wollten die Götter ebenfalls ihren Unmut zum Ausdruck bringen.

Am Rand der Menge stehen hoch aufgerichtet und stolz meine Schildmaiden: Hetha, Wisna und die junge Ranveig. Auf jede von ihnen kommen mehrere Dutzend Männer, aber sie überstrahlen sie alle, wie Silber schlichtes Eisen überstrahlt.

Wie immer ist Hetha die Erste, die sich zu Wort meldet. »Verzeih mir, Alvtir, aber warum hast du uns hier versammelt?«

»Ihr fragt euch sicher, warum wir schon so kurz nach dem Sommerbeutezug wieder hier antreten.« Ich wende mich gleich an die gesamte Kriegerschar.

Verlegen treten die Männer von einem Fuß auf den anderen. Ich ziehe Angrboda aus der Scheide und hebe es auf Augenhöhe. Selbst im trüben Herbstlicht scheinen die eingravierten Runen zu leuchten. Die Klinge wurde aus dem Eisen der Götter geschmiedet, ich habe selbst gesehen, wie es von den Sternen auf Midgard herabstürzte. Unter den Kriegern hält sich das Gerücht, Odin habe dieses Schwert von den Zwergen Dvalin und Durin schmieden lassen und es mir dann als Zeichen seines Wohlwollens zum Geschenk gemacht. Deshalb präsentiere ich es ihnen jedes Mal, wenn ich sie meinem Willen unterwerfen muss.

Oder eben dem Willen meines Bruders.

»Der König hat uns befohlen, noch einmal nach Iberien zu segeln«, verkünde ich. »Wir brechen morgen auf. Macht euch für eine lange Reise bereit.«

Ein Raunen geht durch die Menge und ich bemerke mehr als eine finstere Miene. Doch die Guten unter ihnen – also meine Schildmaiden und die Handvoll Männer, die man als wahre Krieger bezeichnen kann – nehmen meinen Befehl mit Eifer im Blick entgegen. Mir wird bei diesem Anblick schwer ums Herz. Ich habe sie zu gut ausgebildet, sie stellen mich nicht einmal dann infrage, wenn es angebracht wäre.

Sobald ich die Hand hebe, wird es still. »Paare bilden, wir fangen an.«

Wenig später ist die Luft vom dumpfen Dröhnen der aufeinanderschlagenden Übungsschwerter erfüllt. Ich gehe durch die Reihen, prüfe Kondition und Schlagkraft. Versuche einzuschätzen, wer zu alt oder zu jung für die anstehende Reise ist.

»Auf dem Schlachtfeld wärst du schon längst tot!«, fauche ich einen der jüngeren Männer an, als er taumelnd vor Ingmar zurückweicht, der zu meinen besten Kriegern zählt. »Denk an deine Fußstellung!«

»Wir üben also fleißig, ja?«, unterbricht mich eine näselnde Stimme. Ich verziehe gereizt das Gesicht, als Snorri hinter einer mächtigen Eiche hervortritt.

Bei Lokis verfluchter Dreistigkeit. Dabei hatte ich wirklich gehofft, die feige Kröte wäre zu sehr mit der Suche nach ihrem verschwundenen Vater beschäftigt, um sich uns anzuschließen. »Manche von uns schon«, erwidere ich verschnupft.

»Sag doch mal, liebe Base, warum schickt uns der König so kurz nach dem letzten Beutezug schon wieder raus auf See? Oder willst du dich einfach nur auf die Suche nach einem neuen Sklaven machen, der dir das Bett wärmen soll?« Anscheinend findet er seinen Scherz unglaublich witzig, denn er grinst breit, während er die Männer mit einem so befehlsgewohnten Blick mustert, dass ich ihm am liebsten den dürren Hals umdrehen würde.

Stattdessen spucke ich ihm nur vor die Füße. »Der König muss uns seine Gründe nicht mitteilen. Du kannst dich uns natürlich gerne anschließen, aber ich dachte eigentlich, du würdest nach deinem Vater suchen.«

Sofort erstarrt er und der reinste Triumph strömt durch meine Adern. Ich beuge mich zu ihm hinüber und flüstere ihm ins Ohr: »Vielleicht konnte er einfach nicht mehr ertragen, welch eine Enttäuschung du für ihn geworden bist, und ist deshalb von den Klippen gesprungen.«

Snorris Finger schließen sich um sein Übungsschwert und er beginnt vor Wut zu zittern. »Anscheinend hast du noch keinen Übungspartner, Alvtir.«

Na endlich.

In gespielter Überraschung hebe ich die Brauen. »Es wäre mir eine Ehre, Snorri, Sohn des Broskraps.«

Snorri unterbricht den Kampf der Krieger, die neben ihm in der Reihe stehen, und nimmt einem von ihnen den Schild ab. Eifrig wenden sich die beiden uns zu und beginnen zu jubeln, als Snorri anfängt, mich langsam zu umkreisen.

Ich stecke meine Waffe weg. Sofort erscheint Hetha an meiner Seite und reicht mir, als hätte sie meine Gedanken gelesen, ihr Übungsschwert und den Schild. Schließlich muss ich lediglich seinen Stolz verletzen. Vorerst.

Nach und nach lassen die Männer der Hird ihre eigenen Kämpfe ruhen und kommen herüber, um uns zuzusehen. Ihr Gebrüll formiert sich zu einem unverständlichen Chor. Entweder bin ich nicht die Einzige, die sich darauf freut, Snorri einen möglichst demütigenden Dämpfer zu verpassen, oder aber er ist nicht der Einzige, der mich stürzen will.

So oder so werde ich ihnen zeigen, was es heißt, Odins auserwählte Kriegerin zu sein.

Der Wind fegt heulend über den Platz, während Snorri langsam um mich herumschleicht. Purer Hass funkelt in seinen Augen. Ich lasse ihn glauben, er könne eine Schwachstelle in meiner Deckung nutzen, da ich genau weiß, dass er erst zuschlägt, wenn er sich im Vorteil sieht. Und er springt sofort darauf an. Ich pariere seinen schnellen Hieb, dränge weiter vor und lasse meinen Schild mit voller Wucht gegen seinen krachen, sodass er das Gleichgewicht verliert. Das Gelächter der Zuschauer hallt von den Bäumen wider.

Sehr gut. Zumindest ein Teil der Männer steht noch auf der Seite ihrer Stallari.

Grinsend fletsche ich die Zähne. Snorri zögert, kurz fixiert er meinen Mund.

Bei einer solchen Feigheit kann ich einfach nur lachen. Das aber ruft ihm wieder in Erinnerung, wie sehr er mich hasst, sodass er sich mit hocherhobenem Schwert auf mich stürzt. Mit einem gelassenen Schritt zur Seite weiche ich dem Angriff aus, doch er streift noch knapp meine Schulter. Schnell beiße ich mir auf die Wange, um den Schmerz zu vertreiben. Da werde ich mir nachher wohl ein paar Splitter aus der Haut ziehen müssen. Vielleicht bin ich auf meine alten Tage etwas zu selbstbewusst geworden.

Snorris Holzklinge schwingt beinahe ungebremst weiter, bis sie auf den Boden schlägt. Ich nutze seinen fehlgeleiteten Schwung aus und trete ihm unterhalb des Ellbogens gerade so fest gegen den Schwertarm, dass er nicht bricht. Er wird allerdings einen hässlichen blauen Fleck zurückbehalten.

Mit einem schrillen Schrei lässt Snorri das Schwert los und fällt ins Gras. Dort rollt er sich auf die Seite und krümmt sich wie ein kleines Kind um seinen verletzten Arm. Vermutlich wird er gleich auch noch flennen wie ein Neugeborenes.

Grinsend mustere ich sein schmerzverzerrtes Gesicht; eigentlich sieht das um einiges besser aus als seine übliche greinende Miene. Hetha und Wisna, die ein paar Schritte entfernt stehen, wirken ebenfalls belustigt; Ranveig versucht nicht einmal, sich das Lachen zu verkneifen.

Sehr gut. Keine Frau, die etwas wert ist, hätte Mitleid mit Snorri Broskrapsson, und das darf er ruhig wissen.

Die Männer der Hird hingegen wenden sich angewidert ab. Manche tun so, als wäre der Anblick der vertrockneten Eichenblätter an den Bäumen unglaublich spannend. Snorri ist einer ihrer Anführer, deshalb werden sie die Schmach seiner Verletzung nicht noch vergrößern – aber mit Sicherheit spürt er ihren Abscheu ebenso deutlich wie die Schmerzen in seinem Arm. Ich kann ihnen keinen Vorwurf machen; ich würde mich ebenfalls schämen, wenn ein Waffenbruder sich bei einer solchen Kleinigkeit so gehen ließe. Nach und nach zerstreut sich die Gruppe und die Männer nehmen ihre Übungen wieder auf.

Auch ich wende mich ab und tue so, als wolle ich gehen, als wäre der Kampf beendet. Um gegen seine Scham anzugehen, springt Snorri hastig auf. Genau auf diesen Fehler habe ich gesetzt. Blitzschnell fahre ich herum und ramme ihm meine Stirn ins Gesicht. Wieder kreischt er los und hält sich die Nase, aus der das Blut regelrecht herausschießt.

»Ein Hoch auf Alvtir!« Ranveig reckt jubelnd ihr Übungsschwert, doch ich bringe sie mit einem strengen Blick zum Schweigen. Nur Feiglinge weiden sich an der Niederlage des Gegners. Der Kampf hat bewiesen, was bewiesen werden musste, wie immer. Mehr nicht.

»Das reicht für heute«, rufe ich meinen Männern und Frauen zu. »Geht nach Hause oder was auch immer ihr dafür haltet. Wir treffen uns morgen Mittag wieder hier.«

Snorri hebt mit dem gesunden Arm sein Übungsschwert vom Boden auf und huscht kommentarlos davon.

Während ich ihm nachblicke, bis er zwischen den Bäumen verschwindet, stelle ich mir unwillkürlich die Frage, ob es klug war, ihn mir noch mehr zum Feind zu machen. Gerade ich weiß nur zu gut, wie zerstörerisch der Hass eines Schwächlings sein kann. Aber ich musste jeden Zweifel, der die Männer möglicherweise in ihrer Loyalität schwanken lassen könnte, im Keim ersticken. Es hat mich Jahre gekostet, mir ihre Treue zu verdienen, und ein Augenblick des Zögerns könnte ausreichen, um das alles zunichtezumachen. Ein Fluch, der jede Frau heimsucht, die andere anführt: Alle warten immer nur darauf, dass ich scheitere, dass ein Mann mich übertrumpft. Doch die Schlange schlägt auch nur dann zu, wenn der Bär in seiner Wachsamkeit nachlässt. Deshalb weiß ich mit absoluter Sicherheit, dass Snorri schon bei der nächsten Gelegenheit wieder versuchen wird, mir die Hird abspenstig zu machen.

Wenn dieser Tag kommt, kann ich nur hoffen, dass ich mich ihrer Treue als würdig erwiesen habe.

20 YAFEU

Mit Lisas schwindenden Strahlen im Rücken schleichen wir uns nordöstlich der Stadt in die Wälder. Freydis hat uns in einem weiten, verwirrenden Bogen hierhergeführt – erst am äußersten Rand der königlichen Gärten entlang, dann durch die Hügel wieder zurück. Vermutlich wollte sie auf diese Weise sichergehen, dass uns niemand sieht.

Mit dem Beginn von Mawus Herrschaft verändert sich der Wald. Sein Nyama wird stiller und träger, gleichzeitig pulsiert darin eine andere Art von Leben – das Leben der Nachtaktiven, die nun aus ihrem Schlummer erwachen. Mit unserer Abenddämmerung beginnt für sie der Morgen.

Irgendwo in der Nähe plätschert ein Bach. Das Geräusch lässt mich sofort wieder an Broskraps Leiche denken. Der Fluss fließt Richtung Osten, also müsste sein Körper jetzt irgendwo in diesem Wald sein. Falls noch etwas davon übrig ist.

Angestrengt schiebe ich diesen verstörenden Gedanken beiseite und konzentriere mich wieder auf die Umgebung. Alte, dicke Bäume ragen hier aus dem Boden, und nur wenige davon gehören zu der schlanken, mit Nadelblättern besetzten Art, die rund um die Felder vorherrscht. Eigentlich bin ich es gewöhnt, auch abends und nachts in der Wildnis unterwegs zu sein, mich eher von meinen Ohren als von meinen Augen leiten zu lassen. Aber dieser Wald ist mir noch immer fremd, seine Tiere und seine Geister sind mir unbekannt. Deshalb komme ich mir jetzt vor wie ein Neugeborenes, das sich erst noch mit den vielen Geräuschen außerhalb des Mutterleibes vertraut machen muss. Ich höre wieder dieses rhythmische Zirpen überall. Das leise Rascheln könnte von diesen Nagetieren mit den buschigen Schwänzen stammen, aber auch von einer Eidechse, die vom Geräusch unserer Schritte aufgeschreckt wurde. Oben in den Bäumen erklingt der Ruf einer Eule. Wer bist du, scheint sie zu fragen, dass du diesen heiligen Ort betrittst?

Nachteule. So hat Ampah mich oft genannt, weil ich die Nacht früher so liebte. Bis jetzt dachte ich, dieser Teil von mir wäre gestorben, aber vielleicht war er ja nur … eingeschlafen und wacht nun wieder auf.

Eigentlich sollte mich die Erinnerung an Ampah traurig machen, aber irgendwie ist es nicht so. Eher fühlt es sich an, als wäre ich in eine Art Trance gefallen. Einerseits spüre ich jede Regung meines Körpers sehr bewusst, andererseits scheine ich wie in einem Traum aus einer gewissen Distanz auf mich herabzublicken. Jedes leise Rascheln wird zu einem Raunen der Geister, jeder knorrige Ast zu einem Arm der Vorfahren, die sich ins Leben zurückgraben wollen.

Ein trockener Zweig bleibt an meinem rauen Mantel hängen, wird umgebogen und schnellt dann mit Wucht zurück. »Aua!« Freydis' leiser Aufschrei reißt mich aus meinen Gedanken.

»Ups.« Ich bin es einfach nicht gewöhnt, so viele Schichten am Körper zu tragen, sie machen mich bei jeder Bewegung behäbiger. Selbst mein Jagdhemd – das ich schmerzlich vermisse – war nicht annähernd so schwer wie die Kleidung, mit der die Majūs der Kälte trotzen.

Ich kann mir ein spöttisches Grinsen nicht verkneifen, als Freydis dichter an mich heranrückt. »Alles gut«, versichere ich ihr kühl. Ihr Nyama ist für mich so deutlich spürbar, wie ihre ungeschickten Schritte hörbar sind. Offenbar fühlt sie sich hier draußen im Wald ebenso wohl wie ich mich an ihrem Webstuhl.

Vielleicht hätten wir mit der Jagd bis zum Morgengrauen warten sollen. In Wagadu bot mir Lisas Erscheinen zusätzlichen Schutz vor Raubtieren. Jetzt steht Mawu zwar voll und rund am Nachthimmel, aber nur ein Bruchteil ihrer Strahlen schafft es durch das dichte Blätterdach. Den Bäumen auszuweichen ist nicht schwer, Fährten lassen sich so jedoch kaum aufspüren. Aber Freydis hat darauf bestanden, dass wir abends losziehen, damit wir keinen anderen Jägern begegnen. Sie hat durch Helge ausrichten lassen, dass sie sich nicht wohlfühle und lieber ausruhen wolle, statt zum Abendessen zu erscheinen. So wird bis morgen wohl niemand mehr nach uns sehen.

»Bist du eigentlich das erste Mal außerhalb der Stadt?«, frage ich sie. Wirklich interessieren tut es mich nicht, aber so kann ich sie gut ablenken.

»Nein, aber ich kann mich nicht sehr oft so frei bewegen. Und ich gehe eigentlich *nie* in den Wald ...« Im Flüsterton fügt sie hinzu: »Helge hat mir einmal erzählt, dass Trolle in diesen Wäldern leben.«

»Trolle?«

»Monster. Riesengroß. Sie fressen Menschenkinder.«

Ich muss mir das Lachen verkneifen. »Ich vermute mal, Helge hat dir das erzählt, als du selbst noch ein Kind warst?«

»Ja«, antwortet Freydis ernst. Offenbar versteht sie nicht, worauf ich hinauswill. In diesem Moment würde ich mich am liebsten umdrehen und sie kräftig durchschütteln, einfach nur um ihr noch mehr Angst zu machen. Doch auch wenn das sicherlich lustig wäre, würde sie wahrscheinlich so laut schreien, dass sie sämtliche Beute im näheren Umkreis verscheuchen würde.

Und wir werden Beute machen, beschließe ich voller Zufriedenheit, als ich an einem der Bäume deutliche Kratzspuren bemerke. In Wagadu schaben männliche Antilopen während der Paarungszeit mit ihren Hörnern die Rinde von den Bäumen. Vorhin erst habe ich Freydis beschrieben, wie eine Antilope aussieht. Daraufhin meinte sie, diese Tiere hießen hier Rehe und lebten ebenfalls in diesem Wald. Da ich weder ihr Fleisch gekostet noch ihre Felle irgendwo gesehen habe, wollte ich ihr anfangs nicht glauben. Deshalb sind diese eindeutigen Spuren sowohl tröstlich als auch aufregend: Endlich kann ich die in meinem alten Leben erworbenen Fähigkeiten auch in meinem neuen Leben einsetzen.

»Sie hat mir auch erzählt ...«, beginnt Freydis wieder, aber ich drücke ihr schnell meine Hand auf den Mund.

Gedämpfte Stimmen sind zu hören, dazu Schritte. Und sie kommen näher.

Hastig ziehe ich Freydis hinter den Baum mit der zerkratzten Borke. Eigentlich ist sein Stamm nicht breit genug, um uns beide zu verbergen, aber uns bleibt keine Zeit, um nach einem besseren Versteck zu suchen.

»... das, was du behauptest, wahr ist, werden wir für deine Sicherheit sorgen, Chlothar«, erklärt eine näselnde Stimme.

»Ich schwöre es bei euren Göttern ebenso wie bei meinen. Jedes meiner Worte ist wahr, Herr«, lautet die ängstliche Antwort.

»*Falls* dem so ist, wird alles vergeben und vergessen sein. Aber bis ich handfeste Beweise dafür habe, wirst du zu niemandem auch nur einen Ton sagen. Wenn wir es sicher wissen, werde ich selbst mit dem König darüber sprechen. Hast du mich verstanden?«

»Natürlich, Herr. Ich werde Stillschweigen wahren.«

»Gut.« Sie bleiben stehen. »Sollte ich herausfinden, dass du mich hintergangen hast ...« Die näselnde Stimme verstummt abrupt. Mein Herz beginnt zu rasen.

»Herr?«

Ein leises Zischen lässt darauf schließen, dass eine Klinge gezogen wird. Ich halte den Atem an.

»Ihr da, hinter dem Baum. Zeigt euch.« Eindeutig ein Befehl, keine Frage.

»Ist da jemand?« Bevor ich sie daran hindern kann, ist Freydis bereits hinter dem Baum hervorgetreten. »Oh, *heill*, Vetter! Ich wünsche dir und deinem Begleiter einen schönen Abend.« Gereizt verziehe ich das Gesicht, folge ihr dann aber.

In Mawus zersplittertem Licht sind zwei Männer zu erkennen: Der erste ist schlaksig und hat ein schmales, bartloses Gesicht. Er kommt mir bekannt vor; so wie er sich gibt, ist er wohl ein Krieger. Wie bei den anderen Soldaten der Majūs ist sein Haar an den Seiten abrasiert und oben lang. Sein Gefährte ist jedoch ganz eindeutig kein Krieger. Vielleicht ist er nicht einmal ein Majūs. Er ist mehr als kräftig, was er durch ein weites, kleidähnliches Gewand zu verbergen versucht. Dazu trägt er einen länglichen Hut, der auf der einen Seite weich herabfällt. Auch er hat keinen Bart und selbst in der Dunkelheit kann ich die Angst in seinem Gesicht erkennen.

Doch er fürchtet sich weder vor Freydis noch vor mir.

Plötzlich scheint sich der weit Gewandete an seine Manieren zu erinnern, denn er verbeugt sich tief vor Freydis. Der Schmalgesichtige hingegen kneift misstrauisch die Augen zusammen und behält das Schwert in der Hand. »Ihr seid eindeutig nicht in Eurem Bett, Prinzessin. Was macht Ihr mitten in der Nacht draußen im Wald?«

»Ich fürchte, ich habe mir ein wenig den Magen verdorben«, erwidert Freydis gelassen und legt mir eine Hand auf die Schulter. »Deshalb wollten meine Magd und ich ein wenig Edelraute sammeln.«

»Gibt es denn keine im Kochhaus?«, fragt der Schmalgesichtige weiter.

»Ist leider aus.«

»Und warum wurde nicht einfach ein Leibeigener geschickt, um Euch welche zu holen?«

»Was treibt *Ihr* denn hier draußen?«, unterbreche ich ihn grob.

Sofort huscht sein Blick zu mir. Es mag an der Dunkelheit liegen, aber mir kommt es so vor, als hätte das abfällige Grinsen, mit dem er mich mustert, etwas … Unheilvolles an sich. Auch in seinem Nyama spüre ich es. »Wie lustig, dass du das fragst. Wir sammeln Schafgarbe für die anstehende Reise. Sie ist hilfreich bei blutenden Wunden, wie du vielleicht weißt. Immer gut, welche dabeizuhaben, falls einer meiner Männer während der Raubzüge verletzt wird.« Sein Begleiter nickt hastig.

»Was für ein Zufall«, stelle ich trocken fest. »Dann gehen wir heute Nacht also alle Blumen pflücken.«

Angespannte Stille breitet sich aus. Der Schmalgesichtige starrt mich durchdringend an, aber ich recke nur trotzig das Kinn. Er müsste schon verrückt sein, die Magd der Prinzessin anzugreifen, trotzdem hat sein Blick eindeutig etwas Provozierendes an sich. Doch ich bin noch vor keiner Provokation zurückgescheut. Auch nicht, wenn er ein voll ausgebildeter Krieger mit einem Schwert und wer weiß wie vielen verborgenen Waffen ist und ich nur ein Sklavenmädchen mit ein paar einfachen Messern im Gürtel, die eigentlich in ein Kochhaus gehören.

Schließlich bricht Freydis das Schweigen. »Nun, dann wünsche ich euch viel Erfolg bei der Suche.«

»Euch ebenfalls, Prinzessin«, erwidert der Schmalgesichtige sofort. Diesmal verbeugt auch er sich, bevor die beiden Männer sich eilig entfernen.

»Werden sie deinem Vater erzählen, dass sie uns hier gesehen haben?«, frage ich, sobald ihre Schritte im Wald verklungen sind.

»Das glaube ich nicht. Es klang für mich so, als wollten sie ebenso wenig wie wir, dass der König von ihrem Treffen erfährt.«

Danach wandern wir eine ganze Weile schweigend durch den Wald. Freydis ist tief in Gedanken versunken, wahrscheinlich grübelt sie über das nach, was diese Männer gesagt haben. Ich würde sie gern fragen, wer die beiden waren – immerhin hat sie einen von ihnen als Vetter bezeichnet – und ob sie glaubt, dass ihr Gespräch etwas mit Broskrap zu tun hatte. Aber gleichzeitig habe ich Angst, dass sie dann misstrauisch werden könnte.

Zum hundertsten Mal halte ich mir vor Augen, dass sie die Wahrheit ganz bestimmt nicht herausfinden wird. Trotz meiner allnächtlichen Albträume und trotz der Furcht, die mich Tag für Tag begleitet, hätte niemand außer Alvtir einen Grund, mich mit Broskraps Verschwinden in Verbindung zu bringen. Und gerade Freydis würde das nicht tun. Als wir die beiden Wachen belauscht haben, hielt sie meine Panik für Besorgnis! Den Göttern sei Dank, dass ich durch meine Furcht so gelähmt war, sonst hätte ich sie vermutlich wieder einmal ausgelacht. Als ob mir auch nur das Geringste an Broskraps Wohlergehen läge! Entweder kannte sie Broskrap kaum oder aber sie ist noch naiver, als sie aussieht. Um meiner selbst willen hoffe ich auf beides. Denn egal wie sehr sie sich darum bemüht, meine »Freundin« zu sein – sie würde mich ohne zu zögern an ihren Vater ausliefern, wenn sie es je herausfände. Da bin ich mir absolut sicher. Und Balli lässt einen Leibeigenen wahrscheinlich schon hinrichten, wenn der nur ein Tablett fallen oder den Braten anbrennen lässt. Für eine

Leibeigene, die ihren Herrn umbringt, wäre der Tod wahrscheinlich noch zu gnädig. Schon beim Gedanken daran läuft es mir kalt den Rücken hinunter.

Ich bin so in diese angstvollen Grübeleien versunken, dass es einen Moment dauert, bis ich die Veränderung spüre. Abrupt bleibe ich stehen, sodass Freydis von hinten in mich hineinläuft. Ich lausche konzentriert.

»Was ist denn jetzt wieder?«, flüstert sie.

Viel eher sollte die Frage lauten, was *nicht* ist. Stumm hebe ich einen Finger an die Lippen. Das Zirpen, das Rascheln, das Knistern … alles weg. Und der Grund dafür sind weder wir noch andere Menschen. Hier lauert noch etwas anderes. Etwas Großes. Ich spüre es ganz deutlich.

Plötzlich dringt zwischen den Bäumen ein ersticktes Quieken hervor, das mich mit wilder Freude erfüllt. Angestrengt spähe ich in die entsprechende Richtung. Ineinander verwobene Äste bilden eine Wand aus Blättern. Das Tier, von dem dieser Schrei kam, muss sich direkt dahinter befinden. Während ich langsam vorwärtsschleiche, erfasst mich die vertraute Vorfreude. Vorsichtig steige ich über Wurzeln und abgerissene Äste hinweg und versuche dabei, so lautlos aufzutreten, wie es mir in diesen schweren Lederstiefeln möglich ist.

Langsam, schön langsam, mahnt Papas Stimme in meinem Kopf. Ich habe das so lange nicht mehr gemacht, dass mich plötzlich die Furcht befällt, alles vergessen zu haben, was er mir beigebracht hat. All seine Weisheit, die Weisheit von Agé.

»Ngmpf.« Freydis ist über ihren Saum gestolpert.

»Schh!«, zische ich empört, ohne die Blätterwand aus den Augen zu lassen.

Schließlich gehe ich langsam in die Hocke, um zu warten. Als sich nichts rührt, schleiche ich noch näher heran und spähe vorsichtig um einen der Bäume herum. Vor mir sehe ich eine Antilope – zumindest glaube ich, dass es eine Antilope ist. Ihr schlaffer, blutverschmierter Körper wird von einem anderen, größeren Tier über den Boden geschleift.

An einem Baum, dessen Stamm es mit einem Affenbrotbaum aufnehmen könnte, bleibt das Raubtier stehen, nur einen Steinwurf von der Blätterwand entfernt. Es fängt an, seiner Beute das Fleisch von den Knochen zu reißen. Im schwachen Mondlicht kann ich kaum mehr als seine Umrisse erkennen, doch es scheint eine Art Hund zu sein ... aber nicht gefleckt wie unsere Wildhunde, eher silbrig grau. Und es ist viel größer als die Wildhunde in Wagadu.

Viel, viel größer.

Mein Puls dröhnt in meinen Ohren. Ich strecke eine Hand nach hinten aus und hoffe, dass Freydis die Geste richtig versteht und sich nicht vom Fleck rührt. Der Pelz des Tieres schimmert wie polierter Obsidian, als es seine Position verändert und die Antilope ein Stück zur Seite zerrt; es ist voll und ganz auf seine Beute konzentriert.

Langsam lasse ich meine Hand zu meinen Messern wandern: drei mittelgroße Klingen mit schweren Knochengriffen, gerade ausreichend ausbalanciert, um geworfen zu werden, aber eindeutig nicht für die Jagd gemacht. Vor allem nicht, um eine Kreatur von dieser Größe zu erlegen.

Freydis schiebt sich an meine Seite und bringt das Laub dabei lauter zum Rascheln als jeder Donnerschlag. Sofort lässt das Tier seine Beute fallen und starrt zu uns herüber. Sein leises Knurren scheint tief in der Erde zu vibrieren.

Ich fahre herum; erst jetzt bemerke ich die nackte Angst in Freydis' Gesicht. »Lauf!«, flüstere ich, wechsele dabei aber instinktiv in meine Muttersprache. Aber Furcht braucht keinen Übersetzer. Mit einem erschrockenen Keuchen springt sie auf und flieht, während ich mich fest gegen den Baumstamm presse.

Das Raubtier hetzt hinter ihr her, giert schon nach der zweiten Beute.

Entschlossen hebe ich das Messer bis an die Schläfe, schicke ein kurzes, stummes Gebet zu Agé. Hoffentlich kann er mich hier überhaupt hören, hoffentlich reicht seine Macht bis über das Meer und in diesen Wald hinein, genau wie in jeden Wald, den ich bislang kannte.

Ein grauer Schatten huscht an meinem Versteck vorbei. Ich lasse die Klinge los.

Agé sei Dank, sie gräbt sich in die Schulter des Tieres. Die mit Blut verschmierte Schnauze fährt herum und stößt einen klagenden Laut aus, der wenig später von einem ganzen Chor überall im Wald aufgegriffen wird.

Es ist also nicht allein.

Schneller als ich je in meinem Leben gerannt bin, hetze ich hinter Freydis her.

Immer schneller klopfen die Pfoten hinter uns auf den Boden, immer näher und näher kommen sie. Freydis stößt einen markerschütternden Schrei aus. Mir bleibt keine Zeit, um gründlich zu zielen, ich wirbele einfach nur herum und schleudere mein zweites Messer.

Es landet zwischen den Vorderpfoten des Raubtiers, das kurz zum Stehen kommt, wütend die Zähne fletscht und dann mit scheinbar doppelter Geschwindigkeit weiterläuft. Getrieben von Angst, reiße ich die Augen auf, gleichzeitig habe ich das Gefühl, das alles schon einmal gesehen zu haben. Vielleicht ist das ja so, wenn man dem Tod ins Auge blickt, vielleicht weiß man irgendwie vorher, dass nun das Ende kommt.

Nein. So wird es nicht enden.

Ich habe nur noch ein Messer und das Raubtier hat uns fast eingeholt.

Reglos bleibe ich stehen, während das Tier mit gefletschten Zähnen zum Sprung ansetzt. In seinen dunklen Augen brennt ein Feuer, das ich nur zu gut kenne. Genau dieses Feuer brennt auch in mir, fest unter Verschluss gehalten, aber niemals erstickt. Dieses Feuer hat mich noch vor Lisas Erscheinen aus unserer warmen, gemütlichen Hütte gelockt. Dieses Feuer hat mich am Leben gehalten, als ich von Sklavenhändlern durch die Wüste geschleppt wurde. Dieses Feuer hat heiß in mir gebrannt während der stürmischen Nächte auf Alvtirs Schiff, als die See mich verschlingen wollte. Und dieses Feuer schoss durch meine Adern, als ich sah, was Broskrap mit Airé tat.

Die Zeit scheint sich zu verlangsamen, während ich das letzte Messer aus meinem Gürtel ziehe, es an den Kopf hebe und auf die schmale Stelle zwischen den Augen des Raubtiers ziele.

FREYDIS

Mein Blut rauscht so laut in meinen Ohren, dass ich im ersten Moment gar nicht höre, wie die leisen Schritte hinter mir verklingen.

Ich werde nicht länger verfolgt. Der Wolf ist fort.

Ich bleibe stehen und falle kraftlos auf die Knie, ringe keuchend nach Luft. Sobald ich wieder atmen kann, drehe ich mich um. Ohne auf die Schmerzen zu achten, die nun in Beinen und Brust einsetzen, suche ich in der Dunkelheit nach Yafeu.

Sie ist stehen geblieben und hat sich dem Wolf gestellt. Einem Wolf, der so groß ist wie Fenrir. Und ich bin um mein Leben gerannt, habe sie allein zurückgelassen.

Meine Instinkte fordern, dass ich nach Hause laufen soll, aber ich kratze den letzten Rest von Mut zusammen, der noch in mir steckt, und zwinge meine Beine, mich zurück in den Wald zu tragen. Ich muss Yafeu suchen. Ich muss einfach. Ich kann nicht zulassen, dass dieser Wolf sie einfach so zerfetzt. Sie war mutiger als Tyr, der seinen Arm in Fenrirs Maul schob, obwohl er wusste, dass dieser ihn abbeißen würde. Deshalb muss ich jetzt auch mutig sein.

Ich schwitze so stark, dass mir das Unterkleid an der Taille klebt. Schnell streife ich meinen Mantel ab und ziehe das Küchenmesser aus dem improvisierten Gürtel – Yafeu hat darauf bestanden, dass ich eines mitnehme. Nun halte ich es ausgestreckt vor mir, während ich weiterlaufe. Eigentlich weiß ich überhaupt nicht, wie man damit umgeht, aber so zu tun als ob hilft gegen die Angst. Immer wieder suche ich im silbrigen Mondlicht nach vertrauten Ecken, kann aber kaum einen Baum vom anderen unterscheiden. Ich werde wohl darauf vertrauen müssen, dass meine Füße mich automatisch wieder dorthin bringen, wo ich vor meiner Flucht war.

Was habe ich mir nur dabei gedacht, überhaupt mit Yafeu zu dieser Jagd aufzubrechen, noch dazu mitten in der Nacht? Helge hatte Recht: Nòtt und ihre Töchter lassen unter Mánis sanftmütiger Herrschaft die verschiedensten Übel in der Wildnis umhertollen. Sicher haben die Götter diesen Wolf als Strafe geschickt, weil wir meine

Familie angelogen und uns heimlich davongeschlichen haben. Wie hochmütig wir doch waren, uns aufzuführen wie Odins Weidgenossen bei der Wilden Jagd!

»Ich wollte doch nur, dass sie glücklich ist«, flüstere ich verzweifelt. Vielleicht glauben mir ja wenigstens die *dísir*, die Geister meiner weiblichen Ahnen.

Ich habe vielleicht eine Feldlänge hinter mich gebracht, als ich auf Yafeu stoße: Gesund und quicklebendig hockt sie neben dem Körper des toten Wolfs.

Sie hat ihn getötet!

Sie hat den Wolf erlegt!

Erleichterung und unendliche Bewunderung schwappen über mich hinweg wie warmes Badewasser. Meine Knie werden weich. »Yafeu!«

Aber sie hört mich nicht. Sie murmelt leise Worte in ihrer Sprache, legt dabei eine Hand auf den Kopf des Wolfes, die andere auf seinen Brustkorb. Fast scheint es, als würde sie zu ihm beten oder ihn als Opfer darbringen.

Still und reglos wie die Bäume ringsum sehe ich ihr zu, vollkommen gefesselt von diesem Anblick.

Vielleicht wurde der Wolf ja doch nicht geschickt, um uns zu bestrafen. Vielleicht war er ein Omen anderer Art. Oder vielleicht eine Prüfung? Die Götter vertreiben sich gern so die Zeit.

Beschämt lasse ich den Kopf hängen. Was auch immer der Vater der Weisheit im Sinn hatte, durch meine Feigheit kann ich ihn nur enttäuscht haben. Ich bin schwach und nutzlos, wie mein Vater es mir immer wieder vorhält.

Aber Yafeu nicht. Yafeu ist stark wie ein Mann und furchtlos wie ein Gott – egal ob männlich oder weiblich.

Ich spüre, wie der Geist des Wolfes sich in der Luft verflüchtigt. Yafeu verstummt, bleibt aber noch immer an seiner Seite. Mehrere Momente verstreichen und schließlich meldet sich mein Körper zu Wort. Jeder Atemzug löst ein Stechen in meiner Brust aus, die Muskeln in meinen Beinen schmerzen und fühlen sich an, als wären sie geschwollen. An meinen Armen brennen unzählige Kratzer vom dornigen Gestrüpp; so etwas habe ich seit meiner Kindheit nicht mehr gespürt.

Prüfend mustere ich mein Kleid: Die Ärmel sind völlig zerfetzt. Wenigstens war ich so klug, mir etwas Altes anzuziehen, bevor wir aufgebrochen sind. Ich werde es ins Feuer werfen und auf die Liste der Kleider setzen müssen, deren Fehlen hoffentlich unentdeckt bleibt.

Bei allen Göttern, wie kann ich jetzt nur über Kleider nachdenken! Gerade eben noch habe ich nach Yafeus Leichnam gesucht und mich innerlich darauf vorbereitet, gegen einen Wolf zu kämpfen.

Nun richtet Yafeu sich auf und wirft sich leise ächzend den Wolfskadaver über die Schulter. Dann dreht sie sich vollkommen selbstverständlich zu mir um, als hätte sie die ganze Zeit gewusst, dass ich hier stehe und sie beobachte.

Natürlich wusste sie es. Sie hört Dinge, die ich nicht höre. Sie hört Dinge, die wahrscheinlich *kein* Mensch hört.

»Du nimmst ihn mit?«, frage ich verblüfft. Obwohl, wie er da so über ihrer Schulter hängt, sieht er nun doch nicht *ganz* so groß aus, wie ich anfangs vermutet habe.

Yafeu geht wortlos an mir vorbei.

Ich bin deinetwegen zurückgekommen, würde ich ihr gern sagen. *Zählt das denn gar nicht?*

Doch stattdessen folge ich ihr stumm zurück zum Langhaus. Das Schweigen wird drückender als das dichte Blätterdach, sogar drückender als der scharfe Blutgeruch, der von ihrem Mantel aufsteigt.

Niemals zuvor war ich so froh, in diesem dunklen, einsamen Zimmer zu sein. Yafeu facht das Feuer an und kocht das restliche Wasser im Kessel auf, während ich mir mein Nachthemd anziehe. Die Baumwolle fühlt sich herrlich weich und sauber an. Schließlich lege ich mir noch einen Marderpelz um die Schultern und setze mich ans Feuer. Der Duft der Ahornholzscheite wirkt beruhigend auf mich; ich schicke ein stummes Dankesgebet an Frigg, die uns die Annehmlichkeiten von Herd und Heim ermöglicht. Obwohl es inzwischen drückend heiß im Zimmer ist, wird mir einfach nicht richtig warm.

Wahrscheinlich hat die ganze Aufregung meinem Körper sämtliche Wärme entzogen.

Yafeu hat den toten Wolf auf einer der leeren Bänke an der gegenüberliegenden Wand abgelegt. Ich mustere angespannt ihr Profil, während sie sich dem Kadaver widmet. Sie hat ihre Zöpfe gelöst, sodass ihr dunkles Haar nun in alle Richtungen absteht. Im Nacken reicht es ungefähr bis zur Mitte ihres langen Halses, sodass an ihrem Hinterkopf ein beinahe perfekter Kreis entsteht. Es erinnert mich an ein Bild, das Vater einmal aus einem Christenkloster gestohlen hat. Darauf war ein Mann zu sehen, der einen goldenen Ring über seinem Kopf trug. Die obere Hälfte des Kleides, das sie von mir bekommen hat, ist über und über mit getrocknetem Blut bedeckt. Ihre kastanienbraunen Arme sind sehnig und kräftig, ihre Finger lassen geschickt eines der Messer, mit denen sie uns das Leben gerettet hat, über das Fleisch des Tieres gleiten, um den Pelz abzulösen.

Nachdem ich nun weiß, welches Können in diesen Händen steckt, schäme ich mich beinahe dafür, dass ich von ihr verlangt habe, sich an einen Webstuhl zu setzen.

Inzwischen ist meine Neugier so groß, dass ich sie nicht länger ignorieren kann. »Was hast du gesagt … dort draußen im Wald? Als der Wolf …« Verunsichert lasse ich den Satz ausklingen, denn plötzlich überkommen mich Zweifel an dem, was ich gesehen habe.

»Ich habe seinen Geist an Agé übergeben«, erklärt Yafeu. »Er bewacht in Mawu-Lisas Namen die Wälder.«

Nachdenklich beiße ich auf die Innenseite meiner Wange. Vielleicht ist Agé ja wie Vidar der Schweigsame, Odins Sohn, der über die Wildnis herrscht. Fritjof hat mir einmal erzählt, dass Vidar einst Ragnarök überleben und den Tod seines Vaters rächen wird, indem er den Wolf Fenrir tötet. Falls Agé einer seiner vielen Namen ist, hat vielleicht *er* diesen Wolf geschickt, um im Tod seinen Geist zu sich zurückzuholen.

Mir läuft es kalt den Rücken herunter. War dieser Wolf etwa ein Vorzeichen von Ragnarök? Und falls ja, was bedeutet es dann für Yafeu, dass sie ihn getötet hat?

Schnell schiebe ich diese unheilvollen Gedanken beiseite. Es war meine erste Jagd – genauso gut könnte alles, was heute geschehen ist, ganz normal sein. Außer Yafeus Mut vielleicht, der war alles andere als gewöhnlich. »Sind in deiner Heimat alle Frauen Jäger?«

»Nein.«

Ich warte darauf, dass sie noch mehr sagt, aber sie verzieht nur das Gesicht und drückt eine Hand an ihren Hals. Als sich ihre Finger von ihrer Haut lösen, sind sie voller Blut.

Erst jetzt bemerke ich die Wunde, die aus dem oberen Saum ihres Kleides hervorlugt. Dabei hatte ich gedacht, das Blut stamme ausschließlich von dem Wolf.

»Dein Hals!« Entsetzt springe ich auf und lasse den Marderpelz fallen.

»Mach dir keine Gedanken, ich werde das später reinigen.«

»Setz dich hin.« Entschlossen zeige ich auf den Platz am Feuer.

Mit einem schweren Seufzer lässt sie sich auf den Stuhl sinken. Ihre Beine zittern. Offenbar ist sie viel erschöpfter, als sie zeigt.

Der Anblick der Wunde hat wieder leichte Übelkeit in mir ausgelöst, aber ich verdränge sie und suche mir aus den diversen Körbchen neben dem Nähtisch Stoffreste, Nadel und Faden zusammen. Dann gehe ich zu Yafeu hinüber und lege ihr die Hand auf die Schulter – ganz vorsichtig, weil ich mir nicht sicher bin, ob sie mich nicht vielleicht wegstößt.

Doch das geschieht nicht, also ziehe ich den Kragen ihres Kleides herunter, um die Wunde ganz freizulegen. Der Riss in der Haut ist so breit wie die Kralle, die ihn geschlagen hat; er zieht sich von der Mitte ihres Halses bis zum Schlüsselbein hinab. Daneben ist eine zweite Krallenspur zu sehen, die zwar einen deutlichen Abdruck auf ihrer dunklen Haut hinterlassen, sie aber nicht aufgerissen hat.

»Du hast Glück, dass es nicht schlimmer ist. Trotzdem muss das genäht werden.« Meine Finger zittern, als ich den Faden durch das Öhr schiebe. Mit purer Willenskraft zwinge ich sie dazu, sich zu beruhigen.

Yafeu schnaubt spöttisch. »Von Glück würde ich hier eher nicht sprechen.«

Ich tauche einen Stofffetzen in das heiße Wasser und drücke ihn dann auf die Wunde; hoffentlich reicht das aus, um Wundfieber zu verhindern. Yafeu fletscht wortlos die Zähne.

»Wie heißt deine Sprache eigentlich?«, frage ich sie – sowohl, weil ich es wissen will, als auch, um sie abzulenken.

»Soninke.« Während sie antwortet, wandert ihre Hand zu dem grünen Steinamulett, das sie um den Hals trägt. Es wäre hilfreich, wenn sie die Kette abnehmen würde, aber irgendetwas sagt mir, dass es nicht klug wäre, sie darum zu bitten.

»Und was heißt ›Schmerz‹ auf Soninke?«, frage ich weiter. Yafeu sagt es mir.

Vielleicht wäre es nicht schlecht, wenn ich ein wenig Soninke lerne. Möglicherweise taut Yafeu ja eher auf, wenn ich mich in ihrer Sprache mit ihr unterhalten kann. »Also, dein *Schmerz* wird bald vorbei sein.« Ich füge das Wort, das ich gerade gelernt habe, in den Satz ein.

Yafeu lacht leise, schnappt dann aber gequält nach Luft, als die Nadel in ihr Fleisch sticht. Mich packt das altvertraute Schwindelgefühl. Schnell beiße ich mir in die Wange und versuche, so zu tun, als wäre ihr aufgeschlitzter Hals einfach nur ein Stück Stoff, das es auszubessern gilt.

»Wenn die Frauen in deiner Heimat nicht auf die Jagd gehen, wie hast du es dann gelernt?« Jetzt will ich mit meiner Frage uns beide ablenken.

»Mein Vater hat es mir beigebracht.« Obwohl ihr der Schmerz deutlich anzusehen ist, bleibt sie erstaunlich still sitzen, während ich nähe.

»Und was hat er dich noch gelehrt?«

»Wie man Fische fängt, und wie man in Felsen und Höhlen Erze findet, sie auslöst und damit Werkzeuge und Waffen herstellt. Wie man kämpft, wie man sich verteidigt.«

Überrascht halte ich inne. »Du beherrschst die Schmiedekunst? Und du weißt, wie man kämpft? Wie ein Krieger?«

»Bitte mach das fertig«, presst sie mit zusammengebissenen Zähnen hervor.

Ich räuspere mich verlegen. »Tut mir leid … So.« Ich setze den letzten Stich, schneide mit einem sauberen Messer den Faden ab und verknote ihn ordentlich. Dann trete ich einen Schritt zurück und begutachte mein Werk; ich kann stolz auf mich sein. »So wird es sauberer abheilen. Aber du darfst deinen Kopf nicht zu viel bewegen, sonst reißt die Naht.«

Yafeu lässt die Schultern kreisen. »Vielen Dank«, sagt sie leise.

Ich suche mir einen Lappen, um mir das Blut von den Fingern zu wischen. Merkwürdigerweise ist mir jetzt, wo ich direkt damit in Berührung gekommen bin, nicht mehr übel.

Mein Leben lang habe ich mich vor Blut gefürchtet, vor seinem Anblick ebenso wie vor seinem Geruch. Jedes Mal, wenn die Hird von einem Beutezug zurückgekehrt ist, verkroch ich mich, weil ich den Anblick der Wunden nicht ertragen konnte, die manche Krieger davongetragen haben. Wenn ich jetzt so darüber nachdenke, galt diese Furcht aber vielleicht meinem eigenen Blut: Natürlich wusste ich immer, dass nicht *mein* Blut aus diesen Wunden floss, aber es fühlte sich so an. Als könnte meine Lebenskraft durch die Verletzungen anderer aus mir herausströmen.

Kurz sehe ich wieder Mutter vor mir, das viele Blut bei der letzten Geburt, und sofort fühle ich mich schuldig.

Was hätte Mutter gesagt, wenn sie mich heute Abend gesehen hätte? Natürlich weiß ich es schon: *Kein König wird eine Frau zu seiner Königin machen, die sich benimmt wie eine Wilde.* Womit sie recht hat. Ich hätte Yafeu allein auf die Jagd gehen lassen sollen. Sie ist eine Leibeigene, sie kann sich so unweiblich benehmen, wie es ihr gefällt, solange es niemand sieht und ich deswegen Ärger bekomme.

Andererseits … wäre ich nicht mitgegangen, hätte ich nie erfahren, wozu sie fähig ist. Ich denke, nicht einmal Tante Alvtir in all ihrer Wildheit könnte nur mit ein paar Küchenmessern einen ausgewachsenen Wolf erlegen.

Ohne etwas von meinem inneren Aufruhr zu ahnen, erhebt sich Yafeu und kehrt zu dem Wolfskadaver zurück, um ihre Arbeit wieder aufzunehmen.

Während ich ihr dabei zusehe, wie sie den blutbefleckten Pelz vom Körper löst, erwacht etwas in mir, das wohl mein Leben lang in meinem Inneren geschlummert hat. Yafeu verfügt über ... ein tief verankertes Wissen. Daraus zieht sie ihren Stolz, ihre Selbstsicherheit. Und verblüffenderweise beneide ich sie darum.

Mein Blick wandert zu dem ruinierten Kleid, das ich achtlos auf den Boden geworfen habe. Aus einem Impuls heraus hebe ich es auf und werfe es ins Feuer. Dann sehe ich zu, wie die Flammen es umspielen und sich dann in den Stoff hineinfressen, der sich in der Hitze zusammenzieht.

Als nur noch Asche übrig ist, leiste ich einen stummen Schwur: Was heute Abend passiert ist, darf sich niemals wiederholen.

Plötzlich sind meine Lider schwer wie Eisen. »Ich kann mich nicht länger wachhalten, Yafeu. Aber bitte bleib hier. Ich möchte nicht allein sein.« Müde zeige ich auf die leeren Bänke an der Wand. Auf jeder Seite des Raums stehen drei davon, meine Schlafstatt und den Nähtisch mit eingerechnet. Eine Bank für jedes Kind, das meine Eltern hatten bekommen wollen. »Du kannst dir dort ein paar Felle hinlegen. Sie waren sowieso als Betten gedacht.«

Ich glaube, ein knappes Nicken zu sehen, es könnte aber auch einfach das flackernde Licht sein. Resigniert wanke ich zu meinem Bett hinüber und lasse mich in die weichen Pelze fallen.

Als ich trotz meiner wirren Gedanken endlich Schlaf finde, träume ich von den grellen Farben und Geräuschen des Waldes. Sie locken mich zu einer Suche mit ungewissem Ende.

21 YAFEU

Meine Hände brennen vor Erschöpfung, als ich endlich das Schnitzmuster im letzten Wolfszahn vollende: sechs Dreiecke, die Spitzen nach außen gerichtet. Ich lehne mich auf Freydis' kleinem Hocker zurück und lasse meinen verkrampften Nacken kreisen. Das Stückchen Himmel, das durch den Rauchabzug im Dach zu erkennen ist, weist bereits die zartrosa und orange gefärbten Streifen auf, mit denen Lisa seine Finger über das Land streckt. Bald wird er vollständig hinter den grünen Hügeln aufgehen, in denen wir letzte Nacht unterwegs waren, und wird so die Kreaturen der Nacht in ihre Betten scheuchen.

Ich wende mich wieder dem Feuer zu. Im Kessel blubbert ein dicker Eintopf, den ich nun gründlich umrühre. Nachdem ich gekostet habe, werfe ich noch einige der Kräuter hinein, die ich – sicherlich entgegen einer der tausend Regeln, die man mir aufgezählt hat – aus dem Kochhaus geholt habe, als Freydis eingeschlafen war. Aber dabei habe ich auch zwei der drei Messer zurückgelegt, es war also ein gerechter Tausch.

Auf der Bank gegenüber vom Feuer hebt und senkt sich Freydis' Brust mit jedem Atemzug. Ich kann mir ein leises Lachen nicht verkneifen, denn es ist einfach zu komisch, wie sie die ganze Nacht tief und fest geschlafen hat, ohne etwas von meiner unermüdlichen Arbeit mitzubekommen. Offenbar war die Anspannung bei der Jagd einfach zu viel für sie.

Ich hänge die fertige Kette an den Pfosten, an dem auch schon die Weste wartet, die ich für Freydis aus dem Wolfspelz geschneidert habe; sie müsste ihr bis zur Hüfte reichen. Die Krallen dienen als Verschlusshaken, und mit den rot gefärbten Sehnen, die ich in einem der Körbchen entdeckt habe, konnte ich dem Ganzen noch einen besonderen Pfiff verleihen.

Nun trete ich einen Schritt zurück und mustere meine beiden Werke. Wieder überkommt mich das Gefühl, etwas verloren Geglaubtes zurückgewonnen zu haben. Und gleichzeitig habe ich etwas ganz Neues erreicht. Mama hat mich immer gedrängt, mich auch einmal an filigraneren und präziseren Schnitzmustern zu versuchen, aber ich wollte das nie. Jetzt aber glaube ich, den Mittelweg gefunden zu haben zwischen meiner natürlichen Begabung und dem, was Mama mir beibringen wollte. Nach allem, was ich durchgemacht habe, bin ich endlich offen für ihre Weisheit.

Trauer und Dankbarkeit steigen in mir auf. Meine Hand schließt sich um den grünen Wildhund. »Ach, Mama, ich wünschte, du könntest das sehen. Du wärst so stolz auf mich«, flüstere ich ihrem kleinen Kunstwerk zu. Dann presse ich die Lider aufeinander, um die Tränen zurückzudrängen.

Lautes Gähnen und eine Bewegung lenken mich ab. Freydis' zerstrubbelter blonder Schopf erhebt sich wie das Nest eines Haarvogels aus den vielen Decken, bevor ihr gerötetes Gesicht erscheint.

FREYDIS

Ich reibe mir noch den Schlaf aus den müden Augen, als Yafeu bereits mit einem breiten Grinsen vor mir auftaucht. Erschrocken weiche ich zurück; ich bin es nicht gewöhnt, dass jemand im Zimmer ist, wenn ich aufwache. Höchstens Helge, die mich weckt, wenn ich das Frühstück zu verschlafen drohe. Mir liegt schon die Frage auf der Zunge, was sie hier macht, als es mir wieder einfällt: Ich habe sie ja selbst darum gebeten, dass sie bleibt. Verschlafen wie ich bin, weiß ich gar nicht, was ich merkwürdiger finde – dass sie tatsächlich auf mich gehört hat oder dass sie mich jetzt so angrinst.

Während ich sie noch ratlos anstarre, fällt mir auf, dass sie wieder ihren alten Leibeigenenkittel trägt. Anscheinend hat sie die blutige Jagdkleidung entsorgt. Über dem Feuer hängt ein Kessel, aus dem ein verlockender Duft steigt. Mein leerer Magen knurrt sehnsüchtig.

»Guten Morgen«, begrüßt mich Yafeu freundlich.

»Morgen, Yafeu«, krächze ich.

»Du hast wie eine Tote geschlafen. Irgendwann am Morgen dachte ich, du wärst tatsächlich gestorben, und wollte schon abhauen. Aber dann hast du dich gerührt.«

Diese kühnen Worte sind schockierend, vor allem aber verletzend. Doch dann sehe ich, wie ihr Grinsen noch breiter wird.

Sie hat nur einen Witz gemacht.

Voller Erleichterung erwidere ich ihr Lächeln. »Tut mir leid, dich enttäuschen zu müssen.«

Nun zeigt sie auf den Pfosten neben dem Nähtisch. Dort hängt etwas, und ich versuche angestrengt, es zu erkennen. Yafeu legt den Schöpflöffel weg, zieht das merkwürdige Ding vom Haken und hält es ausgebreitet ins Licht. »Für dich«, verkündet sie, nun mit einem warmherzigen Lächeln.

Es ist eine Art Hemd ... nein, eine Weste, eine absolut außergewöhnliche Weste, gefertigt aus dem Pelz, den Sehnen und den Krallen des Wolfes.

Plötzlich fällt es mir schwer zu atmen. »Es war so lange her, dass ich auf der Jagd war, und gestern ... habe ich mich endlich wieder lebendig gefühlt«, erklärt sie mir.

»Ich habe es auch gespürt«, erwidere ich leise und sogar für mich selbst überraschend.

Doch sobald ich es ausgesprochen habe, wird mir klar, dass es wahr ist. Ich habe versucht, Odins Weisheit durch das Studium der Runen zu erfassen, aber in der vergangenen Nacht habe ich zum ersten Mal auch seine Wildheit gespürt. Es war beängstigend, aber auch ... berauschend. In jedem Stein, jedem Ast und jeder Wurzel habe ich die Anwesenheit der *dísir* gespürt. Ich habe gespürt, wie sie beim Tod des

Wolfes ihren Segen gespendet haben, ihre ruhige Ernsthaftigkeit, als sein Geist sich auf den Weg nach Asgard machte.

Bedrückt hole ich Luft und führe mir selbst meinen Schwur vor Augen: Ich darf niemals wieder mit Yafeu auf die Jagd gehen. Doch als ich ihr in die Augen sehe, in denen plötzlich so viel Leben und sogar Dankbarkeit schimmern, zerbricht meine Entschlossenheit wie ein trockener Zweig.

»Warum liebst du die Jagd so sehr?« Wie immer gewinnt meine Neugier die Oberhand. »Geht es dabei nur um dieses Gefühl oder steckt noch mehr dahinter?«

Nachdenklich neigt Yafeu den Kopf zur Seite. »Ich denke, ich will mir beweisen, dass ich allein zurechtkomme. Dass ich von niemandem abhängig bin, wenn es ums reine Überleben geht. Das verschafft mir ein Gefühl von Freiheit, auch wenn es nur eine Illusion ist.«

Ich spüre, wie meine Wangen sich verfärben. »So etwas habe ich noch nie aus dem Mund einer Frau gehört.«

Nun schleicht sich leise Verbitterung in ihr Lächeln. »Frauen sollen ja auch nicht so reden. Aber davon habe ich mich noch nie aufhalten lassen.«

Dazu fällt mir nichts Passendes ein, also konzentriere ich mich wieder auf die Weste.

»Mein Vater hat mich das Jagen gelehrt«, fährt sie fort, und plötzlich ist die Verbitterung verschwunden und sie wirkt beinahe schüchtern. »Aber meine Mutter hat mich gelehrt, wie man so etwas macht.« Damit legt sie die Weste vorsichtig in meinen Schoß.

Vollkommen verblüfft mustere ich dieses atemberaubende Kleidungsstück und streiche mit den Fingerspitzen über die vielen fremdartigen Details. Es ist sauber zugeschnitten und ordentlich vernäht. Betrachtet man die Weste von hinten, scheinen Rücken und Kapuze aus einem einzigen Stück zu bestehen, doch die feinen Stiche auf der Innenseite verraten, wie präzise Yafeu gearbeitet hat.

Und ich dachte, ihr fehle die Geduld für Näharbeiten.

»Yafeu …«, beginne ich unsicher, »ich weiß gar nicht, was ich sagen soll …«

»Du könntest sagen, dass du halb verhungert bist«, fällt sie mir ins Wort, bevor ich weiterstammeln kann, und nimmt eine Schale von der Wand. »Oder aber du überlässt weiterhin deinem Bauch das Reden.« Gelassen geht sie zum Feuer hinüber und füllt die Schale mit Eintopf. »*Fleisch*«, erklärt sie auf Soninke.

»*Fleisch?*« Ich spreche besonders langsam, da ich es richtig betonen will.

Nun grinst Yafeu wieder. Sie drückt mir die Schale und einen Löffel in die Hand. »Koste das *Fleisch*«, befiehlt sie mit einer drängenden Geste.

Ich führe den Löffel zum Mund. Die Fleischfasern zergehen auf der Zunge, dazu kommt das Aroma verschiedener Kräuter und Gewürze. Meine Augen beginnen zu tränen.

»Das ist köstlich!«, versichere ich ihr zwischen zwei Bissen. »Und sehr würzig.«

»Euer Essen ist fade«, sagt sie wegwerfend. »Es braucht mehr Geschmack. *Pawuda* haben wir in meiner Heimat auch, aber bei den anderen Gewürzen musste ich raten.«

»Ich schmecke Dill«, stelle ich fest, während ich prüfend kaue. »Einen Hauch Senfsamen und Thymian.«

Yafeu aber schüttelt nur den Kopf, sie versteht mich nicht. Ich werde bald mit ihr in die Vorratskammer gehen und ihr die Namen der Kräuter beibringen müssen. Nun setzt sie sich neben mich und wartet geduldig ab, während ich wie ein Tier den Rest herunterschlinge.

Als ich schließlich von meiner Schale aufblicke, bemerke ich die dunklen Ringe unter ihren Augen.

Stirnrunzelnd frage ich sie: »Wie lange warst du auf?«

Yafeus Blick huscht kurz zum Rauchabzug hinauf, als wolle sie den Himmel prüfen. »Spielt keine Rolle«, antwortet sie auf Soninke und zuckt dabei mit den Schultern. Die Worte selbst verstehe ich nicht, aber die ungefähre Bedeutung wird klar. Yafeu starrt auf ihre Hände. »Der Sonnenaufgang war sehr schön«, fügt sie dann auf Nordisch hinzu.

Sie war also die ganze Nacht wach, um das alles für mich zu machen.

»Yafeu, ich bin dir so dankbar! Wie sagt man ›Danke‹ auf …«

In diesem Moment wird die Tür aufgerissen und Helge späht zu uns herein. Panisch schiebe ich die Weste unter meine Pelzdecke.

»Guten Morgen, Helge«, begrüße ich sie höflich.

»Oh, da bist du«, sagt sie an Yafeu gewandt. Dann schnüffelt sie kurz und sieht angewidert zum Kessel hinüber. »Eintopf? Zum Frühstück?«

»Ich bin früh aufgewacht und hatte solchen Hunger, weil ich das Abendessen ausgelassen habe. Also habe ich Yafeu etwas kochen lassen«, erkläre ich schnell.

In Helges sowieso schon vom Alter gezeichnetes Gesicht graben sich nun noch tiefe Falten des Misstrauens. »Deine Eltern essen gerade in der Halle. Ich werde ihnen sagen, dass du bereits gegessen hast. Sobald Sól ihren Weg antritt, werden wir die Hird zu ihrem Beutezug verabschieden.«

Ich nicke eifrig, während ich stumm darum bete, dass sie endlich geht. Und tatsächlich dreht sie sich um, hält dann aber noch einmal inne und mustert Yafeu herablassend. »Versuch wenigstens, präsentabel auszusehen«, befiehlt sie, dann fällt endlich die Tür hinter ihr zu.

Sobald ihre Schritte verklungen sind, hole ich die Weste wieder hervor und drücke sie an meine Brust. »Es tut mir so leid, deswegen lügen zu müssen, aber wir sollten vorsichtig sein.«

»Was ist ein ›Beutezug‹?«, fragt Yafeu, ohne auf meine Entschuldigung einzugehen.

Da es ihr nichts auszumachen scheint, dass ich ihr Geschenk vor Helge versteckt habe, erkläre ich ihr voller Erleichterung: »Die Hird segelt jeden Sommer über das Meer, um nach neuen Ländern und neuen Schätzen Ausschau zu halten. Dabei bringen sie immer wundervolle Beute mit nach Hause.«

»Beute«, wiederholt Yafeu ausdruckslos. »Ich bin also Beute?«

Ihre Augen scheinen zu bodenlosen Wasserstrudeln zu werden, die mich in die Tiefe ziehen. Da ich fürchte, darin zu ertrinken, starre ich angestrengt auf die Weste. Hinter diesen vier Worten verbergen sich viele Fragen. Fragen, über die ich bisher nie nachdenken musste. Mein Volk erzählt eine Version der Geschichte, aber mein Instinkt flüstert mir eine andere zu.

Schließlich zwinge ich mich, ihren unerbittlichen Blick zu erwidern, auch wenn ich mich mit jedem Moment, in dem ich nicht antworte, mehr verachte. »Nein! Natürlich nicht. Du … du bist … meine …«

Yafeu holt gereizt Luft, dann unterbricht sie mich: »Alvtirs Krieger werden dort sein, richtig?«

Ich schlucke den Rest des halb durchdachten Satzes hinunter. »Wo?«, presse ich stattdessen schrill hervor.

»Am Hafen.« Ungeduldig runzelt sie die Stirn.

»Oh.« Ich war so in der Bedeutung ihrer Worte versunken, dass ich den Grund für dieses Gespräch beinahe vergessen habe. »Ja, die gesamte Hird wird sich dort versammeln.«

»Ich will mitkommen.«

Angespannt mustere ich ihren Leibeigenenkittel. Mein nun voller Magen dreht sich schon bei der Vorstellung um, was Mutter dazu sagen würde, wenn eine königliche Magd zur Verabschiedung der Hird in einem solchen Aufzug erscheint. »Das kannst du gern tun, aber nicht in diesen Sachen.«

Nun wirft mir Yafeu einen ihrer verschmitzten Blicke zu. »Das würde mir nicht einmal im Traum einfallen.«

Nervös wandere ich vor der Hintertür auf und ab. Ich möchte Yafeu nicht hetzen, aber jetzt werden jeden Moment die Hörner geblasen, und meine Eltern werden wütend sein, wenn wir dann nicht fertig sind.

Also gehe ich zum Schuppen der Leibeigenen hinüber und will gerade anklopfen, als sie herauskommt. Bei ihrem Anblick verschlägt es mir den Atem.

Sie hat Helges Befehl befolgt und sogar noch mehr getan. Von ihrer Stirn aus ziehen sich sechs gewundene Zöpfe bis zu ihrem Scheitel, der Rest ihrer lockigen Haare fällt offen herab. Durch die straffe

Flechtung werden ihre ovalen Augen außen leicht angehoben, was sie noch reizvoller macht. Und neben ihrem grünen Schmuckamulett trägt sie eine Kette aus … Zähnen. Den Zähnen des Wolfes, wie ich jetzt erst sehe. Anscheinend hat sie neben meiner Weste in der vergangenen Nacht auch diesen Schmuck angefertigt. Das grüne Kleid, das ich ihr gegeben habe, wird durch zwei breite Lederriemen ergänzt, die sie sich so um die Taille geschlungen hat, dass ihre Hüften betont werden. Als ich die Klinge sehe, die in einem der Riemen steckt, muss ich schlucken; es ist eines der Messer von letzter Nacht, frisch gereinigt und poliert.

»Bin ich so *präsentabel*?« Spielerisch wirbelt sie um die eigene Achse. Ihr Haar und die Kette lassen die Naht an ihrem Hals beinahe verschwinden. So muss ich mir wenigstens darüber keine Sorgen machen.

»Du wirst mit Sicherheit auffallen – positiv natürlich«, füge ich hastig hinzu, während ich die feinen Muster bewundere, die in jeden einzelnen Zahn geritzt sind.

Vom Wachturm schallt ein einzelner, lang gezogener Signalton herüber. Ich nicke Yafeu auffordernd zu. »Es wird Zeit.«

Sie folgt mir zur Vorderseite des Hauses, wo Vater, Mutter, Helge und die Wachen bereits auf uns warten. Um die irritierten Blicke meiner Eltern nicht sehen zu müssen, konzentriere ich mich auf das Panorama. Von hier aus kann man über ganz Skíringssal blicken. Sämtliche Winkel der Stadt scheinen auf die zwei Dutzend Schiffe hinzustreben, deren beeindruckende Drachenköpfe auf dem Wasser des Agdersfjord auf und ab schaukeln: Vaters komplette Flotte, zusammengezogen aus allen Siedlungen in Agder. Auf dem Weg, der zu den Feldern hinaufführt, drängen sich Bauern, Schäfer und Leibeigene, die alle wie die Ameisen auf den Hafen zumarschieren. Vom Fjord weht ein leichter Wind herauf, sodass ich selbst von hier oben aus das Gewirr aus fröhlichen Rufen, lautem Jubel und tränenreichen Abschiedsszenen hören kann. Er trägt auch den Geruch von Räucherfisch, Trockenfleisch und frisch gebackenem Fladenbrot zu mir herauf – Proviant, der von Vaters Männern gleich fässerweise an Bord der Schiffe gebracht wird.

Mutter spitzt gereizt die Lippen, als wir zu ihnen treten. »Es ist nicht klug, seine Eltern warten zu lassen.«

»Es tut mir wirklich leid«, antworte ich. »Das war meine Schuld. Ich habe mich nicht ganz wohl gefühlt.«

Vaters Lippen zucken, als er Yafeu bemerkt. Mutter hingegen wechselt einen Blick mit Helge, bevor sie meine Magd aus dem Augenwinkel mustert. Ich werde rot, obwohl ich gar nicht weiß, wer mir gerade unangenehmer ist: Yafeu oder meine Eltern.

Wir gehen an der Großen Halle und an Vaters Stallungen vorbei. Die Pferde wiehern unruhig in ihren Boxen, da sie die allgemeine Aufregung spüren. Sobald wir den Weg Richtung Hafen erreichen, stellen sich die Wachen so auf, dass sie uns komplett umschließen, und ich reihe mich hinter meinen Eltern ein. Yafeu signalisiere ich, dass sie zusammen mit Helge hinter uns gehen soll. Sie verdreht zwar die Augen, fügt sich dann aber zum Glück klaglos.

Mutter sieht wie immer zauberhaft aus. Ihren weißen Fuchspelz trägt sie heute über einem fein gewebten roten Kleid mit silberner Stickerei. Zwischen den beiden Silberschnallen hängt eine Kette aus Rubinen. Trotzdem wandert ihr Blick immer wieder zu Yafeu, die auch ohne übermäßigen Schmuck sämtliche Blicke in Skíringssal auf sich zieht.

Ich schicke ein stummes Stoßgebet zu den Göttern, dass dieser Vormittag ohne Zwischenfälle vergehen möge.

YAFEU

Mein Blick gleitet über die vielen Menschen hinweg zu den hölzernen Drachen auf dem Wasser. Die Ausgewogenheit zwischen brutaler Kraft und geschmeidiger Eleganz, die von jedem dieser Kriegsschiffe ausgeht, springt mir mit der Kraft von Sogbos Blitzen entgegen, genau wie damals, als ich sie das erste Mal sah. Natürlich werde ich unweigerlich von Alvtirs Schiff angezogen; mit seinen rot gestreiften Segeln und dem besonderes großen Drachenkopf am Bug wirkt es noch imposanter als die anderen. Ich schlucke krampfhaft, um nicht die Beherrschung zu verlieren.

König und Königin führen uns bis an den Strand hinunter, wo wir dann mit dem Rücken zum Wasser Aufstellung nehmen und zusehen, wie die Krieger nacheinander die an den Stegen vertäuten Schiffe betreten. Während sie an uns vorbeiziehen, fallen mir zum ersten Mal die großen Unterschiede zwischen den einzelnen Männern auf: Manche tragen nur eine Tunika und vom Knie abwärts gewickelte Hosen, während andere Rüstungsteile an Schultern, Arme und Beine geschnallt haben. Doch sie alle haben die gleichen gelben Schilde mit den schwarzen Vögeln darauf, die sie als König Ballis Krieger kennzeichnen.

Der Großteil der Soldaten nickt König und Königin höflich zu, um mich dann entweder unverhohlen anzustarren oder aber bewusst zu ignorieren. Ich bin mir nicht sicher, was mich mehr stört. Zwar bin ich nicht der einzige Fremdling in dieser Stadt, aber doch der einzige »Dunkelelf«, wie der König immer wieder gern betont. Die Kaufleute und Stadtbewohner sind meinen Anblick inzwischen gewöhnt, da ich oft entweder allein oder mit Freydis am Hafen auftauche. Aber viele Krieger haben mich nie zuvor gesehen oder zumindest nicht mehr seit unserer Überfahrt aus Anfa.

Der schmalgesichtige Mann erscheint ebenfalls, er trägt eine vollständige und makellos glänzende Rüstung. Bei Tageslicht sind seine Züge besser zu erkennen. Selbst verglichen mit seinen Landsleuten hat er extrem dünnes und helles Haar, was leise Übelkeit in mir auslöst, da es mich an Broskrap erinnert. Er wirft mir einen streitlustigen Blick zu, als er an mir vorbeimarschiert.

Der Zorn schlägt wie eine Flutwelle gegen meine inneren Dämme. Finster starre ich ihm hinterher und streiche instinktiv mit den Fingerspitzen über das Messer an meinem Gürtel. Er besteigt eines der Schiffe und fängt sofort an, Befehle zu brüllen. Mit zusammengebissenen Zähnen beobachte ich ihn. Doch es dauert nicht lange, bis ich selbst das Gefühl habe, beobachtet zu werden.

Als ich mich wieder dem Aufmarsch zuwende, rechne ich fest

damit, wieder einem lüsternen Soldatenblick zu begegnen. Doch genau das Gegenteil ist der Fall.

Sanfte Augen, die so grau-blau sind wie das Meer an einem bewölkten Tag, mustern mich fragend. Und während ihr Blick mich erfasst, spüre ich, wie ein Teil meines Zorns sich einfach auflöst. Es ist der Mann, der mich vor ein paar Monaten angesprochen und von meinem Fluchtplan abgebracht hat. Nun wandert sein Blick weiter, zu den Landungsstegen. Als er an mir vorbeigeht, mustere ich ihn neugierig. Er ist groß, schlank und dabei muskulös, weniger breit gebaut als die meisten Majūs. Auch seine Rüstung unterscheidet sich von der anderer Krieger. Sein Kettenhemd fällt fast bis zu den Knien und besteht aus sich überlappenden Scheiben statt Ringen, dazu trägt er lederne Arm- und Beinschoner. An seinem Gürtel hängt eine breite, langstielige Axt. Als er leichtfüßig an Deck springt – er gehört zu Alvtirs Mannschaft –, lassen Lisas Strahlen rote Flecken in seinem ordentlich gestutzten braunen Bart aufflammen.

War er auf der Reise von Anfa hierher auch schon auf Alvtirs Schiff? Während ich dabei zusehe, wie er mit geübten Handgriffen die Segel herablässt, frage ich mich, warum ich ihn damals nicht bemerkt habe. Vermutlich war ich zu sehr auf die Frauen konzentriert, um die Männer richtig wahrzunehmen. »Wer ist dieser Krieger?«, raune ich Freydis verstohlen zu.

Sie dreht sich zu mir um, und ich deute mit dem Kopf auf den Mann in der merkwürdigen Rüstung, versuche allerdings, es so unauffällig zu tun, dass er es nicht bemerkt.

»Wer denn?«, fragt Freydis laut.

Gerade als ich sie mit einem Zischen zum Schweigen bringen will, übertönt eine raue Stimme das allgemeine Getümmel.

»Abmarsch!«, ruft sie dröhnend, und die Menschen ringsum machen eilig Platz.

Die Menge teilt sich vor Alvtir wie das Getreide unter der Sense. Stille breitet sich aus. Hinter ihr laufen die beiden Frauen, die ich aus Anfa kenne, und noch eine dritte, jüngere. Sie ist kaum älter als ich.

Brennende Sehnsucht packt mich. Halb bewundernd, halb neidisch sehe ich zu, wie die vier Frauen mit dröhnenden Schritten auf Alvtirs Schiff zu marschieren. Der Klang ihrer synchron aufschlagenden Sohlen pulsiert wie ein Herzschlag über den Steg.

Alvtirs langes schwarzes Haar weht im Wind, ihre kraftvollen Augen blitzen immer wieder belustigt zwischen den Strähnen auf.

Eine greifbare Spannung liegt in der Luft, als sie sich König und Königin nähert. Doch anstatt sich ihnen zuzuwenden, bleibt sie direkt vor mir stehen.

Was?

Ich reiße die Augen auf, mein Herz pocht hektisch gegen meine Rippen.

Meine ungehemmte Bewunderung entlockt ihr ein schiefes Grinsen, dann beugt sie sich vor. Mir steigt der Geruch von Eisen in die Nase, als sie mir leise ins Ohr flüstert: »Bald.«

FREYDIS

Mir entgleist vor Schreck das Gesicht, als Tante Alvtir sich von Yafeu abwendet. Ohne auch nur ein Wort mit Vater zu wechseln, fährt sie herum und stapft auf ihr gewaltiges Kriegsschiff zu.

Was in Odins Namen könnte Tante Alvtir meiner Magd zu sagen haben?

Plötzlich sehe ich die Schwester meines Vaters mit ganz neuen Augen. Solange ich denken kann, habe ich jeden Sommer zugesehen, wie die Hird die Segel gesetzt hat, und doch ist mir nie aufgefallen, wie der Wind das schwarze Haar meiner Tante in einen ganz eigenen Wirbelsturm verwandelt, wenn sie über den Anleger schreitet; mit welcher Eleganz sie auf ihr Schiff springt, wie Angrbodas silberner Griff das Licht der aufgehenden Sonne reflektiert, wenn sie sich umdreht. Die Runen auf dem Schwert scheinen regelrecht zu funkeln.

Alvtir wartet geduldig, bis die letzte Frau an Bord gegangen ist. Dann zieht sie mit einer fließenden Bewegung ihr Schwert, fährt herum und durchtrennt das Seil, mit dem ihr Schiff festgemacht ist.

Die Menge keucht begeistert. Als wäre das ihr Stichwort gewesen, kappen auch die anderen Kapitäne ihre Leinen, die Krieger bringen die Ruder aus, und die Schiffe gleiten langsam zum Rest der Flotte hinaus, die vor dem Hafen wartet. Die Zuschauer zögern verwirrt, dann brechen sie nach und nach in Hochrufe aus.

Mein Blick huscht zu Vater, der mit schmalen Augen seiner Schwester hinterhersieht. Bisher hat immer er das Kommando gegeben, die Leinen zu lösen. Aus dem Augenwinkel sehe ich, wie Mutter ihn ebenfalls beobachtet. Sicher fragt sie sich genau wie ich, wie er auf Alvtirs Fehltritt reagieren wird.

Normalerweise würden wir noch ein wenig zusehen und gemeinsam mit dem Rest von Skíringssal jubeln, bis die Schiffe hinter der nächsten Biegung des Fjords verschwinden. Diesmal aber wendet Vater sich ab und wirft Yafeu dabei einen kalten Blick zu. Die ist so auf die auslaufenden Schiffe konzentriert, dass sie ihn gar nicht bemerkt.

Plötzlich bekomme ich Angst. Yafeu selbst ist ein beinahe so großes Spektakel wie der Aufbruch der Hird. *Ich hätte sie ihre normale Kleidung tragen lassen sollen*, rüge ich mich stumm, obwohl ein Teil von mir sicher ist, dass es keinen Unterschied gemacht hätte.

Odin stehe uns bei.

Zum Glück erhört der Allvater mein Gebet: Vater wendet sich ab und stapft den Weg zur Großen Halle hinauf. Hastig schieben sich die Wachen an seine Seite; diese unerwartete Abweichung vom üblichen Ritual hat auch sie verblüfft.

Ich will ihnen folgen, werde aber grob am Arm gepackt. Instinktiv zucke ich zusammen.

»Dein Elfenmädchen hält sich offenbar für eine Königin«, zischt Mutter mir ins Ohr. Ihre Nägel bohren sich durch den Stoff meines Kleides bis in die Haut. »Bring sie unter Kontrolle, sonst werden wir sie opfern, um bei Njord eine sichere Reise für die Hird zu erbitten.«

»Nein!« Panik steigt in mir auf. »Ich meine … ich werde sie selbst bestrafen.« Ich zwinge mich, überzeugende Härte in meine Stimme zu legen. »Ich werde dafür sorgen, dass sie nie wieder vergisst, wo ihr Platz ist.«

Mutter zögert noch einen Moment, dann lässt sie mich los und schiebt sich an mir vorbei, um Vater zu folgen. Ich werte das als Zustimmung. Helge sieht mich an und schüttelt stumm den Kopf, was wohl heißen soll, dass ich ihnen jetzt besser nicht folge. Nachdem sie zu Mutter aufgeschlossen hat, blicke ich ihnen reglos hinterher; mir ist es ganz recht, auf Abstand zu bleiben.

Die Strahlen der aufgehenden Sonne umfassen sie und blenden mich für einen Moment. Erst als ich meine Augen abschirme, sehe ich wieder, wie sie den Hügel hinaufgehen. Mutter hat sich auf diese bestimmte, konspirative Art zu Helge hinübergebeugt, der bestickte Saum ihres Kleides gleitet elegant hinter ihr über den Boden. Sie sehen aus wie Frigg und Fulla, die Göttin und ihre Magd und Vertraute, die gemeinsam den Bifröst nach Asgard überqueren. Sofort habe ich wieder vor Augen, wie Alvtir über den Anleger geschritten ist. Ich vergleiche die beiden Bilder, als wollte ich Wandteppiche aus ihnen machen: Frigg und die Walküre; die Göttin und die Kriegerin.

Mutter hat mir den Umgang mit Alvtir quasi verboten, da sie sich zu sehr vor dem Fluch fürchtet, der meine Tante bereits lange vor meiner Geburt heimgesucht hat. Wieder und wieder wurde ich von ihr gewarnt: *Alvtir ist eine Abscheulichkeit. Alvtir ist unweiblich. Du musst dich um jeden Preis von Alvtir fernhalten, sonst wird sie ihren Fluch an dich weitergeben und dich zu einer von ihresgleichen machen.*

Aber ... wäre es denn wirklich so schrecklich, eine »von ihresgleichen« zu sein?

Zum ersten Mal in meinem Leben bin ich mir nicht mehr sicher, wem von den beiden man tatsächlich mit Abscheu und Mitleid begegnen sollte – Mutter oder Alvtir. Mutter tut all das, was sie auch von mir verlangt, um eine lobenswerte Frau zu sein: Sie ist schön und gehorsam, beugt sich dem Willen der Männer. Doch durch die Art und Weise, wie sie meinem Vater hinterherläuft – mit dem gleichen Abstand, den sie auch immer zu meiner Tante wahrt –, wird überdeutlich, dass sie es ihm niemals wird recht machen können, ganz egal, was sie tut. Er toleriert ja kaum ihre Anwesenheit, von Liebe ganz zu schweigen. Und mit jedem Jahr, in dem sie ihm nicht den erhofften männlichen Erben schenkt, wird es schlimmer. Trotzdem ist sie weiter an ihn gekettet, weder seine noch ihre Gefühle spielen dabei eine Rolle.

Natürlich könnte Mutter die Scheidung verlangen. Aber Vater hat das Thing unter seiner Kontrolle, wie könnte sie die Männer also davon überzeugen, sie ihr zu gewähren, wenn sie sich dadurch gegen ihn stellen würden? Und selbst wenn es ihr gelänge, wohin sollte sie dann gehen? Sie wurde als Tochter eines Bauern in Alfhaimar geboren und hat keinen nennenswerten Brautpreis mit in die Ehe gebracht, da sie Vater geheiratet hat, bevor er reich wurde. Damals war er noch ein einfacher Jarl unter der Herrschaft des Dänenkönigs. Sicher, sie könnte nach Alfhaimar zurückgehen, ihr Bruder führt dort jetzt den Hof, zusammen mit Frau und Kindern. Aber die Vorstellung, Mutter könnte als Magd im Haus ihres Bruders leben, ihre Schwägerin bedienen und sich abhängig machen von der Gastfreundschaft, die ihr dort gewährt würde, ist einfach absurd. Ein solches Schicksal wäre für sie schlimmer als der Tod, schließlich sieht sie in ihrem Status als Königin ihre eigentliche Berufung.

Mutter ist also an einen Mann gefesselt, der sie nahezu verabscheut, und sie kann sich nicht einmal einen Liebhaber nehmen, wenn sie ihre Stellung nicht gefährden will. Nicht nur die Götter wissen, dass Vater hin und wieder auf eheliche Abwege gerät, wie Männer es eben tun. Aber ich habe nie auch nur das kleinste Gerücht darüber gehört, dass aus einer dieser Eskapaden ein Kind hervorgegangen wäre. Ich mag ja nicht so vielseitig begabt sein wie Yafeu, aber ich bin zumindest sehr gut darin, mich unsichtbar zu machen, unbemerkt aufzuschnappen, was man sich erzählt – sei es nun beim König oder bei seinen Leibeigenen. Für Mutter ist es sicher ein bittersüßer Trost, dass die Götter ihrem Mann bislang keinen Bastard geschenkt haben.

Und Alvtir segelt währenddessen um die halbe Welt. Sie ist nicht abhängig von einem Mann – ihr Leben, ihr Besitz und ihr Körper gehören ihr ganz allein. Und im Gegensatz zu allen anderen in Agder hat sie auch keine Angst vor meinem Vater. Warum sollte sie? Sicher, ihr Leben ist von Gewalt geprägt, aber macht sie das gleich zu einer »Abscheulichkeit«? Ist sie deshalb wirklich »unweiblich«?

Yafeu zum Beispiel wäre gern wie Alvtir. In vielerlei Hinsicht *ist* Yafeu wie Alvtir, und die Art und Weise, wie manche Männer sie ansehen, zeigt, dass sie dadurch nicht weniger begehrenswert für sie ist als andere Frauen. Trotz ihrer Kraft und ihrer Zügellosigkeit ... oder vielleicht gerade deswegen.

Ich drehe mich um, doch Yafeu mustert mich mit vollkommen ausdrucksloser Miene. Vielleicht habe ich mir all das, was gerade geschehen ist, ja nur eingebildet. Vielleicht war es eine Art Tagtraum.

Doch dann fällt mir ein, dass sie sehr gute Ohren hat. Bestimmt hat sie trotz der lärmenden Menge gehört, was ich zu Mutter gesagt habe.

Beschämt lasse ich den Kopf hängen. »Es tut mir leid, Yafeu.« Ich meine es ehrlich.

»Ich werde jetzt also bestraft.« Eine Feststellung, keine Frage, als hätte sie ihr Los bereits akzeptiert. Mir geht die Frage durch den Sinn, ob Yafeu sich wohl jemals in ihrem Leben für etwas entschuldigt, jemals einen anderen Menschen um Verzeihung gebeten hat. Tante Alvtir hat das ganz sicher nie getan.

Ich stoße einen Seufzer aus, der aus den tiefsten Abgründen meiner Seele hervorzubrechen scheint. »Nein, das war wieder eine Lüge.«

Damit habe ich meine Mutter zweimal in zwei Tagen angelogen. Ein Gedanke, der an mir nagt, gleichzeitig aber auch irgendwie aufregend ist.

In Yafeus Miene regt sich etwas, als hätte sich mit meinen Worten eine Anspannung in ihr gelöst, die ich vorher nicht wahrgenommen habe. Sie nickt ernst.

»Was hat meine Tante zu dir gesagt?« Plötzlich packt mich wieder die Neugier.

Yafeu zuckt nur mit den Schultern. »Ich habe sie nicht verstanden.«

Nun ist Yafeu zur Lügnerin geworden. Wir wissen beide, dass sie unsere Sprache inzwischen gut genug spricht, um so gut wie alles zu verstehen, auch wenn sich ihr einzelne Worte manchmal nicht ganz erschließen. Aber wenn sie es mir jetzt noch nicht sagen will, muss ich das akzeptieren. Offenbar habe ich mir ihr Vertrauen noch nicht verdient.

»Hör mal, Yafeu«, beginne ich noch einmal, »heute habe ich es noch geschafft, dir eine Prügelstrafe oder Schlimmeres zu ersparen. Aber wenn du dich nicht an unsere Gepflogenheiten anpasst, wirst du niemals ...« Ich unterbreche mich kurz, weil mir plötzlich ihre nussbraune Haut, die offen zur Schau gestellte Wolfszahnkette und die Eigensinnigkeit, die sich in ihren dunklen Augen spiegelt, überdeutlich bewusst werden. »... wirklich reinpassen.«

Auf ihrem Gesicht breitet sich ein Grinsen aus, das mich wieder an Tante Alvtir denken lässt. »Ich glaube nicht, dass ich jemals wirklich reinpassen werde, Prinzessin.«

»Nein, nicht vollständig«, gebe ich zu. »Aber das hier ist jetzt dein Zuhause, ob es dir nun gefällt oder nicht. Und wenn du dem Zorn meines Vaters entgehen willst, wirst du dir unsere Sitten aneignen müssen.«

Yafeu runzelt unwillig die Stirn, während ich von meiner eigenen Kühnheit überrascht bin. Aber sie widerspricht mir nicht; sie weiß, dass ich recht habe.

»Ich werde dir alles beibringen, was du wissen musst, um in Agder als respektable Frau zu gelten«, fahre ich fort. »Aber ich verlange im Gegenzug auch etwas von dir.«

Fragend hebt sie die Brauen.

»Erstens musst du mir versprechen, dich im Beisein von Mutter und Vater zurückzuhalten. Halt den Kopf unten, sag nichts, tu, was man dir befiehlt.«

Yafeu stößt einen unwilligen Laut aus, nickt dann aber zustimmend. »In Ordnung.«

»Und zweitens ...«, ich recke triumphierend das Kinn, »sollst du mir beibringen, wie man kämpft.«

22 YAFEU

Freydis spuckt einen Mund voll Erde aus und stemmt sich hoch. Ihre keuchenden Atemzüge lassen kleine Dampfwolken in der kalten Morgenluft aufsteigen, während sie sich den Schweiß von der Stirn wischt.

Ich strecke meine Arme nach hinten und dehne sie etwas, da ich warten muss, bis sie wieder zu Atem kommt. Der Duft der dürren klebrigen Nadelblätter liegt in der Luft; Freydis hat mir erklärt, dass die dazugehörigen Bäume Kiefer und Fichte heißen. Ihr Geruch wirkt beruhigend auf mich, er scheint mich aus irgendeinem Grund zu erden. Inzwischen kommen wir regelmäßig auf diese kleine Lichtung nordöstlich der Stadt. Der Boden ist mit braunen Nadeln bedeckt, die ich zu einer Art Übungsplatz zusammengeschaufelt habe; so dämpfen sie den Aufprall, wenn wir stürzen.

Oder besser gesagt, wenn *sie* stürzt.

Bei diesem Gedanken kann ich mir ein leises Kichern nicht verkneifen.

»Lach ... du ... nur«, keucht Freydis. »Du schuldest mir ... trotzdem noch ... eine Antwort.« Entschlossen ballt sie die Fäuste und hebt sie vor das Gesicht. Da sie weder ausreichend Kraft noch die nötige Koordination mitbringt, um eine Waffe zu führen, bringe ich ihr die Grundlagen des Nahkampfes bei.

Wenn du dich zu sehr auf deine Messer verlässt, werden sie irgendwann zu einem Schwachpunkt, hat Papa immer gesagt. *Gu hat dich mit seiner Magie gesegnet, aber das bedeutet keinesfalls, dass du dich nicht auch ohne sie verteidigen kannst.*

Grinsend hebe ich ebenfalls die Arme und genieße es, wie meine Muskeln auf die früher so vertraute Bewegung reagieren – wie ein treuer Hund, der zu seinem Herrn zurückkehrt. »Der König teilt das Land unter den Jarls von Agder auf«, beginne ich, »und im Gegenzug bekommt er ein Drittel der Erträge dieses Landes als Tributzahlung, und sie verpflichten sich, ihre Schiffe und Männer zu einem Teil seiner Hird zu machen.«

Diesem Ritual folgen wir nun schon seit einigen Wochen: Wir stehen lange vor Sonnenaufgang auf, kommen hierher und üben uns im Kampf, wobei mir Freydis die Gebräuche der Majūs einimpft – ihre Gesetze, ihre Sitten, ihre Götter und die korrekte Art, sie zu ehren. Außerdem hat sie mir die Namen und Verwendungsmöglichkeiten der Pflanzen und Tiere beigebracht, die ich nicht kannte. So habe ich gelernt, dass die Bäume mit den mächtigen Stämmen und löffelähnlichen Blättern Eichen heißen und dass man mit ihrer Rinde Hautausschläge und Halsschmerzen behandeln kann. Die Pflanzen mit den gezahnten Blättern und den haarigen violetten Stängeln heißen Beifuß und gelten als Heilmittel für Bauchschmerzen. Außerdem können sie die weibliche Blutung fördern. Der Pelz, den Alvtir mir geschenkt hat, stammt von einem Tier namens Otter und wird besonders geschätzt, da er durch das ihm eigene Öl Wasser abweisend ist und seinen Träger angenehm trocken hält. All das und noch viel mehr habe ich von Freydis gelernt. Ich muss zugeben, dass sie wesentlich klüger ist, als ich es bei unserer ersten Begegnung vermutet hätte.

Jetzt zielt sie auf meine Schulter und ich lasse ihren Schlag durch. Ein selbstzufriedenes Grinsen erhellt ihre vogelähnlichen Züge. Ihr ist nicht klar, dass ich es ihr bewusst leicht mache.

»Aber warum …« Ich wirbele herum und trete ihre Faust weg, was ihr das Grinsen sofort aus dem Gesicht wischt. »… sind die Jarls überhaupt bereit, ihm so viel zu geben? Wenn sie über eigene Schiffe und Männer verfügen, könnten sie sich doch gegen ihn zur Wehr setzen, oder nicht?«

»Weil er geschworen hat, sie zu beschützen und sie zu Ruhm und Reichtum zu führen«, antwortet sie, während sie anfängt, mich langsam zu umkreisen. Ich drehe mich mit, um sie im Auge zu behalten; dabei hüpfe ich sanft auf den Fußballen, um in Bewegung zu bleiben. »Sie hingegen haben ihm Treue geschworen. Hält er sein Wort, müssen sie ihres ebenfalls halten. So ist der König an sein Volk gebunden, aber auch andersherum. Einen einmal geleisteten Schwur zu brechen, gilt als extrem unehrenhaft. So etwas geschieht fast nie. Allerdings ist Vaters Hird auch immer die größte von allen – vorsichtshalber, sozusagen.«

Heute ist das nur schwer vorstellbar, aber Freydis hat mir erzählt, dass Balli in seinen jungen Jahren ein Krieger und wahrer Volksheld war. Er führte die Hird in eine ruhmreiche Schlacht, durch die Agder von der Fremdherrschaft befreit wurde. Bei den Majūs werden große Krieger über alle Maßen respektiert und verehrt. Die besten unter ihnen können Jarl oder sogar König werden, selbst wenn sie ohne Land oder Titel geboren wurden. Deshalb herrscht ein harter Konkurrenzkampf zwischen den Königen und Jarls und die Macht des Einzelnen unterliegt wie das Wasser im Fjord einem regelmäßigen Wechsel von Ebbe und Flut. Sie wird einem ebenso oft von einem stärkeren Gegner entrissen, wie sie innerhalb der Familie vererbt wird.

Doch jeder, vom mächtigsten König bis zur niedersten Milchmagd, ist dem Gesetz der persönlichen Ehre unterworfen. Ein Mann – oder eine Frau – kann sich als der größte Krieger bewährt haben, den die Welt je gesehen hat, er würde trotzdem all seine Macht und jegliches Ansehen verlieren, wenn er durch unehrenhaftes Verhalten Schande auf sich lädt.

Vor allen Dingen aber habe ich mir von Freydis so viel wie möglich über Alvtir erzählen lassen. Sie und ihre weiblichen Krieger werden Schildmaiden genannt. Zwar ist es bei den Majūs nicht üblich, dass Frauen Seite an Seite mit den Männern kämpfen, aber es ist durchaus schon vorgekommen. Selbst in ihren alten Geschichten – die jenen, die meine Eltern mir früher erzählt haben, gar nicht so unähnlich sind – treten hin und wieder Schildmaiden als Helden hervor. Als Alvtir noch jung war, wurde sie von fremden Kriegern entführt, konnte viele Monde später aber entkommen und kehrte zurück.

Doch sie hatte sich verändert. Was auch immer sie während ihrer Abwesenheit durchlitten hatte, hatte eine brutale und grausame Frau aus ihr gemacht. In seiner Ratlosigkeit darüber, was er mit seiner verwilderten Schwester anfangen sollte, gestattete König Balli ihr, seiner Hird beizutreten und eine kleine Schar von Frauen um sich zu sammeln. Drei Frauen, die aus Freydis unbekannten Gründen keine Ehemänner hatten, die für sie sorgten.

Freydis wiederum geht ihre Lektionen mit ebenso viel Eifer an wie ich meine. Während des letzten Mondlaufs hat ihr Körper einen Teil seiner Weichheit verloren und dafür einige Schnitte und Prellungen abbekommen. Doch überraschenderweise beklagt sie sich nie über die Schmerzen. Dabei kommt es mir so vor, als hätte sie gestern noch über jeden Zweig gejammert, der sie im Wald streift. Wir mussten heimlich eine Hose und eine Tunika für sie schneidern, damit ihre Kleider keine Risse und Flecken abbekommen. Und auch hier hat sie mich überrascht, da die sonst so auf Damenhaftigkeit bedachte Prinzessin diese weite, einfache Kleidung sehr gern zu tragen scheint.

Jetzt versucht sie es mit einem Schlag gegen den Kopf, dem ich mühelos ausweichen kann. »Bei Lokis Tücke!«, flucht sie. »Woher wusstest du, dass ich das tun werde?«

»Deine Augen verraten dich. Du musst die Bewegung ausführen, sobald sich der Gedanke in deinem Kopf bildet.« Ich lasse meine Faust vorschießen und fange sie erst dicht vor ihrem Kinn ab. Freydis zuckt automatisch zurück. »Du musst deinen Gegner aus dem Gleichgewicht bringen.«

»Aber dich kann man nicht aus dem Gleichgewicht bringen«, brummt sie gereizt und stemmt die Hände auf die Schenkel, um nach Luft zu schnappen.

Ich bin in Gedanken schon wieder bei Balli und Alvtir. »Warum führt dein Vater die Hird eigentlich nicht selbst an?«, wundere ich mich. »Hat Alvtir die Führungsrolle inne, weil sie der bessere Krieger ist?«

Freydis richtet sich steif auf. Die Röte auf ihren Wangen wird jetzt wohl nicht mehr nur durch die körperliche Anstrengung hervorgerufen. »Es ist sicherer für ihn, wenn er mit seinen Wachen hierbleibt. Für den Fall, dass Skíringssal angegriffen wird. Deshalb hat er Tante Alvtir zu seiner Stallari gemacht, die an seiner statt die Hird anführt.« Mit einem verschmitzten Grinsen fügt sie hinzu: »Du willst mich doch nur ablenken, damit ich dir keinen ordentlichen Kampf liefern kann.«

Als ich laut auflache, stimmt sie mit einem atemlosen Kichern ein. »Also gut, was kommt nach den Jarls?«, will sie dann von mir wissen, während sie mich erneut umkreist.

»Die Karls: freie Männer ohne Titel. Also Bauern, Handwerker, Händler und Soldaten.«

Freydis nickt zufrieden. Ich hole zum Schlag aus, aber sie springt geschickt beiseite, was wiederum in mir Zufriedenheit auslöst.

»Und nach den Karls …« Sie verstummt abrupt. Plötzlich hat das Gespräch eine unangenehme Wendung genommen.

»Leibeigene«, stoße ich gepresst hervor. Bevor sie auch nur ansatzweise reagieren kann, ziehe ich ihr mit einem harten Tritt die Beine unter dem Körper weg. Ächzend landet sie auf dem Hintern.

»In meinem Dorf gab es keine *Leibeigenen*«, erkläre ich ihr wütend, während sie aufsteht und sich die Kehrseite reibt. »Jeder hat mit jedem geteilt. Wir haben alle zusammen überlebt, als Gemeinschaft.«

Na gut, es wurde mit jedem geteilt außer mit meiner Familie. Aber diesen Teil lasse ich unter den Tisch fallen. Ich will Freydis nicht sagen, dass man uns ausgeschlossen hat, dass wir uns ganz allein durchkämpfen mussten, obwohl mein eigener Onkel der Dorfoberste war. Ich will ihr nicht sagen, dass alle mich für jugu hielten.

Freydis räuspert sich verlegen.

»Noch eine Runde«, fordert sie dann nachdrücklich, um das Thema zu wechseln. »Diesmal wirst du auf der Erde landen.« Wie ich zuvor hüpft sie nun von einem Fuß auf den anderen.

Ich muss zwar lächeln, schüttele aber dennoch den Kopf. »Das reicht für heute. Du musst dich ausruhen.«

»Nur noch einmal!«, bettelt sie wie ein kleines Kind. So habe ich auch immer mit Papa gefeilscht, wenn er den Unterricht beenden wollte. Es führt mir wieder vor Augen, dass sie im Grunde noch ein Kind *ist*. Auch wenn wir im selben Alter sind, habe ich im Vergleich zu ihr schon die Härten mehrerer Leben ausgestanden. »Sól ist noch nicht ganz aufgegangen, wir haben also noch Zeit«, fügt sie hinzu. In ihren Augen spiegelt sich diese Besessenheit wider, die immer ein ungutes Gefühl in mir auslöst.

Trotz allem, was ihr Volk mir angetan hat, ist mir Freydis nicht gleichgültig, ich sorge mich sogar um sie. Sie nimmt keinerlei Rücksicht auf die Grenzen, die ihr Körper ihr aufzeigt. Ihr Eifer und ihre Entschlossenheit sind bewundernswert, aber sie verlangt sich selbst zu viel ab. Sie giert nach Fähigkeiten, die sie sich noch nicht erarbeitet hat.

Zähneknirschend verdränge ich diese Sorge. Warum sollte es mich interessieren, wenn Freydis sich verletzt? Ihr diese Lektionen zu erteilen, erspart mir zumindest langweilige Stunden am Webstuhl. Außerdem komme ich dadurch selbst wieder so weit in Form, dass ich bereit sein werde, wenn Alvtir mich holt.

Denn das muss Alvtir doch gemeint haben mit diesem »bald«: dass sie mich nach dem Beutezug befreien und unter ihre Fittiche nehmen wird, so wie sie es auch mit ihren anderen Kriegerinnen getan hat. Es war damals in Anfa also doch richtig, ihr zu vertrauen. Ich musste mich ihr nur erst beweisen, was ich getan habe, indem ich Broskrap tötete. Sicher war sie dort und hat es gesehen. Deshalb hat sie mich noch am selben Abend an Freydis übergeben. Bald werde ich keine Sklavin mehr sein.

Bald werde ich die Kriegerin sein, zu der ich schon immer bestimmt war.

Bei diesem Gedanken werde ich ganz kribbelig. Ich werfe mich nach hinten, lande auf meinen Händen, lasse meine Beine über mich hinweggleiten und lande geschickt in der Hocke.

»Jetzt gibst du einfach nur an«, stellt Freydis grinsend fest.

Fröhlich zwinkere ich ihr zu. »Also gut, eine Runde noch.«

Strahlend geht sie in Kampfhaltung. Ich warte ab, überlasse ihr den ersten Zug. Sie versucht es mit einem schnellen, kurzen Schlag, dem ich leicht ausweichen kann. Frustriert stampft sie mit dem Fuß auf und stürmt an mir vorbei.

»Du bist zu berechenbar«, erkläre ich ihr, während ich mich bücke, um meine Stiefel neu zu schnüren. »Du musst den Gegner aus dem Konzept …«

Ihr Arm schlingt sich um meinen Hals und drückt mir die Luft ab. Ich reagiere instinktiv, indem ich mich nach vorne werfe, mit beiden Händen ihren Unterarm packe und gleichzeitig meinen Hinterkopf auf ihre Nase krachen lasse.

Mit einem lauten Schrei stolpert Freydis nach hinten. Panisch springe ich auf und fahre zu ihr herum.

Sie hält sich die Nase und wendet sich ab; sie zittert vor Schmerz.

»Lass mich sehen.« Ich berühre sie am Arm, aber sie weicht ängstlich zurück.

Schließlich zeigt sie mir ihr Gesicht doch noch. Ihre Nase blutet stark, scheint zum Glück aber nicht gebrochen zu sein. »Ist nicht so schlimm«, versichere ich ihr ruhig. »Das verheilt wieder. Leg den Kopf in den Nacken, dann hört es auf zu bluten.«

Fast schon dankbar gehorcht sie. »Warum hast du das getan?«, beschwert sie sich näselnd. »Ich habe doch nur versucht, das umzusetzen, was du mir gesagt hast!«

Ich reiße ein kleines Stück Stoff von meinem Ärmel und drücke es sanft von unten gegen ihre Nase. Freydis zuckt schmerzerfüllt zusammen, als ich dann auch noch gegen ihre Nasenflügel drücke, aber so hört es wenig später auf zu bluten.

Schweigend folge ich ihr auf den Trampelpfad, den wir uns durch den Wald gebahnt haben. Ein Stück unter uns verläuft der Fluss, dessen Plätschern nun die drückende Stille vertreibt. Ich würde ihr gerne sagen, dass ich sie gewarnt habe, dass sie sich nicht auf diese Weise mit mir messen kann – aber ich tue es nicht. Schmerz ist Strafe genug, das weiß ich aus Erfahrung.

»Was soll ich bloß Helge sagen?«, fragt sie schließlich.

»Dir wird schon etwas einfallen. Wie immer.« Auch wenn sie es nicht gern zugibt, belügt Freydis ihre Familie nun schon eine ganze

Weile. Sie lügt, wenn sie fragen, wohin wir gehen oder was wir tun. Welchen Unterschied macht da schon eine weitere Lüge?

Plötzlich tritt Freydis in eine Schlammpfütze und verliert den Halt.

»Freydis!« Ich packe sie an den Schultern und kann gerade noch verhindern, dass sie den Abhang zum Fluss hinunterrutscht. Nachdem sie sich abgefangen hat, richtet sie sich auf.

»Alles in Ordnung«, versichert sie mir. Wir sehen uns an und lachen erleichtert. Doch unsere Fröhlichkeit findet ein jähes Ende, als uns ein fauliger Geruch in die Nase steigt.

»Igitt.« Nun drückt Freydis wieder eine Hand an die Nase. »Jetzt wünschte ich mir fast, meine Nase wäre gebrochen.«

Ich atme durch den Mund und versuche, den Würgereiz zu unterdrücken. »Lass uns weitergehen.«

Wir machen uns wieder auf den Weg, aber der Gestank wird mit jedem Schritt schlimmer. Leise Furcht steigt in mir auf und reckt ihre Tentakel durch meine Brust bis in meine Kehle hinauf.

Ich kenne diesen Geruch.

Es ist der Gestank des Todes.

Und er kommt vom Fluss.

FREYDIS

Yafeu wirft mir einen nervösen Blick zu, bevor wir die Böschung hinunterklettern. Das Herz schlägt mir bis zum Hals, als ich ihr folge, sehr vorsichtig, weil der Abhang voller Matsch ist. Die Furcht betäubt sogar die Schmerzen in meiner Nase. Was auch immer diesen Gestank verursacht, es kann nichts Gutes sein.

Eine Gruppe Raben hat sich am Ufer zusammengerottet; sie steigen laut krächzend in die Luft auf, als wir uns nähern. Es wirkt wie ein böses Omen, das mir einen zusätzlichen Schauer über den Rücken jagt.

Und genau das ist es auch. Als wir ans Ufer treten und klar wird, woran sich die Raben gelabt haben, schwinden mir beinahe die Sinne.

Dort liegt eine Leiche – der Oberkörper halb im Schlamm versunken, die Beine sanft in der Strömung des Flusses schwankend. Das kalte Wasser hat sie blau verfärbt und übermäßig aufquellen lassen, die Verwesung hat bereits eingesetzt. Sie kann erst vor Kurzem hier angespült worden sein. Die aufgedunsene Haut ist mit Kratzern und Schrammen übersät, doch über den Hals zieht sich ein Riss, der viel zu tief ist, um von den Raben verursacht worden zu sein.

Und obwohl die Vögel ihr die Augen ausgerissen haben, erkenne ich das Gesicht: Onkel Broskrap.

Ich falle auf alle viere und übergebe mich ins Gras. Wieder und wieder würge ich, bis nichts mehr in mir ist, das ich herauspressen könnte.

Wer kann das nur getan haben? Dieser ehrlose Schuft hatte nicht einmal genug Anstand, um ihn zu bestatten.

»Wir müssen Hilfe holen«, keuche ich, als Yafeu mir aufhilft.

»Nein«, erwidert sie leise.

Verwirrt runzele ich die Stirn. »Was soll das heißen: nein? Dein ehemaliger Herr, mein Onkel Broskrap, wurde ermordet!«

Sie wendet den Blick ab, an ihrem Hals treten für einen Moment sämtliche Muskeln hervor. Ich richte mich zu meiner vollen Größe auf, wodurch ich ihr allerdings immer noch nur knapp bis zum Kinn reiche. Trotzdem versuche ich, möglichst autoritär zu wirken.

»Yafeu, ich befehle dir …«

»Ich habe ihn getötet.«

Der Rest des Satzes bleibt mir im Hals stecken. Die Welt um mich herum verschwimmt, ich taumele kurz. »Was?«

Sie fixiert mich mit ihren rätselhaften dunklen Augen. »Ich habe diesen Mann getötet.«

Yafeu. Im ersten Moment spüre ich nichts außer rasender Wut. Sie reißt mich mit sich wie niemals ein Gefühl zuvor. Die Kraft dieses Zorns lässt mich am ganzen Körper zittern.

»Wie … wie konntest du nur? Broskrap war kein besonders guter Mensch, aber er gehörte zur Familie. Und er war meinem Vater treu ergeben. Hatte zwei kleine Söhne. Bei den Göttern, was wird nun aus den Jungen werden?«

Wortlos sieht Yafeu mich an. »Ich war so dumm!«, wüte ich weiter. »Deshalb willst du so sein wie Tante Alvtir. Mit dir stimmt etwas nicht, das hätte ich von Anfang an begreifen müssen. Du bist eine *Wilde*! Ein *Monster*!«

Weil es mir passend erscheint, spucke ich auch noch vor ihr auf den Boden aus. Dann sinke ich kraftlos auf die Knie, benommen von all dem Zorn, der Trauer, der Fassungslosigkeit.

Ich habe meine Eltern belogen, war ungehorsam, und das alles für eine Mörderin! Eine Mörderin, die mir auch noch beigebracht hat, wie sie zu sein. Neue Übelkeit steigt in mir auf. Wie konnte ich nur so naiv sein?

Ich habe dir vertraut, Yafeu!

Fast scheint es, als hätte sie meine Gedanken gehört, denn plötzlich beginnt sie zu sprechen: »Als ich Broskraps Sklavin war, habe ich zusammen mit zwei anderen Leibeigenen in einer Scheune gelebt. Broskrap hat uns bis zum Umfallen schuften lassen. Wir bekamen viel zu wenig zu essen, und wenn wir versucht haben, uns mehr zu nehmen, hat er uns geschlagen. Wir waren jeden Tag hungrig und haben jede Nacht gefroren. Wir haben auf dem nackten, kalten Boden geschlafen, so dicht am Feuer, dass der Ruß unsere Gesichter geschwärzt hat. Eines Tages ist Broskrap einem der anderen Mädchen in den Wald gefolgt. Er hat sie beim Baden beobachtet, bei einer der wenigen Freuden, die es in unserem elenden Leben noch gab. Doch es hat ihm nicht gereicht, sie zu beobachten. Nein, das war deinem *Onkel* nicht genug. Er hat sie aus dem Wasser gezerrt, hat sie auf den Boden gedrückt, und während sie sich verzweifelt gewehrt hat, hat er sie sich genommen.«

Yafeus Worte prasseln auf mich ein wie ein Schwall Eiswasser. Ich schlinge die Arme um den Bauch, um mich vor diesem Grauen zu schützen.

»Du nennst mich eine Wilde?«, fährt sie mit finsterer Miene fort. »Ein Monster? Dein Onkel war all das, und noch viel Schlimmeres. Deshalb habe ich ihm die Kehle aufgeschlitzt. Und ich würde es wieder tun. Ich bereue nur, dass ich ihn nicht länger habe leiden lassen.«

Wortlos starre ich auf meine Füße, gelähmt vor Scham. Meine Wut ist verflogen, sie wurde von bitterer, niederschmetternder Reue verdrängt.

»Jetzt kennst du die Wahrheit. Was du daraus machst, ist deine Sache. Wenn du möchtest, kannst du mich jetzt von deinem Vater hinrichten lassen.«

Es kostet mich all meinen Mut, Yafeu ins Gesicht zu sehen. Hoch aufgerichtet steht sie da und wartet. Wartet darauf, dass ich, ihre *Besitzerin*, darüber entscheide, ob sie weiterleben darf. Bei diesem Gedanken möchte ich mich gleich noch einmal übergeben. »Yafeu ... Ich hatte ja keine Ahnung.«

Keine Reaktion.

»Es tut mir so leid. Das alles tut mir leid. Ich werde niemandem verraten, was du getan hast. Das verspreche ich dir.«

Noch immer nichts. Sie starrt mich noch einen Moment lang an, dann wirbelt sie herum und macht sich an den Aufstieg zurück zu unserem Pfad.

»Warte!« Ich renne hinter ihr her. »Wir müssen den Leichnam begraben. Sonst wird ihn jemand ...«

Yafeu erstickt meine Worte, indem sie mir die Hand auf den Mund presst. Mit weit aufgerissenen Augen sieht sie sich um.

Dann höre ich es auch: Hundegebell.

Plötzlich fällt mir wieder ein, dass die Zeit der Elchjagd begonnen hat. Ich war so auf unsere Übungsstunden fixiert, dass ich das ganz vergessen habe. In diesen Wäldern wimmelt es jetzt vermutlich nur so vor Jägern.

Yafeu stürmt den Abhang hinauf, zerrt mich hinter sich her und schiebt mich oben hinter eine große Eiche. Dann hebt sie Dreck vom Boden auf und reibt ihn mir auf Gesicht und Tunika, bevor sie sich selbst damit beschmiert. Ich hingegen stehe einfach nur da, reglos wie ein Stein, während das Gebell immer näher und näher kommt.

»Dein verdammter Köter wird noch den Elch verjagen«, schimpft plötzlich eine Männerstimme. »Der kläfft mehr, als er denkt, genau wie sein Besitzer. Und sein Atem ist auch nicht viel besser.«

Die Beleidigung hat nur ein tiefes Lachen zur Folge. »Deine Schwester hat sich noch nie über meinen Atem beschwert«, erwidert sein Begleiter.

Das klingt nach Knut und Erik, zwei von Vaters Wachmännern. Bestürzt fällt mir wieder ein, dass Erik über die väterliche Seite ebenfalls mit Broskrap verwandt ist.

Plötzlich wird das Gebell noch lauter, der Hund scheint beinahe durchzudrehen.

»Was ist das denn?«

»Bei den Göttern, das ist Broskrap!«

Entsetzt sehen Yafeu und ich uns an. Schnell schicke ich ein Gebet an Vidar, den Gott der Wälder, damit die Hunde nicht als Nächstes uns aufspüren. Hoffentlich hören sie nicht meinen verräterisch lauten Herzschlag.

Erik stößt einen derben Fluch aus. »Das müssen wir sofort dem König melden.«

Ein lauter Pfiff ertönt und die Hunde laufen zu ihren Herren zurück. Wenig später verklingen die Laute von Mensch und Tier in der Ferne. Noch immer zitternd, stoße ich den Atem aus.

»Wir müssen vor ihnen an der Halle sein«, zischt Yafeu panisch. »Und niemand darf uns sehen.«

Mein Blick huscht ziellos über die zertretenen braunen Nadeln, während sich meine Gedanken überschlagen.

Denk nach, Freydis, denk nach.

Erik und Knut werden denselben Weg nehmen wie wir vorhin und durch die Gärten meines Vaters abkürzen, da dies die zweitschnellste Route zur Großen Halle ist. Nur ein Weg könnte uns schneller dorthin bringen. Ein Weg, auf dem uns auch keine lebende Seele entdecken wird.

Der Weg durch die tote Stadt.

Furcht kriecht in mein Herz wie ein Wiedergänger, der sich aus seinem Grab befreit. Ich werfe Yafeu einen ängstlichen Blick zu, ganz kurz nur.

Aber sie hat mich bereits durchschaut. »Du kennst einen Weg.«

»Ja, es gibt noch einen …« Entschieden schüttele ich den Kopf. »Das geht nicht.«

»Warum nicht?«

»Es ist verboten.«

»Dass wir überhaupt hier sind, ist ebenfalls verboten! Darüber können wir uns jetzt keine Gedanken machen.«

»Du verstehst das nicht. Wir müssten dazu einen Ort durchqueren, an dem das Böse lauert. Einen verfluchten Ort. Wenn wir dorthin gehen, laufen wir Gefahr, diesen Fluch ebenfalls auf uns zu laden. Und dann …«

Dann werde ich vielleicht niemals Kinder haben. Und Mutter könnte ihre ungeborenen Söhne verlieren.

»… würden wir die ganze Stadt in Gefahr bringen.« Ich kann die Wahrheit nicht aussprechen.

Fahrig streicht Yafeu über ihre straffen Zöpfe. »Mir bleibt keine andere Wahl, Freydis. Wenn jemand sieht, wie ich aus dem Wald komme, in dem gerade Broskraps Leiche gefunden wurde, könnten sie …« Sie verstummt abrupt, runzelt nur sorgenvoll die Stirn. Nein, nicht sorgenvoll. Ängstlich.

Dann könnten sie vielleicht die Wahrheit entdecken. Das kann sie nun nicht aussprechen.

»Ich glaube nicht, dass jemand Verdacht schöpfen würde«, versichere ich ihr. »Mein Vater erinnert sich bestimmt nicht einmal mehr daran, dass …«

»*Bitte*, Freydis! Du hast ja keine Ahnung, wie es für mich war. Es vergeht kein Moment, in dem mich nicht die Furcht umtreibt, dass es jemand herausfinden könnte – vor allem dein Vater. Du weißt genau, was er dann mit mir machen würde!«

Das lässt mich zögern. Yafeus Angst vor meinem Vater ist durchaus berechtigt. Ihn würde es nicht kümmern, dass Broskrap seine Leibeigenen geschlagen und genommen hat. Ihm wäre egal, dass er es nicht anders verdient hatte. Er würde Yafeu auf jeden Fall töten. Und es wäre kein schneller Tod – nicht bei einer Sklavin, die ihren Herrn umgebracht hat, der noch dazu ein Verwandter des Königs war. Er würde sie tagelang foltern und ihre Qualen in vollen Zügen genießen.

Das darf ich nicht zulassen. Yafeu hat recht: Wir haben keine andere Wahl.

Was meine Furcht allerdings kein bisschen lindert.

Ich nicke knapp. »Folge mir.«

Sóls Sonnenwagen scheint uns um jeden Preis überholen zu wollen, während wir durch den Wald hetzen. Yafeu bleibt immer dicht hinter mir und treibt mich an. Bald brennt meine Lunge bei jedem Atemzug, trotzdem zwinge ich mich, nicht nachzulassen, als wir am Ufer des Vítrirsees entlanglaufen. Am anderen Ende des Sees erreichen wir endlich die Grenze der Toten Stadt. Ein einsamer Baumstumpf ragt hier aus der Erde, schwarz und verbrannt wie auch die Erde ringsum. Durch die zwei verkohlten Äste an seinen Seiten wirkt er wie eine Schattengestalt. Angeblich wohnt ihm der Geist eines Toten inne, der von hier aus über sein Reich wacht und es vor den Lebenden beschützt.

Vor uns.

Keuchend bleibe ich stehen. Yafeu verharrt neben mir. Stumm mustert sie die Ruinen, die halb eingestürzten Steinmauern, die herumliegenden Trümmer. Alles ist mit schwarzem Ruß überzogen: die verkohlten Überreste der einst dänischen Stadt Geirstad.

»Was ist das für ein Ort?«, flüstert sie.

Ich atme tief durch und ordne meine Gedanken. »Zwanzig Sommer ist es jetzt her, es war kurz nachdem mein Vater die Unabhängigkeit des Königreiches Agder verkündet hat. König Godfred von Danmǫrk schickte eines Nachts seine gesamte Hird an unsere Küste. Agder war Danmǫrks Zugang zu Norveg, deshalb wollte Godfred es nicht kampflos aufgeben. Wir waren ihnen zahlenmäßig weit unterlegen, aber Vater wandte eine List an. Sobald die ersten dänischen Schiffe gesichtet wurden, befahl er Alvtir, zwei Drittel seiner Hird hier im Herzen der Stadt zu verstecken, während er den Rest seiner Männer zum Hafen führte. Sobald die Dänen landeten, sollten sie Feigheit vortäuschen und sich zurückziehen.

Die Dänen fielen darauf herein und glaubten, Vater habe nur ein paar Dutzend schwächlicher Krieger unter seinem Kommando. Voller Überheblichkeit verfolgten sie die Männer bis in die alte Trinkhalle, wo sie sich einen leichten Sieg erhofften. Doch Alvtir schnitt ihnen den Rückweg ab und kesselte sie mit ihren Männern ein. Die Dänen begriffen, dass sie besiegt waren, und ergaben sich. Aber meine Tante wollte nichts davon wissen. Sie befahl ihren Männern, die Überlebenden in der Trinkhalle einzusperren, und steckte sie anschließend in Brand. Helge hat mir erzählt, dass die Dänen um Gnade gefleht hätten, und wie ihre Schreie durch die Nacht hallten, als sie bei lebendigem Leib verbrannten. Doch Alvtir lachte nur. Sie lachte und lachte, als wäre ihr Leid für sie die größte Freude.

Ein so ehrloses Massaker hat wohl Njords Zorn geweckt, denn plötzlich wehte vom Fjord ein kräftiger Wind herauf, sodass die Flammen von einem Gebäude auf das nächste übersprangen, bis alles von der Trinkhalle bis zum Seeufer lichterloh brannte. Viele sind bei diesem großen Brand gestorben – nicht nur die dänischen Krieger, sondern auch unsere Frauen, unsere Kinder. Sie sind lebendig in ihren Betten verbrannt.

Erst am Morgen schickte Thor Regen, der das Feuer löschte. Die Männer der Hird durchkämmten die Ruinen, um die Überreste der Toten angemessen zu bestatten. Aber sie fanden nichts. Das Feuer hatte sogar ihre Knochen verschlungen. Nun sind die Geister dieser Toten hier gefangen; all die Krieger, Frauen und Kinder finden nun keinen Weg nach Niflheim. Ihnen bleibt nur ihre Rache an den Lebenden, indem sie jeden, der diesen Ort betritt, mit einem schrecklichen Fluch belegen.«

Yafeu unterbricht mich kein einziges Mal. Als ich meine Geschichte beendet habe, verharren wir eine Weile schweigend.

Ich mustere ihr Profil, während sie den Blick weiter über die Ruinen schweifen lässt: Ihre Lippen sind fest aufeinandergepresst, tiefe Falten ziehen sich über ihre Stirn. Nie zuvor habe ich eine solche Unsicherheit an ihr gesehen. In gewisser Weise beruhigt mich das; wenigstens scheint sie zu begreifen, welch hohes Risiko wir eingehen, indem wir diesen Weg nehmen.

Plötzlich greift sie völlig überraschend nach meiner Hand und drückt sie. »Wenn wir nicht daran glauben, dass dieser Fluch uns etwas anhaben kann, wird uns nichts passieren. Dann kann er uns nicht schaden. Die Geister haben keinen Grund, uns zu bestrafen, schließlich waren nicht wir es, die ihnen das angetan haben.«

Ich schlucke schwer. »Glaubst du das wirklich?«

Achselzuckend stellt sie fest: »Bleibt uns denn etwas anderes übrig?«

Sie hat recht. Es ist die einzige Möglichkeit. Trotzdem klammere ich mich an ihrer Hand fest, als wäre es die verlorene Hand des Tyrs, als wir uns auf den Weg zu den Ruinen machen.

23 FREYDIS

Wir kommen nicht allzu schnell voran, da wir immer wieder Tonscherben und versengten Zaunpfählen ausweichen müssen, die rund um die zerstörten Gebäude auf dem Boden verstreut liegen. Obwohl die Furcht mir immer stärker die Luft abschnürt, bin ich auch neugierig; ich muss mich einfach ein wenig umsehen. Ein Großteil der ehemaligen Wohnhäuser, Scheunen und Nebengebäude ist zu Trümmerhaufen zusammengefallen, aus denen verkohlte Holzreste ragen. Doch eigentlich sind die halbwegs erhaltenen Reste viel gruseliger – an den Mauern kann man genau erkennen, wo sich das Feuer entlanggefressen hat. An manchen Stellen sind sogar Kratzspuren zu sehen. Ob die wohl von den eingeschlossenen Familien stammen, die verzweifelt einen Weg nach draußen gesucht haben?

Eine unheimliche Stille umgibt uns. Nicht einmal der Gesang der Vögel dringt in das Reich der Toten vor. Die Erde unter unseren Füßen ist schwarz. Es gibt kein Gras, keine Blumen, nicht einmal Unkraut. Nur gelbe, wabenförmige Pilze sprießen an vereinzelten Stellen. Vermutlich würde schon der Verzehr eines einzigen Pilzes selbst den stärksten Mann auf sein Totenbett schicken.

Wir kommen an einem steinernen Schiff vorbei, das Yafeu neugierig beäugt. Vermutlich haben die Überlebenden es hier aufgestellt, um die Toten zu ehren, die sie nicht bestatten konnten.

Yafeu setzt zum Sprechen an – vermutlich um nach den kunstvoll aufgeschichteten Steinen zu fragen –, überlegt es sich aber anders, nachdem sie sich zu mir umgedreht hat. Wahrscheinlich sieht man mir meine Angst deutlich an.

Dísir, bete ich stumm zu den Geistern meiner Ahnen, *bitte lasst uns diesen schrecklichen Ort sicher durchqueren. Haltet den Fluch von uns fern – wenn nicht um meinetwillen, dann zumindest zum Wohl meiner Mutter.*

Plötzlich lässt Yafeu meine Hand los und fährt mit gezogenem Messer herum.

Dann höre ich es auch: Schritte.

Mir stockt der Atem. Reglos wie ein Felsen bleibe ich stehen und beobachte, was Yafeu tut.

Irgendetwas ist hinter uns her.

Jeder Schlag meines Herzens dröhnt mit der Macht von Mjölnir in meinen Ohren, und es scheint viel zu lange zu dauern, bis Yafeu sich entspannt und das Messer wegsteckt. »Nur ein Reh«, erklärt sie.

Vorsichtig sehe ich mich um, kann aber nirgendwo ein Reh entdecken. »Woher weißt du, dass es kein Geist ist?«, flüstere ich.

Yafeu wirft mir einen ausdruckslosen Blick zu. »Ich weiß, wie ein Reh klingt, Freydis. Geister laufen nicht auf vier Hufen.« Sie geht weiter.

»Und wenn es nun *zwei* Geister sind?«, murmele ich verstohlen.

Es beginnt zu regnen, die feinen Tropfen verwandeln den Schmutz auf unserer Haut und Kleidung in eine klebrige Paste. Doch wir erreichen ohne weitere Zwischenfälle das letzte Gebäude der Geisterstadt, das einzige, das nicht eingestürzt ist: eine heruntergekommene Scheune, die auf wundersame Weise von den Flammen verschont geblieben ist, obwohl sie direkt neben der Trinkhalle steht, von der das Feuer ausging. Wir gehen daran vorbei und erreichen schon im nächsten Moment das hohe Gras, das die Grenze der Toten Stadt markiert. Erleichtert sacke ich in mich zusammen. Das sanfte Rauschen der sich im Wind wiegenden Halme ist Balsam für meine angegriffenen Nerven.

Mein Blick wandert zum Himmel hinauf. Die Sonne ist vollständig über dem Berg Skagafell aufgegangen, was bedeutet, dass meine Eltern ihr Frühstück inzwischen beendet haben dürften. Wir müssen in meinem Zimmer sein, bevor Helge nach uns sucht, falls sie das nicht sowieso schon getan hat.

»Wo geht es lang?«, fragt Yafeu.

»Nach Süden, den Hügel hinauf, dann am Wachturm weiter Richtung Osten. Die Wache wird uns nicht bemerken, sie hält den Blick immer auf den Fjord und die Stadt gerichtet. Solange wir uns im hohen Gras verstecken, dürfte sie uns nicht sehen.«

Die langen Halme brechen knisternd unter unseren Füßen. Wir wandern aufrecht, bis der Wachturm in Sicht kommt, dann lasse ich mich auf alle viere fallen. Yafeu folgt meinem Beispiel. Wie früher als Kind krieche ich verstohlen an dem Wachturm vorbei.

Genau wie ich es erwartet habe, steht die Wache mit dem Rücken zu uns; der Mann lehnt träge am Geländer, während er seinen Blick über den Fjord gleiten lässt. Im Norden ragen schließlich die Berge auf, Skíringssal kann also gar nicht von hinten angegriffen werden.

Und niemand, der noch bei Verstand ist, würde sich über die Tote Stadt anschleichen.

Endlich erreichen wir das Anwesen meiner Familie. Nach einem kurzen, wachsamen Blick renne ich, so schnell ich kann, zum Langhaus hinüber, dicht gefolgt von Yafeu.

Ich stürme durch die Hintertür in mein Zimmer und breche vollkommen erschöpft auf meinem Bett zusammen.

YAFEU

Mit einem energischen Griff packe ich Freydis an der Schulter und schüttele sie. Sie darf jetzt nicht einschlafen, noch nicht. »Wir müssen uns waschen, bevor Helge zum Wecken kommt.«

Sie brummt etwas in ihr Kissen, das ich nicht verstehe.

»Wie bitte?«

Finster starrt sie zu mir hoch. »Gib mir einen Moment!«

Ich mustere sie prüfend. Ihr Haar ist völlig zerzaust und bauscht sich um ihren Kopf wie die Mähne eines Löwen, ihr Gesicht ist mit Schweiß, Dreck und dem getrockneten Blut aus ihrer Nase verklebt. »Und dein Haar müsste auch dringend gekämmt werden.«

»Das hat bestimmt schon schlimmer ausgesehen.«

»Das denke ich nicht.«

Damit kann ich ihr nun doch ein Lächeln entlocken. »Du schaffst es immer, beschönigende Worte zu finden«, stellt sie spöttisch fest. Dann aber wird sie schlagartig ernst und setzt sich auf. »Wir dürfen meiner Mutter auf keinen Fall zu nahe kommen, Yafeu, und auch sonst keiner Frau im gebärfähigen Alter. Nicht bevor wir sicher sind, dass sich der Fluch nicht auf uns übertragen hat.«

Ich setze mich zu ihr auf das Bett. »Was ist das denn für ein Fluch, der dir solche Angst macht?«

Sie weicht meinem Blick aus und zieht die Knie an die Brust. Als sie mir endlich antwortet, kommt kaum mehr als ein Flüstern über ihre Lippen. »Angeblich kann keine Frau, die auch nur einen Fuß in die Stadt der Toten setzt, hinterher noch lebende Kinder gebären. Und jede Frau, die sie berührt, wird das gleiche Schicksal ereilen. Es begann mit Alvtir, da sie diejenige war, die das Feuer legen ließ. Keine Frau würde sie jemals berühren aus Angst, den Fluch auf sich zu ziehen. Selbst die Männer halten Abstand zu ihr, nur um sicherzugehen.«

Deshalb kommt also niemand in Alvtirs Nähe. Jetzt ergibt alles einen Sinn.

»Ich weiß nicht, was ich tun würde, wenn …« Freydis starrt mit leerem Blick auf die weiße Asche im Kamin. »Wenn ich der Grund dafür wäre, dass Mutter keine … wenn sie ihre … Und mein zukünftiger Ehemann würde es mir niemals verzeihen, wenn ich …« Sie kann es nicht einmal aussprechen. Tränen laufen ihr über die Wangen. Sie wischt sie mit dem Handballen ab, steht auf, zieht ihre verdreckte Tunika aus und befördert sie mit einem Tritt unter ihr Bett. Mit hölzernen Bewegungen zieht sie ein frisches Unterkleid und ein schlichtes gelbes Kleid an, schließt die silbernen Schnallen an den Schultern.

Ein dicker Kloß steigt in meiner Kehle auf. Ich schlucke krampfhaft dagegen an, schließe die Augen und lehne den Kopf an die Wand. »Die Menschen in meinem Dorf haben immer gesagt, ich sei verflucht«, beginne ich langsam. »Dass ich von einem bösen Geist besessen sei, der mich dazu bringe, mich wie ein Junge aufzuführen.

Sie haben sogar behauptet, mein Vater habe die Familie verlassen, um dem zu entgehen. Anscheinend kannten sie Papa nicht. Er hat mir beigebracht, dass dem Glauben selbst Macht innewohnt – und dass *wir* entscheiden, woran wir glauben wollen. Und deshalb entscheide ich jetzt, dass ich *nicht* an diesen Fluch glauben werde.«

Als ich die Augen wieder öffne, starrt Freydis mich mit undurchdringlicher Miene an.

»Aber es hat trotzdem wehgetan, wenn sie so etwas gesagt haben«, füge ich leise hinzu. »Jedes Mal wieder.«

Freydis erwartet offenbar, dass ich noch mehr sage, aber ich habe jetzt schon das Gefühl, zu viel preisgegeben zu haben. Verlegen wende ich den Blick ab. Ich spüre, wie sie sich zu mir auf das Bett setzt, dann schlingt sie plötzlich die Arme um mich und drückt mich an sich. Es gelingt mir gerade noch, nicht verblüfft zurückzuweichen.

Ein paar unbehagliche Momente vergehen, dann steht Freydis wieder auf, holt sich ihren Kamm und fängt an, ihn mit gequälter Miene durch ihre verfilzten Strähnen zu ziehen.

Ich rappele mich ebenfalls auf und suche nach einem Lappen. Zum Glück ist noch etwas Wasser im Eimer. Ich feuchte den Lappen an und drücke ihn Freydis in die Hand; gleichzeitig nehme ich ihr den Kamm ab und signalisiere ihr, dass sie sich auf den Hocker setzen soll. So wäscht sie sich das Gesicht, während ich ihr das Haar kämme.

»Vorsicht!«, schreit sie auf, als ich zu fest an einem Knoten ziehe.

»Entschuldigung.«

Mit gerunzelter Stirn dreht sie sich zu mir um.

»Ich habe doch gesagt, dass es mir leidtut.«

»Nein, das ist es nicht. Sag, Yafeu … vertraust du mir? Glaubst du mir, dass ich niemandem jemals verraten werde, was du getan hast?«

»Ich vertraue dir weit genug«, antworte ich kaum hörbar.

Sie packt meinen Arm. »Broskraps Tod wird hohe Wellen schlagen. Er war nicht einfach nur ein Vetter meines Vaters, sondern auch ein wohlhabender und einflussreicher Mann. Vater hat ihn sogar in das Thing berufen. Vermutlich hätte er ihn auch zu einem Jarl gemacht, wenn er nicht befürchtet hätte, dass Broskrap dadurch zu mächtig werden und ihm den Thron streitig machen könnte. Wenn die Männer des Things erfahren, dass er ermordet wurde, werden sie Antworten fordern, schon weil sie um ihr eigenes Leben fürchten. Vater hingegen könnte vermuten, dass jemand versucht, seinen Einfluss auf das Thing zu untergraben. Möglicherweise gereicht uns das zum Vorteil, weil sie sich zunächst gegenseitig verdächtigen werden. Aber es bedeutet auch, dass sie die Suche nicht aufgeben werden, bis sie den Täter gefunden haben oder zumindest jemanden, dem sie die Schuld zuschieben können.«

Ich nicke wie betäubt. »Was sollen wir tun?«

Freydis zupft an ihren Haaren herum. Ich kann regelrecht sehen, wie sie die verschiedenen Möglichkeiten durchgeht und einen Plan entwickelt. Als sie mich schließlich wieder ansieht, lodert unverbrüchliche Überzeugung in ihren moosgrünen Augen. »Ich bin mir noch nicht sicher. Vielleicht müssen wir gar nichts tun. Aber eines weiß ich: Ich werde mir dein Vertrauen verdienen, Yafeu. Dein uneingeschränktes Vertrauen. Egal, was es kostet.«

24 FREYDIS

Es gelingt uns gerade noch, unsere erschöpften Körper halbwegs zu säubern, bevor Helge hereingeplatzt kommt. »Broskrap ist ermordet worden!«, kreischt sie. »Man hat seine Leiche im Wald gefunden!«

Stumm sehe ich zu Yafeu hinüber. Wir ziehen unsere Mäntel an und folgen Helge zu den Stallungen. Feiner Nieselregen fällt auf das Holzdach. Helge läuft sofort zu Mutter, die kraftlos an der Tür des Stalles lehnt und leise weint. Bei all der Aufregung scheint niemand zu bemerken, dass ich eine geschwollene Nase habe. Der Stallbursche hat alle vier Pferde aus den Verschlägen geholt, die nun nervös auf der Stelle treten, während er sie in aller Eile sattelt. Vater marschiert mit großen Schritten auf und ab; sein roter Mantel bauscht sich im Wind und macht die Tiere noch schreckhafter.

Vier von Vaters Wachen treten zu ihm, darunter auch Gunnar. Sie sind mit Äxten und Schwertern bewaffnet, tragen aber keine Rüstungen.

Endlich sind alle Sättel festgezurrt und die vier Männer steigen auf. »Bringt den Leichnam auf seinen Hof«, befiehlt Vater. »Und sucht noch einmal nach Spuren eines Diebstahls. Befragt auch die Leibeigenen noch einmal. Vielleicht lösen sich ihre Zungen, wenn sie die Leiche sehen.«

»Jawohl, mein König«, antwortet Gunnar.

Yafeu tritt einen Schritt vor, doch ich packe ihre Hand und schiebe sie hinter mich. »*Nein*«, raune ich ihr auf Soninke zu. »*Noch nicht.*«

Ihr Kiefer ist so verkrampft, dass die Muskeln an ihrem Hals hervortreten, aber sie rührt sich nicht noch einmal.

»Hüüaaa!« Die Wachmänner treten den Pferden die Fersen in die Flanken. Das leise Trommeln von Hufschlägen auf nasser Erde begleitet sie, als sie langsam den Hügel hinunterreiten.

Ich halte Yafeus Finger fest umschlungen, bis das dumpfe Geräusch verklungen ist.

Ich bleibe einen Moment stehen und blicke zum Nachthimmel hinauf, bevor ich die Große Halle betrete. Der Regen hat aufgehört, die Sterne zeichnen ein strahlendes Muster auf den dunklen Hintergrund. Vielleicht ist das ja ein positives Zeichen, geschickt von den *dísir*. Schnell bitte ich um ein weiteres Omen, eines, das mir meinen Weg so klar vorzeichnet wie das Muster am Himmel.

Mit dem heutigen Abend beginnt der Monat Goe, wir feiern heute *Dísablót*. Normalerweise ist das mein Lieblingsfeiertag im Jahreszyklus, eine Nacht, in der die Frauen über ihre Ehemänner herrschen und alle bedeutsamen Familien von Agder sich zu einem ausgelassenen Fest mit Musik und Tanz in der Großen Halle versammeln. Aber der Fluch und der Mord verdunkeln meine Gedanken, in mir ist kein Platz für Fröhlichkeit.

Inzwischen ist es mehrere Tage her, dass die Wachmänner zu Onkel Broskraps Hof geritten sind, und sie sind noch immer nicht zurückgekehrt. Yafeu und ich sind unseren alltäglichen Aufgaben nachgegangen, haben dabei aber kaum miteinander gesprochen. Ich weiß, dass sie um diese beiden Leibeigenen fürchtet, aber meine Sorge gilt vor allem ihr.

Was, wenn sie den Wachen die Wahrheit gestehen – dass Yafeu ihn getötet hat? Dann wird Vater sie mir wegnehmen und … etwas Schlimmes wird passieren. Schon beim Gedanken daran bekomme ich kaum noch Luft. Ich wüsste nicht, wie ich weiterleben sollte, falls das passiert.

Mit einem schweren Seufzer schließe ich mich den anderen jungen Frauen an, die in die Halle strömen. Drinnen ist alles aufwendig dekoriert: Blumenkränze hängen von der Decke und auf den Tischen stehen zusätzliche Kerzen. Vor dem Kamin ist ein Altarstein zu

Ehren von Freya errichtet worden. Er ruht auf einem speziellen Holztisch, der mit goldenen Intarsien in Form von Schlangen verziert ist, und an der Wand dahinter prangt ein nagelneuer Wandteppich, auf dem die Göttin mit einladend ausgebreiteten Armen in ihrem Palast Folkwang residiert.

Zusammen mit den anderen unverheirateten Frauen gehen Yafeu und ich an das nördliche Ende der Halle. Nach uns treten die Männer ein, die das südliche Ende für sich beanspruchen. Dann lässt Fritjof seine Laute erklingen, und wir wenden uns alle dem Eingang zu, durch den meine Mutter nun die lange Prozession alle jener Frauen hereinführt, die bereits mit Kindern gesegnet sind. Ihre Schritte folgen dem getragenen Rhythmus des Liedes. Jede der Frauen legt eine Gabe vor Freyas Altar nieder, etwa einen Krug mit Met oder einen süßen Ingwerkuchen. Mutter trägt ihr Haar offen wie die Göttin, und an ihrem Hals funkelt eine Nachbildung von Brísingamen, jener dicken, siebenreihigen Goldkette, die von den Zwergen für Freya geschmiedet wurde.

Nachdem das letzte Opfer dargebracht wurde, verstummt die Laute.

»Heil dir Freya und allen *dísir*, die über unsere Familie und alle Familien Agders wachen. Wir bringen diese Opfer dar zum Dank für eure vielfältigen Gaben. Möget ihr uns auch weiterhin zu großen Taten und einem günstigen Schicksal leiten.« Mutters klare, feste Stimme schallt durch die Halle und selbst die Männer neigen demütig ihre Häupter.

Yafeu beugt sich zu mir und flüstert: »Warum wird diese Zeremonie von deiner Mutter durchgeführt und nicht vom König?«

»Das Dísablót wird zu Ehren der dísir gefeiert, der weiblichen Geister und Ahnen, die über uns wachen und unsere Geschicke lenken. Deshalb ist es Mutters Recht, die Feierlichkeiten zu leiten.« Mit stolzgeschwellter Brust füge ich hinzu: »Und wenn ich erst Königin in meiner eigenen Halle bin, werde ich dort die Zeremonie leiten.«

Yafeu nickt ernst und senkt den Blick. Natürlich ist es ausgerechnet das Dísablót, das ihr aufrichtigen Respekt gegenüber unseren Bräuchen abnötigt.

Nach dem Gebet beginnt die eigentliche Feier. Jeder sucht sich einen Platz an einem der vielen Tische, die sich unter Köstlichkeiten wie gepökelter Ochsenzunge, Walnussbrot und Buttermilchkäse biegen. Das alles wird mit Met hinuntergespült, während vom Feuer der Duft des würzigen Eintopfs herüberweht, für den ein Dutzend Lämmer geschlachtet wurde. Fritjof stimmt nun ein wesentlich fröhlicheres Lied an, das jedoch kaum zu hören ist bei dem heiteren Geplauder der Thing-Männer und ihrer Familien. Yafeu verlässt mich, um Helge und den anderen Leibeigenen zur Hand zu gehen, die Speisen und Getränke servieren. Ich hingegen setze mich zu meinen Eltern, um mit ihnen zu essen.

Da ich dazu allerdings zu angespannt bin, schiebe ich die einzelnen Bissen lediglich auf meinem Teller hin und her und tue so, als würde ich sie genießen. Nur zu gern würde ich dem glauben, was Yafeu gesagt hat – dass der Fluch der Toten Stadt nicht real ist, sondern bloß in unseren Köpfen existiert. Doch ich habe vorsichtshalber trotzdem darauf geachtet, nicht direkt in Mutters Nähe zu sitzen. Vater beschwert sich zwar noch mehr als üblich über die Kosten für dieses Fest, aber Mutter sieht in ihrem Freya-Kleid so erhaben aus, so viel prunkvoller als die Frauen der Jarls, dass ihn das doch ein wenig aufmuntert. Diese Widerspiegelung seines Reichtums lässt seinen Stolz aufblühen wie bei einem Bauern, der vor seinen Konkurrenten seine beste Sau zur Schau stellt.

Doch zugleich hängt Broskraps Tod wie ein fahler Schatten über dem Fest. Während ihre Frauen Nettigkeiten austauschen, haben sich die Männer des Things an einem Tisch zusammengesetzt. Ihre gedämpften Stimmen und grimmigen Mienen verraten mir, dass sie wohl über Broskraps Ermordung diskutieren, sehr zu Vaters Missfallen.

Als das Festessen sich dem Ende zuneigt, setzen sich die Leibeigenen an einen Tisch ganz hinten und schlingen hastig ihre Mahlzeit herunter. Während ich sie beobachte, fällt mir auf, dass die anderen

Leibeigenen kaum ein Wort mit Yafeu wechseln, und auch sie spricht so gut wie gar nicht mit ihnen. Früher dachte ich, dass Yafeu ihnen aus dem Weg ginge, weil sie einfach keine Gesellschaft will. Jetzt aber frage ich mich, ob es möglicherweise einen Zusammenhang mit Broskraps Leibeigenen gibt, und mit dem, was sie getan hat, um die Mädchen vor ihm zu beschützen. Vielleicht befürchtet sie ja, noch einmal zu so etwas getrieben zu werden.

Nachdem ich ihr ausreichend Zeit gegeben habe, sich satt zu essen, signalisiere ich ihr, zu mir zu kommen. Am Ende treffen wir uns in der Ecke, wo Fritjof gerade die Kinder mit Geschichten bei Laune hält. Seine weit ausholenden Gesten faszinieren die Kleinen, die jede seiner Bewegungen mit weit aufgerissenen Augen verfolgen. Ihre kleinen Münder stehen offen oder sind zu einem breiten Grinsen verzogen.

Erwachsene begegnen Fritjof meist mit Argwohn, als könnte seine Andersartigkeit auf sie abfärben. Selbst Vater, der sich oft auf seinen Rat als Seher verlässt, hält ihn auf Distanz. Kinder hingegen werden von ihm angezogen wie Motten vom Licht. Ich selbst habe, als ich noch kleiner war, im Winter auch oft stundenlang neben ihm gehockt und ihn angebettelt, mir Geschichten über die Götter zu erzählen. Wie sehr habe ich ihn damals um seine Gabe beneidet. Nur zu gern hätte ich die Wurzeln und Zweige von Yggdrasil erkundet, mit den Göttern gesprochen oder einen Blick in den Schicksalsbrunnen geworfen. Als ich dann älter wurde und erkannte, was die Sehergabe aus ihm machte, begnügte ich mich damit, die Kunst der Kräuterlehre und die Magie der Runen bei ihm zu studieren; ich hielt es für besser, mit all meinen Sinnen in Midgard verhaftet zu bleiben.

Fritjof schenkt mir ein schiefes Lächeln, auch wenn es mir wie immer so vorkommt, als würde er an mir vorbeisehen. Oder durch mich hindurch. Bei Fritjof weiß man nie, was er mit Absicht tut und was einem seiner Ticks entspringt. Yafeu bleibt dicht neben mir stehen, während wir seiner Geschichte lauschen.

»Und so erschufen Odin und seine Brüder aus Ymirs Blut die Ozeane, aus seiner Haut und seinen Muskeln das feste Land, aus seinem Haar die Büsche, Bäume und Blumen, aus seinem Schädel den Himmel und aus seinem Gehirn die Wolken.« Mit ruckartigen Bewegungen zupft er an seinen Haaren, um so zu tun, als würde er sich das Gehirn aus dem Schädel ziehen. Das angewiderte Geschrei der Kinder entlockt ihm ein lautes Lachen. Fritjof ist wirklich der geborene Unterhalter.

»Schließlich erschuf Odin noch den ersten Mann und die erste Frau, deren Namen mir allerdings gerade entfallen sind …«

»Ask und Embla!«, helfe ich ihm aus.

»Oh ja! Ask und Embla.« Er zwinkert mir fröhlich zu, bevor er fortfährt: »Odin formte die Körper von Ask und Embla aus zwei geschmeidigen Eichenstämmen. Und als er sah, dass sie Schutz brauchten vor den Riesen, baute er einen Zaun um ihre Heimstatt Midgard. So heißt nämlich unsere Welt, wisst ihr?«

»Ist das euer Griot?«, raunt Yafeu mir zu.

»Griot?« Ich kämpfe mit dem fremdartigen Wort.

»Der Hüter der Geschichten.«

Ich nicke. »Er ist ein Skalde, ein Poet und Geschichtenerzähler.«

»Skalde«, wiederholt Yafeu sorgfältig.

»Der beste Skalde im ganzen Land«, ergänze ich. »Und auch der beste Seher. Sein Blick reicht in andere Welten, sogar bis in die Halle der Nornen, die ihm hin und wieder Einblick in Momente der Zukunft gewähren. Aber diese Gabe hat ihm die geistige Klarheit geraubt. Ich möchte ihn fragen, ob er weiß, wie die Suche nach Broskraps Mörder enden wird. Vielleicht hat er darüber nichts gesehen, vielleicht wird er es uns auch nicht mitteilen können, aber einen Versuch ist es wert.«

»Welche Geschichte erzählt er hier gerade?«

»Die Geschichte von der Entstehung unserer Welt.«

Yafeu kratzt sich nachdenklich am Hals, wo noch immer eine schmale Narbe zu sehen ist. »In Wagadu erzählt man sich, Mawu-Lisa sei auf dem Rücken der riesigen Regenbogenschlange Aido Hwedo geritten. Zuerst erschufen sie die Erde, deren verschiedene Teile durch die Windungen von Aido Hwedos Körper entstanden. Wo sie Halt machten, entstanden aus Aido Hwedos Ausscheidungen die Berge, in denen sich Gold und kostbare Steine verbargen. Als Mawu-Lisa ihr Werk vollendet hatten, baten sie Aido Hwedo, sich einmal um die ganze Erde zu schlingen und sich danach darunter zur Ruhe zu legen, um ihr gewaltiges Gewicht zu stützen.«

»Aido Hwedo erinnert ein wenig an Jörmungand«, stelle ich fest. »Jörmungand ist die Schlange, die mit ihrem Körper die Ozeane am Rand von Midgard umspannt. Sie ist das Kind von Loki und der Riesin Angrboda.«

»Hm.« Yafeu ist noch immer durch Fritjof abgelenkt.

Ich möchte noch mehr sagen, doch in diesem Moment wird die Eingangstür aufgestoßen, und vier Wachen betreten die Halle. Mein Herz setzt vor Schreck einen Schlag aus.

Die Gespräche verstummen, alle drehen sich um und sehen zu, wie die vier auf Vaters Tisch zugehen. Unnachgiebige Härte ist in Yafeus Blick getreten, sie beißt fest die Zähne zusammen, als sie an uns vorbeikommen. Zum Glück marschieren sie weiter, ohne uns auch nur anzusehen.

Als Vater sich mit finsterer Miene in der Halle umsieht, nehmen alle hastig ihre Gespräche wieder auf und tun so, als wäre alles in Ordnung, auch wenn die vielen verstohlenen Blicke in Richtung des Königs deutlich zeigen, wie groß die allgemeine Neugier ist.

Vater bedeutet den vier Wachen, sich zu ihm zu setzen. Währenddessen überlege ich hastig. »Schnell«, flüstere ich Yafeu zu, »du musst ihnen ihren Met bringen, dann kannst du hören, was sie berichten.«

YAFEU

Ich hole mir mehrere Trinkhörner und einen Krug mit Met und gehe damit so gelassen wie möglich zum Tisch des Königs hinüber. Ballis Schankknecht Werian runzelt irritiert die Stirn; als ich ihm einen warnenden Blick zuwerfe, zieht er sich aber hastig zurück.

»... gründlich befragt«, sagt einer der Wachmänner gerade, als ich an den Tisch trete. Ich reiche seinem Kameraden ein Trinkhorn, das dieser entgegennimmt, ohne mich auch nur anzusehen. »Und sie haben alle die gleiche Geschichte erzählt wie am Anfang: Dass sie davon ausgegangen sind, dass er Freunde in einer anderen Stadt besucht habe. Es wäre nicht das erste Mal gewesen, dass er ohne Vorwarnung aufbrach, deshalb haben sie sich nichts weiter dabei gedacht.«

»Ihr habt also nichts Neues erfahren«, fasst König Balli trocken zusammen.

Mein Herz beginnt zu rasen. Mit sorgsam gesenktem Blick umrunde ich den Tisch, reiche den Wachen ihre Trinkhörner und schenke auch Yngvild und Balli nach.

Das wettergegerbte Gesicht des Berichtenden wird blass. »Nun, von der Leiche haben wir Neues erfahren, mein König. Die Wunde am Hals war zu schmal für eine Axt und nicht tief genug für einen Dolch. Es sieht eher so aus, als stamme sie von einem Frauenmesser. Deshalb kommen wir auch erst jetzt zurück. Wir haben die beiden Leibeigenen Tag und Nacht gefoltert. Aber ihre Geschichte ist immer dieselbe geblieben.«

Wie erstarrt stehe ich hinter dem Stuhl des Königs und umklammere mit beiden Händen den Metkrug.

Sie haben Bronaugh und Airé gefoltert. Tagelang haben sie sie gefoltert, und trotzdem haben die beiden mich nicht verraten, nicht einmal, um sich weiteres Leid zu ersparen.

Ach Airé, es tut mir so leid! Du hattest die ganze Zeit recht.

König Balli seufzt frustriert und massiert sich die Nasenwurzel. »Selbst ein Schwachkopf wie du, Gunnar, müsste doch erkennen, dass sie sich nur gegenseitig schützen. Broskraps Frau ist tot. Wenn er also von einer Frau umgebracht wurde, dann war es mit Sicherheit eine der beiden. Bringt sie her, dann werde ich sie persönlich verhören. Sollten sie dann immer noch nicht reden, werden wir einfach beide hinrichten.«

Mein Mund ist plötzlich ganz trocken und die Halle schwankt vor meinen Augen.

Der Krug rutscht mir durch die Finger, doch ich kann ihn gerade noch auffangen, bevor er auf dem Boden zerschellt.

Der König wirft einen gereizten Blick über die Schulter. »Verzeihung«, murmele ich sofort, verbeuge mich schnell und gehe dann zurück zu Freydis, die angestrengt so tut, als würde sie mich nicht beobachten, während sie sich mit einem Mädchen unterhält, das ich noch nie gesehen habe; wahrscheinlich die Tochter eines Thing-Mannes.

Sobald sie meine Miene sieht, schickt Freydis das Mädchen mit einem Nicken fort und hakt sich bei mir ein. Wie alte Freundinnen wandern wir Seite an Seite durch die Halle, allerdings führt mich Freydis unauffällig vom Kern des Geschehens weg.

Kurz steigt die Erinnerung an Ampah in mir auf, daran wie wir gemeinsam nach Koumbi Saleh gewandert sind; an jenem Tag, als ich die Männer auf dem Markt provozierte. Eben jene Männer, die sich dann als Sklavenhändler entpuppten und noch am selben Abend mein Dorf heimsuchten.

Ampah ist meinetwegen gestorben. Weil ich meinen Zorn nicht unter Kontrolle hatte.

So etwas werde ich nie wieder zulassen.

Sobald wir außer Hörweite sind, schüttele ich Freydis' Arm ab. »Die Wachen werden Bronaugh und Airé zu deinem Vater bringen«, berichte ich mit gesenkter Stimme. »Sie haben an der Wunde erkannt, dass Broskrap von einer Frau getötet wurde. Und nun denkt er, es war eine von ihnen.«

Freydis wird kreidebleich. Den Rest brauche ich ihr gar nicht zu sagen, sie begreift auch so, was das bedeutet. Sie weiß genau, was geschehen wird. »Es tut mir leid«, flüstert sie.

In mir herrscht Leere, ich fühle mich von allem losgelöst. »Ich werde ihm sagen, dass ich es war.«

Freydis wirft mir einen warnenden Blick zu. »Nein!«

»Mir bleibt keine andere Wahl.«

Entschlossen will ich zum Tisch des Königs zurückkehren, aber sie hält mich fest. »Yafeu, nicht! Das wird nichts ändern! Du solltest nicht sterben für das, was du getan hast. Du hast das Richtige getan!«

»Und jetzt muss ich wieder das Richtige tun.« Ich schiebe ihre Hand von meiner Schulter und umschließe sie mit meinen Fingern. »Ich habe Airé nicht vor ihm gerettet, damit sie jetzt an meiner Stelle stirbt.«

»Bitte ...« Ihre Stimme zittert, ihre weit aufgerissenen grünen Augen schimmern feucht im Licht der Kerzen. »Gib mir noch etwas Zeit. Ich werde mir etwas überlegen. Ich werde eine Möglichkeit finden, sie *und* dich zu retten.«

»Es ist zu spät. Tut mir leid.« Wieder wende ich mich dem königlichen Tisch zu und wieder hält sie mich zurück.

»Warte! Ich habe eine Idee!«

Zögernd drehe ich mich zu ihr um. Sie starrt wie gebannt zu einem der langen Tische hinüber, an dem einige Wachmänner trinken und feiern. Ihr starrer Blick ruht auf einem kräftigen Kerl mit langem rotem, zu Zöpfen geflochtenem Haar und Bart. Seine Arme sind mit rötlichem Flaum überzogen; Arme, die um ein Sklavenmädchen geschlungen sind, das bestimmt einige Winter jünger ist als ich. Immer wieder versucht sie, sich von seinem Schoß herunterzuschieben, aber er zieht sie jedes Mal zurück und vergräbt lachend das Gesicht an ihrem Hals.

Automatisch ballen sich meine Hände zu Fäusten. Allerdings verfliegt mein Zorn schnell wieder, als ich verwirrt feststellen muss, dass Freydis nun direkt auf diesen Tisch zumarschiert. Mit einer unauffälligen Geste signalisiert sie mir zurückzubleiben. »Erik«, spricht sie den Rothaarigen an.

Erik wendet sich ihr zu und nickt respektvoll. Das Mädchen nutzt die Gelegenheit und macht sich davon. Er sagt etwas, das ich bei dem allgemeinen Lärm nicht hören kann, aber ich erkenne zumindest seine Stimme – er war einer der Jäger, die Broskraps Leiche gefunden haben.

Freydis unterhält sich kurz mit ihm, dann legt sie ihm eine Hand auf den Unterarm und beugt sich zu ihm hinunter. Sie flüstert ihm etwas ins Ohr. Eriks Miene erstarrt. Sobald Freydis sich abwendet, steht er auf und geht davon.

»Was hast du zu ihm gesagt?«, frage ich sie, sobald sie wieder bei mir ist.

»Was nötig war.«

Es vergeht kaum ein Wimpernschlag, dann dröhnt ein Schrei durch die Halle, der selbst den Lärm der Feiernden übertönt.

»Mörder!«, brüllt Erik. »Du ehrloser Feigling!«

Tödliche Stille senkt sich über das Fest.

»Hör auf zu brabbeln, Erik. Du hast zu viel getrunken.« Diesen Bariton erkenne ich als den seines Jagdkumpans wieder.

»Wie konntest du nur, Knut? Wie konntest du ihn umbringen, nur wegen deiner Schlampe von Schwester!«

Langsam begreife ich, was Freydis getan hat.

Der andere springt auf und baut sich drohend vor dem Ankläger auf. Erik ist massiger als er, aber Knut ist dafür mindestens einen Kopf größer. Sein blasses Gesicht verzerrt sich vor Wut. Die beiden Männer sehen aus, als würden sie einander hier und jetzt in Stücke reißen, wäre es nicht durch den heiligen Anlass und den Frieden der Halle verboten.

»Ich habe niemanden umgebracht, du dämlicher Kuhbauer!«, brüllt Knut.

Nun steht auch König Balli auf und sofort ruhen sämtliche Blicke auf ihm. »Das ist eine schwere Anschuldigung, Erik«, mahnt er laut. »Hast du Beweise für deine Behauptung?«

Nervös tritt Erik von einem Fuß auf den anderen. »Ich weiß es im tiefsten Grunde meines Herzens!«, ruft er dann.

»Diese Angelegenheit hat uns allen großen Kummer bereitet«, stellt der König ruhig fest. »Aber ohne Beweise kann ich Knut keine Schuld …«

»Ich fordere Knut zum *Holmgang*!«, ruft Erik laut.

Diese unvermutete Wendung löst ein erwartungsvolles Raunen aus. Weiter hinten in der Halle drückt sich eine Frau gebeugt gegen die Wand und beginnt leise zu weinen. Die Tatsache, dass niemand hingeht, um sie zu trösten, lässt vermuten, dass dies wohl Knuts Schwester ist.

Auf Knuts Gesicht hingegen erscheint ein breites Grinsen. Nun sieht er aus wie eine Hyäne, die ihre Beute in die Ecke gedrängt hat. »Ich nehme die Herausforderung an.«

Der König überdenkt das kurz, dann nickt er. »So sei es.«

Lauter Jubel bricht los. Nur Knuts Schwester schluchzt nun umso lauter. Sie wird von zwei Frauen aus der Halle geführt, die sich dabei angewiderte Blicke zuwerfen.

»Was bedeutet das?«, will ich von Freydis wissen, während in mir noch Verwirrung mit Erleichterung kämpft.

»Erik hat Knut wegen des Mordes an Broskrap zum Holmgang gefordert«, erklärt Freydis mit seltsam ausdrucksloser Stimme. »Das bedeutet, dass sie gegeneinander kämpfen werden. Bis zum Tod.«

25 YAFEU

Lisa steigt dreimal in den Himmel auf und versinkt dreimal hinter den Bergen. Am vierten Tag machen wir uns auf den Weg nach Leidholm. Die winzige Insel liegt direkt hinter der nächsten Biegung des Fjords, erstaunlich nah an Skíringssal, doch dank der hohen Bergkette ist sie von der Stadt aus nicht zu entdecken.

Freydis und ich teilen uns ein kleines Ruderboot, das ich nun durch die Strömung des Fjordes steuern muss. Es ist ein kalter Tag, der durch den Wind vom Meer noch eisiger wird. Die körperliche Anstrengung des Ruderns verbannt die Kälte einigermaßen aus meinen Knochen, doch Freydis zieht sich immer wieder zitternd ihren Otterfellmantel enger um die Schultern.

»Dann kann also jeder jeden zu einem Holmgang fordern?«, frage ich mit klappernden Zähnen.

Freydis verzieht das Gesicht, als der Wind noch weiter auffrischt und einige feine Strähnen aus ihrem Zopf löst. »Nur, wenn der Herausforderer durch den Geforderten schweres Unrecht erlitten hat. So kann ein Mann Gerechtigkeit fordern, ohne dass ein Gerichtsprozess nötig wäre.«

»Kann der Geforderte nicht einfach ablehnen?«

Sie schüttelt den Kopf. »Dann würde man ihn offiziell verstoßen, er wäre dann als ehrloser Feigling gebrandmarkt. Für uns ist das schlimmer als der Tod. Er würde aus Skíringssal vertrieben und dürfte niemals zurückkehren. Und er könnte auch nirgendwo anders unterkommen. Kein Mensch in den Königreichen von Norveg würde einem Ausgestoßenen Obdach oder auch nur eine Mahlzeit gewähren. Laut Gesetz darf man ihn nicht einmal mit dem Schiff übersetzen.«

»Wo gehen solche Leute dann hin? Was wird aus ihnen?«

»Ich weiß es nicht. Angeblich gibt es tief in den Wäldern ein paar Verstoßene, die dort irgendwie zu überleben versuchen. Aber wenn die Tiere sie nicht erwischen, holt sie sich der Winter. Selbst ein Mann von begrenzter Ehre stirbt lieber in der Schlacht.«

Ihr Volk hat schon seltsame Gesetze. Ich lenke das Boot um die Landzunge herum und rudere eine Weile schweigend weiter. Leidholm kommt näher, wird größer und größer, und wenig später erreichen wir das Ufer der Insel. Ich ziehe das Boot in das hohe Gras und folge dann Freydis. Das Inselchen scheint hauptsächlich aus Unkraut, üppig wucherndem Gras und Wildblumen zu bestehen, ansonsten gibt es hier nur vereinzelte kleine Birkenhaine und Baumstümpfe, die eindeutige Spuren von Äxten tragen.

Freydis führt mich zu einem Feld in der Mitte der Insel, auf dem das Gras zurechtgestutzt wurde. Yngvild, Balli, Erik, die königliche Wache und ein paar Vertreter des Things sind bereits dort. Alle tragen dicke Pelzmäntel gegen die Kälte. Ein Untergebener des Königs hat eine Ziege mitgebracht, die unruhig an ihrem Strick hin und her läuft.

Erik wandert ganz ähnlich auf und ab. In einer Hand trägt er ein einfaches Kurzschwert, in der anderen einen gelben Schild. Auf seinem Kopf sitzt ein Metallhelm, der ihm so tief in die Stirn reicht, dass seine Augen kaum noch zu erkennen sind. Ich frage mich, ob er mit einer so eingeschränkten Sicht überhaupt um sein Leben kämpfen kann.

Dem König scheint es nicht zu gefallen, dass seine Tochter gekommen ist, aber er sagt nichts. Eigentlich ist es meine Schuld, dass wir hier sind. Ich habe Freydis erklärt, dass es meine Pflicht sei, dem Duell zumindest als Zeuge beizuwohnen, da ich ja immerhin die wahre Mörderin von Broskrap bin. Sie hat das mit einem verblüfften Blick quittiert, aber keinerlei Einwand erhoben.

Wenig später erreicht auch Knut die Insel und schließt sich der Gruppe an. Er hat ebenfalls ein Kurzschwert dabei – eine gut gearbeitete, aber bereits leicht ramponierte Waffe – und trägt einen abgenutzten ledernen Körperpanzer. Eriks Brustschutz ist makellos, sein Helm glänzt. Knuts Rüstung hingegen war schon in mehr als einer Schlacht im Einsatz.

Ich bin davon ausgegangen, dass Ballis Wache sich aus den besten Kämpfern der Hird zusammensetzt, aber anscheinend ist genau das Gegenteil der Fall. Laut Freydis bekommt jeder Krieger den gleichen Anteil an jeder Beute, und auch wenn es natürlich viel sicherer ist, in Skíringssal zurückzubleiben und den König zu bewachen, ist es auch viel langweiliger und weniger ruhmreich, als auf Beutezug zu gehen. Und den meisten Majūs sind Ruhm und Abenteuer wesentlich wichtiger als Sicherheit, vor allem da ja nur jene Krieger, die im Kampf fallen, die Chance haben, nach Walhalla zu gelangen. Im Vergleich dazu gilt es beinahe als unehrenhaft, an Altersschwäche zu sterben. Das erklärt auch, warum sie mit einer solchen Hingabe in den Kampf ziehen.

Die Männer der Hird verspotten die Wachen oft und bezeichnen sie als Feiglinge, allerdings kommt es auch hin und wieder vor, dass ein Soldat beschließt, in seinem Leben genug Ruhm und Abenteuer angehäuft zu haben, und deshalb bittet, in die Wache aufgenommen zu werden. Normalerweise ist dieser Mann bereits verheiratet und mehrfacher Vater und deshalb bereit, auf eine etwas ungefährlichere Art dafür zu sorgen, dass alle satt werden.

Knut gehört eindeutig nicht zu dieser Gruppe. Jetzt erscheint mir seine Reaktion auf die Herausforderung auch logischer. Er sehnt sich nach einem guten Kampf, das verrät die Anspannung in seinem Körper ebenso wie die Gier in seinem Nyama. Die Energie des Kriegers umgibt ihn wie ein unsichtbarer Nebel und macht auch die Unbeteiligten leicht nervös.

Als alle ihre Plätze eingenommen haben, lässt Balli von zwei Wachmännern mithilfe von Tierhäuten das Schlachtfeld abstecken. Er verkündet währenddessen die Regeln.

Überraschenderweise ist es eine sehr lange Liste. Im Dorf meines Onkels wäre ein Streit niemals auf solch gewalttätige Weise geklärt worden, aber das hier folgt irgendwie einer ganz eigenen Logik. Die Majūs sind ein brutales, beinahe barbarisches Volk, aber sie haben auch einen ganz eigenen Ehrenkodex, an den sich jeder Krieger strikt hält. Allein dafür muss man sie schon bewundern.

Schließlich hebt Balli die Arme und das Duell beginnt.

Es dauert nicht lange, dann führt Knut den ersten Schlag. Er zielt auf Eriks Seite, der aber wehrt den Angriff ab und schlägt brutal zurück. Tänzelnd bringt sich Knut außer Reichweite.

Während ich den beiden dabei zusehe, wie sie angreifen, ausweichen und abwehren, breitet sich eine merkwürdige Anspannung in mir aus. Ich habe noch nie zwei Majūs gegeneinander kämpfen sehen, und es bereitet mir Freude, nun ihre Technik und ihre Ausdauer studieren zu können. Aber nicht nur ihr taktisches Vorgehen fasziniert mich: Sie scheinen im Kampf in eine Art Trance zu verfallen, die mich ein wenig an den Schamanen in meinem Heimatdorf denken lässt. Sein Nyama schimmerte immer ganz ähnlich, wenn er die Wurzelrinde des Ibogastrauchs gegessen hatte. Genau wie bei ihm befinden sich ihre Körper zwar noch in dieser Welt, ihre Geister aber in höheren Sphären.

Es wird schnell klar, dass Erik zwar der Stärkere ist, Knut aber über mehr Ausdauer verfügt. Er bewegt sich mit routinierter, geschmeidiger Eleganz. Bald ringt Erik keuchend nach Luft; sein Zorn reicht nun nicht mehr aus, um seine Schlagkraft ausreichend zu befeuern.

Irgendwann weicht Erik taumelnd einen Schritt zurück, woraufhin sich Knut auf ihn stürzt wie ein Wolf auf seine verwundete Beute. Er schlägt Erik den Schild aus der Hand und rammt ihm sein Schwert in die Brust.

Die Zuschauer jubeln, als Erik auf die Knie fällt. Mit leisem Magendrücken sehe ich zu, wie er seinen letzten Atemzug nimmt und zusammenbricht. Sein Blut strömt auf die gespannten Tierfelle.

Knut wird zum Sieger erklärt. Er stellt eine große Schale bereit und schlitzt der Ziege die Kehle auf. Das Tier stirbt, ohne auch nur einen Ton von sich zu geben, was von den Umstehenden wohlwollend registriert wird. Knut fängt einen Teil des Blutes in der Schale auf, lässt aber auch etwas davon im nassen Gras versickern. »Auf den König und den Sieg!«, ruft er, während er die Schale in die Höhe streckt. Offenbar ist das eine Art Opferritual.

Ich schaue fragend zu Freydis hinüber, aber sie sagt nichts. Stattdessen starrt sie mit leerem Blick auf Eriks Leichnam; ihre sowieso schon helle Haut ist nun kalkweiß.

Und damit ist die Sache erledigt. Blut gegen Blut, alles wurde beglichen.

An diesem Abend starre ich lange an die Decke von Freydis' Zimmer, während mein Körper unter warmen Pelzen im Bett liegt und mein Bauch bis zum Platzen mit den Resten des Ziegenfleisches gefüllt ist. Ich bete zu den Göttern. Ich flehe Mawu-Lisa um Vergebung an, weil ich zugelassen habe, dass ein anderer an meiner Stelle sein Leben lässt. Ganz egal, was für ein Mensch Erik zu seinen Lebzeiten war – er hat es nicht verdient, für mein Verbrechen zu sterben.

Doch genau das ist geschehen, weil Freydis es so eingefädelt hat. Weil sie sich unbedingt mein Vertrauen verdienen wollte. Damit hat sie nicht nur mein Leben gerettet, sondern auch das von Bronaugh und Airé – wohl wissend, dass es einen Mann ihres Volkes das Leben kosten würde. Sie hat zwei erwachsene Männer dazu gebracht, wegen einer Lüge bis zum Tod zu kämpfen.

Es ist fast schon lachhaft, wie sehr ich sie unterschätzt habe. Dass sie zu so etwas fähig ist, macht mir Angst, gleichzeitig beeindruckt es mich aber auch. Ich bin ihr dankbar, fühle mich aber auch schuldig. Und diese widersprüchlichen Gefühle werden noch dazu in einem Wirbelsturm der Verwirrung herumgeschleudert.

»Freydis?« Die Holzbank ächzt unter meinem Gewicht, als ich mich so herumrolle, dass ich zu ihr hinübersehen kann.

Sie wendet sich mir ebenfalls zu. »Ja?«

Ich werde mir dein Vertrauen verdienen, Yafeu. Dein uneingeschränktes Vertrauen. Egal, was es kostet.

Ich möchte ihr sagen, was Alvtir mir am Hafen zugeraunt hat – dass ich nicht mit ihr nach Trøndelag gehen werde. Doch im letzten

Moment überlege ich es mir anders. Wieder starre ich an die Decke. »Ach, nichts. Gute Nacht.«

Ich kann Freydis ohne jeden Zweifel mein Leben anvertrauen. Aber ich kann nicht darauf vertrauen, dass sie mich gehen lässt.

Lisa steht bereits tief am Himmel, während ich über die grünen Hügel trotte. Ich laufe dem Geräusch von fließendem Wasser entgegen, passe meine Schritte dem Rhythmus der Erde an.

An einem Teich mit einem kleinen Wasserfall halte ich an, um zu trinken. Das Wasser gleitet durch meine trockene Kehle, durchdringt meinen Körper. Es fühlt sich an, als würde ich Minze kauen. Ich hole tief Luft und öffne die Augen.

Als ich mein Spiegelbild im Wasser sehe, erkenne ich, dass ich keine zwei Beine mehr habe, sondern vier und dass sie mit Fell bedeckt sind. Mein Oberkörper aber ist unverändert. Meinem silbrigen Pelz haftet das übernatürliche Strahlen der Geisterwelt an. Voller Ehrfurcht blicke ich in meine menschlichen Augen, mustere meine marulabraunen Arme. Meine nackten Brüste taumeln, als ich mich auf die Hinterbeine erhebe, um meine Spiegelung besser sehen zu können.

»Sie ist dort drüben!«, höre ich Freydis in der Ferne rufen.

Panik ergreift mich. Mit aller Kraft versuche ich, vor ihrer Stimme davonzulaufen, aber meine Beine scheinen in zähem Sirup zu versinken …

26 YAFEU

Am nächsten Morgen ist es zu kalt, um nach draußen zu gehen, also beschließt Freydis, den Vormittag dazu zu nutzen, mir die Runen beizubringen. Diese Zeichen enthalten die gesamte Magie ihres Volkes, sagt sie, und wer sie erlernt, erlernt dadurch auch, wie man die Götter anruft.

Ich weiß noch immer nicht, was ich von ihren Göttern halten soll. Einige von ihnen unterscheiden sich nicht so sehr von meinen eigenen, und oft frage ich mich, ob sie nicht alle ein und dieselben Wesenheiten sind, die in verschiedenen Ländern nur verschiedene Namen tragen. Trickstergott Loki macht die gleichen Mätzchen wie der gerissene Legba; Thor, Herr über Donner und Blitz, scheint eine Menge mit Sogbo gemeinsam zu haben.

Aber ihre Götter *verhalten* sich nicht wie Götter. Sie scheinen das Chaos der Ordnung vorzuziehen, ständig liegen sie miteinander im Wettstreit, ihre Handlungen werden durch die merkwürdigsten Launen bestimmt. Einige Geschichten, die Freydis mir erzählt, sind einfach nur absurd: Einmal muss Thor sich als Frau verkleiden und sich als Freya ausgeben, noch dazu bei deren Hochzeit. In einer anderen Erzählung wird Loki der Vater eines achtbeinigen Pferdes. Ich bezweifle stark, dass alles davon der Wahrheit entspricht – falls diese Götter überhaupt richtige Götter sind.

Doch mit den Runen lässt sich der Vormittag gut verbringen, vor allem da Freydis sich auch etwas wesentlich Unangenehmeres hätte ausdenken können. So hocken wir also im Schneidersitz auf Kissen vor dem Kamin, während Freydis die einzelnen Zeichen in ein Stück

Holz schnitzt und mir dabei die jeweilige Bedeutung erklärt. In ihren Augen schimmert dieser spitzbübische Funke, den ich bereits von unseren Kampfübungen kenne.

»Das ist *Fehu*«, sagt sie, während sie eine senkrechte Linie zieht, aus deren Mitte zwei kürzere Striche schräg nach oben ragen. »Es steht für den Laut *Fffff*.«

»Wie in deinem Namen.« Ich unterdrücke ein Gähnen. Da ich letzte Nacht schlecht geschlafen habe, fällt es mir schwer, Freydis' Lektionen zu folgen.

Ohne meiner Müdigkeit Beachtung zu schenken, nickt sie fröhlich. »Genau! Aus diesem Grund wird diese Rune dazu benutzt, Frigg, Freya und Freyr anzurufen. Ihr Name geht auf das mysteriöse *Fehu*-Feuer zurück – eine Flamme, die aus Wasser geboren wurde –, aus dem Frigg und Freya ihre Sehergabe beziehen. Deshalb entspringen die Fähigkeiten des Runenzauberers, der die Magie der Zeichen nutzt, ebenfalls Fehu. Fritjof sagt, dass diese Gabe in jedem von uns schlummert wie der Wolf in den Tiefen des Waldes. Doch um sie zu nutzen, muss man sich mit seinen dunkelsten Abgründen auseinandersetzen.«

Ein Wolf im Wald. Plötzlich fällt mir der Traum wieder ein, den ich in der vergangenen Nacht hatte. »Ich habe letzte Nacht geträumt, ich wäre ein Wolf in einem Wald«, erzähle ich müde.

Ruckartig richtet Freydis sich auf. »Was ist in diesem Traum geschehen?«

Achselzuckend starre ich in die Flammen und versuche, meine vagen Erinnerungen zu sortieren. Draußen fegt heulend der Wind um die Mauern. »Ich habe ... in einen Teich am Fuße eines Wasserfalls geblickt. Aber mein Spiegelbild war merkwürdig. Ich glaube, meine untere Körperhälfte war die eines Wolfes. Oben herum war ich aber unverändert.«

Freydis wird leichenblass. »Deine *Fylgja*«, flüstert sie tonlos. »Dir ist deine Fylgja erschienen.«

Verständnislos runzele ich die Stirn. »Was ist eine Fylgja?«

»Eine Art Begleiter. Ein Schutzgeist, er immer an deiner Seite ist und ein Leben lang über dich wacht.«

Plötzlich höre ich Mutters Stimme in meinen Gedanken: *In der Nacht deiner Geburt hörte ich den Wildhund heulen … Er wird dich stets begleiten …*

»Und was hat das zu bedeuten?«, frage ich weiter.

Freydis senkt den Blick; Messer und Holzscheit zittern in ihren Händen. Schnell legt sie beides weg und verschränkt die Finger. »Das … kann ich dir nicht genau sagen. Wenn deine Fylgja dir in Gestalt eines Tieres erscheint, ist das normalerweise ein Glück bringendes Omen. Aber wer sich selbst in Form einer Fylgja sieht …« Ängstlich sieht sie mich an, um dann kaum hörbar zu flüstern: »Das ist ein Todeszeichen.«

Mühsam unterdrücke ich ein Lächeln. Nun haben wir schon so viel durchgemacht und Freydis ist immer noch in ihrem alten Aberglauben gefangen.

Ich gebe mir den Anschein, als würde ich gründlich über ihre Worte nachdenken, bis mir irgendwann auffällt, dass ich das tatsächlich tue, denn der Traum war wirklich sehr verstörend. »Vielleicht bedeutet es ja, dass ich zwischen zwei Schicksalswegen stehe«, schlage ich schließlich vor.

Freydis beugt sich vor und greift nach meiner Hand. Nun leuchten ihre grünen Augen wieder. »Das muss es sein! Wir sollten einen Zauber wirken.« Voller Begeisterung springt sie auf und fängt an, in ihren Körben herumzuwühlen. In ihrer Ungeduld wirft sie sogar mit Sachen um sich. Ich verdrehe verstohlen die Augen, denn ich weiß genau, dass ich dieses Chaos später wieder beseitigen darf.

»Aha!« Triumphierend hält sie einen Knochen hoch. »Das ist der Oberschenkelknochen von dem Wolf, den du erlegt hast!«

»Hast du so etwas schon einmal gemacht?«, frage ich neugierig. Eigentlich kann ich mir Freydis nur schwer als Zauberin vorstellen, doch nachdem ich nun weiß, wie weit ihr Wissen um diese magischen Zeichen reicht …

»Ja«, antwortet sie schlicht. Sie setzt sich wieder, greift zum Messer und konzentriert sich auf den Knochen. »Also, wir fangen an mit *Perthro* …«

Hochkonzentriert schnitzt sie die erste Rune; ihre Finger arbeiten mit geübter Geschicklichkeit. »Du kannst wesentlich mehr, als du zugibst«, stelle ich fest. »Du bist nicht nur gut am Webstuhl. Du verfügst über eine Menge Wissen. Nützliches Wissen.«

Mit einem höhnischen Schnauben erwidert Freydis: »Meine Eltern sagen immer, ich sei zu gar nichts nutze. Deshalb habe ich wohl nach Möglichkeiten gesucht, ihnen das Gegenteil zu beweisen. Was ihre Meinung über mich allerdings nicht geändert hat.« Sie versucht, es unbeschwert klingen zu lassen, aber ich sehe den Schmerz in ihren Augen. »Von dieser speziellen Fähigkeit wären sie jedenfalls nicht begeistert. Mein Vater würde mich bis zur Besinnungslosigkeit prügeln, wenn er wüsste, dass ich mich der Runenmagie widme.«

Während ich Freydis mustere, kommt mir eine von Papas Lektionen in den Sinn: *Es gibt ebenso viele Arten von Stärke in dieser Welt, wie es Menschen gibt, die über sie verfügen.* Bis heute habe ich nie ganz verstanden, was er damit meinte, aber nun fange ich an, es zu begreifen.

»Ich weiß nicht, was für ein Mensch ich geworden wäre, wenn meine Familie mich so behandelt hätte«, gestehe ich ihr. »Meinem Vater war sicher bewusst, dass er mich Dinge lehrte, die ein Mädchen eigentlich nicht lernen sollte. Aber das schien ihn nicht zu kümmern. Und nachdem er uns in dem Dorf zurückgelassen hatte, waren meine Mutter und meine Brüder die einzigen Menschen, die mich nicht gehasst haben, weil ich bin, wer ich bin. Sie und Ampah.«

»Ampah? Diesen Namen hast du noch nie erwähnt, glaube ich. Ist sie eine Verwandte von dir?«

Ein dicker Kloß steigt in meiner Kehle auf und ich ziehe schützend die Knie an die Brust. »Sie war meine einzige Freundin. Sie ist in der Wüste gestorben.«

Freydis hält inne, das Messer verharrt reglos über dem Knochen. »Sicher vermisst du sie sehr«, sagt sie sanft.

»Ja.« Ich schlucke schwer. Mitfühlend streicht Freydis über meinen Unterarm. Einen Moment lang sitzen wir schweigend da, doch dann durchbreche ich die Stille, weil ich nicht noch weiter in meiner Trauer versinken will. »Also, was ist das für ein Zauber?«

Ein fast schon gruseliges Lächeln huscht über Freydis' Gesicht, das inzwischen halb im Schatten liegt, da das Feuer im Kamin heruntergebrannt ist. Mit funkelnden Augen beugt sie sich zu mir. Draußen heult noch immer der Wind. »Wir rufen die Nornen herbei, um den Lauf deines Schicksals zu ändern.«

27 YAFEU

Anfangs löst der Winter eine wilde Freude in mir aus.

Freydis ging mit mir nach draußen, als die ersten Flocken fielen. Sie konnte es nicht fassen, dass ich noch niemals »Schnee« gesehen hatte, und lachte fröhlich, als ich das feine Pulver staunend auf meiner von der Kälte geröteten Hand verteilte. Ich stimmte mit ein, als ich die Flocken entdeckte, die an ihren Wimpern hafteten. Den restlichen Nachmittag verbrachten wir damit, den Schnee zu kleinen Kugeln zu formen, mit denen wir uns dann bewarfen. Selbst als unsere Haut vor Kälte brannte, lachten wir noch ausgelassen.

Aber der Reiz ließ schnell nach; inzwischen ist die ganze Stadt unter Schnee begraben. Ein einziges Mal haben wir es vom Hügel herunter geschafft in die Stadt, um zu sehen, ob es Fritjof gut geht. Freydis wollte unbedingt sichergehen, dass er alles hat, um den Winter zu überstehen. Die dicke Schneedecke machte aus dem, was sonst ein kurzer Ausflug gewesen wäre, eine lange, zermürbende Reise.

Dabei ist der Schnee nichts im Vergleich zu der Kälte. Einer unerbittlichen Kälte, die den Schnee zu Eis gefriert und die Bäume mit funkelndem Raureif überzieht, der mich an Alvtir erinnert. Ihr Anblick lässt mich die Rückkehr der Hird nur noch mehr herbeisehnen. Der Fjord gefriert nicht, aber alles andere. Nun ist es gefährlich, sich draußen aufzuhalten. Zu leicht kann man auf dem Eis ausrutschen und stürzen, Finger und Zehen könnten abfrieren, sodass sie amputiert werden müssten. Seit mehreren Monden sitzen wir nun schon so fest. Wie man so etwas mögen kann, wenn es jedes Jahr aufs Neue geschieht, ist mir schleierhaft.

Lisa reist nun immer schneller und schneller über den Himmel, bis sein tägliches Erscheinen so flüchtig und kurz erscheint, wie es im Sommer lang und träge war. Die anhaltende Dunkelheit schlägt einem aufs Gemüt. Nachts hält mich eine ruhelose Energie vom Schlafen ab, weil ich meinen Körper tagsüber nicht ausreichend anstrengen kann. Meine Arme haben einen Teil der wiedererlangten Kraft bereits eingebüßt, was mich reizbar werden lässt, ohne dass ich ein bestimmtes Ziel dafür hätte.

Yngvild hat verkündet, dass sie schwanger sei, und obwohl es bisher noch nicht einmal zu sehen ist, machen Helge und die anderen Leibeigenen einen Riesenwirbel darum. Was allerdings den Vorteil hat, dass Freydis und ich meist uns selbst überlassen sind. Inzwischen nehmen wir auch fast alle Mahlzeiten in ihrem Zimmer ein. Für mich ist das eine große Erleichterung, obwohl es bedeutet, dass ich nun für uns kochen muss. Aber so bleibt mir zumindest die Anwesenheit von Yngvild und Balli erspart. Nicht nur ihre offensichtliche Herablassung zerrt an meinen Nerven, sondern vor allem Ballis Nyama; irgendetwas stimmt damit nicht, es brennt wie ein ätzender Geschmack auf meiner Zunge. Um den beiden zu entkommen, würde ich sogar mit Freydis nach Trøndelag ziehen, wenn da nicht Alvtirs Versprechen wäre. *Bald, bald, bald …* Jeden Tag höre ich ihre Stimme in meinem Kopf.

Solange der Schnee anhält, gibt es nicht viel zu tun, außer Freydis' Hochzeit vorzubereiten, die direkt nach der Schneeschmelze stattfinden soll. Also arbeiten wir an ihrem Brautkleid. Eigentlich hätte das nicht länger dauern sollen als ein paar Tage, aber irgendwie scheint sie nie zufrieden zu sein, nicht einmal mit ihrem eigenen Werk. Kaum hat sie die Brokatstickerei an einem Saum fertiggestellt, verkündet sie, das Muster sei nicht das richtige, sodass wir den Silberfaden vorsichtig wieder entfernen müssen. Erst nach acht verschiedenen Paar Schnallen war endlich das Passende für sie dabei. Jedes Mal, wenn wir zu Nadel und Faden greifen, sackt sie mit einem schweren Seufzer in sich zusammen. Inzwischen frage ich mich, ob nicht mehr dahintersteckt als die Rastlosigkeit, die auch mich erfasst hat. Möglicherweise versucht sie absichtlich, den Prozess in die Länge zu ziehen, so als müsste sie nicht heiraten, wenn das Kleid nicht rechtzeitig fertig wird. Denn jedes Mal, wenn ich ihren zukünftigen Ehemann erwähne, schrumpft sie zusammen und wechselt das Thema.

Beim letzten Mal habe ich sie endlich gefragt, warum sie nicht über ihn sprechen will, woraufhin sie mir erklärte, dass sie ursprünglich mit einem anderen verlobt gewesen sei, einem König namens Harald. Die beiden hatten sich offenbar schon als Kinder kennengelernt und sie mochte ihn wirklich. Deshalb war sie überglücklich, als ihr Vater ihn auswählte, auch wenn sie selbst dabei keinerlei Mitspracherecht hatte. Und nun weiß sie nicht, was sie empfinden soll, denn ihrem Verlobten Hakon ist sie nie begegnet. Sie wird einen völlig Fremden heiraten, einen Mann, der sie ebenso mit Grausamkeit behandeln kann wie mit Güte.

Ich beneide sie nicht um ihr Schicksal, auch wenn es Macht und Respekt mit sich bringt. Und ich fühle mich jedes Mal schuldig, wenn sie von unserem gemeinsamen Umzug nach Trøndelag spricht. Trotzdem ist es besser, sie vorerst in diesem Glauben zu lassen. Es wird noch schwer genug für sie, wenn Alvtir zurückkommt und ihre Pläne für mich enthüllt. Wenn ich Freydis zu früh davon erzähle, findet sie womöglich noch einen Weg, um mich aufzuhalten. Also behalte ich sie lieber für mich und tue mein Bestes, um sie von den ihrigen abzulenken.

Die Abende vertreiben wir uns oft mit Geschichten. Ich greife dann meistens auf die zurück, die Mama und Papa mir immer und immer wieder erzählen mussten, als ich noch klein war. Zum Beispiel die von Amanirenas, der einäugigen Kriegerkönigin des Ostens, die mit ihrer Armee die Fremdlinge vertrieb, die ihr Land erobern wollten. Erst überfällt Amanirenas ihre Festungen und vertreibt die Soldaten, dann schlägt sie der Statue des bösen Königs der Fremdlinge den Kopf ab und vergräbt ihn unter einer heiligen Stätte ihres Volkes, um ihren Sieg zu feiern. Oder die Geschichte von Ogiso Emose, der ersten Herrscherin des Landes Igodomigodo, aus dem Mama stammt. Emoses Mutter war eine Händlerin, die im ganzen Land dafür bekannt war, dass sie die schönsten Perlen und Kleider verkaufte.

Sie stirbt bei Emoses Geburt, aber ihre Tochter erbt von ihr Wohlstand, Ruhm und einen guten Geschäftssinn – natürlich neben der Vorliebe für schöne Dinge. So wird sie zu einer der größten Ogisos, die jemals herrschte. Diese Geschichte gefällt Freydis natürlich am besten. Im Gegenzug teilt sie mit mir die Geschichten, die sie als Kind von Fritjof und Helge erzählt bekam. Hier ist mir der Sohn des Bären am liebsten: eine Geschichte über einen Krieger mit der Kraft und dem Mut eines Bären, der das grausame Monster besiegt, das seine Gefährten getötet und die Halle seines Königs bedroht hat.

Irgendwann fängt der Schnee dann endlich an zu schmelzen. Warm ist es dadurch noch lange nicht, aber der Winter lockert zumindest seinen Würgegriff. In der Stadt regt sich langsam wieder Leben, als würde sie aus einem tiefen Schlaf erwachen. Das Eis auf dem Fluss hinter dem Hügel bekommt Risse und schmilzt. Alles riecht nach Feuchtigkeit und Neuanfang.

»Ich frage mich, wie lange es noch dauern wird, bis sich die Bauern gegen meinen Vater erheben«, sagt Freydis eines Abends. Wir liegen schon in unseren Betten, und ich bin kurz davor einzuschlafen, eingelullt vom leisen Knacken des Feuers. Freydis hat mich wieder und wieder gebeten, nachts bei ihr zu bleiben, bis sie es irgendwann gar nicht mehr sagen musste und ich meine Sachen aus dem Schuppen holte. Da ich so Helges schlechter Laune entkommen kann, teile ich mir wirklich gern das Zimmer mit ihr.

»Wie meinst du das?«, frage ich träge, da in meinem Kopf bereits der Schlaf lockt.

Sie dreht sich zu mir um. »Das ist der längste und kälteste Winter, an den ich mich erinnern kann, und die Bauern spüren die Auswirkungen der Kälte auch dann noch, wenn sie bereits abgeklungen ist: Der Boden ist hart, was die Saat schwächt. In Hvitbjorg ist die Ernte letzten Sommer so schlecht ausgefallen, dass der Jarl befürchtete, die Bauern könnten ihre Familien nicht durch den Winter bringen. Aber Vater hat trotzdem seinen Anteil an der Ernte eingefordert.« Mit einem schweren Seufzer zieht sie sich die Pelzdecke bis unter das Kinn. »Ich frage mich, wie es diesen Familien jetzt wohl geht. Ob sie möglicherweise einen Teil ihrer Kinder verloren haben. Und ob sie wütend sind auf Vater, weil er ihre Bitten ignoriert hat.«

Natürlich sind sie wütend, würde ich gern sagen. *Ich werde schon wütend, wenn ich das nur höre. Du etwa nicht?* Aber ich halte den Mund und so schlafen wir wenig später ein.

Meine Fylgja habe ich nicht mehr gesehen, was Freydis für ein gutes Zeichen hält. Stattdessen tauchen in meinen Träumen – zumindest in jenen, an die ich mich später erinnern kann – meine Familie, Alvtir oder der merkwürdige Soldat auf, der mir diesen langen Blick zugeworfen hat, als die Flotte auslief.

An diesem Morgen werde ich noch vor dem Morgengrauen wach. Ein ungutes Gefühl in der Magengrube reißt mich aus einem schönen Traum, in dem mich Mama in ihren Armen wiegt. Ich reibe mir den Schlaf aus den Augen, rolle mich aus dem Bett und ziehe Stiefel und einen von Freydis' Mänteln an; ich will sie nicht extra wecken, nur um sie um Erlaubnis zu fragen.

Wie unter Zwang tragen mich meine Füße nach draußen und zur Vorderseite des Hügels, vorbei an der Großen Halle. Ich ziehe den Mantel enger um die Schultern, um mich vor der eisigen Morgenluft zu schützen, dann lasse ich den Blick über den Fjord wandern. Lisa schickt die ersten, zögerlichen Strahlen, und so kann ich mehrere undeutliche Schatten wahrnehmen, die über das schwarze Wasser gleiten …

Die Flotte!

Alvtir.

Ich renne, so schnell ich kann, den Hügel hinunter; es kümmert mich nicht, dass es vielleicht verdächtig wirken könnte, wenn der »Dunkelelf« der Prinzessin im Morgengrauen allein unterwegs ist. Das Signalhorn im Wachturm stößt drei lange Töne aus und informiert die noch schlafende Stadt so über die Rückkehr der Hird.

Bald. Immer lauter und lauter erklingt Alvtirs Versprechen in meinen Gedanken, doch als ich endlich den Hafen erreiche, tauchen nur grün-weiße Segel hinter der Landzunge auf.

Wo ist Alvtirs Schiff?

Die ersten Drachenboote legen an, und die erschöpften Krieger kommen an Land, wo die ähnlich müden, durchgefrorenen Stadtbewohner ihnen einen recht stillen Empfang bereiten. Es verlassen deutlich weniger Männer die Schiffe, als bei der Abfahrt an Bord gegangen sind. Wo auch immer sie waren, sie haben schwere Verluste erlitten.

Das ungute Gefühl in meinem Bauch verstärkt sich, als der Schmalgesichtige auf den Anleger springt. Er schenkt mir ein boshaftes Lächeln, als wäre er über meine Anwesenheit besonders erfreut.

Wenig später erkenne ich den Grund dafür: Die letzten Soldaten zerren fast ein Dutzend Menschen hinter sich her, alle mit einem Seil aneinandergefesselt. Menschen, deren Haut die Farbe von Wurzeln, Borke und Erde hat.

Er hat noch mehr von uns gefangen. Ein neuer Stein drückt auf mein Herz, neue Verzweiflung lässt ihn schwerer wiegen. Sofort kehrt die Erinnerung an die Sklavenkarawane zurück, als ich so an fremde Körper gefesselt war.

»Sie wurden uns von den Göttern geschickt, weißt du?«

Als ich herumfahre, steht der schmalgesichtige Mann direkt vor mir. Wütend kneife ich die Augen zusammen, er aber verschränkt gelassen die Arme vor der Brust und grinst triumphierend.

»Das Schiff, auf dem sie nach Iberia kamen, muss kurz vor uns angelegt haben«, fährt er fort. »Wir haben sie fertig verschnürt an Deck gefunden, sie warteten nur darauf, dass wir sie mitnehmen.« Fröhlich zwinkert er mir zu.

Verbissen halte ich seinem höhnischen Blick stand, bohre mir dabei aber so fest die Fingernägel ins Fleisch, dass Blut über meine Handflächen tropft. Aber ich schlage nicht zurück, denn genau das erhofft er sich ja.

Stattdessen zwinge ich mich, dabei zuzusehen, wie die neuen Sklaven an Land gebracht werden. Dabei bemerkt mich ein alter Mann, dessen Augen fast in den Höhlen verschwinden. Er gibt einen Laut von sich, woraufhin auch die anderen in meine Richtung schauen. Ein letzter, fast erloschener Hoffnungsschimmer flammt in ihren Augen auf, als sie meine Hautfarbe bemerken – ich bin dunkel wie sie, wirke aber gesund und gepflegt.

Doch ich kann diesem Mann keine Hoffnung schenken, weder ihm noch den anderen.

Der Alte öffnet den Mund. Bevor er etwas sagen und sich damit Schläge einhandeln kann, wende ich mich ab und laufe den Hügel hinauf.

So schnell ich kann, hetze ich zurück zum königlichen Langhaus, ohne dabei auf den brennenden Schmerz in meinen Beinen zu achten. Freydis schläft noch tief und fest, als ich ihren Mantel zurück an den Haken hänge und wieder in mein Bett krieche. Mein Herzschlag dröhnt mir in den Ohren. Sie schnarcht leise, als wäre gar nichts geschehen. Als wäre alles vollkommen normal. Und für sie ist es das ja auch.

Ohne jeden Zweifel hat dieser boshafte Mann diese Menschen nur hierhergebracht, um mich noch mehr leiden zu lassen. Aber vielleicht spielen hier auch andere Sphären eine Rolle, vielleicht ist das eine Strafe der Götter, ihre Form von Gerechtigkeit, weil ich einen Unschuldigen für mein Verbrechen habe sterben lassen.

Dieser Gedanke löst einen stechenden Schmerz in meiner Brust aus. Stumm verspreche ich Mawu-Lisa, dass ich diesen neuen Sklaven helfen werde, wo auch immer ich kann.

Trotzdem ist der Pelz unter meine Wange bald nass von meinen Tränen.

Beim Frühstück erklärt mir Freydis, dass der schmalgesichtige Mann Snorri heiße und Broskraps ältester Sohn ist. Ich hätte es wissen müssen. Während wir letzte Hand an ihr Brautkleid legen, versuche ich meine Schuldgefühle zu beschwichtigen, indem ich mir ausmale, wie viele verschiedene Arten es geben mag, um diese hellhaarige Schlange zu töten. Der Ausschnitt des Kleides verwandelt sich in seine Kehle, die ich zudrücke, bis kein Leben mehr in ihr ist. Meine Nähnadel wird zum Dolch, der in seinen Hals sticht. Ganz langsam blutet er aus, wie sein Vater. Immer detaillierter werden diese Bilder, bis mir irgendwann bewusst wird, dass ich sogar selbst vor diesen grausamen Gedanken zurückscheue.

»Wir müssen diese neuen Leibeigenen finden«, sage ich zu Freydis, während sie das Kleid anprobiert.

»Wieso?« Gedankenverloren streicht sie über den Stoff an ihrem Bauch. »Ist es hier nicht vielleicht etwas eng?«

Ich stampfe frustriert mit dem Fuß auf, was sie kurz zusammenfahren lässt. »Wir müssen einfach! Du hast ja keine Ahnung, wie es für mich war, als ich hierherkam. Ich muss ihnen helfen, so gut ich kann.«

»Na gut«, gibt sie nach, wirft mir dabei aber einen skeptischen Blick zu.

»Du musst nicht mitkommen. Lass mich einfach den Nachmittag gehen.«

»Ich will aber helfen. Und es wird einfacher sein, wenn ich dabei bin.«

Bis wir uns umgezogen haben und in die Stadt hinuntergegangen sind, ist es bereits später Nachmittag. Wir wandern von einem Marktstand zum nächsten, dann von Haus zu Haus, und fragen Händler, Handwerker und Fischer, ob sie irgendwo Leibeigene gesehen haben, deren Haut so dunkel ist wie meine. Das erinnert mich daran, wie ich hier meine Runden gedreht und nach meinem Vater gefragt habe, als ich noch Broskraps Sklavin war. Diesmal habe ich allerdings die Prinzessin an meiner Seite, sodass die Leute mich mit wesentlich mehr Respekt behandeln – und um einiges hilfreicher sind. Die meisten wissen genau, von wem ich spreche. Nicht nur aufgrund ihrer auffälligen Hautfarbe erinnern sich alle recht gut an sie, sondern auch, da Snorri sie offenbar überall herumgezeigt hat, bevor er sie an die Meistbietenden versteigerte. Aber wer genau diese Bieter waren, weiß niemand mehr. Zumindest nicht, bis wir zu einem Haus kommen, in dem laut Freydis' Aussage ein Zimmermann mit seiner Familie wohnt.

Eine kräftige Frau mit finsterer Miene öffnet uns die Tür. Als sie sieht, wer davorsteht, verzieht sich ihr gerötetes Gesicht zu einem freundlichen Lächeln. »Prinzessin Freydis! Was kann ich für dich tun?«

Schnell kramt Freydis in ihrem Gedächtnis. »Du bist Thurid, richtig? Die Frau von Skarde?«

Jetzt strahlt die Frau regelrecht. »Du hast wirklich ein hervorragendes Gedächtnis, Prinzessin!«

»Wir suchen nach den Leibeigenen, die heute Morgen angekommen sind«, schalte ich mich ein. »Die mit der dunklen Haut.«

Sofort rümpft die Frau die Nase, aber Freydis schenkt ihr ein süßliches Lächeln. »Falls du mir sagen könntest, wo sie sich befinden, wäre ich wirklich *äußerst* dankbar.«

Zögernd gibt die Frau zu: »Wir haben zwei von ihnen gekauft, einen Jungen und einen alten Mann. Ich glaube, sie nennen sich …«, ihre Stirn runzelt sich vor Anstrengung, »… Na-he-ro und Ma-ba-noh. Die Übrigen wurden alle zu den Bauernhöfen gebracht.«

Trotz ihrer grauenvollen Aussprache kann ich die Namen als Nyeru und Mbaneh identifizieren. Soninke-Namen.

Mir schlägt das Herz bis zum Hals. Freydis und ich sehen uns an. Wie stehen die Chancen, dass Snorri ausgerechnet Soninke als Sklaven nach Skíringssal verschleppt, bei allen Völkern, die infrage kommen? Das kann doch fast kein Zufall mehr sein.

»Allerdings weiß ich nicht, ob wir den Alten lange behalten werden«, fährt die Frau fort. »Snorri hat uns einen guten Preis gemacht, damit wir ihn zusammen mit dem Jungen nehmen, weil sie beide nicht für schwere Arbeiten geeignet sind. Aber er ist schlecht dran. So schwach, dass er uns vielleicht nicht einmal eine Hilfe ist. Ganz zu schweigen davon, dass er unsere Sprache nicht spricht, und die Alten lernen ja nicht so schnell wie die Jungen.«

»Ich kann ihm helfen … und euch«, biete ich an. »Ich stamme aus dem gleichen Königreich wie sie und spreche ihre Sprache. Ich könnte ihnen eure Sprache beibringen, auch dem alten Mann.«

Die Frau denkt darüber nach, wobei ihr Blick zwischen Freydis und mir hin- und herhuscht. »Schaden kann es wohl nicht. Falls du damit einverstanden bist, Prinzessin.«

Freydis nickt. »Wo sind die beiden jetzt?«

Wortlos zeigt die Frau auf eines der Nebengebäude, dann verschwindet sie im Haus.

Wir gehen hinüber, allerdings bleibt Freydis an der Tür stehen.

»Du kommst nicht mit rein?«

Kopfschüttelnd sieht sie zum Himmel hinauf, dessen rosa Färbung Lisas Rückzug ankündigt. »Mehr kann ich nicht tun. Aber du bist für den Abend frei.«

Dieses Wort: *frei*. Kann man überhaupt wirklich *frei* sein, wenn es nur für einen Abend ist?

Ich bedanke mich trotzdem bei ihr, und zum Teil ist es aufrichtig gemeint – nicht, weil sie mich hierbleiben lässt, sondern weil sie mir bei der Suche geholfen hat.

Ich öffne die Tür und trete in das trübe Halbdunkel. Neben einer Feuergrube sitzen zwei dunkelhäutige Gestalten, ein Kind und ein Mann. In Letzterem erkenne ich sofort den Alten wieder, den ich auf Snorris Schiff gesehen habe. Seit unserer Begegnung am Morgen hat er sich zwar gewaschen, doch er sieht dadurch nicht viel besser aus. Die Frau hat nicht übertrieben: Er wirkt extrem zerbrechlich, selbst für einen Menschen seines Alters. Aber sein Nyama ist kraftvoll, in den großen braunen Augen unter dem grauen Haaransatz funkelt Leben. Mit leicht geneigtem Kopf beobachtet er, wie ich mich nähere. Der Junge an seiner Seite – höchstens sieben oder acht Jahre alt – starrt mich ängstlich an. Sehnsucht steigt in mir auf; Kamo und Goleh sahen ähnlich aus, als sie in diesem Alter waren.

»Siehst du, Mbaneh? Unsere Anverwandte ist gekommen«, stellt der Mann auf Soninke fest und legt dem Jungen beruhigend den Arm um die Schultern.

Die Freude darüber, nach so langer Zeit wieder die seidigen Laute meiner Sprache zu hören, wird schnell von Schuldgefühlen verdrängt.

»Es tut mir leid, dass ich vorhin einfach weggelaufen bin, Anverwandter«, entschuldige ich mich und verwende dabei ebenfalls die herzliche Anrede, die er so großzügig für mich gewählt hat. »Ich habe erst erkannt, dass ihr aus Wagadu stammt, als ich eure Namen hörte.«

»Sind wir nicht alle die Kinder der Götter, egal ob Soninke oder nicht?«

Dieser schneidende Kommentar lässt mich zögern. »Ich bin Yafeu«, platzt es dann aus mir heraus. Wann genau ist es mir zur zweiten Natur geworden, den Namen meines Vaters als meinen eigenen auszugeben?

»Ich bin Nyeru. Und das ist Mbaneh.«

Der Junge verkriecht sich hinter Nyerus verdrecktem Hemd. Ich schenke ihm ein befangenes Lächeln. Mit kleinen Kindern bin ich noch nie gut klargekommen. Mir waren sie vor allem immer lästig und die Mütter im Dorf haben ihre Kleinen nur zu gern von dem jugu Mädchen ferngehalten. »Es ist mir eine Freude, dich kennenzulernen, Mbaneh«, sage ich leise.

»Ich spüre, dass du eine lange Reise hinter dir hast, Yafeu«, stellt Nyeru fest. »Sie war sogar länger als unsere.« Trauer liegt in seinem sanften Blick. Seinem Nyama haftet etwas Göttliches an, wie bei den Wahrsagern von Koumbi Saleh, aber gleichzeitig scheint er viel ... warmherziger zu sein als alle Priester, denen ich je begegnet bin. Anscheinend hält er es nicht für nötig, zu verbergen, welches Leid er erdulden musste, also sollte ich das meinige ebenfalls nicht verstecken müssen.

Plötzlich löst sich der drückende Knoten in meiner Brust, Tränen steigen in meinen Augen auf. Ich nicke stumm.

»Erzähl mir davon.« Freundlich klopft er auf den leeren Platz an seiner Seite.

Also setze ich mich und beginne ganz am Anfang. Ich schildere ihm, wie ich in unserem Dorf gefangen genommen wurde, wie Mutter, Kamo und Goleh aber fliehen konnten, nachdem ich gestürzt war. Berichte von dem langen Marsch durch die Wüste, von Ampahs Tod, von dem Kaufmann in Anfa, von der unbeschreiblichen Verbindung, die ich zu Alvtir spürte. Von dem Gefühl des Verrats, als sie mich bei Broskrap ließ, von meinem schrecklichen Zorn, als ich Zeuge davon wurde, wie er Airé misshandelte, davon, wie ich ihn getrieben von diesem Zorn tötete. Ich erzähle ihm, wie ich noch am selben Abend zu Freydis kam, wie Alvtir mir ihre geheimnisvolle Botschaft zuraunte, wie ich mich nach und nach mit Freydis anfreundete. Auch Freydis' Lüge gestehe ich ihm, mit der sie mich vor der Strafe bewahrte, die mich sonst als Broskraps Mörderin erwartet hätte. Je mehr Worte aus mir herausströmen, desto mutiger werde ich. Mir wird bewusst, dass ich meine Geschichte noch nie in Gänze erzählt habe. Einzelne Teile davon habe ich Freydis anvertraut, aber selbst ihr gegenüber habe ich mich nie vollständig geöffnet. Doch in Nyerus Blick liegt so viel Verständnis, dass die ganze Wahrheit fast wie unter Zwang über meine Lippen kommt. Vielleicht liegt es auch daran, dass ich die Geschichte in meiner Sprache erzählen kann. Hinter den wässrigen Worten der Majūs kann man sich leichter verstecken. Hin und wieder überwältigen mich Trauer und Verzweiflung und ich beginne zu schluchzen. Dann greift Nyeru nach meiner Hand und drückt sie. Irgendwann macht Mbaneh es ihm nach; er vertraut mir, weil der Alte es tut. Ich halte seine kleinen Finger in meinen und lasse den Schmerz über den Verlust meiner Brüder zu, anstatt ihn wie sonst immer zu verdrängen. Schließlich erreiche ich mit der jüngsten Rückkehr der Hird das Ende der Geschichte. »Ihr seid die Ersten, die ich aufspüren konnte«, sage ich abschließend. Dann schweige ich und genieße die wundervolle Leichtigkeit, die mich erfüllt. Die Last dieser Erinnerungen wiegt nicht mehr ganz so schwer, nachdem ich sie mit jemandem teilen konnte.

Nyeru lehnt sich zurück. Seine ernste und gleichzeitig liebevolle Miene erinnert mich an Mama. »Dein Geist weiß, wohin du gehst, und er weiß auch, wie du dorthin kommst, Yafeu. Das darfst du nicht in Zweifel stellen.«

Mir fällt es schwer, aus diesen Worten schlau zu werden. »Welche Stellung hattest du in deinem Heimatdorf inne?«, frage ich ihn verwirrt. »Und woher genau kommst du?«

»Ich wurde ebenfalls von Sklavenhändlern entführt«, beginnt Nyeru, dann beschreibt er mir sein Dorf, das nur eine halbe Tageswanderung von meinem entfernt liegt, an der Straße nach Koumbi Saleh. Er ist ein Schamane eines *Maghan*-Stammes und damit ein direkter Nachfahre der Diabe Cissé, der ersten Soninke. Als Schamane mit einer solchen Abstammung muss er nicht nur respektiert, sondern regelrecht verehrt worden sein. Er hatte eine Familie, erklärt er mir. Und er war zufrieden mit dem, was die Götter ihm zugewiesen hatten.

Dann aber änderten die Götter ihre Meinung. Die Sklavenhändler kamen und zerstörten sein Dorf, nahmen jeden gefangen, den sie erwischen konnten, genau wie bei mir. Seine Frau und seine Kinder wurden dabei getötet. Von seiner Familie überlebten nur er selbst und Mbaneh – der Enkel seines jüngsten Bruders – den grausamen Marsch durch die Wüste. Anschließend wurden sie von den Sklavenhändlern an einen Kaufmann übergeben, der sie nach al-Andalus brachte. Und dort wurden sie dann von Snorri geraubt.

Dem kleinen Mbaneh fallen irgendwann die Augen zu, doch Nyeru und ich bleiben wach und erzählen uns Geschichten aus unseren früheren Leben.

Schließlich fällt mir wieder ein, was ich Thurid versprochen habe. »Nyeru«, beginne ich deshalb vorsichtig. »Ihr müsst die hiesige Sprache lernen, wie ich es getan habe. Die Majūs kennen keine Nachsicht. Wenn ihr für sie nicht von Nutzen seid, werden sie euch ihren fremdartigen Göttern opfern. Aber ich kann Mbaneh und dir zeigen, wie man hier überlebt.«

Nyeru nickt ernst und greift wieder nach meiner Hand. »Vielen Dank, Anverwandte. Sobald ich dich sah, wusste ich, dass du uns von den Göttern geschickt wurdest.«

Sofort kehren meine Schuldgefühle zurück, doch ich ringe mir ein schwaches Lächeln ab. Das waren auch Snorris Worte – *sie* seien *ihm* von den Göttern geschickt worden. Kann überhaupt irgendetwas davon wahr sein? Vielleicht haben Snorris Götter ihm dieses Geschenk gemacht und dann haben meine Götter mich ihnen zum Geschenk gemacht. Oder vielleicht haben auch meine Götter sie hierhergeschickt, aber nicht, um mich zu bestrafen. Vielleicht wollten sie einfach, dass ich nicht länger allein bin. Das werde ich wohl niemals herausfinden. Und spielt es überhaupt eine Rolle?

Wenn ich jetzt nicht ins Langhaus zurückkehre, werde ich hier einschlafen, deshalb stehe ich nun widerwillig auf. »Ich komme, sobald ich kann, wieder zu euch und bringe euch etwas zu essen. Dann fangen wir auch mit dem Unterricht an.«

Nyeru drückt noch einmal meine Hand. »Yafeu …« Sein lebhafter Blick verfinstert sich.

Doch bevor er noch etwas sagen kann, stößt Mbaneh einen markerschütternden Schrei aus und fängt an, wild um sich zu schlagen. Seine kleinen Fäuste trommeln auf die Felldecken. Sofort zieht Nyeru ihn in seine Arme.

»Nein!« In blinder Furcht versucht Mbaneh, dem alten Mann das Gesicht zu zerkratzen. Ich helfe Nyeru, den Jungen festzuhalten. Mein Herz rast.

»So geht das jede Nacht, seit sie uns verschleppt haben«, erklärt der Alte. »Aber glücklicherweise kann er sich morgens an nichts mehr erinnern.«

Mir wird schwer ums Herz. Er ist so jung. Zu jung, um so viel Leid zu erleben. »Erinnern kann er sich vielleicht nicht, aber die Narben werden ihn sein Leben lang begleiten«, stelle ich leise fest.

»Nichts besteht ewig, Yafeu«, erwidert Nyeru. »Sogbo verwandelt trockenes, totes Land in nasse, fruchtbare Erde und wieder zurück. Sind Agbe und Naete friedlich gestimmt, ist das Wasser ruhig und zahm, doch es wird wild und chaotisch, wenn sie miteinander in Streit liegen. Agé nimmt sich der Seele der Antilope an, wenn der Jäger sie tötet, und sorgt zugleich dafür, dass neue Antilopen geboren werden. Selbst Mawu und Lisa müssen sich abwechseln in ihrer Herrschaft über den Himmel. Die Veränderung ist das Einzige, was immer von Bestand sein wird.«

Wieder erinnert er mich an Mama. Wenn ich wegen meiner Stellung im Dorf in Hoffnungslosigkeit zu versinken drohte, sagte sie immer genau das: Nichts dauert ewig.

Irgendwann beruhigt sich Mbaneh wieder und ich verlasse die beiden. Im fahlen Licht von Mawus Sichel tragen mich meine Füße automatisch zum Langhaus und Freydis' Zimmer hinauf, während vor meinem geistigen Auge Erinnerungen vorbeiziehen: das überflutete

Ufer des Weißen Flusses; goldene Felder mit reifer Hirse; Papa, wie er schwungvoll von seinem Kamel absteigt; Mama, die in ihrer Werkstatt Holzperlen bemalt.

Nichts besteht ewig.

Alvtirs Schiff trifft als Letztes ein, mit mehr als einer Woche Verspätung. Diesmal bin ich bereits unten in der Stadt, als das dreifache Hornsignal ertönt – ich schlendere gerade mit Freydis über den Markt. Zuvor habe ich Nyeru und Mbaneh ihre zweite Sprachlektion erteilt. Mein Herz beginnt zu rasen, und ich dränge mich rücksichtslos durch die Menge, die sich im Hafen versammelt.

Die Schildmaiden gehen als Erste von Bord und vertäuen das Schiff am Anleger. Eine gefühlte Ewigkeit später verlässt endlich auch Alvtir das Schiff.

»Alvtir!«, begrüße ich sie jubelnd.

Aber sie geht an mir vorbei, ohne mich auch nur eines Blickes zu würdigen.

Wie vom Donner gerührt, stehe ich da und sehe zu, wie sie den Hügel zum königlichen Anwesen hinaufsteigt.

Plötzlich fühle ich mich heiß und klebrig, als wäre meine Haut mit Teer überzogen. Um mich herum schließen die Stadtbewohner ihre heimkehrenden Liebsten in die Arme und informieren sie über die spektakulären Ereignisse, die sie verpasst haben: den Leichenfund, die Suche nach Broskraps Mörder und den Holmgang. Das allgemeine Stimmengewirr verschwimmt zu einem bedeutungslosen Summen, als ich zu Freydis auf den Markt zurückkehre.

»Da bist du ja! Warum …« Als sie mein Gesicht sieht, verstummt sie abrupt. Schweigend wandere ich hinter ihr her, als sie weiter über den Markt bummelt und schließlich bei einem Glasbläser ein paar Perlen ersteht.

Wie konnte Alvtir mich nur so ignorieren? Vor ihrer Abreise hat sie mir etwas versprochen: *bald*. Wie lange muss ich denn noch warten?

Oder hat sie etwa ihre Meinung geändert, während sie fort war?

Ich versuche wirklich, diese Zweifel zu vertreiben, die wie lästige

Fliegen durch meinen Kopf summen, aber sie nagen trotzdem noch den ganzen Tag an mir. Falls Freydis meine schlechte Laune bemerkt, ist sie schlau genug, mich nicht danach zu fragen.

Die ganze Zeit schon warte ich darauf, dass Alvtir mich in die Reihe ihrer Kriegerinnen aufnimmt. Doch wenn sie es sich anders überlegt hat – wenn ich ihr vollkommen gleichgültig bin –, werde ich mit Freydis nach Trøndelag ziehen müssen. Und dann werde ich den Rest meines Lebens ihre Sklavin bleiben.

Nein, einem solchen Schicksal werde ich mich auf keinen Fall ergeben. Ich muss mich Alvtir anschließen und eine Kriegerin werden, wie es mir schon immer bestimmt war. Ich habe mich in Anfa für dieses Schicksal *entschieden* und auch jetzt entscheide ich mich dafür. Komme, was wolle.

Und so gebe ich mir selbst noch einmal ein Versprechen, als ich in dieser Nacht wach im Bett liege: Wenn Alvtir mich bis zu Freydis' Hochzeit nicht zu sich geholt hat, werde ich eine Möglichkeit finden, mich selbst zu befreien. Und anschließend werde ich ihr beweisen, dass ich würdig bin, zu ihren Kriegerinnen zu gehören.

Es ist genau, wie Papa immer gesagt hat: Die Götter werden mich retten, aber vorher muss ich mich selbst retten.

ALVTIR

Schwüle Wärme hüllt mich ein, als ich die Große Halle betrete. Der metallische Geruch von Blut steigt mir in die Nase. Anscheinend hat mein Bruder gestern wieder einmal eine seiner »Opferungen« vorgenommen. Vielleicht sind es aber auch die Geister der vielen Menschen, die hier abgeschlachtet wurden, der Gestank ihrer Verzweiflung auf dem langen Weg nach Niflheim.

Tagsüber halte ich mich nicht gern in der Halle auf. Während abendlicher Feste macht sie ihrem Namen alle Ehre, wenn das Licht Hunderter Kerzen und Fackeln sie erstrahlen lässt. Aber am Tag verwandelt sie sich in ein düsteres, erdrückendes Gefängnis. Selbst nachdem ich wochenlang den winterlichen Elementen getrotzt habe, droht ihr schützendes Obdach mich zu ersticken.

Mein Bruder steht am Kamin und unterhält sich leise mit Snorri. Als die beiden mich sehen, verstummen sie abrupt.

Während ich zu ihnen hinübergehe, wendet Balli sich ab und besteigt seinen Thron. Snorri hingegen verschränkt abwartend die Arme vor der Brust; auf seinem Rattengesicht breitet sich ein träges Grinsen aus.

Hier stimmt etwas nicht.

»*Heill*, Bruder.« Ich bleibe neben Snorri stehen, komme ihm dabei so nah, dass sich unsere Schultern berühren – eine subtile Drohung, während wir beide darauf warten, dass der König das Wort ergreift.

Mein Bruder starrt mich vorwurfsvoll an. »Warum hast du dich vom Rest der Flotte getrennt?«

»Ich bin nach Lissabon gesegelt«, antworte ich bereitwillig. Diese Ausrede habe ich mir bereits zurechtgelegt, bevor wir unseren Hafen verließen. »Die Stadt ist stark befestigt und gut geschützt, aber angeblich leben dort einige der reichsten Sarazenenfürsten. Für einen offenen Angriff war das Risiko zu groß, deshalb habe ich außerhalb der Sichtweite ihres Hafens angelegt und bin allein zurück zur Stadt geschlichen. An der Stadtmauer habe ich mich versteckt, um in der Nacht unbemerkt nach möglichen Schwächen suchen zu können. Ich hoffte, eine Lücke in ihrer Verteidigung auszumachen, die meine Mannschaft und ich für einen verstohlenen Angriff nutzen könnten. Unglücklicherweise erwies sich die Stadt als uneinnehmbar – keine Schwachstellen in der Mauer, organisierte und disziplinierte Wachmannschaften. Trotzdem war es den Umweg wert, schon um dir diese Informationen bringen zu können.«

Im Blick meines Bruders flackert Enttäuschung auf, während Snorri inzwischen so fröhlich grinst wie ein Mann, der eine langwierige Partie Tafl gewonnen hat. »Ach so?«, fragt er gedehnt. »Du bist also nach Lissabon gesegelt, weil du den Reichtum deines Königs mehren wolltest? Oder ging es dir vielleicht doch eher darum, eine Audienz beim König der Sarazenen zu bekommen?«

Bei Lokis gräulichen Kindern! Woher weiß er das?

Wie um meine stumme Frage zu beantworten, zieht Snorri etwas aus dem Beutel an seinem Gürtel und wirft es mir vor die Füße.

Eine dickliche Hand, sauber am Gelenk abgetrennt, an deren Fingern schwere, mit exotischen Steinen geschmückte Ringe stecken.

Chlothar. Der arme Franke. Wie lange mein Bruder ihn wohl gefoltert hat? Was sicher vollkommen unnötig war. So wie ich Snorri kenne, hat er dem Händler einfach das Doppelte dessen geboten, was er von mir bekommen hat. Und hinterher hat er ihn von Balli töten lassen, um nicht zahlen zu müssen.

Mein Bruder schnalzt missbilligend mit der Zunge; anscheinend hält er mein Schweigen für ein Schuldeingeständnis. »Hast du etwa gehofft, dieser Unmensch würde dich zu seiner Königin machen?«

Ich kann regelrecht spüren, wie Snorri neben mir die Brust reckt. Dann stammt diese entwürdigende Idee also von ihm. Welches Gift hat seine gespaltene Zunge meinem Bruder während meiner Abwesenheit noch eingetrichtert?

Ohne Snorri Beachtung zu schenken, trete ich vor den Thron, sinke auf ein Knie und umfasse mit beiden Händen Ballis Rechte. Das irritierte Stirnrunzeln des Königs verrät mir, dass meine unvermutete Ernsthaftigkeit ihn aus dem Konzept bringt. »Bruder«, beginne ich. »Die Sarazenen von al-Andalus wären hervorragende Verbündete. Ihnen gelingt es nun schon seit Jahrhunderten, die Christen im Zaum zu halten.«

Mit einem freudlosen Lachen entzieht er mir seine Hand. »Offenbar leide ich an Gedächtnisschwund. Habe ich dir etwa *befohlen*, nach Verbündeten zu suchen? Lautete so der Auftrag, mit dem ich meine Stallari betraut habe?«

Sein Hohn lässt den letzten Rest Selbstbeherrschung verpuffen, an dem ich mich noch festgehalten habe. »Du weigerst dich ja, die Bedrohung durch die Christen ernst zu nehmen. Aber selbst du kannst nicht leugnen, dass unser Land von Jahr zu Jahr unter größerer Kälte zu leiden hat und dass unsere Ernten immer magerer ausfallen. Du hast Jarl Tófi doch gehört: Seine Bauern werden im nächsten Winter vermutlich verhungern. Und was wird passieren, wenn auch andere Jarls ihre Steuern nicht mehr zahlen können? Ich werde es dir sagen: Du wirst gezwungen sein, das zu nehmen, was sie dir geben können, denn wenn du es nicht tust, werden sie gezwungen sein, sich gegen dich zu erheben. So oder so wirst du nicht mehr dazu in der Lage sein, eine Hird dieser Größe zu unterhalten. Deine Soldaten können nicht nur von Fisch leben. Wenn es kein Getreide mehr gibt und das Silber nicht mehr in ihre Taschen fließt, werden sie ihren Eid brechen und gehen. Dann sind wir so verwundbar wie noch nie. Ein Bündnis mit Trøndelag wird unser Volk nicht schützen, denn die Erde im Norden war schon immer karg, und die Kälte hält sich dort noch hartnäckiger als bei uns. Wir *brauchen* Verbündete im Süden.«

»Wie kannst du es wagen, mir vorschreiben zu wollen, wie ich über mein Königreich zu herrschen habe?« Balli schlägt mit voller Wucht auf die Armlehne des Throns und brüllt: »Ich war es, der uns von den Dänen befreit hat! Ich war es, der Macht und Wohlstand nach Agder brachte! Ohne mich und meine Gnade wärst du nichts weiter als ein entehrtes, verfluchtes, vertrocknetes Weibsbild!«

Seine Worte treffen mich härter als Mjölnirs Hammerschläge. Ohne es zu wollen, zucke ich zusammen. »Ich würde niemals deine Weisheit als Herrscher infrage stellen. Ich sehe nur das Schlachtfeld, aber dort sehe ich Dinge, die du nicht sehen kannst. Als deine Stallari flehe ich dich an, zumindest in Erwägung zu ziehen …«

»Du bist nicht länger meine Stallari, Alvtir.«

Loki muss meine Ohren verhext haben. »Bruder …«

»Du lässt mir keine andere Wahl. Künftig wird Snorri die Hird an meiner statt anführen. Du wirst als Kapitän unter seinem Kommando segeln. Doch ich lasse dir deine Schildmaiden und deine Mannschaft.«

Nein.

»Bruder … mein König …« Die Worte lassen mich im Stich, wie die Götter mich im Stich gelassen haben. Verzweifelt klammere ich mich an den letzten Strohhalm. »Was ist mit all den Jahren, die ich dir gedient habe? Bin ich meinen Pflichten denn so schlecht nachgekommen, dass du mich jetzt meiner Ehre berauben musst?«

»Ich habe dich gewarnt.« Mehr sagt er nicht. Wedelt nur nachlässig mit den Fingern, um mich loszuwerden.

Doch meine Füße scheinen mit dem Boden verwachsen zu sein, während meine Gedanken sich überschlagen.

»Ich freue mich schon auf unseren ersten Drill«, tönt Snorri.

Einen Wimpernschlag dauert es, dann schließen sich meine Finger um seine Kehle. »Ich sollte dich von der Nase bis zum Nabel aufschlitzen, du falsche Schlange!«

Gurgelnd rudert er mit den Armen. Ich drücke noch fester und sehe genüsslich zu, wie seine schmalen Wangen sich bläulich verfärben.

»Wache!«, brüllt mein Bruder mit hörbarer Furcht. Schließlich zerren vier Arme meine Hände von Snorris Hals fort und fixieren sie hinter meinem Rücken.

»Das kannst du mir nicht antun!«, schreie ich Balli an, während die Männer mich Richtung Tür schleifen. »Du kannst dich nicht gegen den Willen der Götter stellen! Ich bin ein Berserker, von Odin selbst auserwählt!«

Für einen Moment blitzt Reue in seinem Blick auf, dann schließt er die Augen und wendet sich ab.

Feigling.

Die Wachen zerren mich nach draußen und schleudern mich auf die kalte, harte Erde.

»Ich bin der Stolz von …« Der Lärm der zuschlagenden Türen übertönt mich.

Keuchend blicke ich zum trüben grauen Himmel hinauf und spüre, wie sich der glühende Zorn in meinem Inneren in kaltes Eis verwandelt.

In gewisser Weise bin ich sogar froh, denn so bleibt mir die Reue wegen meiner Tat erspart. Manch ein Segen ist gut verborgen, so wie der Allvater in vielerlei Verkleidung auf unserer Erde wandelt.

Die vier Wachmänner sind draußen vor der Tür stehen geblieben und blockieren den Eingang. Die Blicke, die sie mir unter ihren Helmen hervor zuwerfen, sind voller Furcht. Selbst bei einem Verhältnis eins zu vier könnte ich sie mühelos abschlachten. Und das ist ihnen ebenso bewusst wie mir.

Deshalb ist ihre Erleichterung beinahe greifbar, als ich mich dagegen entscheide. Stattdessen stehe ich ächzend auf und klopfe mir Schnee und Matsch von der Hose. Doch als ich mich abwende, um zu gehen, rennt plötzlich eine Leibeigene in mich hinein.

Wieder flammt Zorn in mir auf und sprengt kurzzeitig das Eis. »Du dämliche …«

Dann erst bemerke ich den weißen Fuchspelz und die strenge, mit grauen Strähnen durchsetzte Flechtfrisur. Das ist keine Leibeigene.

Yngvild fährt herum und weicht hastig zurück, als sie mich erkennt. Schützend drückt sie eine Hand an den Bauch.

Fassungslos starre ich sie an.

Das kann nicht sein.

Fast schon zerknirscht lässt sie die Hand sinken. Dann wirbelt sie herum und stürmt ohne einen Gruß davon.

Ein kurzer Augenblick war es nur, und doch ausreichend.

Bei Thor Odinssons haarigem Arsch!

Meine Schwägerin ist wieder schwanger.

Tief in Gedanken versunken, gehe ich den Hügel hinunter. Sollte der klapprige Skalde am Ende doch recht behalten? Oder macht Freya ihr nur wieder falsche Hoffnungen? Aber wozu?

Dummes Weib, tadele ich mich schließlich selbst. Das alles spielt keine Rolle mehr. Yngvild hat ebenso wenig Gnade verdient wie Balli, ein ungeborenes Kind ändert daran gar nichts.

Vater der Weisheit, ich werde dir dienen bis zum Ende aller Tage.

28 YAFEU

»Er müsste längst hier sein!« Wütend stampft Freydis mit dem Fuß auf und schleudert das nächste Kleid zu Boden.

Ich verdrehe stumm die Augen und hebe es wieder auf. Schon seit sie heute Morgen aufgewacht ist, fegt Freydis durch ihr Zimmer wie ein Sandsturm durch die Wüste. Zum Glück hat das Langhaus einen Holzfußboden, anders als die Scheune oder der Schuppen der Leibeigenen, in dem ich mit Helge genächtigt habe. Also, es ist *mein* Glück, da ich ja diejenige bin, die ihre Kleider wäscht.

»Sicher ist er bereits unterwegs«, versuche ich, sie zu beschwichtigen, während ich das Kleid zu den anderen auf ihr Bett lege.

Freydis ist bereits dabei, sich das nächste überzustreifen; ich gehe zu ihr hinüber und binde es am Rücken zu. Währenddessen nagt sie am Nagel ihres Zeigefingers herum.

»Freydis.« Ich nehme sie an den Schultern und drehe sie zu mir herum. »Was bedrückt dich wirklich?«

Sie weicht meinem Blick aus. »Was, wenn sein Schiff leck geschlagen ist und sinkt? Oder ... oder wenn es durch einen Sturm vom Kurs abgekommen ist?«

»Wünschst du dir, dass es so wäre?«

Stille breitet sich aus. Dann seufzt Freydis schwer und geht zur Tür. »Natürlich nicht.«

Schnell hole ich einen ihrer Mäntel und folge ihr. Lisa steht strahlend hell an einem blassblauen Himmel, weiße Wolken ziehen vorüber. Der Wind ist so warm wie schon lange nicht mehr und trägt die süße Vorahnung von Sommer in sich, auch wenn der brutale Winter uns noch nicht ganz aus seinen Fängen lässt: Noch immer türmen sich Haufen aus Schnee und Matsch entlang der Wände der Großen Halle. Insgesamt ist es aber ein schöner Tag – der Tag, an dem Freydis' künftiger Ehemann in Skíringssal landen soll.

Zum gefühlt hundertsten Mal sucht die Prinzessin den Fjord ab.

»Helge wird uns holen, wenn Hakon eingetroffen ist«, erkläre ich ihr – ebenfalls zum hundertsten Mal.

Während sie nervös auf ihrer Unterlippe herumkaut, unterdrücke ich den Impuls, weiter tröstend auf sie einzureden. Freydis weiß noch immer nicht, dass ich nicht die Absicht habe, sie nach Trøndelag zu begleiten. Und dass unsere Freundschaft – wenn man es denn so nennen kann – mit ihrer Hochzeit enden wird. Trotzdem mache ich mir Gedanken darüber, was wohl in Hakons Halle aus ihr werden wird. Einmal habe ich Freydis gefragt, wie er denn so sei, aber sie weiß nur, dass er ein ganzes Stück älter ist als sie. Wird er sich offen gegenüber ihrem neugierigen Wesen zeigen? Wird er zulassen, dass sie sich zu der Frau entwickelt, die sie gern sein möchte? Oder wird sie so enden wie ihre Mutter – gefesselt an einen Mann, der in ihr nicht mehr sieht als eine Zuchtstute?

In Gedanken sehe ich Mama und Papa vor mir, wie sie zusammen gelacht haben. Die beiden schienen nicht ohne die Berührung des anderen sein zu können, sei es nun eine Hand auf der Schulter oder ein um die Hüfte geschlungener Arm. Ich bin einem Bund der Liebe entsprungen; vielleicht ist es für mich auch deshalb unvorstellbar, bei der Partnerwahl keinerlei Mitspracherecht zu haben.

Endlich erscheint an der Biegung des Fjords der Umriss eines Schiffes. Doch Freydis ist keinerlei Freude anzumerken, im Gegenteil: Ihre Miene versteinert. Wortlos fährt sie herum und marschiert auf direktem Weg zurück in ihr Zimmer. Wieder folge ich ihr und schließe die Tür hinter uns.

»Das ist bisher das Beste«, verkünde ich laut.

Mit einem schwachen Lächeln lässt sich die Prinzessin auf ein Kissen vor dem Kamin fallen. »Das hast du bei dem Grünen auch schon gesagt.«

Ich mustere sie prüfend, während sie mit leerem Blick ins Feuer starrt und an dem Zopf herumzupft, den ich ihr heute Morgen geflochten habe. Ihr Haar ist so glatt und fein, dass sich schon jetzt die ersten Strähnen lösen.

Entschlossen greife ich zur Bürste und klemme mir ein paar gefärbte Lederbänder zwischen die Finger. Dann stelle ich mich hinter sie, löse den Zopf und zwinge die vorwitzigen Strähnen, sich wieder zu unterwerfen. »Wenn mich früher etwas bedrückt hat, hat meine Freundin Ampah mir immer die Haare geflochten, und ich habe ihr dabei erzählt, was mich umtreibt.«

»Das klingt schön.« Mehr kommt allerdings nicht.

Wie von ihr gewünscht, lege ich ihr Haar in einem dicken Zopf rund um ihren Kopf, sodass es wie eine Krone aussieht. Als ich die letzten Strähnen feststecke, öffnet sich quietschend die Zimmertür. Sofort springt Freydis auf und streicht sich nervös den Rock glatt.

»König Hakon von Trøndelag ist eingetroffen«, verkündet Helge mit möglichst ausdrucksloser Stimme. »Dein Vater befindet sich in der Großen Halle und erwartet ihn dort.«

Der kurze Weg hinüber zur Halle scheint heute deutlich länger zu sein als sonst. Als wir die Tür erreichen, gehen Helge und ich beiseite und lassen Freydis den Vortritt.

König Balli sitzt auf seinem Thron und trommelt mit den Fingern auf der Armlehne herum. Freydis sieht sich um, wohl auf der Suche nach Yngvild, doch die ist merkwürdigerweise nirgendwo zu sehen.

»Vater.« Sie neigt demütig den Kopf, als wir uns dem Thron nähern, doch der König nimmt ihre Anwesenheit gar nicht zur Kenntnis. Bitterer Hass steigt in mir auf, aber ich dränge ihn zurück. Ich habe nichts zu gewinnen, wenn ich Balli gegenüber frech werde, aber dafür eine Menge zu verlieren.

Freydis stellt sich hinter dem Thron auf, den Blick zur Tür gewendet. Normalerweise müsste ich mich jetzt mit den anderen Leibeigenen hinter den Wachen an der Wand aufstellen, aber Freydis packt plötzlich meine Hand und klammert sich mit aller Kraft daran fest. So warten wir gemeinsam, während sich draußen Schritte nähern.

Die riesigen Türen ächzen leise, als sie aufgeschoben werden und den Blick freigeben auf ein halbes Dutzend Krieger.

»König Hakon von Trøndelag«, verkündet einer der Männer, bevor sie geschlossen beiseitegehen.

Ein alter Mann, dessen dicker Bauch weit über seinen Gürtel hängt, betritt die Halle und kommt mit großen Schritten auf uns zu. Sein gerötetes Gesicht ist rau und faltig, wie es bei den Majūs meistens der Fall ist, wenn ihre Haut schon viele Winter gesehen hat. An seinem Kinn wächst ein langer, dichter Bart, dafür hat er auf dem Schädel nur noch wenige graue Haare vorzuweisen. Ihm folgt ein dünnes dunkelhaariges Mädchen mit plattem Gesicht und hinterlistigen Augen, das ein enges Leinenkleid mit einem fein gesponnenen blauen Übergewand trägt. Sie scheint ungefähr im selben Alter zu sein wie Freydis und ich.

Stirnrunzelnd beobachte ich, wie der Mann vor uns stehen bleibt. »Prinzessin Freydis«, grüßt er mit tiefer, kehliger Stimme, dann verschwinden ihre zarten Finger in seiner rosigen Pranke.

Freydis' Gesicht verzieht sich zu etwas, das halb Lächeln und halb Grimasse ist. »König Hakon, wir heißen euch in Agder willkommen.«

Nun verzerrt sich auch mein Gesicht, und ich gebe mir alle Mühe, mein Entsetzen zu verbergen. Dieser alte Mann ist König Hakon? Der ist doch mindestens so alt wie Balli!

»Mein Bote hat mir bereits von deiner Schönheit berichtet«, fährt er fort, »aber seine Worte können dir in keinster Weise gerecht werden.« Er führt ihre Hand an seine Lippen und drückt einen lauten, feuchten Kuss darauf. Freydis zuckt kurz zusammen, hat sich aber schnell wieder unter Kontrolle. Schon während er von ihrer Hand aufblickt, neigt sie demütig den Kopf. Unnachgiebige Härte tritt in seine braunen Augen, als er sich nun dem König zuwendet.

»Balli!« Hakons Lächeln erinnert an ein Wildschwein, das seine Hauer präsentiert.

Balli hingegen schenkt ihm ein arrogantes Grinsen. »König Hakon.«

»Wir haben uns lange nicht gesehen, mein Freund. Darf ich dir meine Tochter Asé vorstellen?«

Das dunkelhaarige Mädchen verbeugt sich kurz. »Es ist mir eine Ehre, dich kennenzulernen, König Balli.« Ihre Stimme klingt klebrig wie eingetrockneter Sirup. Ich traue ihr nicht über den Weg. Mit einem aufgesetzten Lächeln wendet sie sich Freydis zu. »Und auch dich, Prinzessin Freydis. Ist es noch zu früh, dich mit Mutter anzusprechen?«

Fahle Blässe steigt in Freydis' Wangen. Dieses Mädchen, das kaum jünger sein dürfte als sie, wird bald ihre Stieftochter sein.

»Wo wir gerade bei Müttern sind, wo steckt eigentlich deine reizende Gemahlin?«, erkundigt sich Hakon.

»Sie ruht sich aus«, antwortet Balli. »In letzter Zeit ging es ihr nicht besonders, und ich wollte nicht, dass sie sich übernimmt, so kurz vor der Zeremonie.«

»Nun, auch sie wird wohl nicht jünger«, scherzt Hakon.

Ballis Lippen zucken kurz, bevor sie sich zu einem freudlosen Lächeln verziehen. »Wie wir alle, Hakon, wie wir alle.«

Freydis starrt reglos auf ihre Füße. Die abgrundtiefe Verzweiflung in ihrem Blick lässt einen dicken Kloß in meiner Kehle aufsteigen. Als die beiden Könige anfangen, zweideutige Nettigkeiten auszutauschen, beuge ich mich zu ihr hinüber und raune ihr auf Soninke zu: »Du hast mir berichtet, dass Hakon ein älterer Herr sei, aber deine Worte können seinen Falten in keinster Weise gerecht werden.«

Ruckartig hebt Freydis die Hand an den Mund, um ihr Lachen zu ersticken.

»Hör auf«, befiehlt sie mir schmunzelnd auf Soninke.

»Ich habe noch nie einen so dicken Bauch gesehen. Seine Schwangerschaft ist eindeutig weiter fortgeschritten als die deiner Mutter …«

Das schrille Quietschen, mit dem der Thron über den Boden gleitet, reißt uns aus unseren Scherzen. Balli hat sich vor uns aufgebaut und mustert mich wütend. Unbeeindruckt erwidere ich seinen Blick. Bevor ich auch nur blinzeln kann, schlägt er mir mit voller Wucht ins Gesicht.

Mein Kopf wird zur Seite gerissen, aber meine Beine bleiben stark, ich taumele nicht. Ganz langsam wende ich ihm wieder das Gesicht zu, sehe ihm direkt in die Augen. Der Zorn in meinem Inneren steht der Wut in seiner Miene um nichts nach. Balli hebt die Hand, um erneut zuzuschlagen.

Na los, schlag mich. Du wirst schon sehen, was du davon hast.

»Bitte verzeih, Vater«, schaltet sich Freydis hastig ein. »Yafeu hat nur … zu ihren Göttern gesprochen und sie um ihren Segen für meine Ehe mit Hakon gebeten.«

Ein verstörendes Lächeln breitet sich auf Ballis Gesicht aus. Langsam lässt er die Hand sinken. »Du rufst deine afrikanischen Götter an? Hier? In dieser Halle, die von Odin persönlich gesegnet wurde?«

Ich antworte nicht.

»Für einen solchen Frevel sollte ich dich abschlachten wie das Tier, das du offenbar bist.«

»Vater …«

»Aber …« Er hebt gebieterisch die Hand, um Freydis zum Schweigen zu bringen. »Ich bin heute in großzügiger Stimmung. Die Ankunft meines alten Freundes Hakon stimmt mich fröhlich.« Sein Lächeln hat nun kaum noch etwas Menschliches an sich. »Verneige dich vor mir, dann werde ich den Allvater für dich um Verzeihung bitten.«

Stille breitet sich aus. Zähneknirschend deute ich eine knappe Verbeugung an, ohne Balli dabei aus den Augen zu lassen.

Der schnalzt unwillig mit der Zunge. »Hast du dich so etwa auch vor deinem Dunkelelfenkönig verneigt?« Er tritt einen Schritt zurück und zeigt auf den Boden. »Verneige dich vor mir, wie du dich vor ihm verneigen würdest.«

Ich weiß genau, was er von mir sehen will. Hinter Ballis und Hakons Rücken huscht ein selbstzufriedenes Grinsen über Asés dünne Lippen. Krampfhaft balle ich die Fäuste. Der Zorn tobt und brüllt in mir.

Aber ich will nicht sterben. Nicht heute.

Also falle ich erst auf die Knie, stütze dann die Hände auf den Boden. Drücke meine Stirn in den Staub. Einen Atemzug lang verharre ich so vor Balli. Es ist der längste Atemzug meines Lebens. Sobald er getan ist, erhebe ich mich wieder.

»Viel besser«, lobt Balli triumphierend.

Hakon lacht dröhnend. »Kindische Albernheiten! Das wird vergehen, wenn ich ihr erst einen kleinen Prinzen eingepflanzt habe.« Er sticht Freydis mit seinem dicken Finger in den Bauch und zwinkert anzüglich.

»Nach der langen Reise seid ihr sicher müde«, wendet sich Balli an Hakon und seine Männer. »Wir haben Gästequartiere für euch vorbereitet, ich werde sie euch zeigen.«

Mit einem letzten, gehässigen Blick über die Schulter führt er Hakon und Asé aus der Halle.

29 FREYDIS

Unruhig rutsche ich in dem dampfenden Wasser herum und versuche, mir nicht den Hintern an den heißen Steinen zu verbrennen, die unten im Badezuber liegen. Meine Haut ist durch die Wärme gerötet, Finger und Zehen sind bereits schrumpelig. Aber ich muss noch ein wenig länger ausharren.

Die Frauen der Thing-Berufenen flattern schon den ganzen Morgen um mich herum, huldigen Frigg, geben Silberwurzextrakt in mein Badewasser und raunen mir dabei mit wissendem Lächeln die Geheimnisse der intimeren ehelichen Pflichten zu. Falls eine von ihnen bemerkt, welche Furcht mich erfüllt, scheint es sie nicht weiter zu kümmern.

Als ich endlich einmal allein bin, lasse ich mich tiefer in das parfümierte Wasser sinken und genieße das Gefühl der Schwerelosigkeit. Hoffentlich funktioniert es auch, dieses Ritual, bei dem ich mich von meinem bisherigen Leben reinwasche. Es wäre wundervoll, als eine vollkommen neue Frau dem Badezuber entsteigen zu können, als eine bessere Frau, die ihrem Schicksal mit der Würde und dem Mut einer wahren Königin entgegenblickt.

Vor allem wünsche ich mir aber, dass Yafeu jetzt bei mir sein könnte. Doch während dieser Phase der Abgeschiedenheit dürfen mir nur verheiratete Frauen aufwarten. Einer Jungfrau am Tag meiner Hochzeit Zutritt zur Badekammer zu gewähren, wäre ein Affront gegen Frigg. Und wenn ich auch nur einen Hauch von Glück in meiner Ehe mit König Hakon finden will, werde ich die uneingeschränkte Gunst der Göttin brauchen.

Wenigstens können auch Solvi und Astrid nicht in meine Nähe kommen. Die beiden sind bestimmt außer sich vor Freude. *Die schöne Prinzessin Freydis heiratet in der Blüte ihrer Jugend einen alten Kerl.*

Viel schlimmer als Hakons Alter oder Aussehen ist allerdings die Art, wie er auf Vaters Brutalität gegenüber Yafeu reagiert hat – mit einem so herzlichen Lachen, dass sein dicker Bauch wackelte. Dieses Bild hat sich mir unauslöschlich eingebrannt. Er scheint viel eher zu Tante Alvtir zu passen als zu mir.

Vielleicht hat er aber ja auch nur Vater zuliebe so getan als ob, rede ich mir ein. *Wahrscheinlich ist er heute um einiges milder als in seiner Jugend, das ist bei alten Männern ja oft so.*

Trotzdem wird mir übel bei dem Gedanken, heute Abend nach dem Hochzeitsfest meine »ehelichen Pflichten« erfüllen zu müssen.

»Diese säuerliche Miene lässt du besser sofort verschwinden.« Mutters scharfer Befehl hallt von den Wänden der Badekammer wider. »Männer wie Hakon können mit verbitterten Frauen nichts anfangen.«

Ich setze mich so abrupt auf, dass das Badewasser in alle Richtungen spritzt und ich mir den Hintern an den heißen Steinen verbrenne. Ich habe nicht einmal gehört, wie sie hereingekommen ist.

Mutter setzt sich auf den Rand des Zubers, eine Hand schützend auf ihren gewölbten Leib gelegt. Dabei mustert sie abschätzend meinen nackten Körper. Befangen ziehe ich die Knie an die Brust.

Plötzlich wird ihre Miene weich, sie streckt zögernd die Hand aus. Fast schon automatisch zucke ich zusammen, aber sie umfasst ganz sanft meinen Hinterkopf, streicht vom Scheitel aus über mein nasses Haar. »Ich weiß, was dich bedrückt«, sagt sie leise.

Tränen steigen in meinen Augen auf, die Welt verschwimmt. Ich kann mich nicht einmal mehr daran erinnern, wann sie mich das letzte Mal gestreichelt hat.

»König Hakon ist kein überragend toller Mann«, fährt sie fort. »Aber er ist auch nicht wie dein Vater. Und zumindest dafür kannst du dankbar sein.«

Nickend drücke ich die Stirn auf die Knie. »Werde ich ihn jemals lieben?«, flüstere ich kaum hörbar.

In dem tiefen Seufzer, den sie ausstößt, schwingt all das Leid mit, das sie an Vaters Seite erdulden musste. »Liebe dieser Art findet sich in einer Ehe nur selten. Und noch seltener bei Königinnen. Aber du wirst deine Söhne lieben, falls die Nornen es für richtig erachten, dir welche zu schenken. Und«, sie unterbricht sich kurz, »du wirst auch deine Töchter lieben.«

Überrascht blicke ich auf. Der unübersehbare Stolz, der sich in ihrem sonst so strengen, verkniffenen Gesicht widerspiegelt, verblüfft mich nur noch mehr.

Werde ich eines Tages ebenfalls so auf meine Tochter blicken? Falls die Nornen es so wollen, werde ich vielleicht doch noch mein Glück finden ...

Mutter steht auf, und schon während sie sich aufrichtet, gleitet wieder die vertraute Maske der Härte und Herablassung auf ihr Gesicht. Ich starre auf ihren hoheitsvoll schwingenden Zopf, als sie sich abwendet und die Badestube verlässt. Dann bin ich wieder allein.

YAFEU

Noch nie hat die Große Halle so prachtvoll ausgesehen wie an diesem Abend. Der König hat weder Kosten noch Mühen gescheut: Die Böden wurden gefegt, die Säulen haben einen glänzenden neuen Wachsanstrich bekommen, über Balken und Bänken hängen makellos weiße Schaffelle. Der süße Met fließt in Strömen und auf den Tischen türmen sich Fleisch, Fisch, Käse, Früchte und Brot. Nach Freydis' Beschreibung habe ich das Gefühl, das sagenhafte Walhalla betreten zu haben, es fehlen nur die goldenen Schilde an der Decke. Stattdessen hängen eiserne Kronleuchter im Gebälk, in denen Hunderte von Kerzen brennen. Ihr sanftes Licht fällt auf mehrere Hundert Gäste herab, die aus ganz Agder und Trøndelag gekommen sind, um diese Hochzeit zu feiern. Ich stehe zusammen mit Helge und den anderen

Leibeigenen der Königsfamilie am Rand des Geschehens und spähe angestrengt zwischen den vielen Menschen hindurch, um die Zeremonie nicht zu verpassen.

Freydis steht an Hakons Seite; links haben sich Asé und Hakons Männer aufgereiht – er ist mit mehreren Dutzend angereist. Auf der rechten Seite sind nur Königin Yngvild, König Balli und Alvtir zu sehen.

Die Königin trägt ein dickes waidblaues Kleid, das ihr selbst mit ihrem gerade erst anschwellenden Leib deutlich zu weit ist. Versucht sie etwa, ihre Schwangerschaft zu verbergen? Aber wieso? Normalerweise reißt sie sich geradezu um die Aufmerksamkeit.

Feine Rauchschwaden hüllen sie ein, deren Ursprung bei Alvtir zu finden ist. Die Kriegerin trägt eine schlichte schwarze Tunika mit Goldbesatz und Hosen. Außerdem zieht sie ganz ungeniert an ihrer Knochenpfeife. Yngvild wedelt ungeduldig den Rauch weg und wirft Alvtir dabei einen angewiderten Blick zu. Falls diese ihn bemerkt, kümmert es sie nicht.

Ich traktiere Alvtir eher mit wütenden Blicken; hoffentlich spürt sie es und wird so noch vor Ende der Feier an das Versprechen erinnert, das sie mir gegeben hat. Aber mich scheint sie ebenfalls nicht zu bemerken.

Anders als sie konnte ich meine Kleidung nicht frei wählen. Bevor wir aufgebrochen sind, hat Freydis mir eines ihrer hübscheren Kleider und ein Paar Sandalen in die Hand gedrückt und mich angefleht, beides anzuziehen. Es ist ein einfach gehaltenes Gewand aus Flachs in einem kräftigen dunklen Rotton, das zum Glück nicht dafür sorgt, dass ich noch mehr aus der Menge hervorsteche, als es sowieso schon der Fall ist. Allerdings ist es für meinen Geschmack etwas zu eng geschnitten.

Nun dreht sich Freydis zu Hakon um, ohne allerdings den Blick vom Boden zu heben. Heute sieht sie wirklich wie eine Herrscherin aus. *Sie ist jetzt eine Herrscherin*, wird mir schlagartig bewusst. Das goldene Haar fällt ihr offen über den Rücken, und ihre grünen Augen sind mit Kohle umrandet, was sie weniger unschuldig wirken lässt.

Das Seidenkleid, an dem wir so lange gearbeitet haben, umschmeichelt sanft ihre Kurven. Auf ihrem Kopf thront ein Kranz aus Wildblumen.

Asé hat die Hände vor dem Körper verschränkt und beobachtet alles, als wäre sie ganz in der Schönheit des Augenblicks versunken. Bei ihrem Anblick steigt purer Hass in mir auf. Ihr breites Lächeln erreicht nie ganz ihre Augen und sogar von hier aus sehe ich die Selbstgefälligkeit in ihrem Blick.

Wie ich inzwischen erfahren habe, war Hakon schon einmal verheiratet, doch seine Frau ist letzten Winter gestorben. Von ihren gemeinsamen Kindern hat nur Asé überlebt. Deshalb nimmt er sich nun eine zweite, jüngere Frau – sie muss ihm einen Erben gebären. Allerdings begreife ich einfach nicht, warum Balli ausgerechnet Hakon für Freydis ausgesucht hat und nicht den Mann, den sie ursprünglich hätte heiraten sollen.

Nun überreicht Hakon Freydis ein verrostetes, altes Schwert. »Dieses Schwert meiner Vorfahren soll dir gehören, bis du mir einen Sohn gebierst«, verkündet er mit lauter Stimme. *Vielleicht kann sie sich damit gegen deine Annäherungsversuche zur Wehr setzen*, denke ich grinsend.

Überraschenderweise tritt nun Balli vor und streckt Hakon ein nicht minder verwittertes Schwert entgegen. »Mit diesem Schwert meiner Vorfahren nimmst du die Pflicht auf dich, meine Tochter von nun an zu beschützen«, erklärt er. Wo Freydis bedrückt wirkt, scheint er gelangweilt.

»Ich nehme es an.« Ein anzügliches Grinsen huscht über Hakons Gesicht. Freydis und er ziehen jeweils einen kleinen Gegenstand von den beiden Schwertgriffen ab – ich glaube, es sind Ringe –, und lauter Jubel bricht los.

Mit ausgebreiteten Armen wendet sich Balli der Menge zu. »Möge das Fest beginnen!«

Ich lehne ganz hinten an der Wand und warte darauf, dass sich das Fest seinem Ende zuneigt. Wir Leibeigenen dürfen erst essen, wenn alle Gäste sich den Bauch vollgeschlagen haben.

Dabei bin ich eigentlich gar nicht hungrig, denn in mir hat sich nach und nach ein ganz anderes Gefühl breitgemacht: Furcht. Die Furcht davor, dass mir die Zeit wegläuft, denn ich habe noch immer keinen Plan.

Morgen wird Freydis das Schiff besteigen, das sie nach Jómssal in Trøndelag bringt. Und wenn mir bis dahin nichts einfällt, um mich von ihrer Dienstherrschaft zu befreien, werde ich sie begleiten. Genau wie der Rest ihrer *Habe*.

Zum ungefähr tausendsten Mal an diesem Abend sehe ich zu Alvtir hinüber. Sie sitzt am äußersten Ende des königlichen Tisches und pafft noch immer entspannt ihre Pfeife. Trotz all meiner Versuche, ihren Blick auf mich zu lenken, ignoriert sie mich.

Wie oft muss sie mich eigentlich noch verraten, bis ich meine Lektion endlich gelernt habe?

Ich bin auf mich allein gestellt.

Freydis schenkt mir ein schmales Lächeln; offenbar denkt sie, ich würde sie beobachten. Jemand legt ihr einen Hammer in den Schoß – noch so ein merkwürdiger Hochzeitsbrauch der Majūs. Das löst bei Hakon eine solche Heiterkeit aus, dass sein derbes Lachen sogar den Lärm der Feiernden übertönt; bei diesem Geräusch stellen sich mir die Nackenhaare auf. Wenn ich nichts unternehme, wird dieser alte Büffel bald ebenso mein Herr sein, wie Freydis es ist.

Zähneknirschend wende ich mich der ausgelassenen Menge zu. Jeder hier hat sich dem Anlass entsprechend herausgeputzt: Die Frauen tragen bunt gefärbte Kleider mit silbernen oder kupfernen Spangen, auf ihren Köpfen schimmern ähnliche Blumenkränze wie der von Freydis. Bei den Männern sieht man vor allem gemusterte Tuniken, deren Seitenpartien teilweise mit filigranen Stickereien verziert sind. Inzwischen verlassen die Ersten die Tische, um mit ihren Frauen zu tanzen oder irgendwo in den Schatten die jungen Sklavenmädchen zu begrapschen. Sowohl Männer als auch Frauen tragen haufenweise Schmuck – Ringe, Armbänder, Halsketten und Oberarmreifen. Von Gold über Glas bis Bernstein ist alles vertreten. Ich wünschte, ich könnte ihnen die Sachen einfach vom Leib wegstehlen und mir damit einen Weg in die Freiheit erkaufen.

Hakons Gefolge starrt mich mit unverhüllter Neugier an. Vermutlich haben sie noch nie jemanden mit meiner Hautfarbe gesehen. Freydis hat mir erklärt, dass Jómssal um einiges kleiner und abgeschiedener sei als Skíringssal. Dort gibt es nicht viele Fremde, nicht einmal aus Ländern, die wesentlich näher liegen als Wagadu. Ob sie mich wohl auch für einen »Dunkelelf« halten?

Ich strafe gerade einen besonders lüsternen Gaffer aus Hakons Gefolge mit einem finsteren Blick ab, als sich mir plötzlich jemand von der Seite nähert. Instinktiv spanne ich mich an, und meine Hand wandert an meinen Schenkel, wo unter dem Rock eines meiner Küchenmesser verborgen ist. Leibeigene dürfen grundsätzlich keine Waffen tragen, aber bei einem Fest in der Halle ist das nicht einmal den Kriegern der königlichen Hird gestattet. Sperrt man so viele betrunkene Männer mit Waffen in eine Halle, kann das nur in einer Katastrophe enden, hat mir Freydis einmal erklärt. Doch genau deshalb konnte ich nicht vollkommen wehrlos hier erscheinen.

Ein kurzer Blick aus dem Augenwinkel zeigt mir braunes Haar und einen kantigen Kiefer, der sich ungefähr auf Höhe meines Scheitels befindet. Es ist der Krieger, den ich damals am Hafen getroffen habe.

»Soll ich ihn bitten, dich nicht länger so anzustarren?« Er deutet mit dem Kopf auf Hakons gaffenden Gefolgsmann und ein verstohlenes Lächeln huscht über sein Gesicht.

»Du könntest höflich bitten oder ich könnte ihm die Nase brechen«, antworte ich. Ohne etwas von unserem Gespräch zu ahnen, grinst Hakons Mann mich weiter lüstern an. Obwohl ich natürlich ihn gemeint habe, hoffe ich doch, dass meine Drohung deutlich genug war, um auch den Krieger neben mir davon abzuhalten, etwas Dummes zu versuchen.

»Warum versuchst du es nicht erst mit Worten, bevor du deine Fäuste zum Einsatz bringst?«

Bevor ich mich davon abhalten kann, kommt mir bereits eine gereizte Erwiderung über die Lippen: »Hat das bei deinen Feinden je funktioniert, Krieger?«

Nun wendet er sich mir zu; die rötlichen Flecken in seinem Bart schimmern im Licht der Kerzen. Er trägt eine schlichte blaue Tunika, durch die seine graublauen Augen die Färbung eines sanften Flusses annehmen. Fast scheint es, als wären auch sie einer niemals endenden Strömung unterworfen. »Die Gelegenheiten, bei denen ich die Worte den Waffen vorgezogen habe, sind die einzigen, auf die ich ohne Reue zurückblicke«, entgegnet er leise. »Viele Streitigkeiten lassen sich auch ohne Blutvergießen bereinigen.«

»Nicht jeder von uns genießt das Privileg, dass man ihm zuhört, wenn er etwas sagt.«

Als er überrascht die Augen aufreißt, genieße ich schmunzelnd diesen Triumph. Aber warum fühlt es sich überhaupt an wie ein Sieg? Was ist das für eine merkwürdige Auseinandersetzung, in die wir uns verstrickt haben? Unsicher trete ich einen Schritt zurück.

»Mir war nicht klar …« Er verstummt wieder.

»Ich bin eine Leibeigene und ich bin eine Frau. Und ein Elf – behaupten die Leute zumindest.«

»Und doch brennt in dir ein unübersehbares Feuer. Ein Feuer, das sich nicht löschen lässt, ganz egal wie oft sie es auch versuchen mögen.«

Jetzt bin ich überrascht.

»Ingmar!« Ein Krieger des Königs ruft lallend seinen Namen und winkt ihn so ungestüm mit seinem Trinkhorn zu sich heran, dass sich dabei der halbe Inhalt über den Boden ergießt.

Ingmar.

Immer wieder flüstere ich in meinem Geist seinen Namen, drehe und wende ihn wie einen feinen Dolch zwischen meinen Fingern.

Ingmar.

Nachdem er kurz zu der Gruppe hinübergesehen hat, wendet sich Ingmar wieder mir zu. »Es betrübt mich wirklich, dass wir einander nun nicht mehr sehen werden …«

Ich zögere, aber der sanfte Strom in seinen Augen trägt mich mit sich fort. Fast schon gegen meinen Willen entspanne ich mich. »Yafeu.«

»Yafeu. Mögen die Götter dir in Trøndelag ein angenehmes Schicksal bereiten.«

Mir will keine Erwiderung einfallen, deshalb sehe ich ihn einfach nur an. Er neigt respektvoll den Kopf, dann geht er zu seinen Kameraden hinüber.

Während ich ihm dabei zusehe, wie er am Tisch Platz nimmt, wird mir zum ersten Mal an diesem Abend bewusst, wie allein ich bin. Alle hier trinken und lachen mit ihren Familien und Freunden. Selbst die anderen Leibeigenen können miteinander tuscheln, wenn sie nicht gerade Essen servieren oder Met ausschenken. Freydis hat mir ausdrücklich gesagt, dass ich mich amüsieren soll, aber nun würde ich fast lieber arbeiten, dann müsste ich nicht hier herumstehen und mich anstarren lassen. Wenn doch nur einer von ihnen Ingmars Beispiel folgen und einfach mit mir sprechen würde, anstatt bloß zu glotzen.

Ich bin erleichtert, als Fritjof wenig später sein Instrument nimmt – einen länglichen Holzkasten, an dessen Vorderseite Saiten gespannt sind – und damit zum Königstisch hinübergeht. Die anderen Musiker hören auf zu spielen, Stille senkt sich über die Halle und alle drehen sich erwartungsvoll um. Das Instrument erinnert an eine *Ngoni*, aber während die Griots die Ngoni mit den Fingern spielen, streicht Fritjof mit einer Art Bürste über die Saiten. Dadurch erzeugt er einen fließenden, einlullenden Klang. Sobald er an den Tisch getreten ist, beginnt er zu singen:

Erik der Rote und seine Männerschar fein,
gaben auf die alten Götter und beteten an des Christen Schrein.
Eines Wintertags sie stießen auf neue Lande,
wofür dem Christen allein sie Dank nur sandten.

Doch Essen fanden die Männer dort nicht,
kein Fleisch sie mehr hatten und auch keinen Fisch.
Dreimal stieg Sól in den Himmel hinauf,
dreimal folgte Máni dem nächtlichen Lauf.

Wirr vor Hunger bemerkten sie dann,
dass fort war Thorhall, Eriks treuester Mann.
Hinaus sie ruderten, suchten mit Boot und mit Beil,
fanden Thorhall aber schließlich an der Küste so steil.

Die Arme gereckt, blickte er starr in die Höhe,
er raunte und wand sich, er zischte und stöhnte.
Furcht packte die Männer, denn sie wussten nicht mehr,
wie ein Mann sich gebärdet, der mit den Göttern verkehrt.

Sie flehten und baten, doch er ließ nicht davon ab,
und so stiegen sie wieder zu ihrem Lager hinab.
Unten am Strand dann, sie konnten's kaum fassen,
fanden sie einen verendeten Wal im flachen Wasser.

Voll Freude kochten die Männer sein Fleisch,
doch es machte sie krank, sie wurden schwach und bleich.
Nun stieg Thorhall zu ihnen herab und sprach:
»Sieh, was du getan hast, Erik, ach.

Das Essen bringt deinen Männern nur Weh,
denn sie haben nicht geopfert dem Gott der See.«
Weise geworden befahl Erik seinen Mannen,
das Walfleisch dem Njord zu opfern in Flammen.

Im Morgengrauen die Luft wurde klar,
die Fische kehrten zurück, auch der Vögel Schar.
Hase und Hirsch durchstreiften der Wälder Bahnen,
Denn die Männer priesen nun wieder die mächtigen Wanen.

Der donnernde Applaus der Menge wird beinahe von dem wilden Pochen meines Herzens übertönt. Die Welt dreht sich um mich, obwohl ich heute noch keinen Met getrunken habe. Krampfhaft halte ich das Amulett an meinem Hals umfasst.

Das war Mamas Geschichte. Genau das hat sie mir immer von Papa erzählt, wenn ich nicht schlafen konnte. Natürlich ist in dem Lied einiges abgeändert, aber der Kern der Geschichte ist gleich geblieben – die hungernden Reisenden, das Tier aus dem Meer, die Krankheit, das Gebet zu den Göttern.

Wie kann Fritjof davon wissen?

Ich schiebe mich zwischen den lachenden, rülpsenden Betrunkenen hindurch, doch die gesamte Gästeschar scheint sich zwischen mir und Fritjof versammelt zu haben.

Kurz bevor ich ihn erreiche, drängt sich jemand an mir vorbei; für den Bruchteil eines Augenblicks blitzt Metall unter seinem Umhang auf. Es dauert einen Moment, bis mir wieder einfällt: Waffen sind hier drin heute verboten.

Ich bleibe stehen und sehe zu, wie sich der Mann weiter durch die Menge schiebt. Er hält auf den Tisch der Königsfamilie zu, bewegt sich dabei aber zu gewandt, zu präzise.

Da stimmt etwas nicht. Sein Nyama ist ganz auf eine Person fixiert.

Auf Freydis.

Die Welt hält in ihrem Lauf inne, ein Augenblick dehnt sich aus zu einer Ewigkeit.

Gleich wird Freydis tot sein und ich frei.

»Im Namen Christi!«, brüllt der Mann, zieht seine Klinge und hebt sie über den Kopf, bereit zum Stich.

30 YAFEU

Mein Messer bohrt sich durch sein Auge wie durch weiche Butter. Der Möchtegern-Attentäter stößt einen erstickten Laut aus und bricht zusammen.

Freydis und Hakon fahren herum. Fassungslos starren sie auf den Toten, in dessen Hand noch der Dolch funkelt und in dessen verbliebenem Auge die Mordlust gerade erst erlischt.

Auch Asé dreht sich um und plötzlich starren mich alle an. Erst jetzt wird mir klar, dass ich das Messer geworfen habe.

Verblüfft blicke ich auf meine Hände, die diese Entscheidung ganz allein gefällt haben.

Plötzlich springen überall in der Halle Männer von ihren Plätzen auf, andere drängen aus den Ecken heran und treten aus den Schatten hinter den Pfeilern. Geschlossen stürmen sie auf den königlichen Tisch zu, das Licht der Kerzen schimmert auf Dolchen, Äxten und anderen Waffen, die sie eigentlich gar nicht tragen dürften.

Chaos bricht aus.

Schrille Frauenschreie hallen durch den Raum. Jemand brüllt: »Schützt den König!« Ich weiß allerdings nicht, wer es ist oder welchen der beiden Könige er meint. Die Krieger in der Nähe des Herrschertisches springen gerade noch rechtzeitig auf, um die erste Angriffswelle zurückzuschlagen; dabei benutzen sie alles, was ihnen in die Finger kommt: Trinkhörner und Speisemesser werden zu Waffen, Servierplatten zu Schilden.

Einige Wachen fallen schon nach wenigen Augenblicken. Balli zieht sich stolpernd auf seine Empore zurück, wo er schnell von einer ganzen Wand aus Männern geschützt wird. Yngvild und Asé haben sich unter den Tisch geflüchtet.

Ich renne zu Freydis hinüber, die noch immer den Leichnam des Attentäters anglotzt. Sie ist starr vor Schreck. »Unter den Tisch!«, schreie ich sie an. Sie zuckt kurz zusammen, sieht mich dann aber nur mit großen Augen an. Frustriert hechte ich über den Tisch, packe sie am Arm und zerre sie zu Boden. Dann ziehe ich mein Küchenmesser aus dem Auge des Toten und wende mich den anderen Angreifern zu.

Polternd gleitet der Hammer von Freydis' Schoß und landet auf dem Boden. Dieses Geräusch scheint Hakon aus seiner Benommenheit zu reißen, denn er packt sich die seltsame Brautgabe und springt laut brüllend auf. Aus einer kraftvollen Drehung heraus zertrümmert er den Schädel des Attentäters, der genau in diesem Moment neben ihm auftaucht.

Der dicke Schädelknochen bricht mit einem ekelerregenden Knacken.

Doch der Angriff galt nicht ihm – er galt Freydis.

Rechts von uns stößt Alvtir einen unmenschlichen Schrei aus und stürzt sich auf eine ganze Gruppe von Männern. Die wenigen Krieger der Hird, die bei dem Fest anwesend sind, schieben sich durch die flüchtende Gästeschar. Die allgemeine Panik macht es ihnen unmöglich, uns rechtzeitig zu erreichen. Hastig packe ich den nutzlosen Rock meines Kleides und reiße ihn ab, um mir mehr Bewegungsfreiheit zu verschaffen.

Ein etwas geschickterer Angreifer umgeht das Getümmel und will sich uns von hinten nähern. Ich werfe mich auf ihn. Jeder rationale Gedanke verfliegt, meine Instinkte übernehmen die Kontrolle. Glasklare Konzentration durchdringt mich wie die uralten Wurzeln des ersten Affenbrotbaumes. Mit einem schnellen Hieb schlitze ich dem Mann die Kehle auf und entwinde ihm, noch während er zusammenbricht, seinen Dolch.

Mit einem wilden Schrei wirbele ich herum. Eine Axt blitzt auf, doch mein Messer bohrt sich in den Körper des Angreifers, bevor er zuschlagen kann. Rotes Blut läuft über seine Finger, als sie sich krampfhaft um die Klinge schließen, die zwischen seinen Rippen steckt. Ohne zu zögern, ramme ich ihm auch noch den eroberten Dolch in die Schulter und ziehe ihn dann hinunter in Richtung Herz.

Der Damm ist wieder gebrochen, der Zorn strömt ungehindert in meine Muskeln, verleiht jeder Bewegung Schnelligkeit und Präzision. Ich kenne diese Männer nicht. Ich habe keine Ahnung, was sie wollen. Aber es spielt keine Rolle. Diese Majūs oder jene Majūs – für mich sind sie nun alle gleich. Ich erkenne mich selbst nicht mehr. Für mich gibt es nur noch den Drang zu töten.

Genau dazu wurde ich geboren. Das ist das Feuer, das die Götter mir schenkten, als sie mich erschufen.

Und nun werde ich es endlich brennen lassen.

Viel zu schnell sind alle Angreifer in meiner Nähe ausgeschaltet. Gierig suche ich die Halle ab. Ingmar schlägt gerade einen Gegner mit einem gekonnten Hieb gegen die Schläfe zu Boden. Alvtir wirbelt so schnell herum, dass ihr Haar wie eine dunkle Welle um sie herumwogt. Kraftvoll stößt sie einem Mann ihren Dolch in den Bauch und lacht dabei wie eine Hyäne.

Vor dem lebenden Schutzschild um Balli entdecke ich zwei weitere Angreifer: Einer von ihnen wird niedergemacht, doch der andere schafft es, eine Lücke in die Mauer zu reißen, indem er kurz nacheinander zwei Wachen erschlägt. Gleich wird er durchbrechen.

Ich zögere. Mein Blick huscht zu dem Dolch in meiner Rechten.

Soll ich ihn aufhalten? Oder soll ich zulassen, dass er Balli tötet?

Bevor ich eine Entscheidung fällen kann, reißt mir Freydis das Küchenmesser aus der linken Hand, stürmt los und rammt es dem Mann in den Rücken. Dumpf schlägt er mit dem Gesicht voran auf dem Boden auf.

Plötzlich wird es still in der Halle. Freydis weicht von dem toten Körper zurück, starrt mit großen Augen auf die Blutflecken, die ihr schönes Seidenkleid verunstalten.

Nun kann ich auch wieder klar denken. Blinzelnd schüttele ich den Kopf, noch immer ein wenig benommen. Ein stechender Geruch steigt mir in die Nase. Mein Mund ist vollkommen ausgetrocknet, meine Arme pochen, meine Finger sind verkrampft.

Während ich mich umsehe, lasse ich den Dolch fallen. Die Angreifer sind alle tot, aber auch viele von Ballis und Hakons Kriegern. Die Frauen und Kinder konnten größtenteils fliehen, genau wie viele Thing-Berufene.

Unter dem königlichen Tisch dringt lautes Schluchzen hervor. Ballis Wachen packen Yngvild an den Ellbogen, ziehen sie hoch und setzen sie auf eine Bank. Einige andere kümmern sich in ähnlicher Weise um Asé. Yngvild hält mit beiden Händen ihren Bauch umfasst und starrt wimmernd ins Leere. Auch Asé sieht ziemlich mitgenommen aus.

Nässe zwischen meinen Zehen lenkt meine Aufmerksamkeit auf den Boden.

Drei Leichen liegen dort. Ihr Blut ist um meine Füße herum zusammengelaufen, dringt in meine Sandalen und färbt meine Zehen rot.

Ich habe sie getötet.

Ohne die geringsten Skrupel habe ich diese Männer in den Tod geschickt. Dabei waren sie mir vermutlich auch nicht feindlicher gesinnt als der Rest von Skíringssal.

Und ich habe es *genossen*.

Scham und Entsetzen brechen über mich herein. Völlig verunsichert gehe ich in die Hocke und murmele den Segen, den wir in meiner Heimat über eine erlegte Jagdbeute sprechen. Es ist nur eine kleine, bedeutungslose Geste. Aber es wird genügen müssen.

Als ich aufstehe, meine ich sämtliche Blicke auf mir zu spüren. Einer von Ballis Wachleuten, fast noch ein Jugendlicher, tritt vor und zeigt auf meine Halskette. »*Úlfheðinn*«, flüstert er. Hastig schiebe ich das grüne Wildhundamulett in den Ausschnitt meines Kleides.

»Úlfheðinn.« Das Raunen geht durch die gesamte Halle.

Zum ersten Mal seit ihrer Rückkehr sieht Alvtir mich an; ihr eisiger Blick scheint mich zu durchbohren.

Dann aber wendet sie sich ab und hockt sich neben einen der

toten Attentäter. Mit einem Ruck reißt sie etwas von seinem Hals – eine Kette offenbar – und streckt sie in die Höhe.

Inzwischen hat Ingmar den vor ihm liegenden Leichnam mit einem gezielten Tritt auf den Rücken gerollt. Er schiebt den Ärmel des Toten hoch und zieht etwas von seinem Handgelenk ab.

»Diese Bänder sind mit König Hakons Zeichen versehen«, ruft er.

»Und um den Hals tragen sie das Symbol der Christen«, ergänzt Alvtir und hält die Halskette so, dass alle sie sehen können.

Angestrengt mustere ich das Schmuckstück. Der Anhänger erinnert an *Nauthiz*, das Runenzeichen für Notwendigkeit: ein langer senkrechter Strich, der von einem kürzeren waagerechten durchschnitten wird.

Doch das entsetzte Keuchen, das ringsum ertönt, verrät mir, dass es nicht Nauthiz sein kann.

Ich sehe zu Freydis hinüber, die mit entsetzter Miene vor dem Mann zurückweicht, mit dem sie gerade erst verheiratet wurde.

»Das ist doch lächerlich!«, protestiert Hakon. »Das hier ist mein Hochzeitsfest! Warum sollte ich meine eigene Braut umbringen wollen?«

»Vielleicht hattest du ja nie wirklich die Absicht, sie zu heiraten.« Balli kneift misstrauisch die Augen zusammen. Er hat auf seinem Thron Platz genommen, dicht umringt von seinen verbliebenen Wachen.

»Vielleicht war die Hochzeit bloß eine Täuschung«, fährt Snorri für ihn fort. »Vielleicht wolltest du in Wahrheit mit einem schnellen Schlag König Ballis Blutlinie auslöschen, um dir das Reich Agder für deinen christlichen Gott einzuverleiben!«

»Blasphemie!«, brüllt Hakon sofort. »Ich bin ein Mann Thors, durch und durch!«

»Du bist ein heimlicher Verehrer des Gekreuzigten!«, erwidert Balli ebenso dröhnend.

Überall in der Halle werden nun lautstark Beleidigungen ausgetauscht. Hakons und Ballis Männer greifen wieder nach ihren improvisierten Waffen, bis Alvtir gebieterisch die Arme hochreißt.

»Das reicht!«, befiehlt sie ihnen. »Heute Nacht soll kein Blut mehr fließen.«

Es wird wieder ruhig in der Halle.

König Balli bricht als Erster das Schweigen: »Meine Schwester hat recht«, verkündet er, ohne Hakon aus den Augen zu lassen. »Doch ich kann nicht gestatten, dass diese Ehe fortgeführt wird. Nicht, solange deine Unschuld nicht bewiesen wurde.«

Hakon sieht aus, als könne er sich nur mit Mühe davon abhalten, zum Thron zu stürmen und Balli zu erwürgen. »Freydis *ist* bereits meine Frau«, knurrt er gepresst.

»Noch warst du nicht mit ihr im Bett«, erwidert Balli unverblümt. »Die Ehe wurde nicht vollzogen und ist damit ungültig. Zumindest bis die Wahrheit ans Licht kommt.«

Einen spannungsgeladenen Moment lang denkt Hakon nach, dann seufzt er. »Ich nehme das so hin – aber nur, weil ich unschuldig bin.«

»Das Fest ist beendet«, verkündet Balli überflüssigerweise.

Hakon stürmt aus der Halle, dicht gefolgt von seinen Männern. Die verbliebenen Gäste gehen ebenfalls, aufgeregt miteinander tuschelnd.

Plötzlich befällt mich lähmende Erschöpfung. Ich will nur noch zurück in Freydis' Zimmer oder meinetwegen sogar in Helges Schuppen. Hauptsache, ich kann mich unter einer Pelzdecke zusammenrollen und allein sein. Aber vorher muss ich mich noch um Freydis kümmern.

Ein kurzer Blick zeigt mir, dass sie noch immer zitternd auf den Mann hinunterstarrt, den sie erstochen hat.

»Eine Sache wäre da noch«, meldet sich Alvtir mit ihrer rauen Stimme zu Wort.

Balli wirft ihr einen warnenden Blick zu.

Verblüfft stelle ich fest, dass sie sich zu mir umgedreht hat. »Die Leibeigene der Prinzessin hat heute mutig und ehrenhaft gehandelt. Es ist allein ihr zu verdanken, dass die Prinzessin noch unter den Lebenden weilt.«

Wieder starren mich alle an. Ich spüre, wie ich rot werde.

»Wie Orm bereits festgestellt hat, hat sie sich als Úlfheðinn entpuppt«, fährt Alvtir fort. »Der Vater der Weisheit muss sie geschickt haben, um uns zu beschützen. Deshalb bitte ich darum, sie meiner Führung zu unterstellen, damit sie in deiner Hird dienen kann.«

Es dauert einen Moment, bis ich den Sinn dieser Worte begreife. Dann aber starre ich Balli in stiller Verzweiflung an, versuche, jede Nuance seiner Mimik zu entschlüsseln, während er mich wortlos mustert.

»Schwörst du bei deiner Ehre, deinem König treu ergeben zu sein?«, fragt er mich schließlich. »Wirst du meinen Befehlen folgen und falls nötig dein Leben für meines opfern?«

Das lässt mich zögern. Einen solchen Eid darf man nicht leichtfertig leisten. Dann aber spüre ich Alvtirs Blick auf mir; in ihren eisblauen Augen schimmert eine verborgene Absicht, deren Bedeutung sich mir nicht ganz erschließt. Doch mir wird klar, dass sich mir in diesem Moment eine große Chance bietet. Meine einzige Chance.

»Ja«, antworte ich also knapp. Dann fällt mir wieder ein, was Freydis mich gelehrt hat, sodass ich hinzufüge: »Bei meiner Ehre.«

»Dann sei es so. Sie wird eine wertvolle Kämpferin abgeben – *falls* sie auch weiterhin ehrenhaft handelt«, stellt Balli fest.

Die hinter diesen Worten verborgene Warnung entgeht mir nicht. Mit Sicherheit will er mich nicht in seiner Hird haben, aber wenn ich Freydis richtig verstanden habe, blieb ihm in diesem Moment gar keine andere Wahl. Eigentlich wollte ich nur Freydis retten, aber die Männer, gegen die ich gekämpft habe, waren nun einmal ebenso Ballis Feinde wie ihre. Und ich habe gut gekämpft. Frau hin oder her, nun muss er mich als Krieger anerkennen, wenn er nicht vor seinem eigenen Volk das Gesicht verlieren will.

Zumindest für heute. Er ist und bleibt der König und er kann mich schon beim kleinsten Anzeichen von Treulosigkeit töten lassen.

Mit diesem Gedanken im Hinterkopf verbeuge ich mich vor ihm und täusche Demut und Dankbarkeit vor. Doch als ich mich aufrichte und dabei Snorris wütendem Blick begegne, kann ich mir ein kurzes, triumphierendes Grinsen nicht verkneifen.

Alvtir nickt zufrieden und marschiert dann ohne ein weiteres Wort aus der Halle. »Bereitet Hakons Schiff vor«, befiehlt Balli einem der Wachmänner, der daraufhin ebenfalls verschwindet.

Die wenigen Leibeigenen, die nicht geflohen sind, fangen an, die Tische abzuräumen. Endlich löst sich auch Freydis aus ihrer Erstarrung. Noch immer zitternd, greift sie nach meiner Hand. Schweigend gehen wir zurück zum Langhaus.

FREYDIS

Sobald wir in meinem Zimmer sind, werfe ich mich der Länge nach auf mein Bett.

»Du machst die Pelze schmutzig«, mahnt Yafeu und hilft mir sanft auf. Kraftlos sitze ich da und lasse mir von ihr das Kleid über den Kopf ziehen. Dann sehe ich benommen zu, wie sie es ins Feuer wirft. So viele Kleider sind in letzter Zeit den Flammen geopfert worden; zu viele, als dass es noch ein Zufall sein könnte.

Der Blumenkranz hat sich in meinen Haaren verfangen. Mit einem Ruck reiße ich ihn mir vom Kopf und schicke ihn dem Kleid hinterher. Ich bin dankbar, ihn los zu sein.

Dann sitzen Yafeu und ich Seite an Seite in unseren Unterkleidern auf meinem Bett; irgendwann wird mir klar, dass sie abwartet, bis ich etwas sage.

»Ich habe heute einen Menschen getötet«, beginne ich schließlich.

»Du hast deinem Vater das Leben gerettet.«

»Und du hast meines gerettet.«

Sie antwortet nicht.

»Du wirst mich verlassen«, fahre ich fort. Meine Stimme bricht, und obwohl ich es nicht will, steigen Tränen in meinen Augen auf.

»Mein Platz ist bei den Schildmaiden«, erwidert sie leise.

»Irgendwie war mir wohl schon immer klar, dass du nicht zur Leibeigenen bestimmt bist«, stelle ich nachdenklich fest.

Yafeus Augen verwandeln sich in wogende dunkle Ozeane, die

einen in unergründliche Tiefen reißen können. »*Niemand* ist dazu bestimmt, ein Leibeigener zu sein.«

Ihre Worte treffen mich härter, als eine Waffe es je gekonnt hätte. Meine Wangen brennen vor Scham, trotzdem zwinge ich mich, ihrem Blick standzuhalten. »Du hast recht«, gebe ich zu. Sie hatte schon immer recht. »Aber *du* bist dazu bestimmt, eine Kriegerin zu sein«, füge ich in der Hoffnung hinzu, ihr Urteil über mich noch abzumildern.

Yafeu greift nach meinen Händen. »In dir steckt auch große Stärke, Freydis. Du musst nur selbst daran glauben.«

Voller Dankbarkeit drücke ich ihre Hände und versuche, die Tränen zurückzuhalten.

»Bist du traurig darüber, dass es nun noch etwas länger dauern wird, bis du eine Königin bist?«, fragt sie mich.

»Ich wollte Hakon nicht heiraten«, gestehe ich ihr. Dabei wird mir bang ums Herz: Indem ich es laut ausspreche, wird es zu einer unumstößlichen Wahrheit. »Aber ich wollte auch nicht, dass ... so etwas passiert.«

Yafeu wirft mir einen schwer zu deutenden Blick zu.

Bevor ich darauf reagieren kann, wird die Tür aufgestoßen.

Tante Alvtir. Auf ihrer schwarzen Tunika sind die Blutflecken kaum zu sehen. Ich zwinge mich, die Schultern anzuspannen.

»Es wird Zeit«, sagt sie an Yafeu gewandt. Ohne mich auch nur eines Blickes zu würdigen, verschwindet sie wieder.

Mit einem freudlosen Lachen spotte ich: »Wie nett von dir, dass du nach mir siehst, Tante Alvtir. Mir geht es gut, danke der Nachfrage.«

Wieder mustert mich Yafeu auf diese merkwürdige Weise. Aus irgendeinem Grund lässt das neue Tränen in meinen Augen aufsteigen. Ich wünschte, ich hätte mich besser unter Kontrolle. Ich wünschte, ich wäre nicht so ein schwaches, nutzloses, verängstigtes kleines Mädchen.

Zögernd legt Yafeu mir die Hand auf die Schulter, aber ich wende mich ab. Erst als ich mich halbwegs im Griff habe, fällt es mir wieder ein. »Ich wollte dir noch etwas geben, ich habe nur auf den richtigen Moment gewartet.«

Es kostet mich unglaublich viel Kraft, aufzustehen und zu meiner Kleiderkiste zu gehen. Nachdem ich den Riegel zurückgeschoben habe, kann ich enthüllen, was ich dort versteckt habe: einen indigoblauen Mantel für Yafeu, mit einer schweren Silberschnalle. Besonders stolz bin ich auf die Verzierung, die ich von einem der besten Handwerker der Stadt habe einarbeiten lassen: Eine Kombination unserer beiden Sprachen – zumindest so, wie ich ihre Sprache in Runenschrift übertragen konnte –, die zusammen ein abstraktes Muster ergeben. Niemand außer uns beiden kann wissen, was dort steht. »Ursprünglich dachte ich, dass du den in Trøndelag gut gebrauchen könntest, aber auch eine Schildmaid braucht wohl hin und wieder einen ordentlichen Mantel.«

Als Yafeu überrascht die Augen aufreißt, recke ich stolz die Brust. »Er ist wunderschön«, freut sie sich.

»Die Schnalle habe ich selbst entworfen«, erkläre ich ihr. »Es ist eine Mischung aus unseren beiden Sprachen.« Ich deute auf die beiden Runen *Fe* und *Íss*, die an den Spitzen ineinander übergehen, wobei das Fe auf dem Kopf steht. »Das steht für unsere Namen. Und dass die beiden Runen miteinander verschmelzen, repräsentiert unsere Freundschaft. Und das hier …«, ich zeige ihr das zweite verschlungene Runenpaar, das direkt daruntersteht.

»… sind *Maðr* und *Lögr*«, beendet sie meinen Satz. »M und L. Für Mawu-Lisa.«

Wie immer freue ich mich darüber, wie gut sie sich alles gemerkt hat. »In früheren Zeiten nannte man sie *Mannaz* und *Laguz*, sie stehen für den Geist der Menschen und für die Energie, die alle Lebewesen durchströmt. In gewisser Weise stehen sie also auch für das Nyama, von dem du mir erzählt hast.«

Yafeu legt sich den Mantel um die breiten Schultern. Er passt perfekt. Sie grinst so breit, dass ihre weißen Zähne schimmern. Ich glaube, ich habe sie noch nie so strahlen sehen.

»Wirst du mich hin und wieder besuchen?«, frage ich mit rauer Stimme.

»So oft ich kann.«

»Versprochen?«

»Ja.«

Was jetzt kommt, wird ihr nicht gefallen, aber ich kann einfach nicht anders: Ich springe auf und ziehe sie in meine Arme.

Als sie mich an sich drückt, werden aus meinen stillen Tränen hörbare Schluchzer.

Warum wundert es mich nicht, dass die Nornen mir Yafeu gerade dann wieder wegnehmen, wenn wir endlich wahre Freundinnen geworden sind?

Meine Tränen versiegen und Yafeu lässt mich los. Während sie ihre wenigen Habseligkeiten sammelt, wische ich mir verlegen das Gesicht ab. Mit einem letzten Lächeln wendet sie sich zur Tür. Der herrliche Mantel bauscht sich hinter ihr, als sie mein Zimmer verlässt – zum ersten Mal nicht als meine Leibeigene, sondern als Schildmaid.

Und dann bin ich wieder allein.

YAFEU

Die kühle Nachtluft gleitet durch meine Nase, tief in meine Brust und meinen Bauch hinein.

Ich bin frei. Oder zumindest so frei, wie eine Schildmaid unter Alvtirs Führung sein kann.

Sie führt mich in strammem Tempo den Weg entlang, der in die Stadt hinunterführt. Falls ihr mein neuer Mantel aufgefallen ist, erwähnt sie es nicht.

Ich würde ihr gern für alles danken, was sie für mich getan hat, aber sie strahlt etwas aus, das mir rät, besser still zu sein. Wir gehen an den leeren Marktbuden vorbei und an den Langhäusern der bekannteren Handwerkerfamilien mit ihren diversen Schuppen und Nebengebäuden. Sie stehen so eng zusammen, dass ihre im Mondlicht scharf umrissenen Dächer sich über den Gassen beinahe berühren. Unten am Fjord sind Männerstimmen zu hören; vermutlich König Hakons

Gefolge, das die Rückreise nach Trøndelag vorbereitet. Obwohl die Nacht kalt ist, hält mein neuer Mantel mich schön warm; noch ein Grund, Freydis dankbar zu sein.

Wir gehen scheinbar endlos so weiter, erreichen irgendwann das letzte Haus im Westen der Stadt, dann die Waldgrenze. In diesem Teil der Wälder war ich noch nie.

Alvtir führt mich über einen schmalen Pfad, der sich zwischen Birken und Nadelbäumen hindurchwindet. Einmal überqueren wir einen kleinen plätschernden Bach. Mawu hängt tief am Himmel, ihre Strahlen lassen die Knospen an den Zweigen schimmern. Fast scheint es, als wollte sie uns ihren Segen geben.

Irgendwann erreichen wir eine Lichtung, auf der ein recht kleines Langhaus steht.

Drei geduckte Gestalten auf vier Beinen stürmen auf uns zu. Während ich instinktiv nach meinem Messer greife, sinkt Alvtir auf die Knie und breitet die Arme aus. Die kräftigen Hunde drängen sich bellend und winselnd an sie. Selbst im Mondlicht kann ich die sehnigen Muskeln unter ihrem kurzen Fell deutlich erkennen.

Ich glaube es kaum, als Alvtir den Tieren zärtlich zuraunt: »Ja, ich bin wieder da. Ich bin wieder da, meine tapferen Mädchen.«

Zum Glück ist es dunkel, sonst hätte sie vermutlich bemerkt, dass mir vor Verwunderung fast die Augen ausfallen. Geschickt zieht Alvtir ein paar Essensreste aus einer Tasche an ihrem Gürtel und wirft sie den Tieren hin, die sich freudig daraufstürzen.

»Das ist Yafeu.« Diesmal spricht sie meinen Namen richtig aus. »Heißt sie willkommen!«

Sofort sind sie bei mir und drücken ihre feuchten Nasen an meine Zehen und meinen Mantel. Ich streichele jedes der Tiere einmal am Kopf; hinterher sind meine Hände voller Sabber.

Als Alvtir weitergeht, trotten die Hunde brav hinter ihr her. Angestrengt versuche ich, trotz der Dunkelheit möglichst viele Einzelheiten ihres Heims zu erkennen. Hinter dem Langhaus gibt es eine kleine Scheune und ein Nebengebäude, außerdem sehe ich einen eingezäunten Bereich, vermutlich ein Garten. Noch weiter hinten entdecke ich einen zweiten Schuppen. Vielleicht schlafen dort ihre Leibeigenen, auch wenn der Verschlag so klein ist, dass kaum mehr als ein Mensch dort Platz finden könnte.

Alvtir öffnet die Tür und ich folge ihr in den dunklen Raum. Im Kamin glühen ein paar letzte Kohlen, mehr Licht gibt es nicht. Alvtir wirft etwas Anzündholz dazu, holt sich einen Feuerstein und schlägt damit Funken, bis die Holzstücke brennen.

Neugierig sehe ich mich um. Dicke Stützpfeiler teilen den Raum in drei Bereiche, an den Wänden sind auf ganzer Länge Holzbänke verbaut – so entstehen einfach eingerichtete Räume zum Essen und Schlafen. Im mittleren Bereich befindet sich ein bescheidener Kamin, in dem ein großer Kochkessel hängt; das Rauchabzugsloch darüber ist klein. Anstelle von Fellen oder Teppichen hängt hier eine beeindruckende Sammlung von Äxten, Dolchen und anderen Waffen an der Wand und natürlich der gelbe Schild mit den beiden Raben. Hugin und Munin heißen sie, habe ich von Freydis gelernt. Gedanke und Erinnerung.

Vor meinem inneren Auge taucht der Moment auf, als ich Alvtir das erste Mal gesehen habe, als sie von dem Balkon aus auf den Platz sprang und ihr Schwert hochriss. Das Nyama der Waffe scheint zu mir zu sprechen, denn mein Blick gleitet wie von selbst zu dem Schwert, das in seiner Scheide auf einer der Bänke liegt.

Doch Alvtir führt mich zu einer anderen Bank, die mit Pelzen ausgelegt ist. »Wurde seit einiger Zeit nicht mehr benutzt«, erklärt sie mir knapp. Ihre Augen schimmern im Licht der Flammen wie Salzkristalle. »Das ist dein Schlafplatz.«

Nickend lasse ich meine gesammelten Habseligkeiten auf das Fußende des Bettes fallen, was eine sichtbare Staubwolke aufwirbelt. Viel ist es nicht: der Otterpelz; ein Paar Stiefel; der Kittel und die Hosen, die ich von Broskrap bekommen habe; Kleid und Unterkleid aus meiner Zeit als Freydis' Leibeigene; das Nachthemd, das sie mir gegeben hat; die Halskette, die ich mir aus den Wolfszähnen gemacht habe. Ich lege meinen neuen Mantel ab und hänge ihn an einen der Pfeiler. Das Messer aus dem königlichen Kochhaus – das ich mir nach dem heutigen Abend redlich verdient habe, wie ich finde – schiebe ich unter das Kopfkissen.

Dann drehe ich mich zu Alvtir um, die sich kurz räuspert und unruhig von einem Fuß auf den anderen tritt. Das laute Ächzen der Bodendielen durchdringt die Stille. Sie fährt sich mit einer Hand durchs Haar. »Nun ja … wir werden dir eine Rüstung besorgen müssen.«

»Vielen Dank.«

Mit einem knappen Nicken wendet sie sich ab und fängt an, sich auszuziehen. Plötzlich überfällt mich die kuriose Vorstellung, Alvtir würde in voller Rüstung schlafen. Schnell unterdrücke ich das aufkeimende Lachen. Das lächerliche Gespinst eines übermüdeten Geistes.

Sobald ich unter meiner Decke liege, sucht mich die Erschöpfung mit aller Kraft heim. Mein Kopf hat kaum das Kissen berührt, als ich bereits in Dunkelheit versinke.

Meine Pfoten trommeln heftig auf den Boden, der Wald ist ein verwirrendes Netz aus Schatten und Licht, das sich immer wieder neu vor mir entfaltet.

Ist sie noch hinter mir? Oder habe ich sie abgehängt?

Mit letzter Kraft krieche ich in einen Busch; seine Dornen zerkratzen mir die Haut und verfangen sich in meinem Fell. Während ich versuche, möglichst leise zu atmen, schicke ich ein Stoßgebet zu Agé: Bitte, sie darf mich nicht finden. Bitte, sie darf mich nicht finden.

Gerade als sich mein Herzschlag ein wenig beruhigt hat, schiebt sich eine Hand durch die Zweige und packt mich an den Haaren. Schreiend schlage ich um mich, löse mich aus dem Griff der Gestalt. Dumpf schlage ich auf dem Boden auf, komme hastig wieder auf die Beine.

Freydis starrt mich unverwandt an, scheint dabei aber eher durch mich hindurchzublicken. Blutige Tränen laufen über ihre Wangen und tropfen auf ihr grünes Seidenkleid. »Ich werde dich niemals gehen lassen«, sagt sie.

Ich verfalle in Panik, als sie einen Schritt auf mich zu macht. Ängstlich erhebe ich mich auf die Hinterbeine und versuche, sie zu kratzen, doch egal wie oft ich auch nach ihrem Gesicht schlage, es gelingt mir nicht, ihre Haut zu berühren. Verwirrt blicke ich auf meine Pfoten und erkenne, dass mein Fell sich verwandelt hat. Ein Bein ist nun gefleckt wie das eines Wildhundes, das andere grau wie die Wölfe des Nordens.

Entsetzt reiße ich die Augen auf und sehe zu Freydis hoch, aber die ist verschwunden.

31 YAFEU

Als ich aufwache, plagen mich stechende Kopfschmerzen, und meine Knochen sind schwer wie Blei. Lisas Strahlen fallen durch das Abzugsloch herein und beleuchten einen Raum, der mir vollkommen fremd ist. Panisch setze ich mich auf und ziehe das Messer unter meinem Kissen hervor, dann fällt es mir wieder ein: Ich bin in Alvtirs Haus.

Das jetzt mein Zuhause ist.

Obwohl der Schlaf mich wieder in seine Arme schließen will, strecke ich mich ausgiebig, um nicht dem Drang zu erliegen, noch einmal die Augen zu schließen.

»Alvtir?«, rufe ich mit rauer Stimme.

Keine Antwort. Eigentlich ist hier überhaupt nichts zu hören: keine scherzenden Wachen vor der Tür, kein Geklapper aus dem Kochhaus. Nichts außer Vogelgezwitscher und dem Rauschen der Blätter im Wind. Die Luft riecht frisch, leicht harzig. Ich finde das beruhigend. An ein solches Aufwachen könnte ich mich gewöhnen.

Als ich die Füße über die Bettkante schwinge, fällt mir auf, dass ich noch immer das Unterkleid von gestern trage. Schnell reiße ich es mir vom Körper und hoffe, damit auch die Erinnerung ausreißen zu können. Voller Dankbarkeit stelle ich fest, dass auf dem Fußboden frische Kleidung für mich bereitliegt. Ich hatte schon befürchtet, nach all der Zeit wieder meinen Leibeigenenkittel tragen zu müssen, wobei die Vorstellung, mein zweites Kleid anzulegen, kaum reizvoller wäre.

Nachdem ich die hellgrüne Tunika mit dem Ledergürtel angezogen habe, streiche ich prüfend über den zerknitterten Leinenstoff.

Am Ausschnitt zieht sich ein geflochtenes Muster entlang, das an gelbe und rosafarbene Edelsteine erinnert. Ein einfaches, aber hochwertig gearbeitetes Kleidungsstück, das mir erstaunlich gut passt. Der Stoff schmiegt sich an meinen Körper, reicht mir fast bis an die Knie und über die Handgelenke. Aus irgendeinem Grund habe ich bisher geglaubt, Alvtir sei größer als ich.

Auf einem Teller am Kamin entdecke ich einen Brotfladen, etwas Käse und ein paar getrocknete Früchte, die offenbar für mich gedacht sind. Daneben stehen ein Wasserkrug und eine Schale mit frischen Kirschen. Beim Anblick des Essens zieht sich mein Magen zusammen. Mir war gar nicht bewusst, wie ausgehungert ich bin. Aber zuerst sollte ich meine Gastgeberin suchen. Also ignoriere ich den Hunger und gehe nach draußen.

»Alvtir?« Schützend hebe ich die Hand an die Stirn, da Lisas Licht mich blendet. Die Sonnenscheibe hat sich bereits vollständig über den Horizont geschoben, anscheinend habe ich sehr lange geschlafen.

Wieder bekomme ich keine Antwort. Wahrscheinlich ist Alvtir in die Stadt gegangen. Nur die drei Hunde stürmen laut hechelnd auf mich zu und drücken winselnd ihre Köpfe an meine ausgestreckten Hände.

Im hellen Tageslicht wirkt Alvtirs Heim noch bescheidener. Das Gelände hat keine regelmäßige Form, es wirkt eher wie eine natürliche Lichtung, nicht wie eine absichtlich für den Hausbau geräumte Fläche. Über dem kleinen Garten, den ich gestern schon bemerkt habe, ragt ein krummer, mit roten Früchten behangener Kirschbaum auf. Darunter ziehen sich ordentliche Reihen entlang, in denen es grün sprießt. Vor dem kleinen Schuppen wandern ein paar Hühner herum und picken in der Erde. Jetzt erkenne ich, dass es nur ein Hühnerhaus ist, denn ich höre weder Muhen noch Blöken, die auf Kühe oder Schafe schließen ließen. Mitten im Wald ist es vermutlich auch nicht sinnvoll, sich Vieh zu halten.

Aber wo sind Alvtirs Leibeigene? Als Schwester des Königs und Anführerin seiner Armee ist sie doch sicher reich genug, um sich mehrere Sklaven zu halten. Obwohl sie bei einem so kleinen Haushalt eigentlich keine braucht. Und vielleicht auch keine will.

Sie lebt hier ganz allein. Zumindest bis gestern.

Leicht beunruhigt frage ich mich, ob ich während ihrer Abwesenheit hier irgendetwas tun soll. Aber wenn es so wäre, hätte sie mich doch sicher geweckt. Die Hühner haben ausreichend Futter, der Garten sieht gepflegt aus, nirgendwo ist Unkraut zu sehen. Zum ersten Mal, seit ich in dieses Land gekommen bin, habe ich einen ganzen Tag zu meiner freien Verfügung.

Also habe ich nun auch keine Ausrede mehr, um Bronaugh und Airé nicht zu besuchen.

Nach dem Holmgang habe ich mir eingeredet, nicht hingehen zu können, weil es vielleicht verdächtig gewirkt hätte, obwohl die Angelegenheit für das Thing damit erledigt war. Im Frühling dann habe ich meine Pflichten zum Vorwand genommen oder meine Lehrstunden mit Nyeru und Mbaneh. Aber in Wahrheit habe ich mich geschämt. Geschämt, weil ich den beiden durch meine Taten so viel Leid zugefügt habe.

Und da ich mich nun nicht mehr hinter irgendwelchen Pflichten verstecken kann, holt mich diese Scham wieder ein. Es wird Zeit, mich den beiden zu stellen. Zwar werde ich mir niemals verzeihen können, wie viel Schmerz ich ihnen zugefügt habe, aber ich kann ihnen zumindest sagen, dass es mir leidtut.

Voller Entschlossenheit gehe ich zurück ins Haus. Anstatt alles aufzuessen, was Alvtir mir hingestellt hat, nehme ich mir nur ein wenig Brot und Käse, um den schlimmsten Hunger zu stillen, und packe den Rest in einen Korb. So kann ich den beiden wenigstens eine Kleinigkeit mitbringen. Anschließend schiebe ich mir mein Küchenmesser in den Gürtel und mache mich auf den Weg.

Bis ich endlich zur Stadt zurückgefunden und den langen Weg zu Broskraps Hof hinter mich gebracht habe, hat Lisa seinen höchsten Punkt bereits überschritten. Als ich lautes Kinderlachen höre, beschleunigt sich mein Herzschlag. Broskraps Söhne spielen am Rand eines Gerstenfeldes; ihre Spielzeugschwerter liegen vergessen im Gras.

Einer der beiden springt immer wieder in die Höhe und schlägt gegen eine der Ähren. »Da kommst du nicht dran!«, triezt er seinen Bruder.

Der Kleinere eifert ihm sofort nach. »Komm ich doch! Mit meinen Fingerspitzen war ich dran!«

»Lügner!«

»War ich wohl! Siehst du?«

Scham und Trauer steigen in mir auf. *Meinetwegen müssen sie jetzt ohne Vater aufwachsen.*

Schnell schiebe ich diesen Gedanken beiseite. Ohne Broskraps Einfluss werden sie sicher zu besseren Menschen heranwachsen, dafür werden Airé und Bronaugh schon sorgen.

Als ich an ihnen vorbeigehe, drehen sich die beiden Jungen zu mir um. Ich winke ihnen verlegen zu, aber sie versinken bereits wieder in ihrem Spiel. Für sie bin ich einfach nur irgendeine Leibeigene, die vorübergehend bei ihnen war. Falls sie sich überhaupt an mich erinnern. Sie werden niemals erfahren, dass ich es war, die ihnen den Vater genommen hat.

In den beiden gebückten Gestalten im Garten erkenne ich sofort Bronaugh und Airé. Ängstlich gehe ich auf sie zu und bleibe zögernd stehen, als ich noch einen Steinwurf von ihnen entfernt bin. Warte, bis Bronaugh hochblickt.

Sobald sie mich sieht, fängt sie an zu strahlen. Erleichtert erwidere ich ihr Lächeln. Sie setzt zum Sprechen an, überlegt es sich dann aber anders und sieht verstohlen zu Airé hinüber, die auf dem Boden hockt und stur das Unkraut anstarrt, das sie gerade aus der Erde zieht.

Meine Furcht kehrt zurück. Ich hebe kurz meinen Korb an und deute mit dem Kopf auf die Scheune. Bronaugh nickt und stemmt sich mühsam hoch. Mir bricht das Herz, als ich sehe, wie sie mit schmerzverzerrtem Gesicht auf mich zuhumpelt.

In der Scheune dann drückt mich Bronaugh fest an sich. »Yafeu ist wieder da!«, ruft sie glücklich.

Ich erwidere ihre Umarmung mit aller Kraft. Bis jetzt war mir nicht bewusst, wie sehr sie mir gefehlt hat. Ihren warmen Körper zu spüren, macht mich froh. Sie ist nun kein verwahrlostes Häufchen Elend mehr, das von den Brosamen seines grausamen Herrn lebt. Als sie sich von mir löst, zupft sie ehrfürchtig an meinem neuen Mantel. »Sieh dir Yafeu nur einmal an!« Sie nickt bewundernd.

»Bist du verletzt, Bronaugh?«, frage ich als Erstes.

Wieder flammt Schmerz in ihrer Miene auf. »Die Wachen ... aber das verheilt schon wieder.«

Der Kloß in meiner Kehle wird immer dicker. Ich kann ihr nicht länger in die Augen sehen. »Das ist alles meine Schuld«, flüstere ich. »Es tut mir so leid. Airé hatte die ganze Zeit recht.«

»Nein!« Entschlossen drückt Bronaugh meine Hand. »Du hast uns befreit. Das Leben ist jetzt viel besser. Sieh nur!« Mit einem schüchternen Lächeln lässt sie meine Hand los und breitet die Arme aus. »Bronaugh ist richtig dick geworden!«

Unwillkürlich muss ich lächeln. Bronaugh wusste schon immer, wie sie mich am besten aufmuntern kann. »Wenn das so ist, werdet Airé und du das hier wohl nicht brauchen.« Vielsagend hebe ich meinen Korb an.

»Von deinem neuen Herrn?«, fragt Bronaugh mit großen Augen. Vermutlich will sie nichts annehmen, was mir später Prügel einbringen könnte.

Ich aber frage mich: Was ist Alvtir nun eigentlich für mich? Meine neue Herrin wohl nicht. Meine Beschützerin? Meine Lehrerin?

»Aus meinem neuen Heim«, antworte ich ausweichend.

»Wir haben heute Morgen schon viel gehabt. Iss du es, iss ruhig!« Sie drängt mir den Korb auf wie eine Mutter, die ihr trotziges Kind rügt. »Yafeu ist viel zu dünn!«

Ich aber weigere mich, zu essen, wenn sie sich nicht wenigstens ein paar Kirschen gönnt, und am Ende gibt sie sich geschlagen. Nach dem improvisierten Mahl erzählt mir Bronaugh, wie sehr sich das Leben auf dem Hof seit Broskraps Tod verändert hat. Zu meiner großen Überraschung berichtet sie, dass Alvtir noch einmal zurückkam, nachdem sie mich geholt hatte. Sie gab den beiden Frauen zwanzig Silberstücke und befahl ihnen, den Hof wie gewohnt zu betreiben und jedem, der Fragen stellte, auch weiterhin zu erzählen, dass Broskrap in einer anderen Stadt Besuche mache. Dabei hatte ich gedacht, das alles würde sie nicht kümmern. Plötzlich wird mir bewusst, wie wenig ich doch über Alvtir weiß.

Heute teilen die Leibeigenen Geld, Feldfrüchte und die Erträge durch die Tiere zwischen sich auf und Airé kümmert sich weiter um Broskraps Söhne. Nach dem ersten Beutezug der Hird kam Snorri ab und an vorbei, um nach dem Rechten zu sehen, aber sobald ihm klar wurde, dass alle auch weiterhin ihre Arbeit machten, überließ er sie mehr oder weniger sich selbst.

Mit einem Schlag wird mir bewusst, dass als Broskraps Ältester jetzt Snorri Bronaughs und Airés Herr ist. Warum habe ich das nicht bedacht? Was wird wohl aus den beiden, wenn er irgendwann beschließt, auf den Hof zu ziehen? Oder wenn er das Gut an jemanden verkauft, der noch schlimmer ist als Broskrap? Schon beim Gedanken daran gefriert mir das Blut in den Adern.

Bronaugh erzählt mir auch, dass die beiden Jungen ihren Bruder bei dessen erstem Besuch wohl angebettelt haben, sie mit in sein Heim in der Stadt zu nehmen, er ihnen aber erklärt habe, dass seine Pflichten in der Hird es ihm unmöglich machten, sich um sie zu kümmern, weshalb es besser sei, wenn sie auf dem Hof blieben. Natürlich würde Snorri niemals so tief sinken, sich um seine kleinen Brüder zu kümmern.

Nachdenklich knabbere ich an meinem Brot herum und lasse den Blick durch die Scheune schweifen, während Bronaugh genüsslich die letzten Trockenfrüchte verspeist. Nach allem, was passiert ist, fühlt es sich merkwürdig an, wieder hier zu sein. Irgendwie hatte ich den Raum größer in Erinnerung.

Plötzlich steht eine Gestalt in der offenen Scheunentür. Dann knallt Airé die Tür hinter sich zu, sodass kaum noch Licht hereinkommt.

Ihr Anblick zerreißt mir das Herz. Der Kittel hängt formlos an ihrem ausgemergelten Körper, und selbst in dem wenigen Licht, das durch das Abzugsloch dringt, kann ich erkennen, wie bleich ihre Haut ist. Ihr Haar wirkt verfilzt. Wie konnte sie so viel Gewicht verlieren, während ich fort war? Bronaugh hat mir doch gesagt, dass sie inzwischen viel besser essen als früher.

Ich schenke ihr ein hoffnungsvolles Lächeln, das sie allerdings nicht erwidert.

»Hat dich jemand gesehen?«, fragt sie nur. Ihre tief in den Höhlen liegenden Augen blicken nervös umher.

»Nein, Airé«, versichere ich. »Ich wollte schon früher kommen, habe es aber nicht geschafft. Alvtir hat mich der Prinzessin überlassen, aber jetzt bin ich frei.« Aufgeregt sehe ich zwischen den beiden hin und her. »Ich bin keine Leibeigene mehr!«

Airé lässt sich wortlos auf eine der Pelzdecken fallen und dreht uns den Rücken zu. Vielleicht schläft sie ja noch immer hier, auch wenn es in Broskraps Haus bestimmt ein freies Bett für sie gäbe. An ihrer Stelle würde ich auch nicht in diesem Haus schlafen wollen.

Bronaugh ignoriert sie einfach und löchert mich mit Fragen über meine Zeit bei Freydis. Mit großen Augen lauscht sie meinem Bericht über den Angriff bei der Hochzeit. Doch während unserer Unterhaltung fällt mir immer wieder auf, dass sich zwischen Bronaugh und mir ein unsichtbarer Graben aufgetan hat. Zwar geben wir uns alle Mühe, heikle Themen zu vermeiden und das Gespräch am Laufen zu halten, doch es ist wie bei Entdeckern, die einen wilden Fluss überqueren, indem sie von einem Stein zum nächsten springen. Die Untiefen sind immer da, direkt unter uns.

Irgendwann begreife ich, dass es jetzt einen entscheidenden Unterschied zwischen uns gibt: Bronaughs Herr mag zwar nicht anwesend sein, aber dadurch ist sie noch lange nicht frei.

Letztendlich beschließe ich, früher zu gehen als geplant. Ich verspreche, bald wieder zu Besuch zu kommen, und Bronaugh betont, wie sehr sie sich darauf freut. Aber wir wissen beide, dass es besser ist, wenn ich nicht mehr komme.

Allerdings würde ich doch noch gern erfahren, warum Airé so dünn und kränklich aussieht, möchte aber nicht danach fragen, solange sie dabei ist. Und als ich schließlich aufstehe und mich verabschiede, drückt Bronaugh mich zwar fest an sich, begleitet mich aber nicht hinaus.

»Ich bin so froh, dass es dir gut geht«, flüstere ich ihr ins Ohr.

»Danke Yafeu«, wispert sie als Antwort.

Bedrückt verlasse ich den Hof.

Indem ich mir vor Augen halte, dass ich nun endlich eine Kriegerin werde und damit bekomme, wonach ich mich bereits in Anfa gesehnt habe – nein, eigentlich mein ganzes Leben lang –, versuche ich, die Trauer abzuschütteln. Und tatsächlich breitet sich bei dem Gedanken eine beinahe kindliche Freude in mir aus. Diesmal versuche ich nicht, sie zu unterdrücken.

Während ich den vertrauten Weg Richtung Stadt einschlage, wird mir klar, dass ich gar nicht weiß, was ich mit dem Rest des Tages anfangen soll. Eigentlich hatte ich geplant, ihn mit Bronaugh und Airé zu verbringen. Da ich sowieso gerade in der Nähe der Bauernhöfe bin, könnte ich natürlich auch nach den anderen Leibeigenen suchen, aber … irgendetwas in mir sträubt sich gegen diesen Gedanken. Einen Tag lang soll es mal keine Verpflichtungen für mich geben, keine Aufgaben, die es zu erledigen gilt. Einen Tag lang will ich einfach nur tun, worauf ich Lust habe.

Lisa wird mir noch eine ganze Weile Licht spenden und die wenigen weißen Wolken am Himmel versprechen einen knochentrockenen Tag. Also beschließe ich, die Tatsache, dass Sogbo heute ausnahmsweise einmal schläft, für einen langen Spaziergang am Fjord zu nutzen, um den Kopf freizubekommen.

Als ich die ersten Häuser erreiche, verlasse ich den Pfad und wandere am Stadtrand von Skíringssal entlang. Nach dem gestrigen Abend möchte ich die neugierigen Blicke und das Getuschel lieber meiden. Überhaupt wäre es mir lieber, nicht ständig so viel Aufmerksamkeit zu erregen. Nur für einen Nachmittag hätte ich gern das Aussehen einer Majū.

Am Ufer des Fjords angekommen, wende ich mich nach Osten. Der Anblick der ruhigen blauen Wasserfläche entspannt meinen Geist. Mit meinem warmen Mantel empfinde ich die kühle, salzige Brise in meinem Gesicht als angenehm erfrischend. Es tut gut, am Wasser zu sein. Agbe und Naete sind für ihr leidenschaftliches Wesen bekannt. Am einen Tag gebärden sie sich so wild, dass sie Furcht in den Herzen jener säen, die sie zu überqueren wagen. Dann wieder sind sie so ruhig, dass sie aufgewühlten Geistern wie meinem Frieden schenken. Vielleicht findet Papa, wo auch immer er gerade sein mag, ja durch dasselbe Wasser inneren Frieden.

Papa!

Durch die Geschehnisse danach habe ich Fritjofs Lied beinahe vergessen. Der Mann in seiner Geschichte trug zwar einen anderen Namen, aber das muss ja nicht heißen, dass es nicht Papa war. Schließlich kennen die Majūs mich auch unter einem anderen Namen, nämlich unter Papas. Vielleicht ist er also irgendwo dort draußen und erkundet mit diesem »Erik dem Roten« unbekannte Länder. Wer kann das schon wissen? Die Hird segelt auch immer wieder weit fort; möglicherweise werden sich unsere Wege also eines Tages kreuzen. Möglicherweise ist das ja das »großartige Schicksal«, das Mama für mich vorhergesehen hat.

Aber ich werde nicht tatenlos darauf warten, dass dieser Tag kommt. Ich bin kein kleines Mädchen mehr, das von seinem Papa gerettet werden muss. Ich habe mich selbst gerettet, genau wie er es mich immer gelehrt hat.

Der aufkeimende Stolz in meiner Brust ist Balsam für mein wundes Herz.

Ich wandere an ein paar Fischern vorbei, die von der Küste aus ihre Leinen auswerfen in der Hoffnung, ihr Meeresgott möge sich großzügig zeigen, auch wenn die Tageszeit nicht ganz stimmt. Sie wenden hastig den Blick ab, als sie mich sehen, und rücken dichter zusammen. Ihre Reaktion unterscheidet sich deutlich von dem, was ich sonst immer in der Stadt erlebe. Hier ist mehr Furcht als Faszination im Spiel. Ich schlucke schwer und versuche, sie zu ignorieren.

Während ich weiter und weiter laufe, wird mein Schatten zu einem Riesen mit überlangen Gliedern. Noch nie habe ich mich in östlicher Richtung so weit von der Stadt entfernt. Irgendwann verliere ich das Ufer aus den Augen und muss über einen Hügel in den Wald vordringen, um weiterzukommen. Das Gras hier ist dünn und rutschig, die Äste der Bäume sind noch kahl.

Hinter dem Hügel stoße ich auf eine Art Lager. Ungefähr ein Dutzend Langhäuser steht zwischen den Bäumen verstreut und überall sehe ich nur Männer. Sie ringen miteinander, spielen Tafl oder Tauziehen, üben sich mit bemalten Holzscheiben im Bogenschießen und werfen sich gutmütige Beleidigungen an den Kopf, wenn ein Schuss danebengeht. Offenbar ist hier ein Großteil der Hird zu Hause. Zumindest jene, die nicht auf den Bauernhöfen leben.

Plötzlich werde ich nervös; ich war nicht darauf vorbereitet, ihnen heute schon zu begegnen.

Starr geradeaus blickend, gehe ich an dem Lager vorbei, spüre aber, wie sie mich neugierig mustern.

Plötzlich höre ich hinter mir im Gras leise Schritte. Sie folgen mir.

Mein Herz beginnt zu rasen. Abrupt bleibe ich stehen und ziehe mein Messer.

Als die Schritte nah genug herangekommen sind, wirbele ich herum, mache einen Satz und drücke die Klinge gegen …

… Ingmars Kehle?

»Ganz ruhig.« Er hebt beschwichtigend die Hände.

»Warum verfolgst du mich?« Die Furcht ist noch nicht ganz abgeklungen, weshalb ich das Messer weiter gegen seine Haut presse.

»Ich habe dich nicht … Ich habe nur versucht, dich einzuholen. Als ich dich gesehen habe, dachte ich mir, ich frage mal, ob du Lust auf Gesellschaft hast.«

In seinen blau-grauen Augen sehe ich nichts als Aufrichtigkeit. Mit einem gereizten Seufzer schiebe ich das Messer zurück in den Gürtel. »Du solltest doch wissen, dass man sich an mich besser nicht so anschleicht«, entgegne ich und marschiere zügig weiter, um meine Verlegenheit zu überspielen.

»Jetzt weiß ich es auf jeden Fall.« Ingmar hält mühelos mit mir Schritt. »Glaub mir, ich will dir sicher keinen Grund geben, dieses Messer zu benutzen.«

Ich weiß nicht warum, aber damit bringt er mich zum Lachen. Leicht überrascht stimmt er mit ein und so lachen wir zusammen.

Irgendwann ebbt das laute Gelächter ab, und ich grinse nur noch, doch er wirkt plötzlich ernst. »Es ist auch in Ordnung, wenn du lieber allein sein möchtest.« Er starrt auf seine Füße. »Ich will mich nicht aufdrängen.«

»Ich hätte gern ein wenig Gesellschaft«, gebe ich zu. »Aber ich sollte mich langsam auf den Weg machen, zurück zu Alvtirs Haus.«

»Dann begleite ich dich.«

»Es ist ziemlich weit.«

Unbeschwert zuckt er mit den Schultern. »Ich wollte sowieso auf den Markt gehen.«

Wir kehren also um und wandern nebeneinander her. Plötzlich fühle ich mich merkwürdig gehemmt und weiß nicht, was ich sagen soll. »Du bist schmutzig«, platzt es schließlich aus mir heraus, als ich die grünen Flecken auf seiner schlichten braunen Tunika bemerke. Außerdem hat er Erde unter den Fingernägeln.

»Ich war gerade dabei, ein Stückchen Land in der Nähe meines Zeltes zu roden, als du vorbeikamst. Einen richtigen Garten kann man hier draußen natürlich nicht anlegen, aber ich will wenigstens ein paar Kräuter anbauen: einen Rosmarinstrauch, vielleicht etwas Dill.«

Er hat in der Erde gebuddelt, als er mich gesehen hat, und dann hat er damit aufgehört, um hinter mir herzulaufen? Seltsamer Kerl. Wer weiß, ob er überhaupt auf den Markt gehen muss. Was Ampah wohl davon halten würde? »Irgendwie wirkst du nicht gerade wie ein Gärtner auf mich«, stelle ich fest.

Wenn er lächelt, bilden sich feine Fältchen in seinen Augenwinkeln. Die entstehen nur bei Menschen, die häufig lächeln. »Mit einem grünen Daumen wird jedes Abendbrot zum Festmahl.«

Abendbrot. Ingmar redet genau wie Bronaugh. Auch seine Aussprache ist ähnlich, mit leicht geschwungenen Lauten. Lächelnd stelle ich fest: »Klingt vernünftig.«

Sein Lächeln verblasst. »In Wahrheit bin ich lieber Gärtner als Krieger.«

Das überrascht mich. »Ach ja?«

Ingmar nickt. »Ich spare mein Geld. Eines Tages werde ich Skíringssal verlassen und einen eigenen Hof gründen. Ich werde mir ein Haus bauen und Hafer anbauen. Mir eine Kuh zulegen und vielleicht ein paar Schafe.«

Ich mache mir nicht mehr die Mühe, meine Verblüffung zu verbergen. »Davon träumst du? Kühe zu melken und den Acker zu pflügen?«

Wieder zuckt er mit den Schultern. »Jeder hat doch ein eigenes Heim verdient.«

»Ich bin mir nicht sicher, ob ich jemals an einem Ort wirklich zu Hause war.« Mein Blick wandert über den Fjord hinaus in die Ferne. Irgendwo dort draußen, jenseits des Meeres, sind Mama, Kamo und Goleh. Schon oft habe ich mich gefragt, wo sie gelandet sind und wie es ihnen ergangen ist, nachdem unser Dorf zerstört wurde. Dass sie nicht bei mir sind, lastet auf mir wie ein schwerer Fels. Aber ich wollte sechs Jahre lang nichts anderes, als diesem Dorf zu entfliehen, deshalb fehlt es mir nun überhaupt nicht. Nur sie fehlen mir.

»Die Hird bietet vielleicht auch eine Art Heim«, überlegt er. »Und gerade du kommst mir nicht vor wie jemand, der das Leben als Kämpfer jemals leid sein wird.«

»Eines Tages vielleicht schon.« Ich sehe ihm in die Augen. Heute sind sie mehr grau als blau. »Aber sicher nicht so bald. Ich habe zu lange auf die Chance gewartet, Kriegerin zu werden.«

»Yafeu ...« Ingmar zögert kurz. »Ich habe noch nie zuvor jemanden so kämpfen sehen wie dich gestern. Nicht einmal Alvtir.«

Oh. Deshalb wollte er also mit mir sprechen. Enttäuscht wende ich mich ab und blicke zu den Granitfelsen hinüber, die am anderen Ufer des Fjords aufragen.

»Du warst ...« Wieder sucht er nach Worten. »Eine Inspiration. Wir alle reden von nichts anderem mehr.«

»Sogar Snorri?«

Sein beherztes Lachen lässt mich überrascht aufblicken. »Nein. Aber Snorri ist auch ein erbärmlicher Kämpfer. Solltest du ihm gegenüber allerdings erwähnen, dass ich das gesagt habe, werde ich bei sämtlichen Göttern schwören, dass du eine Lügnerin bist.«

Ich lache ebenfalls; plötzlich bin ich um einiges entspannter. »Du hast auch gut gekämpft.«

»Wenn das von dir kommt, ist es ein besonders großes Kompliment.«

Hitze steigt in meine Wangen und in meinem Bauch regt sich ein merkwürdiges Gefühl. Nervös spiele ich am Saum meines Mantels herum. Was geschieht hier mit mir?

»Wo hast du gelernt, so zu kämpfen?«, fragt Ingmar weiter.

»Mein Vater hat es mir beigebracht«, erkläre ich ihm, dankbar für den Themenwechsel. »Er ist ein geschickter Kämpfer und ein noch besserer Jäger.«

Ingmar stellt mir noch mehr Fragen über mein Leben vor Skíringssal, und ich merke, wie ich unwillkürlich langsamer gehe. Ich erzähle ihm alles über Wagadu: Wie das Land monatelang von heftigem Regen heimgesucht wird, um dann noch viel länger vollkommen auszutrocknen, und dass es dort anders als hier keinen Winter gibt. Ich schildere ihm, wie wir ständig herumgezogen sind, bevor Papa uns verließ. Ich erzähle ihm von Mama, Kamo und Goleh und von unseren monatlichen Wanderungen nach Koumbi Saleh, jener Stadt, die tausendmal großartiger ist als Skíringssal. Mich überrascht selbst, wie viel ich preisgebe. Irgendwann ertappe ich mich dabei, wie ich ihm Dinge anvertraue, die ich bisher nicht einmal Freydis gesagt habe. Ingmar hört mir aufmerksam zu und begreift intuitiv, wo meine Grenzen sind. Nie drängt er auf mehr, zeigt nur aufrichtiges Interesse. Das ist eine willkommene Abwechslung zu der aufdringlichen Neugier, die mir sonst immer von den Majūs entgegenschlägt – ein subtiler, aber spürbarer Unterschied wie bei Silber und poliertem Eisen.

»Und was ist mit deiner Familie?«, erkundige ich mich, als mir klar wird, dass ich bisher viel mehr erzählt habe als er.

Wie erwartet stammt Ingmar genau wie Bronaugh aus Irland, aus einem Königreich namens Connaught. Sein Vater war ein Nordmann, den er allerdings nie kennengelernt hat; der Mann schändete Ingmars Mutter, während ihr Dorf geplündert wurde. Ihr blieb nichts außer dem Kind in ihrem Bauch. Nach Ingmars Geburt fing sie an, ihren

Körper zu verkaufen, um irgendwie über die Runden zu kommen. Sie schafften es bis in eine Stadt mit dem Namen Dublin, dort allerdings starb sie an einer Krankheit, als Ingmar noch klein war. Ein anderer Nordmann, der regelmäßig die Dienste seiner Mutter in Anspruch genommen hatte, hatte Mitleid mit dem Jungen, nahm ihn bei sich auf und gab ihm den Namen Ingmar. Er war ein Krieger und machte auch Ingmar zu einem Soldaten. Irgendwann zogen die beiden Richtung Süden und schlossen sich der Armee des römischen Kaisers an. Dann aber eroberte ein anderer Mann den römischen Thron und wie so oft hing die Bezahlung der Söldnertruppen sehr vom jeweiligen Herrscher ab. Nachdem sein Ziehvater im Kampf gefallen war, verließ Ingmar die Armee und reiste nach Norden. Er wollte einem Herrn dienen, der die Beute gerecht mit seinen loyalen Gefolgsleuten teilt, wie es die Nordmänner tun. Außerdem hielt er es für sinnvoller, für Gold und Silber auf Beutezug zu gehen, als sich an einem endlosen Krieg für irgendeinen weit entfernten Herrscher zu beteiligen.

»Hat deine Mutter diesen Christus angebetet?«, frage ich ihn, da mir wieder einfällt, dass der erste Angreifer am Abend zuvor diesen Gott angerufen hatte.

»Sie war nur dem Namen nach eine Christin. Ihr Leben war zu hart, um ernsthaft daran zu glauben, dass Jesus über sie wacht.«

»Und du?«

»Ich verehre immer die Götter des Landes, in dem ich gerade lebe«, antwortet er. »Aber im Grunde weiß ich auch nicht, ob ich daran glauben kann, dass sie mich beschützen.«

Ich nicke verstehend. »Mein Vater glaubt, dass die Götter immer jenen beistehen, die sich selbst helfen.«

»Dein Vater scheint ein kluger Mann zu sein.«

»Hast du nicht manchmal Angst, dass du so werden könntest wie *dein* Vater?«, platzt es unvermittelt aus mir heraus.

Ingmar wendet den Blick ab und sofort bereue ich die Frage. Offenbar habe ich damit einen wunden Punkt getroffen.

»Deshalb bin ich hierhergekommen«, sagt er schließlich, »und habe mich Alvtir angeschlossen. Sie gestattet uns nicht, auf Beutezügen Frauen zu schänden. Einigen der Männer passt das nicht, aber wir sind dadurch ehrenvoller als alle anderen *Víkingar*. Und wir kriegen auch so immer, worauf wir es abgesehen haben.«

Jetzt bin ich doppelt dankbar dafür, dass Alvtir mich unter ihre Fittiche genommen hat.

»Ehrlich gesagt wollte ich eigentlich nie ein Krieger werden«, gesteht mir Ingmar leise. »Zwar habe ich Talent dafür, aber es gefällt mir nicht. Falls es so etwas wie die Nornen gibt, waren sie es wohl, die dieses Schicksal für mich gewebt haben. Sie haben mich zu einer Waise gemacht, haben mir weder Besitz noch einen guten Namen mit auf den Weg gegeben. Deshalb muss ich mir das alles selbst erarbeiten, eine andere Möglichkeit gibt es für mich nicht.«

Wieder nicke ich, tief betroffen, da ich spüre, wie sehr ihn das belastet.

Wir wollen gerade zum Ufer des Fjords abbiegen, als ich plötzlich ein merkwürdiges Kribbeln im Nacken spüre.

Aus dem Wald dringt ein fremdartiges, starkes Nyama zu mir herüber. Als ich genau hinsehe, entdecke ich einen Mann mit zotteligem weißem Haar, der geduckt unter einer Eiche hockt. Auf mich wirkt er eher tierisch als menschlich, wie er da in dieser unnatürlichen Position verharrt und dabei mit einem Stock in der Erde herumstochert.

Die feinen Härchen auf meinen Armen richten sich auf. Gehört er vielleicht zu dem »verborgenen Volk«, von dem Freydis hin und wieder gesprochen hat? Bisher dachte ich immer, das wären reine Fantasiegestalten.

Falls Ingmar die seltsame Kreatur bemerkt, beachtet er sie nicht weiter. Als wir näher kommen, erkenne ich, dass der Mann leise mit sich selbst spricht und mit einem abgerissenen Zweig etwas auf den Boden malt.

Das ist der Skalde!, begreife ich plötzlich. *Fritjof!*

»Du da!«, rufe ich laut und renne los.

Fritjof springt auf und sieht sich hektisch um, als hätte er Angst vor mir. Anscheinend hat inzwischen jeder Angst vor mir. Beschämt verlangsame ich meinen Lauf und deute eine kleine Verbeugung an, um ihm zu zeigen, dass ich keine bösen Absichten habe.

»Du bist der Skalde des Königs.« Ich bleibe direkt vor ihm stehen.

»Jetzt Ballis Skalde«, murmelt er.

Fritjof sieht genauso merkwürdig aus, wie er spricht. Zwar haben die Majūs allgemein einen schlechten Geschmack, aber sie sind ein sehr reinliches Volk. Sie lieben es zu baden und achten penibelst darauf, Haar- und Bartpracht zu pflegen. Die Haut des Skalden allerdings ist schmutzig, das lange Haar und der Bart sind zerzaust und verfilzt. Die Augen in seinem faltigen Gesicht passen nicht zusammen: eines ist blau, das andere hat einen milchigen Schleier. Seine Ausstrahlung ist einerseits fremdartig, andererseits aber auch vertraut.

»Ich bin Yafeu«, stelle ich mich vor, während ich meine Gedanken ordne.

»Mich nennt man Fritjof«, antwortet er plötzlich vollkommen klar.

»Ich weiß. Wir sind uns einmal begegnet, als ich noch die Leibeigene der Prinzessin war.«

Der Skalde stößt ein glockenhelles Lachen aus, bei dem sich mir die Nackenhaare aufstellen. »Meinen Namen, sie kennt meinen Namen, die Schwarze Königin.«

Königin? Jetzt muss ich mir das Lachen verkneifen. Freydis meinte, Fritjof blicke mit einem Auge in das Reich der Götter; ich weiß also nicht, wie viel Zeit mir noch bleibt, bis er wieder vollkommen blind ist gegenüber dieser Welt. »Ja, ich kenne deinen Namen. Aber sag mir: Woher kennt Fritjof die Geschichte, die meine Mutter mir immer zum Einschlafen erzählt hat? Die Geschichte mit dem Wal?«

Abrupt sinkt er wieder in die Hocke und hebt seinen Stock auf. »Jedes Kind kennt die Geschichte von Erik dem Roten.«

Ich lehne mich gegen den rauen Eichenstamm. »Erzähle sie mir«, befehle ich ihm. Wenn er mich für eine Art Königin hält, kann ich ihn auch herumkommandieren.

»Erik Thorvaldsson, der Entdecker, der Verbannte. Er segelte weiter nach Westen, als es je ein Mann vor ihm gewagt hat, und entdeckte dort ein unberührtes, prachtvolles Land. Er nannte es Vinland und ließ andere nachfolgen. Angeblich war der Jäger, sein engster Vertrauter, von noch dunklerer Hautfarbe als du.« Mit einer abgehackten Geste zeigt er auf mich.

»Thorhall.« So hat er ihn in seinem Gedicht genannt. »Und du sagst, diese Geschichte ist allgemein bekannt?«

»Jeder kennt sie«, bekräftigt er. »Diese Legende reist seit Eriks Zeiten über die Meere.«

Ich bin enttäuscht. Wenn diese Geschichte so weit verbreitet ist, wird Mama sie wahrscheinlich von Papa erzählt bekommen haben, der sie wiederum bei einem Händler oder auf einer seiner Reisen aufgeschnappt hat. Sie hat nur ihn anstelle dieses Thorhalls zum Helden gemacht, damit ich mich besser fühle. Um mich zu trösten. Auf diese Weise konnte ich Papa weiterhin verehren und einen Helden in ihm sehen, auch noch nachdem er gegangen war. Eigentlich hätte ich es mir denken können, so etwas wäre typisch für Mama.

Fritjofs Blick wird leer, er dreht sich zu mir um. Der Stock gleitet ihm aus den Fingern und er greift nach meinen Händen. Erschrocken will ich zurückweichen, aber er hält mich erstaunlich fest und fängt an zu singen:

Heil der Schwarzen Königin,
die Krone geschmiedet aus Eisen und Blut.
Heil der Schwarzen Königin,
siegreich wird sie sein laut der Nornen Gebot!

Er bricht in schrilles Gelächter aus, das in einem Hustenanfall endet. Hastig entziehe ich ihm meine Finger. Mir gefriert beinahe das Blut in den Adern. Ich packe ihn am Kragen seiner schäbigen Tunika und ziehe ihn zu mir hoch.

»Wo hast du das aufgeschnappt? Aus welchem Lied stammt das?«, will ich von ihm wissen.

»Es kommt, wann immer sie es wünschen.« Er deutet gen Himmel. Als ich verwirrt nach oben schaue, löst das den nächsten manischen Lachanfall bei ihm aus.

Irritiert lasse ich ihn los. Nun werde ich sowieso keine vernünftigen Antworten mehr aus ihm herausbekommen, er ist wieder abgedriftet.

Sofort hockt Fritjof sich wieder hin und greift nach seinem Stöckchen. Jetzt erst sehe ich, was er gezeichnet hat.

Es sind die Runen, mit denen die Schnalle meines Mantels verziert ist – exakt dieselben, genau so wie Freydis sie angeordnet hat, miteinander verwoben und kopfüber. Mir läuft es kalt den Rücken herunter.

Das hat nichts zu bedeuten, rede ich mir ein. Schließlich war er es, der Freydis die Runen überhaupt erst beigebracht hat; bestimmt hat sie ihn um Hilfe gebeten, als sie das Muster entworfen hat.

Ich überlasse ihn seiner Zeichnung und gehe zurück Richtung Fjord. »Die Krone geschmiedet aus Eisen und Blut«, raunt es leise hinter mir.

Ingmar ist fort. Jetzt schäme ich mich dafür, einfach davongerannt zu sein; er hält mich jetzt vermutlich für das unhöflichste Weibsbild, das ihm je untergekommen ist.

Beinahe im Laufschritt nähere ich mich der Stadt. Lisa steht bereits recht tief und taucht den Hafen in rosiges Licht. Noch immer hallt Fritjofs merkwürdiger Gesang in meinen Ohren wider.

Unwillkürlich muss ich an die tote Stadt denken. *Wenn wir sie betreten, laufen wir Gefahr, den Fluch auf uns zu ziehen*, hat Freydis gesagt. Natürlich glaube ich gar nicht an diesen Fluch.

Trotzdem laufe ich plötzlich schneller, als müsste ich vor etwas fliehen, das mich verfolgt.

ALVTIR

Sól lenkt ihren Sonnenwagen so fröhlich wie immer über den Himmel. Das wolkenlose Blau spiegelt sich in der Oberfläche des Vítrirsees, hin und wieder kräuselt sie sich in einer sanften Brise. An einem so friedvollen Tag wie heute wäre es leicht, meine Sorgen eine Zeit lang zu vergessen. Ich könnte die Hunde mit an den See nehmen und schwimmen gehen.

Verhindert wird das allerdings durch die Tatsache, dass ich hinter meinem Bruder stehen und ihm dabei zusehen muss, wie er auch noch das letzte bisschen Verstand aus seinem bemitleidenswerten Seher herausprügelt. Dass Snorri sich uns angeschlossen hat, hilft auch nicht gerade. Der neue Stallari meines Bruders folgt ihm neuerdings wie ein Schatten.

»Warum ist das geschehen?«, schnauzt Balli Fritjof an. »Wollen die Götter mich strafen, weil ich mein Versprechen gegenüber Harald gebrochen habe?«

Fritjof blickt mal hierhin, mal dorthin; die heillose Verwirrung in seinem Blick lässt sein verwittertes Gesicht noch älter wirken. Es sieht so aus, als würden zwei Götter gleichzeitig zu ihm sprechen, sodass er nun nicht weiß, auf welchen er hören soll.

Was würde ich nicht dafür geben, herauszufinden, welche Götter das sind und was sie ihm einflüstern.

Bin ich noch immer von Odin gesegnet? Oder hat der Allvater seine erwählte Kriegerin verstoßen?

Fast scheint es, als hätte er meine Gedanken gelesen, denn plötzlich sieht Fritjof mich direkt an.

Ich habe frei von jeder Furcht ganzen Legionen blutrünstiger Krieger gegenübergestanden, aber dieser Blick des alten Sehers sorgt dafür, dass sich mein Herzschlag beschleunigt.

»Der Eid wurde durch vergiftetes Blut gebrochen«, lautet seine kryptische Antwort.

»Was soll das heißen?«, bohrt Balli weiter. Fritjofs Lippen verziehen sich zu einem manischen Grinsen, doch er sagt nichts, woraufhin mein Bruder ihm mit voller Wucht in den Bauch tritt. Ich verziehe kurz das Gesicht, als er sich mit einem lauten Schrei zusammenkrümmt.

»Du wirst deinem König gefälligst antworten, Skalde!«, befiehlt Snorri überflüssigerweise. Ich verdrehe so heftig die Augen, dass ich glaube, meinen eigenen Verstand sehen zu können.

Keuchend klammert sich Fritjof an Ballis Mantelsaum fest. »Der Eid wurde durch vergiftetes Blut gebrochen«, wiederholt er. »Schlachte das Schaf und das Blut wird gereinigt. Schlachte die Herde und das Blut ist verloren.«

Reglos stehe ich da, eine Hand an Angrbodas Griff, mein Gesicht eine gelangweilte Maske.

Mein Bruder seufzt schwer. »Mehr kriegen wir wohl nicht aus ihm heraus«, stellt er fest. »Verschwinde.«

Hastig wieselt Fritjof davon. Sein schrilles Gelächter hallt zwischen den Bäumen wider, als er im Wald verschwindet.

Balli wendet sich an Snorri: »Eines ist jedenfalls klar: Freydis sollte diesen Kreuzliebhaber Hakon nicht heiraten.« Angewidert spuckt er auf den Boden. »Schick einen Boten zu Harald und lass ihm ausrichten, dass wir unser Versprechen einhalten und Verhandlungen aufnehmen wollen. Und zwar schnell. Wir sollten die Zeremonie abhalten, bevor sich Yngvilds Zustand nicht länger verbergen lässt.«

Die altbekannte Last senkt sich auf meine Schultern.

Snorri verbeugt sich eifrig. »Sehr wohl, mein König.« Er wirft mir einen arroganten Blick zu und streift ganz bewusst meine Schulter, als er an mir vorbeistolziert.

Nun erst wendet sich mein Bruder mir zu. Überraschenderweise entdecke ich so etwas wie Reue in seinem Blick, was absolut untypisch für ihn ist. »Du hattest recht, was die Christen angeht.«

Wie großmütig von dir, Bruderherz. Leider kommt das ein bisschen spät und bringt uns rein gar nichts.

Trotzdem nicke ich und versuche, eine angemessene Mischung aus Demut und grimmiger Entschlossenheit auf mein Gesicht zu zaubern. »Wenn es dem Christengott gelungen ist, einen Mann wie Hakon umzudrehen, kann wohl wirklich jeder seiner Macht erliegen.«

»Ein Grund mehr, sich mit Harald zusammenzutun«, überlegt Balli. »Gemeinsam sind wir Hakons Hird weit überlegen. Wir werden dieses Christengeschwür in Trøndelag ausbrennen und das Land zwischen uns aufteilen. Und das Gleiche machen wir dann mit jedem Reich, das sich von den wahren Göttern abgewandt hat.« Kraftvoll packt er meine Schulter. Die Aussicht auf eine solche Eroberung entzündet in seinen Augen ein Feuer, das ich seit unserer Jugend nicht mehr an ihm wahrgenommen habe. »Überleg doch mal, Schwester: Zusammen sind Vestfold und Agder stark genug, um ganz Norveg unter einem Herrscher zu vereinen. Es wird viele glorreiche Schlachten unter dem Schutz des Allvaters geben. Sobald das erledigt ist, wirst du dich natürlich um diesen Laffen Harald kümmern müssen. Und dann wird uns nichts mehr aufhalten können. Selbst der weiße Christ höchstpersönlich wird vor dem wahren König von Norveg das Knie beugen!«

Ich verkneife mir einen Seufzer, als der kümmerliche Rest, der mir nach all den Jahren von meinem Herzen noch geblieben ist, zu Staub zerfällt. Offenbar hat Loki den Verstand meines Bruders getrübt. Oder vielleicht auch dieser Christus.

Nein. In Wahrheit hat keiner der Götter seine Finger im Spiel, mein Bruder ist einfach krank. Wo ich Vernichtung sehe, sieht er Eroberung. Das »Christengeschwür« ist für ihn nur ein weiterer Vorwand.

»Sehr weise, Bruder«, murmele ich verhalten.

Für einen Augenblick scheint er von Zweifeln befallen zu werden, dann aber liegt nur noch eiserne Entschlossenheit in seinem Blick. Er lässt die Hand von meiner Schulter gleiten.

»Brauchst du mich noch für weitere Befragungen?«, frage ich brav.

»Der Skalde hat uns alles gesagt, was wir wissen müssen.« Er winkt seinen Wachen und geht Richtung Stadt.

Ich habe nicht damit gerechnet, den Rest des Tages für mich zu haben. Sehr gut. Momentan brauche ich jedes bisschen Zeit, das ich kriegen kann. Die Vorbereitungen werden sicher einen Mondlauf oder mehr in Anspruch nehmen.

»Viel Spaß mit deinem neuen Schützling«, ruft Balli mir über die Schulter hinweg zu.

Den werde ich haben, Bruder. Ganz bestimmt.

32 YAFEU

Ein dumpfer Knall reißt mich aus dem Schlaf. Ich fahre hoch, ziehe gleichzeitig das Messer unter meinem Kissen hervor. Und starre auf einen runden Schild mit passendem Holzschwert, die am Fußende meines Bettes erschienen sind.

»Hässliches Teil, nicht sehr beeindruckend. Aber ausreichend.«

Als ich hochblicke, stelle ich überrascht fest, dass Alvtir mich mit einer gewissen Wärme im Blick mustert. Sie reicht mir außerdem noch einen Satz Kleidung – ungefärbt, ähnlich wie mein alter Sklavenkittel, aber ein wenig fester. »Du fängst heute an«, verkündet sie noch.

Mit einem Satz bin ich aus dem Bett und ziehe mich an. Obwohl die Nervosität mir den Appetit raubt, zwinge ich mich, eine Schale von dem mit Honig gesüßten Haferbrei zu essen.

Sobald wir vor die Tür treten, stürmen die Hunde auf uns zu. »Geh in östlicher Richtung am Fjord entlang«, erklärt mir Alvtir, während sie auf ein Knie sinkt und sich das Gesicht ablecken lässt. »Du wirst sie hören, bevor du sie siehst.«

Verwirrt runzele ich die Stirn. »Kommst du denn nicht mit?«

Ohne mich anzusehen, schiebt sie die Hunde von sich fort und greift nach einer Axt. Ihre schmalen Lippen sind fest zusammengepresst, als sie ein Holzscheit auf den Hackklotz legt. »Ich bin nicht mehr die Kommandantin der Hird. Snorri Broskrapsson ist der neue Stallari.«

Eisige Furcht packt mich. »Snorri führt jetzt die Hird an?«

Mit einem knappen Nicken schwingt sie die Axt über den Kopf.

Der hohle Schlag, mit dem sie das Holz spaltet, geht mir durch Mark und Bein.

Ausgerechnet Snorri wird mich befehligen. Der Haferbrei droht mir wieder hochzukommen und ich unterdrücke mit aller Kraft den Brechreiz.

Alvtir wirft mir einen scharfen Blick zu. »Worauf wartest du noch?«

Ungebremst strömen die Worte aus mir heraus: »Ich kann nicht unter Snorris Befehl antreten. Ich hasse ihn und er hasst mich sogar noch mehr. Er wird bei der ersten Gelegenheit versuchen, mich umzubringen.«

Alvtir hebt eine Hälfte des gespaltenen Holzscheites auf und stellt es auf den Block. »Möchtest du lieber wieder die Leibeigene der Prinzessin sein?«

Sie hat recht. Mir bleibt keine andere Wahl. Zähneknirschend zwinge ich mich, zum Pfad hinüberzugehen. Am Rand der Lichtung schaue ich noch einmal kurz zurück. Die Muskeln an Alvtirs Armen zucken, als sie die Axt aus dem Holz zieht.

Das eindeutig männliche Stimmengewirr wird immer lauter, als ich das Lager hinter mir lasse und die weitläufige Lichtung betrete, auf der sich die Krieger der Hird versammelt haben. Das Feld besteht eigentlich nur aus Schlamm und Unkraut. Sobald ich am Rand der Lichtung erscheine, drehen sich mehrere Dutzend blasser Männer zu mir um und starren mich an.

»*Das* soll die *Úlfheðinn sein*?«, fragt einer.

Úlfheðinn. Das mysteriöse Wort hallt in meinen Gedanken wider.

»Ich wusste nicht, dass sie ein Elf ist«, flüstert jemand.

Ich sehe mich angestrengt um, suche nach einer Lücke in der dichten Gruppe. Einer Gruppe, die nur aus Männern besteht. Unwillkürlich beschleunigt sich meine Atmung. Wo sind die Schildmaiden?

»Yafeu!« Eine klare Stimme übertönt das leise Murmeln. Voller Erleichterung blicke ich einen Moment später in Ingmars kühle Augen. Er nimmt mich am Arm und führt mich durch die Gruppe hindurch zum anderen Ende der Lichtung. Sobald wir etwas Abstand zwischen uns und die Männer gebracht haben, lässt meine Anspannung nach.

»Ich denke, du suchst nach diesen beiden.« Ingmar bringt mich zu den beiden Frauen, die am Rand der Lichtung unter einer mächtigen Eiche stehen und sich gerade mit einem hochgewachsenen Mann unterhalten. Als wir näher kommen, erkenne ich in ihnen die beiden Frauen vom Schiff: die schlanke mit den mausbraunen Haaren, die meine Wunden versorgt hat, und ihre schweigsame Gefährtin, die das Wasser lesen kann wie Freydis ihre Runen.

»Ah, da haben wir ja die Frau der Stunde.« Die Schlanke wendet sich mir zu. »Willkommen. Ich bin Hetha und das ist Wisna.« Sie zeigt auf die kräftige blonde Frau, die sich an den Baumstamm gelehnt hat und mich nun mit einem Nicken begrüßt. Beide wirken entspannt und lächeln freundlich. Ich spüre, wie ich mich etwas entspanne, als ich grüßend zurücknicke.

»Und ich bin Dag.« Der große Mann streckt die Hand aus und umfasst mit festem Druck meinen Unterarm. Die fröhlichen grünen Augen und runden Wangen lassen ihn trotz des dichten schwarzen Bartes jungenhaft wirken. Sein Gesicht passt irgendwie nicht zu seinem riesenhaften Körper. Auch sein Nyama verströmt Freundlichkeit, und so weiß ich, dass er – obwohl er bestimmt zwei Köpfe größer ist als ich – keine Gefahr für mich darstellt. »Wir fühlen uns geehrt, nun eine Úlfheðinn zu unserer bescheidenen kleinen Schar zählen zu dürfen«, ergänzt er.

Schon wieder dieses Wort. Gereizt runzele ich die Stirn. »Mein Name ist Yafeu, nicht Úlfheðinn.«

Alle fangen herzlich an zu lachen, was mich nur noch mehr verwirrt.

»Da kommt Ranveig«, stellt Hetha unvermittelt fest. Als ich ihrem Blick folge, sehe ich ein drahtiges Mädchen, das mit schnellen, federnden Schritten auf uns zukommt. Dieses Mädchen habe ich zusammen mit den anderen gesehen, als die Hird zu ihrem letzten Beutezug aufbrach. Ihr leuchtend rotes Haar weht wie Feuer um ihren Kopf, und ihr Körper scheint nur aus Ecken und Kanten zu bestehen – von den Knien bis hoch zum Gesicht, dessen Stirn in finstere Falten gelegt ist. Sie scheint ungefähr in meinem Alter zu sein. Sobald sie die Gruppe erreicht hat, bleibt sie vor mir stehen und mustert mich mit unverkennbarer Verachtung. Mir fallen allerdings zunächst nur die filigranen Muster ins Auge, die auf ihre Arme tätowiert sind – vor allem, da sie diese nun abwehrend vor der Brust verschränkt und vor mir auf den Boden spuckt.

»Ranveig«, setzt Hetha an, »das ist …«

»Hier bei uns gibt es ein Sprichwort, Úlfheðinn«, fällt Ranveig ihr hemmungslos ins Wort. »Sieht man die Ohren des Wolfes, sind seine Zähne nicht weit.«

Ich runzele die Stirn. »Und was genau soll das heißen?«

»Soll heißen: du Ohr – ich Zahn.«

Ich will schon zu einer Antwort ansetzen, als eine Stimme, die deutlich schärfer klingt als meine, die morgendliche Stille durchdringt.

»*Heill, Víkingar!*« Es ist Snorri.

»*Heill!*«, erwidert die Hird geschlossen.

Snorri baut sich vor der Gruppe auf. Sobald ich ihn sehe, flackert glühender Hass in mir auf. Anstelle der einfachen, für diese Übungen geeigneten Kleidung, die wir alle tragen, hat er seine komplette Rüstung angelegt. Fast scheint es, als wollte er den Männern damit vermitteln, dass er jederzeit für die Schlacht bereit ist.

Er mustert mich mit einem selbstzufriedenen Grinsen im Gesicht. Ich erwidere seinen Blick und versuche, all die giftige Verbitterung hineinzulegen, die er in mir auslöst.

Der Mann verliert keine Zeit. »Wie manche von euch ja vielleicht schon gehört haben, wurde Alvtir das Kommando entzogen«, ruft er laut. »Der König hat mich zu seinem neuen Stallari ernannt.«

Ein Raunen geht durch die Männer der Hird, Hetha und Wisna wechseln einen entsetzten Blick. Ranveig beißt sich auf die Unterlippe und starrt finster auf eine Schlammpfütze. Ihr Nyama verströmt regelrechte Flutwellen des Zorns.

Prüfend mustere ich die Gesichter ringsum und frage mich, wessen Loyalität dadurch an ihre Grenzen stößt. Einige wirken erfreut, doch die meisten von ihnen – vor allem die Älteren – scheinen eher verwirrt zu sein. Vielleicht wissen sie nicht, was sie davon halten sollen. Wäre ich mit Alvtir als Befehlshaberin aufgewachsen, ginge es mir wohl ähnlich.

Snorri runzelt die Stirn. Anscheinend hatte er sich eine positivere Reaktion erhofft. »Von nun an wird sich einiges ändern«, fährt er fort. »Viel zu lange haben wir die Kandare gespürt und unter einer Frau gelitten, die uns verboten hat, uns wie echte Männer zu benehmen. Als Odins auserwählte Kriegerin hat sie sich bezeichnet, aber wir sind Männer von Thor!« Er greift nach dem hammerförmigen Amulett an seinem Hals und streckt es in die Höhe.

Darauf reagieren sie deutlicher. Zustimmende Rufe werden laut und feuern Snorri an.

»Würde Odin Thor etwa Zügel anlegen, dem mächtigen Beschützer von Asgard? Würde er seinem eigenen Sohn verbieten, seine kriegerische Natur auszuleben?«

»Nein!«, brüllen die Männer und stampfen so wild mit den Füßen, dass der Boden vibriert.

»Warum sollen dann wir, die Beschützer von Agder, unsere kriegerische Natur zügeln? Alvtir hat uns ihrem weibischen Kodex unterworfen, aber ich sage: Schluss damit! Wir Männer haben es verdient, uns zu nehmen, was wir begehren! Wir haben uns dieses Recht erstritten, indem wir unserem König auf dem Schlachtfeld dienen!«

Mir wird eng um die Brust, als die Männer der Hird zu jubeln beginnen. Sie recken ihre Übungsschwerter gen Himmel und brüllen den Göttern ihre Freude entgegen. Schnell drehe ich mich zu Hetha und Wisna um. Die beiden wirken beunruhigt; ein Eindruck, der sich noch verstärkt, als sie mir einen ahnungsvollen Blick zuwerfen.

Snorri hebt die Hände, damit die Männer sich wieder beruhigen. Ein großer Krieger mag er nicht sein, aber nun erkenne ich, wo seine Stärke liegt. Fast wie ein Griot spielt er mit den Gefühlen der Männer, stachelt ihre Empörung ebenso an wie ihre Gewaltbereitschaft. Das beherrscht er meisterhaft.

Umso schlimmer für mich.

Als er meinen Blick bemerkt, schenkt er mir ein unheilvolles Lächeln. Das Getöse hat sich gelegt, nun lässt er die Stille wirken. Die Männer hängen wie Fische an seinen Haken, sie müssen nur noch eingeholt werden.

»Wir begrüßen heute eine neue Schildmaid unter uns«, sagt er schließlich. »Und ihr sollt wissen, dass alles, was man sich über sie erzählt, voll und ganz der Wahrheit entspricht.«

Wieder geht ein Raunen durch die Menge. Misstrauisch starre ich Snorri an. Was für ein Spiel treibt er hier?

»Ich war dabei, auf der Hochzeit der Prinzessin. Sie hat zehn Männer getötet, mit einem stumpfen Küchenmesser.« Mit einer ausholenden Geste deutet er auf mich. »Vermutlich wird sie heute unser Lehrmeister sein.«

Ein unwilliger Funke entzündet sich in mir.

Das ist nicht wahr. Durch diese Lüge bin ich von Anfang an zum Scheitern verurteilt. Dieser Geschichte kann ich nicht gerecht werden, niemand könnte das. Eigentlich habe ich gedacht, Snorri würde alles daransetzen, mich töten zu lassen, aber er ist um einiges schlauer, als ich vermutet habe. Er sorgt einfach dafür, dass mein eigener Ruf mich umbringt.

»Ich wette, ich könnte sie fertigmachen!«, tönt jemand.

Unwillkürlich balle ich die Fäuste und presse die Zähne so fest zusammen, dass mein Kiefer schmerzt.

Snorri lacht nur leise. »Heute fangen wir erst einmal mit Schwertübungen an«, verkündet er dann. »Paare bilden!«

Selbstverständlich fängt Snorri mit Schwertübungen an. Schwerter sind um einiges teurer als Dolche oder Äxte, weshalb man sie auch nur in den Armeen reicher Könige findet. Wahrscheinlich geht er davon aus, dass ich keinerlei Erfahrung im Umgang mit dieser Waffe habe – womit er vollkommen richtigliegt.

Ich fahre zu den Frauen herum, da ich auf keinen Fall mit einem der Männer kämpfen will; sie sind alle viel zu erpicht darauf, sich mit der neuen Schildmaid zu messen. Hetha und Wisna haben sich bereits einen freien Platz gesucht und Aufstellung genommen. Mein Blick wandert weiter zu Ranveig, doch bevor ich etwas sagen kann, taucht wie aus dem Nichts Dag auf und tippt ihr auf die Schulter.

»Wie wäre es mit uns zwei?«, fragt er sie.

»Heute nicht«, erwidert sie kühl. Dags runde Wangen röten sich, wodurch er noch kindlicher wirkt. Ranveig fixiert mich. »Úlfheðinn, wir zwei.«

»Mein Name ist Yafeu.«

Aus Ranveigs finsterem Blick wird ein fieses Grinsen. »Dann eben *Yafeu*. Können wir anfangen?«

Sie lässt ihren Schild fallen und ich folge ihrem Beispiel. Dann versuche ich, mein Übungsschwert so vor dem Körper zu halten, wie ich es bei Alvtir in Anfa gesehen habe. Die lange Klinge ist kopflastig und liegt unsicher in meinen unbeholfenen Händen.

Es vergeht kein Wimpernschlag, schon stürmt Ranveig mit erhobenem Schwert los. Instinktiv hebe ich die Waffe über den Kopf, um sie abzuwehren, aber ihr Schlag ist zu kraftvoll. Das Schwert wird mir aus den Händen gerissen. Ranveig stoppt ihre hölzerne Klinge eine Haaresbreite von meinem Hals entfernt, lässt sie einen Moment dort verharren und reckt triumphierend das Kinn. Dann tritt sie ein paar Schritte zurück und macht sich für den nächsten Angriff bereit. Mit hochrotem Kopf ziehe ich meine Waffe aus dem Schlamm.

Ranveig macht einen unvermittelten Ausfallschritt und zielt mit der Schwertspitze auf meinen Bauch. Durch einen Sprung zur Seite kann ich dem Angriff ausweichen und sie von der Seite angreifen. Meine hölzerne Klinge gleitet über ihren Oberarm und trifft dann mit einem dumpfen Knall auf ihr Schwert. Mit aller Kraft drücken wir unsere Waffen aneinander, starren uns dabei in die Augen. Meine Muskeln fangen an zu brennen. Zähneknirschend ignoriere ich den Schmerz und drücke noch fester zu.

Wieder huscht ein Grinsen über Ranveigs Gesicht, dann zieht sie sich mit einem Sprung zurück. Ich verliere auf dem schlammigen Boden den Halt und kippe nach vorn; instinktiv lasse ich mein Schwert fallen und versuche, mich mit beiden Händen abzufangen.

Leises Gelächter ringsum treibt mir erneut das Blut in die Wangen.

Ich versuche, mich hochzustemmen, doch ein Stiefel auf meinem Rücken macht dem schnell ein Ende. Der Zorn in meinem Inneren droht den Damm zu sprengen. Das allgemeine Gelächter wird noch ein wenig lauter, dann erst lässt Ranveig von mir ab.

Ich greife mir mein Schwert und springe auf. Ich mache mir nicht die Mühe, mir den Schweiß vom Gesicht oder den Matsch von der Kleidung zu wischen. Die Männer der Hird haben sich um uns herum im Kreis aufgestellt und beobachten uns mit offenkundiger Belustigung, als wäre das hier ein amüsanter Hahnenkampf. Falls es Snorri interessiert, dass sie dafür ihre Übungen vernachlässigen, teilt er es ihnen nicht mit. Wütend stelle ich fest, dass er mit verschränkten Armen und einem selbstgefälligen Grinsen an einem Ulmenbaum lehnt.

Genau so hat er sich das vorgestellt. Er wollte, dass die Männer sehen, wie leicht ich zu besiegen bin, um sämtlichen Respekt auszulöschen, den sie vorher vielleicht mir gegenüber empfunden haben.

Ich reiße mich mühsam zusammen und konzentriere mich wieder auf Ranveig. Hat Snorri sie vorher in seinen Plan eingeweiht oder hat sie ganz eigene Gründe, um mich zu demütigen? Allerdings weiß ich nicht, womit ich mir ihren Abscheu verdient haben könnte.

Wenn wir doch nur ohne diesen Ballast von einer Waffe kämpfen könnten!

Aber das geht nicht. Nicht, bevor Snorri beschließt, dass er mich für heute genug erniedrigt hat.

Diesmal verlege ich mich mehr darauf, Ranveigs Schlägen auszuweichen, anstatt sie nach ihren Regeln schlagen zu wollen. Ich halte mein Schwert abwehrend hoch und achte darauf, immer in Bewegung zu bleiben, das Gewicht auf den Fußballen zu halten. Frustriert muss ich feststellen, dass dieses Mädchen um einiges kräftiger ist als ich und dazu noch außergewöhnlich flink. Nicht nur einmal versetzt sie mir mit der flachen Seite der Klinge einen hörbaren Schlag, was die Männer jedes Mal mit lautem Gelächter quittieren. Ich weiß nicht, was davon schmerzhafter ist, aber wenigstens lande ich nicht mehr mit dem Gesicht im Dreck.

Irgendwann – mein Übungsschwert und mein Stolz haben sichtlich gelitten, und Ersteres ist höchstens noch so stabil wie ein Holzsplitter – beendet Snorri die Übung. »Wir machen mit Nahkampftechniken weiter!«, ruft er.

Erleichtert lasse ich das Schwert fallen. Mein Arm schmerzt von den Fingerspitzen bis hinauf zur Schulter, und schon jetzt spüre ich die vielen Blutergüsse, die bald an meinem gesamten Oberkörper erscheinen werden.

Ranveig wirft ihr Übungsschwert weg und hebt sofort die Fäuste. Lächelnd mache ich es ihr nach; ich kann es kaum erwarten, ihrem Wunsch nachzukommen.

Mit dem Schwert mag Ranveig ja geschickt sein, aber jetzt werde ich ihr zeigen, welch eine effektive Waffe der eigene Körper sein kann.

Doch als sie langsam auf mich zukommt, taucht plötzlich Ingmar zwischen uns auf.

»Darf ich übernehmen?«, fragt er hoffnungsvoll. »Natürlich nur, wenn du einen neuen Partner findest, Ranveig.«

Frustriert verziehe ich das Gesicht. Er will jetzt gegen mich kämpfen? Jetzt, wo ich endlich die Chance bekomme, dieses aufgeplusterte Flamingomädchen in den Dreck zu werfen?

Du bist nicht hilfreich, würde ich ihn am liebsten anschreien. Aber ich weiß, dass er wirklich nur glaubt, mir damit etwas Gutes zu tun.

»Sie gehört ganz dir – zumindest das, was noch von ihr übrig ist«, zischt Ranveig. Dann fährt sie triumphierend herum, nur um sofort gegen Dags breite Brust zu laufen.

»Wie ich sehe, brauchst du einen neuen Partner!«, stellt er eifrig fest.

Ranveig stöhnt genervt und ihr sowieso schon schmales Gesicht scheint dadurch noch spitzer zu werden. »Na schön«, brummt sie zähneknirschend.

Dag strahlt wie ein Flusspferd in einer Schlammgrube. Als Ingmar mir daraufhin ein hintergründiges Grinsen schenkt, verfliegt mein Ärger ein wenig. Vielleicht bekommt Ranveig so ja doch noch, was sie verdient.

Wir gehen zu einem trockenen Grasflecken hinüber, der weniger rutschig ist als die Stelle, an der ich mit Ranveig gekämpft habe.

»Du brauchst mich nicht zu schonen«, weise ich Ingmar an, als wir uns aufstellen.

»Du brauchst *mich* nicht zu schonen«, erwidert er nur.

Ich will schon weiter mit ihm streiten, doch das schelmische Funkeln in seinen Augen lässt mich innehalten. »Werde ich nicht«, versichere ich ihm.

»Gut.«

Dann greift er an.

Mühelos weiche ich seitlich aus und täusche einen Schlag an, der ihn in die Defensive zwingt. Echte Kraft lege ich dann erst in den zweiten Schlag, so wie Papa es mir gezeigt hat. Allerdings fange ich meine Faust knapp vor seinem Körper ab, um ihn nicht ernsthaft zu treffen.

Ingmar reißt erstaunt die Augen auf, als er bemerkt, wie dicht meine Faust über seiner Niere schwebt. Hätte ich durchgezogen, würde er sich jetzt vor Schmerzen winden. Stattdessen aber grinst er breit, ebenso wie ich. Ungetrübte Heiterkeit strahlt in seinem Blick.

Doch ich habe mich zu früh gefreut, denn im nächsten Augenblick packt er meine Faust und fixiert mit einer geschickten Drehung meine Arme hinter meinem Rücken. Ich kann mich nicht befreien, denn je mehr ich zappele, desto fester scheint sein Griff zu werden. Seine harte Brust drückt gegen meinen Rücken, was meine Haut kribbeln lässt. Er riecht nach Baumharz und Salz, als hätte man Wald und See in ihm vereint.

»Den musst du mir irgendwann einmal zeigen«, keuche ich.

»Jederzeit«, erwidert er ähnlich gepresst.

Von Ranveig tönt ein angestrengtes Grunzen zu uns herüber. Ein kurzer Blick verrät mir, dass sie ihren Frust nun an dem armen Dag auslässt. Abgesehen von diesen beiden und Hetha und Wisna, tun die Krieger inzwischen nicht einmal mehr so, als würden sie kämpfen, sondern drängen sich um Ingmar und mich, um zu sehen, wie es wohl bei dieser neuen Paarung ausgeht.

Wir stellen uns neu auf und sind wenig später in einen ausgewogenen Wechsel von Schlägen und Abwehrtechniken verstrickt. Die Hird raunt und jubelt, diesmal allerdings eindeutig zustimmend.

Irgendwann wird aus ihrem Geschrei eine Art Lied und unser Kampf zu einem Tanz. Ich versuche es mit einem hoch angesetzten Tritt, dem Ingmar mühelos ausweicht. Als er herumfährt, um zuzuschlagen, setze ich seinen Schwung gegen ihn ein und lasse ihn um mich herumtaumeln. Er aber findet sein Gleichgewicht schnell wieder und knallt mir seine Faust gegen die Wange. Sobald ich mich davon erholt habe, werfe ich mich in einen gedrehten Rückwärtstritt, klemme sein Genick in meiner Kniekehle ein und schleudere ihn so zu Boden. Ächzend schlägt Ingmar auf dem weichen Gras auf. Ich lasse mich ebenfalls fallen, schiebe seinen Arm zwischen meine Beine und presse die Rückseite meiner Schenkel gegen seine Brust. Gleichzeitig drehe ich die Hüften und drücke seinen gestreckten Ellbogen Richtung Himmel. Mit einem triumphierenden Blick gebe ich ihm zu verstehen, dass ich seinen Arm jetzt jederzeit einfach brechen könnte.

»Das reicht für heute«, verkündet Snorri irgendwo jenseits der gefesselten Zuschauermenge.

Ich lasse Ingmar los und springe auf; berauschende Energie summt in meinem Körper. Fröhlich strecke ich ihm die Hand entgegen. »Den musst du mir dann irgendwann zeigen«, stellt er fest, während er zupackt und sich in die Höhe zieht. Seine blauen Augen funkeln; jetzt haben sie dieselbe Farbe wie der Fjord, wenn sich am frühen Morgen das erste Sonnenlicht auf den Wellen bricht. Ich muss ein wenig das Kinn heben, um sie zu sehen, da er einen ganzen Kopf größer ist als ich. Kribbelnde Wärme breitet sich in mir aus.

Es dauert einen Moment, bis mir klar wird, dass ich noch immer seine Hand halte. Hastig lasse ich sie los und wende den Blick ab. Ein atemloses Lachen bricht aus mir hervor. »Natürlich.«

»Dann also bald wieder«, beschließt er und verbeugt sich höflich.

»Gut gemacht, Schildbrecher.« Dag schlägt ihm anerkennend auf die Schulter. »Und du auch, Úlfheðinn! Wer Ingmar auf den Arsch wirft, kann nur mein Freund sein!«

Ingmar lacht laut auf und ich stimme mit ein. Und irgendwie wandert mein Blick ganz von allein zu Ingmars besagtem Körperteil, als er davongeht.

Dann fällt mir plötzlich auf, dass Dag Freund gesagt hat, nicht Freund*in*. Da beschließe ich, diesen Dag zu mögen.

Die Männer sammeln ihre Waffen ein und verlassen fröhlich schwatzend den Platz, wobei mir einige unverhohlen neugierige Blicke zuwerfen. Wenigstens habe ich mich heute nicht völlig zum Narren gemacht.

»Da hat sie dir ja eine hübsche Lektion erteilt, was, Ingmar?«, spottet einer von ihnen, als er an Ingmar vorbeigeht.

»Genau wie Snorri es angekündigt hat«, erwidert der ironisch.

Die Männer brechen in schallendes Gelächter aus. Sofort sehe ich mich nach Snorri um, denn ich will auf keinen Fall verpassen, wie sich sein schmales Gesicht vor Wut verfärbt, nachdem seine Worte so verdreht wurden. Aber er ist nirgendwo zu sehen.

Seufzend hebe ich Schwert und Schild auf. Mein Rücken tut weh, wenn ich mich bücke, also dehne ich mich ein wenig. Endlich empfinde ich den kalten Wind einmal als angenehm, da er den Schweiß auf meiner Haut trocknet. Schon jetzt spüre ich die Anstrengung in allen Knochen und morgen wird es noch schlimmer sein. Aber es ist ein willkommener Schmerz. Er zeigt mir, dass ich stärker werde, und ist dadurch berauschender als jedes Bier.

»Yafeu!« Wisna ruft nach mir.

Als ich mich aufrichte, kommen Hetha und sie mit großen Schritten auf mich zu.

»Normalerweise essen wir nach den Exerzierstunden immer bei Alvtir zu Abend«, erklärt mir Hetha.

»Oh.« Ich suche nach der dritten Schildmaid, kann sie aber nirgendwo entdecken.

»Ranveig kommt nicht«, sagt Hetha so gelassen, als hätte sie meine Gedanken gelesen.

Hm. Vielleicht hat sie ja eine Familie, mit der sie essen will. Oder aber sie geht mir schlichtweg aus dem Weg.

Während wir zu Alvtirs Haus gehen, stelle ich fest, dass es mir Hetha und Wisna gegenüber ähnlich leichtfällt mich zu öffnen wie gestern bei Ingmar. Nach und nach ziehen sich die Prüfungen dieses Tages aus meinem Geist zurück wie der Fjord bei Ebbe. Zurück bleibt ein ganz neues Gefühl von umfassender Wärme.

Als wir Alvtirs Langhaus erreichen, recken sich bereits die letzten Sonnenstrahlen durch die offene Tür. Stille schlägt uns entgegen. Das Feuer ist schon lange erloschen, die Asche im Kamin ist weiß. Das Hühnerhaus ist verschlossen, der Garten leer. Sogar die Hunde sind verschwunden – vermutlich sind sie bei ihrer Besitzerin, wo auch immer die gerade sein mag.

Ihre Abwesenheit scheint Hetha und Wisna allerdings nicht zu beunruhigen. Wisna geht hinaus und holt Feuerholz, während Hetha einen Topf über das Feuer hängt. Die Selbstverständlichkeit, mit der sie sich im Haus bewegen, lässt darauf schließen, dass sie das schon Hunderte Male getan haben.

Ich räuspere mich verlegen. Müßig herumzustehen bin ich nicht gewöhnt. »Ich sehe mal, was ich Essbares finde«, verkünde ich und gehe in den hinteren Teil des Raumes, wo die Vorräte lagern.

»In einem der Fässer müsste noch gepökelter Fisch sein. Den können wir dann mit dem zusammen kochen, was du noch auftreibst.«

Ich ziehe mich kurz um, beschließe, die verschwitzte Kleidung vor dem Schlafengehen zu waschen, und sammle dann Fisch, Gemüse und ein paar getrocknete Kräuter zusammen. Anschließend bestehe ich darauf, den Eintopf zuzubereiten, da Hetha und Wisna ja quasi meine Gäste sind, solange Alvtir nicht da ist.

»Sie hat nicht gerade viele Gewürze da, aber ich habe mein Bestes gegeben«, erkläre ich den beiden entschuldigend, als ich ihnen die dampfenden Schalen reiche. Gespannt beobachte ich, wie Hetha den ersten Löffel nimmt, die Augen schließt und konzentriert die Stirn runzelt, während sie den Geschmack prüft.

»Ist es genießbar?«, frage ich sie.

»Genießbar?« Sie nimmt noch einen Löffel voll. »Du verwöhnst uns damit, Yafeu!«

»Danach wird es noch schwieriger werden, das runterzubringen, was Alvtir kocht«, ergänzt Wisna.

Breit grinsend sehe ich zu, wie sie gierig ihre Schalen leeren. Mit meiner eigenen Portion lasse ich mir etwas mehr Zeit, denn ich bin sehr zufrieden mit mir.

»Wie lange kennt ihr Alvtir schon?«, frage ich die beiden, als sie ihre Löffel nicht mehr ganz so eilig füllen.

»Knapp acht Winter«, antwortet Hetha, während sie Wisna ein paar von ihren Fischstücken in die Schale schiebt.

»Und so lange seid ihr auch schon Teil der Hird?«

Wisna nickt. »Die Ehe mit einem Mann kam für uns beide nicht infrage«, erklärt sie zwischen zwei Bissen.

»Oder voneinander getrennt zu sein«, schaltet sich Hetha ein und legt Wisna eine Hand aufs Knie. Mir fällt wieder ein, dass ich schon bei unserer Reise nach Skíringssal bemerkt hatte, wie liebevoll die beiden miteinander umgehen, und plötzlich begreife ich: Für sie gibt es tatsächlich keinen anderen.

»Leicht ist dieses Leben nicht, aber wenigstens bestimmen wir es selbst«, fasst Wisna zusammen.

Unwillkürlich muss ich lächeln, da ich sie voll und ganz verstehe. »Klingt für mich nach einem guten Leben.«

»Und was ist mit dir?«, fragt Hetha unvermittelt.

»Mit mir?« Ich bin verwirrt.

Sie grinst mich schelmisch an. »Ingmar und du, ihr passt prima zusammen. Vielleicht nicht nur auf dem Exerzierplatz.«

Hitze steigt in meine Wangen, und plötzlich bin ich dankbar dafür, dass meine Haut so dunkel ist.

»Ach, lass das arme Mädchen doch in Frieden«, schimpft Wisna sie aus, bevor sie sich genüsslich den nächsten Löffel in den Mund schiebt.

»Er ist nur ein Freund«, betone ich schnell. In dem Versuch, möglichst erwachsen zu wirken, richte ich mich auf. »Ich ... respektiere ihn für seinen Kampfeseifer.«

Das scheint die beiden nicht zu überzeugen, also wechsele ich schnell das Thema. »Hatte Alvtir schon einmal ... jemanden? Auf diese Weise?«

Stille breitet sich aus. Schließlich sagt Wisna: »Der Krieg ist Alvtirs einziger Gefährte. Zumindest, soweit wir wissen.«

»Du bist die Erste, die es geschafft hat, so dicht an sie heranzukommen«, ergänzt Hetha.

Nervosität macht sich in mir breit wie eine sich windende Schlange. »Was meinst du damit?«, hake ich beinahe abwehrend nach.

»Sie zeigt sich uns gegenüber immer großzügig, und auf ihre Art kümmert sie sich auch um uns, aber sie hat noch nie ihr Heim mit jemandem geteilt«, erklärt mir Wisna. »Nicht einmal mit einem Leibeigenen.«

»Da wundert es mich nicht, dass Ranveig so eifersüchtig auf dich ist«, stellt Hetha fest.

Verwirrt runzele ich die Stirn. Ranveig soll ... eifersüchtig auf mich sein? Noch vor zwei Tagen war ich bloß eine Dienstmagd. Eine einfache Leibeigene. Und jetzt werde ich von einer Schildmaid beneidet?

Meinen nächsten Gedanken formuliere ich sehr vorsichtig. »Ich weiß nicht, warum Alvtir mich wichtiger nehmen sollte als die Frauen, die schon seit Jahren an ihrer Seite kämpfen.«

Das scheint Hetha und Wisna zu amüsieren. »Ich schon«, erwidert Hetha mit diesem speziellen Lächeln, das fast immer ihre Lippen umspielt. Ob ich sie wohl jemals ohne dieses Lächeln sehen werde?

Ich bin gerade ins Bett geschlüpft, als sich die Tür öffnet. Alvtir wirft mir einen ausdruckslosen Blick zu, als ich mich aufsetze. »Wie ist es gelaufen?«, fragt sie gelassen und fährt sich mit einer schmutzigen Hand durch die dunklen Haare. Ihre Kleidung ist mit schwarzen Flecken übersät.

»Warum gibt es nicht mehr von uns?«, will ich von ihr wissen, ohne auf ihre Frage einzugehen. »Warum gibt es nicht mehr Frauen in der Hird?«

Seufzend löst sie einen abgetragenen Beutel von ihrem Gürtel. »Nachdem ich meinen letzten Schützling aufgenommen hatte,

Ranveig, hat mein Bruder mir verboten, weitere Frauen zu rekrutieren.«

Sie wirft mir den Beutel in den Schoß und setzt sich dann auf die Bank am Kamin. Verständnislos starre ich das Säckchen an.

»Balli wollte keine Hird voller Frauen, nur weil er eine *verwilderte* Schwester hat«, fährt sie mit blankem Hohn in der Stimme fort. »Er sagte zu mir, ich würde die jungen Mädchen verderben. Dass ihr Platz im Schlafzimmer sei, nicht auf dem Schlachtfeld. Dabei war es ihm in Wahrheit einfach nur peinlich.« Alvtir stößt ein verbittertes Lachen aus, während sie anfängt, ihre Pfeife zu stopfen.

Deshalb hat sie mich also erst jetzt zu sich geholt. Inzwischen bin ich beinahe dankbar für den Mordanschlag – hätten die Attentäter nicht versucht Freydis umzubringen, hätte ich nie die Chance bekommen, mich vor dem König zu beweisen.

Ich konzentriere mich wieder auf den Beutel und knüpfe die gefärbten Schnüre auf, die das weiche Leder zusammenhalten. Zwischen den Falten blitzt Eisen auf.

Mit einem gepressten Atemzug spüre ich, wie Gus Magie sich von der glatten, dunklen Klinge auf mich überträgt; sie füllt mich aus wie Wasser aus einem Trinkhorn. Vorsichtig nehme ich den Dolch in die Hand und halte ihn in den Lichtschein des Feuers. Der schwere Horngriff wurde zu einem Wolfskörper zurechtgeschnitzt. Auf der Klinge sind weder Runen noch Verzierungen zu sehen, sie ist perfekt in ihrer Ausgewogenheit. Tränen brennen in meinen Augen. Die Qualität dieser Schmiedearbeit zieht mich mehr in ihren Bann, als es je ein Muster geschafft hätte; Verzierungen finden sich auf jedem beliebigen Werkzeug, das man auf dem Markt kaufen kann.

Sprachlos starre ich Alvtir an. Die zieht unbeeindruckt an ihrer Pfeife, nur ein leichtes Zucken der Mundwinkel zeigt, dass sie meine Reaktion bemerkt hat.

Plötzlich steigt neben der Verwirrung auch Zorn in mir auf. »Aber … du hättest mich doch nicht so im Stich lassen müssen«, bricht es aus mir hervor. Diese Worte will ich ihr entgegenschleudern, seit sie mich in Broskraps Scheune zurückgelassen hat. »Du hättest mich nicht bei diesem widerlichen Mann lassen müssen. Du hättest mich gar nicht erst zu einer Leibeigenen machen müssen. Warum? Warum hast du mir das angetan? War das irgendein grausamer Test?«

Noch immer bleibt Alvtirs Gesicht ausdruckslos. Gelassen stößt sie eine Rauchwolke aus und erklärt mir, als diese sich verzogen hat, bedächtig: »Ich nehme nicht leichtfertig jemanden unter meine Fittiche, Yafeu. Wann immer ich einen Beutezug angeführt habe, galt eine Regel: Ich verletze weder Frauen noch Kinder. Ich habe dich aus einem einzigen Grund vor diesem Mann in Anfa gerettet: Weil ich es konnte. Und das war mehr, als jeder andere für dich getan hätte. Du warst für mich bedeutungslos, nur irgendein Sklavenmädchen aus der Fremde. Ich habe dich an einen Mann verkauft, von dem ich dachte, ihn kontrollieren zu können. Einen Mann, bei dem ich davon ausging, dass er dir nichts antun würde, oder zumindest nicht auf die Art, wie der Mann es plante, den ich getötet hatte. Auch damit habe ich mehr für dich getan als jeder andere. Du hattest keinerlei Bedeutung für mich, bis ich zufällig sah, wie du Broskrap getötet hast. Da erst erkannte ich dein Potenzial. Da erst wurde mir klar, dass Odin mich zu dir nach Anfa geführt hatte, ebenso wie er mich an jenem Tag zu diesem Badeplatz führte, damit ich Zeuge deiner mutigen Tat werden konnte. Also gab ich dich zu Freydis, wo du sicher warst, bis ich mir eine Möglichkeit überlegt hatte, meinen Bruder dazu zu bringen, sein Verbot zu widerrufen. Doch selbst da steckte schon so viel mehr in dir, als mir klar war. Du bist eine Úlfheðinn, eine Kriegerin, die mit dem Geist des Wolfes beseelt ist, zu Taten fähig, die kein gewöhnlicher Krieger vollbringen kann. Ich bin ein Berserker, eine Bärenkriegerin. Odin hat dich auserwählt, wie er mich auserwählt hat, damit wir über unsere Feinde triumphieren und seinen Willen ausführen.«

Ihre raue Unverblümtheit sorgt dafür, dass mir schon wieder die Worte fehlen.

Úlfheðinn. Das bedeutet dieses Wort also. Alvtir glaubt, dass ich vom höchsten aller Majūs-Götter gesegnet wurde ... zumindest jetzt. Bevor ich einem Menschen das Leben nahm, war ich ihr gleichgültig. Ihnen allen war ich gleichgültig.

»Wenn du den Göttern so nah wärst, wie du denkst, würdest du all ihre Kreaturen mit Respekt behandeln. Unabhängig davon, ob sie dir *nützlich* sein können.«

»Meine Götter kennen keine Gnade gegenüber jenen, die ihnen nicht nützlich sind.« Wieder zieht sie an ihrer Pfeife, dann beugt sie sich vor, stützt die Unterarme auf die Knie und stößt den Rauch aus. »Bevor ich mich zu Odins Gefäß machte, war ich ein Nichts.«

»Das ist keine Entschuldigung.«

Alvtir nickt nur und starrt gedankenverloren ins Feuer.

Zu gern würde ich ihr sagen, dass sie sich nicht anmaßen kann, zu wissen, von wem ich erwählt wurde oder wozu. Ich möchte ihr sagen, dass ich nicht an ihren »Odin« glaube, sondern dass ich Gu, Agé und Mawu-Lisa für meine Gaben danke. Aber dann fällt mir wieder ein, was Mama gesagt hat: *Der Geist des wilden Hundes wird stets an deiner Seite sein. Vergiss nie, die Kraft des wilden Hundes zu ehren, denn er wird dich auf deinem Weg leiten.*

Es spielt keine Rolle, was Alvtir oder die anderen denken oder gedacht haben. Wichtig ist nur, dass ich den Geist des Wolfes oder des wilden Hundes ehre, indem ich so gut wie möglich versuche, meinen eigenen Weg zu gehen. In diesem Punkt wären sich vermutlich sogar meine Eltern einmal einig.

»Vor dir liegt ein gefährlicher Pfad«, fährt Alvtir schließlich fort. »Eine Schildmaid muss beweisen, dass sie fünfmal so gut kämpft wie ein Mann, wenn sie von der Hird anerkannt werden will. Und unter Snorris Kommando wirst du zehnmal so gut sein müssen.«

»Das musst du mir nicht sagen«, fauche ich sie an, weil es mich an Snorris heutige Täuschung erinnert, durch die er es mir von Anfang an noch schwerer gemacht hat, mir Respekt zu verschaffen. Kurz überlege ich, ob ich Alvtir davon erzählen soll, bin mir aber sicher, von ihr kein Mitleid erwarten zu können. Schließlich war sie die erste Frau überhaupt, die Teil der Hird wurde – und das nicht bloß als einfache Soldatin, sondern als ihre Anführerin.

Während sie weiter in das sterbende Feuer blickt, mustere ich sie genau. Zum ersten Mal fällt mir auf, wie erschöpft sie wirkt.

»Wo hast du sie geschmiedet?«, frage ich und zeige dabei auf die Klinge in meinem Schoß.

Sie zieht eine Augenbraue hoch. »Woher willst du wissen, dass *ich* sie gemacht habe?«

»Du bist voller Ruß.«

Alvtir blickt an sich herunter, als würde ihr erst jetzt bewusst, wie verdreckt ihre Kleidung ist. »Ja, das bin ich wohl.« Sie deutet mit dem Kopf zur Tür. »Warum zeige ich es dir nicht einfach?«

Die kalte Luft brennt auf meinen Wangen, als ich ihr folge – zunächst am Hühnerhaus vorbei, dann in den Wald hinein. Ich versuche, mich möglichst dicht an dem kleinen Lichtkreis ihrer Kerze zu halten. Die Hunde tapsen fröhlich hinter uns her, ihr Hecheln scheint uns auf dem Weg durch die Dunkelheit anzutreiben. Schließlich erreichen wir einen Schuppen; Alvtir öffnet mit einem kräftigen Fußtritt die Tür.

Sobald ich drin bin, spüre ich das Knirschen der Metallspäne unter meinen Schuhen, nehme den vertrauten Geruch von Kohle und Schlacke wahr. Noch bevor sich meine Augen an die Dunkelheit gewöhnt haben, erahne ich die Umrisse der Werkzeuge, die an den Deckenbalken hängen. Auf einem mit Asche bedeckten Steintisch liegt ein Blasebalg, daneben steht ein Amboss.

Mein Herz könnte platzen vor Glück.

Eine Schmiede!

»Und die gehört *dir*?«

»Habe sie vor fünfzehn Wintern gebaut«, bestätigt Alvtir. »Angrboda wurde hier geschmiedet, von mir höchstpersönlich.« Sie zieht ihr Schwert aus der Scheide und streckt mir die makellose Klinge entgegen, damit ich sie bewundern kann. Die eingravierten Runen scheinen im Licht der Kerze zu strahlen. »Sie entstand aus dem Eisen der Götter. Ich habe selbst gesehen, wie es in einem Feuerball aus Asgard herabfiel.«

Himmelseisen! »Ich wusste doch, dass ich Gus Magie in diesem Schwert gespürt habe«, murmele ich.

»Gu?«

»Der Gott des Eisens«, erkläre ich ihr. »Mein Volk ist ein Volk der Schmiedekunst. Meine Vorfahren haben ihr Handwerk von Gu selbst erlernt und mein Vater hat das geheiligte Wissen an mich weitergegeben.«

»Und wieder einmal überraschst du mich, Yafeu.« Sie breitet einladend die Arme aus. »Du kannst diese Schmiede nutzen, wann immer du willst. Ich werde auf dem Markt Eisen für dich kaufen.«

Voller Begeisterung darüber, noch einen neuen Sinn für mich gefunden zu haben, sehe ich mich in der Schmiede um. »Ich werde dich nicht enttäuschen.«

Alvtir schenkt mir ein hintergründiges Lächeln. Ihre leicht angespitzten Zähne wirken im Kerzenlicht beunruhigend scharf. »Davon gehe ich aus.«

33 YAFEU

Die Tage vergehen so gleichförmig wie der Trommelschlag eines Griots: aufwachen, essen, exerzieren, essen, schlafen. Und wieder von vorn. Es wird draußen wärmer, die Bäume schlagen aus, bald schon kann man Beeren pflücken und die Schlachter bieten auf dem Markt das erste Kalbfleisch an. Das weiche Polster, das sich mein Körper während des langen, bewegungsarmen Winters zugelegt hat, wird langsam aber sicher durch harte, sehnige Muskeln ersetzt. Es freut mich, wenn sie bei jeder Bewegung anschwellen und sich wieder strecken.

Zwar bleibt mir weniger Zeit für die Schmiede, als mir lieb wäre, aber die täglichen Übungseinheiten beinhalten auch immer wieder Momente der Freude. Dags unbeschwerte Scherze, Hethas fröhliches Lachen, Wisnas von Bescheidenheit geprägte Klugheit – das alles versüßt mir die harten Stunden wie Honig den Haferbrei. Snorri findet zwar immer Mittel und Wege, um mich kleinzuhalten, aber je mehr ich mich verbessere, desto weniger piesackt er mich. Selbst Ranveig und ich sind zu einem unausgesprochenen Waffenstillstand gekommen. Nachdem ich sie noch ein paarmal im Nahkampf besiegt habe, begegnen wir uns nun auf Augenhöhe. Wir können beide blaue Flecken vorweisen, die das Geschick der anderen belegen. Freundinnen sind wir noch lange nicht, aber sie respektiert mich zumindest so weit, dass sie mich in Frieden lässt, was ich nur zu gern erwidere.

Durch die vielen Übungskämpfe habe ich sie alle auch als Krieger einzuschätzen gelernt. Dag verfügt über die Kraft und Unnachgiebigkeit eines Stieres, wodurch er seinen Gegner einfach zermürbt. Ranveig ist auch immer lieber in der Offensive, ist aber zu klein, um dabei ihren Körper auf dieselbe Weise zum Einsatz zu bringen wie Dag, also setzt sie auf Beweglichkeit und Einfallsreichtum, indem sie das gesamte Schlachtfeld zu ihrem Vorteil nutzt. Einmal hat sie mir Dreck ins Gesicht geschleudert, nachdem ich sie umgehauen hatte. Danach haben wir eine Woche lang nicht miteinander geredet.

Hetha andererseits kämpft eher defensiv, wobei sie ihren Schild fast wie eine Waffe führt und geduldig abwartet, bis der Gegner ihr die Gelegenheit bietet, einen Treffer zu landen. Erst dann setzt sie ihr Schwert ein – und trifft jedes Mal. Mit ihr als Gegnerin wird mir immer bewusst, wie verwundbar ich mich selbst mache; Vorsicht gehört nicht zu meinen intuitiven Stärken, aber ich lerne langsam dazu.

Wisna setzt ihren Schild überhaupt nicht ein. Als ich sie einmal danach fragte, erklärte sie mir, dass sie bei einem Beutezug in Northumbrien eine Verletzung an der linken Schulter erlitten habe. »Hat nur knapp mein Herz verfehlt«, ergänzte sie mit einem schiefen Grinsen. Die Wunde ist nie vollständig verheilt, weshalb sie heute das Gewicht des Schildes nur kurze Zeit stemmen kann. Die meisten Schläge wehrt sie mühelos mit ihren Äxten ab, doch ein aufmerksamer Beobachter erkennt, dass sie immer die rechte Seite bevorzugt. Zum Glück wird das ihren Gegnern im Chaos des Gefechts nicht auffallen.

Den größten Spaß habe ich aber bei meinen Übungskämpfen mit Ingmar. Hetha hatte recht: Wir sind uns auf dem Schlachtfeld tatsächlich ebenbürtig. Siege und Niederlagen halten sich bei uns die Waage, und wir bringen einander immer wieder die verschiedenen Manöver bei, die wir einsetzen. Er ist besser mit dem Schwert, ich mit Messern. Er ist stärker, ich bin schneller. Eigentlich würde ich Hetha und Wisna auch gern fragen, ob er tatsächlich ein so anständiger Kerl ist, wie es den Anschein hat, aber das würde sie nur zu weiteren Spekulationen anregen. Schon jetzt vermuten sie, dass zwischen uns mehr läuft, als es tatsächlich der Fall ist.

Sie alle haben im Laufe der Jahre Verletzungen erlitten und tragen die Narben voller Stolz. Dass ich nur so wenige vorweisen kann, erfüllt mich mit Scham. Früher einmal hielt ich mich für stark, aber diese Männer und Frauen sind schlachtenerprobte Krieger. Sie waren auf diversen Beutezügen, haben gegen unterschiedlichste Gegner gekämpft. Und sie haben überlebt. Kleinere Auseinandersetzungen habe ich ebenfalls hinter mir, aber eigentlich nur drei richtige »Schlachten«, falls man es so nennen möchte: den Überfall der Sklavenhändler auf mein Dorf, Anfa und Freydis' Hochzeit. Bei den ersten beiden war ich eher auf der Flucht, anstatt wirklich zu kämpfen. Und auch auf Freydis' Hochzeit stellten die Attentäter eigentlich keine Gefahr für mich dar; ich hätte mich jederzeit verstecken oder fliehen können. Deshalb wird der Beutezug in diesem Sommer meine erste richtige Bewährungsprobe sein.

Der Beutezug.

Ständig lauert er in meinem Hinterkopf, und die Furcht davor wächst mit jedem Tag, um den er näher rückt. Ich war so versessen darauf, endlich eine Kriegerin zu werden, dass ich nie bedacht habe, was das mit sich bringt und welchen Preis es fordern könnte. Das wird nicht mit dem Kampf gegen die Sklavenhändler oder gegen die Wachen in Anfa zu vergleichen sein, auch nicht mit dem Anschlag auf Freydis' Hochzeit. Die Hird plündert ganze Dörfer, manchmal sogar Städte. Dörfer wie das von Airé oder Bronaugh. Dörfer voller Menschen, die mir und den meinigen nichts getan haben. Trotzdem werde ich gezwungen sein, ihnen wehzutun.

Und ich werde es unter Snorris Kommando tun, um Beute für Balli zu machen. So habe ich es geschworen.

Viel mehr belastet mich allerdings das Wissen, wozu ich fähig bin. Bei der Hochzeit habe ich drei Männer getötet und ich habe es genossen. Ich habe es mit Begeisterung getan. Mit Snorri an der Spitze der Hird und Balli als ihrem Herrn in der Ferne kann ich mir einerseits nicht länger vormachen, dass die Úlfheðinn möglicherweise nicht auch großes Unheil anrichten wird. Dass *ich* nicht großes Unheil anrichten werde.

Doch andererseits ... ist das nicht das Schicksal eines jeden Kriegers?

Ich denke an die Krieger des Ghāna auf ihrem Exerzierplatz vor den Toren Koumbi Salehs zurück. Wie sehr ich mich doch damals danach gesehnt habe, eine von ihnen zu sein! Heute frage ich mich: Hinterfragen sie jemals, ob es gerechtfertigt ist, wenn der Ghāna ihnen befiehlt, seine Feinde anzugreifen? Und falls sie es für falsch halten, falls ihnen der Befehl zuwider ist, können sie in ihren Taten dann noch Ehrenhaftigkeit und Ruhm finden? Oder befolgen sie einfach ihre Befehle, ohne jemals darüber nachzudenken? Schließlich können sich Soldaten meist nicht aussuchen, welchem Herrscher sie dienen oder unter welchem Kommandanten sie in die Schlacht ziehen. Vermutlich verschwenden sie also nicht viel Zeit damit, über Dinge nachzugrübeln, die sich ihrer Kontrolle entziehen.

Ich wünschte, ich könnte wie sie sein: nicht denken, nicht hinterfragen. Doch das kann ich nicht. Nicht nach dem, was ich durchgemacht habe. Ich war schon in der Position des Opfers und ich war in der Position des Täters.

Doch zumindest habe ich mir geschworen, im Kampf Alvtirs Kodex zu befolgen, ganz egal, was Snorri befiehlt. Ich werde weder Frauen noch Kinder verletzen. Mehr noch: Ich werde meinen Anteil dazu benutzen, Mbaneh und Nyeru freizukaufen. Und auch die anderen Soninke-Sklaven – nach und nach werde ich genug ansparen, um ihnen die Freiheit zu ermöglichen. Schon das ist es mir wert zu tun, was auch immer bei Beutezügen nötig sein wird.

Manchmal muss man Leid verursachen, um Leid zu beenden. So hätte es Papa vermutlich gesagt.

Ich versuche, Nyeru und Mbaneh mindestens einmal alle sieben Tage zu besuchen, normalerweise auf dem Rückweg vom Exerzierplatz. Beide haben große Fortschritte in der Sprache der Majūs gemacht, aber ich sehe auch, was ihnen das Leben als Leibeigene abverlangt. Deshalb beschwichtigt mein Versprechen, sie dem Zimmermann baldmöglichst abzukaufen, doch sehr meine Sorgen wegen des Beutezugs.

Alles in allem war ich in meinem Leben noch nie so erschöpft, doch es entsteht auch etwas Neues, Gutes. Anstatt einfach nur zu existieren, irgendwie zu überleben, habe ich endlich das Gefühl ... mich zu entwickeln. So etwas ist mir vollkommen neu, aber ich bin gern bereit, mich davon tragen zu lassen. Nicht einmal Snorris ständiger Hohn kann dagegen etwas ausrichten.

An jedem vierten Tag darf sich die Hird erholen – oder zumindest alle anderen, denn Alvtir besteht darauf, diesen Ruhetag für Einzelunterricht zu nutzen. Ich werde erst Verschnaufpausen bekommen, wenn ich halbwegs anständig mit Schwert und Schild umgehen kann, sagt sie. »Snorri, die Schlange, trägt diesen Namen vollkommen zu Recht«, erklärte sie mir in unserer ersten Übungsstunde. »Er jagt seine Beute nicht, sondern lauert im Verborgenen, studiert ihre Stärken und Schwächen. Dann schlägt er ohne Vorwarnung zu, stürzt sich auf die Stelle, die am verwundbarsten ist, und setzt sein gesamtes Gift ein. Wenn du nicht zu seiner Beute werden willst, darfst du keinerlei Schwäche zeigen.«

Und auch wenn ich mich an meinen wenigen freien Tagen nur höchst ungern noch weiter verausgabe, muss ich zugeben, dass ihr zermürbendes Regime Wirkung zeigt. Snorri ist nicht begeistert von meinen Fortschritten; bald wird er sich andere Möglichkeiten suchen müssen, um mich bloßzustellen. Schon dieser Gedanke sorgt dafür, dass ich mich nicht allzu oft beschwere.

Genau daran versuche ich zu denken, als Alvtir nun wieder einmal mit ihrem Schwert auf meine Brust zielt und es mir nicht gelingt, den Hieb mit meinem Schild abzuwehren, da Lisas tief einfallendes Licht mich blendet. Sofort nutzt Alvtir diese Ablenkung und reißt mir mit ihrem Schild meinen vom Arm. Die Wucht dieses Schlages setzt sich bis in meine Schulter fort und ich muss einen Schmerzensschrei unterdrücken.

»Lass *niemals* deinen Schildarm sinken!«, raunt sie mich an. »Dein Schild ist das Einzige, was zwischen dir und Walhalla steht. Noch einmal!«

»Du *benutzt* ja nicht einmal einen Schild!«, setze ich mich gereizt zur Wehr. »Außerdem träumt doch jeder Krieger davon, in Walhalla Einzug zu halten, oder etwa nicht?«

»Aber du bist noch keine Kriegerin.« Unbeeindruckt hebt sie ihr Schwert. »In der Goldenen Halle wird man noch eine Weile auf dich warten müssen. *Noch einmal!*«

Ohne nachzudenken, stürze ich mich auf sie, und wieder drängt sie mich mit frustrierender Leichtigkeit zurück. »Du lässt dich von deinem Zorn leiten«, rügt sie mich.

Keuchend stütze ich beide Hände auf die Knie. Jetzt weiß ich, wie Freydis sich bei unseren Kampflektionen gefühlt haben muss. »Ich bin die Úlfheðinn«, brumme ich unwillig. »Mein Zorn ist die Quelle meiner Kraft, schon vergessen?«

Alvtir wirft mir einen merkwürdigen Blick zu. Dieser plötzliche Stimmungswechsel sorgt dafür, dass ich mich wachsam aufrichte. »Glaub mir, Yafeu: Diese Quelle ist nicht unerschöpflich.«

Ich muss schlucken. Die Trockenheit in meinem Hals steht in starkem Kontrast zu dem vielen Schweiß, der meine Tunika tränkt. Ihren Worten wohnt eine Bedeutung inne, die sich mir nicht erschließt, was sie irgendwie beunruhigend macht. »Ich bin einfach nur müde«, sage ich leise.

Alvtir seufzt, dann wendet sie sich ab und wischt sich mit dem Unterarm den Schweiß von der Stirn. »Für heute reicht es. Dehn dich noch einmal gründlich und dann ruh dich aus. Vielleicht kämpfst du beim nächsten Mal ja nicht mehr wie ein Welpe.« Mit geübter Präzision lässt sie ihr Schwert herumwirbeln und schiebt es schwungvoll in die Scheide, um so noch einmal zu unterstreichen, wie enttäuscht sie ist.

Ich verdrehe verstohlen die Augen. *Bei der* Hird *kämpfe ich nicht wie ein Welpe.*

Während ich meine müden Knochen Richtung Langhaus schleppe, schlägt Alvtir mit entschlossenen Schritten den Weg zur Stadt ein.

»Wohin gehst du?«, rufe ich ihr hinterher, obwohl ich die Antwort bereits kenne.

»Hab noch zu tun«, antwortet sie, was ich quasi – wenn auch unhörbar – mitspreche, während ich versuche, auch ihre undurchdringliche Miene zu imitieren.

Sie hat immer *zu tun*, Tag und Nacht. Außerhalb unserer Übungsstunden bekomme ich sie kaum zu Gesicht. Wenn ich morgens aufwache, ist sie bereits fort, und oft kommt sie abends erst zurück, wenn ich schon lange im Bett liege. Manchmal aber auch gar nicht. Seit ich Teil der Hird wurde, ist Mawu gewachsen, geschrumpft und wieder gewachsen, und sie hat kein einziges Mal an unseren Übungen teilgenommen. Hetha und Wisna essen nach wie vor abends mit mir, und wenn Alvtir hin und wieder auftaucht, unterhalten sie sich mit ihr, als wäre alles wie immer. Aber ich spüre die Verunsicherung, die in der Stille zwischen ihren Worten mitschwingt. Ich weiß, dass sie sich fragen, ob Alvtir überhaupt noch der Hird angehört. Mir ist schon der Gedanke gekommen, sie einfach danach zu fragen, aber ich fürchte mich zu sehr vor ihrer Antwort.

Und selbst wenn ich sie fragen würde, bin ich mir nicht sicher, ob sie es mir überhaupt sagen würde. Bislang verrät sie mir ja nicht einmal, was sie eigentlich immer »zu tun« hat. Also habe ich beschlossen, davon auszugehen, dass sie gerade einen Plan entwickelt, mit dem sie Snorri loswerden und sich ihre Stellung als Stallari zurückholen will. Und dass sie es mir und den anderen verschweigt, weil sie glaubt, uns dadurch schützen zu können. Eine andere Erklärung will mir für diese Geheimniskrämerei einfach nicht einfallen.

»Alles klar«, erwidere ich nun säuerlich. »Dann lasse ich dir etwas vom Abendessen übrig. Wieder einmal.«

Ohne meine Antwort auch nur mit einem Blick zu würdigen, verschwindet Alvtir im Wald.

34 FREYDIS

»Doch nicht hier!«, fauche ich die beiden Jungen an, die den Maibaum aufstellen. »Der gehört in die Mitte, damit man ordentlich darum herum tanzen kann. So steht er doch viel zu nah am Zaun.«

Die Jungen nicken hastig und versuchen, den mit Blumengirlanden geschmückten Mast wieder aus der Erde zu ziehen. Ich winke die Leibeigenen herbei, die gerade die Feuergrube mit Steinen abgrenzen. »Helft ihnen.«

Schon während ich zusehe, wie die Gruppe den schweren Pfahl zur Mitte des Feldes trägt und dort in die weiche Sommererde rammt, bereue ich meinen barschen Tonfall; es ist schließlich nicht ihre Schuld, dass ich so angespannt bin. Der Vormittag scheint sich einfach ewig hinzuziehen, und das nicht nur, weil heute Sonnwendtag ist. Die Vorbereitungen für das Mittsommerfest geben mir wenigstens etwas zu tun, bis Harald eintrifft.

Heute Abend wird dieses Feld voller feiernder Menschen sein. Egal ob Bauer, Vertreter des Things oder Leibeigener: Alle werden sich das geräucherte Schweinefleisch schmecken lassen, gemeinsam feiern und Frey mit lautstarken Gebeten um eine ertragreiche Ernte bitten. Junge Männer werden Wildblumen pflücken und sie ihrem Mädchen schenken; Liebespaare werden sich heimlich davonstehlen oder sogar den Zaun zu Vaters Getreidefeldern überwinden, um dort oder im Wald ein abgeschiedenes Plätzchen zu finden. Im kommenden Frühjahr werden wieder viele Kinder geboren werden.

Und Harald und ich werden dem Ganzen vorstehen. Die Männer

des Things werden Geschenke vor uns niederlegen und betonen, wie gesegnet eine Ehe ist, die in dieser geheiligten Jahreszeit geschlossen wird. Sogar die Leibeigenen werden auf unsere Verbindung anstoßen. Vielleicht werden wir sogar zusammen um den Maibaum tanzen, lachen, singen und für ein paar kostbare Stunden unsere erhabene Stellung vergessen. Bei dieser Vorstellung muss ich lächeln.

Nach allem, was passiert ist, kann ich kaum fassen, dass mein Traum nun doch noch wahr werden soll. Zwar hat es mich beinahe das Leben gekostet, ihn mir zurückzuholen, aber nun werde ich endlich Harald heiraten.

Doch trotz aller wärmenden Vorfreude kann ich eine gewisse Sorge nicht unterdrücken; Gedanken, die mich bei Hakon nicht geplagt haben. Was, wenn Harald mich nicht attraktiv findet? Über sein atemberaubendes Aussehen kursieren so viele Gerüchte, dass er in meiner Vorstellung quasi ein Abbild des Gottes Frey ist. Oder wenn ihm mein Äußeres nun gefällt, aber mein Wesen nicht? Wenn er mich langweilig findet? Oder wenn wir einander nichts zu sagen haben? Was, wenn er bereits eine andere liebt?

Ich schließe die Augen und versuche wieder einmal, zu meiner Namensstifterin zu beten. Doch während der letzten Mondphase habe ich bereits sämtliche Opfer dargebracht, die mir einfallen wollten, habe jeden Zauber gewirkt, den Fritjof mir je beigebracht hat. Es gibt kein Gebet, das ich nicht schon gesprochen hätte. Also flüstere ich nun einfach: »Ich vertraue auf dich, Freya.«

Wäre Yafeu jetzt doch nur bei mir. Was hat sie beim letzten Mal gesagt?

Wenn mich früher etwas bedrückt hat, hat meine Freundin Ampah mir immer die Haare geflochten, und ich habe ihr dabei erzählt, was mich umtreibt.

Der Gedanke an Yafeu versetzt mir einen Stich. Vater hat angeboten, mir eine neue Magd zu kaufen, nachdem sie mich wegen Alvtir verlassen hatte, aber der Gedanke, noch einmal einen Leibeigenen zu besitzen, widerstrebt mir. Also sagte ich ihm, ein anderes Mädchen mit mir auf die lange Reise nach Vestfold zu schicken sei die Kosten nicht wert, da ich mir genauso gut dort eine neue Magd suchen könne, die mir eine größere Hilfe dabei sei, mich an die Gepflogenheiten in Haralds Halle zu gewöhnen. Und die Harald dann auch bezahlen müsse. Dieser Gedanke schien Vater zu gefallen. Wahrscheinlich war es das einzige Mal, dass ich in seinen Augen etwas Vernünftiges von mir gegeben habe.

Schon fast zweimal ist der Mond geschrumpft und wieder gewachsen, aber Yafeu hat mich noch kein einziges Mal besucht. Natürlich freue ich mich für sie; sie hat es verdient, ihren eigenen Weg gehen zu können. Aber ich hatte gehofft, dass wir uns trotzdem noch hin und wieder begegnen würden.

Ich kann nicht einfach zu ihr gehen, denn das würde Mutter sicherlich erfahren. Zwar glaube ich nicht länger an den Fluch – nicht mehr, seit Vater meine Hochzeit mit Harald bekannt gegeben hat. Wenn überhaupt haben die Götter die ganze Zeit zu meinen Gunsten ihre Ränke geschmiedet. Aber Mutter glaubt daran. Selbst wenn sie nicht schwanger wäre, würde sie mich bestrafen, wenn ich zu Alvtirs Haus ginge. Vielleicht würde sie mich sogar bewachen lassen.

Das bedeutet also, dass ich Yafeu morgen vielleicht zum letzten Mal sehen werde, falls sie zu meiner Hochzeit kommt. Denn danach werde ich umziehen nach Vestfold, in Haralds legendäre Halle.

So wie ich es immer gewollt habe, halte ich mir ernst vor Augen. In Vestfold kann ich neue Freunde finden. Freunde, die in mir die Königin sehen werden, zu der ich erzogen wurde: selbstsicher, großzügig und von den Göttern gesegnet. Nie wieder werden sich Mädchen wie Astrid und Solvi hinter meinem Rücken über mich lustig machen. Nie wieder wird man in mir die schüchterne, alberne Tochter eines gnadenlosen Herrschers sehen.

Das fröhliche Hornsignal aus der Ferne reißt mich aus meinen Gedanken.

Er ist da!

Ich habe es so eilig, zur Großen Halle zu kommen, dass ich beinahe über mein Unterkleid stolpere. Heute habe ich mein schönstes Kleid angezogen oder zumindest das schönste, das noch unversehrt geblieben ist. Die feine Seide aus Miklagard ist am Saum mit filigranen silbernen Stickereien verziert. Zwei funkelnde Silberspangen halten es über meinem Unterkleid zusammen. Harald ist durch die Königreiche, die er seinem Herrschaftsgebiet einverleibt hat, zu beträchtlichem Wohlstand gelangt. Sicherlich wird Vater es so aussehen lassen wollen, als könne er vergleichbare Schätze aufbieten. In Vorbereitung auf das Mittsommerfest habe ich mir ein paar Butterblumen ins Haar geflochten, frage mich jetzt allerdings besorgt, ob das im Vergleich zum Rest meiner königlichen Aufmachung nicht schrecklich kindisch wirkt.

Mir kommt es vor, als würde ein halber Tag vergehen, bis Vater aus der Halle tritt, aber dann kommt er endlich.

»Gehen wir«, befiehlt er knapp.

»Ohne Mutter?«, frage ich zögernd.

»Sie kommt nicht mit«, faucht er mich an. »Wenn Harald erfährt, dass sie schwanger ist, wird er eine höhere Mitgift verlangen. Willst du das etwa, Mädchen?«

Hastig schüttele ich den Kopf. Er ist wieder einmal in seiner Launenhaftigkeit gefangen, aber wenigstens ist sein Blick an diesem wichtigen Tag klar. Also kein Bilsenkraut.

Meine Vorfreude begleitet mich wie ein fröhliches Hündchen auf dem Weg zum Hafen.

Bei meiner letzten Hochzeit brachte die Wache Hakon zur Großen Halle, um uns dort zu treffen. Dadurch wollte Vater seine Macht demonstrieren: Wir würden nicht von unserem Hügel herabsteigen, um ihn zu begrüßen. Doch Hakons Einfluss als König war deutlich geringer als der von Harald und seit der Katastrophe an jenem Hochzeitstag ist Vater irgendwie abergläubisch geworden und stützt sich noch mehr auf Sitte und Förmlichkeit. Vermutlich will er es nicht riskieren, den Unmut der Götter zu wecken.

Als wir zum Hafen kommen, haben die Seeleute Haralds Schiff bereits festgemacht. Der dunkle Vordersteven aus Ahornholz hat die Form eines Menschenkopfes, nicht die eines Drachen, und schon wenig später erscheint auch das Vorbild, nach dem er gefertigt wurde: Ein Mann mit leuchtend blondem Haar schreitet über den Anleger.

Harald.

Mein Herz setzt einen Schlag aus, als ich ihn sehe. Er ist tatsächlich ein Abbild des Freys: groß und breitschultrig, mit wie gesponnenes Gold glänzenden Locken, die ihm offen bis auf die Schultern fallen und ein Gesicht umrahmen, das von einem kantigen Kiefer und vollen Lippen geprägt wird. Sein violetter, leuchtend weiß gefütterter Mantel ist bodenlang. Die aufrechte Haltung und seine geschmeidigen Bewegungen verraten den erfahrenen Krieger. Wen wundert es da noch, dass Sól extra hinter den Wolken hervorkommt, um ihn in strahlendes Licht zu tauchen?

Ein etwas älterer Mann schließt zu ihm auf, sodass sie uns Seite an Seite erreichen. Trotz seiner grauen Haare bewegt sich Haralds Begleiter wie ein deutlich jüngerer Mann, während sich in seinem wettergegerbten Gesicht sichtbare Strenge abzeichnet. Das muss dann wohl Haralds Onkel Guthorm sein. Er fungierte als Regent, als Harald noch ein Junge war.

»König Harald«, begrüßt Vater unseren Gast. »Willkommen in Skíringssal.«

»Es ist uns eine Ehre, anlässlich dieses freudigen Ereignisses bei Euch zu Gast sein zu dürfen, König Balli«, antwortet Harald so glatt wie die Seide meines Kleides. »Das ist mein Onkel, Guthorm Nialsson.«

Vater grüßt den älteren Mann mit einem Nicken, dann deutet er auf mich. »Meine Tochter, Prinzessin Freydis.«

Harald mustert mich von Kopf bis Fuß; er wirkt erfreut. Brennende Röte schießt in meine Wangen, und ich schaffe es nicht, den Blick vom Boden zu lösen. Seine Unverfrorenheit ist schockierend, gleichzeitig macht es mich glücklich, dass ich ihm zu gefallen scheine.

»Du bist das Abbild deiner Namensstifterin, Prinzessin Freydis«, sagt er, als er in eine galante Verbeugung sinkt.

Mir läuft ein angenehmer Schauer über den Rücken. »Zu gütig, König Harald.«

Nun traue ich mich doch, ihm in das sanft gebräunte Gesicht zu sehen. Seine braunen Augen fixieren einen Moment lang meine Brust, was mich erneut erröten lässt.

Guthorm räuspert sich. »Vor dem morgigen Fest gibt es noch einiges zu besprechen, König Balli«, stellt er schroff fest. »Dein Bote hat uns über die festgelegte Mitgift informiert. Einiges davon ist für uns inakzeptabel.«

Vater wirft dem Mann einen gereizten Blick zu, aber Harald legt nur den Kopf in den Nacken und lacht gellend. Es ist ein erstaunlich grobes Lachen für einen so schönen Mann. »Mein lieber Onkel, immer ganz der Regent!« Er klopft Guthorm auf die Schulter. »Er ist oft ein Spielverderber, hat dabei aber immer nur mein Bestes im Sinn.«

»Eine höchst löbliche Eigenschaft für den Vormund eines Königs«, stelle ich freundlich fest, um die spürbare Anspannung ein wenig zu mildern.

»Allerdings.« Harald nickt. »Und es verschafft mir die Freiheit, mich wesentlich ... *interessanteren* Dingen zu widmen.« Wieder landet sein Blick auf meiner Brust.

Und auch jetzt bin ich leicht irritiert von dieser Dreistigkeit. Aber vielleicht sind in Vestfold ja alle Männer so unverblümt.

»Irgendwie wünschen wir uns doch alle, wir hätten einen Onkel Guthorm in unserem Leben«, stellt Vater trocken fest.

Ohne darauf einzugehen, fährt Harald fort: »Warum besprichst du nicht diese Dinge mit König Balli, während ich mir von Freydis ihre berühmte Stadt zeigen lasse? Heute Abend beim Mittsommerfest finden wir uns dann wieder zusammen.«

»Eine großartige Idee«, befindet Vater, bevor Guthorm etwas erwidern kann. Wahrscheinlich geht er davon aus, bei den Verhandlungen leichter die Oberhand behalten zu können, wenn Harald nicht dabei ist. Allerdings reicht ein Blick zu Guthorm, um mich vom Gegenteil zu überzeugen. Dieser Mann wird Harald beschützen wie eine Bärin ihre Jungen.

»Wunderbar«, ruft Harald zufrieden.

Also wenden sich Guthorm und Vater dem Hügel zu, wobei sie sofort die Diskussion über meine Mitgift beginnen. Harald aber ignoriert sie völlig und reicht mir breit lächelnd seinen Arm.

»Bist du denn gar nicht müde von der Reise?«, frage ich, während ich mich bei ihm unterhake. Meine Haut beginnt zu kribbeln, als ich mit der Handfläche seine schwarze Tunika streife.

»Es braucht schon mehr als eine kleine Bootsfahrt, um mich zu ermüden, meine Königin.«

Meine Königin. Solch vertrauliche Worte aus seinem Mund zu hören, lässt mein Herz schneller schlagen. Dieser Mann könnte ein Sohn der Asen sein und *ich* werde seine Königin! Die Skalden werden unsere Liebe besingen, werden sie in Gedichten verewigen, die ganze Zeitalter überdauern.

Oh, danke, danke, danke, Freya! Und auch euch danke ich, dísir *meiner Ahnenreihe, da ihr mir den rechten Weg gewiesen habt! Und den Nornen danke ich, die unsere Schicksalsstränge miteinander verwoben haben! Ich danke allen Göttern in allen Welten, sogar den Eisriesen von Jötunheim!*

»Dann werde ich dir gern alles zeigen, was du zu sehen wünschst«, versichere ich ihm. »Sollen wir mit dem Markt beginnen? Unsere Handwerker sind für ihr Geschick berühmt, und eine große Anzahl Händler von nah und fern beehrt uns …«

»Ich habe schon so viele Märkte gesehen, dass es für zehn Leben reichen würde«, unterbricht mich Harald. »Bring mich an einen Ort, den nur du mir zeigen kannst. An einen besonderen Ort, wo wir allein sein können.«

Jetzt erwidere ich sein spitzbübisches Lächeln. »Da weiß ich genau das Richtige, *mein König.*«

»Wo sind wir?«, fragt Harald, während er sich auf der kleinen Lichtung umsieht. Sól hat mit ihrem Sonnenwagen bereits den Höhepunkt ihrer Fahrt überschritten, sodass ihr Licht nun schräg einfällt und unsere Schatten sich lang auf dem Gras ausstrecken. Die Bäume neigen sich sanft im Wind und ich atme tief ihren sauberen, holzigen Duft ein. Hoffentlich gibt es in Vestfold auch Nadelbäume.

»Auf einer Art Übungsplatz. Früher war ich mit meiner Magd oft hier. Sie ist eine talentierte Kriegerin.« Stolz recke ich das Kinn und sehe ihm ins Gesicht. Schon mehrmals ist mir nun sein herausfordernder Blick aufgefallen; er soll ruhig wissen, dass seine Königin nicht so unterwürfig ist, wie es den Anschein hat. »Sie hat mir beigebracht, wie man kämpft.«

Spöttisch hebt er eine Braue. »Ist Prinzessin Freydis etwa eine Furcht einflößende Schildmaid wie ihre Tante Alvtir?«

»Wohl kaum«, kichere ich.

»Und hier kommt sonst niemand hin?«

Ich schüttele ich den Kopf. »Kannst du dir vorstellen, was mein Vater tun würde, wenn er erfährt, dass ich mir von einer Leibeigenen Kampftechniken habe zeigen lassen? Er würde mich grün und blau …«

Ohne Vorwarnung zieht mich Harald zu sich heran und presst seine Lippen auf meine, sodass ich abrupt verstumme.

Im ersten Moment bin ich wie gelähmt, dann aber entspanne ich mich und genieße den Kuss. Seine Lippen sind warm und drängend. Mir entkommt ein leises Stöhnen. Als ich spüre, wie seine Hände meinen Hintern umfassen, entziehe ich mich ihm und beende den Kuss so sanft wie möglich.

»Wir sollten umkehren«, schlage ich vor und trete einen Schritt zurück. »Das Fest beginnt bei Sonnenuntergang.«

»Ich weiß, dass du es willst«, raunt er leise. Ich weiche noch weiter zurück, aber er kommt mir nach. Mein Rücken schabt über raue Baumrinde, als er mich gegen einen Stamm drückt und anfängt, an meinem Hals zu knabbern.

»Hör auf!«, schreie ich. »Bitte, wir müssen bis zur Hochzeit warten!« Ich will ihn wegschieben, aber er packt meine Handgelenke und dreht mich um. Dann schleudert er mich so hart gegen den Baumstamm, dass mir die Luft wegbleibt. Ich kann nicht einmal schreien, als er mir brutal die Arme auf den Rücken dreht und sie mit einer Hand festhält, während er die andere unter mein Kleid schiebt.

»Ich will mich erst vergewissern, was ich eigentlich bekomme«, flüstert er mir ins Ohr, während ich um Luft ringe. »Schließlich ist dein Vater nicht gerade bekannt dafür, dass er sich an Absprachen hält.«

Ich höre Stoff reißen, als er mir das Unterzeug vom Leib zerrt. Panik steigt in mir auf und droht meinen Verstand lahmzulegen.

Denk nach, Freydis, denk nach.

Yafeu. Was würde Yafeu tun? Plötzlich erinnere ich mich an unsere letzte Lektion auf dieser Lichtung. Wie ich sie von hinten angriff und sie mir mit dem Hinterkopf beinahe die Nase gebrochen hat.

Sofort höre ich auf, mich zu wehren, und lasse mich fallen in der Hoffnung, dass er das für eine Kapitulation hält. Seine Gürtelschnalle klimpert, als er sie öffnet. Er beugt sich ein wenig vor …

Jetzt. Ruckartig richte ich mich auf und werfe meinen Kopf mit aller Kraft nach hinten. Mein Schädel prallt gegen sein Gesicht, wir fallen ins Gras und ich lande auf seiner Brust.

»Kleine Schlampe!«, brüllt er und lässt dabei meine Arme los.

Ich vergeude keine Zeit, sondern springe auf und renne los, ohne dabei auf den pochenden Schmerz in Brust und Kopf zu achten.

Wie gehetzt laufe ich, laufe immer weiter, bis ich schließlich fast vor dem Tor der Großen Halle zusammenbreche.

»Prinzessin!« Es ist Gunnar, aber seine Stimme klingt dumpf und verzerrt, fast so als wäre mein Kopf unter Wasser. Der Boden schwankt, eine unsichtbare Strömung droht mir die Füße unter dem Körper wegzuziehen. Im letzten Moment erwische ich seinen Arm und halte mich daran fest, um nicht unterzugehen.

Dann ist plötzlich alles wieder klar und mit dem nächsten Atemzug kehrt der Schmerz zurück. Alles tut weh.

»Danke«, keuche ich und lasse den Wachmann los. Als ich allerdings das Tor öffnen will, hält er mich zurück.

»Verzeihung, Prinzessin Freydis, aber der König möchte von niemandem gestört werden.«

»*Mich* hat er damit doch nicht gemeint!« Entschlossen schiebe ich mich an ihm vorbei und stoße das Tor auf, bevor er mich daran hindern kann.

Gelächter schlägt mir entgegen. Vaters Thron ist leer. Ich entdecke ihn zusammen mit Guthorm an unserem Tisch. Ihre entspannten Mienen und die vielen leeren Bierkrüge lassen vermuten, dass sie zu einer Einigung gelangt sind.

Mir rutscht das Herz bis zu den Knien. Ich komme zu spät.

»Freydis.« Vaters glasiger Blick verfinstert sich, als er mich sieht. »Ich habe den Wachen doch gesagt, dass sie niemanden reinlassen sollen.«

»Ich muss sofort mit dir sprechen, Vater.«

Seufzend greift er nach einem noch vollen Krug. »Was ist denn nun schon wieder?«

»Ich möchte *unter vier Augen* mit dir sprechen«, betone ich.

Guthorm mustert mich skeptisch.

»Guthorm wird bald zur Familie gehören, Mädchen«, lallt mein Vater, während er sein Trinkhorn auffüllt. »Du kannst ganz offen sprechen.«

Mühsam hole ich Luft und schließe die Augen. »Harald hat versucht ... sich ... meiner zu bemächtigen.«

Stille. Als ich die Augen wieder öffne, sehe ich, wie Vater und Guthorm sich anzüglich angrinsen.

»Und?«

»Und ... ich habe nicht ... wir ... wir sind noch nicht verheiratet ...« Die Verzweiflung droht meine Stimme zu ersticken. »Die Götter haben unsere Verbindung nicht gesegnet, es ist nicht ...«

Vaters Trinkhorn schlägt scheppernd auf dem Boden auf und übertönt meine Worte. »Dämliches Mädchen!«, brüllt er und springt auf. »Du wirst Harald gewähren, was auch immer er sich nehmen will. Du gehörst jetzt ihm, und er kann tun, was ihm passt. Und für diese Ehre wirst du dich gefälligst dankbar zeigen!«

Fassungslos starre ich meinen Vater an. Plötzlich kommt er mir fremd vor, als würde ich ihn durch die Augen eines anderen sehen. Seine knochige Hand ruht auf der goldenen Gürtelschnalle, die schmale Brust scheint Mühe zu haben, gegen die goldene Schnalle an seinem blutroten Mantel anzukommen. So viel Gold, als könnte all der Prunk wettmachen, dass der Körper darunter verwelkt. Sein schlaffes Gesicht ist knallrot, die Lippen wütend verzogen.

»Das werde ich nicht tun«, flüstere ich.

Ihm entkommt ein ungläubiges Schnauben. »Wie bitte?«

»Du scherst dich einen Dreck um mich, schon immer.« Ganz langsam gehe ich auf ihn zu, spüre bei jedem Schritt, wie mein Mut wächst. »Du scherst dich um niemanden. Nicht um Mutter, nicht um dein Volk.« Meine Stimme wird lauter und lauter. »Du bist bloß ein eitler, gieriger, jämmerlicher alter Mann, des Lebensfunkens nicht würdig, den Odin dir eingehaucht hat.«

Dicht vor ihm bleibe ich stehen und nehme entschlossen die Schultern zurück. Seine blutunterlaufenen Augen starren mich voller Boshaftigkeit an. Schon immer konnten mich diese Augen einschüchtern. Mit einem Blick konnte er dafür sorgen, dass ich mich klein fühlte, meinem eigenen Verstand und meinem Herzen misstraute.

Mein Leben lang habe ich mich vor diesem Mann gefürchtet. Dabei ist er nicht einmal größer als ich.

»Ich schäme mich dafür, deine Tochter zu sein.« Ich spucke ihm vor die Füße.

Seine Hand trifft mit voller Kraft meine Wange. Bevor ich es ganz begriffen habe, liege ich am Boden.

Mein Kopf schlägt auf die Holzdielen, hinter meinen Augen flammt Schmerz auf. Mühsam versuche ich, zu Vater hochzublicken – plötzlich gibt es ihn zweimal, nein, dreimal –, dann verschluckt mich die Dunkelheit.

35 FREYDIS

Raues Eichenholz erscheint unscharf vor meinen Augen: eine Wand. Anstelle des harten Bodens spüre ich weiche Kissen unter mir. Ich bin in meinem Zimmer, liege in meinem Bett.

Mein Schädel pocht schmerzhaft. Vorsichtig hebe ich eine Hand ans Gesicht, taste meine empfindliche Wange ab.

Wie lange war ich nicht bei Sinnen? Als ich mich aufsetze, muss ich gegen Schwindel und Übelkeit ankämpfen. Mit großen Schlucken trinke ich das Wasser, das an meinem Bett steht. Dadurch lässt der Schwindel ein wenig nach, aber ich brauche mehr.

Ich zwinge mich aufzustehen und schleppe mich zur Tür. Doch als ich dagegendrücke, rührt sie sich nicht.

Die Panik kehrt zurück, und das Pochen in meinem Schädel wird drängender, als ich mich mit meinem ganzen Gewicht gegen die Tür werfe und mit voller Kraft drücke.

»Prinzessin Freydis!« Offenbar steht Orm auf der anderen Seite der Tür. »Der König hat uns befohlen, dafür zu sorgen, dass du dein Zimmer nicht verlässt. Zu deiner eigenen Sicherheit.«

Ungläubig weiche ich von der Tür zurück.

Ich bin eine Gefangene. Gefangen in meinem eigenen Heim.

Wie ein Zentnergewicht drückt mich die Wahrheit nieder. Ich sinke auf die Knie, Tränen steigen in meinen Augen auf.

Was ich zu meinem Vater gesagt habe, entspricht voll und ganz der Wahrheit. Für ihn bin ich an guten Tagen nicht mehr als ein Gegenstand, den er an den Meistbietenden verschachern kann, an schlechten Tagen die ständige Erinnerung daran, dass er keinen Sohn hat.

Mutter ist nicht viel besser. Und Harald ... Bei allen Göttern, wie konnte ich nur so naiv sein?

Yafeu ist der einzige Mensch, der je mehr in mir gesehen hat als die Rolle, die ich zu spielen habe. Die Einzige, die mich als der Mensch gesehen hat, der ich bin. Oder sein könnte. Der Mensch, der ich sein *will.*

Ach, Yafeu, wo bist du, jetzt, wo ich dich so dringend brauche? Hast du dir jemals wirklich etwas aus mir gemacht?

Gibt es überhaupt jemanden auf dieser Welt, dem ich wichtig bin?

Ungehemmte Schluchzer schütteln meinen Körper. Ich liege auf dem Boden und lasse sie zu, erdulde den dröhnenden Schmerz in meinem Kopf. Ein erschreckendes Gefühl der Auflösung erfasst mich, als wäre ein wilder Vogel in meinem Inneren gefangen, der nun seine Flügel spreizt. Ich zucke und winde mich, balle die Hände zu Fäusten, verkrampfe meine Zehen. Irgendwann hämmere ich auf den Boden, bis meine Fäuste voller Splitter sind und bluten, dann schlage ich stattdessen auf meine Schenkel ein. Irgendwo tief in meinem Inneren steigt ein Laut auf, der halb Weinen und halb Schrei ist, und bricht schließlich aus mir hervor. Es kümmert mich nicht, ob Orm mich dort draußen hören kann. Mich kümmert in diesem Moment gar nichts, ich muss einfach nur diesen Druck loswerden.

Als der Sturm abflaut, fühle ich mich leer.

Zunächst. Dann steigen die Erinnerungen aus dem Dunkel auf, und ich höre Yafeu sagen: *In dir steckt auch große Stärke, Freydis. Du musst nur selbst daran glauben.*

Was würde Yafeu an meiner Stelle tun?

Langsam aber sicher füllt sich die Leere mit Entschlossenheit. Ich stemme mich hoch und ziehe mir das einfachste Kleid an, das ich in meinem Zimmer finden kann. Automatisch greife ich nach meinem Mantel, halte dann aber inne und entscheide mich stattdessen für den alten abgetragenen, den ich immer Yafeu gegeben habe. Schließlich hole ich die eiserne Bratpfanne von ihrem Haken an der Wand und stelle mich damit hinter die Tür.

»Orm«, rufe ich laut. »Ich muss auf den Abtritt.«

»Tut mir leid, Prinzessin, aber der König sagte …«

»Es ist dringend«, beharre ich. »Bitte, Orm. Lass mich nicht unnötig leiden. Du kannst mich ja begleiten.«

Stille. Gespannt halte ich den Atem an. Doch gerade als ich mich damit abfinden will, dass er meine Bitte ignorieren wird, höre ich ihn seufzen. »Also gut.«

Als er die Tür öffnet, bin ich bereit.

Ich ziehe ihm die Pfanne über den Schädel und er bricht bewusstlos zusammen.

»Bitte entschuldige, Orm.«

Ihn ins Zimmer zu schleifen, kostet mehr Kraft, als ich mir selbst zugetraut hätte. Drinnen löse ich den Gürtel mit seiner Schwertscheide und binde ihn mir um. Das Schwert an meiner Hüfte zu spüren, wirkt beruhigend auf meine Nerven; jetzt begreife ich, warum Yafeu immer darauf bestanden hat, eine Waffe am Körper zu tragen.

Vorsichtig spähe ich aus der Tür und sehe mich um. Den Göttern sei Dank ist es heute sehr ruhig auf dem Anwesen. Sól ist hinter den Bergen verschwunden, also müssten jetzt alle beim Freudenfeuer sein.

Vielleicht ist Yafeu ja auch dort. Ich kann nur beten, dass ich sie finde, bevor mich jemand erkennt.

Nachdem ich mir die Kapuze des Mantels möglichst tief ins Gesicht gezogen habe, mache ich mich auf den Weg.

Götter und dísir, falls ihr wirklich über mich wacht, führt mich jetzt zu Yafeu.

36 YAFEU

Habt ihr sie gesehen?« Dag wringt verzweifelt die Hände und zerquetscht dabei fast die Blumen, die er den ganzen Nachmittag über gepflückt hat.

Hetha legt ihm einen Arm um die Schultern. »Ranveig hat es nicht so mit Festen, lieber Dag. Warum entspannst du dich nicht einfach und trinkst ein Horn Met?«

»Wer hätte gedacht, dass wir *dich* mal zum Trinken auffordern müssten?«, ergänzt Ingmar und tätschelt freundschaftlich Dags Bauch.

»Für deine Sticheleien habe ich heute keinen Kopf, Schildbrecher.« Dag schlägt mit den Blumen nach ihm, was das kümmerliche Sträußchen noch weiter zerfleddert. Bisher hat es noch niemand übers Herz gebracht, ihm zu sagen, dass die Hälfte davon Unkraut ist.

»Ich kann es kaum fassen, wie viel ihr *alle* trinkt«, stelle ich trocken fest. Um uns herum hat die Hird verschiedene Stadien der Trunkenheit erreicht. Lisa ist gerade erst untergegangen, doch einige liegen bereits halb bewusstlos auf der Wiese. Der Rest tanzt ausgelassen herum und jagt kreischende Mädchen um den Maibaum oder drängelt sich um den Tisch, an dem der Met ausgeschenkt wird. Eine schwere Geruchsmischung aus Hefe, Rauch und bratendem Schwein hängt in der Abendluft.

»Ach, komm schon, Yafeu.« Hetha schlägt mir gut gelaunt auf den Rücken. »Heute ist Mittsommer! Wenn du morgen ohne Kater aufwachst, hast du nicht anständig gefeiert, sagt man.«

»Also, wir werden jedenfalls einen Kater haben, meine Hübsche!« Wisna stößt mit Hetha an.

»Falls wir überhaupt aufwachen«, ergänzt sie.

Ich verdrehe nur die Augen, als beide in einem Zug die Trinkhörner leeren, nehme aber auch einen kräftigen Schluck. Vielleicht wäre es tatsächlich gut, heute mehr zu trinken als sonst. Die Aussicht, Freydis wiederzusehen, bereitet mir schon den ganzen Tag Magenschmerzen.

Eigentlich hatte ich ihr versichert, ich werde sie besuchen, aber neben meinen Übungsstunden mit der Hird und Alvtir und meiner Verpflichtung, mich um Nyeru und Mbaneh zu kümmern, blieb mir einfach keine Zeit. Zumindest sage ich mir das immer. Jetzt frage ich mich allerdings, ob es nicht meine Schuldgefühle waren, die mich dazu gebracht haben, ihr aus dem Weg zu gehen.

Mir ist klar, dass ich nicht so empfinden sollte. Freydis bekommt genau das, was sie sich immer gewünscht hat: Sie wird Harald von Vestfold heiraten. Falls die Gerüchte wahr sind, ist er tatsächlich der Mann ihrer Träume, und diese Ehe wird für die Ewigkeit sein. Wenn ich sie heute Abend treffe, glüht sie vermutlich vor Freude. Und sicher wird sie verstehen, dass ich viel zu tun hatte. Schließlich führen wir nun beide die Leben, die uns bestimmt sind. Nur eben nicht zusammen.

Ich nippe noch einmal an meinem Trinkhorn und mustere angespannt die Feiernden. Doch anstelle von Freydis' honigblonder Lockenpracht entdecke ich eine wilde kastanienbraune Mähne. Ja, das ist Ranveig, die dort mit verschränkten Armen am Feuer steht und finster in die Flammen starrt. Und natürlich ist sie ganz allein.

»Da ist deine Liebste«, wende ich mich an Dag und zeige sie ihm. Er verschluckt sich fast. Dann versucht er vergeblich, sein buschiges schwarzes Haar glatt zu streichen, bevor er hinübergeht.

»Das wird sicher lustig«, raunt Ingmar mir zu.

Gemeinsam schleichen wir hinter Dag her und beobachten, wie er sich vor ihr aufbaut, in eine tiefe Verbeugung sinkt und ihr seinen Strauß hinstreckt. »Für die edle Dame.«

»Kannst du mich nicht einfach in Ruhe lassen, du Trampel?« Ranveig schlägt ihm die Blumen aus der Hand und stapft davon. Dags Augen sind beinahe so rund wie der Mond, als er ihr stumm hinterhersieht.

Nachdem wir einen belustigten Blick getauscht haben, gehen Ingmar und ich zu ihm hinüber. »Tut mir echt leid für dich, Dag.« Ingmar tätschelt ihm tröstend die Schulter. »Vielleicht hast du im nächsten Jahr mehr Glück.«

»Sie brennt heller als das Freudenfeuer«, seufzt der Verschmähte. »Ich glaube, jetzt gönne ich mir diesen Met.« Damit verschwindet er Richtung Ausschank, wobei er sich rücksichtslos durch die Feiernden drängt.

»Den bringt so schnell nichts aus der Ruhe, wie?«, stelle ich kopfschüttelnd fest und drehe mich grinsend zu Ingmar um. Der allerdings wirkt plötzlich verunsichert.

»Eigentlich wollte ich auch welche für dich pflücken.« Verlegen kratzt er sich am Hinterkopf. »Aber dann dachte ich mir … Ich war nicht sicher, ob du so etwas magst.«

»Oh.« Jetzt weiß ich nicht mehr, was ich sagen soll.

»Für Blumen ist später noch Zeit, Ingmar.« Alvtir tritt aus den Schatten, was mich erleichtert aufatmen lässt. Sie war seit gestern verschwunden, und ich hatte langsam angefangen, mir Sorgen zu machen. »Damit hat meine Suche ein Ende«, fügt sie hinzu.

»Suche nach wem?«, frage ich witzelnd.

»Nach euch beiden«, antwortet sie, ohne eine Miene zu verziehen. »Sammelt Hetha, Wisna, Ranveig und Dag ein und sagt ihnen, dass sie ihre Sachen packen sollen, aber möglichst ohne Aufmerksamkeit zu erregen. Geht maximal zu zweit. Wir treffen uns in meinem Haus. Und bringt eure Waffen mit.«

Damit wendet sie sich ab und verschwindet in der Dunkelheit. Verwirrt sehen Ingmar und ich uns an.

»Was war das denn?«, fragt er schließlich.

»Keine Ahnung. Aber das verheißt nichts Gutes.«

Mawu hängt rund und tief am Himmel, als Ingmar und ich den schmalen Pfad entlangwandern, der zu Alvtirs Haus führt. Dadurch wird das unangenehme Zwielicht der Sommernacht noch heller als gewöhnlich. Wir finden Alvtir an der Feuergrube vor ihrem Langhaus, wo sie eine kleinere Version des Freudenfeuers entzündet hat, das auf dem Mittsommerfest brennt. Die anderen vier stehen ein wenig abseits und warten auf uns.

Als wir uns nähern, fällt mir auf, dass Alvtir die Furcht einflößende Bärenweste angelegt hat, die sie auch in Anfa trug. Angrboda hängt an ihrer Hüfte.

»Da sind sie ja.« Ranveig hat wieder die Arme vor der Brust verschränkt und wendet sich nun an Alvtir: »Was soll das hier werden, ein Kostümfest? Ich habe wirklich Besseres zu tun.«

Alvtir wirft ihr einen vernichtenden Blick zu. »Was wäre denn besser, als der Frau zuzuhören, die dich vor einem Leben als Hure bewahrt hat?«

Mir entgleist das Gesicht. Alvtir hat Ranveig *gerettet*? Wo? Wann? Fragend sehe ich zu Hetha und Wisna hinüber, aber sie weichen meinem Blick aus.

Ranveig hingegen fixiert Alvtir mit finsterer Miene. Dann spuckt sie auf den Boden, sagt aber nichts mehr.

»Was ist los, Alvtir?«, fragt Hetha endlich.

Alvtir steht auf und mustert uns über die Flammen hinweg. Unwillkürlich kommt mir der Gedanke, dass es sicher genau so aussehen wird, wenn sie einmal das Tor nach Walhalla durchschreitet – mit dem Mond im Rücken und der Spiegelung zuckender Flammen in den blauen Augen.

Ihr entfährt ein tiefer, zittriger Seufzer, der mein Herz rasen lässt. Sie wirkt beinahe ... *nervös*. Die verstohlenen Regungen der anderen verraten mir, dass sie es ebenfalls spüren.

Alvtir sieht uns an, einen nach dem anderen, und wendet sich zuletzt mir zu. Ihr Blick ist scharf, forschend, als wäre das Feuer eine Fackel, mit deren Hilfe er sich bis in die Tiefen meines Herzens bohrt.

Letztlich scheint sie zufrieden zu sein mit dem, was sie dort sieht, denn sie beginnt zu sprechen: »Ihr sechs seid die einzigen Menschen auf dieser Welt, denen ich mein Leben anvertrauen würde. Ihr seid nicht nur die fähigsten Kämpfer der Hird, sondern auch die ehrenhaftesten. Nie habt ihr meinen Führungsanspruch infrage gestellt, nie musste ich an eurer Loyalität zweifeln. Deshalb werde ich nun meine Geheimnisse mit euch teilen.«

Wieder sieht sie mich durchdringend an. »Yafeu, du bist neu in unseren Reihen, deshalb weißt du es nicht: Auf dem Rückweg von unserem letzten Beutezug habe ich mein Schiff vor der von den Sarazenen beherrschten Stadt Lissabon ankern lassen. Während die anderen an einem Strand fernab der Stadt blieben, schlich ich allein bis zur Stadtmauer weiter – angeblich, um dort nach Schwachstellen in der Verteidigung zu suchen.«

Nun wendet sie sich auch an die anderen. »Damals konnte ich nicht über meinen eigentlichen Grund sprechen, aber er bestand nicht allein darin. Bevor wir Skíringssal verließen, habe ich einen fränkischen Händler, der regelmäßig nach Iberien reist, dafür bezahlt, dass er mir eine Audienz beim Emir von al-Andalus beschafft. Zwar kam der Emir nicht selbst, aber er schickte zwei Abgesandte, die sich in seinem Namen mit mir trafen. Ich habe ihm einen Handel vorgeschlagen: Wir stellen unsere Raubzüge ein, dafür kämpfen wir gemeinsam gegen die Christen, wenn es in einem der beiden Reiche nötig wird. Das alles habe ich ohne das Wissen meines Bruders arrangiert. Als Balli es herausfand, entzog er mir den Status der Stallari.«

Sie unterbricht kurz, damit wir diese schockierende Neuigkeit verarbeiten können.

Deshalb führt Alvtir also nicht mehr die Hird an. Schon vor dem Attentat auf Freydis' Hochzeit wusste sie, dass die Christen gefährlich sind. Sogar so gefährlich, dass sie hinter Ballis Rücken eine neue Allianz schmiedete, um sich gegen sie zu schützen.

»Viele Jahre lang glaubte ich, es sei meine Pflicht, dieses Königreich vor den Christen zu beschützen – nicht nur unser Volk, sondern auch unsere Götter, unsere Art zu leben. Aber ich konnte es meinem

Bruder nicht begreiflich machen. Seine Habgier hat ihn blind gemacht gegen diese Bedrohung. Selbst als sie in seiner eigenen Halle einfiel, wollte er es nicht sehen. Lieber verschwendet er euer aller Leben auf einer endlosen Suche nach Gold, als eure Kraft zum Schutz seines Volkes einzusetzen. Und er würde sein Volk lieber ausbluten lassen, als sich mit weniger zufriedenzugeben, als ihm seiner Meinung nach zusteht. Das alles tut er im Namen unserer Götter, folgt angeblich ihrem Willen, was aber nicht mehr ist als ein Vorwand.«

Mit einem reumütigen Kopfschütteln gibt sie zu: »Aber er ist nicht allein der Schuldige. Als er beschloss, seine Tochter mit dem Erobererkönig Harald zu verheiraten, wurde mir klar: Ich habe mich ebenfalls von Hochmut und Selbstgerechtigkeit blenden lassen. Ich wollte glauben, die Christen seien der Feind. Doch damit lag ich falsch. Mein *Bruder* ist der wahre Feind. Die Christen kämpfen wenigstens noch für ihren Gott. Wir aber kämpfen schon seit Jahren nur noch, um die Habgier meines Bruders zu befriedigen. Wir plündern unschuldige Dörfer, töten unschuldige Menschen, um seine Gier zu stillen. Und Harald und die anderen Könige von Norveg sind keinen Deut besser. Genau wie Balli verehren sie die Götter mit Worten, ihre Taten zielen aber allein auf ihren persönlichen Gewinn ab. Keiner von ihnen hat noch einen Funken Ehre im Leib. Sie sind es nicht wert, gerettet zu werden, genauso wenig wie die Männer, die ihnen folgen. Sollen die Christen sie doch in Stücke reißen – falls sie sich vorher nicht gegenseitig zerfleischen.«

Wieder hält sie inne. Niemand sagt ein Wort. Über der Lichtung hängt eine so drückende Stille, dass ein kurzes Knacken des Feuers wie ein Donnerschlag dröhnt.

»Anfangs wollte ich die Sarazenen von al-Andalus zu unseren Verbündeten machen, weil auch sie Krieg gegen die Christen führen. Deshalb ging ich, als die Berater des Emirs mich nach Lissabon hineinführten, davon aus, eine Stadt vorzufinden, die durch jahrhundertelange Kriege verhärtet sei. Doch genau das Gegenteil war der Fall. Ich sah dort eine Stadt, die unserer weit überlegen ist. Eine Stadt, in der die verschiedensten Völker – Menschen aus unterschiedlichen Ländern, die zu unterschiedlichen Göttern beten – vollkommen gewaltfrei zusammenleben. Christen, Sarazenen und viele andere haben dort einen Weg gefunden, in Frieden Seite an Seite zu existieren.

Und ich denke, auch ich könnte dort in Frieden leben. Deshalb überlasse ich Agder und Norveg nun ihrem Schicksal. Ich möchte den Emir um ein Stück fruchtbares Land bitten und im Gegenzug seine Soldaten unsere Art zu kämpfen lehren. Ich breche heute Nacht noch auf, wenn Ballis Männer zu betrunken sind, um es zu bemerken oder mich aufzuhalten. Euch habe ich hergebeten, weil ich euch die Chance geben möchte, mich zu begleiten.

Ich werde euch nichts vormachen: Das wird kein ruhmreiches Leben, schon gar nicht verglichen mit dem, was ihr kennt. Dort werden wir vor allem Bauern sein, weniger Krieger. Wir werden uns eigene Häuser bauen, werden selbst die Felder bestellen. Es wird die reinste Plackerei und sie wird euch keinerlei Ruhm einbringen. Außerdem müsst ihr alles, was ihr kennt, hinter euch lassen.

Am schlimmsten ist aber, dass ihr den Eid brechen werdet, den ihr eurem König geleistet habt. Damit werdet ihr als treulos gebrandmarkt, als Feiglinge. Doch ich glaube inzwischen, dass es ehrloser ist, einem König wie Balli zu dienen, als den Eid zu brechen, der uns an ihn bindet.

Trotzdem ist mir bewusst, dass ich das nicht von euch verlangen kann. Deshalb werde ich euch nicht darum bitten. Ich biete euch lediglich eine Möglichkeit an. Wer will, kann hierbleiben. Aber eines sollte euch bewusst sein: Der Krieg wird kommen. Entweder wird König Harald ihn in dieses Land tragen oder aber die Christen.«

Stille breitet sich aus und eine greifbare Spannung folgt ihr.

Verschiedenste Gefühle stürmen auf mich ein, ich bin so überwältigt, dass ich kaum klar denken kann.

Ein Teil von mir ist erleichtert, weil ich so nicht gezwungen wäre, für Ballis Profit unschuldige Menschen zu töten. Und natürlich auch, weil ich dann Snorri Broskrapsson los wäre. Aber ein anderer Teil von mir will kein Bauer werden. Obwohl ich eigentlich nie darüber nachgedacht habe. Und wir wären ja trotzdem noch Krieger …

Dann kommen Erinnerungen an die Sklavenhändler dazu. Natürlich liegt mir rein gar nichts an Balli und seinem Volk, aber wie kann Alvtir sicher sein, dass dieser Emir die bessere Wahl ist? Woher will sie wissen, dass sich das Leben bei den Sarazenen wirklich von dem hier unterscheidet, auch wenn wir nicht gegen die Christen oder Harald kämpfen müssten?

Bevor ich diese Fragen stellen kann, bricht Wisna das allgemeine Schweigen: »Alvtir, du solltest doch inzwischen wissen, dass du uns nicht mehr loswirst.«

Hetha greift nach Wisnas Hand und fügt hinzu: »Ich finde es nur schade, dass wir keine Gelegenheit mehr haben werden, Snorri Broskrapsson auszuweiden.«

»Du bist noch immer meine Stallari, Alvtir. Ich werde mit dir kommen«, verkündet Ingmar mit ruhiger Stimme.

»Ihr habt wohl alle den Verstand verloren«, brummt Dag. »Was bedeutet … dass ich bei euch in bester Gesellschaft bin.«

Alvtir nickt nur, doch ihre Augen verraten, wie bewegt sie ist. Sie wendet sich an Ranveig: »Hast du immer noch etwas Besseres vor?«

Ranveig schüttelt den Kopf. »Ich stehe an deiner Seite«, versichert sie inbrünstiger, als ich sie je erlebt habe.

Nun wandert Alvtirs Blick zu mir. Ich blicke in ihre eisblauen Augen, in denen ich Tränen zu erahnen glaube. Stille breitet sich zwischen uns aus, eine Stille, in der so vieles ungesagt bleibt. Doch irgendwie wissen wir beide, dass zwischen uns ein unzerstörbares Band entstanden ist.

Ein lautes Rascheln im Wald bricht den Bann. Alle greifen zu ihren Waffen, als eine in einen langen Mantel gehüllte Gestalt aus der Dunkelheit auftaucht.

»Nehmt mich mit!«, fordert sie laut.

Als ich ihre Stimme höre, rutscht mir das Herz in die Hose. Mit erhobener Hand halte ich Alvtir und die anderen zurück. »Was machst du denn hier, Freydis?«

Sie atmet einmal tief durch und streift den Mantel ab.

Mein Herz krampft sich zusammen, als ich den dunklen Bluterguss auf ihrer Wange sehe. Ich schnappe nach Luft. »Was ist passiert?«

Freydis stellt sich zwar neben mich, wendet sich aber an Alvtir: »Ich habe gesehen, wie Yafeu das Fest verlassen hat, und bin ihr hierhergefolgt. Ich bin gekommen, um meiner Ehe mit Harald zu entfliehen, und ich bin davon überzeugt, dass die Götter mich aus einem bestimmten Grund hierhergeführt haben. Bitte, Tante, nimm mich mit.«

Alvtir antwortet nicht, ihr Gesicht ist reglos wie Stein.

Nun lässt Freydis ihren flehenden Blick über die Gruppe wandern, doch Ranveig krümmt sich bereits vor Lachen. »*Die* will sich *uns* anschließen?«, presst sie zwischen zwei Lachern heraus.

Freydis zuckt kurz zusammen; es fällt ihr sichtlich schwer, nicht die Fassung zu verlieren. »Ja, das will ich«, sagt sie trotzdem.

»Du verstehst das nicht, Freydis«, versuche ich es wesentlich sanfter. »Hier gibt es keinen Platz für eine Prinze…«

»Lieber sterbe ich, als auch nur einen Tag länger als *Prinzessin* Freydis zu leben!« Eine Träne rollt über ihre geschwollene Wange, aber sie wischt sie wütend ab. »Mein Leben lang war ich in einem Käfig aus Furcht gefangen: Furcht vor dem Zorn meines Vaters, Furcht vor der ständigen Enttäuschung meiner Mutter. Ich habe sie über mein Schicksal bestimmen lassen, weil ich zu viel Angst hatte, um an ihnen zu zweifeln, und noch viel mehr Angst davor, selbstständig zu denken. Immer konnte ich nur zu den Göttern beten, dass sie mir in der Zukunft ein wenig Glück schenken mögen. Und dann hat Harald …« Beinahe unbewusst streicht sie mit den Fingerspitzen über ihre Wange und schüttelt traurig den Kopf. »Harald hat bloß bewiesen, dass meine Eltern die ganze Zeit im Unrecht waren. Ich will mehr als das Leben, das sie für mich gewählt haben. Ich will frei sein und selbst über mein Schicksal entscheiden.« Wütend fährt sie zu ihrer Tante herum. »So wie du es tust. So wie *ihr alle* es tut.«

Nach ihren Worten senkt sich wieder Stille über die Lichtung. Ich weiß nur zu gut, wie schmerzhaft es ist, in einem Leben gefangen zu sein, das man nie wollte. Aber ein Leben als Prinzessin hinter sich zu lassen, ist etwas vollkommen anderes, als sich aus einem Sklavendasein zu befreien oder auch nur das Leben eines Kriegers aufzugeben.

»Deine Not lässt mich nicht kalt, mein Kind, aber du bist nicht bereit für die Strapazen, die vor uns liegen«, sagt Alvtir schließlich. »Es tut mir leid, aber für dich gibt es auf dieser Reise keinen Platz.«

Freydis lässt mutlos den Kopf hängen. Die Hoffnungslosigkeit in ihrem Blick weckt namenloses, abgrundtiefes Leid in mir; ein Leid, das ich als Spiegelung in anderen stets wiedererkenne. Da weiß ich, dass ich sie nicht im Stich lassen kann.

Also wende ich mich nun an Alvtir: »Es wäre ehrlos, sie hier zurückzulassen.«

Das sorgt für Unruhe in der Gruppe. Selbst Freydis weicht überrascht einen Schritt zurück. Nur Alvtir erwidert ungerührt meinen Blick.

Mein Herz beginnt zu rasen, als sie auf uns zukommt. Sie packt Freydis' Hände und biegt ihre Finger auf, was einen schrillen Protest auslöst.

»Sieh dir ihre Hände an«, verlangt Alvtir mit gepresster Stimme. »Keine Schwielen, keine Narben. Sie würde in Iberia keinen Tag überleben, falls sie überhaupt so weit käme.«

Es kostet mich eine Menge Kraft, gegenüber dieser Missbilligung nicht einzuknicken, aber ich schaffe es. »Mag sein, dass sie anders ist als wir, Alvtir, aber das heißt nicht, dass sie nichts beizusteuern hat. Sie kennt sich zum Beispiel mit Runenmagie aus.« Als Alvtir überrascht die Brauen hebt, fahre ich hastig fort: »Und sie ist geschickt mit der Nadel. Sie kann Wunden nähen«, ich deute auf die Narbe an meinem Hals, »und Kleidung flicken. Sie weiß, welche Pflanzen man zur Wundversorgung und gegen andere Beschwerden verwendet. Und sie kann schnell und entschlossen reagieren, da sie zur Königin erzogen wurde. Sie durchschaut die Gedanken und Gefühle anderer und weiß genau, wie sie das für ihre Zwecke nutzen kann. Auf diese Weise hat sie mir das Leben gerettet, als die Kraft der Úlfheðinn nichts ausrichten konnte.«

»Ich behaupte ja gar nicht, ebenso nützlich zu sein wie ihr«, wendet sich Freydis nun an die gesamte Gruppe. »Aber ich werde tun, was immer nötig ist, werde alles erdulden, was ich erdulden muss, um mir einen Platz in euren Reihen zu verdienen.«

In Alvtirs Blick flackert nun eindeutig Zorn auf. Mir stockt der Atem. Niemand wagt es, auch nur zu blinzeln, während wir auf ihr Urteil warten.

Schließlich stößt sie einen ergebenen Seufzer aus. »Du bist für sie verantwortlich«, ermahnt sie mich widerwillig.

»Verstanden.«

Und ich verstehe es wirklich, denn noch während ein Teil von mir sich für Freydis freut, spürt ein anderer bereits, wie sich die Last der Verantwortung wie ein viel zu schwerer Mantel um meine Schultern legt. Ein Mantel, den ich wohl niemals wieder werde abstreifen können.

Zumindest nicht, bis eine von uns stirbt.

FREYDIS

So unbeschwert habe ich mich seit Jahren nicht mehr gefühlt, beinahe beschwingt.

Sie werden mich mitnehmen.

Ich werde Skíringssal verlassen.

Ich bin *frei*.

Schnell drehe ich mich zu Yafeu um, da ich ihr sagen will, wie dankbar ich ihr bin. Doch als ich ihren gehetzten Blick sehe, schaffen es die sowieso recht kümmerlichen Worte nicht mehr über meine Lippen.

Du bist für sie verantwortlich. Das hat Alvtir zu ihr gesagt. Vor noch gar nicht langer Zeit war *ich* für *sie* verantwortlich. Kaum zu glauben, dass seitdem erst wenige Mondphasen verstrichen sind.

Erstickende Schuldgefühle drohen mein Herz zu zerquetschen, aber dagegen kann ich jetzt nichts tun. Es gibt nur noch einen Weg für mich und ich werde ihn beschreiten müssen.

Ich schlinge meine Arme um Yafeu, ziehe sie an mich und flüstere inbrünstig: »Ich werde keine Last für dich sein.«

Doch schon während ich es sage, steigen Tränen in meinen Augen auf, und ehe ich michs versehe, hänge ich schluchzend und zitternd wie ein Kind in ihren Armen.

Ich klammere mich an Yafeu fest, als ginge es um mein Leben. Und ich hasse mich dafür.

Sie streichelt mir sanft über den Rücken. »Ist schon gut, jetzt bist du ja hier. Du hast es geschafft, zu entkommen.« Schließlich löst sie sich von mir, umfasst mein Gesicht mit den Händen und fragt: »Siehst du? Ich habe es dir ja gesagt: Du bist stark.«

Ich atme tief durch, um mich wieder in den Griff zu bekommen. »Jetzt glaube ich es«, antworte ich. »Jetzt glaube ich es.«

Plötzlich spüre ich eine zweite Hand an meinem Rücken. Als ich mich umdrehe, steht eine der Schildmaiden vor mir: die große, schlanke mit den freundlichen Augen. »Jeder Mensch muss seine eigenen Schlachten schlagen. Aber wir müssen sie nicht immer allein ausfechten.«

»Willkommen in unserer gesetzlosen Bande!«, fügt ihre blonde Gefährtin hinzu, was alle zum Lachen bringt. Erleichtert darüber, dass sie so freundlich sind, stimme ich mit ein.

»Eidbrecher und Prinzessinnenentführer?«, ruft der Mann, dessen Brustkorb den Umfang eines Bierfasses hat. »Ich denke, darauf sollten wir anstoßen!«

»Hört, hört!«, ergänzt der schlanke Mann mit den braunen Haaren, dessen Augenfarbe mich an den Vítrirsee an einem lauen Sommertag erinnert.

Yafeu zieht eine Braue hoch und nimmt meine Hand. »Komm, ich stelle dich den anderen vor.«

Hohe Flammen verschwimmen vor meinen Augen, genau wie die ausgestreckten Beine daneben. Ich habe keine Ahnung, wie viel ich getrunken habe, weiß nur noch, dass Hetha mein Horn immer wieder mit frischem Bier gefüllt hat.

Was für ein Bild: ich, sturzbetrunken im Heim meiner Tante Alvtir, zusammen mit einer Bande von Eidbrechern. Könnte das Mädchen, das ich vor einem Jahr noch war, mich so sehen, wäre es mehr als schockiert. Wahrscheinlich würde es mich schlimmer ausschimpfen als Helge, wenn die mich unter solchen Menschen erwischen würde.

Und doch war ich niemals zuvor so glücklich, genau dort zu sein, wo ich jetzt bin. Zumindest nicht mehr, seit ich als kleines Mädchen furchtlos durch die Wälder rund um Skíringssal streifte. Damals war ich zum letzten Mal wirklich frei.

Als Alvtir Yafeu beiseitenahm, um unter vier Augen mit ihr zu sprechen, und ich allein bei der Gruppe zurückblieb, war ich zunächst nervös. Aber die anderen haben mich freundlich willkommen geheißen. Alle außer dem mürrischen Mädchen, Ranveig. Selbst in meinem benebelten Zustand merke ich noch, wie sie mir von der anderen Seite des Feuers aus vorwurfsvolle Blicke zuwirft, während sie ihr Schwert schärft. Offenbar wird es mehr brauchen als nur Yafeus Unterstützung, um mir ihren Respekt zu verdienen.

»Und du durftest wirklich überhaupt nicht mitbestimmen, wen du heiratest? Nicht einmal, indem du den Kandidaten annimmst oder ablehnst?«, fragt Hetha, während sie mir Bier nachschenkt. Ich versuche abzulehnen, aber sie drückt mir das volle Trinkhorn einfach in die Hand.

»Bei meiner Verheiratung ging es immer nur darum, ein günstiges Bündnis für Agder zu schmieden.« Ich nippe kurz. »Wenn mein Vater Tafl spielt, ist ihm egal, was der Spielstein von seinem Zug hält.«

»Da kann ich dir nicht verübeln, dass du abgehauen bist«, befindet Hetha. »Hätte ich auch so gemacht. Vor allem bei einem Vater wie König Balli.«

»Wir können uns wenigstens aussuchen, wen wir lieben«, fügt Dag hinzu und wirft einen verstohlenen Blick zu Ranveig hinüber.

»Den Göttern sei Dank für die kleinen Freuden«, murmelt die.

Ich unterdrücke ein Kichern, was prompt in einem Schluckauf endet. Beschämt schlage ich die Hand vor den Mund.

Ranveig mustert mich mit schmalen Augen. »Die werte Prinzessin kann ihr Bier nicht bei sich behalten.« Wieder zieht sie die Klinge über den Wetzstein, was ein schrilles Kreischen hervorruft. »Mit einem Schwert geht es ihr wahrscheinlich genauso.«

Stille senkt sich über die Gruppe. Dabei hat sie recht: Ich weiß wirklich nicht, wie man mit einem Schwert umgeht. Das hat Yafeu mir nicht beigebracht. Aber sie hat mir einige andere Dinge gezeigt. Doch als ich genau das sagen will, springt Ingmar plötzlich auf und zieht sein Schwert aus der Scheide.

»Hast du etwa Angst, es könnte dir an prinzessinnenhafter Grazie fehlen, Ranveig?«

Ranveigs Lächeln ähnelt eher dem Zähnefletschen eines Wolfes. Sie springt ebenfalls auf und lässt ihre Waffe von einer Hand in die andere wandern. »Ich werde dir zeigen, wie viel Grazie in mir steckt, du irischer Mistkerl!«

Ich zucke ängstlich zusammen, aber Ingmar lacht nur. »Dann mal los!«

Sie fangen an zu kämpfen, und trotz des vielen Biers ist jede Bewegung absolut präzise. Zunächst drehe ich mich nervös zu den anderen um, doch als ich nur belustigte Gesichter sehe, entspanne ich mich. Bei Kriegern ist die Grenze zwischen spielerischem Geplänkel und echtem Kampf offenbar nicht leicht auszumachen.

Ich trinke noch einen Schluck und starre dann in die tanzenden Flammen. Einer von Tantes Hunden kommt zu mir und legt seinen Kopf in meinen Schoß. Geistesabwesend kraule ich ihn hinter den Ohren. Waffenklirren und Gelächter hallen durch die rauchige Nacht. Bald schon werde ich mit den anderen scherzen, sticheln und kämpfen können. Bald schon werden sie mich als eine der ihren anerkennen. Sogar Ranveig.

Ein dumpfer Schlag holt mich in die Gegenwart zurück. Ingmar hat Ranveig das Schwert aus der Hand geschlagen, nun hebt sie ergeben die Arme. »Gut gekämpft, Ingmar Schildbrecher«, gibt sie zu, während sie sich wieder am Feuer niederlässt. »Die Frage ist nur: Hast du die Ehre der Prinzessin verteidigt oder doch eher die ihrer Magd?«

Damit meint sie Yafeu. Selbst der warme Schein des Feuers kann nicht verbergen, wie sich Ingmars Wangen röten.

»Jetzt triez den armen Mann doch nicht so, nur weil er dich geschlagen hat«, brummt Wisna.

Ihn *triezen*? Mit Yafeus Ehre?

Wo steckt Yafeu eigentlich? Hat sie die ganze Zeit mit Alvtir gesprochen? Hoffentlich reden sie nicht über mich. Ich spähe angestrengt zum Schuppen hinüber, kann in der Dunkelheit aber nichts erkennen.

Plötzlich beginnt jemand zu singen. Als ich mich wieder der Gruppe zuwende, stelle ich überrascht fest, dass es Dag ist. Mit erstaunlich sanfter und voller Stimme stimmt er eine Melodie an, die mir bekannt vorkommt.

Von eisigen Höh'n bis zum Meeressaum,
über das weite Land bis zu des Ozeans Schaum,
in der Jungfrau Klage und des Poeten Reim,
ich sah die Welt, suchte plündernd sie heim.

Dann fällt es mir wieder ein: Es ist ein altes Lied, das hin und wieder von der Hird gesungen wird, wenn sie von einem Beutezug zurückkehrt. Helge summte manchmal die Melodie, wenn sie mich als Kind badete oder mir das Haar kämmte.

Doch nun mein Herz ist müde und schwer,
sehnt nach Walhallas Glanz und köstlich Met sich sehr,
um zu frohlocken unter Odins wachsamem Blick,
meine Tage zu vollenden in seligem Glück.

Wisna stimmt mit ein, und auch sie hat eine wundervolle Stimme, tief und weich. Ingmar streckt Hetha mit einer eleganten Verbeugung die Hand entgegen, die sie grinsend ergreift. Die beiden tanzen um das Feuer, während die anderen singen.

Wilde Schlachten ich schlug in weiter Ferne,
im Glanz der über uns wachenden Sterne.
Ich durchbrach ihren Schildwall, zerschlug ihr Heer,
für Blut und Wein, für Ruhm und Ehr'.

Nun aber lasst für mich Heimdalls Horn erschallen,
um zu erheben mich in des ew'gen Morgens Licht,
wo die Einherjer sich freudig versammeln alle,
wo Freund und Feind wieder finden sich.

Der Drachenschiffe Segel sah ich weh'n,
musste des bitt'ren Winters Sturm übersteh'n,
hörte des Raben siegreichen Schrei,
war bei der Könige und Jarls Sturz auch dabei.

Nun der Nornen Faden wird brüchig und dünn,
zum letzten Ende zieht es mich hin,
hört, ihr jungen Leut', gut auf mein Wort,
wie ein Meeressturm fegt das Leben hinfort.

Ich starre ins Feuer und wünsche mir plötzlich, eine Seherin zu sein, die dem Flackern der Flammen unser Schicksal entnehmen könnte. Als die letzte Strophe beginnt, fange ich ebenfalls an zu singen und stelle erstaunt fest, wie ruhig meine Stimme klingt.

So schlag mich nun, oh tapferer Geselle
und schick mich hinaus auf meiner letzten Welle.
Walhalla erwartet mich, die goldenen Hallen
und dort dann will ich endlich verweilen.
Dort dann will ich endlich verweilen.

37 ALVTIR

Du sollst die Erste sein, die meine Geschichte hört, Yafeu. Die Welt kennt mich als Alvtir der Berserker, aber das ist kaum mehr als eine Maske. Hinter dieser Maske steht die Frau. Oder zumindest stand dort einmal eine Frau. In meiner Jugend unterschied ich mich im Grunde kaum von Freydis. Wie sie war ich nicht mehr als ein Handelsgut, von dem sich gefühllose Männer Gewinne versprachen. Und wie sie sehnte ich mich nach Liebe und Freiheit.

Anders als sie fand ich beides.

Sein Name war Aonghas. Er hatte alles, was ich mir von einem Gefährten erhoffte: Er war standhaft, ehrbar und voller Güte. Der Schönheit der Welt stets zugeneigt, scheute er auch nicht vor ihren hässlichen Seiten zurück. Er nahm beides an, so wie er mich mit all meinen Facetten annahm.

Diese Stadt hieß Geirstad, bevor mein Bruder sie in Skíringssal umbenannte. Die Männer von Geirstad sahen in mir nie mehr als die Tochter des Jarls, keiner von ihnen sah jemals *mich*. Eine Schönheit war ich nie, lediglich stark, klug und geschickt. Aonghas aber schätzte diese Qualitäten, er betrachtete mich als ebenbürtig. Und ich brannte von unserer ersten Begegnung an für ihn mit einer Leidenschaft, von der ich zuvor nicht gewusst hatte, dass sie in mir steckte.

Doch Aonghas war ein Piktenkrieger und nur auf der Durchreise im Gefolge eines nordischen Herrn; anschließend wollte er nach Skotland zurückkehren und sich auf den nördlichen Inseln niederlassen. Voller Begeisterung sprach er über diese windgepeitschten Inseln, auf denen die unterschiedlichsten Menschen lebten, die von nah und fern kamen, um sich an diesem friedlichen Ort ein Heim zu schaffen. Als jüngster Sohn einer kinderreichen Familie hatte er sich sein Leben lang als Söldner durchgeschlagen, in den Kriegen fremder Menschen gekämpft und nun endlich genug verdient, um sich ein Stück Land zu kaufen.

Am Abend vor seiner Abreise schlich ich mich aus dem Haus meiner Eltern und wir verbrachten die Nacht in der Scheune meines Vaters. Wie Leibeigene lagen wir bei den Tieren im Stroh, waren dabei aber glücklicher als jeder König. Vater hätte mir eine Tracht Prügel verpasst, wenn er uns erwischt hätte – und Aonghas hätte er hinrichten lassen, weil er seine Tochter entehrt hatte. Aber wir waren jung und verliebt. Wir hätten selbst den Göttern getrotzt, um zusammen sein zu können.

›Hier hält dich doch nichts‹, flüsterte er, als wir uns im Dunkeln in den Armen lagen. ›Komm mit mir, Alvtir, ich mache dich zu meiner Frau. Dann können wir dort gemeinsam ein neues Leben beginnen.‹

Ich sagte sofort zu. Er hatte recht, hier hielt mich nichts. Zwar war ich meinem Bruder in jeder Hinsicht überlegen, doch obwohl ich ihn überstrahlte, hätte ich doch niemals Anspruch auf sein Geburtsrecht. Einfach nur aufgrund der Tatsache, dass er ein Mann war, würde er beim Tod unseres Vaters der nächste Jarl werden, während man mich an den meistbietenden Heiratskandidaten verschachern würde. Vor Aonghas hatte ich höchstens darauf hoffen können, bei einem Ehemann zu landen, der nicht allzu grausam war.

Wir stahlen in dieser Nacht die Knarre eines Kaufmanns und setzten Segel, noch bevor Sól ihren Himmelswagen bestieg. Dass wir während der ganzen Reise günstigen Wind hatten, betrachteten wir als Zeichen dafür, dass unser Unterfangen gerechtfertigt war. Schon beim nächsten Sonnenaufgang legten wir an Aonghas' Insel an, und bevor Sól wieder unterging, waren wir nach den Gesetzen seines Volkes ein Ehepaar; wir feierten eine Piktenhochzeit. Laut den Gebräuchen meines Volkes hatte diese zwar keinerlei Gewicht, aber für mich war sie vollkommen ausreichend.

Die Insel war erst wenige Jahre zuvor besiedelt worden, sodass man den kleinen Weiler nicht einmal als Dorf bezeichnen konnte. Es gab viel zu tun: Das Land musste gerodet und bestellt werden, bevor die Saat ausgebracht werden konnte. Häuser, Brunnen und Mauern mussten gebaut werden. Aus wildem Land einen Bauernhof zu machen, war eine größere Aufgabe, als ich es mir hätte vorstellen können. Wir schufteten von früh bis spät und schliefen jeden Abend erschöpft ein. An den meisten Tagen war der Hunger unser Bettgefährte.

Aber ich war schon immer stark, schon immer eine Kämpferin.

Außerdem zogen wir Glück und Kraft aus unserer Liebe. Und die Insel war genau so, wie Aonghas es mir versprochen hatte. Unsere Nachbarn waren gute Menschen, die ähnlich dachten wie wir. Sie stammten aus Irland, Dalriada, Northumbrien und von noch weiter her. In unserem Weiler wurde jeder mit offenen Armen empfangen. Pikten, Nordmänner, Sami – es spielte keine Rolle, woher man kam oder welche Götter man anbetete. Solange man in Frieden kam und bereit war, hart zu arbeiten, war man willkommen. Mir fehlten weder mein eifersüchtiger, gehässiger Bruder noch meine lieblosen Eltern. Und ich glaube auch nicht, dass sie mich vermissten.

Nach vielen Mondläufen war unser Bauernhof endlich fertig, alles lief gut. Wir bauten Altäre für Njord, Frey und Odin und errichteten Gebetssteine für seine Götter, die sich teils von meinen unterschieden, teils aber auch nicht. Alles war wunderbar, bis auf eines: Anscheinend konnte ich kein Kind empfangen. Ich ging aber davon aus, dass dies dem Nahrungsmangel und der harten körperlichen Arbeit zuzuschreiben war und mein Körper sicher für die Mutterschaft bereit sein würde, wenn wir erst eine ordentliche Ernte eingefahren hatten.

Doch bevor die erste Ernte reif war, wurde unser Dorf zerstört.

Nicht durch *Víkingar*, sondern von den Armeen eines neuen christlichen Königs in Skotland, dem sein Glaube offenbar abverlangte, die Pikten seinem Gott zu unterwerfen – und dabei jeden abzuschlachten, der sich dagegen wehrte.

Voller Entsetzen musste ich mitansehen, wie die Soldaten des Königs meinem Mann die Kehle aufschlitzten. Ich sah zu, wie sein Blut die Erde tränkte, die wir durch unsere harte Arbeit fruchtbar gemacht hatten.

Dann wandten sich die Soldaten mir zu. Zu diesem Zeitpunkt wäre mir der Tod willkommen gewesen, aber das hatten sie nicht für mich vorgesehen. Sie wechselten sich ab, fielen wieder und wieder über mich her. Schlugen mich halb tot. Und nachdem sie ihren Spaß mit mir gehabt hatten, ließen sie mich zum Sterben zurück.

Aber ich war schon immer stark, schon immer eine Kämpferin.

Als ich wieder zu Bewusstsein kam, waren mein Weiler und mein Heim niedergebrannt und verlassen. Alle waren entweder tot oder gefangen genommen worden.

Eine Weile lag ich einfach in unserem zerstörten Haus auf dem Fußboden und hoffte, dass Hel mich bald holen würde, damit diese Schmerzen ein Ende hätten. Ich rührte mich nur, um zu essen oder das Regenwasser zu trinken, das sich draußen in einem Eimer sammelte. Ich weiß nicht mehr, wie viele Tage ich so verbrachte, einzig damit beschäftigt, auf den Tod zu warten. Aber die Götter hatten andere Pläne. Nach und nach heilten meine Wunden, und mir wurde klar, dass mir keine andere Wahl blieb, als mich irgendwie nach Geirstad durchzuschlagen und darum zu beten, dass mein Vater mich wieder bei sich aufnahm.

Sobald ich stark genug war, begrub ich Aonghas und nahm mir die wenigen Münzen, die er sicher versteckt hatte. Durch Njords Gnade fand ich eine alte Barke, die den Fackeln der Soldaten entgangen war. Bis nach Norveg würde das Boot nicht durchhalten, aber ich schaffte es damit immerhin bis zum Festland. Nach ein paar glücklosen Tagen konnte ich schließlich meine Münzen gegen eine Passage auf einem Handelsschiff eintauschen, das mich nach Geirstad brachte.

Während dieser Reise blieb meine Mondblutung aus. Man sah noch nichts, aber mein weiblicher Instinkt verriet mir, dass ich schwanger war. Dabei quälte mich vor allem die Frage, ob das Kind von Aonghas oder von einem der Soldaten gezeugt worden war.

Bei meiner Rückkehr nach Skíringssal erfuhr ich, dass meine Eltern inzwischen gestorben waren, dahingerafft von einer Seuche, die nach meinem Verschwinden das Land heimgesucht hatte. Also beugte ich das Knie vor meinem Bruder, der sich nun König nannte. Ich flehte ihn an, mich wieder in die Familie aufzunehmen. Obwohl es mich quälte, log ich und behauptete, Aonghas sei ein Spion der Christen gewesen, die sich mit dem König der Skoten verbündet hatten. Ich behauptete, von ihm entführt worden zu sein, da er Lösegeld erpressen wollte. Und dass es mir gelungen sei, zu fliehen und nach Hause zurückzukehren.

Balli nahm diese Erklärung widerspruchslos hin, vermutlich weil er genau wusste, dass er mich für seine Zwecke einsetzen konnte. Kurz zuvor hatte er Agders Unabhängigkeit verkündet und sich damit von König Godfred von Danmǫrk losgesagt, und nun brauchte er einen Stallari, um seine Armee zu führen. Kein einziges Mal fragte er mich, was für ein Leben ich während der Monate geführt hatte, in denen ich verschwunden gewesen war. Und ich sagte es ihm auch nicht. Wir kamen zu der stillschweigenden Übereinkunft, so zu tun, als wäre das alles nie passiert.

Es dauerte nicht lange, bis Godfreds Männer an unserer Küste anlandeten, um sich Agder zurückzuholen. Sie waren uns drei zu eins überlegen, aber ich entwickelte einen Plan, um das auszugleichen. Sobald die ersten Schiffe gesichtet wurden, führte ich zwei Drittel der Hird in den Wald. Dem Rest der Truppe befahl ich, sich möglichst ängstlich zu geben, wenn die Schiffe anlegten, und sich auf das Anwesen meiner Familie zu flüchten, das mitten in der Stadt lag. So ließen wir die Dänen glauben, dass uns lediglich ein paar Dutzend Söldner zur Verfügung stünden, treulose Feiglinge. Voller Arroganz verfolgten sie unsere Männer bis zu einer alten Trinkhalle, fest davon überzeugt, den Sieg bereits in der Tasche zu haben. Ich aber schnitt ihnen mit dem Rest unserer Hird den Rückweg ab, sodass sie in der Falle saßen.

Wir stürzten uns in den Kampf, und es dauerte nicht lange, bis die überlebenden Dänen sich uns ergaben.

Aber eine Kapitulation reichte mir nicht. Ich wollte ihr Blut.

Also schloss ich die Dänen in der Trinkhalle ein und ließ sie von unseren Männern in Brand stecken. Aber das Feuer breitete sich aus und zerstörte alles, was sich zwischen der Halle und dem Ufer des Vítrirsees befand. Die halbe Stadt ging in Flammen auf, und nicht nur die dänischen Krieger, sondern auch unsere eigenen Leute verbrannten, unsere Frauen, unsere Kinder. Sie sind lebendig in ihren Betten verbrannt. Durch meine Hand.

Ich hatte uns unsere Freiheit gesichert, aber die Menschen fürchteten und verabscheuten mich. Mein Bruder heimste den Ruhm für den brillanten Teil des Plans ein, hatte aber kein Problem damit, die Schande für sein grausames Ende ganz auf mich abzuwälzen. Die Leute konnten über mich sagen, was ihnen gefiel, solange sie ihm nur die nötige Ehrerbietung entgegenbrachten. Er baute sich eine neue Halle oben auf dem Hügel, größer als alles, was unsere Vorfahren je errichtet hatten, und nannte sie Skíringssal, die Halle des Lichtes. Auf seine Veranlassung hin wurde der Hafen erweitert, er lud Händler und Handwerker aus aller Welt zu uns ein. Er war der Retter der Stadt, ich war ihr Fluch.

Die Monate vergingen und irgendwann war meine Schwangerschaft nicht mehr zu übersehen. Angewidert schickte mich mein Bruder zu einer verwitweten Tante. Sie hatte keine Kinder und behandelte mich gut, aber alle anderen betrachteten mich als Schande. Man ging davon aus, dass ich während meiner »Gefangenschaft« in Skotland entehrt worden sei. Und ich konnte sie nicht korrigieren, ohne dabei meinen Verrat einzugestehen. Doch in Wahrheit kümmerte es mich auch nicht, was die Leute dachten. Für mich war nur eines wichtig: mein Kind. Ich hoffte so sehr, eine erkennbare Ähnlichkeit mit Aonghas in ihm zu entdecken, damit ich mir sicher sein konnte, dass er der Vater war. Nur diese Hoffnung ließ mich weitermachen.

Doch ich sollte es niemals herausfinden. Das Kind kam zu früh auf die Welt. Meine Tante zeigte mir nie sein Gesicht, ich durfte es nicht einmal halten. Sie behauptete, Frauen würden dem Wahnsinn verfallen, wenn sie ihr Totgeborenes in den Arm nahmen, da sie es dann für lebendig hielten.

Nun war mein Herz endgültig gebrochen. Ich hatte nichts mehr, wofür es sich zu leben lohnte.

Die Frauen begannen zu tuscheln, dass mein Leib von den Göttern verflucht worden sei, zur Strafe, weil ich all diese Menschen in den Feuertod geschickt hatte. Irgendwann verbreitete sich das Gerücht, dass sich dieser Fluch auf jede Frau übertrage, die mich berührte, sodass sie dann nur noch tote Kinder gebären könne.

Ich frage mich oft, ob sie vielleicht Recht hatten. Vielleicht hatte ich durch meine Tat tatsächlich einen Fluch auf mich geladen. Andererseits war ich auch schon lange vor dieser Schlacht von Unglück heimgesucht worden und es sollte auch danach noch lange an meiner Seite bleiben.

Meine Tante war alt und gebrechlich, sie starb nur kurze Zeit nach meinem Sohn. Plötzlich gab es niemanden mehr, der sich um mich kümmerte, und ich hatte der Welt nichts zu bieten außer dem Zorn einer Frau.

Ich beschloss, mir selbst doppelt so viel abzuverlangen wie meinen Männern, damit niemand mich beschuldigen konnte, schwach zu sein. Ich würde ihnen beweisen, dass ich meine Position als ihr Anführer verdiente. Und schon bald war ich die Beste unter all unseren Kriegern und wurde in ganz Norveg als Berserker bekannt. Damals glaubte ich zu wissen, warum die Götter mir mein Leben gelassen hatten, als sie mir alles andere nahmen: Der Allvater musste mich auserwählt haben, damit ich mein Volk vor der Auslöschung durch die Christen bewahren konnte.

Die Schlacht von Geirstad war vorbei, aber der Kampf um den alten Glauben hatte gerade erst begonnen. Ich ließ meinen Bruder in dem Glauben, seine treue Stallari zu sein, doch in Wahrheit war einzig und allein Odin mein Herr. Er schützte mich, als ich mich an den Christen rächte. Selbst als der Hass mich verzehrte, war ich davon überzeugt, dass man mich in Liedern und Gedichten verehren würde: Alvtir die Bezwingerin. Die Skalden würden davon singen, wie ich ganz allein die Götterdämmerung verhindert hatte.

Was war ich doch für eine Närrin.

Viele Sommer lang überfielen wir wieder und wieder die christlichen Küsten. Allein durch meine Hand starben Tausende von ihnen und noch immer gierte ich weiter nach ihrem Blut. Unser Volk kennt einen uralten Fluch: Mögest du finden, wonach du suchst. Und es gab ja auch immer noch Christen, die ich töten konnte, immer mehr und mehr und mehr. Egal wie viele von ihnen wir abschlachteten, egal wie viele ihrer Dörfer wir niederbrannten, ich konnte diese Flut nicht aufhalten.

Als ich erfuhr, dass Godfreds Sohn Rollo zu ihnen übergelaufen war, erkannte ich schließlich, dass ich versagt hatte. Ragnarök stand kurz bevor, da war ich mir sicher.

Aber es gelang mir nicht, meinen Bruder davon zu überzeugen, also musste ich die Sache selbst in die Hand nehmen. Mir blieb keine andere Möglichkeit: Ich musste meinen Bruder loswerden, um unser Volk zu retten. Ich musste selbst den Thron besteigen. Also heuerte ich Attentäter an, die sich als Männer aus dem Gefolge von König Hakon ausgaben und sich so auf der Hochzeit meiner Nichte einschlichen. Sie sollten meinen Bruder, Yngvild und Freydis töten und sich dabei auf Christus berufen.

Es mag skrupellos erscheinen, aber solange ein Nachkomme Ballis am Leben blieb, würde meine Herrschaft immer in Zweifel gezogen werden. Ohne Balli hätte Hakon vielleicht seine Ehe mit Freydis zum Vorwand genommen, um sich Agder unter den Nagel zu reißen. Also wollte ich die Gelegenheit nutzen, um die Nachkommenschaft meines Bruders auszulöschen und dem Volk zu zeigen, dass ich in Bezug auf die christliche Bedrohung im Recht war, alles auf einen Schlag.

Aber *du* hast mich aufgehalten. Du hättest tatenlos zusehen können, wie Freydis getötet wird, immerhin war sie ja deine Herrin. Doch stattdessen hast du beschlossen, sie zu retten. Und hast dadurch zu erkennen gegeben, dass du eine Úlfheðinn bist.

Anfangs habe ich es nicht verstanden. Ich dachte, Odin würde mir die Hand führen, aber wenn das der Wahrheit entsprach, hätte er dich geschickt, um mich zu unterstützen, nicht um mich aufzuhalten.

Als ich dich später an diesem Abend holen kam, hörte ich, wie Freydis dir erklärte, sie habe euer beider Sprachen miteinander vereint. Und an eurer Umarmung erkannte ich, dass ihr wahrhaftige Freunde geworden seid.

Da begriff ich, dass ich mich geirrt hatte. In allem.

Ja, ich trug Odins Kraft in mir, aber nicht seine Weisheit. Ich glaubte, unser Volk ganz allein vor dem weißen Christus schützen und Ragnarök verhindern zu können. Und wenn ich dazu imstande wäre, müsse ich ja gesegnet sein, dachte ich, nicht verflucht. Jetzt aber begreife ich, dass nichts davon wahr ist. Was ich getan habe, was ich erlitten habe, all das Leid, das ich über andere Menschen brachte – es dient alles einem höheren Zweck. Aber es ist nicht der Zweck, den ich zu sehen glaubte.

Nein, Odins Plan sah nie vor, dass ich Ragnarök verhindere. Ragnarök ist unausweichlich.

Odins Plan zielte darauf ab, dass ich *dich* rette.«

38 YAFEU

Meine letzte Aufgabe besteht nun darin, dich an einen sicheren Ort zu bringen, wo du den Sturm unbeschadet abwarten kannst. Dich und die besten meiner Leute, die wenigen von ihnen, die noch wahrhaftige Ehre in sich tragen.« Alvtir zeigt zum Rest unserer Gruppe hinüber, der einen Steinwurf entfernt von den Baumstümpfen sitzt, auf denen wir uns niedergelassen hatten. Sie haben sich singend und tanzend um das Feuer geschart und feiern ihre letzte Nacht in Skíringssal. Hoch über den Flammen hängt ein Dutzend geschlachteter Hühner, deren Fleisch so geräuchert wird. Niemand achtet auf uns.

Mir fehlen die Worte, da ich erst die vielen Dinge verarbeiten muss, die Alvtir mir gerade enthüllt hat. Sie wartet geduldig, bis ich meine Gedanken sortiert habe.

»Aber warum sollte Odin wollen, dass ich gerettet werde?«, frage ich schließlich. »Ich habe meine eigenen Götter, ich gehöre nicht zu seinen Anhängern.«

Mit flammendem Blick beugt Alvtir sich vor. »Weil Ragnarök nicht das Ende bedeutet, sondern einen Neuanfang. Aber ein Neuanfang erfordert neue Wege, neue Anführer. Und einen solchen Anführer sehe ich in dir.«

Plötzlich höre ich wieder Mamas Worte: *Dir steht ein großes Schicksal bevor. Groß und voller Grauen.*

»Es wird eine mächtige Flut kommen«, fährt Alvtir fort. »Die Christen sind ein Teil davon, aber auch du. Ist die alte Welt erst fortgespült, wird sich eine neue Welt erheben, die frei ist von Übeln wie meinem Bruder. In dieser Welt musst du die Saat deiner Wahrheit ausbringen. Es mag sein, dass du nicht an Odin glaubst, aber der Vater der Weisheit glaubt an dich. Das ist dein Segen und dein Fluch.«

»Aber warum nicht du?«, halte ich dagegen. »Wir würden dir überallhin folgen. Und sicher wird das auch für andere gelten.«

Mit einem traurigen Lächeln schüttelt Alvtir den Kopf. »Ich war immer nur gut darin, Dinge niederzubrennen. Du trägst genau wie ich dieses Feuer in dir. Aber Feuer allein wird nicht ausreichen. Das Alte niederzubrennen wird nicht ausreichen. Du wirst auch deine Fähigkeit unter Beweis stellen müssen, etwas Neues aufzubauen.«

Offenbar ist mit ihr nicht zu reden. Doch es gibt noch etwas, das mir keine Ruhe lässt.

»Alvtir, wie kannst du so sicher sein, dass die Menschen in al-Andalus uns wirklich in Frieden lassen? Krieg gibt es überall, die Menschen werden immer einen Vorwand finden, um anderen zu schaden, wenn es ihren Zwecken dient. Kann es da je ein Land geben, in dem das nicht der Fall ist?«

»Diese Zweifel hatte ich anfangs auch. Aber der Emir wird von allen als ein Ehrenmann beschrieben. Er wählt seine Berater nach ihren Fähigkeiten aus, nicht nach ihrer Herkunft, und die Männer, mit denen ich mich getroffen habe, waren nicht nur verdienstvoll, sondern auch ehrenhaft, das habe ich gespürt. Sie hatten sogar unsere Sprache gelernt, damit wir ohne einen Übersetzer miteinander reden konnten. Wie so viele junge Männer waren sie natürlich darauf aus, sich zu beweisen, aber ihr Wunsch nach einem friedlichen Miteinander war aufrichtig. Und den Beweis dafür habe ich in Lissabon mit eigenen Augen gesehen. Glaub mir, ich habe mich in meinem Leben schon oft geirrt. Aber wenn es darum ging, in das Herz eines Menschen zu blicken, haben meine Instinkte mich nie im Stich gelassen.«

Lächelnd versichere ich ihr: »Wenn du ihnen traust, werde ich ihnen auch trauen.«

Alvtirs Miene wird ernst. Fast zögernd streckt sie die Hand aus, als wollte sie um meine Erlaubnis bitten. Als ich weder zusammenzucke noch zurückweiche, umschließt sie meine Hand mit ihren Fingern.

Es ist nicht das erste Mal, dass sie mich berührt, aber nun nehme ich diese Berührung ganz bewusst wahr. Ihre Haut ist rau, aber ihr Griff sanft.

»Mach nicht dieselben Fehler wie ich, Yafeu. Im Leben geht es nicht nur darum, den Göttern zu dienen, und für wahren Frieden braucht es mehr als einen gemeinsamen Glauben. Die Menschen können im Namen des richtigen Gottes auch das Falsche tun, ebenso können sie das Richtige tun und sich dabei auf den falschen Gott berufen. Am Ende zählt nur, was einen im Kern ausmacht.«

Ich beobachte die anderen, während ich über ihre Worte nachdenke. Oberflächlich betrachtet haben wir alle fast nichts gemeinsam. Aber Alvtir hat recht: In unseren Herzen gibt es mehr Gemeinsamkeiten als Unterschiede.

Vielleicht wollte Papa mir ja immer genau das beibringen. Die Götter sind eine Sache, die Welt eine andere. Wir acht teilen eine Vision – und indem wir sie leben, wird sie zur Wirklichkeit.

»Geh zu ihnen.« Auffordernd wedelt Alvtir mit der Hand. »Amüsier dich.«

»Kommst du nicht mit?«

»Ich möchte mich noch von meinen Hunden verabschieden, bevor ich sie in die Wildnis entlasse.« Sie steht auf und pfeift, woraufhin die kleine Meute sofort angerannt kommt. »Weißt du, es gibt da noch so ein altes Sprichwort«, erklärt sie mir, während sie mit einem traurigen Lächeln die pelzigen Köpfe streichelt. »Ein alter Hund lernt keine neuen Tricks mehr.«

Darüber soll ich wohl allein nachdenken, denn sie geht einfach. »Alvtir!« Als ich ihren Namen rufe, dreht sie sich noch einmal zu mir um. Ihre Augen funkeln im Halbdunkel wie Eiskristalle. »Danke.«

Mit einem knappen Nicken wendet sie sich ab, und ich sehe zu, wie sie mit ihren Hunden im Wald verschwindet.

»Da ist wieder dieser Blick.«

Ingmar kommt auf mich zu; ein paar lose Haarsträhnen streichen über seine Wangen. »Was für ein Blick?«, will ich von ihm wissen.

»Als läge dein Geist im Streit mit sich selbst.« Er nimmt auf dem Baumstumpf Platz, den Alvtir gerade verlassen hat. »Was hattet ihr beide denn so lange zu besprechen?«

Kopfschüttelnd stelle ich fest: »Ich wüsste gar nicht, wo ich da anfangen soll.«

In zufriedenem Schweigen beobachten wir die anderen, die inzwischen ein derbes Trinklied angestimmt haben. Ranveig befördert mit einem Tritt einen leeren Teller ins Feuer, was für allgemeine Erheiterung sorgt.

Plötzlich packt mich eine drängende Unruhe und ich drehe mich zu Ingmar um. »Lass uns irgendwo hingehen, nur wir beide.«

Er lächelt. »Ich kenne genau den richtigen Ort«, verkündet er, streckt die Hand aus und zieht mich hoch.

Einen Moment lang stehen wir uns dicht gegenüber wie damals bei unserem ersten Übungskampf. Sein Blick reißt mich mit wie eine klare Meereswoge, doch anstatt mich abzukühlen, entzündet sie ein Feuer in mir.

Dann schleichen wir uns verstohlen in den Wald.

Wir landen auf einer anderen Lichtung, die etwas kleiner ist als jene, auf der Alvtir ihr Haus gebaut hat. In ihrer Mitte ragen zwei Felsblöcke aus dem Gras auf. Irgendwo in der Nähe muss es einen Bach geben, denn ich höre ein leises Plätschern. Selbst ohne ein Feuer ist es angenehm warm, und Mawu scheint so nahe zu sein, dass ich mich unwillkürlich frage, ob wir vielleicht ihre Wärme spüren, so wie Lisas Strahlen uns am Tag wärmen.

Ingmar führt mich zwischen die Steine. Wir legen uns ins Gras und blicken in den blauschwarzen Himmel hinauf, an dem die Sterne funkeln, deren Konstellationen mir einst so fremd waren. Doch im Laufe des letzten Jahres sind sie mir immer vertrauter geworden. Nun aber scheinen plötzlich neue Sterne hinzuzukommen, die kurz aufleuchten, wieder erlöschen und dann an einer anderen Stelle wieder erscheinen. Verblüfft schnappe ich nach Luft.

»Das sind Glühwürmchen«, erklärt mir Ingmar. »Wir nennen

diesen Ort Tyrs Hain. Ich komme manchmal hierher, wenn ich in Ruhe nachdenken will.«

»Vielen Dank, dass du ihn mit mir teilst.« Ich drücke seine Hand.

Ingmar schluckt so angestrengt, dass ich aus dem Augenwinkel die Bewegung an seinem Hals wahrnehmen kann. »Es gibt niemanden, mit dem ich ihn lieber teilen würde«, sagt er leise.

Ich wende mich ihm zu, gleichzeitig tut er dasselbe. Vorsichtig lege ich eine Hand auf seine Brust. Sein Herz pocht unter meinen Fingern, seine Augen werden dunkel wie Saphire.

»Yafeu …«

Ganz langsam drücke ich meine Lippen auf seinen Mund. Er packt sanft meinen Oberarm und zieht mich näher zu sich heran. Meine Lippen teilen sich, ich spüre kurz seine Zunge an meiner. Leise stöhnend rolle ich mich herum, bis ich auf ihm sitze, verloren im Strom meiner Leidenschaft.

Ingmar umfasst mit beiden Händen mein Gesicht und haucht zarte Küsse auf meinen Hals. Ich ziehe inzwischen seine Tunika hoch, streiche über die harten Muskeln an seinem Bauch, seiner Brust, seinen Schultern. Geschickt streift er das Kleidungsstück ab und tastet sich dann vorsichtig unter mein Hemd. Wieder finden sich unsere Lippen, der Kuss wird stürmischer, fordernder. Nicht genug.

Und dann ist es plötzlich zu viel.

Ich zucke zusammen, als seine Hände an meiner Taille nach unten gleiten, gleichzeitig verfluche ich innerlich diese instinktive Reaktion. Ingmar hält sofort inne und sieht mich fragend an. »Ist alles in Ordnung?« Besorgnis schleicht sich in seinen Blick und vertreibt die Leidenschaft.

»Ja. Nein? Ich bin mir nicht sicher.«

Er nimmt meine Hand und drückt einen zärtlichen Kuss darauf.

»Ingmar, ich habe noch nie …«

»Keine Sorge, wir lassen uns Zeit«, versichert er mir liebevoll.

Voller Erleichterung atme ich auf. Ingmar rollt mich herum und zieht seinen Mantel über mich. Dann blickt er auf mich herab; diese sanften blauen Augen sind Balsam für jeden Schmerz.

»Aber ich könnte etwas anderes versuchen, nur für dich, wenn du möchtest …« Jetzt blitzt ein verschmitztes Funkeln in diesem Blau auf wie ein Mondstrahl auf den Wellen des Fjords.

Ich spüre, wie meine Lippen zucken und ich ein wenig zu hastig nicke. Schnell reiße ich mich wieder zusammen. »Das wäre akzeptabel«, sage ich so gelassen wie möglich.

Ingmar lacht leise, dann duckt er sich langsam und verschwindet unter dem Mantel. Er küsst sanft erst die Stelle zwischen meinen Brüsten, dann meinen Nabel und meine Hüften. Seine weichen Lippen lösen eine flackernde Hitze in meinem Unterleib aus, die in Wellen durch meinen ganzen Körper gleitet. Mir entkommt ein leises Stöhnen. Ich spüre, wie seine Hände unter meine Tunika gleiten und mühelos das Band lösen, das meine Unterbekleidung hält, und dann …

Pure Ekstase rast durch meinen Körper, als sich seine warmen Lippen um meine empfindlichste Stelle schließen. Ich keuche laut auf. Er reizt mich weiter, lässt seine Zunge Formen und Muster zeichnen. Als wäre er ein Maler und mein Körper seine Leinwand. Irgendwann wandern meine Hände unter den Mantel, meine Finger vergraben sich in seinen weichen Haaren. In mir baut sich ein unwiderstehlicher Druck auf, eine Anspannung, wie sie Djo erschafft, bevor ein Gewitter losbricht. Ingmar umfasst meine Hüften und passt sich meinem drängenden Rhythmus an. Seine geschickte Zunge beherrscht mich, ich winde mich unter ihr, öffne mich ihm voll und ganz.

Irgendwann wird der Druck zu groß, und ich reiße den Mantel weg, weil ich ihm in die Augen sehen will. Die kühle Nachtluft ist machtlos gegen die Hitze, die in meinem Körper wütet. Ingmars von Mawus Strahlen erhellter Blick bohrt sich in meinen und führt mich durch die Höhen ungekannter Freuden.

Nachdem die letzte Welle abgeklungen ist, zieht mich Ingmar sanft wieder auf sich. Ich lege den Kopf an seine Brust und nehme seinen Duft in mich auf: Meer, Harz und Rauch. »War das akzeptabel?«, fragt er neckend.

Ich muss lachen. »Mehr als akzeptabel.«

»Das wollte ich schon machen, seit du mich das erste Mal im Kampf besiegt hast.«

Hitze steigt in meine Wangen, als ich an diesen Moment zurückdenke – meine Beine waren um seine Schultern geschlungen, und zur Hitze des Gefechts kam diese knisternde Anziehungskraft zwischen uns.

Jetzt gleiten seine Fingerspitzen sanft über meine Wange, und ich schmiege mich an ihn, genieße einfach nur den Moment.

Aber selbst im Nachhall dieser neu entdeckten Euphorie wenden sich meine Gedanken unausweichlich der Zukunft zu.

»Du scheinst angespannt zu sein«, flüstert Ingmar. »Noch eine Runde?«

Ich verkneife mir ein Grinsen und pieke ihn mahnend in die Rippen. »Ich musste nur an morgen denken und … an alle Tage, die danach kommen.«

Er holt so tief Luft, dass sich sein Brustkorb unter meiner Wange hebt. »Würdest du lieber hierbleiben?«

Darüber muss ich kurz nachdenken. »Eigentlich bin ich erleichtert, weil ich so nicht auf Beutezug gehen muss. Ich habe zwar versucht, mir etwas anderes einzureden, aber tief in meinem Innersten weiß ich, dass ich niemals unschuldige Menschen überfallen könnte. Nicht für Balli und Snorri, aber auch nicht für Alvtir. Wer auch immer den Befehl gibt – wenn ich ihn ausführe, bin ich nicht besser als ein Sklavenhändler.« Sobald ich die Worte ausgesprochen habe, wird mir klar, dass es die reine Wahrheit ist.

»Alvtir wird das nicht von uns verlangen. Jetzt nicht mehr.«

»Ich weiß. Und ich weiß auch, dass al-Andalus viel näher an Wagadu liegt. Ich vermisse meine Heimat, und ich würde alles geben, um Mama, Kamo und Goleh wiederzusehen.«

»Aber?«

Aber.

»Aber ich habe meinen Vater noch nicht gefunden.«

Auch wenn ich es nicht einmal mir selbst eingestehen wollte, hat sich ein Teil von mir seit meiner Ankunft in Skíringssal doch immer an die Hoffnung geklammert, dass Papa irgendwo in der Nähe sein könnte. Dass ich ihn nun bald finden werde oder dass er mich findet. Diese Hoffnung muss ich nun hier zurücklassen. Und das fühlt sich an, als würde ich damit *ihn* zurücklassen.

Bei diesem Gedanken wird mein Herz so schwer, dass Tränen in meinen Augen aufsteigen.

»Es tut mir so leid, Yafeu«, sagt Ingmar leise.

Aus irgendeinem Grund macht es sein Mitgefühl nur schlimmer. Krampfhaft versuche ich, an etwas Aufmunterndes zu denken, aber mir will einfach nichts einfallen. Schließlich richte ich mich widerwillig auf. »Wir sollten zu den anderen zurückgehen.«

Hand in Hand wandern wir zurück zu Alvtirs Haus, so bereit, uns dem großen Unbekannten zu stellen, wie es uns möglich ist.

39 YAFEU

Keiner von uns schläft in dieser Nacht, stattdessen bereiten wir uns vor.

Nun erfahre ich endlich, was genau Alvtir ständig »zu tun« hatte: Sie hat Vorräte angelegt und alles zusammengetragen, was eine siebenköpfige Gruppe für eine Reise ohne Wiederkehr brauchen könnte. Jede Menge Überraschungen erwartet uns in ihrem Hühnerhaus: ein großes Zelt, Pelzdecken, ein Bogen und stapelweise Pfeile, dazu noch Körbe aus geflochtener Weidenrinde, die man auf den Schultern tragen und in denen alles verstaut werden kann. Was sie nicht kaufen konnte, erklärt sie uns, hat sie selbst angefertigt.

Wir füllen die Körbe bis zum Rand und stecken uns Alvtirs Ersatzwaffen in die Gürtel. Mit ihrer Erlaubnis nehme ich mir einen der Dolche von ihrer Wand. Zwei dieser Klingen bei mir zu haben, gibt mir das Gefühl, wieder vollständig zu sein. Wir füllen am Brunnen sämtliche Wasserschläuche, die wir finden können, und bestücken zusätzliche Beutel mit Trockenfrüchten und Brot. Nur für das Hühnerfleisch lassen wir noch etwas Platz. Hoffentlich wird das ausreichen, um uns zu ernähren, denn Alvtir will nicht riskieren, irgendwo anzulanden, bevor wir al-Andalus erreichen. Nur wenn uns gar nichts anderes übrig bleibt.

Sobald ich meine Sachen gepackt habe, werfe ich mir meinen Mantel über und gehe nach draußen, um nach der Frau zu sehen, die ihn mir geschenkt hat und die inzwischen eigentlich damit fertig sein müsste, das Fleisch zu verpacken. Freydis hat nichts weiter mitgebracht als ihr gestohlenes Schwert und die Kleidung, die sie am

Körper trägt. Wir müssen also beide auf Alvtirs Großzügigkeit setzen, wenn wir überleben wollen.

Als ich sie finde, stochert sie mit düsterer Miene in der letzten Glut des Feuers herum. An ihrem Scheitel haben sich dicke Strähnen aus ihrem Zopf gelöst, doch sie hat sich nicht die Mühe gemacht, ihn neu zu flechten. »Es gibt da etwas, das ich dich schon viel früher hätte fragen müssen, Freydis.« Sie wirft mir einen kurzen Seitenblick zu, als ich mich neben sie setze. »Wie geht es dir?«

Mit einem halbherzigen Lächeln gesteht sie: »Ich weiß es nicht. Ich bin einfach los, um dich zu suchen, und weil ich Harald und meinem Vater entkommen wollte. Mithilfe der dísir ist mir beides gelungen, aber … es passiert einfach alles so schnell.«

Plötzlich fallen mir Nyerus rätselhafte Worte wieder ein. »Dein Geist weiß, wohin du gehst, und er weiß auch, wie du dorthin kommst«, sage ich leise. Gleichzeitig werde ich von meinem schlechten Gewissen geplagt. Ich würde ihn und Mbaneh zu gern mitnehmen, aber das wird Alvtir niemals dulden. Es war ja schon schwierig genug, sie davon zu überzeugen, dass wir Freydis mitnehmen sollen. Und selbst wenn – weder Nyeru noch Mbaneh wären stark genug, um eine solche Reise zu überleben. Hoffentlich denken sie nicht, ich hätte sie aufgegeben. Hoffentlich können sie mir verzeihen.

Freydis nickt geistesabwesend. Mein Blick wandert inzwischen zu dem Schwert, das sie mitgebracht hat. Es steckt sicher in seiner Scheide, die neben ihr an der groben Holzbank lehnt. Aufmunternd drücke ich ihr die Schulter. »Ich bin sehr froh, dass du mit uns kommst.«

Diesmal sieht sie mich mit einem richtigen Lächeln an. »Ich auch.«

Innerlich und äußerlich mit schwerem Gepäck beladen, macht sich unsere Gruppe auf den Weg zum Hafen.

Sobald wir den Wald verlassen und uns der Stadt nähern, steigt die Anspannung spürbar. Um diese Jahreszeit ist es auch nachts unangenehm hell, doch in der Stadt ist alles leer. Alvtir hat genau aus diesem Grund auf das Mittsommerfest gewartet. Leise wie Wüstenmäuse huschen wir am Rand des Marktplatzes entlang. Als Dag gegen einen

Eimer läuft, der an der Wand einer Räucherkammer lehnt, erstarren wir alle. Ranveig straft ihn mit einem finsteren Blick.

Doch es scheint niemanden zu kümmern, was den Lärm verursacht hat, und so laufen wir schnell weiter. Der Fjord liegt fast schon gespenstisch ruhig vor uns, nur die letzten Ausläufer der Flut gleiten in kleinen Wellen ans Ufer. Sie scheren sich nicht um uns. Wie lange, hölzerne Finger ragen die Schiffsanleger auf das Wasser hinaus. Selbst im Halbdunkel sticht Alvtirs Schiff, die *Jörmungand,* unter den anderen Drachenschiffen hervor wie ein Goldstück unter Bronzemünzen. Sie schaukelt sanft an ihrer Halteleine, als warte sie nur darauf, von ihr befreit zu werden.

Mein Herz schlägt schneller, als wir uns dem Anleger nähern. Vor uns ragen die langen Hälse der Drachenköpfe auf.

Wir sind so dicht dran, unsere Freiheit ist zum Greifen nah – und doch werde ich das Gefühl nicht los, dass irgendetwas nicht stimmt. Außer unseren leisen Schritten auf dem Kiesstrand ist nichts zu hören, trotzdem stellen sich mir die Nackenhaare auf. Selbst wenn ganz Skíringssal noch um das Freudenfeuer tanzt … hier ist es einfach zu ruhig.

Von dem Schiff geht ein merkwürdiges Nyama aus, eine Anspannung, die selbst unsere übertrifft.

Immer schneller bewegt sich unsere Gruppe voran, die Ungeduld treibt alle an. Ranveig und Dag überholen selbst Alvtir und setzen sich damit an die Spitze. Ich höre, wie sie vorsichtig auf den Anleger springen.

»Halt«, flüstere ich, aber niemand reagiert.

Plötzlich werde ich von nackter Panik erfasst.

»Halt!«, zische ich ein gutes Stück lauter. »Hier stimmt etwas nicht!«

Kaum habe ich es ausgesprochen, springt ein Dutzend Krieger vom Deck der *Jörmungand* auf den Anleger.

Ranveig und Dag bleiben abrupt stehen.

Entsetzt beobachten wir, wie immer mehr Männer erscheinen, auch auf den anderen Schiffen. Sie ziehen ihre Waffen und springen auf die Anleger.

Es ist die Hird.

Sie wissen es. Balli weiß es.

Hastig schließe ich zu Alvtir auf, während Ranveig und Dag sich zurückfallen lassen. »Ich hätte wissen müssen, dass du mich nicht so einfach ziehen lässt, Bruder«, murmelt Alvtir. Neben ihr ist Freydis unter ihrer Kapuze zu Stein erstarrt.

Die Männer der Hird stürmen los.

»Was sollen wir tun?«, fragt Ranveig atemlos.

Alvtir sieht mich an. Die Furcht ist wie ein verborgener Sog, der mich in die Tiefe zu ziehen droht. Trotzdem bleibe ich reglos stehen und nicke ihr kurz zu.

Wenn ihre Götter dem eigenen Tod ehrenvoll entgegenblicken können, dann kann ich das auch.

Ein leises Zischen erklingt. Freydis zieht voller Entschlossenheit ihr gestohlenes Schwert aus der Scheide; ihre Lippen sind fest zusammengepresst.

Überrascht sieht ihre Tante sie an. In Freydis' Augen ist keinerlei Furcht zu erkennen, als sie Alvtirs fragendem Blick begegnet.

Nun wendet sich Alvtir den heranstürmenden Soldaten zu und zieht ebenfalls ihr Schwert. »Für Walhalla!«, schreit sie und reckt Angrboda hoch in die Luft.

»Für Walhalla!«, brüllt der Rest von uns geschlossen.

Und dann greifen sie an.

Ich höre nichts außer meinem Herzschlag und meinem Atem.

Das Chaos ringsum dringt seltsam gedämpft zu mir vor, als einer der Soldaten direkt vor mir sein Schwert herabsausen lässt. Ich wehre seinen Angriff ab und trete ihm mit voller Kraft zwischen die Beine. Als er gekrümmt zusammensackt, ramme ich ihm Alvtirs Dolch in die weiche Stelle zwischen Schulter und Hals. Dann mache ich mir den kurzen Moment der Ruhe zunutze, um nach Freydis zu suchen.

Sie entdecke ich nicht, aber dafür meine anderen Freunde; jeder von ihnen kämpft gegen eine Handvoll ehemaliger Kameraden.

In diesem Moment begreife ich, warum Alvtir sie ausgewählt hat.

Ranveig gleitet zwischen den Beinen eines Soldaten hindurch und durchtrennt dabei mit ihrem Schwert die Sehnen an seinem Fußgelenk. Er sinkt auf ein Knie, sie springt auf und rammt ihm ihre Waffe in den Rücken. Mit einem wilden Schrei wirbelt sie herum und rammt einen zweiten Gegner, der so verblüfft ist, dass sie ihm mühelos die Axt vom Gürtel stehlen kann. Als er fällt, wirft sie seine Axt auf den nächsten Angreifer, der ihr entgegenstürmt. Sauberer Treffer zwischen die Augen.

Sieht man die Ohren des Wolfes, sind seine Zähne nicht weit.

Auch auf mich stürmt ein Soldat mit gezogener Axt los und fordert meine Aufmerksamkeit. Ich lasse mich fallen, entreiße dem Mann, den ich gerade getötet habe, seinen Schild und kann ihn gerade noch rechtzeitig anheben, um den Angriff abzuwehren. Mein Arm zittert unter der Wucht des Schlages, aber der Schild hält. Ich schleudere ihn – mit der darin verhakten Axt des Gegners – beiseite und stoße dem Soldaten meinen Dolch in den Hals. Sein Blut spritzt auf mein Gesicht und meine Tunika, als er zusammenbricht.

Ich wische mir kurz die Augen und dabei entdecke ich Freydis. Sie steht ungefähr zehn Schritte entfernt und versucht, zwei Gegner gleichzeitig abzuwehren. Zum Glück scheinen die sie eher entwaffnen als verletzen zu wollen. Immer wieder reißt sie mit einem frustrierten Schrei ihr Schwert herum, aber die beiden können ihre Schläge mühelos abwehren.

Ich mache mich gerade auf den Weg zu ihr, als ein heftiger Schlag meinen Hinterkopf trifft.

Kraftlos breche ich zusammen, dunkle Flecken tanzen vor meinen Augen. Blinzelnd versuche ich, sie zu vertreiben und zu sehen, wer mich angegriffen hat.

Über mir steht ein unbewaffneter Soldat und hebt mit wutverzerrtem Gesicht die Faust.

Wisna erwischt ihn, bevor er zuschlagen kann. Ihre Axt bohrt sich in seinen Rücken. Gurgelnd spuckt er Blut in den Sand.

Hastig greife ich nach meinem Dolch und stemme mich hoch.

Freydis hackt noch immer auf die Soldaten ein, die ihr mit geschickten Sprüngen ausweichen und darauf warten, dass sie ihre Deckung fallen lässt.

»Freydis!«, brülle ich über das allgemeine Chaos hinweg. »Ich kann dich nicht beschützen! Du musst weglaufen!«

»Sie werden mir nichts tun!«, ruft sie zurück, während sie wieder unkontrolliert ausholt.

Drei Soldaten bedrängen mich, ich kann sie nicht mehr sehen.

Freydis stößt einen markerschütternden Schrei aus. Die Furcht trifft mich wie ein Felsbrocken, der von einer Klippe fällt. »*Freydis!*«

Jemand packt mich brutal am Genick, mein Gesicht wird in den Dreck gedrückt. Ein Knie bohrt sich in meinen Rücken, sodass ich nicht mehr vom Boden hochkomme.

Alvtirs raues Lachen hallt über das Wasser. Mühsam hebe ich den Kopf und versuche, mich umzusehen: Sie liegt ebenfalls fixiert auf dem groben Kies. Genau wie Hetha, Wisna, Dag und Ingmar.

Sie haben gewonnen.

Freydis ist nur ein regloser Haufen; drei Soldaten haben sie umringt, sodass ich nichts mehr erkennen kann.

Nein, nein, nein ...

Der Druck in meinem Rücken lässt nach, dafür ziehen mich die Soldaten nun an den Haaren auf die Knie. Zähneknirschend kämpfe ich gegen den Schmerz an, während sie mir die Arme auf den Rücken drehen, um mich so festzuhalten.

Als Lisa mit ersten Strahlen seine Ankunft ankündigt, nähern sich vier Gestalten vom Stadtkern her. Es sind Balli, Snorri, ein hochgewachsener, kostbar gekleideter blonder Mann – wahrscheinlich Harald – und ein Grauhaariger.

Alvtir lacht laut auf, als sie sich nähern, was aber schnell in raues Husten umschlägt. Keuchend holt sie Luft. »Bruder. Woher wusstest du es?«

Balli tritt vor. »Meine Tochter, falls ich sie denn noch so nennen kann, hat meine Wachen direkt zu euch geführt«, erklärt er selbstgefällig.

Sofort fahren die anderen zu Freydis herum, werfen ihr schockierte und verbitterte Blicke zu. Alvtir aber sagt nichts. Sie blickt nur zum sich langsam rötenden Himmel hinauf und ein schwer zu deutendes Lächeln huscht über ihr Gesicht.

»Es ist eine Sache, wenn du *die* mit deiner Feigheit vergiftest«, fährt Balli fort und zeigt dabei auf uns. »Aber meine eigene *Tochter*, Alvtir? Du würdest die Prinzessin von ihrem Ehemann fortreißen?«

»Oh, in diesem Zustand werde ich sie ganz sicher nicht heiraten, Balli. Sie ist ein Wrack.« Harald hockt sich vor Freydis hin, packt zu und zerrt sie an den Haaren aus dem Kreis der Wachen heraus. Sie schafft es kaum, aufrecht stehen zu bleiben, während er sie prüfend mustert, ihren Kopf von einer Seite auf die andere dreht.

Mir bleibt beinahe das Herz stehen.

Von ihrer rechten Augenbraue bis zum Mundwinkel zieht sich eine tiefe Schnittwunde. Die Brust ihres Kleides ist bereits voller Blut.

Angewidert rümpft Harald die Nase. »Wirklich eine Schande«, murmelt er gerade so laut, dass alle es hören können. Er lässt Freydis' Haar los und sie bricht kraftlos zusammen.

Brennender Zorn steigt in mir auf, und ich fange an, mich gegen den brutalen Griff der Soldaten zu stemmen.

»Die Charakterschwäche kann man ihr vielleicht noch ausprügeln, Balli. Aber dieses Gesicht ...«, merkt der ältere Mann an.

Ballis Miene versteinert für einen Moment, bevor er einen tiefen Seufzer ausstößt. »Dann wird sie zusammen mit den anderen sterben«, verkündet er so sachlich, als würde er lediglich ankündigen, dass es am Nachmittag regnen soll.

»Sie haben auf meinen Befehl gehandelt«, behauptet Alvtir sofort. »Ich gebe mein Leben im Tausch gegen ihre.«

Snorri dreht sich zu ihr um und zieht sein Schwert. »Und warum sollten wir nicht einfach dich *und* sie töten? Ihr alle seid eidbrüchig geworden – ihr habt euren König verraten!« In seiner Stimme liegt Zorn, in seinem Blick aber pure Freude.

Wieder regt sich blinde Wut in mir, doch Alvtir sieht unverwandt ihren Bruder an.

»Der Eid wurde durch vergiftetes Blut gebrochen.« Ohne zu zögern, kommen ihr die merkwürdigen Worte über die Lippen. »Schlachte das Schaf und das Blut wird gereinigt. Schlachte die Herde und das Blut ist verloren.«

Balli weicht sämtliche Farbe aus dem Gesicht. Mit großen, ungläubigen Augen starrt er Alvtir an. Snorri will offenbar etwas sagen, aber der König hebt abwehrend die Hand. »Du warst es«, haucht er fassungslos.

Alvtir grinst boshaft. Dabei löst sich ein Blutstropfen von ihren Lippen.

Einen schier endlosen Moment lang sehen sich die Geschwister schweigend an. Als Balli schließlich spricht, liegt eine solche Kälte in seiner Stimme, dass mir seine Worte einen Schauer über den Rücken jagen. »Sie werden ihr Dasein als Ausgestoßene fristen, ohne Ehre. Weder Mensch noch Gott werden ihnen Unterschlupf gewähren, in diesem Leben nicht und auch nicht im nächsten.«

Alvtir nickt knapp.

Balli geht langsam auf seine Schwester zu. Als er näherkommt, bemerke ich die Tränen in seinen Augen. Könnte ich mich rühren, würde ich nun wohl ungläubig den Kopf schütteln.

Dicht vor ihr bleibt er stehen und einer der Soldaten überreicht ihm Angrboda.

»So sei es«, sagt Alvtir leise. Einen Moment lang sieht sie Balli noch in die Augen, dann drücken die Soldaten ihren Kopf nach unten.

Mir schnürt sich die Kehle zu, während mein Herz mit wilden Schlägen gegen meinen Brustkorb trommelt. Balli umfasst mit beiden Händen den Schwertgriff und hebt Angrboda über seinen Kopf. Die Klinge funkelt im Licht der aufgehenden Sonne.

Irgendwo in der Ferne ertönt das Rauschen schlagender Flügel, gefolgt vom schrillen Geschrei der Raben.

Alvtir dreht den Kopf und sieht mich an. Ihre blutigen Lippen verziehen sich zu einem Lächeln. »Lang lebe die Schwarze Königin«, sagt sie laut.

Dann lässt Balli die Klinge auf ihren Nacken niedergehen.

Ranveig schreit schrill auf, als Alvtirs Kopf über den Boden in ihre Richtung rollt. Mit wilden Schlägen versucht sie, sich zu befreien, aber die Soldaten halten sie fest.

»Lasst sie gehen«, stößt Balli mit rauer Stimme hervor. Dann hebt er den Kopf, als wolle er seine nächsten Worte direkt an den Himmel richten: »Ihr Verräter, die ihr gefolgt seid, sollt wissen: Von diesem Moment an seid ihr Ausgestoßene. Ihr habt bis zur Mittagsstunde Zeit, um Skíringssal zu verlassen, sonst ist euer Leben verwirkt. Da Alvtirs Schiff nun mir gehört, müsst ihr euch wohl in die Wälder schlagen.« Damit fährt er herum und stapft wieder den Hügel hinauf.

Harald und der ältere Mann wechseln einen kryptischen Blick. »Wir sollten wohl auch besser aufbrechen«, bestimmt der Ältere dann. »Hier hält uns nichts mehr.«

Harald nickt zustimmend. »Ruf die Männer zusammen, wir setzen in einer Stunde die Segel.«

Sein Begleiter wendet sich ab und folgt Balli den Hügel hinauf, während Harald zielstrebig auf den anderen Anleger zuhält. Er gönnt Freydis nicht einmal einen Blick, als er an ihr vorbeigeht.

Die Soldaten lassen uns los und formieren sich dann zu einer Mauer, um uns den Zugang zu Alvtirs Schiff zu verwehren.

Nein, nicht Alvtirs Schiff. Jetzt ist es Ballis Schiff.

Ich richte mich taumelnd auf und sehe zu, wie Ranveig mit wildem Blick neben Alvtirs Kopf auf die Knie fällt. Immer wieder stößt sie schrille Schreie aus. Mir wird beinahe schlecht bei dem Anblick. Zum Glück ziehen Hetha und Wisna sie mit sich fort.

Ich hingegen laufe zu Freydis hinüber, die noch immer bewusstlos im Kies liegt. Vorsichtig rolle ich sie herum und sehe mir ihre Wange an. Die Wunde ist mehr als fingerbreit und so tief, dass man Fett und Muskeln sehen kann. Außerdem blutet sie beängstigend stark. Das rechte Auge ist komplett zugeschwollen. Ingmar hilft mir, sie aufzurichten.

»Ich werde sie tragen«, bietet er sofort an. Ich helfe ihm, sich Freydis auf die Schultern zu laden, dann sammle ich schnell noch seinen, Alvtirs und meinen Korb ein und hänge mir alles um. Wo auch immer wir hingehen – jetzt brauchen wir diese Vorräte noch dringender als zuvor.

Hetha und Wisna heben ebenfalls ihre Sachen auf und nehmen auch Ranveigs Korb mit, als sie das schreiende, wild um sich schlagende Mädchen in Richtung der Wälder im Westen zerren. »Bringt sie zu Alvtirs Haus«, ruft Wisna uns zu. Irgendwie gelingt es Hetha, Ranveig so weit zu beruhigen, dass sie aufhört zu schreien und selbstständig läuft.

Voller Erleichterung stelle ich fest, dass abgesehen von Freydis keiner von uns verletzt wurde. Im Gänsemarsch laufen wir den schmalen Trampelpfad entlang, bis wir nach einer gefühlten Ewigkeit die Lichtung erreichen. Unverändert und unberührt von den Geschehnissen wartet dort Alvtirs Heim auf uns. Doch im Wald ringsum ertönen die Rufe der Soldaten, die uns dicht auf den Fersen geblieben sind.

»Warum verfolgen sie uns?«, will ich von Ingmar wissen, als er – noch immer mit Freydis auf dem Rücken – hinter mir aus dem Wald tritt. Inzwischen keucht er hörbar.

»Damit sie uns töten können, wenn wir nicht rechtzeitig weg sind«, antwortet Dag, bevor er mit einem Tritt die Tür zu Alvtirs Langhaus aufstößt.

Schnell gehen wir hinein. Ingmar legt Freydis vor dem kalten Kamin auf den Boden. Dabei erwacht sie halb aus ihrer Ohnmacht und fängt an, sich stöhnend zu krümmen.

»Das ist alles ihre Schuld«, zischt Ranveig. »Wir sollten sie hier verrecken lassen!«

Keiner achtet auf sie. Wisna hockt sich neben Freydis auf den Boden. Nach einem Moment sagt sie leise: »Wir müssen die Wunde ausbrennen, das wird die Blutung stoppen.«

Stille breitet sich aus. Alle, auch Wisna, drehen sich erwartungsvoll zu mir um. Mir gefriert fast das Blut in den Adern, als mir klar wird, worauf sie warten: Ich soll ihnen sagen, was sie nun tun sollen.

Mühsam hole ich Luft. »Dag, du suchst etwas, was wir Freydis zwischen die Zähne schieben können. Wisna, du machst Feuer. Ich werde etwas holen, womit wir ihr Gesicht verbinden können.«

Während die anderen meine Anweisungen ausführen, schneide ich einen langen Stoffstreifen von meinem alten Leibeigenenkittel. Als ich zurückkomme, zucken die Flammen im Kamin beinahe so heftig wie Freydis. Ich knie mich vor das Feuer und halte meinen Dolch hinein.

Wisna schüttet etwas Wasser auf Freydis' Wange und versucht so, den Sand abzuwaschen, bevor sie ein paar Kräuter aus ihren Vorräten über die Wunde streut. Freydis schlägt heulend um sich, bis Ingmar ihre Arme packt und sie zu Boden drückt. Dag stellt sich an ihre Füße und schlingt seine mächtigen Arme um ihre Knöchel.

»Nein!«, faucht Freydis wütend, als Hetha ihr einen dicken Lederstreifen in den Mund schiebt. Wisna stellt sich an ihrer anderen Seite auf und hilft Ingmar dabei, sie festzuhalten.

Sobald die Klinge glüht, ziehe ich sie aus den Flammen und knie mich neben Freydis auf den Boden. Ihr Gesicht ist mit Wasser und Blut verschmiert. Sie wirft mir einen wütenden Blick zu; vermutlich erkennt sie mich gar nicht. Das erinnert mich an jene erste Nacht in der Wüste, als ich versuchte, mir Ampahs Verletzung anzusehen.

Hetha hält ihren Kopf fest und ich streiche ihr sanft über das Haar. »Bei allen Göttern, deinen wie meinen – ich schwöre dir, dass du es schaffen wirst«, versichere ich ihr möglichst überzeugend, auch wenn sich mir dabei die Kehle zuschnürt. In meiner Muttersprache füge ich hinzu: »Du wirst leben.«

Dann drücke ich die heiße Klinge auf die Wunde. Freydis schreit gequält auf und der Gestank von verbranntem Fleisch verbreitet sich im Raum.

Sobald ich den Dolch von ihrer Haut löse, verstummt sie, ihr fallen die Augen zu. Die anderen lassen los und ihr Körper erschlafft.

Ich lege den Dolch beiseite und wickele Freydis den Stoffstreifen so um das Gesicht, dass die Wunde möglichst gut bedeckt ist. Dabei streifen meine Finger auch ihre gesunde Wange; ihre Haut ist erhitzt und schweißverklebt.

Ingmar blickt durch die offene Tür zum Wald hinüber. »Ich glaube nicht, dass sie uns bis Mittag Zeit geben«, sagt er dann zweifelnd. »Wir sollten so bald wie möglich aufbrechen.«

»Kennt sich einer von euch in diesen Wäldern aus?«, frage ich. »Gibt es hier irgendwo einen sicheren Unterschlupf für die Nacht?«

»Es gibt da etwas, ich war früher oft mit meinem Vater dort«, antwortet Dag. »Eine Klippe direkt am Fjord. Sie liegt westlich von hier und hoffentlich außerhalb der Gemarkung von Skíringssal, aber sicher weiß ich das nicht. Ich war seit meiner Kindheit nicht mehr dort. Wenn wir sofort gehen, könnten wir noch vor Einbruch der Dunkelheit dort sein.«

Entschlossen richte ich mich auf. »Führ uns hin.«

40 YAFEU

Der Pfad zur Spitze der Klippe ist steil und kurvig. Wir müssen die noch immer bewusstlose Freydis auf Dags Rücken festbinden, aber am Ende kommen alle heil oben an.

Das Plateau ist außergewöhnlich flach und eben und gerade groß genug, um einem Lager für sieben Menschen Platz zu bieten. Ich trete bis dicht an die Felskante heran. Von hier aus hat man einen fast schon berauschend schönen Ausblick auf den Fjord, der sich im rosigen Licht der untergehenden Sonne zwischen den Hügeln entlangwindet. Diese Schönheit steht im krassen Kontrast zu dem Kummer, der mich langsam immer weiter ausfüllt.

Ich wende mich ab und sehe mir unsere Gruppe an. Mit verhärmten Mienen stellen sie ihre Körbe ab und helfen dabei, Freydis loszubinden. An ihren Wangen kleben Dreck, Schweiß und das Blut anderer Menschen.

»Mein Vater nannte das hier immer Völunds Amboss«, erinnert sich Dag, nachdem er etwas zu Atem gekommen ist. »Wir haben hier manchmal übernachtet, wenn wir auf der Jagd waren. Bären und Wölfe kommen hier nicht hoch und die Soldaten können uns von unten aus weder sehen noch hören. Sollte sich aber trotzdem jemand darauf versteifen, hier hochzuklettern, haben wir einen taktischen Vorteil.«

»Das war eine gute Wahl, Dag«, versichere ich ihm dankbar. »Wir werden für heute hier unser Lager aufschlagen.«

Während Hetha und Wisna, die klugerweise Holz und Feuerstein aus Alvtirs Haus mitgenommen haben, sich um ein Lagerfeuer kümmern, bauen Ingmar, Dag und ich das Zelt auf. Ranveig sitzt einfach nur an einen Felsen gelehnt da und weigert sich, uns zu helfen.

Hier oben ist der Wind stärker als unten im Wald. Viel stärker. Er pfeift uns um die Ohren und attackiert jedes Stückchen unbedeckte Haut. Und das Zelt ist das Einzige, was uns vor ihm Schutz bietet.

»Wir werden uns abwechseln müssen«, überlege ich laut, während ich meine Tasche auf einen der Pflöcke lege. »Da passen wahrscheinlich nur fünf oder sechs Leute rein.«

»Dann können die restlichen beiden Wache halten«, stellt Ingmar fest.

Da sich die Pflöcke auf dem Felsboden als nutzlos erweisen, beschweren wir die Zeltplane mit möglichst vielen Steinen, die noch leicht genug sind, um sie heranzuschleppen, aber doch genügend Gewicht haben, um nicht weggeweht zu werden. Sobald das Zelt halbwegs sicher steht, tragen wir Freydis hinein. Ich wickele sie in ihren Mantel, damit sie nicht friert. Ihre Atmung ist so flach, dass man sie kaum wahrnimmt.

Eine Weile sitze ich neben ihr und flüstere Gebete, die ich an ihre Ahnen richte, an Mawu-Lisa und sogar an Freya, jene Göttin, nach der sie benannt wurde. Es ist das erste Mal, dass ich zu einem ihrer Götter bete, aber ich fürchte, es wird nicht das letzte Mal sein.

Als mir nicht mehr einfällt, zu wem ich sonst noch beten könnte, flüstere ich ihr auf Soninke zu: »Es tut mir leid, dass ich dich nicht beschützt habe. Ich hatte die Verantwortung für dich und ich habe dich im Stich gelassen. Aber du musst das hier überstehen, sonst machst du mich zu einer Lügnerin. Verstanden? Sei stark.« Tränen steigen in meinen Augen auf, aber ich schlucke sie hinunter. Ich muss jetzt ebenfalls stark sein. Wenn schon nicht um meinetwillen, dann zumindest für die anderen.

Es wird schnell dunkel. Alle außer Ranveig versammeln sich an unserem bescheidenen Feuer. Der Wind zerrt an unseren Haaren. Mawu steht heute die zweite und letzte Nacht voll gerundet am

Himmel und taucht das Plateau in einen unheimlichen silbernen Glanz. Was ich gestern Nacht in Tyrs Hain noch so schön fand, lässt uns jetzt fahl und abgezehrt aussehen.

Mein Magen knurrt laut. Da er nun nicht mehr vom Entsetzen über diesen Tag zurückgehalten wird, kehrt der Hunger mit voller Macht zurück. Ich hole einen Brotfladen und eines der geräucherten Hühnchen aus dem Vorratskorb und teile beides in ziemlich klägliche Portionen auf. Wortlos reiche ich das Essen herum. Eine richtige Mahlzeit ist das nicht, aber wir müssen mit den Vorräten haushalten. Niemand beklagt sich. Überhaupt sagt niemand ein Wort.

Schließlich gehe ich mit einer Portion zu Ranveig hinüber. Sie hat sich an ihrem Felsen bereits unter ihrer Pelzdecke zusammengerollt. Ihre Augen sind geschlossen, aber an ihrem Zittern erkenne ich, dass sie nicht schläft. »Komm näher ans Feuer«, fordere ich sie mit möglichst viel Autorität in der Stimme auf. »Du musst ja nicht mit uns essen, aber hier wirst du noch erfrieren.«

Ranveig schlägt die Augen auf und wirft mir einen finsteren Blick zu, steht dann aber auf und schlurft zum Feuer hinüber. Sie setzt sich neben Hetha, die sich in Wisnas Arm gekuschelt hat und leise schluchzt.

Ich setze mich ebenfalls wieder. Neben mir verspeist Ingmar seine Ration in bedrücktem Schweigen. Nicht einmal Dag fällt etwas ein, um die Stimmung aufzuhellen.

»Wir müssen uns einen Plan zurechtlegen«, sage ich schließlich.

»Einen Plan?« Dag schnaubt höhnisch. »Wir sind Ausgestoßene. Dafür gibt es keinen Plan.«

Verwirrt runzele ich die Stirn. »Was soll das heißen?«

»Sie kann das nicht verstehen«, schaltet sich Ingmar ein. »Yafeu, als Ausgestoßener gilt man als entehrt. Selbst wenn wir jenseits der Wälder ein Dorf finden würden, gäbe es dort niemanden, der uns aufnimmt.«

»Manche sagen, der Tod sei besser als ein solches Leben«, wirft Dag ein.

»Und sagst du das auch?«, frage ich ihn mit scharfer Stimme.

»Ich bin ein Eidbrecher«, brummt er. »Der Tod ist noch zu gut für mich.«

»Das stimmt nicht!«, erwidere ich mit Nachdruck. »Wir waren Alvtir gegenüber loyal. Und sie war unsere *wahre* Anführerin.«

»Und nun ist sie tot«, wirft Ranveig ein. Ihr barscher Tonfall lässt mich zusammenzucken.

Niemand erwidert etwas.

Da wird es mir zum ersten Mal richtig bewusst:

Alvtir ist tot.

Alvtir, die mich vor dem Kaufmann in Anfa gerettet und in ihr Haus aufgenommen hat, die mir ein Leben ermöglicht hat, von dem ich früher nur hatte träumen können … Alvtir ist tot. Und mit ihr ist unsere Zukunft gestorben.

Der Stein in meinem Inneren wird schwerer als jemals zuvor und zerrt mein Herz in einen finsteren, bodenlosen Abgrund, der sich tief in meiner Brust aufgetan hat. In seiner Unerbittlichkeit müsste er mich in den dunklen Wassern ertränken, aber ich bin bereits ertrunken.

Mir war nie klar, dass bisher ein kleiner Teil von mir trotz der Last des Steins einfach nicht aufgeben wollte, sondern sich gegen die drückende Schwere stemmte und weiter und weiter vorankroch. Vielleicht war es der Teil von mir, der auf Papas Lehren vertraute: Wenn ich nur an mich selbst glaubte, würde am Ende schon alles gut werden.

Nun aber ist mir diese Schwere beinahe willkommen. Zumindest weiß ich jetzt, dass ich sie verdient habe.

Unten im Wald heult ein Wolf. Automatisch taste ich nach dem Anhänger an meinem Hals, aber diesmal spendet er mir keinen Trost. Ohne jede Hoffnung starre ich ins Feuer. Wieder kommen mir ungebeten Mamas Worte in den Sinn: *Dir steht ein großes Schicksal bevor. Groß und voller Grauen.*

Auch du hast dich geirrt, Mama.

Meine Schultern beginnen zu beben. Da ich nicht will, dass die anderen meine Tränen bemerken, lege ich den Kopf in den Nacken und blicke dem Rauch des Feuers hinterher. Zuckend und wabernd ergibt er sich schließlich dem Tod und verschwindet in der Nacht. Löst sich auf wie Alvtirs großer Traum.

41 YAFEU

Die Tage kriechen dahin, und wir können nichts tun, außer irgendwie zu überleben.

In der ersten Nacht blies der Wind mehrmals das Feuer aus, also verlegten wir unser Lager an den Fuß der Klippe; dicht genug am Pfad, um sofort mit dem Aufstieg beginnen zu können, falls sich jemand näherte, aber doch geschützt genug, um nicht Agbes und Naetes Mächten ausgeliefert zu sein. An jenem Morgen diskutierten wir erbittert darüber, ob es die zusätzliche Gefahr durch Raubtiere und die Soldaten wert sei. Ingmar und Ranveig waren dafür, das Risiko einzugehen, während Hetha, Wisna und Dag dagegenhielten, dass es oben auf der Klippe sicherer sei. Schließlich gab ich noch zu bedenken, dass es oben auf dem Plateau zwar sicher sei, der Weg dorthin aber nicht. Erschöpft und geschwächt, wie wir waren, wäre es nur eine Frage der Zeit, bis einer von uns den Halt verliert und in den Tod stürzt.

Damit war die Debatte beendet, allerdings hatte ich hinterher das Gefühl, dass Hetha und Wisna sauer auf mich waren; vielleicht hätte ich doch besser meinen Mund gehalten. Eigentlich wollte ich ja auch gar keine Entscheidung herbeiführen, sondern einfach nur wie alle anderen meine Meinung beisteuern. Der Vorfall ließ mich den ganzen Vormittag über nicht los.

Freydis wachte auch an diesem Tag nicht auf, das Wundfieber hatte sie fest im Griff. Da ich so nichts anderes zu tun hatte, als sie in ihrem Leiden zu beobachten und in Selbstvorwürfen zu versinken, war ich regelrecht dankbar, als Ingmar am Nachmittag vorschlug, eine

Bestattungszeremonie für Alvtir abzuhalten. Dadurch hatten wir alle eine dringend benötigte Aufgabe.

Da wir keinen Leichnam hatten, den wir bestatten konnten, sammelten wir Steine und schichteten sie in Form eines Schiffes auf, was einem alten Brauch der Majūs entsprach. Anschließend versammelten wir uns rund um das Steinschiff und ehrten sie auf die einzige uns mögliche Art: mit Worten.

Wie sich herausstellte, standen wir alle in Alvtirs Schuld. Hetha und Wisna berichteten unter Tränen, wie Alvtir sie vor lieblosen Ehen gerettet und es ihnen ermöglicht hatte, zusammenzubleiben und auf eigenen Beinen zu stehen. Als sie die beiden unter ihre Fittiche nahm und ihre Ausbildung begann, waren sie ungefähr so alt wie ich. Ingmar erklärte, dass er sich zwar immer für die Brutalität und das Morden geschämt habe, das ein Leben als Krieger mit sich brachte, doch dass Alvtirs Moralkodex ihm gezeigt habe, wie ehrenhaft ein solches Leben trotzdem sein konnte. Dag erzählte von seiner entbehrungsreichen Kindheit als jüngster Sohn einer armen Bauernfamilie. Gegen den Willen seines Bruders verließ er den Hof, sobald er alt genug war, und schloss sich der Hird unter Alvtirs Führung an, da er sich dort ein besseres Leben erhoffte. Und er fand es auch: Selbst nach allem, was geschehen war, glaubt er noch immer, dass es ihm besser ergangen ist als seinen Brüdern.

Ich sprach als Letzte und schilderte den anderen, wie Alvtir mich in Anfa beschützt und mir erlaubt hatte, mit ihr nach Skíringssal zu segeln. Wie sie mir Nahrung und Kleidung gab und mich zwang, auch den Kampf mit Schwert und Schild zu lernen, damit Snorri mich nicht niedermachen konnte. Doch obwohl das Gefühl noch nicht ganz verschwunden war, verriet ich ihnen nicht, wie sehr ich mich über viele Monde hinweg von ihr verraten gefühlt hatte, welch einen Groll ich gegen sie gehegt hatte. Und wie verletzt ich noch immer war. Tränen ließ ich erst zu, als ich fertig war.

Ranveig war die Einzige, die nichts sagte. Niemand machte es ihr zum Vorwurf. Eigentlich ging es ihr an diesem Tag kaum besser als Freydis.

Als es Nacht wurde, betete ich wieder zu meinen Göttern und zu den Göttern der Majūs – nicht nur für Freydis, sondern auch für Ranveig, damit sie verhinderten, dass sie vor lauter Kummer den Verstand verlor.

Ich weiß nicht, welchem Gott ich dafür danken muss, aber einer von ihnen war so gnadenvoll, Freydis am nächsten Morgen aus ihrem Fieberschlaf erwachen zu lassen. Als sie am Ende meiner Wache aus dem Zelt trat, war ich so erleichtert, dass ich am liebsten geweint hätte. Dann fragte sie Ingmar und mich, wo wir seien und was passiert sei, was mir aus einem ganz anderen Grund die Tränen in die Augen trieb. Denn als wir es ihr erzählten, glaubte ich, wieder ihre gequälten Schreie zu hören, hatte wieder vor Augen, wie Alvtir starb.

Dass Harald sie als Wrack bezeichnet hatte, verschwieg ich ihr, nicht aber den Teil, als ihr Vater sie zusammen mit uns zum Tode verurteilen wollte. Diese Wahrheit musste sie hören, ob sie nun dafür bereit war oder nicht. Falls sie diese Neuigkeit schockierte, zeigte sie es nicht. Überhaupt nahm sie die Geschichte ein wenig zu gelassen auf. Wäre einer von uns an ihrer Stelle gewesen, hätten wir das sicher nicht so gut verkraftet.

Während Freydis sich weiter erholte, fing der Rest von uns in den kommenden Tagen an, die Umgebung zu erkunden. Dag zeigte uns einen kleinen Süßwasserteich, einen Vierteltag von der Klippe entfernt, wenn man zügig ging. Zwar müssten wir das Wasser abkochen, bevor wir es trinken könnten, aber das ist immer noch besser als nichts. Wir gingen nun jeden Morgen dorthin, um zu baden und unsere Wasserschläuche zu füllen, außerdem hatten wir in der Nähe Erdbeersträucher gefunden, deren Früchte gerade reif waren. Abgesehen davon konnten wir wenig entdecken, das uns nützlich wäre, höchstens einige Büschel wilde Zieste, aus denen sich Freydis eine Salbe für ihre Wunde anrührte.

Einen Tag verbrachten wir damit, uns aus einem Baumstamm einen Unterstand zu bauen. Im Winter würde er kaum genug Schutz bieten, aber wir können hier sowieso nichts Dauerhaftes einrichten.

Es grenzt an ein Wunder, dass wir bisher nicht entdeckt worden waren; vielleicht hat mich Agé ja doch noch nicht aufgegeben.

Mir ist klar, dass wir irgendwann weiterziehen müssen, um den nötigen Abstand zwischen uns und Skíringssal zu bringen. Aber bisher weiß ich einfach nicht, welche Richtung wir einschlagen sollen.

Im Grunde gibt es nur zwei Möglichkeiten: Falls wir uns zu einer anderen Stadt durchschlagen wollen, müssten wir uns dicht an der Küste halten. Nach Osten können wir nicht gehen, denn selbst wenn es uns gelänge, Skíringssal zu umgehen, wäre die Gefahr zu groß, dort auf die Männer der Hird zu treffen. Weiter ins Binnenland von Agder vorzustoßen, wäre sowieso sinnlos. Allerdings könnten wir uns dem westlich gelegenen Rogaland zuwenden, dem Agdersfjord folgen, bis er ins Meer mündet, und dann an der Meeresküste nach Norden ziehen. Irgendwann würden wir dann bestimmt auf eine Siedlung stoßen.

Der zweite Weg würde uns über die Berge führen. Niemand weiß genau, was jenseits davon liegt – oder ob es dahinter überhaupt noch irgendetwas gibt.

Auf der Küstenroute lauern die direkten Gefahren: Balli sorgt sicherlich dafür, dass sich unser Entrechtetenstatus schnell herumspricht, und die Majūs sind einer Bande Ausgestoßener gegenüber eher geneigt sie umzubringen, als sie mit offenen Armen zu empfangen. Und das gilt anscheinend sogar noch in Rogaland. Langsam verstehe ich, was Dag meinte, als er behauptet hat, manche Majūs würden lieber sterben, als ihr Leben als Ausgestoßene zu fristen.

Die Berge allerdings bringen eine andere Art von Gefahr mit sich. Wisna glaubt, dass wir, wenn unser Glück ausreicht und uns eine Überquerung gelingt, irgendwann die Siedlungen der Sami erreichen müssten, Airés Volk. Das könnte allerdings mehrere Mondläufe dauern, und von meiner Zeit auf Broskraps Hof weiß ich, dass die Berggipfel auch schon vor Winterbeginn schneebedeckt sind. Werden wir dort oben vom Wechsel der Jahreszeiten überrascht, könnten wir alle erfrieren. Ganz zu schweigen davon, dass uns die Vorräte ausgehen können.

Deshalb habe ich es bisher nicht gewagt, den anderen vorzuschlagen, dass wir unsere Klippe verlassen sollten. Noch nicht. Vorher muss entschieden werden, welchen Weg wir wählen sollen.

Oder, was vorzuziehen wäre, ein besserer Plan taucht auf.

Die Jagdzeit für Rehe ist vorüber, aber Wisna hat ein paar Schlingen mitgebracht, mit denen sie ab und zu Hasen und auch ein paar fette Eichhörnchen für uns fängt. Ohne Gewürze schmeckt das Fleisch fade, aber vorerst füllt es uns die Bäuche. Mehr Sorge bereitet mir, wie wohlgenährt die kleinen Nager sind; laut Wisna deutet das darauf hin, dass der Winter hart werden wird.

Nachts halten wir in wechselnden Zweierschichten Wache, während der Rest schläft: Ingmar und ich, Hetha und Wisna, Dag und Ranveig. Freydis möchte sich ebenfalls beteiligen, aber ich habe darauf bestanden, dass sie durchschläft, bis sie vollständig genesen ist.

Manchmal frage ich mich allerdings, ob das jemals geschehen wird. Die Narbe in ihrem Gesicht ist so breit wie der Finger eines Mannes und doppelt so lang; sie zieht sich von der Augenbraue bis hinunter zur Lippe. Das betroffene Auge wird sich vermutlich nie wieder öffnen. Aber diese Verletzung hat sie mehr gekostet als nur ein Auge. Sie verlässt kaum noch das Zelt, und wenn sie es einmal tut, ist sie sehr schweigsam, spricht höchstens, um angebotene Hilfe auszuschlagen. Andererseits ist der Rest unserer Gruppe auch nicht sonderlich gesprächig. Unsere Verletzungen mögen weniger sichtbar sein als ihre, aber wir alle haben unseren Kampfgeist verloren.

Um uns während der langen Sommertage die Zeit zu vertreiben, spielen wir oft Tafl; am zweiten Tag haben wir unter Alvtirs Sachen ihre Spielsteine entdeckt. Es ist sonst nicht ganz einfach, sich beschäftigt zu halten. Wir stellen Fallen auf, wir kontrollieren die Fallen. Wir gehen zum Teich und wieder zurück. Wir sammeln Wurzeln und Pilze und schlagen Feuerholz. Wir kochen, wir essen, wir schlafen. Und zwischendurch versuchen wir, nicht völlig in Verzweiflung zu versinken.

So vergeht eine Woche, dann noch eine. Dann noch eine.

Während der vierten Woche im Wald kippt die Stimmung. Ich spüre, wie die anderen immer rastloser und gereizter werden. Schon wegen kleinster Befindlichkeiten gibt es Streit, etwa weil jemand angeblich seine Schicht bei der Nachtwache abkürzt oder ein anderer im Zelt zu viel Platz für sich beansprucht. Bei allen liegen die Nerven blank.

Es überrascht mich nicht, dass Ranveig als Erste ausrastet. An einem der trägen Nachmittage ist sie gerade damit beschäftigt, ein Messer zu schärfen, als sie plötzlich mit einem gereizten Grunzen Klinge und Wetzstein von sich schleudert und aufspringt. »Ich habe diese Warterei so satt!«, schreit sie.

Hetha und Ingmar blicken von ihrem Taflspiel auf. Dag ist gerade mit Wisna unterwegs, um uns etwas zu essen zu besorgen, und ich übe mich an einem Holzscheit im Schnitzen der Runen, die Freydis mir einst beigebracht hat. Es wird sie hoffentlich etwas aufheitern, zu sehen, wie gut ich sie mir gemerkt habe. »Dann geh los und such sie«, schlage ich vor. »Sie können nicht weit weg sein.«

Ranveig schnaubt nur. »Du weißt genau, dass ich das nicht gemeint habe, Yafeu. Ich habe die Schnauze voll von dieser verdammten Klippe. Von diesen verdammten Bäumen. Von diesem ganzen verdammten Wald!« Um das zu unterstreichen, tritt sie gegen das Zelt.

»Hey!« Wie der Blitz bin ich auf den Beinen, Ingmar und Hetha ebenfalls.

»Warum gehst du nicht eine Runde spazieren, Ranveig?«, schaltet sich Hetha ein.

»Warum gehen wir nicht einfach *alle*, Hetha?«, kontert Ranveig schrill.

In diesem Moment taucht eine ziemlich verwirrte Freydis im Zelteingang auf, fest in eine Pelzdecke gewickelt wie ein Neugeborenes. »Was ist denn los?«, fragt sie verschlafen.

»Was los ist, Prinzessin? Wir haben es alle satt, darauf zu warten, dass du dich von diesem kleinen Kratzer erholst – das ist los! Wir müssen endlich hier weg.«

Plötzlich hellwach dreht Freydis sich zu mir um. »Was meint sie damit? Liegt es etwa an mir, dass wir immer noch hier sind?«

»Nein!«, versichere ich ihr hastig. »Wir bleiben so lange hier, bis wir herausgefunden haben, wie es weitergehen soll.«

»Und wann wird das bitteschön sein? Na?« Ranveig breitet provozierend die Arme aus. »Wartest du vielleicht auf ein Zeichen deiner afrikanischen Götter? Hast du überhaupt eine Ahnung, wie es weitergehen soll?«

Nun tritt Ingmar vor und will für mich in die Bresche springen. »Jetzt gehst du zu weit …«, setzt er an, aber ich halte ihn zurück.

»Wenn du einen Vorschlag zu machen hast, würden wir den gern hören«, sage ich an Ranveig gewandt.

»Na schön.« Wütend nimmt sie die Schultern zurück. »Ich finde, wir sollten Richtung Osten gehen, nach Tønsberg in Vestfold. Bei gutem Wind schafft man es mit dem Boot in zwei Tagen von Skíringssal dorthin, es dürfte zu Fuß also nicht viele Monde dauern, wenn wir uns an der Küste halten. Dort können wir bei König Harald um Zuflucht bitten.«

Wäre Freydis in diesem Moment nicht vor Entsetzen das Gesicht entgleist, hätte ich vermutlich angenommen, mich verhört zu haben. »Du willst, dass wir in Haralds Halle vorsprechen«, hake ich trotzdem nach, nur um sicherzugehen.

»Warum nicht? Nach allem, was passiert ist, kann er nicht mehr sonderlich gut auf Balli zu sprechen sein. Wir könnten ihm einen Handel anbieten: Wir verraten ihm die Schwachstellen von Skíringssal und im Gegenzug stellt er unsere Ehre wieder her und nimmt uns in seine Hird auf.«

Mit einem freudlosen Lachen stelle ich fest: »Mag sein, dass Balli und er keine Freunde mehr sind, aber das macht ihn noch lange nicht zu unserem Freund. Und ganz sicher kann er kein Freund von Freydis werden.«

»Apropos Freydis, was hat sie eigentlich getan, um sich ihren Platz bei uns zu verdienen? Außer sich verstümmeln zu lassen, natürlich?«

»Ranveig«, warne ich sie leise, da mir keine andere Antwort einfallen will.

»Sie hat sich ihrem Vater widersetzt, um sich uns anzuschließen«, wirft Ingmar ein, doch es ist bereits zu spät: Freydis sackt mutlos in sich zusammen.

»Ranveig hat recht«, sagt sie leise. »Ihr solltet Vestfold nicht meinetwegen außer Acht lassen.«

»Das kommt überhaupt nicht infrage!«, fauche ich. »Selbst wenn er dir das nicht angetan hätte, Freydis – Alvtir hat diesem Mann nie über den Weg getraut. Wir alle wissen das, sie hat es selbst gesagt. Und wir sind doch nicht einem grausamen Herrscher gegenüber eidbrüchig geworden, um dann sofort dem nächsten die Treue zu schwören.«

»Was wäre denn die Alternative, Yafeu?«, verlangt Ranveig zu wissen.

Ich zögere. Und diesmal kommt mir niemand zu Hilfe.

Fordernd verschränkt Ranveig die Arme vor der Brust. »Also? Wir warten!«

»Wir bleiben hier, bis wir uns auf eine Lösung geeinigt haben«, sage ich schließlich. »Und zwar einstimmig.«

»Alles klar. Du hast keine Alternative zu bieten.«

Ranveig stürmt davon, doch ihre Worte hallen noch lange in meinen Ohren nach.

»Du darfst das nicht an dich heranlassen«, erklärt mir Ingmar während unserer gemeinsamen Nachtwache. »Sie schlägt blind um sich, das ist ihre Art zu trauern.«

Wir sitzen auf kleinen Felsblöcken am Feuer und sehen zu, wie die Flammen die Schatten der Fichten ringsum tanzen lassen. Mawu hält sich heute versteckt. Die kühle Nachtluft ist erfüllt vom Knacken des Feuers, dem Lied der Grillen und Dags lautem Schnarchen. Zwar rechnen wir inzwischen nicht mehr damit, nachts von der Hird überfallen zu werden, aber Bären und andere Raubtiere bleiben eine ständige Gefahr, also haben wir die festen Wachen beibehalten.

»Aber sie hat doch recht, Ingmar«, erwidere ich. »Nicht, was Harald angeht, aber in Bezug auf mich.«

Obwohl wir uns in den vergangenen Wochen spürbar nähergekommen sind, habe ich mich Ingmar in dieser Sache bisher nicht anvertraut. Während der nächtlichen Wachschichten haben wir viel Zeit allein verbracht. Irgendwann – ich kann mich weder an den genauen Zeitpunkt erinnern noch daran, von wem die Initiative ausging – haben wir angefangen, uns eine Decke zu teilen und aneinandergekuschelt einzuschlafen. Wenn ich morgens aufwache, hält er mich im Arm, und unsere Beine sind ineinander verschlungen. Doch das fühlt sich für mich weniger romantisch an als ... tröstlich. Vielleicht ist es sogar meinem Überlebensinstinkt geschuldet. Und eben jener Instinkt hat mich bisher auch davon abgehalten, meine Zweifel mit ihm zu teilen.

Auch jetzt meldet sich dieser Instinkt wieder, aber diesmal kämpfe ich dagegen an. Ich kann diese Last nicht länger allein tragen, ich muss mich jemandem anvertrauen.

Langsam ziehe ich den Dolch aus der Scheide, den Alvtir für mich geschmiedet hat, und drehe ihn in den Händen. Ich schlucke schwer, bevor ich zu sprechen beginne.

»Du hast mich einmal gefragt, was Alvtir und ich in der Nacht des Mittsommerfestes miteinander besprochen haben. Damals hat sie mir gesagt, sie sei davon überzeugt, dass ich einmal eine große Anführerin werde. Aber es war falsch von ihr, an mich zu glauben.« Ich drehe mich zu ihm um, begegne seinem ruhigen Blick. »Alle wollen Antworten von mir, aber ich ... ich kann uns nicht retten, Ingmar. Ich kann es einfach nicht. Natürlich weiß ich, dass wir uns auf den Winter vorbereiten müssen, Vorräte anlegen und Hütten bauen, die uns vor der Kälte schützen. Und mir ist auch klar, dass das hier nicht möglich ist. Aber ich habe keine Ahnung, wohin wir gehen sollen. Auf jedem möglichen Weg lauern so viele Gefahren. Wenn doch nur Alvtir hier wäre ...« Ich senke den Blick, lasse den Dolch zurück in die Scheide gleiten. »Obwohl, wäre Alvtir noch da, wären wir jetzt nicht hier.«

Das Feuer ist heruntergebrannt. Ich stoße einen Seufzer aus, der aus dem tiefen Abgrund in meinem Inneren aufzusteigen scheint. Ja, der Druck hat ein wenig nachgelassen, aber gleichzeitig zieht das ein Gefühl der Leere nach sich, das sogar noch schlimmer ist.

Aus dem Augenwinkel sehe ich, wie Ingmar sich vorbeugt, die Ellbogen auf die Knie stützt und nachdenklich den Kopf neigt. »Alvtir war eine gute Anführerin«, sagt er schließlich. »Aber sie war nicht perfekt. Für sie war die Welt nur schwarz oder weiß. Sie hat sich nie auf andere verlassen, nie um Hilfe gebeten. Stattdessen hat sie alles allein gemacht, anstatt sich vorher mit uns zu beraten – wohl weil sie uns nicht ausreichend vertraut hat. Und genau diese Schwäche hat letztlich zu ihrem Tod geführt und dazu, dass wir jetzt in diesem Schlamassel festsitzen. Niemand möchte das offen aussprechen, aber so ist es.«

Schweigend sehe ich zu, wie er aufsteht und Holz nachlegt. Dann aber kehrt er nicht auf seinen Stein zurück, sondern geht vor mir in die Hocke und greift nach meinen Händen. Ich fürchte mich vor dem, was ich in seinen Augen sehen könnte, also starre ich angestrengt auf meinen Schoß. Wenn ich ihm jetzt ins Gesicht blicke, finde ich dort möglicherweise den Beweis dafür, dass er ebenfalls nicht mehr an mich glaubt.

Ingmar fährt fort: »Vielleicht brauchen wir jetzt aber auch gar keine Anführerin, die so tut, als hätte sie sämtliche Antworten parat. Vielleicht brauchen wir eine Anführerin, die sich auf andere stützt. Eine, die auch erkennt, was der Schwächste unter uns zu bieten hat, und die eine Möglichkeit findet, all unsere Gaben zu nutzen. Und das kannst du besser als jeder andere. Ich weiß das, weil ich es selbst miterlebt habe. Und Alvtir wusste das auch.«

Überrascht blicke ich hoch. Zum ersten Mal bemerke ich die dunklen Ringe unter seinen meergrauen Augen. Durch die Nahrungsknappheit sind seine Züge noch kantiger geworden, seine Wangen sind mit Schmutz und Asche verschmiert, und das braune Haar fällt ihm in verfilzten Strähnen ins Gesicht. Trotzdem wirkt er noch genauso anziehend auf mich wie an jenem Tag im Hafen, der nun schon so viele Monde zurückliegt. Wie an jenem Tag, als ich ihn das erste Mal sah.

Ich beuge mich vor und drücke einen Kuss auf seine rissigen Lippen. »Ich danke dir«, flüstere ich.

Zwar bin ich mir nicht sicher, ob ich ihm glauben kann, aber ich weiß, dass *er* es glaubt. Und für heute muss das genügen.

42 YAFEU

Als ich am nächsten Morgen aufwache, ist Freydis verschwunden. Der Stoffstreifen, mit dem ich ihre Wunde verbunden habe und den sie noch immer benutzt, um sie vor den rauen Elementen zu schützen, liegt vergessen auf ihrer Pelzdecke.

»Wo ist Freydis?«, frage ich Dag und Ranveig leise, sobald ich aus dem Zelt trete. Bisher zeigen sich nur zartrosa und orangefarbene Streifen am Himmel; Hetha und Ingmar schlafen noch.

Beide wenden sich mir zu. »Sie wollte baden gehen«, antwortet Ranveig. »Wir haben ihr den Weg zum Teich erklärt.«

Mit einem frustrierten Stöhnen ziehe ich meine Stiefel an. Dann hebe ich das Scheit mit den eingeschnitzten Runen auf, das vergessen neben dem Holzstapel liegt. Gestern konnte ich es Freydis nicht mehr zeigen, denn als Ranveig fort war, schloss sie sich im Zelt ein und kam nicht mehr heraus, nicht einmal zum Essen. Also klemme ich es mir jetzt unter den Arm und mache mich eilig auf den Weg zum Teich; Ranveig und Dag schauen mir verwirrt hinterher.

Als ich die Badestelle erreiche, kriecht Lisa gerade über den Horizont. Freydis steht knietief im Wasser, vollständig bekleidet und mit gesenktem Kopf. Ihr Rock ist völlig durchnässt.

»Freydis!«, rufe ich erleichtert. »Agbe sei Dank. Ich habe mir Sorgen gemacht!«

Sie antwortet nicht, blickt nicht einmal hoch, als ich auf sie zugehe.

»Was ist …« Doch noch bevor ich die Frage stellen kann, wird mir klar, was sie so gebannt anstarrt.

Ihr Spiegelbild.

Mir wird schwer ums Herz. Natürlich wusste ich, dass sie es irgendwann herausfinden würde, aber eigentlich hatte ich gehofft, das noch ein wenig hinauszögern zu können. Wenigstens bis sie etwas mehr zu Kräften gekommen ist.

»Du weißt, warum das alles passiert ist, oder?« In ihrer Stimme liegt mehr Bitterkeit als in einer Schlehe.

Ich lege das Holzscheit ab und setze mich am Ufer ins Gras. Von hier aus sehe ich Freydis im Profil, sie wendet mir nur die unversehrte Hälfte ihres Gesichts zu. Ihr durch den frühen Morgen überlanger Schatten reckt sich mir entgegen. »So etwas kann im Kampf passieren«, sage ich sanft. »Ich hätte dich beschützen müssen.«

»Du hättest nichts tun können. Es war bereits zu spät.«

»Freydis …«

»Begreifst du es denn nicht?« Sie fährt zu mir herum, zerstört dabei das glatte Abbild im Wasser. »Das ist der Fluch. Es hat alles angefangen, als wir die Tote Stadt durchquert haben: Hakons Verrat, Haralds Übergriff, und jetzt *das*!« Sie zeigt auf ihre Narbe, fixiert mich unerbittlich mit ihrem gesunden Auge. Niemals zuvor habe ich sie so wütend erlebt. Nicht einmal als wir Broskraps Leiche im Fluss gefunden haben.

Entschlossen widersetze ich mich dem Drang, den Blick abzuwenden. »Ich habe es dir schon einmal gesagt: Ich glaube nicht an diesen Fluch. Ich glaube nur an *dich*.«

»Wie viele Beweise brauchst du denn noch?« Genau wie Ranveig gestern breitet sie die Arme aus. »Sieh dich doch nur einmal um, Yafeu. Wir sind Ausgestoßene, wir haben nichts mehr. Wenn der Winter kommt, sind wir so gut wie tot. Und das weißt du auch. Du *weißt* es!«

Mir schnürt sich die Kehle zu. Ihr vernarbtes Gesicht verschwimmt, da Tränen in meinen Augen aufsteigen.

Trotzdem schüttele ich vehement den Kopf. »Ich habe miterlebt, wie mein Dorf niedergebrannt wurde. Ich wurde von meiner Familie getrennt und quer durch die Wüste geschleppt, musste mitansehen, wie meine einzige Freundin nach und nach immer schwächer wurde und starb, ohne dass ich etwas dagegen tun konnte. Dann hat Alvtir mich gerettet – nur um mich zu Broskraps Sklavin zu machen. Und das alles ist geschehen, bevor ich auch nur einen Fuß in die Tote Stadt gesetzt hatte.« Nun laufen mir die Tränen über die Wangen, aber ich fahre trotzdem fort: »Ich weiß nicht, warum die Götter mich so leiden lassen. Ich weiß auch nicht, warum sie *dich* so leiden lassen. Vielleicht hast du recht, vielleicht sind wir wirklich verflucht. Aber selbst wenn es so ist, spielt es keine Rolle. Ich werde nicht aufgeben. Ich werde mich nicht einfach hinlegen und auf den Tod warten. Und das wirst du auch nicht tun.«

»Mir ist nichts geblieben, Yafeu!«, schreit Freydis wütend. »Ich war einmal eine Prinzessin, ich war einmal schön. Jetzt bin ich das alles nicht mehr. Ich bin *nichts* mehr.« Sie tritt gegen die Wasseroberfläche und schickt wütende Wellen auf den Teich hinaus. Dann lässt sie sich auf alle viere fallen; ihr langer Zopf hängt ins Wasser hinunter, ihr Gesicht streift beinahe die Oberfläche.

Ich rappele mich auf, nehme mein Holzscheit und stapfe ins Wasser, ohne auch nur meine Stiefel auszuziehen. Die eisige Kälte trifft mich wie ein Schlag, aber ich bleibe erst stehen, als ich Freydis erreicht habe. Entschlossen klemme ich mir das Holzstück unter den Arm, packe sie unter den Achseln und ziehe sie so sanft wie möglich hoch.

Ihre moosgrünen Augen sind vollkommen ausdruckslos. Ich drücke ihr das Holz in die Hand, das sie mit leerer Miene anstarrt.

»In dir steckt so viel mehr, als du ahnst, Freydis. Du verfügst über eine ganz eigene Weisheit und das kann dir keine Klinge nehmen. Außerdem hast du mich. Ich bin deine Freundin und ich brauche dich.« Während mir die Worte ungehemmt aus dem Mund purzeln, erkenne ich, wie wahr sie sind. Sie versetzen mir einen solchen Stich, dass ich mir reflexartig an die Brust fasse und die Finger in meine Tunika kralle. Mit rauer Stimme fahre ich fort: »Ich weiß nicht, was ich tun soll. Ich brauche deine Hilfe, um uns alle zu retten. Also hilf mir. *Bitte.*«

Blinzelnd starrt Freydis auf das Holzscheit, ihr Kiefer mahlt angestrengt. Ihre Augen schimmern feucht. Plötzlich reibt sie mit dem

Handballen über das Holz. »Du hast *uruz* versaut«, erklärt sie leise. »Die obere Linie muss schräg sein, wie bei einem Dach, nicht flach.«

»Na ja, noch wütender können die Götter wohl nicht auf mich werden.«

Das entlockt ihr ein leises Lachen. Erleichtert lasse ich die Schultern hängen. Ich folge ihr ans Ufer, wo sie das Holzscheit achtlos beiseitewirft. Dann stehen wir tropfend im Gras, vor Kälte bibbernd, da Lisas Strahlen es nicht schaffen, uns zu wärmen.

Stumm beobachte ich, wie Freydis anfängt, an ihrem Zopf herumzuzupfen, während ihr Blick scheinbar ziellos über den Boden huscht. Daran erkenne ich, dass sie nun in Gedanken alles durchgeht und so wie ich zuvor versucht, eine Lösung zu finden.

»Uns bleibt nur eine Möglichkeit«, sagt sie schließlich. »Wir müssen zurück nach Skíringssal.«

»Sie werden uns töten«, wende ich ein. »Natürlich habe ich auch schon daran gedacht. Im besten Fall könnten wir auf Broskraps Hof unterkommen, aber selbst das wäre zu gefährlich. Wir müssten uns tagsüber in der Scheune einschließen, dürften uns nicht einmal von Broskraps Söhnen erwischen lassen, und wir müssten uns von den Leibeigenen durchfüttern lassen.« So könnte ich nicht leben, außerdem würde ich das Bronaugh und Airé niemals zumuten.

»Nicht, wenn ich meinen Anspruch auf den Thron geltend mache. Wir werden meinen Vater töten und uns ganz Skíringssal holen.«

Vollkommen verblüfft reiße ich die Augen auf und glotze sie an. Sie erklärt das in einem Tonfall, der kälter ist als der Teich im Winter.

Sie will Balli töten und Herrscherin über Agder werden?

Hätte ich sie nicht so gut gekannt, wäre ich wohl davon ausgegangen, dass sie Witze macht – oder den Verstand verloren hat. Einen König heiraten kann sie nun nicht mehr, aber das bedeutet offenbar nicht, dass sie ihren Traum, Königin zu werden, aufgegeben hat. Ich weiß noch, mit wie viel Leidenschaft sie immer davon gesprochen hat, eines Tages ihre eigene Halle zu führen. Das hat sie immer mehr gewollt als alles andere, schon ihr ganzes Leben lang.

Mich beschleicht ein ungutes Gefühl. Es ist noch nicht lange her, dass Alvtir mit genau dieser kalten Gleichgültigkeit davon sprach, Freydis zu töten und sich dann den Thron zu holen.

»Das Problem ist nur, dass wir ihnen zahlenmäßig unterlegen sind«, fährt sie fort. »Und zwar weit unterlegen. Wir sind zu sechst – zu siebt, wenn man mich mitrechnet, was ich aber nicht für empfehlenswert halte. Und sie sind beinahe hundert.«

Ich kann mir ein Grinsen nicht verkneifen. »Ja, das ist sicher das größte Problem bei diesem Plan.«

»Aber es gibt in Agder eine Menge Menschen, die mit ihrem König unzufrieden sind. Einige von denen könnten wütend genug sein, um sich uns im Kampf gegen ihn anzuschließen. Die Bauern in den weiter entfernten Gebieten haben ganz sicher die Nase voll. Ich kenne mindestens einen jungen Jarl, der seine Leute ohne zu zögern gegen meinen Vater ins Feld führen würde, wenn sich ihm die Gelegenheit dazu bietet. Und wenn wir aus dem Umland genügend Unterstützung haben, wird das vielleicht auch manch einem in Skíringssal den Mut verleihen, sich uns anzuschließen. Vielleicht sogar einigen aus der Hird. Dann hätten wir eine realistische Chance – falls denn die Götter noch immer auf unserer Seite sind.«

Ich denke kurz darüber nach. »Aber wie sollen wir uns mit den Jarls treffen, ohne dabei unser Leben zu riskieren? Gehen wir direkt zu ihnen oder sollen wir riskieren, einen Boten nach Skíringssal zu schicken, damit er einen Händler oder Kaufmann dazu überredet, sich unserer Sache anzunehmen? So oder so braucht es nur einen einzigen, der Balli treu genug ergeben ist, um uns zu verraten, und wir sind tot. Und selbst wenn das nicht passiert, selbst wenn die Menschen wirklich dazu bereit sind, sich gegen ihren König zu erheben, wie du sagst ... Es würde unheimlich lange dauern, uns die nötige Unterstützung zu sichern. Vielleicht sogar Jahre. Wie sollen wir bis dahin überleben?«

»Das weiß ich nicht. Vermutlich werden wir uns erst einmal Unterstützer in der Stadt suchen müssen.« Sie seufzt frustriert und kaut auf der Innenseite ihrer Wange herum. »Wenn wir doch nur wüssten, wer mit uns gegen Balli kämpfen würde. Und wenn wir eine Möglichkeit hätten, diese Menschen zu kontaktieren, um sie um uns zu versammeln.«

Wie aus dem Nichts kommt mir ein Gedanke.

Ein breites Grinsen erscheint auf meinem Gesicht. Fast ist es, als hätte Mawu-Lisa selbst mir das eingegeben. Oder wohl eher Legba, denn dieser Plan ist seiner Verschlagenheit würdig.

Entschlossen packe ich Freydis' Hand. »Vielleicht haben wir die ja.«

43 YAFEU

Es ist beinahe ironisch, wie schnell aus einer Zuflucht ein Gefängnis werden kann und aus einem Gefängnis eine Zuflucht. Als Leibeigene sah ich im Wald meinen einzigen Ausweg, hier war ich der Freiheit immer am nächsten. Und nun schleiche ich mich mitten in der Nacht heimlich auf Broskraps Hof und lasse den Wald hinter mir, was mir aber auch wie eine Flucht vorkommt.

Allerdings bin ich diesmal tatsächlich auf der Flucht.

Nachdem ich mich dreimal versichert habe, dass wirklich niemand hier ist, nehme ich mir einen Moment Zeit, um den Anblick des weiten Himmels zu genießen. Wochenlang habe ich immer ein dichtes Blätterdach über mir gehabt, da macht er mich in seiner Unendlichkeit nun beinahe schwindelig. Und Mawus Abwesenheit lässt die Sterne nur umso heller strahlen; wie Tausende Kerzen sehen sie aus, die auf einem dunklen Meer treiben.

Dann richte ich den Blick auf die Scheune vor mir. Mein Herz rast und das hat nichts mit dem langen und mühsamen Weg hierher zu tun. Zweifel quälen mich wie feine Nadelstiche. Zweifel, die ich bereits mehrmals mit den anderen durchgegangen bin, die wir besprochen und auseinandergenommen haben, bis wir uns alle einig waren, dass es die vielen Risiken wert sei. Risiken wie: Werden sie uns helfen? Verlange ich damit zu viel von ihnen? Und selbst wenn sie andere finden, die ebenfalls dazu bereit wären – wird es am Ende reichen?

Das erinnert mich an etwas, das Mama immer gesagt hat: Du kannst deine Ängste zwar ins Bett packen, aber du kannst sie nicht dazu zwingen, auch einzuschlafen.

Ich atme einmal tief durch – ziemlich zittrig –, die Hände bereits an der rauen Scheunentür. Noch kann ich einen Rückzieher machen und alles abblasen. Aber Freydis hat ja recht: Uns bleibt nur dieser eine Ausweg.

Also stoße ich die Tür auf und gehe hinein. Drinnen ist es um einiges dunkler als draußen. Blinzelnd warte ich, bis meine Augen sich an die Dunkelheit gewöhnt haben. Es ist stickig und ein fauliger Geruch hängt in der Luft. »Bronaugh?«, wispere ich vorsichtig. »Airé?«

»Yafeu? Bist du das?«, antwortet Bronaugh verschlafen.

»Ja, ich bin's.«

Ich höre ein Rascheln, dann flammt die beinahe erloschene Glut wieder auf, und ich erkenne ein Gesicht. »Yafeu!« Bronaugh stürmt auf mich zu und schließt mich in die Arme. Ich erwidere den sanften Druck, suche aber gleichzeitig über ihre Schulter hinweg nach Airé. Sie ist nirgendwo zu sehen.

»Wo ist Airé?«, frage ich deshalb, als Bronaugh sich von mir löst und nur noch meine Hand umklammert.

»Sie schläft heute im Haus. Aber was macht Yafeu hier? Wir haben gehört, was passiert ist. Wir dachten schon, wir hätten dich verloren.«

Selbst in dem spärlichen Licht ist der Anblick ihres Gesichts eine Wohltat für mich. Gleichzeitig wird mir schwer ums Herz, wenn ich daran denke, weshalb ich gekommen bin. »Ich brauche deine Hilfe, Bronaugh.«

Sie nickt sofort. »Natürlich, was auch immer ich tun kann.«

»Bist du sicher, dass das eine gute Idee ist?«, flüstert Ingmar. Es ist längst Nacht geworden, auch heute ohne Mond, aber wir warten noch immer am Ufer des Vítrirsees, um Skíringssal genügend Zeit zu geben, sich schlafen zu legen.

»Es gibt jetzt kein Zurück mehr.« Eine bessere Antwort fällt mir nicht ein.

Dabei kann ich ihn gut verstehen. Trotz allem, was ich Freydis – und mir selbst – darüber vorgebetet habe, dass wir uns frei entscheiden können, ob wir an den Fluch glauben wollen, war ich doch nervös, als sie mich das erste Mal herführte. Jetzt bin ich nicht mehr nur nervös. Ich habe Angst. Die Welt der Geister rückt nachts immer näher an unsere heran und dieser Ort ist eindeutig jugu. Irgendetwas hier jagt mir kalte Schauer über den Rücken, und mein Instinkt rät mir lautstark, so weit wie möglich wegzulaufen.

»Keine Sorge, Ingmar, was uns bald in Skíringssal erwartet, wird viel, viel schlimmer sein als ein paar erzürnte Geister«, versichert ihm Hetha fröhlich. Das lässt mich grinsen; nur Hetha bringt es fertig, in einem solchen Moment auch noch Witze zu reißen.

»Ich gebe dem Schildbrecher recht«, meldet sich Dag zu Wort, der nervös von einem Fuß auf den anderen tritt. »Wir sind Soldaten, keine Seher. Wir können uns nicht gegen Geister und Schatten zur Wehr setzen.«

Freydis ist die Erste, die reagiert. Sie wirbelt so abrupt zu den beiden Männern herum, dass das gestohlene Schwert an ihrer Hüfte heftig schaukelt. »Wenn ihr es nicht ertragt, unter Geistern zu sein, solltet ihr sie vielleicht gar nicht erst aus dem Leben reißen.«

Ich bin so überrascht, dass meine Brauen beinahe bis zum Haaransatz wandern.

Aber natürlich hat sie recht: Wir alle haben schon getötet. Wenn wir die Gegenwart der Toten nicht aushalten, wer dann? Nein, überrascht bin ich nur von ihrer Kühnheit. Überrascht und stolz. Beim letzten Mal war ich diejenige, die *sie* vorantreiben musste. Sie so unerschrocken zu sehen, stärkt meinen eigenen Mut.

Also nehme ich die Schultern zurück und folge ihr. Wenig später hat mich Ingmar eingeholt, dann auch Hetha und Wisna. »Reiß dich am Riemen, Bruder!«, ruft Wisna über die Schulter. Dag stöhnt verzweifelt, doch kurz darauf höre ich seine hastigen Schritte hinter uns.

Und so führt Freydis Ballisdottir, die einstige Prinzessin von Skíringssal, die sechs besten Krieger von Norveg in das Herz der Toten Stadt.

Der abgestorbene Baum, der die Grenze zur Stadt markiert, sieht in der Dunkelheit aus wie eine geduckte Gestalt. Als wir ihn passieren, dringen die Geräusche der Nacht nur noch dumpf zu uns vor, als wären wir durch eine unsichtbare Mauer gelaufen. Greifbare Spannung liegt in der Luft. Wir halten die Blicke gesenkt, um die Tonscherben und Holztrümmer erkennen zu können, die überall herumliegen. Außerdem müssen wir so nicht die eingestürzten Gebäude sehen. Oder die monströsen Schatten, die sich von ihnen recken.

Wenig später kommen wir an dem Steinoval vorbei. Jetzt, da ich weiß, welche Bedeutung hinter einem solchen Steinschiff steckt, betrachte ich es mit anderen Augen. Vermutlich wurde es nach der Schlacht hier aufgehäuft, um der Opfer des Brandes zu gedenken.

Die Bewohner von Skíringssal glauben, die Seelen dieser Toten seien hier gefangen und könnten keinen Frieden finden. Wenn das wahr ist, findet Alvtir dann ebenfalls keine Ruhe? Oder war es ausreichend, dass wir ihrer gedacht haben, so gut es uns eben möglich war, so wie die Überlebenden der Schlacht von Geirstad ihrer Lieben gedacht haben?

Plötzlich fällt mir auf, dass ich mehr Schritte höre als zuvor. Ich bleibe stehen, sehe mich um und hebe warnend die Hand.

Freydis kommt zu mir zurück. »Was ist los?«, flüstert sie. Ein Hauch von Furcht schleicht sich in ihre entschlossene Miene.

Als ich die Antwort auf ihre Frage entdecke, huscht ein Lächeln über mein Gesicht. »Dort!«, raune ich ihr zu und zeige auf das steinerne Schiff, das wir gerade passiert haben.

Alle drehen sich um. Im zarten Licht der Sterne kann ich gerade noch das Reh erkennen, das mit gesenktem Haupt in dem Kreis aus Steinen steht. Wie gebannt sehen wir zu, wie das Tier an den Pilzen knabbert, die hier überall wachsen. Und ich dachte, etwas, das dort wächst, wo es sonst kein Leben mehr gibt, müsste giftig sein.

Dabei habe ich eine von Papas frühesten Lektionen vergessen. Nachdem ich meine erste Antilope getötet hatte, erklärte er mir: *Alles muss sterben, aber der Tod bringt auch wieder Leben hervor.*

Ragnarök ist nicht das Ende, hatte Alvtir gesagt. *Es ist ein Neuanfang.*

Möglicherweise sind wir bei Sonnenaufgang alle tot. Aber vielleicht werden unsere Taten andere inspirieren. Vielleicht ist der Wandel tatsächlich so unausweichlich, wie Alvtir glaubte.

»Das ist ein Zeichen der Götter«, flüstert Wisna.

Voller Zuversicht sehe ich zu Freydis hinüber und strecke die Hand aus. »Vielleicht sind sie doch noch auf unserer Seite.«

Sie greift zu. »Ich hoffe es sehr.«

Mit neuem Mut gehen wir weiter, Freydis und ich mit fest verschränkten Fingern. Kurz bevor das hohe Gras beginnt, bleiben wir wieder stehen, direkt vor dem letzten Gebäude – einer Scheune, die sich nicht sehr von der auf Broskraps Hof unterscheidet. Es ist das einzige Bauwerk, das den Brand überlebt hat, auch wenn die Außenwände rußgeschwärzt und brüchig sind, da direkt daneben der Schutthaufen aufragt, der früher einmal die Trinkhalle war. Aus dem Abzugsloch im Dach steigt eine feine graue Rauchsäule auf, die sich hell vor dem nächtlichen Himmel abzeichnet.

Wir erreichen die Tür. Gedämpfte Stimmen dringen zu uns heraus.

Abwartend drehen sich die anderen zu mir um. Freydis lässt meine Hand los und nickt mir aufmunternd zu. Von diesem Punkt an übernehme ich die Führung.

Die nervöse Anspannung in meinem Bauch ist mir nicht fremd, ich kann mich aber nicht daran erinnern, dass sie jemals so stark gewesen wäre. Schnell gehe ich im Kopf noch einmal den Plan durch, den Freydis und ich entwickelt haben. Jetzt kommt er mir unglaublich schwach vor. Konnte Bronaugh während des letzten Mondlaufs unsere Botschaft an die anderen Leibeigenen weitergeben? Haben sie ihre Worte ausreichend verstanden? Und haben sie es weitergesagt?

Fast starr vor Angst schiebe ich die Tür auf.

Die Scheune ist zum Bersten voll.

Mein Herz macht einen Satz. So wie es aussieht, sind sämtliche Soninke gekommen, aber nicht nur sie, sondern auch viele andere. Mindestens drei Dutzend ernste Gesichter blicken uns entgegen, als wir den Raum betreten. Manche haben die gleichen Augen und den gleichen warmen Hautton wie Airé, andere sind sommersprossig wie Bronaugh und Ingmar. Männer und Frauen, Junge und Alte, dunkle Haut oder helle – sie alle sind unserem Ruf gefolgt und haben sich hier versammelt. Sogar einige der Leibeigenen aus Ballis eigenem Haushalt sind hier, darunter auch Werian, der pickelige Mundschenk des Königs.

Die Mischung aus Überraschung, Erleichterung und Fassungslosigkeit, die mich bei diesem Anblick überfällt, lässt mich beinahe losheulen. Und wenn ich Freydis' Miene richtig deute, geht es ihr nicht anders.

Bronaugh kommt auf uns zu, um uns zu begrüßen. Überwältigt greife ich nach ihren Händen. »Habe ich gut gemacht, nicht wahr?«, fragt sie mit funkelnden Augen.

»Mehr als gut, Bronaugh. Ich weiß nicht, wie ich dir jemals danken soll.«

»Indem du gewinnst.« Sie wendet sich der Menge zu und wartet, bis alle still sind. »Das ist Yafeu, die Frau, von der ich euch erzählt habe.« Sie deutet auf mich. »Früher war sie eine Leibeigene, genau wie wir. Aber sie hat sich ihre Freiheit erkämpft, und jetzt möchte sie, dass wir uns auch die Freiheit erkämpfen.«

Ein Mann löst sich aus der Gruppe der Soninke. »Nyeru!« Automatisch wechsele ich in meine Muttersprache. »Was machst du denn hier?« Er ist zu alt, um mit uns in den Kampf zu ziehen, aber das würde ich niemals laut sagen.

Der alte Mann legt mir eine Hand auf die Schulter. »Jeder kämpft auf seine Art, Anverwandte.« Dann dreht er sich zu den Angehörigen unseres Volkes um und wiederholt auf Soninke, was Bronaugh bereits gesagt hat: »Das ist Yafeu.«

Niemand sagt etwas, alle warten darauf, dass ich zu ihnen spreche. Viele von ihnen haben improvisierte Waffen mitgebracht – alles, was sie ihren Besitzern unbemerkt stibitzen konnten: Schaufeln, Sicheln, Abziehmesser, Meißel, Hämmer. Waffen, mit denen man kaum etwas gegen Schwerter und Äxte ausrichten kann.

Ich hole tief Luft und versuche, jedem von ihnen ins Gesicht zu sehen.

»Es war mutig von euch, heute hierherzukommen«, beginne ich. Dabei kämpfe ich verbissen gegen das Zittern in meiner Stimme an. Nyeru wiederholt meine Worte auf Soninke. »Ich möchte euch allen so vieles sagen, aber dafür reicht die Zeit nicht. Ich weiß, dass ihr alle schrecklich gelitten habt. Ich habe ebenfalls gelitten.« Ein dicker Kloß steigt in meiner Kehle auf. Ich versuche, ihn runterzuschlucken, und sortiere meine Gedanken. »Doch ihr habt nicht umsonst gelitten, denn das hat euch heute hierhergeführt. All unsere Götter, auch wenn sie so unterschiedlich sein mögen wie wir, stehen nun an unserer Seite. Sie glauben an uns. Aber was die Götter glauben, ist zweitrangig. Viel wichtiger ist, was wir selbst glauben.«

Ich spüre, wie ein mächtiges Nyama in mir aufsteigt. Erst als es mich ganz mit seiner Kraft ausfüllt, fahre ich fort. Und nun kommen die Worte aus meinem tiefsten Inneren. »Wollt ihr wissen, was ich glaube? Ich glaube, dass jeder Einzelne von euch frei sein sollte. Ich glaube, dass die Diebe, die euch die Freiheit geraubt haben, dafür mit ihrem Leben bezahlen sollten. Und ich glaube, dass wir ihnen nur gemeinsam gewachsen sind.

Trotzdem werden wir euch nicht zwingen, euch diesem Kampf anzuschließen. Ihr könnt frei entscheiden, jeder von euch. Und ich werde euch ehrlich sagen, wie unsere Chancen stehen: Die meisten von euch sind keine ausgebildeten Kämpfer, und selbst wenn es anders wäre, sind wir ihnen zahlenmäßig immer noch weit unterlegen. Deshalb ist es sehr wahrscheinlich, dass wir sterben werden.

Doch egal ob ihr euch uns anschließt oder nicht, ob ihr mit uns kämpft oder nicht, eines schwöre ich euch: Wenn wir gewinnen, werdet ihr unter der Herrschaft von Königin Freydis als freie Menschen leben.«

Mein Blick wandert zu Freydis hinüber, und plötzlich sehen alle sie an, damit sie meine Worte bestätigt. Sie legt eine Hand an den Griff ihres gestohlenen Schwertes und deutet stumm eine Verbeugung an. Ein zustimmendes Raunen geht durch die Menge.

»Ich bin keine Seherin«, fahre ich fort. »Weder kann ich unser

Schicksal vorhersagen noch kenne ich den Willen der Götter. Alles, was ich euch bieten kann, ist eine Chance. Und ich werde niemanden verurteilen, der diese Chance nicht nutzen möchte. Aber ich werde lieber im Kampf für meine Überzeugung sterben, als eine Lüge zu leben.« Von jetzt auf gleich versiegt der Wortstrom. Stumm stehe ich da und halte den Atem an.

Ein schlankes Soninke-Mädchen mit umbrabrauner Haut und dunklen Augen tritt vor. Sie schleudert ihre Sense zu Boden. »Ich werde dir folgen, Yafeu«, verkündet sie auf Soninke.

Voller Dankbarkeit nicke ich ihr zu. Eine zweite Frau löst sich aus der Menge, wirft ihre Waffe in den Staub und wiederholt die Worte, allerdings in leicht hölzernem Nordisch: »Ich werde dir folgen, Yafeu.«

Dann noch jemand: »Ich werde dir folgen, Yafeu.«

»Ich werde dir folgen, Yafeu.«

Bald sind alle Leibeigenen, die sich in der Scheune versammelt haben, vorgetreten. Inzwischen kann ich kaum noch die Tränen zurückhalten.

»Ich danke euch allen«, stoße ich in beiden Sprachen hervor, überwältigt von alldem, was ich nicht in Worte fassen kann.

»Ademola.« Nyeru winkt einen hochgewachsenen Mann meines Alters zu sich. Mit leichten Schritten kommt er zu uns und mir fallen sofort die sehnigen Muskeln an seinen Armen auf. »Das ist Ademola«, stellt Nyeru ihn mir auf Soninke vor. »Er ist der Sohn des großen Fürsten Jawuru und ein erfahrener Krieger. Er kann unser Volk in die Schlacht führen.«

Ademola hebt grüßend eine Hand ans Herz und mustert mich prüfend. Die Kraft seines Nyamas füllt den Raum zwischen uns aus. Seine dunklen Augen schimmern wie polierter Rauchquarz. »Ich stehe dir zu Diensten«, erklärt er mir in unserer Muttersprache und neigt respektvoll den Kopf.

Ich erwidere die Geste mit einer Verbeugung. »Nein, Anverwandter, ich diene dir.«

Auf Ademolas ernstem Gesicht breitet sich ein erfreutes Lächeln aus.

Aus dem Augenwinkel sehe ich, wie Freydis Ballis Schankburschen beiseitenimmt. »Für dich haben wir eine ganz spezielle Aufgabe, falls du dich dafür bereit fühlst.«

Ich wende mich wieder der erwartungsvollen Menge zu. »Und so sieht unser Plan aus.«

44 YAFEU

Die Nacht ist schwarz wie Pech, Mawu nicht mehr als eine schmale Sichel, das Gesicht von uns abgewandt. Vielleicht kann sie einfach nicht mitansehen, was nun geschehen wird. In der reglosen, kühlen Luft schwingt ein erster Vorgeschmack auf den Herbst mit, trotzdem habe ich Freydis' wärmendes Geschenk nicht mitgenommen. Heute ist mir Bewegungsfreiheit wichtiger als Wärme. Und ich werde auch nicht lange frieren müssen.

Aber ich habe mich dafür entschieden, beide Halsketten anzulegen. »Hey, Ranveig«, rief ich vorhin, als ich den Schmuck mit den Wolfzähnen anlegte. »Wie war das noch gleich mit dem Wolf und seinen Zähnen?«

Das Grinsen, mit dem sie mir antwortete, erinnerte mich an Alvtir.

Jetzt hält sie sich dicht hinter mir, während wir zu siebt durch das hohe Gras robben und geduckt das königliche Anwesen betreten. An der Großen Halle angekommen, richten wir uns auf und schleichen lautlos an der Rückseite des Gebäudes entlang wie Raubtiere. Es ist wichtig, dass die Wache am Turm uns nicht bemerkt; das wollen wir so lange wie möglich vermeiden.

Schon den ganzen Tag hat sich eine Welle der Furcht in mir aufgebaut, die nun zu brechen droht. Aber ich spüre auch noch etwas anderes: die Úlfheðinn in meinem Inneren erwacht. Und so weiß ich nicht, ob mein Herz aus Angst oder Vorfreude so laut schlägt. Vielleicht ist es auch beides.

Als ich der Hird beitrat, dachte ich, meine erste Bewährungsprobe als Schildmaid müsste ein Beutezug sein.

Stattdessen bereite ich nun einen Putsch vor.

Endlich erreichen wir die vordere Ecke der Halle, und ich hebe meine geballte Faust, damit die anderen hinter mir stehen bleiben. Musik und fröhliche Stimmen dringen aus der Halle, trotzdem sind die Stimmen der Wachen deutlich zu hören.

»... *wir* eigentlich unsere Hörner erheben und König Ballis Großzügigkeit genießen?«

»Kjartan, du alte Schindmähre, du kannst froh sein, wenn dir ein Sklavenmädchen seine Reste schenkt.«

»Wenn er die Reste kriegt, nehme ich das Mädchen!«

Ich riskiere einen Blick. Vor dem Eingangstor, das von zwei Fackeln erleuchtet wird, stehen sechs Wachen. Also eine für jeden von uns, Freydis ausgenommen.

Heute ist *Freysblót*, ein Erntefest zu Ehren des Gottes Frey. Laut Freydis müssten deshalb nicht nur die Bauern von Skíringssal, sondern auch Ballis Wachen und die Kapitäne der Hird in der Großen Halle versammelt sein. Ist es tatsächlich erst ein Jahr her, dass Broskrap zu diesem Fest aufgebrochen ist und ich mich am Hafen meinen Fluchtplänen hingab? Jetzt scheint das schwer vorstellbar zu sein.

Ich drehe mich zu den anderen um: Ranveig, Ingmar, Dag, Hetha, Wisna und Freydis, in dieser Reihenfolge. Alle nicken. Ein Blitz zuckt über den Himmel. In seinem grellen Licht sind diese Menschen mit den schlammverklebten Rüstungen und dem Rachedurst im Blick mehr als einfache Soldaten. Sie scheinen einem Albtraum entsprungen zu sein.

Selbst Freydis wirkt grimmiger, als ich sie je erlebt habe. Sie trägt Alvtirs kaum getragenen ledernen Kürass – der ihr ein wenig zu groß ist – und darüber die Wolfsfellweste, die ich ihr geschneidert habe. Das Schwert, das sie dem Wachmann gestohlen hat, hängt an ihrer Hüfte. Während der letzten Wochen haben wir ihr beigebracht, wie man es benutzt. In ihrem Fall haben wir den Schwerpunkt auf die Verteidigung gelegt, sie für den Notfall aber auch den Angriff gelehrt. Ich kann nur hoffen, dass es ausreicht und sie überlebt. So oder so weiß ich aber, dass ihre Tante stolz auf sie wäre. Dass sie stolz auf uns alle wäre.

Mit einem Satz verlasse ich mein Versteck und reiße die sechs Wachen so aus ihrer Behaglichkeit.

»Hey! Wisst ihr noch, wer ich bin?«

Die Männer nehmen die Verfolgung auf und biegen hinter mir um die Ecke. Idioten. Meine Kampfgefährten stürzen sich auf sie, noch bevor sie ihre Schwerter ziehen können. Ranveig schlägt dem ersten einfach den Kopf ab, während Hetha dem zweiten ihre Axt in die Brust rammt. Ingmar, Dag und Wisna machen drei weitere nieder. Die Úlfheðinn riecht Blut und reckt interessiert den Kopf. Sobald der letzte Wachmann um die Ecke biegt, stoße ich meinen Dolch in die verwundbare Stelle zwischen Hals und Schulter. Sein Mund öffnet sich stumm wie der eines sterbenden Fisches, dann bricht er zusammen.

»Du kriegst heute sicher kein Sklavenmädchen mehr«, zischt Ranveig mit einem wilden Funkeln in den Augen.

Begleitet von einem dumpfen Donnergrollen, treten wir aus den Schatten. Ein Regentropfen landet auf meinem Kopf, dann noch einer. Plötzlich gießt es wie aus Eimern. Am Tor überlasse ich Freydis die Führung und positioniere mich direkt hinter ihr.

Vom Wachturm dringt ein Hornsignal herüber, mehrere kurze Laute. Das Signal bei einem Angriff.

Sehr gut. Wir wollen uns gar nicht mehr verstecken.

Greller Blitz, dröhnender Donner – die Götter rufen zum Kampf. Ob sie für oder gegen uns sind, werden wir bald herausfinden.

Vorerst spielt das keine Rolle.

Vorerst kämpfen wir allein.

Freydis stößt das Tor der Großen Halle auf und wir stürmen hinein wie ein Gewitterböe.

Die Musik ist bereits verstummt. Leere Trinkhörner und Platten liegen auf den Tischen herum. Nahe der Tür sitzen die Bauern mit ihren Familien. Sie weichen vor uns zurück, ein ängstliches Raunen breitet sich aus. Aber jene, die weiter hinten im Saal sitzen – die Kapitäne der Hird, Ballis Wachen und natürlich Balli, Yngvild und Snorri – bleiben sitzen. Sie drehen sich lediglich mit verwirrten

Mienen zu uns um, als wir die Halle betreten. Vierzig, höchstens fünfzig Mann sind es.

»Freydis.« Balli lallt hörbar.

Ohne ihm Beachtung zu schenken, wendet sich Freydis an die Bauern. »Wenn ihr weiterleben wollt, geht nach Hause. Jetzt sofort.« Wir treten beiseite und geben den Ausgang frei, damit die Bauern fliehen können.

Vor unserem Treffen mit den Leibeigenen in der Toten Stadt haben wir unseren Plan hitzig besprochen. Zu meinem großen Entsetzen wollte Freydis die Ausgänge der Großen Halle von außen blockieren und dann alles in Brand stecken. Ranveig war ebenfalls dafür. Das war wohl das erste Mal, dass sich die beiden in etwas einig waren. Dag und sogar Wisna schlugen sich auf ihre Seite, da sie der Meinung waren, die Übermacht sei zu groß, anders hätten wir keine Chance. Aber ich konnte nicht einfach darüber hinwegsehen, dass die Bauern und ihre Familien vollkommen unschuldig waren. Ganz zu schweigen von den Leibeigenen, die man vorher nicht alle warnen konnte.

Freydis und ihre Unterstützer sahen darin ein notwendiges Opfer für unsere Sache, aber am Ende setzte ich mich gegen sie durch, indem ich anführte, dass es nicht ehrenwert sei, sie so hinterrücks zu ermorden. Wenn Freydis wirklich Königin von Agder werden soll, reicht es nicht aus, dass Balli einfach nur stirbt. Nein, er muss auf die richtige Art und Weise sterben und zur richtigen Zeit. Bei einem Holmgang hätte Freydis keine Chance gegen ihn, denn auch wenn er heute alt und nicht mehr in Form ist, war er doch früher einmal ein Krieger. Trotzdem muss sie ihn öffentlich herausfordern und sich ihm ehrenvoll entgegenstellen. Nur so kann sie dem Volk beweisen, dass sie verdient seine Nachfolge antritt, nicht bloß ihres Blutes wegen. Sonst würde einfach nur einer der Jarls seinen Platz einnehmen. Und diesem Argument konnte nicht einmal Freydis etwas entgegensetzen.

Also beschlossen wir zu kämpfen, auch wenn wir so zu siebt gegen Dutzende von Soldaten und Wachen antreten müssen. Wir konnten nur beten, dass Bronaughs Unterstützung die Waagschale zu unseren

Gunsten senken würde und die Leibeigenen uns tatsächlich zu Hilfe kämen.

Zumindest war es so, bis wir in der Scheune der Toten Stadt plötzlich Werian vor uns hatten. Damit tat sich eine weitere Möglichkeit auf, um für Chancengleichheit zu sorgen.

Doch auch in Bezug auf die Bauern mussten wir uns auf unser Glück verlassen und hoffen, dass sie nicht zu den Waffen greifen würden. Wir mussten darauf setzen, dass sie lieber ihre Frauen und Kinder in Sicherheit bringen würden, als ihren Hals für ihren König zu riskieren, auch wenn der es nur mit sieben Gegnern zu tun bekam.

Nun erfüllt sich diese Hoffnung – die Bauern brauchen keine weitere Aufforderung. Geschlossen drängen sie sich an uns vorbei, zusammen mit einem Großteil der Leibeigenen, sodass die Halle wenig später halb leer ist. Dag schließt rasch die Türen hinter ihnen.

Erst jetzt bemerke ich den Leibeigenen, der schlaff an dem Stützpfeiler neben dem Kamin hängt; seine Hände sind hinter dem Rücken gefesselt. Kraftlos hebt er den Kopf.

Mir bleibt beinahe das Herz stehen, als ich ihn erkenne – dunkelbraune Haut, faltiges Gesicht, kurzes graues Haar.

Nyeru.

Er schenkt mir ein schwaches Lächeln, doch der Zorn hat mich bereits in seiner Gewalt.

Was haben sie mit ihm vor?

Als ich Snorris triumphierendes Grinsen sehe, droht mein Blut überzukochen. Am liebsten würde ich laut schreien. Am liebsten würde ich meinen Dolch direkt zwischen seine Augen schleudern, auch wenn er so weit weg sitzt, dass vermutlich nicht einmal ich das Ziel treffen würde. Ich will jeden Einzelnen in dieser Halle töten, egal ob er schuldig ist oder nicht.

Doch Freydis' starke, klare Stimme hält mich zurück. Während sie spricht, ziehen Dag, Ingmar, Hetha und Wisna einen der Tische zur Tür hinüber, um den Ausgang zu blockieren.

»König Balli von Skíringssal, du hast den Eid verletzt, dein Volk zu beschützen, und herrschst ohne Ehre. Ich bin gekommen, um zu fordern, was mein ist. Du wirst noch vor Sonnenaufgang tot sein. Ich werde an deine Stelle treten als Königin von Agder.«

Einen Moment lang herrscht absolute Stille. In der gesamten Halle rührt sich nichts, bis Helge irgendwann zu Yngvild hinübergeht, die ihre Tochter fassungslos anstarrt. Die Leibeigene raunt ein paar Worte, die ich nicht verstehe, dann hilft sie Yngvild mühsam dabei, sich zu erheben.

Helge, die zu alt und schon zu lange versklavt ist, um noch von Freiheit zu träumen, ist die Erste, die sich schützend vor ihre Herrin stellt.

Dann beginnt Snorri zu lachen. Reglos erwidere ich seinen höhnischen Blick.

»Tötet sie«, befiehlt Balli knapp und versucht, schwankend aufzustehen. Snorri verstummt. »Ich sagte: *Tötet sie*!«

Die Kapitäne stürmen los, gefolgt von den Wachen. Zumindest versuchen sie es, allerdings scheinen ihre Beine ihnen den Dienst zu verweigern. Sie rempeln einander an, laufen gegen die Säulen, bewegen sich träge und unkoordiniert. Ein paar Hörner voller Bier allein reichen nicht aus, um den Gleichgewichtssinn derartig zu zerstören.

Ich schaue zu Werian hinüber, Ballis Mundschenk, der Schlüsselfigur in unserem Plan. Er steht zusammen mit ein paar Leibeigenen, darunter auch Helge, die doch nicht gegangen ist, ein paar Schritte hinter dem Königspaar. Ein triumphierendes Grinsen breitet sich auf seinem Gesicht aus. Und auch auf meinem.

Werian weiß, wo Balli sein Bilsenkraut aufbewahrt. Seine Aufgabe bestand darin, den Trank in bestimmte Bierkrüge zu füllen, und zwar nur in jene des Königstisches, der Männer der Hird und der Wachen. Solange er sich absolut sicher war, dass sie uns helfen würden, durfte er auch andere Leibeigene zur Unterstützung einweihen.

So wie die Soldaten jetzt aussehen, hat er seine Aufgabe voll und ganz erfüllt.

Laut Freydis betäubt Bilsenkraut Schmerzen und beruhigt das Gemüt. Aber nur in geringen Dosen. In größeren Mengen hat es den gegenteiligen Effekt und macht den Patienten reizbar und unbeholfen, er ist dann beinahe weggetreten wie bei einem schlimmen

Wundfieber. Das Kraut kann sogar tödlich sein; so viel Glück scheinen wir heute aber dann doch nicht zu haben. Die Wachen und Kapitäne sind zwar nicht mehr wirklich bei sich, können aber noch kämpfen.

Die Úlfheðinn heult freudig auf. Ich lasse mich ganz von ihr durchdringen, während ich mich Schulter an Schulter mit meinen Freunden aufstelle. Meinen Kriegern. Ingmar steht zu meiner Rechten, neben ihm Dag. Ranveig schiebt sich auf meine linke Seite, gefolgt von Wisna und Hetha. Wie zuvor besprochen, lässt sich Freydis zurückfallen, sodass sie hinter uns steht.

Ich hebe beide Dolche über den Kopf und schlage sie aneinander. Das hohe Klirren dringt durch die ganze Halle. »*Für Walhalla!*«, brülle ich.

»*Für Walhalla!*«, lautet die Antwort.

Bevor wir angreifen können, ruft Werian etwas in einer fremden Sprache. Dann stürzt er sich auf Balli, das Küchenmesser in der Rechten hoch erhoben.

»Nein, Werian, nicht!«, schreie ich hastig.

Aber es ist zu spät. Snorris Schwert gräbt sich bereits tief in seinen Leib.

Der Anführer der Hird und ich wechseln einen hasserfüllten Blick. Es dauert einen Moment, bis mir klar wird, dass Snorri viel zu schnell reagiert und viel zu präzise zugeschlagen hat. Mein Blick huscht zu seinem Trinkhorn.

Es ist noch voll. Trotz all seiner Fehler ist Snorri Broskrapsson nicht wie sein Vater. Er hat das Bier verschmäht.

Werian presst eine Hand auf seinen Bauch, sein junges Gesicht ist schmerzverzerrt. Dann sackt er zusammen.

Damit bricht der Damm in meinem Inneren und ein wilder Schrei kommt mir über die Lippen. Meine Krieger greifen ihn auf. Wie eine Horde kreischender Dämonen stürmen wir los und werfen uns Ballis Männern entgegen.

Nun übernimmt die Úlfheðinn. Noch immer schreiend wehre ich den Angriff eines Kapitäns ab und steche zu. Die Klinge dringt mühelos in sein Herz, er trägt weder Kürass noch Kettenhemd. Ein weiterer Gegner taucht auf, diesmal ein Wachmann. Da er eine Rüstung trägt, ramme ich ihm meinen zweiten Dolch in den ungeschützten Oberschenkel und ziehe ihn wieder heraus, als der Mann an mir vorbeistolpert. Sein Blut spritzt auf meinen Arm.

Hastig sehe ich mich um. Anscheinend hat Balli aus dem Attentat auf Freydis' Hochzeit gelernt: Heute hat er seine Wache in voller Rüstung antreten lassen. Aber die Männer der Hird scheinen nur ihre Waffen dabeizuhaben, was sie besonders in ihrem berauschten Zustand sehr verwundbar macht.

Es könnte funktionieren.

Dieser Gedanke verleiht mir Auftrieb, als der nächste benebelte Wachmann auf mich zutaumelt. Er hält nicht einmal sein Schwert richtig. Mühelos schlage ich es ihm aus der Hand, dann trete ich ihm mit voller Wucht gegen das Knie. Die Kniescheibe springt heraus, was ihm einen schrillen Schmerzensschrei entlockt. Ich kürze ihn ab, indem ich dem Mann die Kehle aufschlitze.

Dann wirbele ich herum und suche nach meinem nächsten Opfer.

Doch es kommt keiner mehr.

Meine Freunde sind wie Sensen und ihre ehemaligen Kameraden sind das reife Korn.

Ranveig hackt gerade lachend – ja, lachend – einem der Kapitäne einen Arm ab. Ich glaube, er heißt Arinbjorn. Dann befördert sie ihn mit einem so harten Tritt gegen einen Tisch, dass dieser umkippt. Die leeren Platten zerspringen auf dem Boden. Als sich ein unbewaffneter Wachmann auf sie stürzen will, ohrfeigt sie ihn wie ein unartiges Kind. Im Vergleich zu ihr ist er auch kaum mehr. Dann hebt sie eine der Tonscherben auf und sticht sie ihm ins Auge. Sein gequälter Schrei wird von ihrem manischen Lachen begleitet.

Würde es mir nicht solche Bewunderung abnötigen, müsste ich mich jetzt wohl übergeben. In Bezug auf Ranveig hatte ich jedenfalls recht: Sie muss ein Berserker sein, genau wie Alvtir. Frey wird in dieser Nacht sein Blutopfer bekommen.

Da fällt es mir wieder ein: *Nyeru.*

Ingmar steht am dichtesten bei mir; noch immer zu meiner Rechten zieht er gerade seine lange Axt aus dem Hals eines Soldaten. »Ingmar!«, rufe ich schnell. »Gib mir Deckung!« Prompt hält er mir den Rücken frei, während ich zu dem Pfeiler renne, an den sie Nyeru gefesselt haben.

»Ich wusste, dass du uns noch einmal retten würdest«, sagt der alte Mann leise, während ich die Seile durchtrenne, die seine Handgelenke fixieren. Sobald er frei ist, schwankt er kurz, hält sich dann aber aus eigener Kraft auf den Beinen.

»Versteck dich, Anverwandter.«

Ich helfe Nyeru dabei, unter einen der wenigen Tische zu kriechen, die noch stehen. Ein Kapitän will uns angreifen, doch ich werfe meinen Dolch nach ihm. Der Mann geht zu Boden. Seinen Namen habe ich nie erfahren.

Den Namen eines anderen Kapitäns kenne ich hingegen nur zu gut. Und er lebt noch.

»Snorri Broskrapsson!«, brüllt die Úlfheðinn durch meinen Mund, während ich zu Ballis Tisch herumwirbele. Doch dort kann ich weder ihn noch Balli entdecken. Die Wachen haben auf der Empore eine dichte Reihe gebildet, nur ihre Speere ragen zwischen ihren schützend erhobenen Schilden hervor. Ich erinnere mich an dieser Formation, habe sogar ihren Namen gelernt: Schildwall. Sie ist sehr effektiv, wenn man die Reihen des Gegners durchbrechen oder aber etwas beschützen will – etwas oder jemanden. Balli und Snorri müssen sich dahinter verkrochen haben.

Ich kämpfe mich zur Empore vor, springe über die Körper der Gefallenen. Aber die lebende Barriere hat sich bereits in Bewegung gesetzt. Gerade erreicht sie die Seitenmauer der Halle, dreht sich und formiert sich neu, jetzt mit der schützenden Wand im Rücken.

Nun sehe ich auch, was sich dahinter verborgen hat: Die wenigen Leibeigenen, die geblieben sind, liegen blutend auf dem Boden. Darunter ist auch das Mädchen, das beim Dísablót auf Eriks Schoß gesessen hat. Jetzt starrt sie mit leblosen Augen zur Decke, eine Axt steckt in ihrem Schädel.

Wieder flammt der Zorn in mir auf. Ich renne los und dresche ziellos auf die Schilde ein, versuche irgendwie, mir eine Bresche zu schlagen. Ein Speer schießt vor und reißt mir beinahe den Bauch auf. Erst im letzten Moment gelingt es mir, mich seitlich wegzudrehen, sodass er nur meine Taille streift. Es brennt, aber ich werde es überleben. Die Öffnung im Schildwall schließt sich ebenso schnell wieder, wie sie erschienen ist. Ungläubig presse ich eine Hand auf die Wunde und ziehe mich zurück.

»Feiglinge! Ehrloser Dreck seid ihr!«, brüllt die Úlfheðinn.

Meine Freunde erledigen die restlichen Wachen und Kapitäne, während ich wahllos Beleidigungen auf den Schildwall niedergehen lasse, als könnten Worte etwas ausrichten, wo meine Waffen versagen. »Kämpfe gegen mich, Snorri Broskrapsson! Kämpfe um das Leben deines Königs!«

Aber es ändert nichts, der Schildwall bewegt sich immer weiter, nähert sich mit kleinen Schritten der Tür und nimmt Balli und Snorri mit sich.

»Möchtest du wissen, warum man mich den Schildbrecher nennt?«

Ingmars blutverschmierte Hand schließt sich um meine Schulter. Ich antworte mit einem Lächeln. In seinem Gesicht klebt ebenfalls Blut, auf meiner Haut spüre ich es auch.

Es ist noch nicht vorbei.

Der Rest unserer Schar versammelt sich hinter Ingmar. Der Boden der Halle ist mit Scherben, Fleischstücken, zertrampelten Früchten und zerfetzten Schaffellen bedeckt. Die Tische sind umgefallen, einige Bänke zerbrochen. Und dann die vielen, vielen Toten. Und das Blut. Überall ist Blut, es klebt auf allem. Besorgt sehe ich mich nach Nyeru um und entdecke ihn zu meiner großen Erleichterung ganz hinten an einer der Wände – ängstlich zusammengekauert, aber lebendig.

Freydis tritt als Letzte zu uns. Schweiß läuft über ihr Gesicht und verklebt die Strähnen, die sich aus ihrem Zopf gelöst haben. Ich mustere sie prüfend, kann aber keine Verletzungen finden. Mit einem knappen Nicken gibt sie mir zu verstehen, dass es ihr gut geht.

Plötzlich rennt Ingmar los, verhakt seine lange Axt in einem der Schilde und reißt ihn los, sodass eine Öffnung in der Mauer entsteht. Sofort drängen wir uns um dieses Loch, doch Schwerter und Speere schießen aus der Lücke hervor, und dann schließt sich der Schildwall auch schon wieder.

Ingmar stöhnt schmerzerfüllt. Ich fahre zu ihm herum, er lässt sich zurückfallen und umklammert seinen Arm.

Panik steigt in mir auf, als ich das Blut sehe, das aus der Wunde fließt. »Rückzug!«, befehle ich den anderen.

Den Göttern sei Dank packt Ingmar sein Schwert und richtet sich wieder auf. Wir passen uns der steten Bewegung des Schildwalls Richtung Tür an, halten aber Abstand. »Ich versuche es noch einmal«, beschließt Ingmar keuchend.

»Nein!« Ich packe seinen gesunden Arm. »Es ist zu gefährlich.«

»Uns bleibt keine andere Wahl.«

»Warte, bis sie die Tür erreichen, vor diesem Hindernis müssen sie die Formation auflösen.«

Kaum habe ich es gesagt, dringen dumpfe Schläge von der Tür zu uns herüber. Der Tisch, der die Torflügel blockiert, fängt an zu beben.

»Das ist der Rest der Hird«, stellt Hetha unnötigerweise fest.

Nein. Noch nicht!

Wieder ein Schlag. Der Tisch bewegt sich.

»Haltet euch bereit!«, rufe ich ebenso unnötigerweise.

Wir stellen uns mit Blick zur Tür auf, Freydis wieder gut geschützt hinter uns.

Ein letzter Schlag, dann fliegt die Tür auf. Die Männer der Hird strömen in die Halle wie wütende Ameisen.

Es sind die einfachen Soldaten, die nicht zum Fest eingeladen waren und deshalb nicht Horn um Horn das Bier des Königs in sich hineingeschüttet haben.

Die Männer, die nicht unter Drogen gesetzt wurden. Unaufhaltsam stürmen sie auf uns zu. »Nicht nachgeben!«, brüllt Dag.

Und wir geben nicht nach. Wir sind noch immer die besseren Kämpfer. Wir sind noch immer Alvtirs auserwählte Krieger. Und durch das offene Tor können immer nur wenige Männer eindringen, sodass sie uns nicht mit voller Kraft angreifen können.

Nach und nach drängen wir sie zurück, ignorieren die einsetzende Erschöpfung. Ignorieren das Blut auf unseren Gesichtern, in unseren Haaren, auf unserer Kleidung, irgendwann auch das Blut aus unseren eigenen Wunden. Dag hebt mit einem unmenschlichen Schrei eine Bank auf und schleudert sie den Angreifern entgegen, womit er fünf auf einmal von den Füßen reißt. Ranveig bekommt eine Schüssel zu fassen und wirft sie ihrem Gegner an den Kopf.

Und plötzlich kehrt beinahe so etwas wie Ruhe ein. Aus dem Strom wird ein Rinnsal, immer weniger Krieger stürmen uns entgegen. Wir drängen weiter vor, können etwas Boden gutmachen. Dann aber verschwindet der Schildwall durch die offene Tür. Ingmar wirft mit aller Kraft seine Axt, doch sie trifft nur einen Schild und prallt wirkungslos daran ab.

»Sie entkommen uns!«, brülle ich, während die Männer der Hird sich um den Schildwall herum durch die Tür zwängen.

»Soldaten!«, ruft Freydis hinter uns. »Ich bitte euch: Lasst eure Waffen fallen oder wechselt die Seiten! Der König, für den ihr kämpft, ist es nicht wert, dass ihr euer Leben für ihn gebt!«

Sie hören nicht zu und es sind einfach zu viele. Schritt für Schritt drängen sie uns zurück.

Wir sitzen in der Falle. Mit so vielen Kämpfern können wir es nicht aufnehmen. Es gibt keinen Ausweg mehr.

Hetha stolpert über einen Leichnam. Ich schreie entsetzt auf, kann ihr aber nicht helfen. Ich kämpfe selbst gerade gegen zwei Gegner gleichzeitig.

Wisna springt ein und schafft es gerade noch, den tödlichen Schlag abzuwehren. So kann Hetha sich wieder aufrichten und dem nächsten Soldaten ihren Schild gegen die Klinge rammen.

Mir wird schwer ums Herz. Lange können wir so nicht mehr weitermachen. Uns bleiben noch wenige Minuten, vielleicht auch nur Sekunden, bis Ballis Soldaten uns niedermachen werden.

Wir werden alle sterben. Und das ist allein meine Schuld.

Papa hat sich geirrt.

Ich habe wirklich an diesen verrückten, wagemutigen Plan geglaubt. Aus ganzem Herzen. Aber mein Glaube hat ihn nicht stark genug gemacht. Er hat nur dafür gesorgt, dass ich meine Freunde in den Tod führe.

Mawu-Lisa … Odin … Freya … Gu … sollte irgendjemand von euch auf unserer Seite sein, zeigt uns bitte, wie wir lebend hier rauskommen.

»Kiaaaahh!«

Eine gellende Stimme dringt von draußen herein. Die Männer der Hird zögern, Verwirrung setzt ein. Auch wir halten inne und versuchen, zu Atem zu kommen.

Dann ziehen sie sich zurück.

Draußen zuckt wieder ein Blitz über den Himmel, und für einen Moment erkenne ich einen Schemen mit dunkler Haut – so dunkel wie meine eigene.

Mein Herz macht einen Sprung.

Es ist Ademola mit den Leibeigenen. Sein ungefärbter Kittel ist an den Ärmeln aufgerissen, sodass seine Muskeln deutlich sichtbar sind, als er nun mit beiden Händen seine Sense umfasst und sich in die Luft katapultiert.

»Kiaaaahh!«, schreit er noch einmal. Die Leibeigenen bedrängen die Hird von zwei Seiten, was die Soldaten hilflos herumfahren lässt, verwirrt von diesem plötzlichen Angriff.

»Jetzt!«, brülle ich.

Geschlossen stürmen wir zur Tür und machen dabei die letzten Gegner im Inneren der Halle nieder, die sich gerade auf dem Rückzug befinden. Das lodernde Feuer in unseren Herzen hat neue Nahrung bekommen und wird von jedem, der sich uns in den Weg stellt, weiter angeheizt. Wisna wirbelt herum wie eine Windhose und schleudert Soldaten in alle Richtungen. Ranveig duckt sich kurz, hebt einen Speer auf und durchbohrt damit einen Gegner, während sie zwischen seinen Beinen hindurchrutscht. Ingmar nimmt ihrem Opfer noch im Sturz das Schwert ab und spaltet damit den nächsten Angreifer in zwei Teile.

Nun befinden sich nur noch zwei Männer der Hird in der Halle. Dag stürmt auf sie zu. Die Männer wollen panisch flüchten, aber er trampelt sie nieder wie ein Bulle im Hühnerstall. Hetha und ich erledigen den Rest.

Endlich erreichen wir die Tür. Eigentlich sollten wir jetzt frei sein, aber dort draußen sind Leibeigene und Soldaten so in ihren Kampf verstrickt, dass die dichte Menge uns den Weg versperrt.

Der Schildwall hat sich in dem ganzen Chaos aufgelöst. Inzwischen regnet es nicht mehr, aber es zucken nach wie vor Blitze über den Himmel, sodass ich kurz einen roten Mantel aufleuchten sehe, bevor er hügelabwärts verschwindet. Balli beweist, was für ein Feigling er ist, und flüchtet sich vor der Schlacht in die Sicherheit seiner Felder. Flieht und entkommt.

Die Úlfheðinn heult vor Wut auf.

»Ich muss sofort hier raus!«, rufe ich.

Wisna verschränkt die Finger und geht in die Hocke. Ich stemme einen Fuß in ihre Hände und katapultiere mich hoch.

So lande ich mitten in der Hird und reiße dabei einen der Männer von den Füßen. Sofort mache ich mir die vorübergehende Verwirrung zunutze und schlage wild um mich.

»Für Alvtir!«, höre ich Ranveig irgendwo schreien. Dann landet sie direkt neben mir und rammt einem der Soldaten ihr Schwert in die Brust. Dag kommt als Nächster, dann Ingmar. Zu viert hacken und schlagen wir uns eine Schneise durch die Kämpfenden.

Mein Blick huscht kurz zu Ingmar, der die Axt über dem Kopf kreisen lässt, bevor er einem Soldaten damit den Schädel spaltet.

»Geh!«, ruft er mir zu. »Wir halten hier die Stellung!«

Sofort wirbele ich herum und renne los. »Rückendeckung für Yafeu!«, befiehlt Dag. Ademola und ein weiterer Leibeigener tauchen vor mir auf und halten mir die Soldaten vom Leib, während ich mir einen Weg durch das Getümmel bahne.

Die kalte Nachtluft streift meine glühend heiße Haut. Beinahe wäre ich über meine eigenen Füße gestolpert, so hastig renne ich den dunklen Hügel hinunter. Ich springe über einen Zaun, hetze über ein frisch abgeerntetes Gerstenfeld, an dessen Rand einige Gestalten entlanghuschen. Eine von ihnen fährt zu mir herum.

»Haltet sie auf!« Das war Snorri.

Zwei andere Gestalten, Wachen oder Kämpfer der Hird, bewegen sich in meine Richtung.

Aber die Úlfheðinn lässt sich nicht aufhalten.

Ich greife an, schlitze ihnen mit meinen Dolchen den Hals auf. Die gurgelnden Laute ihrer letzten Atemzüge überlagern kurz das sanfte Zirpen der Grillen und das Ächzen der Bäume im angrenzenden Wald, die sich im wie immer vom Fjord heraufwehenden Wind neigen.

Snorri und der König verschwinden im Wald. So schnell mich meine Beine tragen können, hetze ich auf die Bäume zu.

Erst als ich in die Dunkelheit eintauche, werde ich langsamer. Einen meiner Dolche lasse ich in die Scheide gleiten. Nun übernimmt mein Jagdinstinkt. Inzwischen habe ich gelernt, wie man in diesen Stiefeln schleichen kann, und so husche ich lautlos zwischen den Bäumen hindurch. Sehen ist nicht mehr so wichtig, stattdessen lausche ich auf jeden Laut, jeden brechenden Zweig, der auf ein Wesen hindeutet, das hier nicht hingehört.

Es dauert nicht lange, bis ich unter den tief hängenden Ästen einer großen Birke ein Rascheln bemerke. Vorsichtig nähere ich mich dem Baum und ziehe mit einem schnellen Ruck den König hinter dem Stamm hervor.

Er hebt seine Waffe. Selbst in der Dunkelheit ist dieses Nyama unverwechselbar. Es ist Alvtirs Schwert, das er mir entgegenstreckt, Angrboda. Zu sehen, wie ein solcher Feigling die Waffe einer wahrhaftigen Kriegerin führt, facht meinen Zorn nur weiter an.

Bevor er auch nur blinzeln kann, schlage ich ihm die Schwerthand ab.

Er schreit laut auf, während ich ihn mit einem harten Stoß an den Stamm der Birke schiebe. Kaum habe ich ihn gepackt, sinkt er in sich zusammen. Ich spüre sein warmes Blut an meiner Brust. Irgendwie war mir bis jetzt nicht bewusst, wie klein Balli ist.

Mawu schickt ihre Strahlen durch das Blätterdach direkt auf sein von Furcht entstelltes Gesicht. Zufrieden beobachte ich, wie in seinem wilden Blick die Erkenntnis heranreift, dass sein Ende bevorsteht.

»Sieh mich an, König Balli, und wisse, dass es Yafeu sein wird, die dir das Leben nimmt.«

»Ich hätte dich umbringen sollen, als ich die Gelegenheit dazu hatte«, faucht er.

»Für Alvtir«, wiederhole ich Ranveigs Worte und hole mit meinem Dolch aus.

Bevor ich zusteche, bemerke ich das kurze Aufblitzen des Mondlichts auf Ballis Zähnen. Verwirrt sehe ich genauer hin: Er lächelt mich an. Nein, das stimmt nicht. Sein Blick geht über meine Schulter hinweg.

Ich fahre gerade noch rechtzeitig herum, um dem Schlag auszuweichen. Snorri. »*Heill*, Úlfheðinn.«

Nun springt mich der König von hinten an und schlingt seine Arme um meinen Hals. Ich verpasse ihm einen heftigen Stoß mit dem Hinterkopf, sodass er gegen den Baumstamm prallt. Er lässt mich los und bricht bewusstlos zusammen. So habe ich genügend Zeit, um Snorris nächstem Angriff auszuweichen und mir wieder einen sicheren Stand zu verschaffen.

»Von diesem Augenblick träume ich schon lange«, verkündet Snorri und schwenkt voller Vorfreude sein Schwert.

»Geht mir auch so.« Ich ziehe meinen zweiten Dolch und lasse beide Waffen in den Händen kreisen.

Er greift an. Ich fange mit überkreuzten Klingen sein Schwert ab, doch die Wucht des Schlages dringt bis in meine Knochen.

Mit einer halben Drehung schleudere ich ihn seitlich von mir weg und lasse dabei die Dolche über seinen Arm gleiten. Kreischend richtet er sich auf und schlägt sofort wieder zu. Diesmal bin ich nicht schnell genug – trotz eines hastigen Sprungs verpasst er mir eine tiefe Schnittwunde am Oberschenkel.

Der brennende Schmerz lähmt für einen Moment meine Sinne. Snorri macht sich das zunutze und greift erneut an.

Ich lasse mich seitlich fallen, rolle mich ab und springe gleich wieder auf. Bei jeder Bewegung muss ich gegen den Schmerz ankämpfen; ich spüre, wie mir schwindelig wird. Mein Bein ist glitschig von meinem Blut. Die Úlfheðinn strömt mit ihm aus mir heraus.

Snorri tritt gegen meine Hände, ich lasse die Dolche fallen. Ich könnte sie sowieso nicht mehr halten. Nun bin ich ohne Waffen, ohne Hoffnung.

Er lacht leise, als ich auf die Knie sinke. Mawus Licht scheint immer schwächer zu werden. Dunkelheit bedrängt mich von allen Seiten.

Snorri beugt sich zu mir herunter und flüstert mir ins Ohr: »Du bist nichts weiter als eine Dunkelelfenhure, die so tut, als wäre sie jemand, der sie niemals sein kann. Es wird Zeit, dieses erbärmliche Spiel zu beenden.« Er hebt sein Schwert über den Kopf.

»Und du bist nichts weiter als ein Mann.« Ich packe das Küchenmesser, das ich in einer kleinen Scheide an der Wade trage, und durchtrenne damit die Sehne an seinem rechten Fußgelenk.

Schreiend bricht Snorri zusammen und lässt sein Schwert fallen.

Unsicher stehe ich auf und nehme seinen Platz ein. Er robbt auf den Ellbogen rückwärts, bis er an einem Baumstamm lehnt. Immer wieder dringt ein leises Wimmern aus seinem Mund.

Indem ich den letzten Rest der Kraft zusammennehme, die mir von der Úlfheðinn geschenkt wurde, durchstoße ich mit dem Messer seine linke Schulter und nagele ihn so an dem Baum fest. Wieder schreit er und dieses Geräusch zaubert ein Lächeln auf mein Gesicht.

Der Wunsch, ihn leiden zu sehen, verleiht mir neue Energie. Schwungvoll trete ich ihn zwischen die Beine. Snorri kreischt und spuckt Blut, das nun zusammen mit dem Blut aus seiner Schulterwunde sein Gewand verklebt.

Jetzt beuge ich mich zu ihm hinunter und flüstere, so wie er gerade eben noch: »Du quiekst genau wie dein Vater, kurz bevor ich ihn getötet habe.«

Sein Atem geht stoßweise, er bekommt kaum Luft. Doch trotz aller Schmerzen kriechen seine Finger langsam auf den Schwertgriff zu, der sich knapp außerhalb seiner Reichweite befindet. Mit einem lässigen Tritt schiebe ich die Waffe noch ein wenig weiter weg.

»Nein ... für Walhalla!«, fleht er mich an. »Du musst mir mein Schwert geben!«

»Walhalla will dich nicht haben.« Ich ziehe mein Messer aus seiner Schulter. »Für Alvtir«, sage ich leise, sehe ihm tief in die Augen und ziehe die Klinge quer über seine Kehle.

Snorri gurgelt und stöhnt, als das Blut aus seinem Körper strömt. Ich bleibe seelenruhig neben ihm stehen und sehe zu, wie ihn das Leben verlässt. Schließlich kippt sein Kopf zur Seite, seine Augen sind weit geöffnet.

Wilder Triumph erfasst mich.

Snorri ist tot.

Ich habe ihn getötet.

Doch als das berauschende Hochgefühl abflaut, bleibt nur Leere zurück.

Ich breche zusammen – mit dem Blut, das aus der Wunde an meinem Oberschenkel fließt, verlässt mich auch der Rest meines inneren Feuers. Die Benommenheit kehrt zurück.

Plötzlich fällt ein Schatten über mich. Sind das etwa schon meine Vorfahren, die mich holen wollen?

Aber dann fällt es mir ein, trotz des Nebels in meinem Geist: der König.

Als ich hochblicke, ragt er direkt vor mir auf. Er hält Snorris Schwert in der Hand. Ich versuche, mich wegzurollen, kann mich aber kaum bewegen. Mir bleibt nichts anderes mehr, als ihn möglichst trotzig anzustarren. Nun wird es diesem Mann also doch noch gelingen, mir das Leben zu nehmen.

So sei es.

Seine Lippen verziehen sich zu einem triumphierenden Grinsen, und dann ...

... bohrt sich eine Schwertspitze durch seine Brust.

Die blutverschmierten Runen schimmern im Mondlicht.

Angrboda.

Sein Blut spritzt mir ins Gesicht, genau wie damals das Blut des Kaufmannes in Anfa. Schockiert wandert Ballis Blick zu der Schwertklinge in seiner Brust, er taumelt, dann fällt er mit dem Gesicht voran neben mir in den Dreck.

Er ist tot.

Ich starre die verschwommene Gestalt an, die hinter ihm aufragt, doch ihr Gesicht bleibt in der Dunkelheit verborgen.

»Alvtir?«, murmele ich schwach.

Nein, jetzt verwandelt sie sich. Es ist Freydis. Ihre Weste ist mit dem Blut ihres Vaters besudelt.

Dann wird alles schwarz.

45 YAFEU

Als ich aufwache, blicke ich in zwei Augen, die schimmern wie ein Teich auf einer sonnigen Wiese.

Ich blinzele verwirrt. Ingmar beugt sich über mich, er runzelt besorgt die Stirn. Der orange-rote Glanz, der seinen Kopf einhüllt, lässt mich kurz überlegen, ob ich vielleicht tot bin.

Aber das Leben nach dem Tod beginnt bestimmt nicht mit Kopfschmerzen und einem dumpfen Pochen im Bein.

»Sie ist über den Berg«, höre ich ihn sagen. Erst als er mir vorsichtig dabei hilft, mich aufzurichten, wird mir klar, dass ich in einem Bett liege. In Freydis' Bett, um genau zu sein. Und dass es draußen hell ist.

»Du hast uns einen ganz schönen Schrecken eingejagt«, beschwert sich eine tiefe Stimme – Wisna. Hetha, Freydis und sie stehen neben meinem Bett. Sie tragen alle saubere Kleidung, ihre Gesichter sind gewaschen und strahlen Erleichterung aus.

Vorsichtig hebe ich die Pelzdecke an und werfe einen Blick auf mein Bein. Die Wunde wurde sauber verbunden.

Hetha reicht mir einen Wasserkrug und plötzlich spüre ich nichts anderes mehr als Durst. In einem Zug trinke ich ihn leer.

Freydis reicht mir einen Teller mit Käse und altem, hartem Brot. Der Anblick ihres vernarbten Gesichts ist noch ungewohnt und holt mich endgültig in die Realität zurück. Ja, ich lebe noch, eindeutig. »Mehr konnte ich nicht finden, ich hatte es eilig …« Sie verstummt schlagartig, als ich über das Essen herfalle, als wäre es ein schmackhaftes, üppiges Festmahl.

»Wie lange war ich weggetreten?«, frage ich, sobald ich aufgegessen habe.

»Einen Tag«, antwortet Hetha.

Bruchstückhaft kehrt meine Erinnerung zurück. Angespannt frage ich weiter: »Der König?«

»Tot, genau wie Snorri«, erklärt mir Freydis schnell.

Erleichtert sacke ich zusammen. Den Göttern sei Dank. Allen Göttern, denen der Majūs ebenso wie meinen.

Es fühlt sich an wie ein Traum, doch das ist es nicht. Es ist wahr. »Wir haben es geschafft«, presse ich mit rauer Stimme hervor. »Wir haben gewonnen.«

»Wir haben gewonnen«, bestätigt Ingmar und umfasst mit einer Hand meine Wange.

In seinen Augen sehe ich unverhüllte Zärtlichkeit, doch mein Blick huscht zunächst zu seinem Arm. Die Wunde blutet nicht mehr, es wird aber sicher eine Narbe zurückbleiben.

Was würde ich nur tun, wenn er gefallen wäre?

Ich lege meine Hand auf seine; hoffentlich versteht er, dass ich ihm damit all das mitteilen will, was ich vor den anderen nicht laut aussprechen kann. »Deshalb nennen sie dich also den Schildbrecher?«, scherze ich stattdessen, da mir wieder eingefallen ist, wie er mit seiner Axt ein Loch in den Schildwall gerissen hat. So etwas hatte ich davor noch nie gesehen.

»Ganz genau.«

»Das musst du mir irgendwann beibringen.«

Ingmar grinst breit. »Jederzeit.«

Ich drehe mich um. »Freydis ...« Mein Blick bleibt an der Schwertscheide an ihrer Hüfte hängen. Das ist nicht die Waffe, die sie dem Wachmann gestohlen hat. Diesen Schwertgriff würde ich überall wiedererkennen: Es ist Angrboda, Alvtirs Schwert. Vor meinem inneren Auge blitzt der Moment auf, als die Klinge aus Ballis Brustkorb drang. Wie er zur Seite kippte und hinter ihm Freydis auftauchte. »Du hast mir das Leben gerettet«, fasse ich es schlicht zusammen.

Hetha und Wisna werfen ihr einen überraschten Blick zu. Hat sie es ihnen etwa nicht erzählt?

»Na ja, ich war dir noch eines schuldig«, antwortet sie verlegen. Kurz huscht ein Schatten über ihr Gesicht. »Eigentlich sogar mehr als eines.«

»Dann sind wir jetzt wohl quitt.« Entschlossen streife ich die Pelzdecke ab, wobei es mich nicht kümmert, dass ich keine Hose anhabe. Ingmar will mir aufhelfen, aber ich scheuche ihn weg. »Ich kann allein gehen.«

Er schnaubt belustigt, als ich unsicher einen Fuß vor den anderen setze. »Stur wie eh und je.«

»Niemand wird dir das verdenken. Nicht nach dieser Schlacht«, betont Hetha.

»Was meinst du damit?«

Verblüfft zieht sie eine Braue hoch. »Du bist eine Heldin, Yafeu.«

»*Wir alle* sind Helden«, betone ich. Mir gelingt es immerhin, den halben Weg zu dem Pfosten zurückzulegen, an dem meine Beinbekleidung hängt, bevor ich aufgeben und Ingmars stützende Hand akzeptieren muss. »Was habe ich verpasst?« Ich zucke kurz zusammen, als ich den Stoff über das verletzte Bein streife.

Freydis antwortet: »Sobald ich ihnen gesagt habe, dass Balli tot ist, haben die Männer der Hird die Waffen niedergelegt. Für einen toten Mann zu kämpfen, bringt keine Ehre.«

»Und auch kein Silber«, scherzt Ingmar.

»Gestern haben wir den Großteil des Tages damit verbracht, die Verwundeten zu versorgen und die Gefallenen zu bestatten«, fährt Freydis fort. Beim Gedanken an Werian und die vielen anderen Leibeigenen, die bei dem Kampf ihr Leben verloren haben, wird mir schwer ums Herz. »Außerdem haben wir die Bauern und die Stadtbewohner über unseren Sieg informiert. Meine Mutter und Helge wurden unter Bewachung in Helges Wohnstatt festgesetzt. Den Leichnam meines Vaters haben wir zum Hafen gebracht, wo wir dann Alvtir fanden. Mein Vater hat ihren Kopf auf einen Spieß gesteckt und dort ausgestellt. Also haben wir ihren Kopf durch seinen ersetzt.«

Sie hat den Kopf ihres Vaters auf einen Spieß gesteckt?

Wieder einmal überrascht es mich, zu welch einer brutalen Skrupellosigkeit sie fähig ist. Was ist nur aus dem Mädchen geworden, das ich vor einem Jahr kennengelernt habe?

»Die Bauern und die Stadtbewohner haben eigentlich bereits alle vor Freydis das Knie gebeugt«, berichtet Ingmar. »Die Überlebenden der Hird sind allerdings eine andere Geschichte. Kaum einer von ihnen war von Balli begeistert, aber ob sie Freydis freiwillig den Treueeid leisten, ist noch unklar. Letzte Nacht sind viele von ihnen verschwunden. Sie haben einen Großteil der Schiffe mitgenommen.«

Diesmal liegt es nicht an den Schmerzen in meinem Bein, dass ich das Gesicht verziehe. Diese Soldaten und diese Schiffe zu verlieren, versetzt uns einen derben Schlag. Aber nach Ballis Tod können sie tun und lassen, was ihnen gefällt.

Wäre Freydis ein Mann, hätten sie vermutlich kein Problem damit, sich ihr zu verpflichten.

»Was ist mit den Leibeigenen? Hast du sie freigelassen?«

Freydis nickt. »Sie sind jetzt alle frei, wie wir es besprochen hatten – auch jene, die sich nicht an unserem Kampf beteiligt haben. Allerdings ...« Nervös sieht sie zu den anderen hinüber.

Sofort bin auch ich angespannt. »Allerdings was?«

»Ihre ehemaligen Herren sind jetzt nicht mehr dazu verpflichtet, sie mit Nahrung zu versorgen oder ihnen Obdach zu gewähren. Die meisten von ihnen haben deshalb ihr Heim verloren. Nun wandern sie in der Stadt herum und schlafen in den Marktständen oder auf den verbliebenen Schiffen. Ehrlich gesagt weiß ich nicht so recht, was ich mit ihnen machen soll.«

Fassungslos starre ich Freydis an. »Ihr habt sie auf der Straße schlafen lassen? Was ist denn mit dem Lager der Hird? Da müsste doch jetzt mindestens die Hälfte der Häuser leer stehen. Warum können sie nicht dort wohnen?«

Betroffen senkt Freydis den Blick. »Äh … daran hatte ich gar nicht gedacht.«

»Für alle wird der Platz dort nicht reichen, sie sollten den Wald roden und sofort anfangen, zusätzliche Häuser zu bauen.«

Freydis kaut auf ihrer Unterlippe herum, dann nickt sie.

»Wo sind sie jetzt?«, frage ich weiter.

»Ademola und ein paar andere räumen die große Halle aus«, erklärt Wisna.

»Zusammen mit Dag und Ranveig«, ergänzt Freydis schnell. »Ich habe ihnen nicht befohlen, unseren Dreck wegzumachen.«

Doch genau das tun sie gerade, ob nun mit Befehl oder ohne. Ich werfe ihr einen prüfenden Blick zu. »Kommst du mit? Wir werden ihnen gemeinsam sagen, dass sie sich neue Häuser bauen können.« An die anderen gewandt, füge ich hinzu: »Nyeru war der Leibeigene eines Zimmermanns. Könntet ihr den Mann herbringen? Sie werden jemanden brauchen, der sie beim Bau anleitet.«

Die drei nicken und gehen dann hinaus. Freydis hilft mir in meine Stiefel, kann mir dabei aber seltsamerweise nicht in die Augen sehen. Unwillkürlich frage ich mich, ob es ihr vielleicht unangenehm ist, mir bei so etwas zur Hand zu gehen, wo es doch früher genau umgekehrt war. Doch ich verwerfe den Gedanken schnell wieder; vermutlich geht ihr einfach viel im Kopf herum.

Auf dem Weg zur Großen Halle muss ich mich schwer auf sie stützen. Draußen begrüßt uns ein warmer, wolkenloser Morgen. Lisas Licht ist sanfter, als ich es hier bisher erlebt habe.

»Ademola würde sich gut in der Wache machen«, überlege ich laut.

»Ja, das stimmt.«

»Vielleicht kann er unter den gerade Befreiten noch ein paar zusätzliche Wachleute rekrutieren, um jene zu ersetzen, die bei den Kämpfen gefallen sind. Die könnten dann in einem der Häuser hier oben wohnen und dich beschützen.«

»Eine gute Idee.«

»Und hier wäre gleich noch eine.« Ich bleibe stehen und lasse meinen Blick über den Hügel wandern. Unter uns breitet sich die Stadt Skíringssal aus, dahinter der stille Fjord. Alles wie immer, und doch hat sich alles unwiederbringlich verändert.

»Nämlich?«

Mit einem schweren Seufzer spreche ich es aus: »Ich denke, wir sollten eine gemeinsame Bestattung für Alvtir *und* Balli abhalten.«

Überrascht tritt Freydis einen Schritt zurück. »Ich soll ihm eine ehrenhafte Beisetzung gewähren? Wieso?«

»Um den Menschen zu zeigen, dass du anders bist als dein Vater. Dass du alle Toten gleichermaßen ehrst.« Ich lege ihr einen Arm um die Schultern. »Außerdem haben wir doch eines ganz sicher gelernt: Egal, was sie während ihres Lebens getan haben, die Toten verdienen die ewige Ruhe.«

Freydis wirft mir einen merkwürdigen Blick zu.

»Was ist?«

Sie setzt zum Sprechen an, überlegt es sich dann aber offenbar anders. »Ach, nichts«, antwortet sie schließlich. »Du hast recht. Wie immer.«

Nachdem Ingmar, Hetha und Wisna den Zimmermann in die Große Halle geschickt haben, werden dort in aller Eile die Begräbnisflöße für Alvtir und Balli zusammengebaut. Freydis packt ebenfalls mit an, nur bei mir weigern sich alle, meine Hilfe anzunehmen. Tatenlos herumzusitzen ist unglaublich frustrierend, aber mir ist auch klar, dass ich meine Kräfte schonen muss, bis alles abgeheilt ist.

Ich bitte einige der Befreiten darum, die Nachricht zu verbreiten, dass bei Sonnenuntergang die Beisetzung stattfinden wird. Es war Freydis' Idee, dass ich mich damit an sie wende. Mir würden sie eher einen Gefallen tun als ihr, meinte sie.

Es scheint länger als sonst zu dauern, bis der Abend anbricht. Neben uns sieben finden sich Ademola, Nyeru und eine Handvoll befreite Leibeigene zu der Bestattung ein, außerdem taucht ungefähr ein Dutzend der verbliebenen Soldaten und Wachen auf. Aus der Stadt kommt niemand. Balli war unter den Stadtbewohnern nicht beliebt, Alvtir aber auch nicht. Die Soldaten sind aus Respekt erschienen, die Leibeigenen nur weil ich darum gebeten habe – genau wie Freydis es vorhergesagt hat.

Wir legen Blumen rund um Alvtirs Leichnam nieder. Als wir damit fertig sind, erinnert ihr Floß an einen Schrein. Ballis hingegen bleibt leer bis auf den Leichnam.

Sobald die ersten Sterne am Himmel erscheinen, reiche ich Hetha eine Fackel. Sie hält einen Brandpfeil in die Flamme, bis die Spitze Feuer fängt.

»Möge der Rauch dieses Feuers deinen Geist nach Walhalla tragen«, rezitiert Freydis ernst. Wisna stößt Alvtirs Floß in den Fjord hinaus, wo es von der ablaufenden Flut erfasst wird. Sobald es weit genug entfernt ist, spannt Hetha ihren Bogen. Der Pfeil fliegt über das Wasser und landet auf dem Floß. Schimmernde Flammen tanzen in der Dunkelheit.

»Lass dich von deinen Ahnen führen«, sage ich leise auf Soninke. Dann wiederholen wir das Ganze mit Balli.

Nach der Zeremonie beschließe ich, diese Nacht in Alvtirs Haus zu verbringen. Hetha und Wisna wollen mich begleiten. Als wir auf die Lichtung treten, kommen die Hunde aus dem Wald gerannt. Merkwürdigerweise macht es mich froh, sie zu sehen.

»Ich dachte, sie wären fort«, sage ich und kraule eine Hündin, die mich fröhlich anspringt, hinter den Ohren.

»Ja, das dachte ich auch«, nickt Hetha.

Es fühlt sich merkwürdig an, ohne Alvtir in diesem Haus zu sein. Doch obwohl ich den gestrigen Tag komplett verschlafen habe, bin ich noch immer geschwächt, und so dauert es nicht lange, bis ich einschlafe.

Alvtir hält mit der Rechten Mawu-Lisa, mit der Linken die Hand von Odin. Die beiden Götter führen sie an einen Ort, an den ich ihr nicht folgen kann. Als ich die Hand nach ihr ausstrecke, dreht sie sich noch einmal um und sieht mich an. Ihre eisblauen Augen mustern mich, was irgendwie tröstlich wirkt. Als ich auf meine Hände schaue, stelle ich fest, dass ich Angrboda halte.

»Es gehört nun dir«, sagt Alvtir.

Und dann ist sie fort.

46 YAFEU

Sämtliche Blicke wenden sich uns zu, als wir – wieder zu siebt – die große Halle betreten. Es fühlt sich an, als hätte sich ganz Skíringssal hier versammelt. Die Tische und Bänke wurden hinausgebracht, der Boden gefegt und geschrubbt. Doch die Erinnerung an das Blutvergießen bleibt wie ein Geruch, dessen Ursache nicht auszumachen ist.

Freydis geht voran, wir anderen folgen ihr. Ingmar stützt mich am Ellbogen. Die Menge teilt sich, als Freydis sich dem Thron nähert. Ademola und Nyeru nicken mir im Vorbeigehen zu.

Hoffentlich wird Freydis in dem Eid, den sie heute leistet, auch ihre Verpflichtung gegenüber den ehemaligen Leibeigenen anerkennen. Wenn sie hören, wie sie sich hinter die einstigen Sklaven stellt und mit ihrer Ehre dafür bürgt, werden die ehemaligen Herren sich vielleicht eher mit dieser Veränderung abfinden.

Kurz bevor wir den Thron erreichen, bleibt Freydis plötzlich stehen. Sie wird blass. Als ich ihrem Blick folge, entdecke ich am Rand der Menge Yngvild und Helge, gut bewacht von zwei Soninke-Männern.

Bedrückt stelle ich mir vor, wie Freydis sich jetzt fühlen muss. Yngvilds Haar ist zerzaust, ihr Kleid voller Schmutz. Trotzdem reckt sie wie immer stolz den Kopf und starrt ihre Tochter unerbittlich an, während sie eine Hand schützend auf ihren runden Bauch legt. Offenbar kann nichts und niemand diese Frau in die Knie zwingen. Würde ich sie nicht so hassen, wäre das vielleicht sogar ein Grund, ihr Respekt entgegenzubringen.

Freydis geht weiter auf die Empore zu. Angrboda liegt in seiner Scheide auf dem Thron; irgendwie fühlt es sich richtig an, dass sie ihren Eid auf Alvtirs Schwert leistet und nicht auf das ihres Vaters. Doch als sie den Thron erreicht, hebt sie es nicht auf. Stattdessen dreht sie sich zur Menge um. Wir sechs sind ihr gefolgt und stellen uns nun ein paar Schritte hinter ihr auf.

Es hat etwas Unwirkliches an sich, wieder in dieser Halle zu stehen, hier ganz vorne. An dem Ort, wo ich Freydis kennenlernte, wo sie mir beim Dísablót das Leben rettete, wo ich bei ihrer Hochzeit mit Hakon ihr Leben rettete, wo ich aus der Sklaverei befreit und zu einer von Alvtirs Schildmaiden wurde. Und dabei in ein Meer aus so unterschiedlichen Gesichtern zu blicken. Viele habe gerötete Augen und trauern, in vielen Blicken schwingt ein unausgesprochener Vorwurf mit, in anderen aber auch Hoffnung. Und sie alle warten darauf, was als Nächstes passieren wird.

Freydis nimmt die Schultern zurück und wendet sich an die Menge:

»König Ballis Herrschaft über Agder ist beendet«, beginnt sie mit beeindruckend fester und ruhiger Stimme. »Und es ist tragisch, dass neben ihm noch so viele andere sterben mussten. Sie alle waren gute Menschen, auch wenn der Mann, für den sie gestorben sind, es nicht war. Nun ist die Schlacht vorüber und wir müssen in die Zukunft blicken. Wir brauchen einen Anführer, der uns eint und die Ehre dieses Königreiches wiederherzustellen vermag. Ich weiß, dass ich durch mein Blut die nächste Thronanwärterin wäre. Aber ich verzichte auf mein Geburtsrecht und berufe eine andere zur Königin.«

Sie dreht sich zu mir um.

»Yafeu.«

Chaos bricht aus.

Fassungslos starre ich Freydis an, ich bin zu schockiert, um etwas zu sagen. Dafür hallt nun wirres Gebrüll durch die weitläufige Halle – einiges klingt zustimmend, anderes empört.

Mir wird schwindelig, die Halle scheint zu kippen.

Freydis hebt mahnend die Hand, bis der Lärm irgendwann abebbt.

»Yafeu ist die Königin, die ihr verdient«, fährt sie fort und sieht mich dabei mit unerschütterlicher Überzeugung an. »Sie ist eine Úlfheðinn, aber vor allem ist sie eine Anführerin voller Mut und Ehre. Sie hat Balli mit dem Schwert meiner Tante erschlagen, einem Schwert, das aus dem Eisen der Götter geschmiedet wurde. Der Allvater selbst hat es ihr in die Hand gelegt. Damit hat er sie zu unserer Anführerin erkoren, so wie auch er entschied, dass sie in der Schlacht für ihn kämpfen soll. Ich werde als ihre Beraterin fungieren – falls sie es möchte.«

Hinten in der Halle ertönt ein vertrautes, manisches Lachen. Zwei kaum zueinander passende Augen funkeln mir aus der Menge entgegen – der Skalde.

Lang lebe die Schwarze Königin …

»Komm zu mir, Königin Yafeu.« Freydis holt mich in die Gegenwart zurück. Ich spüre, wie Ingmar meinen Ellbogen loslässt, sodass ich nun wieder aus eigener Kraft stehe. Schnell sehe ich zu ihm hoch, aber er wirkt nicht weniger überrascht als ich. Dasselbe gilt für meine übrigen Freunde.

Was hat Freydis getan?

Das Herz schlägt mir bis zum Hals. So würdevoll wie möglich gehe ich zu ihr, unterdrücke mein Humpeln und halte die Hände vor dem Körper verschränkt, damit sie nicht zittern. In Freydis' verbliebenem moosgrünen Auge spiegelt sich ein Gefühl wider, das ich nicht deuten kann. Sie nimmt Angrboda vom Thron, sinkt auf ein Knie und streckt mir den Griff entgegen.

Ich mustere Alvtirs Schwert, dann die Menge. Eine erwartungsvolle Stille hat sich über die Halle gesenkt. Mein Magen verknotet sich, mein Gesicht scheint von innen heraus zu verbrennen.

Ich kann keine Königin sein.

Zweifel packen mich, halten mich in einem festeren Würgegriff als damals der Dieb in Koumbi Saleh.

Doch mein Arm bewegt sich ganz von allein. Noch bevor es mir bewusst wird, recke ich das Schwert über meinen Kopf.

Fast scheint es, als hätte einer der Götter mir die Hand geführt. Aber welcher? Und wessen Gott?

»AH-UH!«, brüllt Ingmar plötzlich hinter mir.

»AH-UH! AH-UH! AH-UH!« Erst stimmen die Schildmaiden mit ein, dann Dag, schließlich die halbe Halle.

»AH-UH! AH-UH! AH-UH!«

Der dröhnende Chorus dringt mir bis ins Mark, das Herz droht mir aus der Brust zu springen. Aber jetzt ist es nicht mehr die Furcht, die es so wild schlagen lässt. Stattdessen steigt etwas Reines, Kraftvolles in mir auf. Etwas, das ich so noch nie empfunden habe.

»AH-UH! AH-UH! AH-UH!«

Ich war eine Sklavin. Ich war eine Schildmaid. Ich war ein »Dunkelelf«. Ich war eine Úlfheðinn. Ich war eine Ausgestoßene. Ich war jugu.

Nun bin ich eine Königin.

»AH-UH! AH-UH! AH-UH!«

Aber je länger ich in die begeisterten Gesichter der Männer und Frauen blicke, die mit uns gekämpft haben – Ademola und Nyeru, Bronaugh und so viele andere –, desto klarer wird mir: Hierbei geht es nicht um mich. Es geht um sie. Ihr Glaube an unsere Sache hat mir erst diese Macht verliehen. Und nun muss ich alles tun, um mich als würdig zu erweisen.

Ich muss unsere Vision wahr werden lassen.

Als die Rufe endlich verstummen, lege ich meinen Eid ab:

»Ich schwöre, jedem einzelnen von euch zu dienen, auch jenen, die gegen uns gekämpft haben. Ich schwöre, eure Loyalität nicht zu fordern, sondern sie mir zu erarbeiten in allem, was ich als eure Königin tue. Vor allem aber schwöre ich, eure Freiheit zu bewahren. Gemeinsam werden wir ein neues Skíringssal erschaffen – ohne Sklaven und ohne Herren. Wir werden als ein Volk zusammenleben.« Mehr fällt mir nicht ein, also verstumme ich.

Ademola schlägt sich anerkennend auf die Brust und der Rest unseres Volkes tut es ihm gleich. Die Karls hingegen – also die Bauern, Fischer und Handwerker mit ihren Familien – treten verunsichert von einem Fuß auf den anderen.

Freydis ergreift wieder das Wort: »Lasst meine Mutter vortreten, und Helge.«

Die Wachen packen Yngvild und Helge und führen sie uns vor.

»Ihr habt die Königin gehört«, beginnt Freydis sachlich und so laut, dass alle sie gut verstehen können. »Ihr werdet genau wie alle anderen arbeiten, um Skíringssal zu stärken. Wir brauchen jede Hand, um Land zu roden, Häuser zu bauen und genügend Vorräte anzulegen, um über den Winter zu kommen. Von dieser Pflicht ist niemand ausgenommen. Ich weiß, dass ihr alle Fragen habt, aber vorerst solltet ihr nach Hause gehen, falls ihr ein Heim habt. Und morgen wird es ab Sonnenuntergang Yafeu zu Ehren ein großes Festmahl geben!« Das wird mit vereinzelten Jubelrufen quittiert.

Sobald die Menschen die Halle verlassen, ziehe ich Freydis beiseite. Ingmar, Dag und die Schildmaiden versammeln sich etwas ratlos um uns. Eigentlich müssten Freydis und ich uns dringend ausführlicher unterhalten, aber das wird warten müssen, bis wir allein sind. Vorerst konzentriere ich mich auf das Wichtigste. »Ein Festmahl?«, frage ich sie leise. »Warum? Du meintest doch, wir müssten mit dem Essen haushalten für den Winter.«

»Weil es viel dazu beitragen wird, dass man dich als Königin akzeptiert«, erklärt mir Freydis voller Entschlossenheit. »Auch wenn sich vieles ändern wird, musst du dich mit einigen unserer Gebräuche arrangieren, wenn du das Volk einen willst.«

»Großzügigkeit bahnt den Weg zur Ergebenheit«, findet auch Ingmar. »Und wenn der ehemalige Herr Seite an Seite mit seinem einstigen Sklaven feiert, könnte auch das dazu beitragen, dass sie diesen neuen Weg akzeptieren.«

Die Karls unterhalten sich leise und achten sorgfältig darauf, beim Hinausgehen bloß nicht aus Versehen mit ihren ehemaligen Leibeigenen in Berührung zu kommen. »Ich verstehe, was du meinst«, gebe ich zu.

Ingmar greift nach meiner Hand und ich halte mich an ihm fest.

So halte ich noch immer seine Finger umschlungen, als Bronaugh sich gegen den Strom der Menge stemmt und auf mich zukommt.

Mein Herz wird schwer wie ein Stein. Sobald ich ihr Gesicht sehe, weiß ich es.

47 YAFEU

Der Kloß in meiner Kehle wird noch größer, als ich die Tür zur Scheune aufschiebe.

Airés Körper liegt neben der Feuergrube. Bronaugh hat ihr die Augen geschlossen, um es so aussehen zu lassen, als schliefe sie. Aber selbst wenn ich nicht die Abwesenheit ihres Nyama spüren könnte, würde ihre fahle Haut es bestätigen.

Tränen steigen in meinen Augen auf. Ich spüre, wie Ingmar mir tröstend die Hand auf die Schulter legt, schüttele sie aber wütend ab. Dann schnappe ich mir eine Schaufel und gehe hinaus.

Es ist ein strahlend schöner Nachmittag, was mich nur noch wütender macht. Ich ramme die Schaufel in die Erde, wieder und wieder. Unter dem Verband an meinem Bein breitet sich brennende Wärme aus. Schon auf dem Weg zu Broskraps Hof hat die Wunde immer wieder fies gestochen, aber ich habe es ignoriert und bin zügig weitermarschiert. Auch da hat Ingmar vergeblich protestiert.

»Yafeu.« Mahnend legt Bronaugh eine Hand auf den Griff des Spatens. »*Hör auf.*«

»Ich muss das für sie tun«, knurre ich gereizt und stoße sie mit dem Ellbogen zur Seite. Ein dumpfer Knall verrät mir, dass sie das Gleichgewicht verloren hat und hingefallen ist.

Nun schlingt Ingmar von hinten die Arme um meinen Leib und hält mich fest. Außer mir vor Wut kämpfe ich dagegen an. »NEIN!« Schreiend versuche ich, ihn daran zu hindern, mir die Schaufel wegzunehmen. Wie ein wildes Tier winde ich mich in seinen Armen. Ingmar grunzt angestrengt, gibt aber nicht nach.

»Ist schon gut«, sagt er dicht an meinem Ohr. Die Zärtlichkeit in seiner Stimme mogelt sich an meinem Zorn vorbei und dringt direkt zu der schmerzenden Stelle vor.

»Du verstehst das nicht!«

Er sinkt auf die Knie und zieht mich mit. »Es ist gut«, sagt er noch einmal.

Erschöpft vom Kampf, kauere ich mich in seinen Armen zusammen. Nicht einmal richtig weinen kann ich. Die Tränen fließen einfach nur und tropfen in das jämmerliche Loch, das ich gegraben habe. Ganz langsam lässt Ingmar mich los.

»Sie hat mir nie verziehen«, sage ich leise. »Ich wollte sie retten, aber damit habe ich ihr nur noch mehr Schmerz bereitet.«

»Du *hast* sie gerettet.« Bronaugh steht auf, klopft sich den Staub ab und geht dann vor mir in die Hocke, um eine Hand an meine Wange zu legen. »Sie konnte es nur nicht begreifen. Und sie war schon lange krank.«

Ich blicke in ihre warmen braunen Augen. »Meinst du, sie ist jetzt bei den Göttern? Auch wenn sie nicht an sie geglaubt hat?«

Sichtlich verlegen senkt Bronaugh den Blick. »Ich weiß es nicht, Yafeu.«

Dann bleibt sie bei mir sitzen, während Ingmar sich weiter um das Loch kümmert. Als ich endlich aufstehe, ist Lisa bereits hinter den Hügeln verschwunden und überzieht den Himmel mit violetten und zart geröteten Streifen. Es ist irgendwie ungerecht, dass dieser Sonnenuntergang so schön ist.

»Ich möchte bei Airé bleiben«, erkläre ich mit rauer Stimme.

Bronaugh nickt, und Ingmar hilft mir, zurück in die Scheune zu humpeln. Dort entzündet Bronaugh ein Feuer, und ich rolle mich daneben zusammen, wie ich es früher immer getan habe. Ingmar legt sich neben mich und nimmt mich in den Arm. Diesmal muss er mich nicht fest-, sondern eher zusammenhalten. Während ich langsam wegdämmere, höre ich das leise Schaben, mit dem Bronaugh Airés Körper nach draußen zieht.

Am Abend darauf feiern wir. Wir opfern einen Stier aus der Herde des Königs – die ja nun mir gehört – für Odin und Mawu-Lisa. Freydis und Ingmar hatten recht: Karl und Leibeigener sitzen und essen Seite an Seite, wenn auch widerstrebend. Fritjof spielt die Laute und rühmt mich in seinen Liedern, was mir extrem unangenehm ist. Zum Glück lindert der niemals versiegende Bierstrom für den Rest des Abends das Gefühl von Peinlichkeit. Immer wieder erklärt mir Hetha, dass von Herrschern Trinkfestigkeit erwartet wird. Also gebe ich ihrem Drängen nach, soweit es mir möglich ist, ohne dadurch völlig von Sinnen zu sein.

Obwohl ich vollkommen erschöpft bin, als das Fest schließlich endet, bringe ich es nicht über mich, in Freydis' Zimmer zu schlafen. Das wäre so, als würde ich in der Zeit zurückreisen; wenn ich in meinem alten Bett einschlafe, stelle ich beim Aufwachen vielleicht fest, dass ich immer noch ihre Sklavin bin und alles nur ein Traum war.

Also zwinge ich meine müden Beine wieder, zu dem einzigen Haus in Skíringssal zurückzukehren, das sich für mich beinahe wie ein Heim angefühlt hat.

FREYDIS

Das Zischen des Kaminfeuers wirkt einschläfernd auf mich. Träge gleitet mein Geist von einem Gedanken zum nächsten, während ich blind an die derben Holzwände starre. Dieser Raum hat etwas merkwürdig Tröstendes an sich. Diese Einfachheit, die Enge. Vielleicht liegt es aber auch nur daran, dass es nicht mein Zimmer ist.

Mir tut immer noch alles weh von der Schlacht. Ich bin heilfroh, dass ich mich früher von dem Fest wegschleichen konnte und dass die dísir mir dabei geholfen haben, im Dunkeln den Weg zum Haus meiner Tante zu finden. In mein altes Zimmer konnte ich einfach nicht zurück – nicht nach den Albträumen, die mich in der Nacht zuvor heimgesucht haben.

Und natürlich wird genau bei diesem Gedanken die Tür aufgerissen.

Ängstlich richte ich mich auf, entspanne mich aber sofort wieder, als ich Yafeus verblüfftes Gesicht erkenne.

»Was machst du in meinem Bett?«, will sie von mir wissen. »Was machst du überhaupt hier?«

»Ich ... ich bin davon ausgegangen, dass du mein altes Zimmer jetzt lieber für dich haben willst.«

Verwirrt runzelt sie die Stirn. »Wie kommst du darauf?«

Da ich nicht weiß, was ich darauf sagen soll, klettere ich einfach stumm aus ihrem Bett. Sie lässt sich mit einem schweren Seufzer darauf nieder und entledigt sich mit gezielten Fußtritten ihrer Stiefel.

Zögernd frage ich: »Stimmt etwas nicht?«

Sie sieht mich durchdringend an. »Warum hast du das getan, Freydis?«

»Was getan?«

Das entlockt ihr nur ein höhnisches Schnauben. Ich beiße mir auf die Unterlippe, widerstehe aber dem Drang, den Blick abzuwenden. So mutig wie sie bin ich vielleicht nicht, aber auch ich trage ein gewisses Maß an Tapferkeit in mir. »Es war nicht meine Idee, die Leibeigenen auf unsere Sache einzuschwören – es war deine. Sie haben sich *dir* verpflichtet, nicht mir, weil *du* ihnen die Freiheit versprochen hast. Dasselbe gilt für Ingmar, Dag und die Schildmaiden. Sie haben nicht für mich gekämpft, sondern für dich. Und nun erwarten sie von dir, dass du sie führst. Sogar ich erwarte das! Was ich in der Halle gesagt habe, war mein Ernst, Yafeu: Das Volk braucht dich, ob du es nun willst oder nicht.«

Yafeu weicht meinem Blick aus, sagt aber nichts. Nun bin ich diejenige, die abgrundtief seufzt. »Mein Vater hat immer andere seine Schlachten für sich schlagen lassen, und sieh dir an, wozu das geführt hat«, fahre ich fort. »Wäre ich Königin, würde ich genau denselben Fehler machen mit dir. Dann wärst du meine Alvtir, wo du doch eigentlich so viel mehr sein solltest, wie auch sie mehr hätte sein sollen.«

»Hast du es für das Volk getan oder für dich selbst?«

Ihre Frage dringt wie ein greller Lichtstrahl in mein finsterstes Inneres vor. Ich versuche, nicht zusammenzuzucken. »Das eine muss das andere nicht ausschließen«, antworte ich leise.

Yafeu rollt sich zusammen und dreht mir den Rücken zu. »Gute Nacht, Freydis.«

Ich zögere kurz, dann schlüpfe ich in das zweite Bett. Das Bett meiner Tante.

Yafeu ist wütend auf mich und ich kann es ihr nicht verübeln. Aber morgen ist ein neuer Tag. Ein besserer Tag.

Hoffentlich.

YAFEU

Es ist schon ziemlich spät, als Nyeru mich am nächsten Morgen weckt. »Zeit für deine Krönung«, verkündet er, während er mich schüttelt.

Schmerzerfüllt zucke ich zusammen und halte mir den brummenden Schädel. »Woher wusstest du, wo ich bin?«

»Die Götter haben mich zu dir geführt«, behauptet er. Als ich ihm nur einen trockenen Blick zuwerfe, fügt er mit einem schelmischen Grinsen hinzu: »Und ich habe deine Freunde gefragt.«

»Ich bin schon Königin«, brumme ich. »Wir brauchen nicht noch eine Zeremonie.«

»Für unsere Brüder und Schwestern bist du noch keine Königin.«

Er winkt zwei dunkelhäutige Frauen herbei, die schüchtern hinter ihm gewartet haben, und lässt mich mit ihnen allein.

Selbst dann sind die beiden Frauen in meiner Gegenwart aber noch merkwürdig scheu. Ich bemühe mich, ihnen die Anspannung zu nehmen, indem ich ihnen Fragen stelle, während sie mir das Haar kämmen und es flechten. So erfahre ich, dass sie Kansoleh und Gundo heißen. In Wagadu waren sie beide Weberinnen. Sie erzählen mir, welche Qualen sie auf der langen Reise hierher erdulden mussten und wie hart das Leben bei dem Bauern war, an den sie verkauft wurden. Wieder und wieder betonen sie, wie dankbar sie mir dafür sind, dass ich ihnen die Freiheit geschenkt habe. Ich hingegen beharre darauf, dass sie sich selbst befreit haben. Als sie mein Haar schließlich so weit frisiert haben, dass es mir in drei dicken, ineinander verschlungenen Zöpfen über den Rücken fällt, fühlen wir uns alle schon wesentlich wohler miteinander.

Doch als ich nach einer von Alvtirs Tuniken greife, räuspert sich Kansoleh so energisch, dass ich innehalte. Zu meiner großen Überraschung zieht Gundo nun einen wunderschönen gelben Kaftan hervor. Ich erkenne den Stoff wieder, er gehörte einst zu einem von Freydis' prunkvolleren Kleidern. Anscheinend hat sie den Frauen dabei geholfen, ihn für mich neu zu schneidern.

Ich danke den beiden und bewundere ihre Handwerkskunst, während ich ihn überstreife. Es verschafft mir ein wahrhaftiges Glücksgefühl, wieder die Kleidung meines Volkes tragen zu können; da kann ich sogar darüber hinwegsehen, dass es ein Frauengewand ist.

Wenn Mama mich jetzt sehen könnte. Bei diesem Gedanken bekomme ich einen Kloß im Hals. Ich muss die Tränen zurückdrängen.

Als Nyeru zurückkehrt, sind meine Kopfschmerzen beinahe verflogen. Wir lassen den alten Mann das Tempo bestimmen, während wir zu viert durch den Wald Richtung Stadt gehen.

Am Hafen werden wir bereits von den Schildmaiden, Ingmar, Dag, Bronaugh und Freydis erwartet. Und von den Angehörigen meines Volkes. Dieses eine Mal mehr dunkle als bleiche Gesichter zu sehen, macht mich glücklich. Ingmar gafft mich sichtlich begeistert an, was mir nur ein Augenrollen entlockt. Freydis hingegen schenke ich ein vorsichtiges Lächeln, das sie mit offenkundiger Erleichterung erwidert.

Wenig später treffen Fritjof und ungefähr drei Dutzend Majūs ein. Es sind überwiegend Handwerker aus der Stadt oder ehemalige Leibeigene, aber ich entdecke auch ein paar Soldaten in der Gruppe. Sie alle blicken ehrerbietig, als sie mich ansehen, was mich zunehmend verlegen macht. Hat Freydis sich etwa auch so gefühlt, als sie noch Prinzessin war? Das würde erklären, warum sie immer so nervös war.

Schließlich beginnt Nyeru vor den ungefähr vierzig Gästen, mir das Gesicht zu bemalen, und rezitiert dabei traditionelle Gebete. Ich mache mir eine gedankliche Notiz, eine der Frauen aus Wagadu damit zu beauftragen, dass sie für Nyeru eine Robe anfertigt, wie die Priester der Soninke sie tragen. Er sollte nicht länger in seinem alten Sklavenkittel herumlaufen müssen.

Nachdem er die Gebete beendet hat, winkt er eine der beiden Weberinnen herbei, die ihm mit einem breiten Lächeln einen Stirnreif aus Akori-Perlen überreicht. Ich will protestieren, da sie diese Perlen sicher heimlich und unter großen Mühen aus unserer Heimat mitgebracht hat, aber Nyeru bringt mich mit einem Blick zum Schweigen. Es wäre unklug, dieses Geschenk zurückzuweisen.

Nyeru drückt mir den Reif aufs Haar. Innerlich demütig und schier überwältigt, versuche ich, so königlich wie möglich auszusehen, während er vor der bescheidenen und leicht verwirrt wirkenden Gästeschar weitere traditionelle Segenslieder der Soninke anstimmt.

Wenn doch meine Familie hier wäre. Würde ich ihnen das hier erzählen – alles, was mir passiert ist und was letztlich zu diesem Moment geführt hat –, würden sie mir wahrscheinlich kein Wort glauben. Na ja, Mama und Papa vielleicht doch. Mama würde sagen, das sei schon immer meine Bestimmung gewesen, während Papa dagegenhalten würde, dass ich mein Schicksal selbst gestaltet habe. Ich weiß noch immer nicht, wer von ihnen recht hat. Aber ich weiß mit Sicherheit, dass meine Brüder mich auslachen würden. Fast kann ich ihre Sticheleien hören, was mir ein Schmunzeln entlockt. *Königin? Du? Eher schwebt Legba vom Himmel herab und versohlt uns den Hintern, als dass du Königin wirst!*

Als die Zeremonie endlich beendet ist und die Menge sich zerstreut, kratze ich mich erst einmal gründlich unter meinem Kronreif. Dort juckt es schon, seit Nyeru ihn mir aufgesetzt hat.

»Du wirst dich an die königliche Garderobe gewöhnen müssen«, droht Ingmar, während er auf mich zukommt.

»Niemals.« Ich greife nach seiner Hand. »Zu unbequem.«

»Willst du etwa die erste Königin werden, die in Kriegertunika durch Skíringssal läuft?«

Er macht Witze, aber mir gefällt die Vorstellung. Mit einem hintergründigen Grinsen versichere ich ihm: »Ich will eine Menge Dinge tun, die noch keine Königin vor mir getan hat.«

48 FREYDIS

Selbst in der finsteren Nacht sehe ich, wie Vaters Silhouette über Yafeu aufragt. Er steht mit dem Rücken zu mir. Er weiß nicht, dass ich hier bin. Sein Schwert hat er bereits gezogen, es wird nicht mehr lange dauern, bis er den tödlichen Schlag führt.

Angrbodas Runen singen für mich. In der Dunkelheit kann ich sie nicht sehen, aber ich höre sie, wohlklingend und lieblich wie Fritjofs Lieder: Ansuz, *die Macht Odins, König der Götter, unübertroffen an Weisheit;* Thurisaz, *die Kraft des Thors, des großen Beschützers, der Riesen zur Strecke bringt;* Tiwaz, *die Stärke des Tyrs, Vertreter der Gerechtigkeit und Ordnung, die über alles herrscht.*

Ich hebe Angrboda auf und stürme zu Vater hinüber. Er hebt den Arm zum Schlag, ich hebe meinen.

Aber diesmal dreht er sich um und sieht mich an. Seine moosgrünen Augen, die meinen so ähnlich sind, weiten sich vor Entsetzen, als er begreift, was ich gleich tun werde.

Dann stoße ich ihm Angrboda ins Herz.

Ich werde aus dem Schlaf gerissen, als jemand an meine Tür klopft. Erschrocken setze ich mich auf und reibe mir das gesunde Auge.

Mein Herz rast.

Immer wieder habe ich diesen Traum, seit jener Nacht, als ich …

Seit der Nacht, in der wir gewonnen haben, ermahne ich mich streng. Dann zwinge ich meinen Geist, das Bild von Vaters Gesicht zu verdrängen. Stattdessen stelle ich mir die Mienen der befreiten

Sklaven vor, als Yafeu Königin wurde. Und wie die Schildmaiden sie angesehen haben, voller Bewunderung und Stolz. Sogar Ranveig wirkte an jenem Tag beinahe fröhlich.

Meinen Vater zu töten, hat all das erst möglich gemacht. Der Tod meines Vaters hat uns alle befreit.

Wieder klopft es, diesmal drängender. »Bitte entschuldige die Störung, Prin… äh, Freydis.« Orms Stimme dringt gedämpft durch das Holz.

Ich bin wirklich froh, dass er überlebt hat; die Schuldgefühle wären nur noch schlimmer gewesen, wenn er gefallen wäre. Und es freut mich, dass er sich entschieden hat, zu bleiben und sich Yafeu zu verpflichten. Nur sehr wenige Wachen haben das getan. »Hier ist ein Bote für dich.«

Das hebt meine Laune nicht gerade. »Einen Moment noch«, rufe ich.

Ich schaue kurz zu Yafeus leerem Bett hinüber, bevor ich widerwillig aufstehe. Das helle Licht, das durch das Abzugsloch hereinfällt, verrät mir, dass es schon recht spät sein muss. Zurzeit scheint mich der Schlaf nur ungern loszulassen.

Mit zügigen Bewegungen ziehe ich mich an und hoffe so, den hartnäckigen Traumnebel aus meinem Kopf vertreiben zu können. Nur den Versuch, meine Haare in einen Zopf zu zwingen, gebe ich nach ein paar halbherzigen Anläufen auf und beschließe, es offen zu lassen. Den meisten Männern wird es nicht auffallen und begehrliche Blicke werden sie mir sowieso nicht zuwerfen. Die meisten Menschen ziehen es vor, mich überhaupt nicht anzusehen. Dabei hatte ich gedacht, zumindest Astrid und Solvi würden sich daran ergötzen, wie hässlich ich jetzt bin. Aber auch sie wenden den Blick ab, wenn ich vorbeigehe.

Ich versuche, meine Locken so zurechtzuschieben, dass sie den entstellten Teil meines Gesichts verbergen, aber es funktioniert nicht. Die Narbe sticht einfach zu sehr hervor. Schließlich ziehe ich die Wolfsweste über, die ich von Yafeu bekommen habe, und öffne die Tür.

Orm und Demba, einer der befreiten Leibeigenen, flankieren einen hochgewachsenen, schlanken Mann, der mir völlig unbekannt ist. Mit herrischer Miene sieht er mich an.

Vielleicht erkenne ich daran, wer ihn geschickt hat.

»Du gehörst zu Haralds Gefolge, richtig?«

Der Wind ist heute bitterkalt und bringt eine Vorahnung auf den Winter. Meine Narbe zieht in der eisigen Luft. Auf meinem Weg komme ich an ein paar Befreiten vorbei, die gerade einen Wagen voller Äpfel in das Kochhaus bringen. Ademola wischt sich den Schweiß von der Stirn und winkt mir höflich zu. Ich erwidere die Geste.

Seit der Schlacht von Skíringssal – wie sie jetzt genannt wird – und Yafeus Krönung hat sich viel verändert. Ingmar wurde zum Stallari der neuen Hird ernannt, auch wenn Yafeu sie sicher selbst in den Kampf führen wird, wenn es so weit ist. Vorerst aber hat Ingmar die Aufsicht über die Männer, wobei Hetha, Wisna und Dag ihn in ihrem neuen Rang als Kapitäne unterstützen. Alle vier haben eigene Schiffe bekommen – die wenigen, die uns geblieben sind. Sie haben ihre Truppen mit Männern und Frauen gleichermaßen aufgestockt, ebenso Yafeus persönliche Wache, die unter Ademolas Führung steht.

Dass sich so viele junge Frauen melden, hat unsere Erwartungen bei Weitem übertroffen. Sie kommen aus ganz Agder und sogar von jenseits der Grenze, lassen ihr altes Leben und ihre alten Bindungen hinter sich. Ganz bewusst tauschen sie die Nähnadel gegen die Axt, machen Dolche aus ihren Küchenmessern. Inspiriert werden sie dazu von den Geschichten über die Úlfheðinn, die große Wolfskriegerin, Odins auserwählte Königin.

Falls es Ranveig verletzt hat, dass sie nicht wie Hetha und Wisna zum Kapitän ernannt wurde, lässt sie es sich nicht anmerken. Sie weicht Yafeu nicht von der Seite, ist gleichzeitig anhängliches Schoßtier und Wachhund. Inzwischen ist es wirklich schwierig, Yafeu hin und wieder allein zu erwischen – außer abends, wenn wir völlig erschöpft in unsere Betten fallen. Wir sind in das Zimmer meiner Eltern gezogen, da keine von uns allein schlafen möchte. Noch nicht.

Bronaugh und Nyeru wurden zum offiziellen Sprachrohr der ehemaligen Sklaven ernannt. Mit ihrer Hilfe konnten wir einen Großteil der Bauern zu einem vorübergehenden Arrangement überreden: Während der Ernte brauchten sie jede verfügbare Hilfe und die Befreiten brauchten Nahrung und einen anständigen Schlafplatz. Zwar ist das keine Dauerlösung, aber Bronaugh sieht regelmäßig nach ihnen und stellt sicher, dass sie genug zu essen und eine angemessene Bezahlung bekommen und dass man sie anständig behandelt.

Unsere dringlichste Aufgabe bestand darin, eine Unterkunft für den Rest zu finden. Nur wenige der Soldaten und Wachen, die uns verlassen haben, verfügten über ein eigenes Heim, das nun frei gewesen wäre. Also rodeten wir den Wald rund um das Lager der Hird und benutzten die Schätze, die mein Vater den Sarazenen gestohlen hatte, um damit die Karls zu bezahlen, die uns dabei halfen, vor dem Winter so viele neue Häuser wie möglich zu bauen. Auf die eine oder andere Weise ist inzwischen fast jeder in der Stadt involviert: Die Tischler und Zimmermänner bauen Wände, Decken und Betten, die Schmiede liefern Nieten und Nägel. Wer nichts anderes kann, schlägt Holz oder entfernt Wurzelstöcke. Felder kann man dort draußen natürlich nicht anlegen, aber ein Heim auf kargem Land ist besser als gar kein Heim.

Inzwischen hätten wir vermutlich bereits ausreichend Unterkünfte geschaffen, wenn die Hird nicht schneller wachsen würde, als wir sie unterbringen – oder füttern – können. Ein Luxusproblem, aber trotzdem ein Problem.

Wenn wir nicht gerade Häuser oder Schiffe bauen, stocken wir unsere Vorräte für den Winter auf: Die Gerste muss geworfelt und gemahlen werden, Äpfel und Rüben müssen getrocknet werden, Kürbisse und Kohl müssen eingelegt werden, das Vieh muss geschlachtet, das Fleisch dann gepökelt oder geräuchert werden.

Doch neben all der Arbeit findet sich auch Unbeschwertheit. In der einst grauen Stadt greift immer mehr Farbe um sich. Yafeus Volk stellt aus Schwertlilien und anderen Pflanzen Farben her und streicht damit die Wände ihrer frisch errichteten Häuser. Ihre Kleider färben sie in mutigen, leuchtenden Tönen, dann besticken sie den Stoff mit filigranen Mustern, die ich so noch nie gesehen habe. Inzwischen arbeiten auch einige unserer Weber und Schmuckhandwerker mit ihren Materialien und entwickeln daraus außergewöhnliche Halsketten und Kleider. Diese Arbeiten sind bei Händlern aus anderen Ländern sehr beliebt, was der Stadt einen dringend benötigten Zufluss an Geld und Material verschafft.

Trotzdem kommt es immer wieder zu Streitigkeiten zwischen Yafeus und meinem Volk, und die Verpflichtung, den Frieden zu wahren, lastet schwer auf unseren Schultern. Aber zumindest können wir bei einander Halt finden.

Links von mir lacht jemand laut auf. Als ich mich umdrehe, entdecke ich eine schöne junge Frau mit dunkler Haut, die neckend den strahlenden Nordmann schubst, der sie begleitet. Die beiden schäkern in einer Mischung aus Yafeus und meiner Sprache miteinander. Das erinnert mich daran, wie wir während der ersten Monate kommuniziert haben. Bei den Göttern, es kommt mir vor, als wäre das bereits eine Ewigkeit her. Schließlich zieht der Mann die Frau an sich und sie versinken in einem innigen Kuss. Beide lächeln glücklich, als sie sich voneinander lösen.

Die pure Freude auf ihren Gesichtern lässt mich ebenfalls lächeln, auch wenn ich gleichzeitig ein wenig neidisch bin. Hätte diese Frau jemals solche Freude erlebt, wenn sie den Rest ihres Lebens als Leibeigene verbracht hätte? Hätte sie sich dann jemals wahrhaftig in einen Mann aus meinem Volk verlieben können? Wahrscheinlich nicht.

Unbewusst wandert meine Hand zu meinem Gesicht, meine Finger streichen über die wulstige Narbe.

Als ich mein Gesicht das erste Mal in diesem Teich sah, war ich davon überzeugt, das müsse der Fluch der Toten Stadt sein. Aber seitdem ist so viel Gutes passiert, dass ich mir inzwischen nicht mehr sicher bin. Vielleicht ist es weniger ein Fluch, sondern vielmehr eine Art ... Preis, den ich zu zahlen habe. Schließlich fordern die Götter immer ein Opfer, bevor sie geneigt sind, unsere Bitten zu erhören.

Wir müssen ihnen etwas von uns überlassen, um ihre Gunst zu erlangen. Vielleicht ist das Mädchen, das ich einst war, Teil des Opfers, das für Agders Neuanfang erbracht werden musste. Und es wäre doch extrem egoistisch von mir, zu glauben, meine Schönheit sei wichtiger als das, oder?

Zumindest rede ich mir das ein. Tief in meinem Inneren fühle ich mich aber noch verlorener als früher.

Bevor ich Yafeu begegnete, wünschte ich mir nicht mehr als eine Liebesheirat, die mich zu einer Königin macht. Natürlich waren diese Sehnsüchte den äußeren Umständen geschuldet, aber etwas anderes kannte ich eben nicht. Konnte ich gar nicht kennen. Dann kam Yafeu und stellte alles auf den Kopf. Mir wurde bewusst, dass ich vor allem die Freiheit brauchte, diese äußeren Umstände zu verändern und meine eigenen Entscheidungen zu treffen.

Jetzt allerdings, wo ich über diese Freiheit verfüge, weiß ich nicht recht, was ich damit anfangen soll. Meine alten Träume existieren nicht mehr: Yafeu ist Königin, was genau richtig ist, und mit dieser grässlichen Narbe wird mich niemals ein Mann lieben. Wo stehe ich nun also? Was wird mir Freude bringen? Oder wonach sollte ich, falls Freude für mich unerreichbar ist, sonst streben? Worin Erfüllung finden, abgesehen von meinen Pflichten? Obwohl ich viele Zauber gewagt und hin und wieder auch Fritjof um Rat gefragt habe, sind mir klare Antworten bisher verwehrt geblieben. Die Nornen haben meinen Schicksalsfaden zu einem neuartigen Wandteppich verwoben, wie ich ihn mir niemals ausgemalt habe und dessen Muster ich noch nicht erkennen kann.

Doch zumindest bin ich dankbar für die Rolle, die ich unter Yafeus Herrschaft einnehme. Natürlich weiß ich, dass sie mir nicht die ersehnten Antworten bringen wird, aber sie füllt meine Tage sinnvoll aus und lenkt mich so von diesen Fragen ab. Vorerst wenigstens.

Yafeu hat mich zu ihrer obersten Beraterin und Botschafterin ernannt und mich damit beauftragt, mich um das »alte Agder« zu kümmern – also um die Handwerker und Händler in der Stadt, die Bauern und Vaters Jarls und deren Gefolgschaft in den verschiedenen

Provinzen des Königreiches, von denen viele auch dem Thing angehören. Ich helfe ihnen dabei, sich an die neue Herrschaft zu gewöhnen.

Dabei haben sich die Jarls als besonders problematisch entpuppt. Manche waren gern bereit, vor Yafeu das Knie zu beugen, nachdem sie erfahren hatten, dass ihre Abgaben bei schlechten Ernten entsprechend reduziert werden sollen. Aber viele konnten einfach keine Fremde – oder Frau – als Herrscher akzeptieren. Yafeu hat versprochen, ihren Stand als Jarls unangetastet zu lassen und auch wie gewohnt das Althing abzuhalten, aber das allein konnte sie nicht zufriedenstellen. Einige kamen zusammen mit unseren Boten direkt nach Skíringssal. Nach tagelangen, hitzigen Diskussionen – bei denen wir gezwungen waren, uns über die Maßen gastfreundlich zu zeigen, was extrem kostspielig war – erklärten sie sich dazu bereit, die Möglichkeit eines Treuegelöbnisses und der Anerkennung ihrer Herrschaft *in Betracht zu ziehen*, solange sie durch einen eigenen Sprecher in Yafeus Rat vertreten sein würden. Dieser Sprecher soll in den nächsten Tagen hier in Skíringssal eintreffen.

Nach den Neuigkeiten, die Haralds Bote mir überbracht hat, bin ich heilfroh, dass wir bei der heutigen Ratssitzung noch unter uns sind.

Als ich die große Halle betrete, finde ich Yafeu über die Karte gebeugt vor, die wir im Zimmer meiner Eltern gefunden haben. Ihre sorgenvolle Miene ist mir inzwischen nur allzu vertraut. Der blaue Mantel, den ich ihr geschenkt habe, hängt wie eine Decke über ihren Schultern. Wie immer treibt sich Ranveig in ihrer Nähe herum. Bei meinem Anblick kneift sie die Lippen zusammen, während Yafeu mich mit einem Lächeln begrüßt, als sie hochblickt.

Es ist mir gelungen, sie davon zu überzeugen, dass die große Halle umgestaltet werden muss. Dafür haben sich die besten Weber von Skíringssal mit den besten Webern aus ihrer Heimat zusammengetan und Wandteppiche entworfen, auf denen unser beider Götter gemeinsam abgebildet sind. Auf Yafeus Drängen hin habe ich ebenfalls einen beigesteuert, auf dem Odin und Nana Buluku – die »Allmutter«, wie manche sie bereits nennen – in gemeinsamem Tanz den Stamm des Weltenbaumes umschlingen. Ich habe mein ganzes Herzblut in diese Arbeit gesteckt und jeden freien Moment am Webstuhl verbracht. Die nötige Konzentration und die vertrauten Handgriffe waren eine willkommene Abwechslung für mich. Ich werde niemals Yafeus strahlenden Blick vergessen, als ich ihr das Ergebnis überreichte. Auch jetzt sehe ich ihn mir im Vorbeigehen kurz an und bin noch immer stolz auf mein Werk.

Wenig später stoßen Ingmar, Dag, Nyeru, Bronaugh, Hetha und Wisna zu uns. Sobald alle am Tisch sitzen, ergreife ich das Wort, bevor Yafeu es tun kann: »Ich weiß, dass wir viel zu besprechen haben, aber vorher habe ich dringende Neuigkeiten, die ihr alle erfahren solltet, da sie unsere Sicherheit betreffen.« Ich warte ab, bis Yafeu mir signalisiert, fortzufahren, dann hole ich einmal tief Luft. »Heute kam ein Bote aus Vestfold. Harald hat sich mit Hakon von Trøndelag verbündet und dessen Tochter Asé geheiratet. Ich weiß zwar nicht, warum Harald uns das unbedingt mitteilen wollte, aber er wird sicher seine Gründe haben.«

Der Widerwille am Tisch ist deutlich spürbar. Es dauert einen Moment, bis alle die Nachricht verarbeitet haben.

»Die Zahl unserer Feinde steigt mit jedem Tag«, stellt Yafeu schließlich grimmig fest und mustert wieder die große Karte. »Hakon im Norden, Harald im Osten. Wenn die beiden sich nun zusammengetan haben, brauchen wir dringender denn je eigene Verbündete.«

Ranveig schnaubt höhnisch. »Wir *brauchen* niemanden. Wir sind die besten Krieger, die es in Norveg je gegeben hat. Deshalb sollten wir Harald jetzt angreifen, wo er nicht damit rechnet. Lasst uns Vestfold dem Erdboden gleichmachen, bevor Hakon und er die Verteidigung stärken können.«

Alle wechseln beunruhigte Blicke und Yafeu rutscht betroffen auf ihrem Stuhl herum. »Ich denke nicht, dass es jetzt schon so weit kommen muss, Ranveig«, erwidert sie ruhig.

»Doch wenn es irgendwann dazu kommt, werden wir vorbereitet sein«, versichert Ingmar. »Der Ruf der Úlfheðinn-Königin verbreitet sich bereits in ganz Agder und darüber hinaus. Jeden Tag treffen neue Rekruten bei uns ein, die unbedingt unsere Krieger sein wollen. Sie schwören der prophezeiten Königin die Treue, noch bevor ich mir ihre Namen notieren kann.«

Yafeus bernsteinbraune Augen richten sich auf mich. »Die ›prophezeite Königin‹? Woher haben sie denn das?«

Ich rette mich in ein nervöses Husten. Als Yafeu Königin wurde, ließ ich nach unseren bekanntesten Skalden schicken und beauftragte sie damit, die Geschichte unseres Sieges in einem Lied zu verewigen. Seitdem ziehen sie von Haus zu Haus und verbreiten dieses Lied im ganzen Land. Und inzwischen hat die Geschichte ein Eigenleben entwickelt. Ich habe die Leute sagen hören, dass Yafeu fremdartige und mächtige Götter nach Norveg gebracht habe und dass sie ebenso von ihnen gesegnet sei wie von unseren Göttern. Außerdem gehen Gerüchte um, Ballis Tochter sei eine mächtige Seherin, die vorhergesagt habe, dass Skíringssal von einer gefürchteten Kriegerkönigin aus Afrika überfallen werden würde, die auf den Ruinen der alten Stadt eine neue, noch strahlendere errichten werde.

Yafeu gegenüber würde ich das niemals zugeben, aber mir gefällt die Vorstellung, dass in diesen Geschichten ein Körnchen Wahrheit stecken könnte.

»Man erzählt sich, du seist unsterblich«, schaltet sich Wisna nun grinsend ein. »Dass Odin persönlich von deinem Körper Besitz ergriffen habe, zusammen mit den Göttern deines Volkes, und dass sie durch dich ihren Willen wirken.«

Yafeus Miene verfinstert sich. »Ich will nicht, dass man sich so etwas über mich erzählt.«

»Es ist aber nötig«, behaupte ich. »Die Menschen müssen ihren Anführer bewundern, sogar verehren, denn dann ist ihre Treue unverrückbar. Und niemand hat eine solche Treue mehr verdient als du. Du hast das Königreich von einem Tyrannen befreit. Das müssen sie erfahren.«

»Es dient dem Wohl des Volkes, wenn meine Verdienste übertrieben dargestellt werden? Das klingt sehr nach der Logik deines Vaters.«

Wie so oft treffen mich ihre Worte tief. Ich strafe sie mit einem finsteren Blick ab. Nach einem Moment des Schweigens stellt Wisna barsch fest: »Die Neuankömmlinge haben auch einen merkwürdigen Namen für unsere Stadt. Sie nennen sie Yafreby.«

»Die Befreiten nennen sie auch so«, fügt Nyeru hinzu, bevor er sich an Yafeu wendet. »Sie sprechen inzwischen auch eine Mischform beider Sprachen, so wie du und ich es früher getan haben.«

Das erinnert mich wieder an das Pärchen, das ich auf dem Weg hierher gesehen habe. »Mein Volk fängt auch langsam damit an. Vielleicht sollten wir den Namen der Stadt offiziell in Yafreby ändern und allen diese Mischsprache beibringen.«

»Solche Dinge können bis nach dem Winter warten«, beschließt Yafeu. »Wir sollten uns jetzt wichtigeren Fragen zuwenden.«

Die Sitzung dauert bis in den Nachmittag. Dabei verkündet Yafeu, dass die große Halle im Winter als Notunterkunft dienen soll, damit man die Karls nicht zwingen muss, entweder Befreite oder neue Soldaten bei sich aufzunehmen, was nur zu weiteren Spannungen führen würde. Wir haben gerade erst damit begonnen, uns den Planungen für das anstehende Althing zu widmen, als plötzlich Helge hereinplatzt. Ihre Schürze ist durchgeschwitzt und sie ist völlig außer Atem.

»Helge, was ist los?«, will ich von ihr wissen.

Sie wirft Yafeu einen finsteren Blick zu, deutet eine wenig überzeugende Verbeugung an und wendet sich dann an mich: »Eure Mutter. Ihr müsst sofort kommen.«

Mutters Schreie hallen über den ganzen Hügel. Je näher wir dem Badehaus kommen, desto unwohler fühle ich mich.

Mir kommt es vor, als sei es erst gestern gewesen, als ich vor genau dieser Tür stand, ein Stück Walbein umklammernd und Freya anflehend, das Leben meines Bruders zu verschonen. Die Erinnerung daran lässt mich schaudern, als ich die Tür aufstoße.

Mutter hockt mitten im Raum und krümmt sich vor Schmerzen. Ihr Kleid ist nass vom Fruchtwasser. Als sie mich sieht, verzieht sie das schweißverklebte Gesicht – sie will mich hier nicht haben. Allerdings hat sie diesmal keine andere Wahl. Sie hat sonst niemanden mehr.

Es gibt noch immer keine Hebammen in Skíringssal. Ich habe schon vor Wochen eine Anfrage in die umliegenden Städte geschickt, aber es ist niemand gekommen. Obwohl sie wissen, dass mein Vater tot ist – gestürzt von seiner eigenen Tochter und einer ehemaligen Sklavin –, fürchten sie noch immer, bestraft zu werden, falls sie kein lebendes Kind auf die Welt holen. Ich kann es ihnen kaum verübeln.

»Er kommt«, keucht meine Mutter atemlos. »Er kommt jetzt.«

Verglichen mit den qualvollen, manchmal über Tage andauernden Geburten, die meine Mutter bisher erdulden musste, scheint es diesmal vorbei zu sein, noch bevor es richtig anfängt. Gerade noch bin ich an ihre Seite geeilt, schon beobachte ich überwältigt, wie ein winzig kleiner Junge in Helges sicheren Händen landet.

Feines blondes Haar klebt an seinem Köpfchen. Er ist zu klein, zu zart.

Trauer erfasst mich, aber dann klopft ihm Helge auf die schmale Brust, und er beginnt zu schreien – lang und laut.

Er lebt.

Helge durchtrennt die Nabelschnur und reicht den Kleinen an mich weiter, bevor sie sich wieder meiner Mutter zuwendet.

Ich wische das Kind ab und wickele es in eine saubere Decke, dann drücke ich es sanft an meine Brust. Sofort beruhigt er sich und schon bald schließen sich seine unbegreiflich kleinen Finger um meinen Daumen. Eine so umfassende, überwältigende Freude habe ich noch nie empfunden.

Dann fängt Mutter wieder an zu stöhnen und windet sich. Helge wirft mir einen unheilvollen Blick zu. »Zwillinge«, verkündet sie atemlos.

Ein dicker Kloß steigt in meiner Kehle auf, als mir Fritjofs Worte wieder einfallen: *Als Paar werden sie kommen, einer hell und einer dunkel, die Söhne des Ballis von Skíringssal.*

Ein kalter Schauer überläuft mich. Mit einem markerschütternden Schrei beginnt Mutter noch einmal zu pressen, dann erscheint ein dunkel behaartes Köpfchen.

Diesmal muss Helge den Körper des Kindes aus ihr herausziehen. Der Junge ist größer als sein Bruder und brüllt noch kräftiger.

Helge wischt das zweite Kind ab und wickelt es ein. Als sie es in Mutters Arm legt, folge ich hastig ihrem Beispiel. Mutter drückt die beiden Kleinen an ihre Brust, jedes Kind auf einem Arm. Niemals zuvor habe ich sie so glücklich gesehen.

Doch als sie zu mir hochblickt, ist ihre Freude mit einem Schlag wie ausgelöscht.

»Ich weiß, dass du keinerlei Treue zum eigenen Blut in dir trägst«, sagt sie mit rauer Stimme. »Aber wenn du zulässt, dass den beiden etwas zustößt, wird nicht einmal Hel dich in ihrem Reich aufnehmen.«

Ihre Worte sind wie ein Stich ins Herz. »Yafeu ist nicht wie Vater«, fauche ich sie an. »Sie würde niemals einem unschuldigen Kind etwas antun.«

»Versprich es mir!«, verlangt Mutter mit zitternder Stimme. »Mir ist nichts mehr in diesem Leben geblieben außer diesen Kindern.« Nun lässt sie ihren Tränen freien Lauf, und auch ich spüre, wie meine Augen feucht werden.

»Ach, Mutter …« Ich strecke die Hand nach ihr aus, aber sie schreckt vor der Berührung zurück. Nicht einmal jetzt, wo ihre schlimmsten Ängste sie gefangen halten, will sie Trost von mir annehmen.

Dabei habe ich ihr in meinem ganzen Leben nie etwas Schlimmeres angetan als zu existieren. Ich habe überlebt, während die anderen es nicht geschafft haben. Schon das wird sie mir niemals verzeihen. Auch jetzt nicht, wo sie endlich zwei gesunde Söhne im Arm hält.

Ich lasse die Hand sinken. »Ich werde alles in meiner Macht Stehende tun, um für ihre Sicherheit zu sorgen«, sage ich ausdruckslos. »Das schwöre ich bei Freyas Grazie, bei Thors Stärke und bei Odins Weisheit.«

Voller Erleichterung sackt sie in sich zusammen, was ich als Zeichen der Zustimmung werte. Ich wende mich ab, um zu gehen, bleibe aber noch einen Moment in der offenen Tür stehen. »Ein neuer Tag ist angebrochen, Mutter. Verdirb die beiden nicht durch deinen Hass.«

Dann lasse ich sie allein.

49 YAFEU

Im Sommer ging ich immer barfuß auf die Jagd. Es war herrlich, das Gras zwischen den Zehen zu spüren und zu hören, wie die Fichtennadeln unter meinen Fersen knackten. Aber jetzt ist es dafür zu kalt, also habe ich widerwillig meine sperrigen Lederstiefel angezogen. Mit ihnen reicht zwar schon ein unbedachter Schritt aus, um die Beute zu vertreiben, aber das Unterholz bietet sowieso nicht mehr genügend Deckung, um zu Fuß zu jagen.

Deshalb sitzen Ingmar und ich nun auf den unteren Ästen einer Ulme, noch halb verdeckt durch die letzten gelben Blätter. Ingmar sagt, dass es diese Art von Bäumen in der Gegend von Irland, aus der er stammt, zuhauf gäbe. Ihre leicht gebogenen Stämme sind stark, aber geschmeidig, genau wie er. In den Fichten und Tannen hätten wir zwar bessere Deckung, aber ihre Äste wachsen zu dicht zusammen, um gut klettern zu können, außerdem sind sie meist zu schwach, um unser Gewicht zu tragen.

Um diese Jahreszeit gibt es ohnehin nicht viele Rehe und jetzt am späten Nachmittag sind sie nicht aktiv. Wir haben überall im Wald Hasenfallen ausgelegt, sodass wir nun nur noch abwarten müssen. Ingmar unterhält mich so lange mit Geschichten aus seiner wilden Jugend in Byzanz. Dabei reißt er die meergrauen Augen weit auf und stellt tänzelnd einen Kampf nach, in den ihn eine Gruppe griechischer Händler in einer Taverne verwickelt hatte.

Es ist offensichtlich, dass wir selbst heute unsere einzige Beute sein werden.

»Wie schaffst du es nur, dich so viel zu bewegen und dich trotzdem auf dem Ast zu halten?«, wundere ich mich. »Hast du gar keine Angst, herunterzufallen?«

»Oh, ich bin schon oft abgestürzt«, erklärt er mir grinsend. »Aber das hat mich nie davon abgehalten, wieder raufzuklettern. Meine Mutter hatte immer Angst, dass ich mir irgendwann das Genick breche.«

»In Wagadu gibt es nicht viele Kletterbäume, darüber musste meine Mutter sich also keine Sorgen machen.«

»Nein, die musste nur befürchten, dass du von den Löwen gefressen wirst«, stichelt er.

Mit einem überlegenen Grinsen erkläre ich ihm: »Löwen sind faul. Vor den Flusspferden muss man sich in Acht nehmen. Die sind selbst an guten Tagen noch richtig fies.«

»Nicht zu vergessen die Krokodile«, ergänzt Ingmar.

Krokodile. So wie das, das Papa bei Jenne mit seinem Blick gebannt hat.

Die Erinnerung daran macht mich traurig. Verlegen kratze ich mich im Nacken und versuche, durch die Blätter hindurch den Waldboden abzusuchen. »Nicht viel Wild heute.«

»Stimmt.« Plötzlich schwingt Ingmar sich von seinem Ast, klettert am Stamm hinab und landet mit einem Sprung im Laub.

»Wo willst du hin?«, rufe ich ihm zu.

»Ich könnte ein Bad gebrauchen.« Er grinst zu mir hoch. »Möchtest du dich mir vielleicht anschließen?«

Wir lassen uns auf dem warmen Wasser treiben und sehen zu, wie die Dampfwolken sich in der kühlen Luft auflösen. Meine Finger sind bereits schrumpelig, aber ich will so lange hier verharren, wie es nur geht. Neben unseren »Jagdausflügen« ist Tyrs Hain unsere einzige Rückzugsmöglichkeit, wenn wir unseren Pflichten entfliehen wollen. Allerdings sind unsere Ausreden in solchen Fällen noch fadenscheiniger als bei der Jagd.

Ingmar taucht unter, kommt wieder hoch und fährt sich mit beiden Händen durch das tropfende braune Haar. Sein Bart schimmert immer noch rötlicher, wenn er nass ist.

Ich mustere seinen Körper, lasse einen Finger über die vielen Narben gleiten, will mir jede einzelne genau einprägen. Seine Bauchmuskeln bilden straffe kleine Wellen, die sich unter Berührung zusammenziehen. »Das habe ich gebraucht«, sage ich leise.

Zärtlich sieht er mich an. »Auch eine Königin verdient es, sich hin und wieder etwas Zeit für sich selbst zu nehmen.«

»Sag das mal Ranveig«, erwidere ich prompt, bereue es aber gleich wieder, da nun die mühsam verdrängten Probleme wieder in den Vordergrund treten. Ich unterdrücke ein Stöhnen.

Auch Ingmar wird ernst. »Die anderen machen sich langsam Sorgen um sie«, erklärt er mir. »Seit Alvtirs Tod sind mehrere Monate vergangen, aber bei ihr hat die Heilung noch nicht einmal begonnen. Wenn überhaupt scheint es immer schlimmer zu werden.«

»Wäre es nicht etwas anmaßend, ihr vorschreiben zu wollen, wie sie zu trauern hat?« Das klingt härter als beabsichtigt. Eigentlich wollte ich heute gar nicht darüber sprechen.

Ingmar antwortet nicht. Ich stelle mich hin und steige ans Ufer. Die kühle Luft streicht beißend über meine nasse Haut. Schnell fange ich an, mich mit dem Tuch abzutrocknen, das wir mitgebracht haben. Dabei meide ich Ingmars Blick. Trotzdem registriere ich anerkennend, wie die Wassertropfen über seine straffe Brust perlen und die Muskeln an seinen Armen sich wölben, als er sich nun ebenfalls aus dem Wasser zieht – wesentlich eleganter als ich. Als er meinen Blick bemerkt, zucken seine Lippen verräterisch.

Ich wende mich ab, um mein Lächeln zu verbergen, aber da hat er bereits den Arm ausgestreckt und zieht mich an sich. Irgendwie schafft er es, dass seine Haut auch im nassen Zustand glühend heiß ist; zumindest dort, wo sie mich berührt. Ein erwartungsvolles Kribbeln breitet sich in meinem Bauch aus, während er seine Lippen über meinen Hals wandern lässt. Die sanfte Berührung lässt Blitze in meinem Körper aufflammen. Mir entkommt ein leises Keuchen, als er sich meinem Mund zuwendet. Ich erwidere seinen Kuss voller Leidenschaft, schlinge meine Arme um seine breiten Schultern. Bevor ich michs versehe, verlässt mich jedes Gefühl für Raum und Zeit. Es gibt auf dieser Welt nichts und niemanden außer uns.

Viel zu schnell beendet er den Kuss und drückt seine Stirn an meine. Lange bleiben wir so stehen, kommen langsam wieder zu Atem. Um uns herum summen die Insekten, Vögel zwitschern in den Bäumen.

Als Ingmar schließlich das Schweigen bricht, ist es kaum mehr als ein Flüstern.

»Ich liebe dich, Yafeu.«

Pure Freude und beklemmende Angst erfassen mich. Das Herz schlägt mir bis zum Hals. »Ich liebe dich auch«, antworte ich.

Er packt meine Hand, lässt sich ins Gras fallen und zieht mich auf sich. Dabei überzieht er mein Gesicht, meinen Kopf und die Narbe an meinem Hals mit kleinen Küssen, bis ich kreische vor Lachen. Als ich ihm in die Augen sehe, reißen sie mich mit sich fort wie eine Flutwelle.

»Ich will dich«, flüstert er und knabbert an meinem Ohrläppchen. Diesmal ist es ein erwartungsvoller Schauer, der mich überläuft. Sanft streiche ich mit meiner Nasenspitze über seinen Hals, hauche einen Kuss auf sein Schlüsselbein. Der anschwellende Druck zwischen seinen Beinen führt mir abrupt vor Augen, wohin das führt. Widerwillig rolle ich mich von ihm herunter. »Das geht jetzt nicht«, erkläre ich ihm. »Freydis kann mir einen Tee kochen, der verhindert, dass … etwas passiert. Aber die Kräuter, die sie dafür braucht, wachsen gerade nicht.«

Ingmar setzt sich auf und dreht sich zu mir um. »Wäre es denn so schlimm, ein Kind zu haben?«

Vollkommen schockiert starre ich ihn an.

»Vorausgesetzt …« Er zögert und läuft rot an, während er nach meiner Hand greift. »Vorausgesetzt, wir würden heiraten?«

Ein dicker Kloß blockiert meine Kehle. Bevor ich etwas erwidern kann, fährt er fort: »Keiner von uns hat eine Familie, die solche Dinge für uns regelt, aber das bedeutet auch, dass wir einfach unserem Herzen folgen können. Und mein Herz wählt dich.«

Eine wundervolle Wärme erfüllt meinen Körper. Vollkommen überwältigt lege ich eine Hand an seine Wange, spüre seine rauen Bartstoppeln unter meinen Fingerspitzen.

Ingmar schmiegt sich in die Berührung. »Also … willst du? Mich ehelichen?«

Da mir die richtigen Worte fehlen, hole ich erst einmal tief Luft.

Ich liebe Ingmar. Mehr als ich es je für möglich gehalten hätte. Aber heiraten? Daran habe ich bisher nie gedacht. In meiner Heimat hätte es keine Möglichkeit für mich gegeben, einen Ehemann zu finden – die Jungen in meinem Dorf hielten mich für jugu, und ich habe kaum besser über sie gedacht.

Und *Kinder*?

Dieser Gedanke lässt die Glut in meinem Inneren erlöschen. Die Verantwortung für Yafreby lastet schwer genug auf meinen Schultern, da kann ich momentan ganz sicher kein Kind gebrauchen.

Und auch wenn ich nicht Königin wäre, weiß ich tief in meinem Inneren, dass ich noch nicht bereit bin, eine Familie zu gründen. Noch lange nicht.

»Mein Herz wählt dich, Ingmar«, sage ich schließlich, »aber ich kann kein Kind mit dir bekommen und ich kann dich auch nicht heiraten. Nicht jetzt.«

Er weicht zurück, als hätte ich ihn geschlagen. Der unverhüllte Schmerz in seinen Augen tut mir im Herzen weh. »Weil du die Königin bist?«, fragt er.

Und auch aus anderen Gründen, denke ich mir, spreche es aber nicht aus. »Weil momentan noch ein schwieriger Weg vor uns liegt. Und alle verlassen sich darauf, dass ich – nein, *wir* – ihnen auf diesem Weg beistehen.«

»Von einem König wird erwartet, dass er eine Familie gründet. Warum sollte das bei einer Königin anders sein?«

»Aber wir *haben* doch eine Familie«, betone ich. »Die anderen sind unsere Familie. Das reicht mir vorerst.«

Ingmar will offenbar etwas erwidern, doch in diesem Moment ertönen in der Ferne die Hörner. Im ersten Augenblick bin ich erleichtert über diese Störung. Dann aber fällt mir wieder ein, was die Abfolge der kurzen Laute bedeutet:

Fremde nähern sich der Stadt.

Mein Mund ist plötzlich wie ausgetrocknet. Ingmar und ich sehen uns an, dann streifen wir hastig unsere Kleidung über und hetzen zurück in die Stadt.

Im Hafen angekommen, finden wir dort mindestens drei Dutzend Soldaten vor – darunter Ademola, die Schildmaiden und viele neue Rekruten –, die bereits voll gerüstet auf uns warten. Ingmar nickt anerkennend und weist die neuen Rekruten an, sich noch ordentlicher aufzurichten. Sobald sie uns sieht, stürmt Ranveig mit wildem Blick auf uns zu, bereit, mich vor allem und jedem zu schützen, der da kommen möge. Ich verziehe kurz das Gesicht und wende mich dann dem Fjord zu.

Wisna steht am äußersten Rand des Kiesstrandes und schirmt mit einer Hand ihre Augen ab. »Das ist kein Handelsschiff«, stellt sie unheilvoll fest.

»Es ist ein iberisches Schiff.« Ademola tritt vor. »Ich kenne diese Bauweise.«

»Ein iberisches Schiff?« Angestrengt starre ich zu dem Schiff hinüber, das sich schnell nähert. Langsam kann ich erste Details erkennen: langer Rumpf, hoch aufragendes Heckkastell und drei Dreieckssegel, auf denen jeweils ein kreisförmiges Symbol prangt, das an einen Wasserstrudel erinnert.

Ein ungutes Gefühl regt sich in mir. Zwar kenne ich die Iberer nicht, aber jeder unerwartete Besucher bereitet mir Sorge. Yafreby ist einfach noch zu verwundbar. Um mich selbst fürchte ich nicht – mit Ingmar zu meiner Rechten und Ranveig zu meiner Linken habe ich eher Mitleid mit jedem, der es auf mich abgesehen hat –, aber um die neuen Rekruten. Sie wollen sich um jeden Preis beweisen, sind aber noch lange nicht bereit dafür, auch wenn sie das glauben.

Andererseits ist niemand je wirklich bereit für seine erste Schlacht.

Einer von ihnen bringt Ingmar nun seine Axt. Der lässt sie von einer Hand in die andere wandern und behält aufmerksam das Schiff im Auge. »Aufstellung!«, brüllt er dann. Ich sehe zu, wie die Rekruten sich zu ordentlichen Reihen formieren, Kampfhaltung einnehmen und ihre Waffen präsentieren. Sofort geht es mir etwas besser. Unerfahren sind sie vielleicht, aber zumindest haben sie bei den Besten gelernt. Ich werfe Ingmar einen anerkennenden Blick zu, der mir daraufhin fröhlich zuzwinkert.

Nun wende ich mich den Rekruten zu. Männer und Frauen stehen Schulter an Schulter. Meine Soldaten. Meine Krieger. Wenn ich das Feuer in ihren Augen sehe, regt sich die Úlfheðinn in mir. Ich lasse sie mein Nyama durchdringen, während ich ihnen die letzten Anweisungen gebe: »Seid wachsam, aber greift nicht an, bevor ich es euch befehle. Und egal was passiert, ihr habt mich heute sehr stolz gemacht.«

Damit drehe ich mich wieder zum Wasser, da ich nicht sehen will, welche Wirkung meine Worte auf sie haben. Ich will nicht sehen, wie das Feuer in ihren Augen noch weiter aufflackert und einer Bewunderung Ausdruck verleiht, die ich nicht verdient habe. Denn ich weiß genau: Eines Tages, wenn nicht vielleicht sogar heute, wird ihnen diese Bewunderung den Tod bringen.

Ich ziehe meine Dolche und lasse sie kreisen. Freund oder Feind – wer auch immer dieses Schiff verlässt, wird es als Erstes mit mir zu tun bekommen.

»Ich frage mich, was ein Sarazenenschiff zu dieser Jahreszeit hier will, so fernab der Heimat.« Freydis ist an Ingmars freier Seite aufgetaucht.

Mit einem frustrierten Brummen frage ich sie: »Macht es dir eigentlich Spaß, dafür zu sorgen, dass ich mich um dich sorgen muss?«

Sie schüttelt bloß den Kopf. »Irgendetwas sagt mir, dass sie nicht auf einen Kampf aus sind.«

Ich lasse mir ihre Worte durch den Kopf gehen, während das Schiff weiter auf den Hafen zusteuert. An Deck sind viele Männer unterschiedlichster Hautfarbe zu sehen: einige hellbraun, andere zwischen mir und den Majūs angesiedelt, wieder andere sogar noch dunkler als ich. Alle, die nicht rudern, heben nun die Hände hoch in die Luft – Hände ohne Waffen. Eine Friedensgeste.

Ich spüre, wie meine Schultern sich entspannen. Vorsichtshalber behalte ich die Dolche noch in den Händen, da so auch die anderen meinem Beispiel folgen werden.

Anstatt bis zum Anleger zu rudern, lassen die Männer ihren Anker fallen, springen über die Reling und waten dann durch das eisige Wasser. Sie sind von Kopf bis Fuß in festen Stoff gekleidet und tragen grüne Mäntel, die sie im Wasser extrem behindern. Nein, sie sind eindeutig nicht auf einen Kampf eingestellt.

Ich lasse meine Dolche sinken und signalisiere den Soldaten, ihre Waffen wegzustecken. Nur Ranveig ignoriert die Anweisung, sie bleibt in Kampfhaltung, beide Hände fest um den Schwertgriff geschlungen. Bevor ich etwas sagen kann, hallt eine tiefe Stimme über das Wasser. Der Mann ruft etwas in einer Sprache, die ich nicht kenne. Aber diese Stimme … irgendwie kommt sie mir vertraut vor.

Der Mann hat das Ufer erreicht und sieht sich suchend um. Er ist groß und schlank, seine Haut hat die kräftige Farbe gemahlener Cashewbaumrinde. Ranveig will sich vor mich schieben, aber ich halte sie mit einer knappen Geste zurück. Der Mann beobachtet das und schließt daraus wohl, dass ich über Einfluss verfügen muss, denn er bleibt stehen und nickt mir grüßend zu. Dabei hebt er die geöffneten Hände auf Kopfhöhe.

Doch ich achte nicht mehr auf seine Hände. Die Grübchen an seiner Wange haben eine alte Erinnerung in mir geweckt. Die Erinnerung an ein Gesicht, das mir einst vertrauter war als jedes andere.

Ist es wirklich möglich?

»Papa?« Ich bringe nicht mehr als ein Flüstern heraus.

Doch dann tritt ein zweiter Mann an seine Seite – die gleiche dunkle Haut, das gleiche offene Lächeln. Die Ähnlichkeit ist unverkennbar, es müssen Brüder sein.

Für einen Moment wird mir das Herz schwer. Ich hätte mich gar nicht von dieser närrischen Hoffnung erwischen lassen dürfen. Schließlich bin ich nicht mehr das naive Mädchen, das in der Wüste ein Trugbild seines Vaters heraufbeschwört, getrieben von dem verzweifelten Glauben, dass er immer da sein werde, um es zu retten. Seitdem habe ich mich zu oft selbst gerettet.

Ich nehme mir einen Moment Zeit, um die Brüder zu mustern. Sie tragen verschlungene weiche Tücher auf dem Kopf und lange Tuniken mit aufwendigen Stickereien. Auch sie tragen wie ihre Schiffskameraden Mäntel, allerdings sind ihre dunkelrot. Und obwohl ihr Körperbau sie als erwachsene Männer kennzeichnet, sind ihre Gesichter jung. So wie sie aussehen, können sie höchstens so alt sein wie ich ... vielleicht sogar etwas jünger. Gewöhnliche Kaufleute sind sie ganz sicher nicht.

»Bitte, legt eure Waffen weg«, sagt der erste Mann in der Sprache der Majūs, wenn auch mit starkem Akzent.

»Wir haben friedliche Absichten«, bekräftigt der zweite. »Wir sind Freunde eurer Anführerin Alvtir.«

Auch seine Stimme klingt vertraut, doch ich kann sie einfach nicht zuordnen.

Da ich nun überzeugt bin, dass von ihnen tatsächlich keine Gefahr ausgeht, stecke ich meine Dolche weg und signalisiere den Soldaten, sich zurückzuhalten. »Wenn ihr Alvtirs Freunde wart, seid ihr auch unsere Freunde«, rufe ich den beiden Brüdern zu und winke sie herbei.

Ich spüre, wie Ranveig sich anspannt, als sie näher kommen. Die beiden Männer halten respektvoll den Blick gesenkt, trotzdem kann ich ihre Gesichter nun deutlicher erkennen.

Gesichter, deren Anblick in meinem Herzen ein Tor aufstößt.

Die Kälte der Furcht in meinem Inneren wird durch glühende Wärme verdrängt.

Verunsichert bleiben die Männer stehen. Dann werden ihre Augen groß; auch sie haben mich erkannt. Bevor Ranveig mich daran hindern kann, renne ich los, berühre mit zitternden Händen die Wangen der beiden.

»Kamo?«, flüstere ich ungläubig. »Goleh?«

Meine Brüder. Meine Brüder leben noch. Meine Brüder sind hier.

Lisa scheint das zu spüren, denn genau in diesem Moment gleitet er zwischen den Wolken hervor und taucht den Strand in strahlendes Licht.

Kamo legt seine Hand auf meine, er scheint ebenso überwältigt zu sein wie ich.

»Henda?«, flüstert er rau.

Niemals hätte ich gedacht, ihn noch einmal zu hören.

Meinen Namen. Meinen richtigen Namen.